Prolog

W0352081

Zwischen den beiden merkwürdig ähnlichen Vorkommnissen bestand, obwohl beide sich in der Nacht zum dritten Februar ereigneten und militärische Waffenlager betrafen, kein erkennbarer Zusammenhang.

Der Vorfall bei De Doorns in Holland war mysteriös, aufsehenerregend und tragisch; dem Ereignis bei Metnitz in Deutschland dagegen haftete kaum etwas Sensationelles oder Geheimnisvolles an; es entbehrte nicht einmal einer gewissen Komik.

Das holländische Waffendepot in einem Betonbunker anderthalb Kilometer nördlich des kleinen Ortes De Doorns wurde von drei Soldaten bewacht. Wie die beiden einzigen Dorfbewohner, die zur Tatzeit noch wach waren, später berichteten, waren um ein Uhr dreißig morgens ein paar Feuerstöße aus Maschinenpistolen zu hören – später wurde festgestellt, daß die Wachen Maschinenpistolen trugen –, gefolgt von einer gewaltigen Detonation, die einen sechzig Meter breiten und zwölf Meter tiefen Krater in die Erde sprengte.

Die Häuser des Dorfes wurden schwer beschädigt; Menschenleben waren nicht zu beklagen.

Man nahm an, daß die Wachen auf irgendwelche Eindringlinge geschossen hatten und eine verirrte Kugel dabei die Detonation ausgelöst hatte. Weder von den Wachsoldaten noch von den mutmaßlichen Tätern fand sich auch nur die geringste Spur.

In der Bundesrepublik erklärte die Rote Armee Fraktion, eine berüchtigte und gut organisierte Terroristenvereinigung, es sei für sie ein leichtes gewesen, die beiden Wachen des amerikanischen Waffendepots bei Metnitz zu überwältigen. Beide Männer, hieß es, seien betrunken gewesen und von den Waffenräubern beim Verlassen des Lagers in Decken gehüllt worden – es war eine bitterkalte Nacht. Die US Army stritt die angebliche Trunkenheit der Wachsoldaten ab, ohne sich jedoch zu den Decken zu äußern. Die Eindringlinge behaupteten, eine größere Menge Angriffswaffen an sich gebracht zu haben, darunter mehrere Exemplare eines hochmodernen Typs, der noch auf der Liste der Geheimwaffen geführt wurde. Dies dementierte die US Army entschieden.

Im großen und ganzen neigte die westdeutsche Presse dazu, dem Bericht der Waffenräuber Glauben zu schenken. Die Rote Armee Fraktion konnte, was Überfälle auf Einrichtungen der US Army anbelangte, mit beachtlichen Erfolgen aufwarten. Die Amerikaner dagegen hatten – den Schutz ihrer Stützpunkte vor solchen Überfällen betreffend – wenig Beeindruckendes vorzuweisen.

Normalerweise gehörte es zu den Gepflogenheiten der RAF, eine genaue Aufstellung der erbeuteten Waffen bekanntzugeben. Über die in diesem Fall angeblich erbeuteten Geheimwaffen wurden jedoch keine näheren Einzelheiten veröffentlicht. Allerdings wurden Vermutungen laut, die US Army habe – sofern die Angaben der RAF stimmten – die Presse entweder direkt oder über die deutsche Regierung um Stillschweigen zu diesem Vorfall gebeten.

I

»Eindeutig das Werk eines Wahnsinnigen.« Jon de Jong, groß, schlank, grauhaarig, asketisch und Generaldirektor des Flughafens Schiphol, wirkte sichtlich bekümmert. Unter den gegebenen Umständen hatte er dazu auch allen Grund.

»Wahnsinn. Man muß verrückt, geistesgestört sein, um einen derart verantwortungslosen, gedankenlosen, sinnlosen und planlosen Willkürakt zu begehen.« In seiner professoralen Art neigte de Jong zu einer Exaktheit, die fast an Pedanterie grenzte, und zeigte überdies eine Vorliebe für pompöse Tautologien.

»Ein Irrer.«

»Ihr Standpunkt ist begreiflich«, entgegnete de Graaf. Oberst van de Graaf, ein kräftig gebauter Mann mittlerer Größe mit einem braungebrannten, tiefgefurchten Gesicht, strahlte gelassene Ruhe und unmißverständliche Autorität aus, wie sie dem Polizeichef der Hauptstadt eines europäischen Landes gut zu Gesicht stand. »Ich kann Sie verstehen und stimme Ihnen bis zu einem gewissen Grad auch zu. Ich weiß, wie Ihnen zumute sein muß. Ihr Flughafen, einer der besten in Europa . . .«

»Der Amsterdamer Flughafen ist der beste in Europa.« De Jong sprach mechanisch, als wäre er mit seinen Gedanken ganz woanders. »Das heißt, er war es!«

»Und wird es wieder sein. Der hierfür verantwortliche Verbrecher ist kein Durchschnittstyp, wenn ihm das auf den ersten Blick auch nicht anzusehen sein dürfte. Vielleicht kann er Sie nicht leiden, vielleicht hegt er einen alten Groll gegen Sie. Vielleicht ist es ein ehemaliger Angestellter, der von einem Ihrer Abteilungsleiter gefeuert wurde, aus Gründen, die zwar dem Abteilungsleiter völlig hinrei-

chend erschienen, nicht aber dem betroffenen Ang
ten. Vielleicht ist es ein Bürger, der irgendwo hier i
Nähe wohnt, am Stadtrand von Amsterdam oder
schen Flughafen und Aalsmeer, und der die Lärmbelä
gung durch die Flugzeuge unerträglich findet. Vielleic
ist es ein Umweltschutzfanatiker, dem es gegen den Stri
geht, daß die Düsenriesen die Luft verschmutzen – wa
sie zweifellos tun. Wie Sie selbst wissen, gibt es in unserem Land unverhältnismäßig viele Umweltschützer. Vielleicht ist es jemand, dem die Politik unserer Regierung nicht gefällt.« De Graaf fuhr sich mit der Hand durch sein dichtes, eisengraues Haar. »Doch was auch immer seine Motive waren, könnte der Täter geistig genau so gesund sein wie Sie oder ich.«

»Aber sehen Sie doch noch einmal hin«, sagte de Jong. Seine Hände ballten und streckten sich; dabei zitterte er heftig – unwillkürliche Reaktionen, denen jedoch unterschiedliche Ursachen zugrunde lagen. Das eine war eine reine Reflexbewegung, ausgelöst durch Wut und Enttäuschung. Das andere dagegen deutete an, daß es nicht eben angenehm war, sich auf dem Dach des Hauptgebäudes des Flughafens Schiphol aufzuhalten, wenn vom Ijsselmeer ein eiskalter sibirischer Ostnordostwind darüber hinwegfegte. »Geistig gesund wie Sie und ich? Finden Sie, Ihnen oder mir wäre eine solche Greueltat zuzutrauen? Sehen Sie doch, Oberst, schauen Sie sich das an!«

De Graaf ließ seine Blicke über die Szenerie vor ihm schweifen. Hätte er in der Haut des Flughafendirektors gesteckt, dachte er, so hätte dieser Anblick auch sein Herz kaum höher schlagen lassen. Schiphol-Airport war verschwunden. An seiner Stelle streckte sich, fast so weit das Auge reichte, eine bewegte Wasserfläche. Die Ursache dieser Überflutung war unschwer zu erkennen. In der Nähe der großen Treibstofftanks am äußersten Rand des Flughafengeländes war in den Damm des nach Süden führenden Kanals eine breite Bresche gesprengt; die Steine und das auf beiden Seiten der Lücke über den Damm verstreute Erdreich schlossen natürliche Ursachen für den Dammbruch eindeutig aus.

Die hereinbrechenden Wassermassen hatten verheerende Zerstörungen angerichtet. Die Flughafengebäude waren zwar nicht betroffen, obgleich sie bis zum ersten Stock unter Wasser standen. Der Schaden an den empfindlichen elektronischen Geräten dagegen war beträchtlich; es würde sicherlich Millionen von Gulden kosten, ihn zu beheben. Die Bausubstanz der Anlage war jedoch nicht angegriffen; der Flughafen Schiphol war solide gebaut und fest in seinen Fundamenten verankert.

Flugzeuge sind, sofern sie sich nicht in der Luft befinden, äußerst empfindliche Fortbewegungsmittel. Sie verfügen über keinerlei Verankerungsvorrichtungen – ein Umstand, der de Graaf schon bei flüchtigem Hinsehen schmerzlich klar wurde. Mehrere Maschinen waren nach Norden abgetrieben. Einige schwammen immer noch ziellos umher. Andere waren offenbar gesunken und daher nicht mehr zu sehen. Von zwei Maschinen ragten lediglich die Leitwerke aus dem Wasser; einmotorige Flugzeuge vermutlich, deren Nasen durch das Gewicht der Motoren nach unten gedrückt wurden. Einige zweistrahlige Passagiermaschinen vom Typ der 737 und DC-9, aber auch mit drei Triebwerken ausgerüstete Trident-3 und 727 waren fortgerissen worden und fanden sich nun kreuz und quer über das gesamte Rollfeld verstreut. Zwei waren zur Seite gekippt, zwei weitere teilweise gesunken, so daß nur noch die oberen Rumpfteile zu sehen waren; ihre Fahrwerke waren eingeknickt. Nur die Großflugzeuge vom Typ 747 und DC-10 sowie die Tri-Stars standen aufgrund ihres enormen Gewichts noch auf ihrem alten Platz; vollgetankt wiegen diese Maschinen zwischen drei- und vierhundert Tonnen. Zwei davon waren jedoch seitlich umgestürzt, vermutlich hatten die Fahrwerke dem Druck der Wassermassen nicht standgehalten. Man mußte kein Flugzeugspezialist sein, um zu erkennen, daß diese beiden Maschinen nicht mehr eingesetzt werden konnten. Bei beiden waren die linken Tragflächen in einem Winkel von ungefähr zwanzig Grad nach oben gebogen, und von den rechten Tragflächen waren nur noch abgebrochene Stümpfe zu sehen.

In einigen hundert Metern Entfernung ragte auf einer der Hauptstartbahnen ein Fahrwerk aus dem Wasser. An dieser Stelle war eine Fokker Friendship bei dem Versuch zu starten vom Wasser erfaßt worden. Es war nicht auszuschließen, daß der Pilot der Unglücksmaschine die heranflutenden Wassermassen nicht bemerkt hatte; wahrscheinlicher erschien jedoch, daß er sie gesehen und deshalb weiter beschleunigt hatte, ohne jedoch die zum Abheben erforderliche Geschwindigkeit erreicht zu haben, als ihn das Wasser einholte. Das kleine Flugzeug war zwar nicht von den Fluten verschlungen worden – laut Augenzeugenberichten stand das Wasser in diesem Augenblick nur zwei bis fünf Zentimeter hoch auf der Startbahn –, aber auch das hatte schon verheerende Folgen für die Fokker.

Sämtliche Flughafenfahrzeuge waren im Wasser versunken. Nur die Einfüllstutzen eines Tanklastzugs waren noch zu sehen und die obersten drei oder vier Stufen der fahrbaren Gangways, die vereinzelt aus dem Wasser ragten. Auch die Ziehharmonikabälge zweier ausfahrbarer Fluggastbrücken dümpelten ziellos in dem trüben Wasser.

Seufzend schüttelte de Graaf den Kopf und wandte sich de Jong zu, der seine Blicke abwesend über den verwüsteten Flugplatz wandern ließ, als begriffe er noch immer nicht das volle Ausmaß dessen, was da geschehen war.

»In einem Punkt haben Sie durchaus recht, Jon. Sie und ich, wir sind geistig normal; zumindest würde man uns, denke ich, dafür halten. Eine solche Tat wäre uns wohl kaum zuzutrauen. Das heißt aber nicht, daß es sich bei dem Mann, der für dieses willkürliche Chaos verantwortlich ist, um einen Wahnsinnigen handelt. Früher oder später werden wir feststellen – entweder im Verlauf unserer eigenen Bemühungen um eine Aufklärung dieses Vorfalls, oder weil es dem Täter beliebt, uns seine Motive mitzuteilen –, daß der oder die Verantwortlichen durchaus zwingende Gründe dafür hatten. Ich hätte in diesem Zusammenhang das Wort ›willkürlich‹ und Sie Ausdrükke wie ›gedankenlos‹ und ›planlos‹ vermeiden sollen.

Hier handelt es sich nicht um die spontane, einer zufälligen Laune entsprungene Tat eines entwichenen Geisteskranken; wir haben es mit einer sorgsam geplanten und vorzüglich organisierten Aktion zu tun, mit der eine genau vorherberechnete Wirkung erzielt werden sollte.«

Als wäre dazu eine gewaltige Willensanstrengung nötig, wandte de Jong seinen Blick von dem überfluteten Rollfeld ab. »Aber was wollten die Täter damit erreichen? Auf mich macht das Ganze nur den Eindruck einer sinnlosen Greueltat. Was könnten diese Verrückten Ihrer Meinung nach sonst noch bezweckt haben? Haben Sie schon irgendwelche Vermutungen?«

»Ich weiß noch nicht so recht. Leider hatte ich bisher noch nicht die Zeit, mir das alles durch den Kopf gehen zu lassen. Schließlich bin ich eben erst hier angekommen. Gewiß – diese Wahnsinnstat wurde schon gestern mehrfach angekündigt, aber wie jedem anderen kam auch mir das Ganze einfach so absurd vor, daß ich es nicht für nötig hielt, mich ernsthaft damit auseinanderzusetzen. Aber ich habe zwei andere Vorschläge. Einmal werden wir kaum etwas erreichen, wenn wir weiter auf den Schiphol-See hinausstarren, und zum anderen glaube ich nicht, daß wir jemandem damit nützen, wenn wir noch länger hier herumstehen und uns eine Lungenentzündung holen.«

De Jongs gequälte Miene ließ keinen Zweifel daran, was er bei dem Ausdruck »Schiphol-See« empfand, auch wenn er sich dazu nicht äußerte.

In der Belegschaftskantine war es insofern etwas erträglicher als auf der Dachterrasse, als hier kein Wind wehte; viel wärmer war es deshalb nicht. Infolge eines Kurzschlusses war die gesamte elektrische Heizung ausgefallen, und die Butan-Heizöfen, die man in die Kantine gebracht hatte, zeigten bis jetzt in der frostigen Luft noch kaum Wirkung. Allein heißer Kaffee schuf Abhilfe, obwohl de Graaf fand, daß unter den gegebenen Umständen auch etwas Hochprozentigeres nicht hätte schaden können. Die Anwesenheit des Flughafenleiters jedoch übte auf alle, denen nach einem kräftigen Schnaps oder einem

Jonge Jenever zumute war, eine deutlich spürbare hemmende Wirkung aus. Entsprechend seiner asketischen Erscheinung war de Jong zeit seines Lebens Abstinenzler gewesen – eine Leistung, die gerade einem Holländer nicht leichtfallen dürfte. Obwohl er sich zu diesem Punkt nie in irgendeiner Form geäußert hatte, war es doch so, daß in de Jongs Anwesenheit nie etwas Stärkeres getrunken wurde als Kaffee oder Tee.

»Lassen Sie mich die bisherigen Erkenntnisse kurz zusammenfassen«, schlug de Graaf vor. »Notgedrungen wird diese Zusammenfassung sehr kurz ausfallen, da wir im Augenblick noch bedauerlich wenig über die ganze Geschichte wissen. Gestern nachmittag gingen drei gleichlautende Botschaften ein; eine bei einer Zeitung, eine bei den Flughafenbehörden – genauer gesagt, bei Mijnheer de Jong – und eine beim Rijkswaterstaat vom Ministerium für Transportwesen und öffentliche Bauten.« Er machte eine kurze Pause und blickte zu einem stämmigen Mann mit dunklem Bart hinüber, der mit dem Rauch aus seiner offensichtlich sehr alten Pfeife seelenruhig die Luft verpestete. »Ach! Natürlich – Mijnheer van der Kuur vom Rijkswaterstaat. Stellvertretender Projektbauleiter. Wie lange werden Sie brauchen, um dieses Chaos wieder in Ordnung zu bringen?«

Van der Kuur nahm seine Pfeife aus dem Mund. »Wir haben bereits mit den Aufräumungsarbeiten begonnen. Die Einbruchstelle im Damm dichten wir mit Spundwänden ab – das ist selbstverständlich nur eine provisorische Maßnahme, die jedoch äußerst wirksam ist. Danach, nun, wir verfügen über die besten und größten Pumpen, die es auf der Welt gibt. Eine reine Routineangelegenheit also.«

»Wie lange wird das Ganze voraussichtlich dauern?«

»Sechsunddreißig Stunden. Im Höchstfall.« Van der Kuurs gelassene und sachliche Art wirkte beruhigend auf die Runde. »Vorausgesetzt natürlich, wir bekommen von den Mannschaften der Schlepper und Lastkähne und von den privaten Schiffseignern, deren Boote zur Zeit auf dem Kanalboden festsitzen, ein gewisses Maß an Unterstützung. Die Boote, die nur auf Kiel liegen, stellen weiter kein Problem dar; diejenigen, die gekentert sind, könnten allerdings vollaufen. Ich nehme aber an, daß sich die betroffenen Schiffer schon aus eigenem Interesse zur Mitarbeit bereit erklären werden.«

»Gibt es am Kanal irgendwelche Menschenleben zu beklagen?« fragte de Graaf. »Wurde jemand verletzt?«

»Einer meiner Inspektoren hat zwar über erheblichen Bluthochdruck bei den Skippern und Mannschaften der festsitzenden Schiffe berichtet; aber sonst ist niemand zu Schaden gekommen.«

»Vielen Dank. Die besagten Mitteilungen kamen von einer Person oder einer Gruppe und waren mit FFF unterzeichnet. Wofür diese Initialen stehen sollen, wurde nicht näher erläutert. Im weiteren hieß es, die Verantwortlichen beabsichtigten, mit ihrer Aktion zu demonstrieren, daß sie, wann und wo immer sie es wollten, durch Sprengung eines strategisch wichtigen Damms jeden beliebigen Teil unseres Landes überfluten könnten. Und eben das wollten sie mit einer kleineren Aktion beweisen, durch die niemand gefährdet und so wenig Sachschaden wie möglich angerichtet würde.«

»So wenig Sachschaden wie möglich! Eine kleinere Aktion!« De Jongs Hände öffneten und schlossen sich unaufhörlich. »Ich möchte nur wissen, was diese Leute dann als größere Aktion bezeichnen.«

De Graaf nickte. »Ganz meiner Meinung. Sie haben also geschrieben, daß Schiphol als Ziel ihrer kleinen ›Leistungsschau‹ ausgesucht worden sei und mit der Überflutung Punkt elf Uhr begonnen werden sollte. Nicht eine Minute vor elf, und auch nicht eine Minute nach elf. Und wie wir wissen, wurde der Damm tatsächlich Punkt elf Uhr gesprengt. Im Polizeipräsidium haben wir die Sache, ehrlich gesagt, für einen schlechten Witz gehalten; welcher halbwegs vernünftige Mensch sollte den Flughafen Schiphol in einen Binnensee verwandeln? Vielleicht lagen ihrer Wahl historische Gesichtspunkte zugrunde; schließlich hat die holländische Flotte eben hier den Spaniern eine vernichtende Niederlage beigebracht, als das jetzige Flughafengelände noch Seegebiet war. Dummer Scherz hin oder her – wir wollten auf keinen Fall ein Risiko eingehen. Eines war klar: sollte der Saboteur seine Drohung tatsächlich wahrmachen, würde sein Anschlag dem Kanal gelten, weshalb wir beide Seiten seines Norddamms sorgfältig absuchen ließen. Dabei trat nicht das Geringste zutage, was auf irgendwelche Vorbereitungen für eine Sprengung hätte schließen lassen. Wir nahmen daher an, daß es sich bei der Drohung tatsächlich nur um einen schlechten Scherz gehandelt hatte.« Die Handflächen in einer hilflosen Geste ausbreitend, zuckte de Graaf die Achseln. »Wie wir leider zu spät gemerkt haben, war der FFF keineswegs nach Späßen zumute.«

Er wandte sich an den Mann zu seiner Linken. »Peter, Sie hatten doch inzwischen Zeit, nachzudenken. Haben Sie irgendwelche Vermutungen – entschuldigen Sie, meine Herren, entschuldigen Sie bitte vielmals. Ich habe vergessen, Ihnen meinen Kollegen vorzustellen, Leutnant Peter van Effen, den einige von Ihnen vielleicht noch nicht kennen. Leutnant van Effen ist Leiter der Kriminalpolizei. Außerdem ist er Sprengstoffexperte und Leiter des Bombenentschärfungskommandos unserer Stadt. Peter, haben Sie schon irgendwelche Vermutungen, wie sie das gemacht haben könnten?«

Peter van Effen war eine unauffällige Erscheinung. Wie sein Vorgesetzter war er kaum mehr als mittelgroß und kräftig gebaut; er neigte eher zur Fülle. Mitte oder Ende dreißig, hatte er dichtes, dunkles Haar und einen dunklen Schnurrbart. Auffallend war sein fast immer freundlicher Gesichtsausdruck. Man hätte in ihm kaum einen Polizeibeamten vermutet, schon gar nicht den Chef der Kriminalpolizei. Viele Leute, darunter auch mehrere, die in holländischen Gefängnissen saßen, neigten dazu, van Effens unbekümmerte, leutselige Art für bare Münze zu nehmen.

»So besonders schwierig war das alles nicht. Hinterher läßt sich natürlich immer leicht reden. Und selbst wenn wir dergleichen vorausgeahnt hätten, wir hätten nichts dagegen unternehmen können. Aller Wahrscheinlichkeit nach wird sich herausstellen, daß irgendwo am Norddamm zwei Schiffe Bug an Heck vertäut lagen. Das ist zwar etwas ungewöhnlich, aber es gibt schließlich kein Gesetz, das einem verbietet, mit Maschinenschaden liegenzubleiben. Und wieso sollte nicht der hilfsbereite Kapitän eines vorbeifahrenden Kahns stoppen und bei der Behebung des Schadens behilflich sein? Ich kann mir vorstellen, daß sich beide Schiffe mit ziemlicher Sicherheit als gestohlen erweisen werden. Auf dem Kanal herrscht reger Verkehr, und jeder regelmäßige Benutzer des Kanals hätte sie mit Sicherheit erkannt.

Vermutlich lagen die beiden Boote sehr nahe beieinander, und wahrscheinlich überdeckten sie sich zum Teil sogar, damit blieb ein Teil des Kanals neugierigen Blicken entzogen, so daß auch Taucher dort ungestört arbeiten konnten. Wenn dieses Manöver bei hereinbrechender Dunkelheit oder bei Nacht über die Bühne ging, was mit ziemlicher Sicherheit der Fall war, hatten sie vermutlich das Deck hell erleuchtet; dann lag alles, was sich unterhalb des Dollbords befand, in undurchdringlichem Dunkel. Wahrscheinlich hatten sie eine Bohrmaschine – eines von den Dingern, wie sie zum Ölbohren benutzt werden, ein relativ kleines Gerät, das auch horizontal und nicht nur vertikal eingesetzt werden kann. Vermutlich wurde es elektrisch betrieben – entweder mit einem Generator oder mit Batterien –, die Kompressoranlage eines Benzin- oder Dieselmotors hätte zuviel Lärm gemacht. Für einen Experten, und davon gibt es in unserem Land im wahrsten Sinne des Wortes Hunderte, wäre das kaum ein Problem gewesen. Sie haben den Damm bis auf, sagen wir, dreißig Zentimeter in seiner Breite durchbohrt – wir können mit Sicherheit davon ausgehen, daß sie dafür sehr genaue Messungen vorgenommen haben; dann wurde die Bohrwelle herausgezogen und statt dessen ein wasserdichter, mit Sprengstoff gefüllter Schlauch in die Öffnung geschoben. Vielleicht haben sie nur ganz altmodisches Dynamit oder TNT verwendet, obwohl ein Experte eher eine Amatol-Hohlraumladung benutzt hätte. Danach brauchten sie nur noch einen elektrischen Zeitzünder anzubringen – nichts Raffiniertes, ein alter Küchenwecker genügte vollauf –, das Loch mit Erde und Steinen wieder zuzustopfen und weiterzufahren, wobei die Chance, daß jemand die Öffnung bemerken würde, nicht einmal eins zu einer Million stand.«

»Man könnte fast denken, Mijnheer van Effen, Sie hätten diese Operation selbst geplant und in die Tat umgesetzt«, bemerkte van der Kuur. »So haben sie es also gemacht.«

»Sagen wir, so hätte ich es gemacht; und bis auf ein paar geringfügige Abweichungen werden sie es auch so gemacht haben. Es gibt keine andere Möglichkeit.« Van Effen sah de Graaf an. »Wir haben es hier mit einem Team echter Profis zu tun, und ihr leitender Kopf ist mit Sicherheit alles andere als dumm. Diese Leute wissen, wie man ein Boot stiehlt; sie wissen, wie man damit umgeht; sie wissen, wo man sich eine Bohrausrüstung beschafft; schließlich wissen sie, wie man eine Bohrmaschine handhabt und mit Sprengstoff umgeht. Das sind keine wild dreinschauenden, Sprüche klopfenden Spinner, das sind Profis. Ich habe im Präsidium darum gebeten, uns sofort zu benachrichtigen, wenn von irgendwelchen Firmen, Groß- oder Einzelhändlern eine oder mehrere Bohrmaschinen als gestohlen gemeldet werden. Ebenfalls habe ich darum ersucht, uns sofort über sämtliche Bootsdiebstähle in dieser Gegend zu unterrichten.«

»Sonst noch etwas?« fragte de Graaf.

»Leider nein. Wir haben bisher keinerlei Spuren.«

De Graaf nickte und blickte auf das Blatt Papier in seinen Händen. »Die Botschaft dieser mysteriösen FFF. Keinerlei Hinweise auf die Gründe für diesen angedrohten – und soeben in die Tat umgesetzten – Sabotageakt. Nur die Aufforderung, das Flughafengelände bis heute vormittag elf Uhr zu räumen und den gesamten Flugverkehr auf benachbarte Flughäfen ausweichen zu lassen, da es nicht im Sinne der FFF wäre, unnötig weiteren Sachschaden zu verursachen. Wie rücksichtsvoll, kann ich nur sagen. Und wie rücksichtsvoll war doch auch dieser Anruf, Jon, den Sie heute früh um neun Uhr erhielten, mit der Aufforderung, sofort sämtliche Maschinen zu evakuieren. Wir dachten natürlich alle, daß es sich dabei nur um einen Scherz handelte. Deshalb haben wir den Drohungen keine weitere Beachtung geschenkt. Würden Sie diese Stimme am Telefon wiedererkennen, Jon?«

»Ausgeschlossen. Es war eine Frauenstimme – eine junge Frau –, und sie sprach englisch. Alle englisch sprechenden Frauen hören sich für mich gleich an.« Mit geballter Faust hämmerte de Jong auf den Tisch. »Sie deuten nicht einmal an, warum sie diese – diese monströse Aktion durchgeführt haben. Was haben sie damit erreicht? Nichts. Absolut nichts. Ich kann nur wiederholen, daß jemand, der einer solchen Tat fähig ist, geistesgestört sein muß.«

»Tut mir leid, Mijnheer«, widersprach ihm van Effen, »aber in diesem Punkt bin ich anderer Meinung. Ich stimme völlig mit dem überein, was der Oberst vorhin auf dem Dach gesagt hat. Diese Leute sind mit Sicherheit geistig so gesund wie wir alle hier. Ein Geistesgestörter hätte diese Operation unmöglich durchführen können. Und wie ich bereits erwähnte, haben wir es hier nicht mit einer wilden Schar von Terroristen zu tun, die Bomben in eine Menschenansammlung werfen. Immerhin haben sie uns sogar zweimal gewarnt, um zu gewährleisten, daß keine Menschenleben gefährdet werden und kein unnötiger Sachschaden entsteht. Unzurechnungsfähige verhalten sich wohl kaum so.«

»Wer war denn dann verantwortlich für den Tod der drei Menschen, die ums Leben kamen, als die Fokker Friendship sich beim Start überschlug und zu Bruch ging?«

»Die Saboteure, indirekt. Man könnte auch sagen, daß auch Sie an dem Vorfall eine gewisse – indirekte – Schuld trifft. Man könnte Ihnen vorhalten, Sie hätten zumindest die Möglichkeit in Erwägung ziehen müssen, daß diese Drohung kein Scherz war. Sie hätten den Ankündigungen der FFF nicht jeglichen Wahrscheinlichkeitsgehalt absprechen dürfen und der Fokker die Starterlaubnis für Punkt elf Uhr verweigern sollen. Aber die Starterlaubnis wurde erteilt; soviel ich weiß, sogar von Ihnen persönlich.

Es steht völlig außer Zweifel, daß die Saboteure die regulären Lande- und Starttermine sorgfältig überprüft und sich davon überzeugt hatten, daß zu diesem Zeitpunkt – sowie kurz davor und danach – keine Maschine starten oder landen würde. Die Fokker war das Privatflugzeug eines deutschen Industriellen und daher nicht im Flugplan vermerkt. Meiner Ansicht nach hat es keinen Sinn, Mijnheer de Jong, irgendjemandem die Schuld am Tod dieser drei Menschen zuzuschieben. Es war einfach Pech, ein unglückliches zeitliches Zusammentreffen, höhere Gewalt – nennen Sie es, wie Sie wollen. Diese drei Todesfälle waren weder geplant, noch einkalkuliert, noch steckte eine Absicht dahinter. Niemand ist unmittelbar schuld daran.«

Statt wie bisher mit der Faust auf den Tisch zu hämmern, ging de Jong nun zu nervösem Fingertrommeln über. »Wenn diese feinen Herren so rücksichtsvoll waren, wie Sie eben festgestellt haben – warum haben Sie dann den Zeitpunkt der Explosion nicht verschoben, als sie diese Leute in ihre Maschine steigen sahen?«

»Weil sie sie vermutlich nicht gesehen haben. Und selbst wenn sie sie gesehen hätten, wären sie wahrscheinlich nicht in der Lage gewesen, das Unheil abzuwenden. Wäre die Sprengladung per Fernsteuerung gezündet worden, hätte sich das Unglück natürlich verhindern lassen. Aber wie ich Ihnen schon sagte, bin ich ziemlich sicher, daß sie einen elektrischen Zeitzünder benutzt haben. Um die Ladung also rechtzeitig zu entschärfen, hätten sie binnen weniger Minuten ein Boot und einen Taucher einsatzbereit haben müssen – und das am hellichten Tag. Angesichts der ihnen zur Verfügung stehenden Zeit war das ein Ding der Unmöglichkeit.«

Auf de Jongs Stirn zeigte sich ein feiner, aber deutlich sichtbarer Schweißschimmer. »Sie hätten uns telefonisch warnen können.«

Van Effen bedachte de Jong mit einem vielsagenden Blick, bevor er erwiderte: »Wieviel Beachtung haben Sie denn der Warnung von heute morgen geschenkt?«

De Jong gab keine Antwort.

»Sie haben eben gesagt, die Saboteure hätten mit ihrer Tat nichts erreicht – absolut nichts. Ich weiß, daß Ihnen das alles sehr zu Herzen geht, und es erscheint vielleicht unfair, wenn ich nochmals auf diesen Punkt hinweise. Aber können Sie wirklich so naiv sein, das zu glauben? Diese Leute haben doch schon sehr viel erreicht. Sie haben ein Klima der Angst und Verunsicherung geschaffen – ein Zustand, der sich mit jeder weiteren Stunde nur noch zuspitzen wird. Wenn sie einmal zugeschlagen haben – und zwar offenbar ohne das geringste Motiv –, besteht dann nicht die Möglichkeit, daß sie es noch einmal tun werden? Und wann? Und wo? Und vor allem, warum? Welche Gründe haben sie, sich so zu verhalten?« Er sah de Graaf an. »Das Opfer zermürben, indem man es über die Absichten, die man verfolgt, im ungewissen läßt – das ist eine neuartige Erpressungsmethode, und ich sehe keinen Grund, weshalb sie nicht funktionieren sollte. Ich habe den dringenden Verdacht, daß wir schon sehr bald wieder von der FFF hören werden. Sicherlich werden sie uns dabei nicht die Gründe für ihr Vorgehen mitteilen, und ganz gewiß werden sie auch keine Forderungen stellen. Bei Gott, nein! Das werden sie bestimmt nicht tun. So betreibt man keine psychologische Kriegführung. Zunächst dreht man das Rad, das die Folterbank streckt, sehr, sehr langsam. Man läßt dem Opfer Zeit, die Ausweglosigkeit seiner Lage zu überdenken, bis sein Durchhaltevermögen schwächer wird. Meines Wissens ist man zumindest im Mittelalter auf diese Weise verfahren, als diese Art von Folterinstrument tatsächlich noch in Gebrauch war.«

»Sie scheinen sich hervorragend in die Gedankenwelt eines Kriminellen einfühlen zu können«, bemerkte de Jong verstimmt.

»Ein wenig.« Van Effen lächelte liebenswürdig. »Umgekehrt würde ich mir nicht anmaßen, Ihnen irgendwelche Ratschläge zu erteilen, was die Leitung eines Flughafens anbelangt.«

»Wie soll ich das verstehen?«

»Mijnheer van Effen wollte damit nur so etwas andeuten wie: Schuster, bleib bei deinem Leisten«, bemühte de Graaf sich einzulenken. »Er ist Autor eines inzwischen weithin anerkannten Lehrbuchs über die Psychologie des kriminellen Denkens. Ich habe es nie gelesen. Also, Peter, Sie scheinen sicher zu sein, daß die FFF sich schon sehr bald wieder mit uns in Verbindung setzen wird – allerdings nicht, um uns etwas über ihre Absichten zu verraten. Was sollten sie uns in diesem Fall jedoch mitteilen? Etwa Ort und Zeit ihrer nächsten – äh – Demonstration?«

»Was sonst?«

Das bedrückende Schweigen, das auf diesen Wortwechsel folgte, wurde durch einen Kellner unterbrochen, der die Kantine betrat und auf de Jong zukam. »Telefon, Mijnheer. Ist ein Leutnant van Effen hier?«

»Ja.« Van Effen verließ mit dem Kellner den Raum, um jedoch bereits eine Minute später zurückzukehren. Er wandte sich an de Graaf.

»Ein Anruf aus dem Präsidium. Wie es scheint, haben vor ein paar Stunden zwei Leute ihre Boote als vermißt gemeldet. In beiden Fällen handelte es sich um Privatboote. Der Beamte, der die Verlustanzeigen aufnahm, hielt es nicht für nötig, unsere Abteilung zu benachrichtigen. Völlig zu Recht, natürlich. Die Boote – eines wurde offensichtlich unter Gewaltanwendung gestohlen – befinden sich in unseren Händen. Ich habe Anweisung erteilt, ein paar Spezialisten für Fingerabdrücke an Bord zu schicken und die Boote ihren Eigentümern zurückzubringen, ohne sie jedoch an Bord zu lassen. Wenn Sie Zeit haben, können wir noch mit den beiden Besitzern sprechen, sobald wir hier fertig sind; sie wohnen kaum einen Kilometer von hier entfernt.«

»Eine verheißungsvolle Spur also?«

»Ich fürchte, nein.«

»Das habe ich mir auch gedacht. Trotzdem, wir dürfen nichts unversucht lassen. An sich könnten wir doch gleich aufbrechen und ...«

Mitten im Satz brach er ab, da der Kellner noch einmal in die Kantine kam und diesmal auf ihn zutrat. »Schon wieder Telefon. Diesmal für Sie, Oberst.«

Schon nach wenigen Augenblicken war de Graaf wieder zurück. »Jon, gibt es hier so etwas wie eine Stenotypistin?«

»Natürlich. Jan?«

»Mijnheer?« Ein blonder, junger Mann war aufgesprungen.

»Haben Sie gehört, was der Oberst gesagt hat?«

»Ja.« Er blickte de Graaf an. »Was soll ich ihr sagen?«

»Bitten Sie sie, den Anruf entgegenzunehmen und für mich abzuschreiben. Peter, Sie sind ja ein richtiger Hellseher; ein klarer Fall von zweitem Gesicht.«

»Die FFF?«

»Allerdings. Die Presse – versteht sich wohl von selbst. Die FFF legt großen Wert auf Publicity. Der übliche anonyme Anruf. Der Redakteur, der ihn entgegengenommen hat, war zum Glück so geistesgegenwärtig, ihn auf Band aufzunehmen. Es würde mich jedoch wundern, wenn uns das Ganze auch nur einen Schritt weiterbringen würde. Eine ziemlich lange Erklärung, heißt es. Und da Kurzschrift nicht gerade meine Stärke ist, werden wir uns wohl oder übel noch eine Weile in Geduld üben müssen.«

Keine vier Minuten hatten sie sich in dieser löblichen Tugend geübt, als ein Mädchen die Kantine betrat und de Graaf ein maschinenbeschriebenes Blatt überreichte. Er bedankte sich, warf einen kurzen Blick auf das Geschriebene und sagte schließlich: »Das Motto des heutigen Tages heißt anscheinend ›Aktion‹. Wie ich annehme, handelt es sich hier um den vollen Wortlaut einer Erklärung, die in auffallend arrogantem Tonfall gehalten ist. Die FFF teilt uns folgendes mit:

›Das nächste Mal werden die verantwortlichen Bürger Amsterdams vielleicht auf das hören, was wir sagen, und entsprechend handeln. Für den heutigen Unglücksfall ist nach unserem Dafürhalten ganz allein Mijnheer de Jong verantwortlich. Er wurde rechtzeitig gewarnt, aber er hat diese Warnung einfach ignoriert. Wir bedauern den unnötigen Tod der drei Passagiere an Bord der Fokker Friendship, lehnen aber jede Verantwortung dafür ab. Es war uns nicht mehr möglich, die Explosion zu verhindern.‹«

De Graaf legte eine kurze Pause ein und blickte van Effen an. »Interessant, nicht wahr?«

»Sehr sogar. Sie hatten also einen Beobachter. Allerdings werden wir kaum herausfinden, wer dieser Mann war. Er könnte sich irgendwo auf dem Flughafengelände aufgehalten haben. Tag für Tag kommen Hunderte von Besuchern, die nicht hier beschäftigt sind. Nach allem, was wir wissen, könnte sich auch ein Beobachter mit einem Fernglas am Rand des Flughafens postiert haben. Aber das ist nicht unbedingt das Interessante an der Sache. Die vier Sanitäter, die die schwerverletzten Passagiere in die Klinik einlieferten, wußten zu diesem Zeitpunkt noch nicht, ob die drei Männer, deren Tod erst später festgestellt wurde, bereits tot oder noch am Leben waren. Zwei starben, soweit ich informiert bin, erst nach der Einlieferung in die Klinik, und keiner wurde offiziell für tot erklärt, bevor nicht ein Arzt ihren Tod bestätigt hatte. Woher konnte die FFF also davon wissen? Weder der Arzt noch die Männer der Rettungsmannschaft dürften dafür verantwortlich sein, daß diese Information an die Öffentlichkeit gedrungen ist, sie wären als erste verdächtigt worden und problemlos zu überprüfen gewesen. Von ihnen abgesehen, befinden sich alle Personen, die von den Toten wissen, in diesem Raum.« Van Effen sah sich gelassen unter den sechzehn Männern und drei Frauen um, die an den Kantinentischen saßen; dann wandte er sich de Jong zu.

»Es erübrigt sich wohl von selbst, Ihnen den Sachverhalt eingehender zu erläutern, Mijnheer. Unter uns befindet sich ein Spitzel, ein Informant. Der Feind hat einen Spion in unserem Lager.« Noch einmal blickte er sich in aller Ruhe im Raum um. »Ich frage mich, wer es sein könnte.«

»In diesem Raum?« De Jongs Miene spiegelte gleichzeitig Ungläubigkeit und Besorgnis wider.

»Diese Tatsache ist so offensichtlich, daß ich sie nicht noch einmal zu wiederholen brauche, oder?«

De Jong starrte gequält auf seine Hände, die krampfhaft ineinander verschränkt auf dem Tisch vor ihm ruhten.

»Nein. Nein. Natürlich nicht. Aber – ich meine – so etwas muß sich doch feststellen lassen. Sie müssen das doch feststellen können.«

»Mit den üblichen rigorosen Verhören? Meinen Sie das? Indem ich herauszufinden versuche, was jede einzelne Person in diesem Raum getan hat, nachdem die Fokker verunglückt war? Indem ich Nachforschungen anstelle, ob jemand Zugang zu einem Telefon hatte oder es benutzt hat? Sicher, das ließe sich machen; ich könnte meine Nachforschungen anstellen. Das Ergebnis wäre jedoch mit Sicherheit gleich null.«

»Wieso das?« De Jong war sichtlich verwundert. »Wie können Sie das schon im voraus sagen? Wie können Sie das mit solcher Gewißheit behaupten?«

»Weil der Leutnant«, antwortete de Graaf für seinen Kollegen, »wie ein Polizist denkt. Diese Leute sind auf keinen Fall zu unterschätzen, nicht wahr, Peter?«

»Sie sind sehr clever.«

De Jong blickte von de Graaf zu van Effen und dann wieder zu de Graaf. »Wenn jemand so freundlich wäre, mir zu erklären . . .«

»Das Ganze ist doch sehr einfach«, kam ihm de Graaf zu Hilfe. »Ist Ihnen noch nicht der Gedanke gekommen, daß die FFF es nicht im geringsten nötig gehabt hätte, uns davon in Kenntnis zu setzen, daß sie über die Todesfälle Bescheid wußte? Eine Gratisinformation sozusagen. Sie wußten, daß uns das klar sein würde. Sie wußten, daß wir, wie Mijnheer van Effen uns eben dargelegt hat, zu dem Schluß kommen würden, daß jemand sie davon in Kenntnis gesetzt haben mußte und daß dieser Jemand einer hier von uns sein muß. Sie gingen völlig richtig davon aus, daß wir überprüfen würden, ob jemand von hier aus telefoniert hat. Der Betreffende gab die Nachricht jedoch nur an einen Komplizen weiter, der sich nicht in diesem Raum aufhält. Und dieser Komplize hat sie dann telefonisch verständigt. Ich fürchte also, Jon, daß sich unter Ihren Leuten noch ein zweiter Maulwurf befindet. Schlimmeres schließe ich nicht aus. Sie sind sich hoffentlich darüber im klaren, daß jedes Wort unserer Unterhaltung an die FFF weitergeleitet wird, wer immer das auch sein mag. Selbstverständlich werden wir das Zeremoniell wahren und die nötigen Routineuntersuchungen anstellen. Aber wie Leutnant van Effen bereits bemerkt hat, werden wir damit nicht weit kommen.«

»Aber ich sehe hinter all dem keinen rechten Sinn«, warf de Jong ein. »Wozu all diese Umstände, wenn sie doch gar nichts erreichen wollen?«

»Wer sagt denn, daß diese Organisation nichts erreichen will? Zum einen arbeiten sie auf eine allgemeine Demoralisierung der Öffentlichkeit hin, und zum anderen, was eindeutig der wichtigere Punkt ist, geben sie uns zu verstehen, daß sie eine Macht darstellen, die nach Belieben unsere sämtlichen Sicherheitsvorkehrungen und Gegenmaßnahmen umgehen kann. Sie lassen keinerlei Zweifel an der Tatsache, daß sie eine hervorragend organisierte Gruppe sind, die sehr wohl in der Lage ist, ihre Drohungen in die Tat umzusetzen. Kurzum, sie präsentieren sich uns als eine Organisation, die zu ignorieren eindeutig gefährlich ist.

Und da wir nun schon von Drohungen und Risiken sprechen, lassen Sie uns noch einmal auf diesen letzten Anruf der FFF zurückkommen. Da heißt es: ›Unseres Erachtens ist sich das holländische Volk der Tatsache sehr wohl bewußt, daß es einem Angreifer, der es mit allen Mitteln in die Knie zwingt, völlig wehrlos gegenübersteht. Ihr wahrer Feind ist nicht die See. Das sind wir, und die See ist unser Verbündeter.

Es erübrigt sich wohl, noch einmal darauf hinzuweisen, daß die Küsten der Niederlande durch Deiche von insgesamt eintausenddreihundert Kilometern Länge vom Meer abgeschirmt werden. Cornelius Rijpma, der Vorsitzende des Seepolderausschusses in Leeuwarden, hat vor einigen Monaten erklärt, daß die Deiche in seinem Zuständigkeitsbereich nur aus übereinandergehäuften Sandschichten bestehen und möglicherweise bei einem schweren Sturm den Wellen nicht mehr standhalten. Mit einem ›schweren Sturm‹ dürfte eine Naturkatastrophe wie die von 1953 gemeint sein, bei der die Deiche der Deltabefestigungen brachen und in deren Verlauf 1850 Menschen ums Leben kamen. Die Informationen, die wir vom Rijkswaterstaat erhielten, besagen ...‹«

»Wie?! Was?!« Van der Kuur sprang auf. Sein Gesicht lief puterrot an, er hatte Mühe, einen zusammenhängenden Satz zu bilden. »Wollen diese Halunken etwa behaupten, sie hätten diese Informationen von uns erhalten? Das ist doch völlig ausgeschlossen! Absolut unmöglich!«

»Wenn Sie mich liebenswürdigerweise erst zu Ende lesen lassen, Mijnheer van der Kuur. Merken Sie denn nicht, daß sie auch hier wieder auf ihre altbewährten Methoden zurückgreifen, jedes Vertrauen zu unterminieren und uns zu demoralisieren? Die Tatsache, daß unseres Wissens einer oder mehrere von Mijnheer de Jongs Leuten für diese Organisation arbeiten, ist noch lange kein Beweis, daß dies auch auf Ihre Mitarbeiter zutrifft. Wie dem auch sei, es kommt noch schlimmer. Im weiteren heißt es: ›Unsere Informationen besagen, daß bereits ein Sturm mit siebzig Prozent der Stärke des Sturms von 1953 ausreichen würde, besagte Deiche zum Brechen zu bringen. Mijnheer Rijpma hat auf den besorgniserregenden Zustand verschiedener Deiche hingewiesen. Von den eintausenddreihundert Kilometern niederländischer Deiche befinden sich nahezu dreihundert in einem Zustand, der eindeutig als kritisch zu bezeichnen ist. Selbst die wohlmeinendsten Schätzungen lassen nicht darauf schließen, daß während der nächsten zwölf Jahre mit den Ausbesserungsarbeiten begonnen werden kann. Wir schlagen deshalb nichts weiter vor, als das Eintreten des Unvermeidlichen ein wenig zu beschleunigen.‹«

De Graaf blickte sich im Raum um. Drückendes Schweigen beherrschte die Atmosphäre. Nur zwei Personen sahen ihn an, alle anderen starrten betreten zu Boden oder ließen ihre Blicke ins Unendliche schweifen; in beiden Fällen bedurfte es keines allzu großen Einfühlungsvermögens, um festzustellen, daß der Anblick, der sich ihnen bot, alles andere als erfreulich war.

»›Die Deiche können nicht repariert werden, weil es an den nötigen Geldmitteln fehlt‹«, fuhr de Graaf fort. »›Alle verfügbaren Mittel werden in den Bau des sturmflutsicheren Deichs an der Oosterschelde gesteckt, das letzte Glied im sogenannten Delta-Projekt, das eine immense Landfläche vor den Fluten der Nordsee schützen soll. Die Kosten für dieses Projekt sind enorm. Nachdem sie bei Baubeginn wesentlich zu niedrig eingeschätzt wurden – hinzu kommen die allgemeinen Kostensteigerungen und die Auswirkungen der Inflation –, wird besagtes Projekt neueren Schätzungen zufolge vermutlich über neun Milliarden Gulden verschlingen – eine stattliche Summe, die noch dazu für einen Bau aufgebracht werden soll, dessen Effektivität von einer Reihe namhafter Fachleute ernsthaft in Frage gestellt wird. Das Projekt umfaßt dreiundsechzig Schleusentore, welche an gigantischen, achtzehntausend Tonnen schweren, freistehenden Betonpfeilern befestigt werden sollen. Kritische Stimmen verlauten, daß sich diese Pfeiler bei extremer Belastung verschieben. Dadurch würden sich die Schleusentore verklemmen, womit wiederum der Sinn und Zweck der gesamten Anlage verfehlt wäre. Im übrigen würde dafür bereits eine Verschiebung um zwei Zentimeter ausreichen. Fragen Sie Mijnheer van der Kuur vom Rijkswaterstaat.‹«

De Graaf machte eine Pause und blickte auf. Van der Kuur war erneut aufgesprungen und schien – wie schon kurz zuvor – einem Schlaganfall nahe, was vermuten ließ, daß seine scheinbar unerschütterliche Ruhe recht oberflächlicher Natur war.

»Lügen!« tobte er. »Unsinn! Dummes, leeres Geschwätz! Verleumdungen! Falsche Behauptungen! Lügen, sage ich, nichts als Lügen!«

»Sie sind doch der zuständige Mann dafür. Sie müssen es wissen. Ich sehe also keinen Grund, weshalb Sie sich darüber so aufregen.« De Graafs Ton war milde, versöhnlich. »Diese Kritiker, auf die sich die FFF beruft – sind das keine qualifizierten Wasserbauingenieure?«

»Die Gegner dieses Projekts? Nichts weiter als ein paar Wichtigtuer. Ob sie qualifiziert sind? Natürlich, auf dem Papier! Nicht einer von ihnen verfügt über praktische Erfahrungen, was diese Angelegenheit betrifft.«

»Verfügt darüber denn überhaupt einer von den an diesem Projekt beteiligten Ingenieuren?« wollte von Effen wissen. »Praktische Erfahrungen, meine ich. Soweit ich informiert bin, kommen im Zuge des Oosterschelde-Projekts bisher in der Praxis noch nicht erprobte Techniken zum Einsatz, womit in dieser Hinsicht also völliges Neuland betreten wird.« Er hob beschwichtigend seine Hand, denn van der Kuur schien schon wieder im Begriff aufzuspringen. »Entschuldigen Sie. All das steht hier im Augenblick ja nicht im geringsten zur Debatte. Weit interessanter ist für uns die Tatsache, daß die FFF über einen oder auch mehrere Köpfe verfügt, die nicht nur hochintelligent sind, sondern auch noch einiges von praktisch angewandter Psychologie verstehen. Erst säen sie hier in Schiphol Zweifel und Zwietracht und schüren allgemeine Unruhe, dann machen sie dasselbe mit dem Rijkswaterstaat. Mit Hilfe von Presse, Rundfunk und Fernsehen wird diese Saat zweifellos binnen kürzester Zeit unter der gesamten Bevölkerung des Landes aufgehen. Wenn Sie also mich fragen: diese Leute haben in der kurzen Zeit sehr viel erreicht oder werden es in Bälde erreicht haben. Wirklich eine beachtliche Leistung. Ich kann nicht umhin, dieser Organisation, was ihre strategischen Fähigkeiten betrifft, meine Bewunderung zu zollen – was ich allerdings nicht auf den menschlichen Bereich ausweiten möchte. Ich bin sicher, daß der Verräter in unserer Mitte diese Worte weitergeben wird.«

»Allerdings«, pflichtete ihm de Graaf bei. »Ich bin auch sicher, daß der Verräter Verständnis dafür aufbringen wird, wenn wir unser zur Abwendung dieser Gefahr geplantes Vorgehen nicht hier diskutieren. Und nun, meine Damen und Herren, kommen wir zum letzten Abschnitt der Botschaft, der sicherlich noch weitere Zweifel und Zwietracht, wie Mijnheer van Effen es ausdrückte, säen wird. Im folgenden heißt es: ›Zum Beweis Ihrer Ohnmacht und unserer Macht, unsere Vorhaben nach Belieben in die Tat umzusetzen, setzen wir Sie hiermit davon in Kenntnis, daß wir heute um sechzehn Uhr dreißig eine Lücke in den Texel-Deich sprengen werden.‹«

»Was?« schrie mindestens ein halbes Dutzend der Versammelten gleichzeitig auf.

»Ich muß gestehen, dies hat auch mich betroffen gemacht«, fuhr de Graaf ernst fort. »Das also haben sie vor. Und ich zweifle nicht im geringsten daran, daß sie ihr Versprechen wahr machen werden. Brinkman«, wandte er sich an den jungen Polizisten in Uniform, »setzen Sie sich mit dem Präsidium in Verbindung. Ich nehme an, es besteht keine unmittelbare Dringlichkeit, aber sorgen Sie dafür, daß die Bewohner der Insel davon benachrichtigt werden, was ihnen bevorsteht. Ich gehe davon aus, Mijnheer van der Kuur, daß ich, was die Bereitstellung der erforderlichen Mannschaften und technischen Hilfsmittel anbelangt, alles weitere Ihnen überlassen kann.« Er blickte wieder auf das Blatt Papier in seiner Hand. »Nichts von Bedeutung, meinen sie. ›Wir sind überzeugt, daß der entstehende Sachschaden minimal sein wird, aber es wäre vielleicht doch ratsam, wenn sich die Bewohner von Oosterend und De Waal kurz nach sechzehn Uhr dreißig – und zwar sehr kurz – in der Nähe ihrer Boote aufhielten oder in die Dachgeschosse ihrer Häuser begäben.‹ Ganz schön arrogant, muß ich sagen. Und zum Schluß heißt es dann noch: ›Wir sind uns im klaren, daß Sie sich aufgrund dieser Ortsangaben ein ziemlich genaues Bild machen können, wo wir die Sprengladungen anbringen. Versuchen Sie ruhig, sie zu finden.‹«

»Und das ist alles?« fragte van der Kuur.

»Ja, das ist alles.«

»Keine Gründe, keinerlei Erklärungen für dieses Wahnsinnsvorhaben? Keine Forderungen? Nichts?«

»Nichts.«

»Ich bin immer noch der Ansicht, daß wir es hier mit einer Bande von Irren zu tun haben.«

»Und ich bin der Ansicht, daß wir es mit hochintelligenten und raffinierten Kriminellen zu tun haben, die sich fürs erste vollauf damit zufrieden geben, uns in unserem eigenen Saft schmoren zu lassen. Was ihre Forderungen betrifft, würde ich mir an Ihrer Stelle keine unnötigen Sorgen machen. Die werden sie noch früh genug stellen –

wenn sie den Zeitpunkt für gegeben halten. Nun, das wäre so ziemlich alles, was wir im Augenblick tun können – womit ich nicht sagen wollte, daß wir bisher besonders viel erreicht hätten. Mijnheer de Jong, ich verabschiede mich und hoffe, daß Sie im Lauf des morgigen Tages den Flughafenbetrieb wieder aufnehmen können. Die zerstörten elektronischen Apparaturen in den Kellerräumen zu ersetzen, wird vermutlich noch einige Tage in Anspruch nehmen.«

Beim Verlassen des Flughafengebäudes gab van Effen de Graaf mit einer Handbewegung zu verstehen, er solle langsamer gehen. Um sich zu überzeugen, daß sich niemand in Hörweite befand, blickte er sich um und sagte dann:

»Ich würde gern zwei der Herren, die in der Kantine waren, beschatten lassen.«

»Sie gehen aber ran, das muß ich sagen. Und wie ich Sie kenne, haben Sie auch schon Ihre Gründe dafür.«

»Ich habe die beiden beobachtet, als Sie uns die Nachricht von der geplanten Sprengung des Texel-Deichs vorlasen. Alle Anwesenden waren sichtlich betroffen. Die meisten starrten einfach ins Leere – oder auf den Boden. Bestimmt gingen ihnen die verheerenden Folgen dieser Tat durch den Kopf. Zwei der Herren zeigten jedoch keine derartige Reaktion; ihre Blicke waren weiter auf Sie gerichtet. Eine plausible Erklärung ihres Verhaltens bestünde für mich darin, daß die Nachricht für die beiden keineswegs überraschend kam.«

»Aber das ist doch nicht mehr als ein winziger Strohhalm.«

»Von einem Ertrinkenden erwartet man, daß er sich an einen Strohhalm klammert.«

»Angesichts der entfesselten Wassermassen um uns herum, der tatsächlichen wie der angekündigten, hätten Sie ruhig auf eine weniger drastische Metapher zurückgreifen können. Wer sind die beiden?«

»Alfred van Rees und ...«

»Der Mann vom Rijkswaterstaat, der das Ressort Schleusen, Wehre und Kanäle leitet? Völlig ausgeschlossen. Alfred ist ein Freund von mir – ein absolut zuverlässiger Mann und so ehrlich, wie der Tag lang ist.«

»Vielleicht kommt sein wahres Selbst erst nach Sonnenuntergang an den Tag. Der andere ist Fred Klassen.«

»Klassen? Der Sicherheitschef von Schiphol? Das ist doch absurd.«

»Wieso? Ist er auch ein Freund von Ihnen?«

»Ach was! Aber das ist doch einfach unmöglich. Zwanzig Jahre lang hat er nicht den geringsten Anlaß zu irgendeiner Beanstandung gegeben. Der Sicherheitschef?«

»Wenn Sie ein Krimineller wären und die Wahl zu treffen hätten, irgendeinen Mitarbeiter eines größeren Unternehmens für sich zu gewinnen – für wen würden Sie sich in diesem Fall entscheiden?«

De Graaf sah van Effen lange an und ging dann schweigend weiter.

II

Die beiden Bootsbesitzer, denen in der Nacht zuvor ihre Boote gestohlen worden waren, hießen Bakkeren und Dekker. Wie sich herausstellte, waren sie miteinander verschwägert. Bakkeren reagierte relativ gelassen auf die Tatsache, daß sich jemand sein Boot ausgeliehen hatte und daß ihm nun von der Polizei der Zutritt an Bord verwehrt wurde. Dekker dagegen kochte vor Wut, was übrigens durchaus verständlich war. Man war, wie er de Graaf und van Effen binnen zwanzig Sekunden nach ihrem Eintreffen in seinem Vorstadthaus klarmachte, am Abend zuvor ziemlich grob mit ihm umgesprungen.

»Kann man denn in dieser verdammten Stadt nicht in Sicherheit leben?« schrie er die beiden Besucher an, die vernünftigerweise annahmen, daß dies nicht sein üblicher Umgangston war. »Sie sind von der Polizei, sagen Sie. Von der Polizei! Daß ich nicht lache! Von der Polizei! Toll, wie Sie die ehrbaren Bürger von Amsterdam schützen. Da sitze ich in meinem Boot und will niemandem etwas Böses, als diese vier Gangster . . .«

»Einen Augenblick«, unterbrach ihn van Effen. »Trugen die Männer Handschuhe?«

»Handschuhe?« Dekker, ein kleiner, dunkler Mann, starrte ihn in fassungsloser Wut an. »Handschuhe? Hier stehe ich, Opfer eines brutalen Überfalls, und alles, was Ihnen dazu einfällt, sind . . .«

»Handschuhe.«

Irgend etwas in van Effens Tonfall schien den kleinen Mann zu beruhigen; man sah förmlich, wie sein Blutdruck um einige Millibar sank. »Ob sie Handschuhe trugen, hm? Komisch, nicht? Ja, sie hatten welche an. Und zwar alle.«

Van Effen wandte sich an einen Sergeanten in Uniform. »Bernhard.«

»Wird gemacht, Leutnant. Ich schicke die Männer vom Erkennungsdienst nach Hause.«

»Entschuldigen Sie, Mijnheer Dekker. Wenn Sie uns vielleicht erzählen würden, wie sich das Ganze zugetragen hat. Und wenn Ihnen etwas Ungewöhnliches aufgefallen ist, dann ist gerade das von besonderem Interesse für uns.«

»Alles war ziemlich merkwürdig«, begann Dekker verdrießlich. Er hatte, wie er bereits erzählt hatte, in seiner kleinen Kajüte gesessen, ohne jemandem etwas Böses zu wollen, als vom Ufer her nach ihm gerufen wurde. Er war an Deck gestiegen, worauf ihn ein langer Kerl – seine Gesichtszüge waren in der Dunkelheit nicht zu erkennen gewesen – gefragt hatte, ob er das Boot für die Nacht mieten könnte. Er behauptete, er sei von einer Filmgesellschaft und wolle ein paar Nachtaufnahmen von der Stadt machen. Er bot ihm tausend Gulden an. Dekker fand es äußerst merkwürdig, daß ihm jemand so kurzfristig und bei Einbruch der Dunkelheit ein solches Angebot machte, und lehnte ab. Dann erinnerte er sich nur noch, daß plötzlich drei weitere Männer auftauchten, ihn von Bord zerrten, in ein wartendes Auto verfrachteten und zu seinem Haus fuhren.

»Haben Sie ihnen denn gesagt, wohin sie fahren sollten?« wollte van Effen wissen.

»Sind Sie wahnsinnig?« Ein Blick auf den aufgebrachten, kleinen Mann ließ unmißverständlich erkennen, daß er so schnell niemandem freiwillig eine Auskunft erteilt hätte.

»Demnach haben diese Leute Sie also schon seit einiger Zeit beobachtet. Ist Ihnen nicht aufgefallen, daß Sie beschattet wurden?«

»Daß ich was?«

»Daß Sie beschattet wurden; daß Ihnen jemand gefolgt ist? Ist Ihnen vielleicht irgendein Fremder aufgefallen, den Sie in letzter Zeit unverhältnismäßig oft gesehen haben?«

»Ich bitte Sie – wer sollte schon einen Fischhändler beschatten? Wie sollte jemand auf so eine verrückte Idee kommen? Na ja, jedenfalls haben sie mich dann ins Haus geschleppt...«

»Haben Sie nicht versucht, Ihren Entführern zu entkommen?«

»Würden Sie mir vielleicht erst mal zuhören?« Dekker war zu Recht verärgert. »Wie weit, glauben Sie, wäre ich dabei wohl gekommen – mit den Händen in Handschellen auf dem Rücken?«

»In Handschellen?«

»Sie haben wohl gedacht, nur die Polizei hätte solche Dinger, wie? Jedenfalls wurde ich ins Bad geschleppt, wo sie mir mit einer Wäscheleine die Beine gefesselt und mit Klebstreifen den Mund verklebt haben. Dann wurde die Tür von außen abgeschlossen.«

»Sie waren also völlig hilflos?«

»Völlig.« Bei dem Gedanken daran verfinsterte sich das Gesicht des kleinen Mannes. »Irgendwie habe ich es geschafft, aufzustehen; und das hat mir wirklich verdammt viel genützt! Im Bad gibt es nämlich kein Fenster. Aber selbst wenn es dort eines gegeben hätte, weiß ich nicht, wie ich es hätte einschlagen sollen. Und wenn mir auch das gelungen wäre, können Sie mir vielleicht sagen, wie ich dann um Hilfe hätte schreien sollen – mit einigen Metern Klebstreifen vor dem Mund? Drei oder vier Stunden später – wie lange genau, kann ich nicht sagen –, nach einigen Stunden jedenfalls kamen sie zurück und haben mich befreit. Dieser lange Kerl hat mir gesagt, sie hätten fünfzehnhundert Gulden auf den Küchentisch gelegt – tausend für das Boot und fünfhundert für die zusätzlichen Kosten.«

»Welche zusätzlichen Kosten?«

»Woher soll ich das wissen?« Dekkers Stimme klang müde. »Sie haben es mir nicht genauer erklärt. Sie sind einfach weggegangen.«

»Haben Sie sie wegfahren sehen? Was für einen Wagen hatten sie? Oder haben Sie sich vielleicht sogar die Nummer gemerkt?«

»Ich habe sie nicht wegfahren sehen. Und ich habe auch nicht gesehen, was für einen Wagen sie hatten, geschweige denn welche Autonummer.« Dekker sprach in einem Tonfall, der vermuten ließ, daß es ihm schwerfiel, sich zu beherrschen. »Wenn ich gesagt habe, daß sie mich freigelassen haben, meine ich damit nur, daß sie mir die Handschellen abgenommen haben. Es hat eine Weile gedauert, bis ich diesen verdammten Klebstreifen ab hatte. Und ich kann Ihnen sagen, das hat nicht schlecht weh getan. Außer meinem Schnurrbart hat es mich ein paar Fetzen Haut gekostet. Als nächstes bin ich in die Küche gehopst und habe mit dem Brotmesser die Wäscheleine um meine Beine aufgeschnitten. Das Geld lag übrigens tatsächlich auf dem Küchentisch, und ich wäre Ihnen dankbar, wenn Sie es an sich nehmen würden; mit diesem schmutzigen Geld will ich nichts zu tun haben. Außerdem ist es mit ziemlicher Sicherheit sowieso gestohlen. – Ja, und bis dahin waren sie natürlich längst über alle Berge.«

Van Effen zeigte diplomatisches Mitgefühl: »In Anbetracht dessen, was Sie durchgemacht haben, Mijnheer, sind Sie wirklich sehr ruhig und beherrscht. Könnten Sie uns diese Männer vielleicht genauer beschreiben?«

»Sie trugen ganz gewöhnliche Sachen und Regenmäntel. Das wäre schon so ziemlich alles.«

»Und ihre Gesichter?«

»Auf dem Boot und im Wagen war es dunkel, und bis wir hier waren, hatten sich alle Masken übergestülpt. Das heißt, drei von ihnen. Einer blieb auf dem Boot.«

»Hatten sie Sehschlitze in den Masken?« Van Effen war keineswegs enttäuscht, er hatte nichts anderes erwartet.

»Eher runde Löcher.«

»Haben sie miteinander gesprochen?«

»Nicht ein einziges Wort. Nur ihr Anführer hat mit mir gesprochen.«

»Woher wissen Sie, daß er ihr Anführer war?«

»Nun, in der Regel gibt doch der Anführer die Befehle, oder nicht?«

»Da haben Sie allerdings recht. Würden Sie die Stimme dieses Mannes wiedererkennen?«

Dekker zögerte. »Ich weiß nicht. Nun ja, ich glaube doch, wenn ich mir's recht überlege.«

»Aha. Ist Ihnen an dieser Stimme irgend etwas Ungewöhnliches aufgefallen?«

»Ja, das schon. Sein Holländisch war ziemlich komisch.«

»Komisch?«

»Es war – wie soll ich sagen –, es war kein normales Holländisch.«

»Meinen Sie, schlechtes Holländisch?«

»Nein. Eher das Gegenteil. Er sprach sehr gutes Holländisch. Zu gutes. So, wie die Nachrichtensprecher im Radio oder im Fernsehen.«

»Zu gestochen also? Schulbuchholländisch? War der Mann vielleicht Ausländer?«

»Ja, ich würde sagen, das war es.«

»Haben Sie eine Ahnung, aus welchem Land er kommen könnte?«

»Da muß ich leider passen. Wissen Sie, ich war nie im Ausland. Ich höre oft Leute in der Stadt Englisch oder Deutsch sprechen – oder sogar beides. Aber ich kann keine Fremdsprache. Schließlich hat man als Fischhändler keine Touristen als Kunden. Ich verkaufe meine Fische auf Holländisch.«

»Trotzdem besten Dank. Vielleicht hilft uns das weiter. Ist Ihnen an dem Anführer sonst noch etwas aufgefallen – das heißt, falls er tatsächlich ihr Anführer war?«

»Er war ziemlich groß.« Dekker versuchte ein erstes zaghaftes Lächeln an diesem Nachmittag. »Man muß ja nicht gerade besonders groß sein, um mir auf den Kopf spucken zu können, aber diesem Kerl bin ich nicht mal bis zur Schulter gegangen. Er war sicher noch zehn, zwölf Zentimeter größer als Sie. Und dünn – ja, fast schon mager. Er hatte einen langen, blauen Regenmantel an, der ihm bis weit unter die Knie ging. Irgendwie sah dieser Kerl in dem Ding aus wie eine Vogelscheuche.«

»Die Masken hatten Löcher, sagten Sie, keine Schlitze? Konnten Sie die Augen von diesem Langen erkennen?«

»Nicht mal die konnte ich sehen. Er trug eine dunkle Brille.«

»Eine Sonnenbrille? Ich habe Sie doch gefragt, ob Ihnen

an diesen Männern etwas aufgefallen ist. Fanden Sie es nicht etwas eigenartig, daß dieser Mann mitten in der Nacht eine Sonnenbrille trug?«

»Eigenartig? Wieso hätte ich das eigenartig finden sollen? Wissen Sie, Leutnant, ich bin Junggeselle und sitze deshalb häufig vor dem Fernseher. Und die Ganoven in den Krimis tragen immer dunkle Brillen. Auf diese Weise erkennt man, daß sie Gangster sind.«

»Da haben Sie allerdings recht.« Van Effen wandte sich nun an Dekkers Schwager. »Wie ich höre, Mijnheer Bakkeren, blieben Sie von den Aufmerksamkeiten dieser Herren verschont?«

»Meine Frau hatte Geburtstag. Wir waren aus, in der Stadt, zu einem gemütlichen Abendessen, und dann noch in einer Show. Abgesehen davon hätten diese Burschen mein Boot jederzeit klauen können, ohne daß ich was davon gemerkt hätte. Wenn sie schon Maks hier eine Weile beobachtet haben, dann bin ich sicher auch überwacht worden. Und dann hätten sie eigentlich wissen müssen, daß ich nur an den Wochenenden auf meinem Boot bin.«

Van Effen wandte sich an de Graaf. »Möchten Sie jetzt vielleicht die Boote sehen, Mijnheer?«

»Glauben Sie, das wird uns irgendwie weiterbringen?«

»Nein. Aber vielleicht findet sich ein Anhaltspunkt dafür, wie sie bei ihrer Operation vorgegangen sind. Ich möchte wetten, daß sie zumindest eine kleine Spur für einen fleißigen Polizeispürhund zurückgelassen haben.«

»Ebensowenig ist allerdings ausgeschlossen, daß wir nur kostbare Zeit vergeuden.«

Die beiden Schwäger fuhren in ihrem eigenen Wagen, die Polizeibeamten nahmen van Effens Dienstwagen, einen alten, verbeulten Peugeot, dessen Motor jedoch sein Aussehen Lügen strafte. Nichts deutete darauf hin, daß es sich um einen Polizeiwagen handelte; selbst das Funktelefon war versteckt angebracht. Vorsichtig ließ sich de Graaf auf dem quietschenden und mehr oder weniger federlosen Sitz nieder.

»Ich möchte ja nicht unhöflich sein, Peter. Ich weiß, daß

es in Amsterdam und Umgebung Hunderte ähnlicher Klapperkisten gibt, und ich weiß auch Ihr Bemühen um Unauffälligkeit zu schätzen. Aber würde es Ihnen wirklich das Herz brechen, bei Gelegenheit Ihren Beifahrersitz auswechseln oder zumindest neu polstern zu lassen?«

»Ich finde, das gibt der Kiste den letzten Schliff an Authentizität. Aber wenn Sie meinen ... Ist Ihnen übrigens im Haus von Dekker etwas aufgefallen?«

»Nichts, worauf Sie nicht schon gestoßen wären. Interessant, daß dieser große, schmale Mann von einer Gruppe von Stummen begleitet wurde. Nachdem Sie die Vermutung geäußert haben, daß ihr Anführer – so hat ihn Dekker zumindest bezeichnet – Ausländer sein könnte, wäre doch keineswegs ausgeschlossen, daß dies auch auf seine Kumpane zutrifft. Womöglich spricht keiner von ihnen auch nur ein Wort Holländisch.«

»Das ist durchaus möglich. Dekker sagte allerdings, daß der Anführer seinen Leuten Anweisungen erteilt hat, was darauf schließen ließe, daß seine Begleiter holländisch sprachen – oder zumindest verstanden. Doch das muß nicht unbedingt der Fall sein. Die Anweisungen können völlig bedeutungslos gewesen sein und möglicherweise nur dem Zweck gedient haben, Dekker davon zu überzeugen, daß es sich bei den Männern um Holländer handelte. Nur schade, daß Dekker nie im Ausland war. In diesem Fall hätte er nämlich unter Umständen – ich betone: unter Umständen – feststellen können, aus welchem Land der Sprecher der Gruppe kam. Ich spreche zwei oder drei Fremdsprachen, Peter, Sie sogar mehr. Glauben Sie, wir hätten erkennen können, woher dieser Mann kam, wenn wir seine Stimme gehört hätten?«

»Durchaus möglich, wenn auch keinesfalls mit Sicherheit. Ich weiß übrigens, woran Sie gerade denken, Mijnheer. An die Tonbandaufnahme, die dieser Zeitungsredakteur von dem Anruf der FFF gemacht hat. In diesem Fall sind die Chancen allerdings noch schlechter. Sie wissen ja selbst, wie sehr das Telefon eine Stimme verändern kann. Im übrigen glaube ich, daß dieser Organisation keinesfalls ein derart plumper Fehler unterlaufen würde. Und selbst wenn wir etwas über das Herkunftsland dieses Mannes herausfinden könnten, würde uns das entschieden vorwärtsbringen?«

De Graaf steckte sich einen tiefschwarzen Stumpen an. Van Effen kurbelte sein Fenster herunter. Ohne darauf zu achten, sagte de Graaf: »Welch tröstende Worte Sie doch immer finden, Peter. Aber wenn wir noch ein paar Anhaltspunkte mehr hätten – das heißt allerdings, wir müßten sie erst einmal finden –, könnte uns das doch durchaus weiterhelfen. Abgesehen von der Tatsache, daß er ein Ausländer sein könnte, wissen wir über diesen Kerl bisher nur, daß er auffallend groß und dünn ist, und daß mit seinen Augen etwas nicht stimmt.«

»Wieso soll er etwas mit den Augen haben? Bisher wissen wir doch nur, daß er nachts eine Sonnenbrille trägt. Das kann alles oder nichts bedeuten. Vielleicht auch nur ein Tick dieses Burschen. Möglicherweise findet er sich mit Sonnenbrille besonders schick. Oder er hält, wie Dekker bereits angedeutet hat, eine Sonnenbrille einfach für ein unerläßliches Requisit eines echten Gangsters. Vielleicht trägt er wie die Leibwächter des amerikanischen Präsidenten nur deshalb eine Sonnenbrille, damit potentielle Attentäter in einer Menschenmenge nicht sehen können, ob die Augen der Sicherheitsbeamten auf sie gerichtet sind oder nicht. Oder er leidet an Nyktalopie.«

»Aha. Nyktalopie. Jedes Kind weiß, was das ist. Aber ich hoffe doch, daß Sie die Güte haben werden, mich in meiner Unwissenheit aufzuklären.«

»Ein altmodisches Fremdwort, um einen bekannten, etwas eigenartigen Sachverhalt zu beschreiben. Es handelt sich dabei um ein Wort mit zwei genau gegensätzlichen Bedeutungen. Einerseits bedeutet das Wort Nachtblindheit, also die Unfähigkeit, nach Einbruch der Dunkelheit noch etwas zu sehen; über die Ursachen ist sich die Medizin bisher noch im unklaren. Und zum anderen kann dieses Wort auch Tagblindheit bedeuten, das heißt, das Unvermögen, zu einer anderen Tageszeit als nachts deutlich sehen zu können. Die Ursachen sind auch in diesem Fall ungeklärt. Ein sehr seltenes Leiden, einerlei, um welche der beiden Erscheinungsformen es sich handelt; ihre Existenz ist jedoch eindeutig erwiesen. Die Sonnenbrille könnte also durchaus mit speziellen Gläsern ausgestattet gewesen sein.«

»Für einen Kriminellen müßte dieses Leiden – egal, in welcher Form – doch ein erhebliches berufliches Handicap darstellen. Ein Einbrecher zum Beispiel wäre bei seinen Unternehmungen durch eine solche Nacht- beziehungsweise Tagblindheit erheblich behindert. Mir scheint diese Theorie etwas zu sehr an den Haaren herbeigezogen, Peter. Ich muß zugeben, daß ich in diesem Punkt eher zu einer der herkömmlichen Erklärungen neige. Vielleicht hat er auffällige Narben um die Augen – oder er schielt. Oder er hat eine ungewöhnlich gefärbte Iris, oder die Iris ist so hell, daß sie sich kaum vom umgebenden Weiß abhebt. Oder er hat verschiedenfarbige Pupillen. Vielleicht hat er auch nur *ein* Auge. Auf alle Fälle würde ich sagen, daß er an einer physischen Abnormität leidet, aufgrund derer er ohne Sonnenbrille sofort zu identifizieren wäre.«

»Also brauchten wir nur bei Interpol, weltweit, eine Liste aller Kriminellen mit irgendwelchen Augenleiden anfordern. Ich nehme an, diese Liste würde Zehntausende von Namen enthalten. Und selbst wenn nur zehn Personen darauf stünden, brächte uns das keinen Schritt weiter, zumal keineswegs auszuschließen ist, daß dieser Mann bisher gar nicht in den Akten der Polizei geführt wird.« Van Effen überlegte kurz. »Vielleicht sollten wir uns eine Liste sämtlicher kriminellen Albinos zusammenstellen lassen. Die tragen doch auch Sonnenbrillen, um ihre Augen zu verstecken.«

»Der Herr Leutnant belieben zu scherzen«, erwiderte de Graaf mürrisch. Er paffte an seinem Stumpen und sagte dann, nachdenklich und als spräche er zu sich selbst: »Also wirklich, Peter. Sie könnten sogar recht haben.«

Inzwischen hatte Dekker im Wagen vor ihnen seine Fahrt verlangsamt und angehalten. Van Effen stellte seinen Peugeot hinter Dekkers Wagen ab. An einem Kanaldamm waren zwei Boote vertäut; beide waren elf bis zwölf Meter lang, beide hatten Kajüten und ein offenes Achterdeck. Die Polizisten folgten Dekker an Bord seines Boots. Bakkeren kletterte an Deck des seinen, das unmittelbar vor dem seines Schwagers lag.

»Nun, meine Herren, was möchten Sie sich zuerst ansehen?« begrüßte Dekker die beiden Polizisten an Bord.

»Wie lange haben Sie das Boot schon?« wollte de Graaf wissen.

»Sechs Jahre.«

»In diesem Fall glaube ich nicht, daß Leutnant van Effen oder ich uns die Mühe machen werden, das Boot mit eigenen Augen zu inspizieren. Nach sechs Jahren kennen Sie doch sicher jede Ecke und jeden Winkel Ihres Bootes wie Ihre Westentasche. Wir wären Ihnen also sehr dankbar, wenn Sie das Boot selbst überprüfen würden. Sie sollen uns lediglich sagen, ob Ihnen auch nur die geringste Kleinigkeit auffällt, die Ihnen an dem Boot verändert erscheint: etwas, das vorher noch nicht da war, oder etwas, das abhanden gekommen ist. Und wenn Sie vielleicht zuerst so gut wären, Ihren Schwager zu bitten, genau das gleiche an Bord seines Bootes nachzuprüfen.«

Etwa zwanzig Minuten später erklärten beide, daß die Täter nichts auf den Booten zurückgelassen hätten und in beiden Fällen nur zwei Dinge vermißt würden: Bier aus dem Kühlschrank und Treibstoff aus den Tanks. Weder Dekker noch Bakkeren konnten mit Sicherheit sagen, wie viele Dosen Bier fehlten. Was die Treibstofftanks betraf, waren sich jedoch beide absolut sicher, daß sie mindestens zwanzig Liter weniger Diesel enthielten.

»In jedem Tank fehlen zwanzig Liter?« meinte van Effen verwundert. »Von hier bis zum Flughafen hätten sie doch nicht einmal zwei Liter gebraucht. Demnach müssen sie die Maschinen zu einem anderen Zweck verwendet haben. Könnten Sie vielleicht die Luke zum Maschinenraum öffnen? Und haben Sie eine Taschenlampe?«

Van Effens Überprüfung der Batterie im Maschinenraum nahm nur wenige Sekunden in Anspruch, die jedoch vollauf genügten. Er wandte sich an die beiden

Bootsbesitzer: »Benutzen Sie Überbrückungskabel mit gezahnten Federhalterungen, wenn Sie die Batterien anzapfen oder aufladen? Nein? Nein, gestern nacht hat aber jemand diese Dinger verwendet. Man kann die Einkerbungen an den Kontakten erkennen. Demnach haben sie also die Batterien der beiden Boote aneinandergekoppelt; ob nun in Reihe oder parallel geschaltet, ist für uns ohne Belang. Jedenfalls haben sie die Motoren laufen lassen, um die Batterien aufzuladen. Daher die fehlenden vierzig Liter.«

»Das hat diese Bohnenstange wohl mit den zusätzlichen Kosten gemeint«, bemerkte Dekker.

»Wahrscheinlich.«

Gerade als sich de Graaf ein wenig zögernd auf dem ungefederten, quietschenden Beifahrersitz des alten Peugeot niederließ, läutete das Funktelefon. Van Effen nahm ab und gab den Hörer an de Graaf weiter, der nur kurz telefonierte und dann wieder auflegte.

»Hab' ich es mir doch fast gedacht.« De Graaf wirkte sichtlich frustriert. »Mein Minister möchte, daß ich mit ihm nach Texel fliege. Wenn ich richtig verstanden habe, befindet sich das halbe Kabinett in seinem Gefolge.«

»Meine Güte! Diese alten Duckmäuser. Was wollen die da oben schon groß erreichen? Sie werden höchstens den Einsatztrupps im Weg stehen und sie bei der Arbeit behindern; erreichen werden sie nichts. Andererseits handelt es sich natürlich um etwas, worin sie seit eh und je wahre Meister sind.«

»Ich möchte Sie doch darauf aufmerksam machen, Leutnant van Effen, daß Sie über vom Volk gewählte Minister der Krone sprechen.« Falls diese Worte als Tadel gelten sollten, war es de Graafs Tonfall nicht unbedingt anzumerken.

»Für mich sind sie eine unnütze, unfähige Gesellschaft. Die wollen sich doch nur wichtig machen. Hauptsache, ihre Namen stehen wieder mal in der Zeitung; es ist ja auch nicht ausgeschlossen, daß ihnen so etwas ein paar zusätzliche Wählerstimmen eintragen könnte. Ich bin sicher, daß Sie den kleinen Ausflug sogar genießen werden.«

De Graaf runzelte düster die Stirn und meinte zurückhaltend: »Ich vermute, daß Sie keine besondere Lust haben, mich zu begleiten, Peter?«

»Sie vermuten richtig, Mijnheer. Davon abgesehen, habe ich verschiedene andere Dinge zu erledigen.«

»Glauben Sie nicht, daß das auch auf mich zutrifft?«

»Ach was! Ich bin schließlich nur Polizist. Sie sind Polizist und Diplomat. Ich bringe Sie in Ihr Büro.«

»Haben Sie noch Zeit, mit mir zu Mittag zu essen?«

»Leider nein, Mijnheer. Ich bin bereits in einem Lokal verabredet, in das der Polizeichef von Amsterdam kaum freiwillig seinen Fuß setzen würde. Es nennt sich La Caracha und fände mit Sicherheit nicht die Zustimmung Ihrer Frau und Ihrer Töchter.«

»Eine dienstliche Verabredung?«

»Selbstverständlich. Ein kleines Treffen mit ein paar von unseren Freunden unter den Krakern. Sie haben mich vor einigen Monaten doch selbst gebeten, neben dem offiziellen auch ein persönliches Auge auf sie zu werfen. Und diese Leute teilen mir gelegentlich mit, was es Neues gibt – meistens im La Caracha.«

»Ach, die Kraker. In den letzten beiden Monaten hatte ich nicht viel Zeit, mir ihretwegen den Kopf zu zerbrechen. Und wie geht es unserer desillusionierten Jugend – den Studenten, die gegen alles und jeden sind, den Blumenkindern, den Hippies und Hausbesetzern?«

»Und den Drogendealern und Waffenhändlern? Ich muß sagen, daß dieses Volk in letzter Zeit mehr und mehr verkommt. Mir waren sie, ehrlich gesagt, lieber – oder besser: ich fand sie weniger beunruhigend, als sie sich noch mit unserer Polizei die eine oder andere Straßenschlacht geliefert und dabei ein paar Autos umgekippt und angezündet haben. Da wußten wir wenigstens, woran wir waren. Aber jetzt ist plötzlich alles so still und friedlich geworden, ich kann mich nicht so recht des Gefühls erwehren, daß sich da etwas ziemlich Unangenehmes zusammenbraut.«

»Haben Sie etwa schon irgendwelche konkreten Anhaltspunkte in dieser Richtung, Peter?«

»Zumindest habe ich das ungute Gefühl, daß mir die Anzeichen dafür früher oder später in die Augen springen werden, ob ich sie nun sehen will oder nicht. Als gestern nachmittag dieser Anruf von der FFF kam, habe ich sofort zwei meiner besten Leute losgeschickt. Vielleicht stoßen sie auf irgend etwas, das uns weiterhilft. Ausgeschlossen wäre es nicht. Jedenfalls konzentriert sich in Amsterdam das Verbrechen mehr und mehr auf das Krakerviertel. Wie schätzen Sie eigentlich diese FFF ein?«

»Nun ja, das scheinen eindeutig recht helle Köpfe zu sein; vielleicht zu clever, um sich mit den Krakern zusammenzutun, die man nicht unbedingt als die geistige Elite unter den Kriminellen bezeichnen kann.«

»Die FFF. Bisher haben wir einen ziemlich langen Kerl, möglicherweise Ausländer, und möglicherweise stimmt etwas mit seinen Augen nicht. Was wollen wir mehr? Der Fall ist so gut wie geklärt.«

»Der Sarkasmus steht Ihnen schlecht zu Gesicht, Peter. Aber gut, wir dürfen nichts unversucht lassen. Irgend etwas zu unternehmen ist immer noch besser als gar nichts. Wie ist übrigens das Essen im La Caracha?«

»Ich würde sagen, für diese Gegend erstaunlich gut. Ich habe schon mehrfach dort gegessen...« Mitten im Satz brach er ab und sah de Graaf an: »Sie werden uns doch nicht etwa mit Ihrer Gesellschaft beehren, Mijnheer?«

»Nun, ich dachte, ich wollte sagen, als Polizeichef...«

»Aber selbstverständlich. Es ist mir ein Vergnügen.«

»Und kein Mensch wird wissen, wo ich bin.« Diese Aussicht schien de Graaf sichtlich zu erheitern. »Dieses verdammte Autotelefon soll sich meinetwegen dumm und dämlich klingeln. Ich kann es jedenfalls nicht hören.«

»Und es wird auch sonst niemand hören. Ich werde dieses verdammte Telefon – wie Sie es nennen – nämlich sofort abschalten, sobald ich den Wagen geparkt habe. Was glauben Sie wohl, würden die Bewohner dieser lauschigen Hafengegend denken, wenn in dieser Schrottmühle plötzlich ein Telefon läutet?«

Sie fuhren los. Unterwegs steckte sich de Graaf einen frischen Stumpen an, und van Effen kurbelte wieder das Fenster herunter. Nach einer Weile sagte der Polizeichef: »Sie haben doch über den Besitzer dieses Lokals Ihre Erkundigungen eingezogen? Wie heißt der Mann?«

»Er zieht es vor, nur unter dem Namen George bekannt zu sein. Ich kenne ihn verhältnismäßig gut. Bei den Leuten in seinem Viertel genießt er hohes Ansehen.«

»Ein sympathischer Mann? Wohltätig? Ein aufrechter Bürger? Würden Sie ihn so bezeichnen?«

»Er gilt als namhaftes Mitglied von drei – vielleicht auch vier – florierenden kriminellen Organisationen. Mit Drogen und Prostitution hat er nichts zu tun. Das sind sogar Dinge, die er verabscheut. Wie es heißt, ist sein Spezialgebiet Raub, in der Regel bewaffnet, wobei die Tatsache, ob es zu Gewaltanwendung kommt, davon abhängt, in welchem Umfang die Gegenseite Widerstand leistet. Er selbst kann extrem gewalttätig werden, was ich aus eigener Erfahrung bestätigen kann, wenngleich ich auch nicht selbst das Ziel seiner Aggressionen war. Schließlich müßte man schon auf den Kopf gefallen sein, um einen Polizeibeamten tätlich anzugreifen. Und George ist alles andere als auf den Kopf gefallen.«

»Sie haben wirklich ein Talent, sich Ihre Freunde und Bekannten auszusuchen, oder wie immer Sie diese auch nennen wollen.« De Graaf paffte an seinem Stumpen; wenn die eben geführte Unterhaltung ihn schockiert hatte, so ließ er sich das nicht anmerken. »Wie kommt es, daß diese Bedrohung der Gesellschaft noch nicht hinter Schloß und Riegel ist?«

»Sie können niemanden nur dem Hörensagen nach verhaften, anklagen und vor Gericht stellen. Ich kann nicht gut mit einem Paar Handschellen zu George kommen und sagen: ›Mir ist da so einiges zu Ohren gekommen, ich muß dich leider deshalb einlochen.‹ Davon abgesehen, sind wir Freunde.«

»Sie haben doch selbst gesagt, daß er extrem gewalttätig werden kann. Würde das denn nicht ausreichen?«

»Nein. Schließlich ist er berechtigt, jede Person aus dem

Lokal zu weisen, die betrunken ist, ausfallend wird, unziemliche Reden führt oder eine Schlägerei provoziert. George wahrt nur den Ruf seines Lokals, wenn er unliebsame Gäste vor die Tür setzt – in der Regel zwei auf einmal. Weiter geht George in seiner Gewaltanwendung nie. Das steht ihm von Gesetzes wegen zu. Und wir sind das Gesetz.«

»Klingt recht interessant. Oder ungewöhnlich, könnte man auch sagen. Immer zwei auf einmal, ja?«

»Warten Sie erst mal, bis Sie George gesehen haben.«

»Und wie wollen Sie mich ihm vorstellen?«

»Wir brauchen Ihre Verbindungen zur Polizei ja nicht besonders zu betonen. Einfach Oberst de Graaf. Ich würde sagen, das Ganze ist eine Art halboffizieller Besuch.«

»Aber vielleicht erkennt mich jemand.«

»Dazu kann ich Ihnen nur sagen, daß es in dieser Stadt keinen Ganoven gibt, der Sie nicht auf einen halben Kilometer Entfernung erkennen würde. Vermutlich drohen sie sogar ihren Kindern mit einem Foto von Ihnen, wenn sie nicht parieren. Wahrscheinlich sagen sie ihnen, dies wäre der Schwarze Mann, der sie holen wird, wenn sie nicht brav sind.«

»Sehr witzig. Zumal Sie selbst nicht gerade ein Unbekannter sind, Peter. Mich würde wirklich interessieren, was die – äh – kriminellen Elemente hier von Ihnen halten.«

»Ihre Neugier ist völlig unnötig. Sie halten mich für korrupt.«

Der wenig einladende Eingang zum La Caracha lag in einer engen Gasse, so schmal, daß nicht einmal ein Auto darin Platz gefunden hätte. Der rissige Putz des winzigen Vorbaus am Eingang und die abblätternde Farbe ließen den Barraum im Innern kaum erwarten: er wirkte gut beleuchtet und sauber, und die Wände waren mit Kiefernholz vertäfelt. Um das halbe Dutzend Tische gruppierten sich jeweils vier behagliche Sessel, nicht die üblichen Stühle aus Metall und Plastik. Die halbrunde Bar war von Hockern umringt, und hinter der Bar stand ein Mann.

Wenn man ihn ansah, vergaß man sofort den restlichen Raum.

Er war riesig. Nicht nur sehr groß, sondern auch ziemlich breit, wog er sicher an die hundertdreißig Kilo. Er trug einen ausladenden Sombrero – der vermutlich den Zusammenhang zu dem südamerikanisch angehauchten Namen des Lokals herstellen sollte –, ein weißes Hemd, eine schwarze Fliege, eine offene, schwarze Weste und schwarze Lederhosen. Das Fehlen eines Patronengürtels und eines Colt Peacemaker störte nahezu das Gesamtbild. Der Mann hatte dunkle Augen und schwarze, buschige Augenbrauen. Sein nicht minder schwarzer Schnurrbart, ebenso buschig, dicht und weit über die Mundwinkel herabhängend, bildete die ideale Ergänzung zu seinem Sombrero. Das kantige Gesicht wirkte, als wäre es von einem enthusiastischen, aber unbegabten Bildhauer aus einem Granitblock gemeißelt worden. Die ganze Erscheinung verkörperte den Inbegriff all jener Steckbriefporträts, die im Amerika des neunzehnten Jahrhunderts die Wände der Saloons zierten.

»Ist das George?« Van Effen machte sich nicht die Mühe, diese überflüssige Frage zu beantworten. »Ich glaube, er braucht nur eine Hand, wenn er zwei Gäste gleichzeitig hinauswirft.«

Als George auf die neuen Gäste aufmerksam wurde, eilte er mit einem breiten Lächeln, das zwei Reihen bemerkenswert weißer Zähne enthüllte, um die Theke herum auf sie zu. Je näher er kam, desto größer schien er zu werden. Er streckte seine Hand bereits aus, als er noch ein gutes Stück von ihnen entfernt war.

»Willkommen, Peter, mein Freund, willkommen. Und Oberst van de Graaf. Ich muß schon sagen: welche Ehre!« Er schüttelte de Graaf die Hand, als wäre er sein Zwillingsbruder, den er seit zwanzig Jahren nicht mehr gesehen hatte.

Der Polizeichef lächelte: »Sie kennen mich?«

»Falls es in Amsterdam einen Menschen gibt, der unseren Polizeipräsidenten nicht kennt, dann muß er entweder blind sein, oder er hat nie auch nur einen Blick in eine Zeitung geworfen. Peter, von diesem Augenblick an ist der Ruf meines Lokals unantastbar.« Mit einem Blick auf de Graaf senkte er seine Stimme. »Vorausgesetzt natürlich, es handelt sich nicht um einen offiziellen Besuch.«

»Ich bin absolut inoffiziell hier«, beruhigte ihn de Graaf. »Betrachten Sie mich als Gast von Mijnheer van Effen.«

»Es soll mir ein Vergnügen sein, dieses denkwürdige Ereignis gebührend zu feiern«, erwiderte George. »Borreltje, Jonge Jenever, Whisky, Bier, Wein? Das La Caracha verfügt übrigens über einen hervorragenden Weinkeller. Sie finden in ganz Amsterdam keinen besseren. Allerdings würde ich den Herren meinen Bessen Jenever empfehlen. Mit einem Hauch von Eis am Glasrand.« Er führte die Fingerspitzen an seine Lippen. »Einfach unvergleichlich.«

Das war er dann tatsächlich, und in den Mengen, in denen George ihn einschenkte, erwies sich der Bessen Jenever – Johannisbeerschnaps – als ebenso wirksam wie unvergleichlich. George leistete ihnen ein paar Minuten Gesellschaft und plauderte mit ihnen über alle möglichen Dinge; Hauptgesprächsstoff jedoch war der Deichbruch, der den längst verschwundenen Haarlem-See wieder hergestellt hatte.

»Völlig überflüssig, die Urheber dieses Verbrechens unter den professionellen Kriminellen zu suchen«, meinte George sehr bestimmt. »Ich spreche absichtlich von ›professionellen‹, weil man diese jämmerlichen Amateurganoven unter den Krakern von vornherein ausschließen kann. Das sind doch nur verrückte Hitzköpfe, jeder Greueltat fähig, ganz gleich, wie viele Unschuldige dabei für ihre versponnenen, weltfremden Ideen büßen müssen – absolut unmoralische Wahnsinnige, hirnlose Idioten, die die Zerstörung nur um der Zerstörung willen betreiben. Das sind doch keine Holländer, auch wenn sie in diesem Land geboren sind. Für mich sind das die Bannerträger einer kranken Subkultur, wie sie es auch in vielen anderen Ländern gibt.

Ich kann mir einfach nicht vorstellen, daß die für die

Überflutung von Schiphol verantwortlich sein könnten. Auch wenn man die Tat dieser Saboteure verabscheut, muß man doch anerkennen, daß sie ihren Plan perfekt durchorganisiert haben. Kein vernünftiger Mensch käme auf die Idee, sich mit diesen zurückgebliebenen Trotteln von Krakern zusammenzutun; die kann man nur für untergeordnete Aufgaben verwenden, wenn man sie nur soweit über die ganze Geschichte aufklärt, daß sie keinen Schaden anrichten können. Aber für so etwas kann kein Holländer, kriminell oder nicht, verantwortlich gewesen sein. Jeder Holländer ist mit dem Glauben und in der Gewißheit groß geworden, daß unsere Deiche unantastbar sind; das ist ein Glaubenssatz. Ich möchte mich hier nicht dem Vorwurf der Ausländerfeindlichkeit aussetzen – ganz sicher nicht, meine Herren –, aber dieser Plan kann nur von Ausländern gefaßt und ausgeführt worden sein. Und das ist erst der Anfang, sage ich Ihnen. Es wird zu weiteren Sabotageakten kommen. Warten Sie nur ab.«

»So lange werden wir gar nicht warten müssen«, sagte de Graaf. »Heute nachmittag sechzehn Uhr dreißig werden sie den Texel-Deich sprengen.«

George nickte, als überrasche ihn diese Neuigkeit keineswegs.

»So bald schon. Und dann der nächste Deich, und der nächste, und der nächste. Und wenn sie dann mit ihren Forderungen herausrücken – und irgendwann werden sie das tun –, werden diese mit Sicherheit horrend sein. Wenn Sie mich fragen, steht hinter dem Ganzen nichts weiter als eine massive Erpressung.« Er warf einen kurzen Blick zur Bar hinüber, wo eine Gruppe von Männern eindringlich signalisierte, daß sie dem Verdursten nahe wären. »Wenn Sie mich einen Augenblick entschuldigen würden, meine Herren.«

»Ein ungewöhnlicher Mann«, bemerkte de Graaf, als sie wieder allein am Tisch saßen. »Er gäbe einen hervorragenden Politiker ab; zumindest ist er nicht auf den Mund gefallen. Eigenartig, daß dieser intelligente und offensichtlich gebildete Mann ein Krimineller ist, der auch vor Gewaltanwendung nicht zurückzuschrecken scheint.

Nun, das trifft natürlich auf eine ganze Reihe von berühmten – oder berüchtigten – und auch höchst erfolgreichen Kriminellen aus der Vergangenheit zu. Aber ihn finde ich besonders bemerkenswert. Er scheint sich sehr gut in die Gedankenwelt eines Kriminellen einfühlen zu können, aber zugleich redet und denkt er wie ein Polizist. In einem Bruchteil der Zeit, die wir dafür gebraucht haben, ist er zu dem Schluß gelangt, daß die Täter aus dem Ausland kommen müssen. Anhaltspunkte dafür hatte er nicht – im Gegensatz zu uns. Vielleicht sind wir beide doch nicht ganz so schlau, wie wir uns immer einbilden.«

»Vielleicht sollten Sie George auf ad-hoc-Basis unter Vertrag nehmen und ihn als Deichbruchinspektor anstellen. Was halten Sie im übrigen von dieser Berufsbezeichnung? Klingt gar nicht schlecht, oder?«

»Gegen den Titel hätte ich nichts einzuwenden, den Vorschlag finde ich nicht so gut. Setzen Sie einen Dieb auf einen Dieb an – diese Methode hat noch nie Erfolg gehabt. Außerdem sollten Sie sich in der Stunde der Not nicht über Ihren Vorgesetzten lustig machen. Apropos Stunde der Not; wann essen wir eigentlich?«

»Wir brauchen nur zu bestellen.« Inzwischen kam George mit neuem Bessen Jenever an ihren Tisch zurück. »Wir hätten gern etwas zu essen, George.«

»Der Oberst möchte hier speisen? Das La Caracha fühlt sich doppelt geehrt. Wollen Sie diesen Tisch behalten?«

»Ich erwarte Vasco und Annemarie.«

»Aha.« George nahm das Tablett mit den Getränken und führte sie in einen hellen, freundlichen Nebenraum, der jedoch so klein war, daß nur zwei Tische Platz hatten. Er überreichte ihnen die Speisekarte. »Empfehlen kann ich alles. Vor allem möchte ich Ihnen den Rodekool met Rolpens ans Herz legen.«

»Sollen wir seinem Rat folgen, Peter?« fragte de Graaf.

»Gern. Und, George, wenn sich schon der Polizeichef in unserer Mitte befindet, dürfte die Rechnung doch auch eine ordentliche Flasche Wein vertragen?«

»Eine ordentliche Flasche Wein? Ich höre doch wohl nicht recht! Zu einem exquisiten Mahl gehört auch ein exquisiter Tropfen, selbstverständlich auf Kosten des Hauses. Wie wär's mit einem Château Latour? Wenn ich vorhin behauptet habe, mein Weinkeller wäre der beste der ganzen Stadt, so steht ebenso außer Frage, daß in meinem Keller die besten Bordeaux lagern.« George stellte die Aperitifs auf den Tisch. »Ein kleiner Appetitanreger, meine Herren. Annelise, das kann ich Ihnen versichern, wird sich selbst übertreffen.«

Als George gegangen war, fragte de Graaf: »Wer ist Annelise?«

»Seine Frau. Obwohl sie nicht einmal halb so groß ist wie er, hat er Angst vor ihr. Sie ist eine großartige Köchin.«

»Weiß sie über seine, wie soll ich sagen, nebenberufliche Erwerbsquelle Bescheid?«

»Nein, davon weiß sie absolut nichts.«

»Sie haben vorhin auch einen Vasco und eine Annemarie erwähnt. Das sind vermutlich Ihre Informanten. George scheint über sie im Bilde zu sein.«

»Und ob. Sie sind miteinander befreundet.«

»Weiß er auch, daß sie für Sie arbeiten?« Van Effen nickte, was de Graaf zu einem Stirnrunzeln veranlaßte. »Ist das klug? Ist das diplomatisch? Nennen Sie so etwas vielleicht professionell?«

»Ich vertraue George.«

»Das trifft vielleicht auf Sie zu, aber nicht notwendigerweise auf mich. Zu behaupten, man habe die besten Bordeaux-Weine Amsterdams in seinem Keller, ist nicht gerade eine Kleinigkeit. Das kostet Geld, und nicht gerade wenig. Ist Ihr Freund auch in Sachen Schmuggel tätig, oder sind seine Nebenerwerbsquellen so einträglich, daß er seine Weine regulär beziehen kann?«

»Entschuldigen Sie, Mijnheer, ich habe nie behauptet, George wäre ein Ganove, Dieb, Gauner, Gangster oder was auch immer. Ich habe nur weitergegeben, was die Leute in diesem Viertel von ihm denken. Ich wollte, daß Sie sich bezüglich seiner Person selbst eine Meinung bilden, und das haben Sie, glaube ich, auch bereits getan. Natürlich haben Sie noch Bedenken, denn Sie sind ja sicherlich nicht aufgrund Ihrer Gutgläubigkeit Polizeipräsident von Amsterdam geworden. Annelise weiß deshalb nichts über Georges Nebenerwerbsquellen, weil es sie gar nicht gibt. George hat in seinem ganzen Leben nicht einen Gulden widerrechtlich in seine Tasche gesteckt. Er ist absolut korrekt und ehrlich, und wenn jeder Bewohner Amsterdams so wäre, dann wären wir beide arbeitslos. Sie haben doch selber festgestellt, daß er spricht und denkt wie ein Polizist. Er ist beziehungsweise war bei der Polizei und stand kurz vor der Beförderung, als er letztes Jahr seinen Abschied einreichte. Rufen Sie den Polizeichef von Groningen an und erkundigen Sie sich, für wen er einen Sack Gold bieten würde, um ihn wieder in seiner Mannschaft zu haben.«

»Das überrascht mich allerdings«, entgegnete de Graaf, machte jedoch keineswegs diesen Eindruck, denn er saß friedlich an seinem Platz, paffte in aller Seelenruhe seinen Stumpen und nippte an seinem Jenever, als hätte er mit van Effen eben übers Wetter gesprochen. »Etwas war anders an ihm. Ja, irgend etwas war anders.« Er äußerte sich jedoch nicht weiter dazu, was nun anders war. »Das hätte mich eigentlich stutzig machen sollen.«

»Dachte ich mir's doch, daß Ihnen das nicht entgehen würde, Mijnheer. Der Polizist ist ihm doch auf den ersten Blick anzusehen – zumindest war es so, bis er sich nach seiner Pensionierung den Schnurrbart wachsen ließ.«

»Und seine Spezialgebiete?«

»Drogen und Terrorismus. Eigentlich hätte ich sagen sollen: Drogen und dann Terrorismus.«

»Drogen? Außer Gin gibt es doch in Groningen keine Drogen. Da wäre er hier eher am Platz; das heißt, er wäre es gewesen, wenn ich Sie richtig verstanden habe. Warum hat er eigentlich seinen Abschied genommen? Wer hat ihn dazu bewegt?«

»Niemand. Aber sehen Sie ihn sich doch einmal an. Wenn man als Drogenfahnder Erfolg haben will, muß man sich möglichst unauffällig in die Szene einfügen können. Können Sie sich bei George vorstellen, daß er sich irgendwo unauffällig einfügt?«

»Aber Terroristen gibt es da oben doch auch nicht.«

»Wie Sand am Meer sind sie ja hier auch nicht anzutreffen, Mijnheer. Möglicherweise hat sich George ja gerade deshalb ins Privatleben zurückgezogen. Vielleicht stellte sein Job keine genügende Herausforderung für ihn dar.«

»Was für eine Verschwendung. So ein heller Kopf, und dann weiß er nichts Besseres, als sowieso schon übergewichtigen Amsterdamern überflüssige Kalorien aufzutischen. Aber vielleicht läßt sich noch eine Verwendung für ihn finden. Unter Umständen war Ihre Idee mit seiner Rekrutierung doch nicht so dumm. Im Notfall könnte man einen Mann wie George vorübergehend hinzuziehen.«

»Das finde ich auch, Mijnheer; nur, brauchen Sie dazu nicht die Zustimmung des Rekrutierungsausschusses?«

»Bei der Amsterdamer Polizei gibt es nur einen Rekrutierungsausschuß, und der bin ich. Falls Sie glauben, wir könnten ihn sinnvoll einsetzen, wenden Sie sich an mich. Im Grunde können Sie sich die Mühe sparen, meine Genehmigung einzuziehen. Und jetzt habe ich Hunger.«

»Ach so, natürlich. In der Regel serviert George immer ein hors d'œuvre.« Er bedachte de Graafs massige Gestalt mit einem kurzen, prüfenden Blick. »Überflüssige Kalorien. Allerdings . . .« Er stand auf und öffnete die Tür eines Holzschranks, hinter der ein Kühlschrank zum Vorschein kam. Van Effen inspizierte seinen Inhalt und zählte auf: »Ein halber Räucherlachs. Geräucherte Forelle. Luftgetrockneter Schinken. Gouda, Edamer und sonst noch allerhand Leckereien.«

»Auf diese Weise, van Effen, werden Sie noch Karriere machen.« Etwas später, als die stärksten Hungergefühle einigermaßen besänftigt waren, kam de Graaf wieder auf ein leidiges Thema zurück: »Nachdem Sie schon zu beschäftigt beziehungsweise zu feige sind, mich nach Texel zu begleiten, dürfte ich dann zumindest fragen, was Sie währenddessen vorhaben?«

»Das hängt ganz davon ab, was Annemarie und Vasco berichten – wenn sie überhaupt etwas berichten. Sonst werde ich genau das tun, was der gute George nicht kann: ich werde mich unauffällig unter die Kraker mischen.«

»Sie? Sie müssen verrückt sein. Der unangefochtene Popanz des Krakertums! Zwei Minuten nach Ihrem Erscheinen werden sämtliche Aktivitäten und Gespräche ersterben wie die Reben an einem Weinstock.«

»Ich habe mich dort erst kürzlich des öfteren herumgetrieben, und besagter Weinstock ist nach wie vor nicht verdorrt. Allerdings werde ich zu diesem Anlaß nicht diesen Nadelstreifenanzug tragen, geschweige denn Uniform. Für solche Gelegenheiten habe ich eine andere Uniform. Meine Krakeruniform. Ich glaube nicht, daß ich schon einmal über meine Kleidung mit Ihnen diskutiert habe.« Van Effen nippte an seinem Jenever. »Ich besitze nämlich eine Seehundjacke mit Unmengen von Quasten und eine Waschbärmütze mit einem Wolfsschwanz. Verdammt elegant, kann ich Ihnen sagen.« De Graaf schloß seine Augen, rollte sie unter den geschlossenen Lidern und schlug sie schließlich wieder auf. »Die Hose ist aus irgendeinem besonderen Leder – aus welchem genau, weiß ich auch nicht – und mit einer Menge Fransen an der Seite. Und selbstverständlich Mokassins. Keine besonders gute Idee – die Mokassins, meine ich. Sie werden ziemlich schnell naß. Außerdem sind meine Haare und mein Schnurrbart blond – nicht wasserstoffblond, versteht sich; das wäre zu auffällig.«

»Und auf Ihre übrige Ausstattung trifft das nicht zu, wie?«

»Das Färbemittel hält selbst dem stärksten Platzregen stand. Um es wieder zu entfernen, brauche ich ein Spezialshampoo. Eine mühsame Sache, kann ich Ihnen sagen. Dazu trage ich noch ein halbes Dutzend Ringe an meiner rechten Hand, echtes Messing.«

»Ist das die Hand, mit der Sie zuschlagen?«

»Wo denken Sie hin? Ich bin Sympathisant von Greenpeace, Atomkraftgegner und Umwelt-Pazifist. Darüber hinaus trage ich ein buntes Perlenhalsband und einen Ohrring. Nur einen. Zwei sind out.«

»In diesem Aufzug würde ich Sie zu gern mal sehen.«

»Ich kann Ihnen auch einen beschaffen, wenn Sie möchten.« De Graaf schloß wieder die Augen. Da George mit dem Essen kam, blieb ihm ein weiterer Kommentar erspart. George servierte den Rodekool met Rolpens, öffnete stilvoll den Château Latour und verließ sie wieder. Das Gericht war sehr einfach – Rotkohl und Rouladen mit Apfelscheiben –, aber, wie George angekündigt hatte, vorzüglich zubereitet. Wie in Amsterdam üblich, hätten von den Portionen vier Leute satt werden können. Auch was den Wein betraf, hatte George nicht zu viel versprochen.

Sie waren mit dem Essen fertig, und George servierte den Kaffee. »Annemarie ist draußen.«

»Dann hol sie bitte herein.«

Annemarie war eine junge Dame von fraglos auffallendem Äußeren. Sie trug einen Rollkragenpullover undefinierbarer Farbe, der vermutlich einmal weiß gewesen war. Er war ihr etwa vier Nummern zu groß, was sie mit einem zehn Zentimeter breiten Nietengürtel, den sie sich um die Taille geschnallt hatte, zu kaschieren versuchte. Da sie an dieser Stelle ziemlich schmal war, glich das Ganze am ehesten einem in der Mitte zusammengeschnürten Kartoffelsack. Die verblichenen und geflickten Jeans waren modisch ausgefranst, und die kurzen, fleckigen Lederstiefel mit lächerlich spitzen hohen Absätzen schienen sie beim Gehen zu behindern. Ihr strähniges, blondes Haar ließ darauf schließen, daß sie Kämme als unnötigen Luxus betrachtete. Lidschatten und pechschwarze Wimperntusche waren mit kräftiger Hand aufgetragen. Die gespenstische Blässe ihres Gesichts, die nur auf die großzügige Verwendung billigen Puders zurückzuführen sein konnte, stand in auffälligem Kontrast zu den beiden kreisrunden roten Flecken auf ihren Wangen, die ebenfalls nicht natürlichen Ursprungs waren. Ihr Lippenstift war purpurn und ihr blutroter Nagellack bereits zur Hälfte abgesplittert. Der Duft ihres billigen Parfüms erweckte den Eindruck, als hätte sie darin gebadet, wenn man auch sonst vermuten konnte, daß sie schon längere Zeit überhaupt nicht gebadet hatte. Ihre Messingohrringe klimperten leise, als sie auf den Tisch zutrat.

Van Effen sah de Graaf an, der jedoch seinen Blick nicht

erwiderte. Die Erscheinung vor ihm schien ihn magisch anzuziehen. Van Effen räusperte sich geräuschvoll.

»Das ist Annemarie, Mijnheer.«

»Ach ja, Annemarie.« De Graaf starrte sie immer noch an, und es kostete ihn sichtlich Mühe, sich endlich van Effen zuzuwenden. »Aber natürlich. Natürlich. Annemarie. Ich hätte nur noch gern ein paar Punkte mit Ihnen geklärt, über die zu sprechen wir bis jetzt nicht die Gelegenheit hatten...«

»Aber selbstverständlich, Mijnheer. Annemarie, mein Schatz, könntest du vielleicht noch ein paar Minuten warten? George wird dir sicher inzwischen einen Drink spendieren.« Sie blies eine mächtige Rauchwolke aus, lächelte und stöckelte aus dem Raum.

»Annemarie, mein Schatz.« De Graaf klang ebenso schockiert, wie er aussah. »Annemarie, mein Schatz! Sie in Ihrer Krakeruniform und diese – Kreatur. Sie gäben in der Tat ein prächtiges Paar ab. Ich habe Sie bisher immer für ausgesprochen vernünftig gehalten, aber das kann ja wohl nur ein schlechter Witz sein. Wo in aller Welt haben Sie denn dieses Flittchen aufgetrieben, dieses Strichmädchen, diese gespenstische Erscheinung? Mein Gott, dieses Make-up, dieses Bordellparfüm!«

»Es ist doch sonst nicht Ihre Art, Mijnheer, nach dem Äußeren zu gehen. Voreilige Urteile...«

»Voreilige Urteile! Diese wahnwitzigen Schuhe! Und dieser dreckige Pullover, der wohl eher für einen Gorilla gedacht war...«

»Dieser Pullover ist zumindest sehr praktisch, Mijnheer. Niemand käme auf die Idee, daß sie darunter eine Beretta versteckt haben könnte.«

»Eine Beretta! Diese Karikatur eines menschlichen Wesens trägt eine Schußwaffe? Sie müssen wahnsinnig geworden sein.« Er sog heftig an seinem Stumpen. »Nein, natürlich sind Sie nicht wahnsinnig geworden. Ich will mich ja nicht beklagen, Peter, aber für mich ist das doch ein ganz schöner Schock.«

»Das sehe ich. Ich hätte Sie vorher warnen sollen. Aber ich denke, Annemarie ist es gewöhnt, einen nachhaltigen

Eindruck zu hinterlassen. Sie ist im übrigen eine recht sympathische junge Dame, sie könnte es jedenfalls sein, wenn man sie erst einmal in der Badewanne abschrubben würde. Sie ist wirklich sehr nett – sogar reizend. Sie ist intelligent, spricht vier Sprachen, hat studiert und gehört zur Polizei von Rotterdam. Begreifen Sie, worauf ich hinauswill, Mijnheer? Wenn sie den Polizeichef täuschen kann, der diesen Posten unter anderem deshalb innehat, weil er sich von weniger Leuten hinters Licht führen läßt als sonst jemand, dann kann sie jeden täuschen.«

»Und wie sind Sie zu diesem Paradiesvogel gekommen?«

»Auf Austauschbasis. Nicht unbedingt ein faires Geschäft. Ich wußte, daß sie sechs Monate im Rotterdamer Untergrund tätig war; und wir hier hatten niemanden mit vergleichbarer Erfahrung. Es war nicht gerade einfach, sie zu bekommen, aber der zuständige Mann in Rotterdam ist ein Freund von mir.«

»Warum hat man mich darüber nicht informiert?«

»Weil Sie mir völlig freie Hand gelassen haben, wie Sie sich vielleicht noch erinnern werden. Außerdem hätte ich Ihnen sofort Bericht erstattet, wenn etwas Interessantes vorgefallen wäre. Das war bisher nicht der Fall. Und mit Nebensächlichkeiten wollte ich Sie nicht belästigen.«

De Graaf lächelte. »Ich möchte bezweifeln, daß die junge Dame damit einverstanden wäre, als Nebensächlichkeit bezeichnet zu werden. Rufen Sie sie doch bitte wieder herein.«

Das tat van Effen, worauf de Graaf die Dame in aller Höflichkeit auf einen Platz an ihrem Tisch winkte. »Tut mir leid, daß wir Sie warten lassen mußten. Ich nehme an, Sie wissen, wer ich bin?«

»Sicher. Oberst van de Graaf. Mein Chef.« Die leicht rauchige Stimme war tief und angenehm und stand in auffallendem Gegensatz zu ihrer äußeren Erscheinung.

»Hat Leutnant van Effen Ihnen das gesagt?«

»Das war nicht nötig, Mijnheer. Ich arbeite für ihn und weiß, daß er für Sie arbeitet. Außerdem habe ich oft genug Ihr Foto gesehen.«

»Dieser Aufzug, in dem Sie herumlaufen, Annemarie – ist das nicht ein bißchen auffällig?«

»Sie meinen, unter den Leuten, auf die ich mein Auge werfen soll? Ich kann Ihnen nur versichern, daß meine Sachen im Vergleich zu dem, was manche andere dort anhaben, noch richtig bieder sind; und selbst das ist noch untertrieben. Habe ich recht, Peter?«

»Aha! Peter, nicht wahr? Ein Untergebener spricht den Vorgesetzten mit seinem Vornamen an?«

»Auf ausdrücklichen Befehl, Mijnheer. Wir waren ein paarmal zusammen . . .«

»Im Kreise Ihrer – äh – Freunde?«

»Ja, Mijnheer.«

»Das hätte ich zu gerne gesehen.«

»Wir sind ein reizendes Paar, das kann ich Ihnen versichern. Und es wäre höchst unklug, mich in solcher Gesellschaft Leutnant zu nennen. Deshalb habe ich sie gebeten, mich nicht nur Peter zu nennen, sondern auch als Peter von mir zu denken. Auf diese Weise kann einem kein Fehler unterlaufen. Soweit ich mich erinnern kann, hat mir das vor Jahren einmal jemand eingebleut.«

»Das dürfte ich gewesen sein. Aber wenn Sie schon eine Schußwaffe führen, junge Dame – können Sie denn auch damit umgehen?«

»Ich habe die übliche Ausbildung auf dem Polizeischießstand hinter mir.«

»Haben Sie je davon Gebrauch gemacht?«

»Nein. Und ich hoffe, es auch nie tun zu müssen.«

»Würden Sie denn davon Gebrauch machen?«

»Ich weiß nicht. Vielleicht, wenn es darum ginge, jemanden daran zu hindern, einen anderen Menschen umzubringen – dann ja. Aber ich könnte keinen Menschen töten. Ich mag keine Schußwaffen. Ich bin nicht sonderlich mutig.«

»Unsinn. Ihre Einstellung macht Ihnen alle Ehre. Mir geht es genauso. Abgesehen davon würde ich doch sagen, daß es einigen Mutes bedarf, sich ins Reich der Kraker zu wagen, noch dazu als Frau.«

Sie lächelte leicht. »In dieser Hinsicht ist mein Rollkragenpullover besonders nützlich. Man kann nicht sehen, wie mir das Herz manchmal vor Angst bis zum Hals hochschlägt.«

»Ach was. Was tut sich denn so bei Ihren Freunden? Haben sie irgend etwas Ungewöhnliches oder Interessantes vor?«

»Damit Sie sich kein falsches Bild von diesen Leuten machen, Mijnheer – so aufregend sind sie gar nicht. Ich finde sie sogar eher langweilig. Die meisten von ihnen sind keineswegs die Rebellen und Weltverbesserer, als die sie gern gelten möchten. Natürlich fehlt es nicht an Drogendealern und ihren Abnehmern, und es gibt auch einen harten Kern, der sich auf Waffenschmuggel verlegt hat; sie verkaufen russische Kleinfeuerwaffen an die IRA und andere aufrührerische Elemente. Peter hat mir allerdings gesagt, ich sollte diesen Waffenschiebereien nicht allzuviel Beachtung schenken.«

»Aufrührerische Elemente? Das gefällt mir! Die junge Dame befaßt sich also nicht mit Waffenschiebereien, Peter? Warum nicht?«

»Das fragen Sie mich, Mijnheer? Amerika, Rußland, England, Frankreich, alle diese Länder handeln Jahr für Jahr mit Waffen im Wert von ich weiß nicht wie vielen Milliarden Dollar. Auch die Israelis tun das, die Perser, die Libyer und weiß Gott wie viele Länder noch. Selbstverständlich mit dem Segen ihrer Regierungen. Wer sind wir schon, daß wir uns päpstlicher gebärden als der Papst persönlich, wenn irgendwelche privaten Organisationen zumindest ein kleines Stück von diesem Kuchen abhaben wollen? Im übrigen weiß ich, daß dieses Thema Sie nicht sonderlich interessiert. Das einzige, womit man Sie hinter dem Ofen hervorlocken kann, sind Drogen und die Bedrohung der königlichen Familie und der Mitglieder des Parlaments.«

»Ja, natürlich. Gibt es in dieser Hinsicht interessante Neuigkeiten?«

Annemarie schüttelte den Kopf. »Vasco – haben Sie schon von Vasco gehört?«

»Ja. Aber ich kenne ihn noch nicht. Ich sollte ihn

eigentlich heute treffen, und zwar dachte ich, zusammen mit Ihnen.«

»So war das auch geplant. Wir hatten uns für eine Stunde zuvor in einem Café hier in der Nähe verabredet. Er hat sich jedoch nicht blicken lassen, was sehr ungewöhnlich ist.«

»Ist Ihr Freund tatsächlich ein richtiger, waschechter Kraker?«

»Es hat zumindest den Anschein, aber andererseits, wie sollte er das schaffen? Es gibt bei ihnen so etwas wie eine Führungsspitze, so eine Art lockere Ratsversammlung. Vasco scheint dazuzugehören. Aber er behauptet, daß er im Prinzip gegen sie ist. Und das glaube ich ihm. Schließlich arbeitet er ja auch für Sie, in gewisser Weise...«

»Sie trauen ihm aber nicht so recht?«

»Mein Verstand, falls ich einen habe, sagt mir – nun ja, ich weiß nicht recht. Aber mein Gefühl sagt mir, daß ich ihm trauen kann.«

»Peter?«

»Ihr Gefühl trügt nicht. Er ist einer von unseren Leuten, Detektiv-Sergeant.«

»Ein Polizist?« Annemaries Lippen spannten sich, ihre Augen funkelten zornig. »Vielen Dank. Also wirklich, vielen Dank.«

»Sei doch nicht kindisch«, versuchte van Effen sie zu beruhigen. »Hast du ihm gesagt, daß du von der Polizei bist?«

Als sie die Antwort schuldig blieb, beeilte de Graaf sich, festzustellen: »Offensichtlich befolgt Peter das Prinzip, niemandem, wenn nicht unbedingt nötig, zu viele Informationen aufzubürden. Er hat davon nicht einmal mir etwas erzählt. Ich nehme an, er dachte, ich müßte nicht unbedingt darüber informiert sein. Aber Sie wollten doch noch etwas über Vasco sagen?«

»Ja, und vielleicht ist das gar nicht so unwichtig. Gestern nacht hat er mir noch ziemlich spät gesagt, er dächte, er hätte eine Spur. Eines der Ratsmitglieder wäre an ihn herangetreten – ein Mann, der wußte, daß Vasco sich relativ häufig auch in der Welt draußen bewegte; für sie ist nämlich alles, was sich jenseits ihrer Vorstadtgrenzen befindet, draußen. Er hat gesagt, er würde an einem mitternächtlichen Treffen teilnehmen, zu dem sich auch eine wichtige Persönlichkeit einfinden sollte. Wer diese Person allerdings ist, weiß ich nicht.«

»Wer war der Mann, der an Vasco herangetreten ist?« schaltete sich van Effen ein. »Kannst du ihn vielleicht beschreiben?«

»Und ob ich ihn beschreiben kann! Klein, schütteres Haar, graumelierter Bart. Außerdem schielt er.«

De Graaf streifte van Effen mit einem kurzen Seitenblick.

»Schon wieder jemand mit einem Augenleiden, diesmal allerdings mit einem wirklichen. Hat dieser Mann auch einen Namen?«

»Julius.«

»Julius, und wie weiter?«

Sie zögerte. »Julius Cäsar. Ich weiß, das klingt verrückt, aber diese Leute sind nun mal verrückt. Niemand benutzt dort seinen richtigen Namen. Was die Namen betrifft, durchlaufen sie übrigens im Augenblick gerade die historische Phase. Da sind Namen in Umlauf wie Alexander der Große, Dschingis Khan, Karl der Große, Nelson, die Schöne Helena, Kleopatra – ich könnte die Liste noch endlos fortsetzen. Sie stehen vor allem auf Machos und schöne Frauen – eben auf allem, was sie selbst nicht sind. Der Mann also heißt Julius Cäsar.«

»Und mehr weißt du nicht?« hakte van Effen nach. »Hat er auch keine Andeutungen gemacht, um welche Art von Spur es sich dabei gehandelt haben könnte?«

»Nein«, erwiderte sie immer noch schmollend. »Was allerdings nicht heißt, daß er es nicht gewußt hätte.«

»Das verstehe ich nicht ganz«, warf de Graaf ein. »Wie meinen Sie das?«

»Ich kann nicht sagen, ob er Genaueres darüber gewußt hat.«

»Du meine Güte!« De Graaf betrachtete sie mit einem prüfenden Blick. »Sie vertrauen Ihrem Kollegen nicht?«

»Er vertraut mir nicht.«

»Das ist doch genauso schlimm. Was für tröstliche Arbeitsbedingungen.«

»Sergeant Westenbrink mißtraut ihr nicht«, warf van Effen erklärend ein. »Es ist nur einfach so, daß man allgemein etwas zurückhaltend und verschwiegen wird, wenn man drei Jahre lang unter Tarnung Dienst tut.«

»Westenbrink heißt der Mann? Ich dachte, ich kenne alle meine Sergeanten.«

»Er kommt aus Utrecht, Mijnheer.«

»Sie werfen Ihre Netze sehr weit aus, Leutnant van Effen. Aber mich muß man ja nur über das Allernotwendigste informieren...«

In diesem Augenblick trat George mit einer Entschuldigung ein, nahm einen Telefonapparat von einem kleinen Beistelltisch und stellte ihn vor Annemarie. Sie nahm ab und konzentrierte sich volle zwei Minuten auf die blecherne Stimme am anderen Ende.

Schließlich sagte sie: »In Ordnung, in fünf Minuten«, und legte auf.

»Wahrscheinlich das Jagdhorn«, warf van Effen erläuternd ein. »Was gibt es Neues von Vasco?«

»Das Jagdhorn?« De Graafs Stirn legte sich in Falten. »Ich nehme doch an, daß es sich dabei wohl kaum um das Jagdhorn handelt, das...«

»Es gibt in Amsterdam nur ein – ein – Etablissement dieses Namens. In der Not darf man nicht wählerisch sein. Abgesehen vom La Caracha ist es unser einziger sicherer Stützpunkt. Die Beziehungen, denen wir dies zu verdanken haben, sind allerdings rein privater Natur. Seien Sie also ohne Sorge, die weiße Weste der Amsterdamer Polizei bleibt auf jeden Fall sauber.«

»Soll mir das mal einer sagen«, murmelte de Graaf. »Soll mir das mal einer sagen.«

»Zur Hälfte hattest du recht«, teilte ihnen Annemarie fast widerstrebend mit. »Es war das Jagdhorn. Aber nicht Vasco.«

»Das habe ich auch nicht behauptet. Ich habe nur gefragt: ›Was gibt es Neues von Vasco?‹ Es war Henri. Henri, Mijnheer, ist der Besitzer. Vasco wird überwacht;

aber wer auch immer ihn beschattet hat, wußte nicht, daß es praktisch unmöglich ist, Vasco zu beschatten, ohne daß er davon Wind bekommt. Deshalb konnte er nicht hierherkommen. Die Person oder die Personen, die ihn überwacht haben, wären mit Sicherheit verwundert gewesen, ihn hier zusammen mit dir zu treffen, Annemarie. Ganz zu schweigen von dem Schock, den ihnen dazu auch noch meine Anwesenheit hier versetzt hätte. Jedenfalls wäre das für uns eine ziemliche Katastrophe gewesen; wir hätten sowohl Vasco wie dich aus dem Verkehr ziehen müssen. Vasco blieb also nichts anderes übrig, als das Jagdhorn aufzusuchen, obwohl er selbst dort nicht telefonieren konnte; man hätte ihn auch dort im Auge behalten. Also schrieb er Henri alles auf einen Zettel, und Henri hat dann für ihn angerufen. Du wirst mir jetzt eine Frage stellen und in fünf Minuten Henri meine Antwort übermitteln.«

Annemarie seufzte. »Mußtest du mir denn den ganzen Spaß verderben?« Dann wurde sie wieder freundlicher. »Aber alles hast du doch nicht herausgekriegt, oder?«

»Wenn es gilt, das Offensichtliche zu erraten, bin ich unübertrefflich. Doch deswegen bin ich noch lange kein Hellseher. Der Rest, den ich nicht herausbekommen habe, kann vorerst warten, einschließlich der Gründe, weshalb Vasco mich zurückrufen wird.«

»Das habe ich nicht gesagt.«

»Aber Henri. Wie lautet die Nachricht?«

»Folgendermaßen: Von zweien beschattet. Kann sie nicht abschütteln. Treffe zwei ...«

»Was soll dieses Kauderwelsch denn heißen?« unterbrach sie de Graaf.

»Westenbrinks Kürzelsprache«, erklärte van Effen. »Er hat nur zwei Möglichkeiten, seine Beschatter loszuwerden. Er könnte sie in den nächsten Kanal werfen, wozu er ohne weiteres in der Lage wäre, oder er hätte sie abschütteln können, was ebenfalls kein Problem für ihn gewesen wäre. In beiden Fällen hätte er damit jedoch einen Kontakt unterbrochen, den er mühsam hergestellt hatte.«

Annemarie fuhr fort: »Treffe zwei, drei Männer um

sechzehn Uhr dreißig im Jagdhorn.« Sie schob einen Zettel über den Tisch.

»Stephan Danilow«, las van Effen vor. »Pole. Aus Radom. Sprengstoffexperte. Ölquellenbrände. Texas. Aha, so ist das also. Was halten Sie davon, Mijnheer?«

»Höchst interessant. Keine schlechte Aussicht, künftig Deiche in die Luft zu sprengen?«

»Dürfte sehr lehrreich sein, das Gesetz einmal von der anderen Seite zu erleben. Selbstverständlich werden sie jemanden mitbringen, der polnisch spricht.«

»Glauben Sie denn, das sind Polen?« warf Annemarie ein.

»Nein. Aber sie werden mich überprüfen wollen.«

»Aber wenn sie auf Polnisch ...«

»Falls sie ihn auf Polnisch ansprechen, meine Liebe«, erklärte de Graaf, »wird er eben auf Polnisch antworten. Er beherrscht diese Sprache nämlich fließend. Und Ihr Freund aus Utrecht hat das natürlich gewußt.«

»Aber – aber sie werden dich doch mit Sicherheit erkennen«, wandte sich Annemarie an van Effen. »In diesem – in diesem Ghetto kennt dich doch jeder, ich meine, die wissen doch alle, wer du bist.«

»Stell dich doch nicht dümmer, als du bist. Wenn du glaubst, ich werde mich dort als Leutnant van Effen vorstellen, wäre deine Sorge natürlich berechtigt. Aber ich werde mich traditionsgemäß und den Umständen entsprechend bis zur Unkenntlichkeit verkleiden. Ich werde etwa zwanzig Kilo zunehmen, meine Backen etwas fülliger erscheinen lassen, mir Haar und Schnurrbart färben, mir eine üble Narbe zulegen – und einen schwarzen Lederhandschuh tragen, der die schrecklichen Verbrennungsnarben verbergen soll, die ich mir – Moment mal, ach ja, natürlich – in Saudi-Arabien beim Löschen eines Ölquellenbrandes zugezogen habe. Wirklich erstaunlich, wozu so ein einzelner schwarzer Lederhandschuh gut ist. Mehr oder weniger wird er für jeden zum Hauptidentifikationsmerkmal, und wenn man das Ding mal nicht anhat, ist man gar nicht man selbst – wenn du verstehst, was ich meine. Und nenne das Krakerreich nicht Ghetto; das ist eine Beleidigung für jeden achtbaren Juden. – Und jetzt ruf Henri an und sag ihm Bescheid, es wäre alles klar – und er soll ein paar Minuten warten, bevor er Vasco verständigt.«

Sie rief an und legte danach wieder auf. »Es scheint alles glatt zu laufen. Noch ein paar Minuten.« Sie sah von Effen an. »Du hast doch schon alle Details, die du brauchst. Warum läßt du dann Vasco anrufen?«

»Warum ich Vasco anrufen lasse?« Van Effen gab sich Mühe, eine geduldige Miene zu wahren. »Vasco erscheint doch jeden Nachmittag in diesem leerstehenden Häuserblock, den sie gemäß ihrer sogenannten Hausbesetzerrechte in Beschlag genommen haben. Er wird seit gestern abend beschattet, und wir dürfen ruhig davon ausgehen, daß sie ihn bis zu dem Treffen im Jagdhorn weiter im Auge behalten werden. Wie soll er sich denn mit mir in Verbindung gesetzt haben, um das Treffen zu vereinbaren? Auf telepathischem Weg vielleicht?«

De Graaf räusperte sich und wandte sich an Annemarie. »Sie müssen dem Leutnant seine etwas antiquierte Galanterie vergeben. Kehren Sie jetzt gleich wieder an diesen schrecklichen Ort zurück?«

»Ja, bald.«

»Und Sie bleiben dort über Nacht?«

Sie mimte ein Erschaudern. »Gewisse Grenzen sind meiner Loyalität der Polizei gegenüber nun doch gesetzt. Nein, die Nächte verbringe ich nicht dort.«

»Gibt das innerhalb der Bruderschaft keinen Anlaß zum Stirnrunzeln?«

»Keineswegs, Mijnheer. Ich habe einen Freund – einen durchaus solide wirkenden Herrn, der mich jeden Abend abholt. Für so etwas haben die Kraker Verständnis.«

»Und am Morgen tauchen Sie dort dann wieder auf?«

»Ja.« Sie legte ihre Hand an den Mund, um ein Lächeln zu verbergen, das de Graaf jedoch nicht entgangen war.

»Sie finden das wohl lustig.« Sein Ton hatte an Herzlichkeit verloren.

»Nun ja, ein bißchen schon, Mijnheer. Ihre Stimme und Ihr Gesichtsausdruck, so voll des Tadels und der Enttäuschung. Aber dieser Freund ist ein richtiger Gentleman. Außerdem ist er verheiratet.«

»Etwas anderes hätte ich kaum erwartet.« De Graaf zeigte sich keineswegs amüsiert.

»Er bringt mich in das Haus seiner Cousine, fährt dann nach Hause und holt mich am nächsten Morgen wieder ab. Und das ist der Grund, weshalb er ein Gentleman ist; er liebt nämlich seine Frau über alles. Und seine Cousine, Mijnheer de Graaf, ist eine richtige Dame.«

»Der Herr Polizeichef«, sagte de Graaf, »ist wieder einmal baff.« Er wirkte sichtlich erleichtert. »Aber Sie haben diese Cousine doch sicher einer genaueren Überprüfung unterzogen, oder nicht, Peter?«

»Nein, das habe ich nicht.« Van Effen sprach nicht ohne Nachdruck. »Das würde ich nicht wagen.«

De Graaf runzelte kurz die Stirn, um sich schließlich laut lachend zurückzubeugen. »Sieh mal einer unseren furchtlosen Leutnant an, Annemarie, der vor nichts zurückschreckt. Um so mehr Angst hat er vor seiner Schwester. Sie wohnen also bei Julie?«

»Kennen Sie sie denn, Mijnheer?«

»Sie ist die wunderbarste Frau in ganz Amsterdam – mit Ausnahme meiner Frau und meiner beiden Töchter, versteht sich. Ich bin ihr Pate. Also so was!«

Das Telefon klingelte. Van Effen nahm ab und sagte, nachdem er etwa eine halbe Minute zugehört hatte: »Kann mich jemand hören, wenn ich jetzt spreche?« Offensichtlich war das nicht der Fall, denn er fuhr fort: »Sag, daß du mir eine halbe Minute Zeit läßt,mir die Sache durch den Kopf gehen zu lassen.« Nachdem diese Zeitspanne verstrichen war, sprach van Effen neuerlich: »Sag jetzt zu mir: ›Stephan, ich schwöre dir, das ist keine Falle der Polizei. Dafür lege ich meine Hand ins Feuer. Außerdem wäre mein Leben keinen Pfifferling mehr wert, wenn es eine Falle wäre. Also, was denkst du?‹«

Kurz darauf sagte van Effen: »Das war sehr gut. Kommst du mit ihnen? Prima. Und erzähle deinen Begleitern – ich bin sicher, daß es nicht die Herren sein werden, die dich im Augenblick beschatten –, erzähle ihnen also auf jeden Fall, daß ich in Polen vorbestraft bin und daß die Amerikaner einen Auslieferungsantrag für mich gestellt haben. Ich werde einen schwarzen Lederhandschuh tragen.« Dann hängte er ein.

»Nicht schlecht, das mit den Vorstrafen und dem Auslieferungsantrag«, nickte de Graaf anerkennend. »Gibt Ihnen einen kriminellen Anstrich, der nicht überprüfbar ist. Sie werden doch eine Waffe bei sich haben?«

»Selbstverständlich. Etwas anderes würde man doch von mir gar nicht erwarten. Ich werde mir ein Schulterhalfter umschnallen, daß es sogar einem Kurzsichtigen auffallen muß, daß ich bewaffnet bin.«

Annemarie bemerkte nachdenklich: »Vielleicht nehmen sie dir deine Knarre ab, bevor eure Unterhaltung überhaupt beginnt. Das wäre doch eine mögliche Vorsichtsmaßnahme, oder nicht?«

»In solchen Dingen muß man eben immer ein gewisses Risiko eingehen. Ich werde wohl oder übel Mut beweisen müssen.«

»Er will damit nur sagen«, warf de Graaf trocken ein, »daß er immer eine zweite Waffe bei sich hat. Das hängt mit seiner Theorie bezüglich dieses einzelnen schwarzen Handschuhs zusammen: daß sich nämlich die meisten Leute immer nur auf eine Sache konzentrieren. Ich bin mir sicher, daß auch das in seinem Buch steht. Wenn jemand eine Schußwaffe bei Ihnen entdeckt, wird ihn eine nahezu pathologische Neugier befallen, nach einer weiteren zu suchen.«

»Das steht nicht in meinem Buch. Glauben Sie, ich würde unseren Herren Kriminellen solche Gedanken nahelegen? Eigenartig ist nur, Mijnheer, daß wir heute beide um sechzehn Uhr dreißig höchst interessante Termine haben. Sie werden zusammen mit dem Minister, ein Glas Schnaps in der Hand, aus einer Hubschrauberkanzel auf den Texel-Deich hinunterschauen, und ich wage mich in die Höhle des Löwen.«

»Ich würde jederzeit mit Ihnen tauschen«, erwiderte de Graaf pikiert. »Ich denke, daß ich bis spätestens gegen sechs wieder von Texel zurück bin. Ich frage mich wirklich, was ich da oben überhaupt soll. Wollen wir uns um sieben treffen?«

»In Ordnung. Das heißt, falls wir beide überleben – Sie den Schnaps und ich die Löwen. Wäre die 444 in Ordnung, Mijnheer?«

De Graaf bestätigte zwar nicht, daß die 444 in Ordnung wäre; aber er äußerte auch nichts Gegenteiliges.

III

Der Chinook-Helikopter, ein großes, schnelles Testmodell, das die US Army zu Demonstrationszwecken leihweise zur Verfügung gestellt hatte, wies die gleichen Nachteile auf wie die kleineren und weniger fortschrittlichen Modelle. Er war extrem laut, und das Dröhnen der Motoren machte jede Unterhaltung schwierig, wenn nicht zeitweilig sogar unmöglich.

Die Passagiere waren in der Tat eine bunt zusammengewürfelte Gesellschaft. Außer de Graaf und dem Justizminister befanden sich vier weitere Minister unter ihnen, wobei lediglich für die Anwesenheit des Verteidigungsministers ein berechtigter Anlaß gegeben war. Die übrigen drei, unter ihnen erstaunlicherweise auch der Kultusminister, nahmen an dieser Exkursion nur teil, weil sie offensichtlich ihren Einfluß geschickt zur Geltung gebracht hatten und prinzipiell gern ihre Nase in Dinge steckten, ob diese sie nun etwas angingen oder nicht. Ähnliches hätte man auch von den Oberbefehlshabern der Luftwaffe, der Marine und des Heeres behaupten können, die gemeinsam hinter de Graaf saßen. Sie begründeten ihre Anwesenheit mit der Behauptung, sie wollten sich ein Bild von den Flugeigenschaften des Hubschraubers machen. Die entsprechenden Tests waren jedoch bereits seit einer Woche abgeschlossen. Auch sie waren also ganz einfach nur neugierig. Das gleiche traf auf die beiden Experten vom Rijkswaterstaat und die beiden Vertreter des Delfter Wasserbau-Instituts zu. Oberflächlich betrachtet schien ihre Anwesenheit durchaus berechtigt, aber nachdem der Pilot kategorisch erklärt hatte, er beabsichtige nicht, mit dem Chinook auf dem überfluteten Gelände niederzugehen, und die Experten, lauter stattliche Herren, angedeutet hatten, daß sie ihrerseits nicht vorhätten, sich an einer Winde oder Strickleiter zu Boden zu lassen, um dort nur davongespült zu werden, erschien ihre Anwesenheit schon weniger gerechtfertigt. Vielleicht hätten die paar Journalisten, Fotografen und Kameraleute triftige Gründe für ihr Erscheinen anführen können, obgleich selbst sie später zugeben sollten, daß sich die weite Fahrt kaum gelohnt hatte.

Der Chinook – er flog in einer Höhe von knapp zweihundert Metern und etwa einen halben Kilometer von der Küstenlinie entfernt – befand sich direkt gegenüber von Oosterend, als der Deich brach. Es war keine spektakuläre Explosion – nur ein schwaches Geräusch, kaum Rauchentwicklung, ein bißchen Geröll, ein bißchen Gischt; aber ihre Wirkung ließ nichts zu wünschen übrig. Die Waddenzee schoß bereits durch den schmalen Spalt in den dahinterliegenden Polder. Kaum einen halben Kilometer von der Deichbruchstelle entfernt dampfte bereits ein hochseetüchtiger Schlepper auf die Bruchstelle im Deich zu. Der Pilot wendete den Hubschrauber westwärts, vermutlich, um den Wassereinbruch im Polder beobachten zu können, als de Graaf sich zu einem der Männer vom Rijkswaterstaat hinüberbeugte. Er mußte schreien, um sich verständlich zu machen.

»Wie schlimm ist es, Mijnheer Okkerse? Wie lange, denken Sie, wird es dauern, die Bruchstelle abzudichten?«

»Verdammt sollen sie sein! Diese Halunken, diese Teufel!« Okkerses Hände schlossen und öffneten sich. »Das sind wahre Unmenschen, sage ich Ihnen, Unmenschen sind das!« Okkerse war begreiflicherweise außer sich. Deiche, ihr Bau, ihre Pflege und ihre Instandhaltung, waren sein Lebensinhalt.

»Ja, ja, Unmenschen«, brüllte de Graaf zurück. »Wie lange wird es dauern, den Schaden zu beheben?«

»Einen Augenblick.« Okkerse erhob sich von seinem Sitz, ging nach vorn in die Kanzel, um kurz mit dem Piloten zu sprechen, und kehrte dann wieder zu seinem Platz zurück. »Ich muß mir das erst genauer ansehen. Der Pilot geht ein Stück runter.«

Der Chinook zog eine weite Kurve über das Wasser, das bereits die ersten Abschnitte des Polders überflutete, dann schwebte er, etwa zwanzig Meter von der Durchbruchstelle entfernt, fünfzehn Meter über dem Boden. Okkerse preßte seine Nase gegen ein Fenster. Bereits nach nur wenigen Sekunden wandte er sich wieder ab und gab dem Piloten ein Zeichen, weiterzufliegen. Der Hubschrauber drehte vom Meer ab ins Landesinnere.

»Wirklich schlau, diese Burschen«, übertönte Okkerse das Dröhnen der Motoren. »Wirklich schlau haben sie das gemacht. Die Durchbruchstelle ist nur ganz schmal, aber sie haben genau den richtigen Zeitpunkt dafür ausgewählt.«

»Was hat der Zeitpunkt damit zu tun?«

»Sehr viel. Es kommt auf den Stand der Gezeiten an. Sie haben den Deich nicht zur Zeit der höchsten Flut gesprengt. Das hätte schwere Überschwemmungen und gewaltige Zerstörungen nach sich gezogen.«

»So bösartig können sie demnach also gar nicht sein?«

Okkerse schien diese Bemerkung nicht zu hören. »Ebensowenig haben sie bei Ebbe gesprengt, weil sie nämlich wußten – woher, ist mir allerdings ein Rätsel –, was wir vorhatten und nun auch gerade durchführen, um die Bruchstelle abzudichten: Wir werden die Öffnung im Deich mit dem Bug dieses Ozeanschleppers abdichten. Um diese Stelle zu erreichen, wäre der Wasserstand bei Ebbe für den Schlepper zu niedrig gewesen.« Er schüttelte den Kopf. »Das gefällt mir ganz und gar nicht.«

»Glauben Sie denn, unsere Freunde verfügen über Informationen aus erster Hand?«

»Das habe ich nicht gesagt.«

»Ich habe diese Vermutung auch schon Ihrem Freund Jon de Jong nahegelegt. Die Leute haben einen Informanten im Rijkswaterstaat.«

»Ausgeschlossen! Das ist doch absurd! In *unserer* Organisation? Also wirklich!«

»Mit beinahe den gleichen Worten hat auch Jon auf meine Feststellung reagiert. Aber weshalb sollte so etwas unmöglich sein? Wieso sind Sie so sicher, daß Ihre Leute gegen eine solche Unterminierung gefeit sind? Sehen Sie sich doch den britischen Geheimdienst an, dessen Loyalität und Undurchdringlichkeit schon fast zum Credo geworden ist. Und doch wird auch er in regelmäßigen Abständen und mit schmerzlicher Häufigkeit von fremden Elementen unterwandert. Wenn denen trotz all ihrer Sicherheitsvorkehrungen so etwas passieren kann, warum nicht auch Ihnen? Aber das steht hier nicht zur Debatte. Wie lange wird es dauern, den Deich abzudichten?«

»Der Schlepper dürfte etwa achtzig Prozent der Wassermassen abhalten. Die Flut geht gerade zurück. Wir haben alles zur Hand: Betonblöcke, Matten, Taucher, Stahlplatten, Schnellbeton. Eine Sache von wenigen Stunden; im Grunde eine Kleinigkeit. Was mir Sorgen macht, ist etwas ganz anderes.«

Mit einem Nicken bedankte sich de Graaf bei dem Mann und nahm wieder seinen Platz neben dem Minister ein. »Okkerse meint, die Wiederinstandsetzung wäre kein Problem. Nichts Ernsthaftes.«

»Das habe ich auch gar nicht anders erwartet. Diese Halunken haben angekündigt, daß sich der Schaden auf ein Minimum beschränken würde, und sie haben tatsächlich Wort gehalten. Aber das ist es nicht, was mir Sorgen macht.«

»Genau dasselbe hat auch Okkerse gemeint. Das Problem liegt darin, daß sie ihre Drohungen ungehindert und ungestraft wahrmachen können. Diese Situation ist untragbar. Was würden Sie wetten, Mijnheer, daß wir noch vor heute abend mit einer neuerlichen Drohung konfrontiert werden?«

»Nichts. Aber es hat gar keinen Sinn, sich weiter den Kopf zu zerbrechen, was diese Organisation vorhaben könnte. Sie werden uns zweifellos von sich aus rechtzeitig über ihr nächstes Vorhaben unterrichten. Ebensowenig Sinn dürfte es vermutlich haben, Sie nach den Fortschritten Ihrer bisherigen Ermittlungen zu fragen.«

De Graaf konzentrierte sich auf das Anzünden seines Stumpens und gab keine Antwort.

Sergeant Westenbrink trug einen weißlichen Overall, der bis zum Gürtel offenstand, um den Blick auf ein grellfarbenes Hawaiihemd freizugeben, dazu eine typisch holländische Bootsmannsmütze und einen Messingohrring. Im Vergleich zu dem Volk, unter dem er lebte, war Vasco in van Effens Augen noch relativ unauffällig gekleidet; aber er wirkte exotisch genug, um van Effen und die beiden Männer, die ihnen an einem Tisch in einer Nische des Jagdhorns gegenübersaßen, wie regelrechte Stützen der Gesellschaft erscheinen zu lassen. Einer von ihnen, mit einem maßgeschneiderten, dunkelgrauen Anzug bekleidet, war ungefähr in van Effens Alter – ein leicht dunkelhäutiger, gutaussehender Mann mit schwarzem Kraushaar, schwarzen Augen und, wenn er lächelte – was oft der Fall war –, makellosen Zähnen. Er stammte vermutlich aus einem Mittelmeerland, dachte van Effen, oder war höchstens seit zwei Generationen in Holland eingebürgert. Sein Begleiter, ein kleiner Mann mit schütterem Haar, vielleicht zehn bis fünfzehn Jahre älter, trug einen konservativen, dunklen Anzug. Das einzige auffällige Merkmal in seinem sonst wenig eindrucksvollen Gesicht war ein strichdünner Schnurrbart. Keiner von beiden wirkte auf den ersten Blick wie ein typischer Krimineller – aber das war bei erfolgreichen Kriminellen allenfalls die Regel.

Der Jüngere von beiden – er nannte sich Romero Agnelli, was durchaus sein richtiger Name sein konnte – holte ein Ebenholzetui, gefüllt mit türkischen Zigaretten, und ein mit Gold eingelegtes Onyxfeuerzeug aus seiner Tasche. Bei den meisten Männern hätten diese Requisiten affektiert, wenn nicht sogar ausgesprochen feminin gewirkt; was Agnelli betraf, schienen sie jedoch unvermeidbar als Bestandteil seiner Person. Er steckte sich eine Zigarette an und bedachte van Effen mit einem gewinnenden Lächeln.

»Sie werden es mir hoffentlich nicht übelnehmen, wenn ich Ihnen ein paar Fragen stelle?« Er hatte eine angenehme Baritonstimme und sprach englisch. »Man kann heutzutage nicht vorsichtig genug sein.«

»Wem sagen Sie das? Falls Ihre Frage zur Sache gehört, werde ich sie beantworten; sonst nicht. Steht mir eigentlich – ah – dasselbe Privileg zu?«

»Gewiß.«

»Es sei denn, Sie stellen mehr sachliche Fragen als ich.«

»Ich fürchte, das verstehe ich nicht ganz.«

»Ich gehe nur davon aus, daß unser Gespräch hier auf einer möglichen Arbeitgeber-Arbeitnehmer-Basis stattfindet, wobei der Arbeitgeber in der Regel befugt ist, mehr Fragen zu stellen.«

»Aha, jetzt verstehe ich. Natürlich werde ich daraus keinen Vorteil zu schlagen versuchen. Ich muß schon sagen, Mister Danilow, daß Sie nicht unbedingt wie ein Arbeitnehmer auftreten.« Und tatsächlich verliehen van Effens ausgestopfter Anzug und die künstlich aufgeplusterten Backen ihm ein gewisses Flair von Wohlhabenheit, so wie sie ihn auch auffallend heiter und zuversichtlich erscheinen ließen. »Gehe ich fehl in der Annahme, daß Sie eine Waffe tragen?«

»Im Gegensatz zu Ihnen, Mister Agnelli, fröne ich nicht der Angewohnheit, teure Schneider aufzusuchen.«

»Wissen Sie, diese Dinger machen mich einfach nervös.« Sein entwaffnendes Lächeln zeigte jedoch keine Spur von Nervosität.

»Mich auch. Und das ist auch der Grund, weshalb ich eine Waffe trage – für den Fall, daß ich auf jemanden treffe, der ebenfalls bewaffnet ist. Das macht mich nämlich ganz besonders nervös.« Mit einem Lächeln zog van Effen seine Beretta aus dem Schulterholster, ließ das Magazin herausgleiten, um es Agnelli zu übergeben, und steckte dann die Pistole wieder an ihren Platz zurück. »Hilft das, Ihre Nerven etwas zu beruhigen?«

»Allerdings«, erwiderte Agnelli lächelnd.

»Dann sind Ihre Nerven etwas zu gut.« Van Effens Hand fuhr unter den Tisch und kam mit einer winzigen Automatik wieder zum Vorschein. »Eine Liliput, eigentlich nur ein Spielzeug, aber dennoch bis auf sechs Meter tödlich, wenn man damit umzugehen weiß.« Er klopfte das Magazin heraus, übergab es Agnelli und steckte die

Liliput in ihr Knöchelholster zurück. »Das ist aber nun wirklich alles. Drei Kanonen mit sich rumzuschleppen, wäre doch ein wenig übertrieben.«

»Das finde ich auch.« Agnellis Lächeln, das für einen Moment verschwunden war, erstrahlte wieder in altem Glanz. Er schob die zwei Magazine über den Tisch zurück. »Ich glaube nicht, daß wir heute nachmittag auf unsere Waffen zurückgreifen werden.«

»Allerdings. Aber etwas anderes wäre vielleicht nicht schlecht«, bemerkte van Effen und ließ die Magazine in seine Jackentasche gleiten. »Ich finde immer, daß man vom Reden . . .«

»Für mich ein Bier«, bestellte Agnelli. »Und für Helmut auch eines.«

»Dann also vier Bier«, zog van Effen nach. »Vasco, wenn du vielleicht so nett wärst . . .« Vasco stand auf und verließ die Nische.

»Kennen Sie Vasco schon lange?« wollte Agnelli wissen.

Van Effen dachte kurz nach. »Eine angemessene Frage. Zwei Monate. Warum?« Ob sie Vasco wohl die gleiche Frage gestellt hatten, überlegte van Effen.

»Einfach so, reine Neugier.« Agnelli war keinesfalls der Mann, der sich reiner Neugier hingab, fand van Effen. »Ihr wirklicher Name ist Stephan Danilow?«

»Keineswegs. Aber so nenne ich mich in Amsterdam.«

»Aber Sie sind Pole?« Die Stimme von Agnellis Begleiter, spröde und präzis, paßte vorzüglich zu seinem Gesicht, das einem mäßig erfolgreichen Anwalt hätte gehören können. Er sprach polnisch.

»Selbstverständlich.« Van Effen runzelte die Stirn. »Hat Vasco Ihnen das erzählt?«

»Ja. Wo sind Sie geboren?«

»In Radom.«

»Ich kenne die Stadt. Allerdings nicht sehr gut. Ein ziemlich verschlafenes Provinznest.«

»Das habe ich auch gehört.«

»Das haben Sie gehört? Ich dachte, Sie hätten dort gelebt?«

»Vier Jahre. Und für einen vierjährigen Jungen ist selbst

das verschlafenste Provinznest der Mittelpunkt der Welt. Mein Vater – er war Drucker – ist umgezogen, weil er eine bessere Stelle angeboten bekam.«

»Und wohin?«

»Nach Warschau.«

»Aha!«

»Selber aha.« Van Effens Tonfall war leicht gereizt. »Das hört sich an, als ob Sie Warschau gut kennen und nun herausfinden wollten, ob auch ich die Stadt kenne. Sie sind doch nicht etwa Anwalt, Mister . . . ich fürchte, Sie haben sich noch gar nicht vorgestellt.«

»Paderewski. Ich bin Anwalt.«

»Paderewski. Also ich finde, da hätten Sie schon mit was Besserem aufwarten können. Hatte ich also doch recht. Ein Anwalt also. Ich allerdings würde mich kaum von Ihnen verteidigen lassen; von Verhören verstehen Sie wirklich nicht allzu viel.«

Agnelli lächelte, im Gegensatz zu Paderewski. Mit verkniffenem Gesicht fragte er unvermittelt: »Sie kennen doch sicher den Blechdachpalast?«

»Selbstverständlich.«

»Und können Sie mir auch sagen, wo er ist?«

»Meine Güte. Was soll denn das? Ist das vielleicht die Inquisition? Oh, vielen Dank.« Er nahm ein Glas von einem Tablett, das ein Kellner gebracht hatte, der Vasco in ihre durch einen Vorhang abgeschirmte Nische gefolgt war, und hob es. »Zum Wohl, meine Herren. Dieser Bau, an dem Sie anscheinend so brennend interessiert sind, Mister – äh – Paderewski, liegt in der Nähe der Wista, an der Wybrzeze Gdanskie und der Slasko-Dabrowski-Brükke.« Er nahm einen weiteren Schluck Bier. »Es sei denn, sie haben ihn verlegt. Schließlich ist es einige Jahre her, daß ich das letzte Mal in Warschau war.«

Paderewski fand das keineswegs amüsant. »Und der Kulturpalast?«

»Am Paradeplatz. Er ist allerdings zu groß.«

»Wie meinen Sie das?«

»Zu groß, um ihn zu verlegen. Zweitausenddreihundert Räume sind schließlich nicht gerade eine Kleinigkeit.

Ein gräßliches Gebäude. Man nennt das Ding auch die Hochzeitstorte. Aber was Architektur betrifft, hat Stalin nie Geschmack gehabt.«

»Stalin?« fragte Agnelli, der also auch polnisch sprach.

»Nun ja, sein persönliches Geschenk an meine Landsleute.«

»Wo liegt das Ethnographische Museum in Warschau?«

»Das ist nicht in Warschau, sondern in Mlociny, zehn Kilometer nördlich.« Van Effens Stimme klang nun genauso barsch wie die von Paderewski vorher. »Und wo ist die *Nike?* Das wissen Sie nicht? Was ist die *Nike* überhaupt? Wissen Sie auch nicht? Dabei weiß jeder Warschauer Bürger, daß das der volkstümliche Name für das Denkmal der Helden von Warschau ist. Wofür ist die Zamenhofa-Straße bekannt?« Zunehmend verunsichert, gab Paderewski keine Antwort. »Dort steht das Ghetto-Mahnmal. Ich habe Ihnen doch gesagt, Sie gäben einen lausigen Anwalt ab, Paderewski. Ein tüchtiger Anwalt bereitet sich auf seine Verhöre vor. Sie haben das nicht getan. Sie sind ein Schwindler. Ich sage Ihnen auf den Kopf zu, daß Sie nie in Ihrem Leben in Warschau gewesen sind. Wahrscheinlich haben Sie nur mal kurz in einem Reiseführer geblättert.« Van Effen legte seine Hände auf den Tisch, als wollte er gleich aufstehen. »Ich finde nicht, daß wir hier unsere Zeit verschwenden sollten, meine Herren. Diskrete Nachforschungen sind eine Sache, plumpe Verhöre durch eine in jeder Hinsicht inkompetente Person eine andere. Ich sehe hier nicht die geringste Basis für gegenseitiges Vertrauen und, ehrlich gesagt, ich brauche weder einen Job noch Geld.« Er stand auf. »Ich empfehle mich, meine Herren.«

Agnelli streckte seine Hand aus. Er berührte van Effen nicht, es war nur eine Geste, die ihn zurückhalten sollte. »Bitte, nehmen Sie wieder Platz, Mister Danilow. Vielleicht ist Helmut tatsächlich etwas zu weit gegangen, aber haben Sie jemals einen Anwalt kennengelernt, der nicht krankhaft argwöhnisch und mißtrauisch war? Helmut – beziehungsweise wir – haben hier eindeutig den Falschen verdächtigt. Helmut war zwar in Warschau, aber, wie Sie richtig vermutet haben, nur kurz und als Tourist. Ich persönlich hege nicht den geringsten Zweifel, daß Sie sich in Warschau wie in Ihrer Westentasche auskennen.« Man sah Paderewski an, daß er in diesem Augenblick lieber an jedem anderen Ort als hier gewesen wäre. »Wir möchten uns in aller Förmlichkeit für diesen plumpen Trick entschuldigen.«

»Sehr freundlich von Ihnen.« Van Effen setzte sich wieder und nahm einen Schluck aus seinem Glas. »Also gut.«

Agnelli lächelte. Ein hintertriebener Bursche, dachte van Effen, aber zumindest nicht ohne Charme. »Nachdem Sie nun sozusagen eine gewisse moralische Überlegenheit uns gegenüber demonstrieren konnten, werde ich ein weiteres Zugeständnis machen: ich gebe zu, daß wir mehr auf Sie angewiesen sind als Sie auf uns.«

Van Effen, der seinem Gegenüber in nichts nachstand, lächelte gewinnend. »Ihre Lage muß ja recht verzweifelt sein.« Er hob sein leeres Glas mit einem prüfenden Blick. »Vasco, würdest du vielleicht mal kurz deinen Kopf nach draußen stecken und den üblichen Notruf abgeben?«

»Gern, Stephan.« Seine Erleichterung war ihm deutlich anzumerken. Er tat, wie gebeten, und ließ sich dann wieder auf seinem Platz nieder.

»Wir werden also auf weitere Verhöre verzichten«, erklärte Agnelli. »Kommen wir zum Thema. Ihr Freund Vasco hat mir erzählt, daß Sie sich ein bißchen mit Sprengstoffen auskennen.«

»In diesem Punkt ist Vasco nicht unbedingt gerecht gewesen. Ich kenne mich mit Sprengstoffen sehr gut aus.« Er bedachte Vasco mit einem tadelnden Blick. »Ich hätte nicht gedacht, daß du mit Fremden über einen Freund sprechen würdest. Und dieser Freund bin ich, Vasco, falls du das vergessen haben solltest.«

»Das habe ich auch gar nicht. Nun ja, ich habe schon von dir gesprochen, aber ich habe nur durchblicken lassen, es sei jemand, den ich kenne.«

»Schon gut. Wie gesagt, mit Sprengstoff kenne ich mich ziemlich gut aus. Auch mit der Entschärfung von Bomben. Außerdem bin ich Spezialist für Ölbrände, aber deswegen sind Sie wohl kaum an mich herangetreten. In diesem Fall hätten Sie bestimmt Texas an der Strippe, wo ich mir meine diesbezüglichen Kenntnisse angeeignet habe.«

»Nein, um Ölbrände geht es hier nicht«, lächelte Agnelli. »Aber Bomben entschärfen, das ist schon eine andere Sache. Wo haben Sie denn dieses gefährliche Metier erlernt?«

»Beim Militär«, erwiderte van Effen knapp, ohne genauer darauf einzugehen, bei welchem Militär.

»Haben Sie tatsächlich Bomben entschärft?« Agnellis Respekt war echt.

»Und nicht gerade wenige.«

»Dann müssen Sie ja etwas von diesem Geschäft verstehen.«

»Wieso?«

»Sonst säßen Sie wohl kaum mehr hier unter uns.«

»Natürlich verstehe ich was davon. Außerdem habe ich Glück gehabt. Denn ganz gleich, wie gut man ist: jede Bombe, die man gerade zu entschärfen versucht, kann die letzte sein. Sich nach einem ereignisreichen Leben friedlich zur Ruhe zu setzen, ist nichts für Bombenentschärfungsexperten. Aber da ich einmal davon ausgehe, daß weder eine Bombe zu entschärfen noch eine brennende Ölquelle zu löschen ist, muß das Ganze etwas mit Sprengstoff zu tun haben. Hier in Holland gibt es nicht gerade wenig Sprengstoffexperten. Sie brauchen nur eine Annonce in die Zeitung zu setzen. Die Tatsache, daß Sie in dieser Weise an mich herangetreten sind, kann nur bedeuten, daß die Aktivitäten, die Sie betreiben, illegaler Natur sind.«

»So ist es. Waren Sie denn nie in so etwas verwickelt?«

»Das hängt ganz davon ab, wie man selbst definiert, was legal oder illegal ist. Manche Leute sind in diesem Punkt anderer Ansicht als ich und wollen sich zu diesem Thema des langen und breiten mit mir auseinandersetzen. Diese angeblichen Verfechter der Gerechtigkeit können manchmal sehr ermüdend sein. Wissen Sie, was die

Briten darüber denken? Das Gesetz ist ein Esel, das denken sie.« Van Effen überlegte kurz. »Ich würde sagen, damit ist der Sachverhalt wirklich sehr treffend beurteilt.«

»Sie haben sich also auf dergleichen Querelen nicht eingelassen. Darf man vielleicht fragen – in aller Höflichkeit, versteht sich –, ob Ihr gegenwärtiger Aufenthalt in Amsterdam damit zu tun hat, daß Sie irgendwelchen leidigen Auseinandersetzungen zu diesem Thema aus dem Weg zu gehen versuchen?«

»Sie dürfen. Ja, es hat damit zu tun. Was soll ich für Sie in die Luft jagen?«

Agnellis Augenbrauen hoben sich. »Aber, aber, Sie können wirklich ganz schön direkt sein. Ich würde sagen, fast so direkt wie diplomatisch.«

»Nennen Sie das vielleicht eine Antwort? Ein Sprengstoffexperte taugt doch vor allem dazu, irgend etwas in die Luft zu sprengen. Soll ich für Sie irgend etwas in die Luft sprengen? Ja oder nein?«

»Ja.«

»Zwei Dinge: Banken, Schiffe, Brücken – alles in der Richtung sprenge ich garantiert zu Ihrer vollsten Zufriedenheit. Handelt es sich jedoch um Aufträge, bei denen Personen verletzt oder gar getötet werden könnten, möchte ich damit nichts zu tun haben.«

»Etwas Derartiges wird man mit Sicherheit nicht von Ihnen verlangen. Das können wir garantieren. Und der zweite Punkt?«

»Es steht keineswegs in meiner Absicht, Ihnen zu schmeicheln, Mister Agnelli, wenn ich sage, daß Sie ein höchst intelligenter Mann sind. Wirklich höchst intelligent. Leute wie Sie verfügen in der Regel auch über ein hervorragendes Organisationstalent. Die Tatsache allerdings, daß Sie nun in letzter Minute einen Unbekannten um seine Hilfe bei der Durchführung eines Projekts angehen, das schon einige Zeit in Planung sein dürfte, läßt nicht unbedingt auf eine professionelle Vorbereitung dieses Vorhabens schließen, wenn ich das einmal so sagen darf.«

»Ganz wie Ihnen beliebt. Sie haben recht – an Ihrer

Stelle würde ich das genauso bezweifeln und in Frage stellen. Leider werden Sie sich in diesem Punkt mit meinem Wort zufriedengeben müssen, daß ich für eine bestens organisierte Gruppe arbeite. Aber wie Sie vielleicht aus eigener Erfahrung wissen, nutzen oft die besten Vorbereitungen nichts. Ein unvorhergesehener Unglücksfall. Ich werde Ihnen die Sache zum gegebenen Zeitpunkt gerne näher erläutern, nur im Augenblick ist mir das noch nicht möglich. Nehmen Sie das Angebot an?«

»Bis jetzt haben Sie noch keines gemacht.«

»Sind Sie an einem Job in unserer Organisation auf, wenn Sie das wünschen, dauerhafter Basis interessiert? Gegen Zahlung eines, wie ich glauben möchte, angemessenen Festgehalts, zuzüglich Provision, wobei Ihre Aufgabe in der Zerstörung bestimmter Bauten besteht, über die wir Sie später noch ausführlich unterrichten werden.«

»Klingt ja sehr geschäftsmäßig. Und die Sache mit der Provision gefällt mir ganz besonders. Einverstanden. Wann soll ich anfangen? Und womit?«

»Sie müssen etwas Geduld mit mir haben, Mister Danilow. Mein Auftrag für diesen Nachmittag ist begrenzt. Ich sollte nur in Erfahrung bringen, ob Sie grundsätzlich bereit wären, mit uns zusammenzuarbeiten, was zu meiner Freude der Fall zu sein scheint. Ich muß zuerst Rücksprache halten. Wir werden uns jedoch in Kürze – ich denke, morgen – wieder mit Ihnen in Verbindung setzen.«

»Sie sind nicht der Leiter dieser Organisation?«

»Nein.«

»Das überrascht mich. Ich würde wirklich gerne einmal Ihren Chef kennenlernen.«

»Das werden Sie früh genug.«

»Wie wollen Sie sich mit mir in Verbindung setzen? Bitte, kein Telefon.«

»Wo denken Sie hin. Wollen Sie den Kurier spielen, Vasco?«

»Mit Vergnügen, Mister Agnelli. Sie wissen ja, wo Sie mich erreichen können.«

»Vielen Dank.« Agnelli stand auf und reichte van Effen die Hand. »Es war mir ein Vergnügen, Mister Danilow.

Ich sehe unserem morgigen Zusammentreffen mit Freuden entgegen.« Helmut Paderewski schien an einem Händedruck nicht interessiert.

Kaum hatte sich die Tür hinter ihnen geschlossen, stöhnte Sergeant Westenbrink: »Jetzt brauche ich erst mal ein neues Bier. – Das war verdammt knapp, wirklich verdammt knapp.«

»Nicht für einen geübten Lügner wie mich. Ich nehme an, du hast mich ihnen als einen international gesuchten Verbrecher geschildert?«

»Ich habe erwähnt, daß ein Auslieferungsantrag für dich gestellt wäre. Aber ich habe auch immer wieder betont, daß du im allgemeinen ein aufrechter und ehrlicher Mensch wärst. Natürlich nur im Umgang mit deinesgleichen.«

»Natürlich. Bevor du uns noch ein Bier besorgst, muß ich noch einen Anruf erledigen. Na ja, aber du kannst ja inzwischen schon mal eines holen.«

Van Effen trat an die Bar und sagte zu dem Mann, der hinter der Theke stand: »Henri, könnte ich mal ein Privatgespräch führen?«

Henri, der Inhaber, war ein großer, hagerer Mann mit einem eingefallenen, bekümmerten Gesicht. Er wies wortlos auf eine Tür im Hintergrund.

Van Effen ging ins Büro und wählte eine Nummer. »Ist dort das Trianon? Ich hätte gern den Geschäftsführer gesprochen. Es interessiert mich nicht, ob er gerade in einer Besprechung ist. Holen Sie ihn raus. Leutnant van Effen am Apparat.« Er wartete eine Weile. »Charles, sind Sie's? Könnten Sie mir einen Gefallen tun? Könnten Sie mich unter dem Namen Stephan Danilow in Ihr Anmelderegister eintragen, und zwar vierzehn Tage zurückdatiert? Und wenn Sie auch den Portier und den Türsteher davon in Kenntnis setzen würden? Ja, ich erwarte, daß jemand darüber Nachforschungen anstellen wird. Mehr brauchen Sie nicht zu wissen. Besten Dank. Alles weitere erkläre ich Ihnen später.«

Er kehrte in ihre Nische zurück. »Ich habe mich – das heißt, als Stephan Danilow – in einem Hotel angemeldet.

Agnelli hat keinerlei Fragen darüber gestellt, wo ich wohne, aber ich möchte wetten, daß er einen seiner Leute beauftragen wird, herumzutelefonieren – und wenn es sein muß, mehrere Stunden –, um herauszufinden, in welchem Hotel oder in welcher Pension in Amsterdam ich abgestiegen bin.«

»Demnach wird er also wissen, wo du zu finden bist – beziehungsweise, wo du angeblich zu finden bist«, seufzte Vasco. »Zur Abwechslung wäre es auch mal ganz angenehm, zu wissen, wo sie zu finden sind.«

»Das kann nicht mehr allzu lange dauern. Die beiden werden nämlich, seit sie uns verlassen haben, von zwei Teams beschattet.«

Inzwischen wieder in seinem gewohnten äußeren Aufzug, erkundigte sich van Effen bei dem Mädchen an der Rezeption des Telegraaf nach dem Redakteur, der den ersten Anruf der FFF entgegengenommen hatte. Es war ein energiegeladener junger Mann mit einem munteren Gesicht.

»Mijnheer Morelis?« begrüßte ihn van Effen. »Polizei.«

»Jawohl, Mijnheer. Sie sind Leutnant van Effen, nicht wahr? Ich habe Sie erwartet. Möchten Sie die Bänder hören? Aber vielleicht sollte ich Ihnen noch mitteilen, daß wir gerade einen neuerlichen Anruf von der FFF bekommen haben, wie sie sich nennen.«

»Tatsächlich? Ich sollte etwas überraschter wirken, obwohl ich dies, ehrlich gestanden, überhaupt nicht bin. Das war doch gar nicht anders zu erwarten. Sie hatten Ihnen sicherlich erfreuliche Neuigkeiten mitzuteilen?«

»Kaum. In der ersten Hälfte der Botschaft haben sie sich selbst zum Erfolg ihres Unternehmens ›Texel‹ beglückwünscht; alles wäre genau nach Plan verlaufen und keine Menschenleben zu beklagen. Die zweite Hälfte besagte, daß es morgen früh, neun Uhr, am Nordholland-Kanal, zwei Kilometer nördlich von Alkmaar, zu ähnlich aufsehenerregenden Szenen kommen würde.«

»Auch das war nicht anders zu erwarten. Selbstverständlich nicht der genaue Schauplatz, aber die Drohung als solche. Haben Sie auch diesmal wieder alles auf Band aufgenommen?«

»Ja.«

»Sehr gut. Könnte ich die Aufnahmen hören?«

Van Effen hörte sich die Bänder zweimal in voller Länge an. Als sie zu Ende waren, wandte er sich an Morelis: »Sie haben sich das doch sicher auch angehört?«

»Natürlich. Viel zu oft sogar.« Morelis lächelte. »Ich habe mich schon als großen Detektiv gesehen und mir eingebildet, Sie würden mir sofort eine Stelle anbieten. Aber vielleicht ist das doch nicht ganz so einfach, wie man immer denkt.«

»Ist Ihnen an keinem der Bänder irgend etwas aufgefallen?«

»Sie sind von derselben Frau besprochen. Aber das ist auch schon alles.«

»Ist Ihnen an ihrer Sprechweise, ihrem Tonfall nichts aufgefallen – kein Akzent?«

»Nein, Mijnheer. Aber in diesem Punkt bin ich wohl kaum maßgebend. Wissen Sie, ich höre nicht besonders gut; nichts Ernsthaftes, aber doch ausreichend, um meine Urteilsfähigkeit zu beeinträchtigen. – Ist Ihnen denn etwas aufgefallen?«

»Die Frau ist Ausländerin. Aus welchem Land sie kommt, könnte ich nicht sagen. Aber plaudern Sie das nicht aus, ja?«

»Natürlich nicht. Schließlich möchte ich meine Stelle behalten.«

»Wir sind hier nicht in Moskau, junger Mann. Können Sie mir die Bänder für ein paar Tage mitgeben? Sie bekommen sie in ein paar Tagen zurück.«

Wieder in seinem Büro, verlangte van Effen den diensthabenden Sergeanten zu sprechen. Als er schließlich kam, wandte sich van Effen an ihn: »Ich habe vor ein paar Stunden zwei Männer angefordert, die einen Fred Klassen und einen Alfred van Rees überwachen sollten. Wissen Sie darüber Bescheid? Und wenn ja, wer sind die beiden Männer?«

»Jawohl, Leutnant. Voight und Tindeman.«

»Hat sich schon einer von ihnen gemeldet?«

»Beide. Vor etwa zwanzig Minuten. Tindeman hat durchgegeben, van Rees befände sich in seiner Wohnung und würde wohl den restlichen Abend dort verbringen. Klassen ist noch im Dienst; zumindest hält er sich noch im Flughafen auf. Das ist bis jetzt alles.«

Van Effen sah auf seine Uhr. »Ich muß jetzt noch mal weg. Falls Sie von den beiden noch etwas hören, rufen Sie mich im Dikker en Thijs an. Und nach neun bei mir zu Hause.«

Oberst van de Graaf entstammte einer sehr alten, sehr aristokratischen und sehr wohlhabenden Familie und hielt viel auf die Wahrung alter Traditionen; so überraschte es van Effen keineswegs, daß er im Dinnerjacket mit schwarzer Fliege und roter Nelke im Knopfloch an ihren Tisch trat. Sein Auftritt hatte etwas Majestätisches: er schien jeden zu grüßen, blieb gelegentlich an einem Tisch stehen, um einige Worte zu wechseln, und winkte verschiedenen Personen, die etwas entfernter saßen, gönnerhaft zu. Es hieß, daß de Graaf jeden kannte, der in Amsterdam etwas galt. Mit Sicherheit kannte er jeden Gast im Dikker en Thijs. Vier Schritte von van Effens Tisch entfernt blieb er plötzlich wie gebannt stehen.

Daß das Mädchen, das sich zusammen mit van Effen erhoben hatte, diese vorübergehend lähmende Wirkung nicht nur auf de Graaf ausübte, sondern auf die gesamte männliche Bevölkerung von Amsterdam und Umgebung, war nicht schwer zu verstehen. Sie war mittelgroß und trug zu ihrem knöchellangen, grauseidenen Abendkleid keinerlei Schmuck. Was dagegen die Aufmerksamkeit auf sich zog, war die makellose und klassische Vollkommenheit ihres Gesichts; eine Vollkommenheit, erhöht, wenn überhaupt noch möglich, durch einen ganz leicht schrägstehenden Eckzahn, der zu sehen war, wenn sie lächelte. Ihre ganze Erscheinung vermittelte einen Ausdruck von Intelligenz und menschlicher Wärme. Sie hatte kastanienbraun schimmerndes Haar und große, rehbraune Augen.

Ihr Lächeln faszinierte den Polizeichef. Van Effen räusperte sich.

»Oberst van de Graaf, darf ich Ihnen Juffrouw Meijer vorstellen? Juffrouw Anne Meijer.«

»Sehr erfreut, sehr erfreut.« De Graaf ergriff mit beiden Händen ihre ausgestreckte Rechte und schüttelte sie enthusiastisch. »Also wirklich, Peter, dazu kann man Ihnen nur gratulieren. Wo haben Sie denn dieses zauberhafte Geschöpf entdeckt?«

»Das war nicht weiter schwierig, Mijnheer. Sie brauchen nur auf die dunklen Straßen von Amsterdam hinauszugehen, Ihre Hand auszustrecken und – schon sind Sie fündig geworden.«

»Ja, ja, natürlich; so einfach ist das.« Er hatte keine Ahnung, was er eigentlich sagte. Erst jetzt schien ihm langsam bewußt zu werden, daß er ihre Hand schon weiß Gott wie lange geschüttelt hatte, um sie schließlich doch, nicht ohne sichtliches Widerstreben, loszulassen. »Bemerkenswert, wirklich höchst bemerkenswert.« Er erläuterte nicht näher, was er so bemerkenswert fand; und es wäre auch keineswegs nötig gewesen. »Sie können unmöglich in Amsterdam leben. Wissen Sie, in meiner Funktion als Polizeichef dieser Stadt entgeht mir kaum etwas, und ich kann mir schwerlich vorstellen, daß ich gerade Sie hätte übersehen sollen.«

»Ich komme aus Rotterdam.«

»Aha, damit hätten wir also bereits den Grund für diese Informationslücke! Und Peter, ich glaube, ohne Zögern sagen zu können, daß es in ganz Amsterdam keine atemberaubendere junge Dame geben dürfte.« Er senkte die Stimme. »Ich würde sogar behaupten, sie ist die schönste Frau der ganzen Stadt, aber schließlich habe ich eine Frau und zwei Töchter, und Restaurantwände haben bekanntlich Ohren. Sie müssen ungefähr das Alter meiner Töchter haben – darf ich fragen, wie alt Sie sind?«

»Du darfst Mijnheer van de Graaf nicht böse sein«, warf van Effen ein. »Polizisten haben es nun einmal an sich, Fragen zu stellen. Und es soll Polizeichefs geben, die damit gar nicht aufhören können.«

Während van Effen sprach, lächelte das Mädchen de Graaf an; van Effen hätte ebensogut gegen eine Wand sprechen können. »Siebenundzwanzig«, antwortete die junge Dame.

»Siebenundzwanzig. Wie meine ältere Tochter. Juffrouw Anne Meijer. Das bestätigt erneut meine Auffassung, daß die junge Generation männlichen Geschlechts ein erbärmlicher, rückständiger, lahmer Verein ist.« Er bedachte van Effen mit einem kurzen Seitenblick, als verkörperte der Leutnant den Inbegriff all dessen, was an der jungen Generation zu bemängeln war, und wandte sich dann wieder dem Mädchen zu. »Seltsam. Ich bin absolut sicher, Sie nie zuvor gesehen zu haben, obgleich mir Ihre Stimme beinahe vertraut vorkommt.« Mit einem leichten Stirnrunzeln blickte er noch einmal zu van Effen hinüber. »Es ist mir die größte Freude, mit Ihnen dinieren zu dürfen, wenngleich ich eigentlich dachte – nun ja, Peter, wir hätten doch ein paar streng vertrauliche dienstliche Angelegenheiten zu besprechen.«

»Aber sicher, Mijnheer. Als Sie heute nachmittag vorschlugen, wir sollten uns um sieben Uhr hier treffen, haben Sie dabei, soweit ich mich erinnern kann, niemanden ausgeschlossen.«

»Wie soll ich das verstehen?«

»Oberst!« sagte das Mädchen.

»Ja, meine Liebe?«

»Bin ich denn wirklich so ein Flittchen, so ein Strichmädchen, so eine gespenstische Erscheinung? Oder vertrauen Sie mir einfach nicht? Möchten Sie lieber mit Peter unter vier Augen sprechen?«

Unvermittelt machte de Graaf einen Schritt nach vorn, faßte das Mädchen an beiden Schultern, nahm jedoch gleich darauf eine Hand wieder zurück, um einen vorbeigehenden Kellner anzuhalten: »Einen Jonge Jenever, und zwar einen Doppelten.«

»Sofort, Mijnheer.«

De Graaf legte seine Hand wieder zurück auf die Schulter und betrachtete prüfend ihr Gesicht; vermutlich versuchte er gerade, die Realität mit der Erscheinung aus dem La Caracha in Einklang zu bringen. Schließlich schüttelte er den Kopf, murmelte etwas Unverständliches vor sich hin und sank auf den nächsten Stuhl.

Van Effen war ganz Mitgefühl. »Ich weiß, Mijnheer, mir ist es beim ersten Mal nicht anders gegangen. Eine Meisterleistung auf dem Gebiet der Maskenbildnerei, finden Sie nicht auch? Falls es Sie tröstet, Mijnheer: sie hat auch mich einmal so hinters Licht geführt. Diesmal haben Sie es allerdings nicht mit einer Maske zu tun; was Sie hier vor sich sehen, ist lediglich das Ergebnis intensiver Befassung mit Badeschwamm und Haarbürste.« Er bedachte sie mit einem prüfenden Blick. »Und ich würde sagen, das Resultat kann sich sehen lassen.«

»Kann sich sehen lassen!« De Graaf nahm seinen Jenever vom Tablett des Kellners und kippte ihn zur Hälfte hinunter. »Wissen Sie, in meinem Alter sollte man von solchen Schockerlebnissen verschont bleiben. Anne? Annemarie? Wie darf ich Sie nennen?«

»Wie Sie wollen.«

»Also gut, Anne, meine Liebe. Ich habe vor kurzem ganz entsetzliche Dinge über Sie gesagt. Schlechthin unmögliche Dinge.«

»Das finde ich auch. Ich konnte Peter einfach nicht glauben, als er mir erzählte, Sie hätten das gesagt.«

Van Effen hob abwehrend die Hand. »Sagen wir, daß ich das Ganze etwas frei wiedergegeben habe?«

»Sehr frei, möchte ich meinen.« Klugerweise blieb de Graaf nicht bei diesem Thema. »Und was um alles in der Welt hat ein Mädchen wie Sie in so einem Job zu suchen?«

»Ich dachte, das wäre ein ehrbarer Beruf?«

»Ja, ja, selbstverständlich ist er das. Aber ich wollte damit eher sagen – äh. . .«

»Der Oberst meint«, schaltete sich van Effen erklärend ein, »du solltest ein international bekannter Bühnen- oder Filmstar sein, über einen Pariser Salon gebieten oder mit einem englischen Vertreter des Hochadels oder einem amerikanischen Ölmillionär – oder auch Milliardär – verheiratet sein. Dein Problem ist ganz einfach, daß du zu schön bist. Ist es nicht so, Oberst?«

»Besser hätte ich es auch nicht ausdrücken können.«

»Meine Güte«, lächelte Anne. »Das ist ja nicht gerade ein Kompliment für die Mädchen von Amsterdam. Stellen Sie denn nur häßliche Frauen an?«

Zum erstenmal an diesem Abend spielte ein Lächeln um de Graafs Lippen. »Das möchte ich mir nun nicht gerade nachsagen lassen. Gerade in diesem Punkt bin ich für mehr Gespür bekannt. Aber Sie – Sie – unter diesen Krakern, und dann auch noch angezogen wie eine – wie. . .«

»Ein Flittchen? Eine Stricherin?«

»Wenn Sie meinen. . .« Er legte seine Hand auf ihre. »Das ist keine Arbeit für ein Mädchen wie Sie. So kann das unmöglich weitergehen. Bei der Polizei hat jemand wie Sie eindeutig nichts zu suchen.«

»Aber von irgend etwas muß man doch leben.«

»Sie? Darum sollten Sie sich nie die geringsten Sorgen machen müssen, Anne. Und das ist ausschließlich als Kompliment gemeint.«

»Aber meine Arbeit macht mir Spaß.«

De Graaf schien sie nicht gehört zu haben. Er starrte ziellos in die Ferne, was van Effen zu der Bemerkung veranlaßte: »Nimm dich in acht, Anne. Wenn er in Trance ist, muß man vor ihm besonders auf der Hut sein.«

»Ich bin keineswegs in Trance«, widersprach de Graaf kühl. »Wie, sagten Sie, war doch gleich Ihr Familienname?«

»Meijer.«

»Haben Sie Familie?«

»Aber natürlich. Eltern, Schwestern, zwei Brüder.«

»Teilen Ihre Geschwister Ihr Interesse an Recht und Ordnung?«

»Wenn Sie damit die Polizei meinen – nein.«

»Und Ihr Vater?«

»Ob er bei der Polizei ist?« Sie lächelte, als dächte sie an eine Person, die ihr sehr nahe stand. »Das kann ich mir kaum vorstellen. Er ist im Baugeschäft.«

»Weiß er denn, was Sie hier treiben?«

Sie zögerte. »Eigentlich nicht.«

»Was meinen Sie damit: eigentlich nicht? Weiß er davon oder nicht? Und warum?«

»Warum?« Sie wollte sich verteidigen. »Er sieht es gern, wenn wir selbständig und unabhängig sind.«

»Wäre er damit einverstanden, wenn er wüßte, was Sie machen? Darauf sind Sie mir eine Antwort schuldig. Wäre er damit einverstanden, daß seine entzückende Tochter sich unter die Kraker mischt?«

»So muß man sich wohl fühlen, wenn man ins Kreuzverhör genommen wird? Soll das heißen, daß ich etwas Schlechtes getan habe?«

»Selbstverständlich nicht. Aber wäre er damit einverstanden?«

»Nein.«

»Sie bringen mich in eine unangenehme Lage, was mir ganz und gar nicht gefällt. Ihr Vater wäre damit also nicht einverstanden. Auf wen soll ich nun Rücksicht nehmen – auf Sie oder auf Ihren Vater?«

»Diese Frage dürfte sich kaum konkret stellen. Schließlich kennen Sie meinen Vater gar nicht.«

»Kind!«

»Was soll das nun? Langsam verstehe ich wirklich nichts mehr.«

»Natürlich kenne ich Ihren Vater, sehr gut sogar. Wir sind seit mehr als dreißig Jahren befreundet.«

»Unmöglich! Wie wollen Sie meinen Vater kennen? Sie haben doch eben erst meine Bekanntschaft gemacht und wissen so gut wie nichts über mich.« Sie war keine gute Schauspielerin und wirkte sichtlich aufgebracht. »Das ist – das ist sicher nur irgendein Trick von Ihnen.«

»Annemarie.« Van Effen legte beruhigend seine Hand auf ihren Arm. »Wenn der Oberst sagt, er ist ein Freund deines Vaters, dann ist er das auch. Also, gestehen Sie schon, Mijnheer.«

»Gut. Wenn Sie das nächste Mal mit Ihrem Vater telefonieren oder ihm schreiben – falls Sie das tun –, bestellen Sie doch David Joseph Karlmann Meijer die besten Grüße.«

Ihre Augen weiteten sich. Sie öffnete den Mund, als

wollte sie etwas sagen, machte ihn jedoch gleich wieder zu und wandte sich an van Effen. »Ich glaube, jetzt bin ich mit einem Jenever an der Reihe.«

De Graaf sah van Effen an. »Mein alter Freund David – wie oft waren wir nicht gemeinsam zum Segeln, Angeln, Jagen und Skifahren, sogar den Amazonas sind wir hinaufgefahren, bevor diese junge Dame hier geboren wurde! Er ist Besitzer einer großen Baufirma. Außerdem gehören ihm eine der größten Zementfabriken Hollands, verschiedene Ölraffinerien und Tanker, eine Elektronikfirma und Gott weiß was sonst noch alles. ›Aber von irgend etwas muß man doch leben, Mijnheer‹«, äffte er Anne nach. »›Von irgend etwas muß man doch leben!‹ Der Rabenvater, der sein armes Kind ohne einen Heller vor die Tür jagt!« Er wandte sich an den Oberkellner an seiner Seite. »Guten Abend. Die jungen Herrschaften wählen für mich. Aber erst möchte ich noch einen Jenever.« Und mit einem Blick auf Annemarie: »Irgendein Gefäß brauche ich schließlich, um meine Tränen darin aufzufangen. Man sagt, ein Glas Schnaps eignet sich am besten dafür.«

Nachdem der Oberkellner die Bestellung aufgenommen und sich zurückgezogen hatte, erklärte van Effen: »Sie befürchten wieder gleich das Schlimmste, Mijnheer.«

»Keineswegs. An der Geschichte gefallen mir vor allem zwei Dinge nicht. Falls dieser jungen Dame etwas zustoßen sollte – nun, es ist schon schlimm genug, Zeuge von David Meijers Zorn zu werden. Zweitens, Tarnung hin oder her, könnte Annes Identität aufgedeckt werden. So etwas geht schneller, als man denkt, wie Sie selbst sehr wohl wissen, Peter: ein Versprecher, eine unvorsichtige Bemerkung, eine unbedachte Handlung, der Möglichkeiten gibt es in dieser Hinsicht unzählige. Welche Gelegenheit für einen abgebrannten Kraker oder – schlimmer noch – einen professionellen Entführer! Ihr Vater würde fünf, zehn Millionen Gulden zahlen, um sie wieder zurückzubekommen. Finden Sie wirklich, ich sehe in diesem Punkt nur schwarz, Peter?«

Van Effen wollte gerade etwas erwidern, als sein Blick auf einen Kellner fiel, der auf ihn zutrat.

»Telefon für Mijnheer van Effen.«

Während van Effen sich entschuldigte und den Tisch verließ, wandte de Graaf sich an Annemarie: »Ist das wirklich nur Schwarzmalerei?«

»Nicht, wie Sie den Sachverhalt darstellen; allerdings – nun, ich möchte mir nicht anmaßen, meinem Chef zu widersprechen, aber ich finde doch, daß Sie das Ganze etwas zu kraß dargestellt haben. Ich habe diese Art von Arbeit schon mehrere Monate in Rotterdam gemacht, und mir ist nie etwas zugestoßen. Und wenn es in Rotterdam auch vielleicht keine Kraker gibt, so ist die Unterwelt dort auf jeden Fall um einiges brutaler als hier. Es tut mir leid, Oberst, aber ich finde, Sie übertreiben die Gefahren ein wenig. Und wie Sie eben selbst festgestellt haben, bin ich eine Verkleidungskünstlerin. Außerdem trage ich eine Waffe. Und das beste ist natürlich, daß mich in Amsterdam niemand kennt.«

»Und was ist mit mir?«

»Das ist etwas anderes, zumal Peter behauptet, daß Sie sowieso Gott und die Welt kennen. Sie werden wohl selbst zugeben, daß es ein Riesenzufall war, daß Sie meinen Vater kennen.«

»Trotzdem hätte ich problemlos alles über Sie herausfinden können. Wußte Peter darüber Bescheid?«

»Nein, er wußte bis eben nichts. Allerdings muß ich gestehen, daß er keinen sonderlich überraschten Eindruck machte.« Sie lächelte. »Es könnte doch sein, daß ihn das Ganze herzlich wenig interessiert.«

»Sie fischen nach Komplimenten, meine Liebe.« Sie wollte protestieren, doch er winkte mit einer kurzen Handbewegung ab. »Desinteresse dürfte in Ihrem Fall wohl ausgeschlossen sein. Van Effen liegt sehr viel an Menschen. Was nicht heißt, daß er sich das ständig und überall anmerken läßt. Das hat er sich so angewöhnt. Ich bin sicher, daß er nichts davon gewußt hat. Genauso sicher bin ich mir allerdings, daß Julie davon gewußt hat.«

»Ach, Julie? Die wunderbarste Frau von ganz Amsterdam?«

»Diesen Titel teilen sich im Augenblick zwei Damen –

unter Berücksichtigung der üblichen Einschränkungen, versteht sich.«

»Natürlich, Ihre Frau und Ihre Töchter.«

»Allerdings. Aber lenken Sie nicht schon wieder vom Thema ab, meine Liebe, darin sind Sie eine wahre Meisterin. Und lassen Sie bitte den blauäugigen Blick.«

»Julie weiß es also«, lenkte sie ein. »Woher wissen Sie das, Mijnheer?«

»Schließlich kenne ich Julie. Sie ist eine Frau. Wenn Sie schon bei ihr wohnen, sind ihr sicher verschiedene Dinge aufgefallen, die ein Mann nicht unbedingt bemerkt hätte: Kleider, Schmuck, persönliche Gebrauchsgegenstände – lauter Dinge, die eine durchschnittliche Angestellte nicht hätte. Ganz abgesehen von ihrer Art zu sprechen. Mich soll es freilich nicht weiter stören, wenn Julie Bescheid weiß; sie wird sicher niemandem davon erzählen, und ich könnte sogar wetten, daß sie nicht einmal ihren Bruder eingeweiht hat. Wohnen Sie gern bei ihr?«

»Sehr sogar. Julie ist mir sehr sympathisch; ich glaube, das beruht auf Gegenseitigkeit. Ich darf sogar in Peters ehemaligem Zimmer schlafen. Soviel ich weiß, ist er vor sechs Jahren ausgezogen.« Ihre Stirn legte sich in Falten. »Ich habe sie gefragt, weshalb er ausgezogen ist, da sie sich offensichtlich nicht zerstritten hatten. Schließlich mögen sich die beiden sehr gern. Aber sie wollte mir den Grund nicht nennen und meinte nur, ich solle mich an Peter wenden.«

»Und? Haben Sie ihn gefragt?«

»Nein.« Sie schüttelte sehr entschlossen den Kopf. »Man stellt seinem Vorgesetzten keine persönlichen Fragen.«

»Ich muß zugeben, daß seine Art nicht dazu ermutigt. Aber so unzugänglich ist er gar nicht. Der Grund für seinen Auszug ist übrigens keineswegs ein Geheimnis. Er hatte geheiratet. Marianne. Das entzückendste Mädchen in ganz Amsterdam, auch wenn ich von meiner eigenen Nichte spreche.«

»Sie ist Ihre Nichte?«

»Sie war es.« De Graafs Stimme wurde ernst. »Peter war

schon damals der fähigste Polizist der ganzen Stadt – mit Sicherheit um vieles besser als ich. Aber sagen Sie ihm das um Himmels willen nicht. Er hatte damals eine besonders gefährliche Bande ausgehoben, die sich auf eine Mischung von Erpressung und Folter spezialisiert hatte. Sie bestand aus vier Brüdern, den Annecys. Weiß Gott, woher sie diesen Namen hatten. Peter brachte zwei von ihnen für fünfzehn Jahre hinter Gitter. Die anderen zwei verschwanden spurlos. Kurz nach der Verurteilung der beiden gefaßten Annecys versteckte jemand, vermutlich einer der Brüder, in Peters Motorboot eine Bombe, die mit dem Zündschloß gekoppelt war – die gleiche Technik, die von den Mördern Lord Mountbattens angewandt wurde. Wie es der Zufall wollte, war Peter an besagtem Wochenende nicht an Bord seines Boots. Nur seine Frau und ihre beiden Kinder.«

»Mein Gott!« Die Hände des Mädchens verkrampften sich. »Das ist ja schrecklich. Wie fürchterlich!«

»Seitdem bekommt er etwa alle drei Monate von einem der in Freiheit lebenden Annecy-Brüder eine Postkarte, auf der sich nichts weiter als die Zeichnung einer Schlinge und eines Sargs befindet – keinerlei Text. Ein kleiner Hinweis sozusagen, daß er nicht mehr lange zu leben hat. Wirklich reizend, nicht?«

»Entsetzlich! Das ist ja entsetzlich! Er muß doch ständig Todesängste ausstehen. Zumindest würde ich das. Ich würde mich jeden Abend beim Schlafengehen fragen – falls ich überhaupt schlafen könnte –, ob ich am nächsten Morgen wieder aufwachen würde.«

»Ich glaube nicht, daß er sich das Ganze sonderlich zu Herzen nimmt. Zumindest läßt er sich nichts anmerken. Und ich weiß auch, daß er einen guten Schlaf hat. Aber das ist der Grund, weshalb er nicht wieder zu Julie zieht, auch wenn er nie davon spricht. Er möchte nicht, daß ihr etwas passiert, wenn ihm plötzlich jemand eine Bombe durchs Fenster wirft.«

»Wie kann man unter solchen Umständen leben? Wieso wandert er nicht aus und nimmt einen anderen Namen an?«

»Falls Sie Peter van Effen jemals richtig kennenlernen sollten, werden Sie sich bestimmt fragen, wie Sie diese Frage je stellen konnten. Anne, Ihr Lächeln ist einfach bezaubernd. Lassen Sie es mich doch noch einmal sehen.«

Sie erwiderte mit einem zaghaften, verwirrten Lächeln. »Das verstehe ich nicht.«

»Er kommt zurück. Jetzt zeigen Sie mal, ob Sie eine gute Schauspielerin sind.«

Und als van Effen wieder Platz nahm, lächelte sie tatsächlich. Sie wirkte wie jemand, der eins ist mit sich und der Welt. Als sie jedoch aufsah und den Ausdruck – oder genauer, das Fehlen jeglichen Ausdrucks – in Peters Gesicht bemerkte, erstarb ihr Lächeln wieder.

»Sie wollen uns wohl dieses wunderbare Abendessen verderben, Peter?« bemerkte de Graaf kopfschüttelnd. »Und dabei haben Sie doch so ein großartiges Menü zusammengestellt.«

»So schlimm ist es auch wieder nicht.« Van Effen lächelte schwach. »Möglicherweise wird es uns unsere dritte Flasche Bordeaux oder Burgunder vermiesen. Vielleicht auch schon die zweite. Die Sache ist folgende. Lassen Sie mich erst einmal kurz berichten, was zu einem früheren Zeitpunkt heute geschehen ist. Ja, Mijnheer, im Moment könnte ein Schluck Wein nicht schaden. Wie gesagt, man hat mir also einen Job angeboten – was die finanzielle Seite betrifft, dürfte ich bei der Polizei wohl kaum annähernd so viel verdienen. Ich soll irgend etwas in die Luft sprengen. Was, weiß ich noch nicht.

Zum Beispiel die Amsterdam-Rotterdam-Bank – oder auch ein Boot, eine Brücke, einen Lastkahn, eine Kaserne – die Liste ließe sich beliebig fortsetzen. Über das Objekt hat man mich noch nicht aufgeklärt.

Wie Sie wissen, hat Vasco die beiden Herren heute nachmittag ins Jagdhorn gebracht. Wohlhabende, ehrbare Bürger. Doch welchem erfolgreichen Ganoven ist schließlich der Gauner schon anzusehen? Wir verhielten uns ausnahmslos alle sehr vorsichtig und zurückhaltend; sozusagen ein erster Schlagabtausch, ohne daß irgend jemand groß Farbe bekannt hätte. Schließlich haben sie mir diesen Job angeboten, und ich habe zugesagt. Sie erklärten, sie müßten erst mit ihren Vorgesetzten Rücksprache nehmen, um mich dann morgen in die Einzelheiten meines Auftrags einzuweihen und die Honorarfrage zu klären. Vasco sollte bei diesem Geschäft den Kurier spielen. Danach haben wir uns wie richtige Gentlemen die Hände gereicht und trennten uns im gegenseitigen Einvernehmen und Vertrauen.

Seit Verlassen des Jagdhorns ließ ich die beiden von zwei Teams beschatten. Nun habe ich eine Meldung erhalten. . .«

»Im gegenseitigen Einvernehmen und Vertrauen?« fragte Annemarie.

De Graaf machte eine beschwichtigende Geste. »Wir neigen in unserem Beruf manchmal zum Gebrauch umschreibender Redewendungen. Erzählen Sie weiter, Peter.«

»Eben ist Nachricht von beiden Überwachungsteams eingegangen. Das erste teilt uns mit, daß sie Agnelli und Paderewski aus den Augen verloren haben. . .«

»Gütiger Gott!« entfuhr es de Graaf. »Agnelli und Paderewski! Ein berühmter Großindustrieller und ein berühmter Pianist. Sie haben diese beiden Herren doch wohl kaum ernsthaft beschatten lassen?«

»Doch. Aber meine Leute sagen, daß sie die beiden im Verkehrsgewühl aus den Augen verloren haben. Sie behaupten, die beiden Herren mit den illustren Namen hätten nicht bemerkt, daß sie ihnen gefolgt seien. Reiner Zufall also. Der Bericht über die beiden anderen stimmt mich bedenklich, um es gelinde auszudrücken.«

»›Über‹ die beiden anderen?« De Graaf runzelte die Stirn. »Wieso nicht ›von‹ den beiden anderen?«

»Nein, über. Sie wurden in einem dunklen Hinterhof gefunden, nur halb bei Bewußtsein und nicht mehr in der Lage, um Hilfe zu rufen – absolut bewegungsunfähig und vor Schmerzen fast von Sinnen. Beiden Männern waren die Kniescheiben zertrümmert worden. Auf Sizilien und in verschiedenen amerikanischen Großstädten ist das ein Zeichen, daß jemand sich nicht gern beschatten läßt. Auf diese Weise sorgen sie dafür, daß ihre Beschatter eine Zeitlang nicht mehr in der Lage sein werden, hinter irgendjemandem herzuschnüffeln. Für diese Prozedur bedienten sich die feinen Herren übrigens keiner Schußwaffen, sondern ganz gewöhnlicher Eisenstangen. Die beiden Betroffenen werden gerade operiert. Keiner von beiden wird vor Ablauf einiger Monate wieder gehen können, und keiner von beiden wird ohne bleibenden Schaden davonkommen. Großartig, nicht wahr? Die Zeit bleibt offensichtlich auch in Amsterdam nicht stehen. Wie man sieht, ist der Siegeszug der amerikanischen Kultur unaufhaltsam.«

»Verkrüppelt?« Annemaries Stimme war kaum mehr als ein Flüstern. »Für den Rest ihres Lebens verkrüppelt? Wie kannst du – wie kannst du über so etwas Witze reißen?«

»Entschuldigung.« Van Effen sah sie kurz an und stellte fest, daß etwas Farbe aus ihrem Gesicht gewichen war. Er schob ihr Weinglas näher auf sie zu. »Trink erst mal einen Schluck. Glaubst du im Ernst, mir ist im Moment zum Spaßen zumute? Im übrigen handelt es sich dabei nicht nur um ein amerikanisches Verfahren, Mijnheer. Während der letzten zwei, drei Jahre hat sich diese Praktik auch in Nordirland zu einem beliebten Zeitvertreib entwickelt.«

»Ihre beiden anderen Leute haben diese zwei also rein zufällig aus den Augen verloren? Pech sozusagen.« De Graaf nippte an seinem Bordeaux, die Nachricht schien ihn nicht sonderlich mitgenommen zu haben, da er anerkennend mit den Lippen schnalzte. »Ausgezeichnet. Unsere Freunde scheinen ja etwas vom Geschäft zu verstehen. Eindeutig Profis. Und sie schrecken vor nichts zurück. Aha – da kommt unser Chateaubriand. Sie haben versprochen, es mit mir zu teilen, meine Liebe.«

Sie schien leicht zu erschaudern. »Ich weiß, es ist dumm von mir, aber ich kann jetzt unmöglich etwas essen.«

»Vielleicht kommen die Maulwürfe morgen aus ihren Löchern«, kam van Effen wieder zum Thema zurück. »Ich hoffe trotzdem, daß sie ihr Versprechen wahrmachen und sich mit mir in Verbindung setzen werden.«

Fast ausdruckslos starrte Annemarie ihn an. »Du mußt wahnsinnig geworden sein«, flüsterte sie leise. Sie schien wirklich entsetzt. »Entweder sie treffen sich mit dir, um mit dir ebenso umzuspringen oder um dich für immer auszuschalten, oder sie lassen gar nichts mehr von sich hören. Nachdem sie so brutal gegen diese armen Teufel vorgegangen sind, haben sie sich die beiden doch bestimmt näher unter die Lupe genommen. Sie wissen inzwischen längst, daß sie von der Polizei waren. Irgend etwas hatten sie sicher bei sich, das sie als Polizisten auswies. Haben sie eigentlich Schußwaffen getragen?« Van Effen nickte. »Dann wissen sie auch, daß du von der Polizei bist, denn für sie steht außer Zweifel, daß du sie hast beschatten lassen, seit sie das Jagdhorn verlassen haben. Offensichtlich hast du Selbstmordabsichten?« Sie streckte ihre Hand nach de Graafs Handgelenk aus. »Sie dürfen auf keinen Fall zulassen, daß er sich mit diesen Männern trifft. Sie werden ihn umbringen.«

»Deine Besorgnis in allen Ehren«, schaltete sich van Effen ein, durch ihre Bitte keineswegs beeindruckt. »Wenn sie auch etwas fehl am Platze ist. Wie sollten diese Burschen darauf kommen, daß ich sie habe beschatten lassen? Möglicherweise haben sie das auch erst lange nach Verlassen des Jagdhorns bemerkt, so daß für sie also kein notwendiger Zusammenhang zwischen mir und ihren Verfolgern besteht. Das zum einen. Zum anderen gibt dir die Tatsache, daß dein Vater ein Freund von Mijnheer de Graaf ist, noch keineswegs das Recht, dem Polizeichef gute Ratschläge zu erteilen. Für eine einfache Beamtin wäre das absolut lächerlich und zugleich reichlich anmaßend.«

Sie sah ihn mit einem verletzten Ausdruck an, als hätte er sie geschlagen. Dann senkte sie ihren Blick auf den leeren Teller vor sich. De Graaf bedachte van Effen mit einem kopfschüttelnden Blick und ergriff dann Annes Hand.

»Sie brauchen sich Ihrer Sorge um unseren Freund nicht im geringsten zu schämen. Nicht im geringsten. Zugleich bringen Sie dadurch jedoch unmißverständlich zum Ausdruck, daß Sie nicht sonderlich viel von mir halten. Nein, wirklich nicht viel. Sehen Sie mich bitte an.« Sie blickte ihn an, ernst und aufmerksam waren ihre braunen Augen auf ihn gerichtet. »Der Leutnant hat vollkommen recht. Wir müssen diese Bande aus ihrer Deckung hervorlocken. Im Augenblick scheint mir dies die einzige Möglichkeit zu sein. Peter wird also hingehen. Ich würde ihm zwar nie befehlen, sich mit ihnen zu treffen, aber ich werde ihm auf keinen Fall meine Zustimmung verweigern. Mein Gott, Mädchen, glauben Sie denn allen Ernstes, ich würde ihn als lebenden Köder benutzen, als Lamm auf der Schlachtbank, ein Daniel in der Löwengrube, eine angepflockte Ziege für den Tiger? Ich muß selbst sagen, heute habe ich es aber wirklich mit den Metaphern. Jedenfalls garantiere ich Ihnen, mein Kind, daß sowohl das Jagdhorn sowie seine nähere Umgebung bis auf den letzten Quadratmeter von bewaffneten Männern abgesichert werden, falls dieses Treffen zustande kommt. Und diese Männer werden für die Halunken nicht zu sehen sein. Peter wird sicher sein wie in Abrahams Schoß.«

»Ich weiß, das war eben dumm von mir. Sie müssen entschuldigen.«

»Gib lieber nicht zu viel auf diese tröstenden Worte«, warf van Effen ein. »Vermutlich werde ich durchlöchert werden wie ein Sieb. Und zwar von den Kugeln unserer Polizeischarfschützen. Es sei denn, sie werden ausdrücklich darauf hingewiesen, daß ich verkleidet auftrete. Es würde mich nicht wundern, wenn sie den Falschen abknallten. Sie sollen sich nur immer schön auf den schwarzen Handschuh konzentrieren. Das bin nämlich ich.«

Ein Kellner kam an ihren Tisch. »Entschuldigung, Mijnheer van Effen, noch ein Anruf für Sie.«

Nach zwei Minuten war van Effen wieder zurück. »Nun ja, nichts großartig Überraschendes. Wieder einmal die FFF. Eine etwas nebulöse Nachricht, vermutlich ein weiterer Schritt im Rahmen ihrer Demoralisierungskampagne. Sie kündigen an, daß es morgen vormittag neun Uhr am Nordholland-Kanal bei Alkmaar zu einem beträchtlichen Chaos kommen *könnte*, wenn sie auch keine Garantie dafür übernommen haben. Eindeutig festgelegt haben sie sich nur insofern, als sich dort einiges tun wird.«

»Das war alles?« wollte de Graaf wissen.

»Ja, das war alles. Klingt ziemlich vage und unbestimmt. Was, glauben Sie, haben sie inzwischen vor?«

»Mir ist das alles ziemlich klar. Wir sollen uns Sorgen machen und den Kopf zerbrechen, was zum Teufel sie vorhaben könnten. Sie wollen eine Atmosphäre allgemeiner Verunsicherung schaffen, wozu sie meiner Meinung nach bereits auf dem besten Wege sind. Weil wir gerade von der FFF sprechen, Mijnheer: wie war übrigens ihr kleiner Ausflug nach Texel heute nachmittag?«

»Reine Zeitverschwendung. Ich war, wie Sie mehr oder weniger vorhergesagt haben, von einem Haufen alter Waschweiber umgeben.«

»Sie beabsichtigen also nicht, morgen vormittag um neun Uhr in Alkmaar zu sein?«

»Ich beabsichtige, mich morgen um neun Uhr in Amsterdam aufzuhalten. Was sollte ich denn dort? Ununterbrochen alle und jeden argwöhnisch beäugen, ob er vielleicht etwas mit dem geplanten Verbrechen zu tun haben könnte?«

»In der Tat kein besonders erfolgversprechendes Vorgehen. Aber Sie haben doch Freunde an der Universität, Mijnheer. Unter anderem auch in der linguistischen Abteilung.«

De Graaf wandte sich an Annemarie: »Ich nehme an, ich sollte mich über diesen plötzlichen Themawechsel wundern und eine Frage stellen wie etwa: ›Was um alles in der Welt soll das damit zu tun haben?‹« Er sah wieder van Effen an. »Also gut. Was um alles in der Welt soll das damit zu tun haben?«

»Ich habe mir heute abend diese Bänder mit den Nachrichten der FFF in der Redaktion des Telegraaf angehört. Eine Frauenstimme. Eine junge Frau, würde ich sagen. Und keine Holländerin, dessen bin ich absolut sicher.«

»Interessant. Sehr sogar. Womit wir wieder bei unserem mysteriösen Fremden wären. Weiter? Irgendwelche Vermutungen hinsichtlich der Herkunft der Sprecherin?«

»Genau das ist das Problem, Mijnheer. Sicher, ich spreche ein paar Fremdsprachen, aber ich bin alles andere als ein Fachmann für Linguistik. Regionale Unterschiede in Aussprache, Akzent und Wortwahl – das ist mit Sicherheit nicht mein Spezialgebiet.«

»Und Sie denken, an der Universität könnte man uns weiterhelfen?«

»Ausgeschlossen ist es zumindest nicht. Und man sollte nichts unversucht lassen. Die Bänder sind in meinem Büro.«

»Ich werde sehen, was sich machen läßt. Aber Sie können sich, glaube ich, schon wieder auf den Weg machen, Peter. Eben kommt ein Kellner auf Sie zu.«

Van Effen stand auf, unterhielt sich kurz mit dem Kellner und ging dann weiter. Als er wieder am Tisch Platz nahm, sagte er: »Die Opposition rührt sich, wer immer das auch sein mag. Das war übrigens gerade mein Hotel, das Trianon. Die Nachricht wurde durch mein Büro weitergeleitet.«

Geduldig erkundigte sich de Graaf: »Und wie lange wohnen Sie schon im Trianon? Hat man Sie aus Ihrem Appartement hinausgeworfen?«

»Im Gästebuch steht, daß ich seit zwei Wochen dort ein Zimmer habe. Alles Nötige habe ich heute nachmittag gegen fünf Uhr in die Wege geleitet.«

»Aber, aber! Falsche Eintragungen in ein Melderegister sind ein nicht unerhebliches Vergehen.«

»Um mich verhaften zu lassen, fehlt mir im Augenblick leider die Zeit. Romero Agnelli oder einer seiner Männer muß sich wohl mit Feuereifer hinters Telefon geklemmt und dabei herausgefunden haben, daß ich im Trianon abgestiegen bin. Sie haben sogar einen Aufpasser vor dem Hotel postiert – in einem kleinen, alten Fiat. Ich habe veranlaßt, daß dieser Mann seinerseits überwacht wird. Später am Abend werde ich wohl dort noch auftauchen müssen. Schließlich kann ich meine Freunde nicht enttäuschen, wenn sie schon solches Interesse an meiner Person zeigen.«

»Sie haben ja, weiß Gott, einen vollen Stundenplan«,

bemerkte de Graaf. »Ich nehme allerdings nicht an, daß Sie vorhaben, die ganze Nacht dort zu verbringen.«

»Ihre Annahme ist richtig, Mijnheer. Ich werde meinen Wagen hinter dem Hotel parken und mich dort von einem Polizeitaxi abholen und vor dem Eingang absetzen lassen. Dann gehe ich durch die Eingangshalle des Hotels, um es durch den Hintereingang wieder zu verlassen und nach Hause zu fahren. Ein kleiner Umweg, nichts weiter.«

»Meine Güte, Sie scheinen sich heute abend vor Beliebtheit kaum retten zu können«, bemerkte de Graaf mit einem Blick über van Effens Schultern.

Van Effen drehte sich um, stand seufzend auf, sprach wieder kurz mit dem Kellner und entfernte sich in Richtung der Telefonzellen.

»Unsere Opposition scheint weiterhin den Wahlspruch zu befolgen: Wer rastet, der rostet«, erklärte er bei seiner Rückkehr. »Oh, ein Brandy. Besten Dank. Das war übrigens Vasco – Sergeant Westenbrink. Auch diese Nachricht ist mir natürlich durch das Büro übermittelt worden. Agnelli hat sich mit ihm in Verbindung gesetzt. Sie sagen, sie würden sich morgen vormittag elf Uhr gern mit mir treffen. Am selben Ort. Das kann zweierlei bedeuten.«

»Ich weiß, was das zu bedeuten hat«, entgegnete de Graaf. »Entweder sind sie uns auf die Schliche gekommen, oder sie sind uns nicht auf die Schliche gekommen. Es ist durchaus möglich, daß sie keine Ahnung haben, daß sie beschattet worden sind, seit sie das Jagdhorn verlassen haben. Andererseits ist ebensowenig ausgeschlossen, daß sie davon wußten. Wenn letzteres zutrifft, kann es nur einen Grund geben, weshalb sie sich mit Ihnen treffen wollen: Sie werden versuchen herauszufinden, wieviel Sie wissen, welche Gefahr Ihr Wissen für sie darstellt und wie sie diese Gefahr am besten ausschalten können. Ich kann mir vorstellen, daß sie dabei höchst feinfühlig vorgehen. Falls sie nämlich einen Argwohn gegen Sie hegen und befürchten, daß Sie ihnen mißtrauen könnten, handeln sie völlig richtig. In diesem Fall hätte man nämlich vernünftigerweise von ihnen erwartet, daß sie auf einem neutralen Treffpunkt bestanden hätten. Wenn sie nämlich die Vermutung hätten, daß Sie von der Polizei sind oder für die Polizei arbeiten, müßten sie auch davon ausgehen, daß es sich beim Jagdhorn um eine Falle der Polizei handelt. Andererseits hätte natürlich ihr Vorschlag für einen anderen Treffpunkt eindeutig zu verstehen gegeben, daß sie Bescheid wissen.« De Graaf seufzte. »Ganz schön verworren und kompliziert, diese Geschichte. Wie geschaffen, um uns völlig im unklaren zu lassen. Vielleicht haben sie in dieser kurzen Zeit bereits einiges von der FFF gelernt. Oder umgekehrt. Noch einen Brandy, Peter? Nein? Dann würde ich vorschlagen, wir brechen auf. Morgen steht uns ein langer und anstrengender Tag bevor. Haben Sie eigentlich bereits irgenwelche speziellen Pläne, was diese reizende junge Dame betrifft?«

»Ich werde mir schon noch eine entsprechend lästige Aufgabe für sie ausdenken. Bis auf weiteres kann ich ihr jedoch noch keine spezifischen Anweisungen erteilen.«

»Hm.« De Graaf dachte kurz nach. »Anne, Sie werden natürlich relativ häufig in Begleitung von Sergeant Westenbrink gesehen.«

Sie lächelte. »Wissen Sie, für mich ist er einfach nur Vasco. Aber ja, natürlich. Wir werden miteinander sprechen müssen, wobei es mir am besten – und auch am einfachsten – erscheint, das ganz offen zu tun.«

»Das finde ich auch. Kommen und gehen Sie dort eigentlich, wann Sie wollen?«

»Selbstverständlich. Das ist doch in diesen Kreisen das wichtigste. Man kennt keine Termine, Regeln und Verpflichtungen. Man tut, was man will; man ist völlig frei und ungebunden.«

»Es würde also keinerlei Aufmerksamkeit erregen, wenn Sie einmal einen Tag – oder vielleicht auch zwei – nicht dort erscheinen?«

»Nein.« Sie zögerte. »Darf ich vielleicht mal kurz meine Intelligenz beweisen und eine Vermutung äußern, worauf Sie hinauswollen, Mijnheer?«

»Ihre Intelligenz steht hier völlig außer Frage. Ihnen mangelt es lediglich an der entsprechenden Erfahrung, um sich eine negative, argwöhnische und menschenverachtende Denkweise anzueignen, wie zum Beispiel Mijnheer van Effen – wobei ich nur hoffen kann, daß Sie diesen Nachteil nie aufholen werden.«

Fast unmerklich schüttelte Annemarie den Kopf und sah van Effen fragend an, der de Graaf beipflichtete: »Der Oberst hat recht. Das weißt du selbst am besten.«

»Ich weiß nicht. Das heißt, ich bin sicher, daß er recht hat, wenn auch nicht in welcher Hinsicht. Falls ihr euch über mich lustig machen wollt, finde ich das alles andere als fair.«

»Wir machen uns keineswegs über dich lustig, Annemarie. Unter Spaß verstehen wir etwas anderes, als andere Leute herabzusetzen und uns auf ihre Kosten zu amüsieren. Versteh doch, das Ganze ist eine Frage der Querverbindungen. Jedenfalls ist nicht auszuschließen – die Chancen stehen fünfzig zu fünfzig –, daß Agnelli und Co. uns auf die Schliche gekommen sind. In diesem Fall stünde auch Vasco unter Verdacht, weil er mich mit ihnen bekannt gemacht hat. Und da du nun wiederum oft mit Vasco zusammen gesehen worden bist, würden sie auch dich verdächtigen. Der Oberst schlägt doch nur vor, daß du für einen – vielleicht auch zwei – Tage etwas kürzer trittst. Je nachdem, wie sich alles weitere entwickelt. Wobei ich – möglicherweise völlig widersinnig – das Gefühl habe, daß sich die Dinge in nächster Zeit sehr schnell entwickeln werden. Weder für mich noch für den Obersten ist es eine erfreuliche Vorstellung, daß du in die Hände dieser rücksichtslosen Bande fallen könntest. Denk doch nur mal an diese beiden Detektive. Daß diese Leute kein Pardon kennen, haben wir inzwischen deutlich genug erfahren. Die Anwendung physischer Gewalt scheint für sie keineswegs etwas Ungewöhnliches zu sein; womöglich bereitet es ihnen ein gewisses Maß an perverser Freude. Wie fändest du es, von ihnen geschnappt und gefoltert zu werden? Ich will dir damit nicht unnötig Angst machen, Annemarie. Ich spreche nur von Dingen, die durchaus im Bereich des Möglichen und Wahrscheinlichen liegen.«

»Ich glaube, ich habe dir bereits gestanden, daß ich

nicht sonderlich mutig bin.« Ihre Stimme klang sehr ruhig.

»Und wenn sie dann noch herausfänden, welcher fette Fisch ihnen ins Netz gegangen ist – etwas Besseres könnten sie sich doch gar nicht wünschen. Ein weiterer Trumpf neben ihren bisher nicht gerade spärlich gesäten Trümpfen. Ganz abgesehen von den Gefahren für deine Person, brächtest du damit auch uns in eine unangenehme Zwangslage.«

»Besser hätte auch ich das nicht ausdrücken können«, sagte de Graaf.

Sie lächelte schwach. »Ich war doch immer schon ein Feigling. Also werde ich tun, was Sie sagen.«

»Nur damit wir uns nicht mißverstehen«, erwiderte de Graaf. »Das ist kein Befehl, nur ein gutgemeinter Rat.«

Wieder das zaghafte Lächeln. »Der mir sehr vernünftig erscheint. Und wo soll ich währenddessen bleiben?«

»Bei Julie natürlich. Wo sonst?« schlug van Effen vor. »Außerdem werden wir in der Nähe ihrer Wohnung einen unauffälligen Bewacher postieren. Aber bevor du dich für eine Weile in die Frauengemächer zurückziehst, möchte ich dich bitten, mir noch einen Gefallen zu tun.«

»Aber selbstverständlich.«

»Ich möchte, daß du morgen früh zu Vasco gehst. Erzähl ihm, worüber wir eben gesprochen haben, und sag ihm, er soll sich aus dem Staub machen. Ich weiß, wo er untertauchen wird; sobald die Luft rein ist, setze ich mich wieder mit ihm in Verbindung.«

»Gut, wird gemacht.« Sie schwieg einen Augenblick. »Als du mich fragtest, ob ich dir einen Gefallen tun würde, und ich ja gesagt habe – nun, inzwischen wäre es mir lieber, ich wäre nicht so voreilig gewesen. Siehst du denn nicht, was du aus mir gemacht hast, Peter? Ich bin nur noch ein zitterndes Nervenbündel.«

»Soviel ich feststellen kann, zitterst du keineswegs, und für ein Nervenbündel machst du einen ganz passablen Eindruck. Kannst du dir vorstellen, daß deine sauberen Freunde, die Kraker, einfach wegschauen, wenn jemand über dich herfiele?«

»Allerdings.«

»Na ja, die Welt ist eben brutal und ungerecht, oder nicht, Mijnheer? Wir sind das ja inzwischen gewöhnt. Aber sei unbesorgt, Anne. Dir wird kein Härchen gekrümmt. Wir werden dich dauernd überwachen, und mit dauernd meine ich sechzig Sekunden pro Minute. Der Musterknabe van Effen, entsprechend verkleidet – natürlich nicht in der Maskierung aus dem Jagdhorn – und mit dem üblichen Waffenarsenal ausgestattet. Da fällt mir übrigens noch etwas ein, Oberst. Ich glaube, ich werde morgen sicherheitshalber eine dritte Waffe mitnehmen, wenn ich mich mit Agnelli und seinem Begleiter beziehungsweise Begleitern treffe. Sie wissen bereits, daß. . .«

»Daß Sie zwei Waffen bei sich haben«, beendete de Graaf den Satz für ihn, »weshalb sie selbstverständlich auf die Vorstellung fixiert sein werden, daß Sie eben nur zwei Waffen bei sich tragen und keine dritte. Ich bin sicher, daß auch das in Ihrem Buch steht.«

»Das steht dort natürlich nicht. Man muß die Unterwelt nicht noch auf dumme Gedanken bringen. Aber im Prinzip haben Sie damit schon recht. Mach dir also keine Sorgen, Annemarie. Ich werde mich keinen Augenblick weiter als fünf Meter von dir entfernen.«

»Wie nett von dir. Allerdings hast du mich jetzt auf eine ganze Reihe höchst unangenehmer Gedanken gebracht. Nach deinen Worten könnte ich jederzeit und an jedem beliebigen Ort zwischen hier und Julies Wohnung überfallen werden.«

»Um so schlimmer. Aber sei auch in diesem Punkt unbesorgt. Ich bringe dich höchstpersönlich und im Schutz meiner Limousine nach Hause.«

»Limousine!« schnaubte de Graaf verächtlich. »Daß ich nicht lache!« Er zwinkerte dem Mädchen vertraulich zu. »Ich hoffe, Sie haben ein Luftkissen bei sich.«

»Das verstehe ich nicht, Mijnheer.«

»Warten Sie nur ab. Sie werden noch früh genug verstehen.«

Sie verließen das Restaurant und gingen ein Stück die Straße hinunter, wo der Wagen des Polizeichefs, wie üblich, im Parkverbot stand. Ganz väterlicher Freund, küßte de Graaf Annemarie zum Abschied auf die Wange und stieg in seinen funkelnden Mercedes – und zwar auf den Rücksitz. Wie hätte es auch anders sein können – Oberst de Graaf hatte einen Chauffeur.

»Jetzt verstehe ich, was der Oberst mit dem Luftkissen gemeint hat«, stellte Annemarie fest, nachdem sie sich auf dem Beifahrersitz von van Effens Peugeot niedergelassen hatte.

»Ja, eine kleine Unbequemlichkeit«, pflichtete ihr van Effen bei. »Ich werde den Sitz reparieren lassen – auf ausdrücklichen Befehl des Chefs.«

»Offensichtlich schätzt der Oberst die Annehmlichkeiten des Lebens?«

»Es ist deiner Aufmerksamkeit sicher nicht entgangen, daß er geradezu dafür geschaffen ist, das Leben zu genießen.«

»Aber er ist wirklich sehr nett, findest du nicht? Nett, höflich und sehr bemüht.«

»Ich weiß nicht, ob ihm diese Vorzüge wirklich so hoch anzurechnen sind, wenn die Person, der sie gelten, so hübsch ist wie du.«

»Wie elegant Sie sich doch immer auszudrücken verstehen, Mijnheer van Effen.«

»Nun, das ist eben einer meiner Vorzüge.«

Nach kurzem Schweigen sagte sie: »Aber er ist doch ein Snob, oder nicht? Wirklich ein Snob.«

»Im Interesse der Wahrung der Disziplin muß ich mich dagegen ernsthaft verwahren. Du erwartest doch wohl nicht von mir, daß ich herabsetzende Äußerungen über unseren Polizeichef dulde, geschweige denn ihnen auch noch zustimme.«

»Das war keineswegs herabsetzend gemeint. Es war nur eine einfache Feststellung. Ich möchte hoffen, daß wir noch nicht an dem Punkt sind, wo jedes Wort, das man sagt, gleich auf die Waagschale geworfen wird. Wir leben doch in einer freien Gesellschaft? Oder vielleicht doch nicht?«

»Das nenne ich ein Wort.«

»Nur zu. Sag's schon. ›Welch beherzte Äußerung.‹ Oder etwas in der Art.«

»Ich glaube nicht, daß ich das tun werde. Aber ich würde sagen, daß du dich bezüglich seines Snobismus ebenso täuschst wie hinsichtlich seiner netten Arthur-Nummer.«

»Arthur?«

»Sein Vorname, den er allerdings nie verwendet. Ich habe nie herausgefunden, warum er das nicht tut. Natürlich ist er nett und zuvorkommend. Aber genauso ist er rücksichtslos, hart und hintertrieben. Wie, glaubst du, wäre er sonst auf diesem Posten? Und ganz sicher ist er kein Snob. Snobs geben vor, etwas zu sein, was sie nicht sind. Sein Stammbaum läßt sich sehr weit zurückverfolgen, seine Familie ist sehr wohlhabend und sehr aristokratisch. Ich versuche deshalb auch gar nicht erst, mich auf eine Auseinandersetzung hinsichtlich der Frage einzulassen, wer nun im Restaurant die Rechnung bezahlt. Er wurde mit dem Wissen geboren, daß er etwas Besonderes ist – sozusagen die Crème de la crème. Dies in Frage zu stellen, käme ihm nie in den Sinn. Er ist davon überzeugt, daß er den Geist der Demokratie ausstrahlt.«

»Rücksichtslos oder nicht, Snob oder nicht, ich finde ihn sympathisch.« Ihr Tonfall gab zu verstehen, daß die Sache damit ein für alle Mal erledigt war, ohne daß dabei freilich das Thema genauer umrissen worden wäre.

»Wie du eben selbst feststellen konntest, hat er so seine Art, mit Damen umzugehen; das gilt besonders dann, wenn er nicht im Dienst ist. Und was ihn betrifft, war dies heute abend eindeutig der Fall.«

»Hast du dieses Gefühl denn nie? Ich meine, nicht im Dienst zu sein? Bin ich denn immer eine Dienstperson?«

»Von dieser Seite habe ich das noch nie betrachtet. Aber ich werde es mir durch den Kopf gehen lassen.«

»Wie nett.« Sie verfiel in Schweigen. Für den Rest der Fahrt sprach nur noch van Effen. Er rief in seinem Büro an und forderte einen bewaffneten Bewacher für die Wohnung seiner Schwester an.

De Graafs hohe Meinung von Julie van Effen war nicht weiter schwer zu verstehen. Mit ihrem dunklen, schimmernden Haar, dem fein geformten Gesicht und den hohen, slawisch wirkenden Backenknochen war sie mit Sicherheit einiges mehr als nur gut aussehend; ihr Hauptanziehungspunkt für de Graaf – wie für viele andere auch – waren vor allem ihre strahlenden dunklen Augen und ihr lachender Mund. Sie wirkte fast immer gut gelaunt – es sei denn, sie sah sich mit Ungerechtigkeit, Brutalität, Bosheit, Selbstsucht und verschiedenen anderen menschlichen Eigenschaften konfrontiert, die sie verabscheute und über die sie in der Tat sehr aufgebracht werden konnte. Sie schien für alles und jeden eine ausgesprochene Warmherzigkeit und Freundlichkeit zu empfinden, mit Ausnahme derer, die bei ihr auf Abneigung stießen. Sie war einer der seltenen Menschen, die so etwas wie Glück und Zufriedenheit ausstrahlten – ein Wesenszug, der nicht auf den ersten Blick erkennen ließ, daß diese Eigenschaft mit einem äußerst scharfsinnigen und intelligenten Verstand gepaart war. Minister des Kabinetts tendieren in der Regel nicht dazu, geistig anspruchslose Sekretärinnen für sich arbeiten zu lassen, und Julie war die Sekretärin eines Ministers: zuverlässig, tüchtig und diskret.

Überdies war sie sehr gastfreundlich und wollte ihnen sofort etwas zum Essen machen, als sie in ihre Wohnung kamen. Es war nicht schwer, sich diese vielseitig begabte junge Dame als eine hervorragende Köchin vorzustellen, was sie auch tatsächlich war. Und sie zog ihr Angebot auch erst zurück, als sie erfuhr, daß die beiden bereits gegessen hatten.

»Im Dikker en Thijs? Nun, bekanntlich sind bei der Polizei die leiblichen Genüsse noch nie zu kurz gekommen, während sich ein armes, berufstätiges Mädchen mit Hering, Rotkohl und Würstchen zufriedengeben muß.«

»Für dieses spezielle berufstätige Mädchen«, protestierte van Effen, »gibt es doch die Kantine im Ministerium. Ein wahres Feinschmeckerparadies, wie man mir gesagt hat. Wir von der Polizei sind leider von den Genüssen, denen man dort frönt, rigoros ausgeschlossen. Nur schade, daß Julie sich so schlecht beherrschen kann – wie man auf den ersten Blick sieht.« In Wahrheit war Julies Figur so perfekt, wie sie nur sein konnte. Sie tat diesen Affront mit verächtlicher Herablassung ab, fuhr ihm im Vorbeigehen mit der Hand durchs Haar und ging in die Küche, um Kaffee zu machen.

Annemarie blickte ihr nach und wandte sich dann mit einem Lächeln an van Effen: »Sie kann dich wohl um den Finger wickeln, wie es ihr paßt, ja?«

»Das allerdings«, erwiderte van Effen gutgelaunt. »Das Dumme ist nur, daß sie das auch nur zu gut weiß. Sie ist ein richtig freches Luder. Übrigens muß ich dir noch etwas zeigen – für den Fall, daß du dich mal allein im Haus aufhalten solltest.« Er führte sie zu einem Bild an der Wand, das er leicht zur Seite schob, so daß ein roter Knopf zum Vorschein kam. »In Fachkreisen ist so etwas als Auslöseknopf für eine Alarmanlage bekannt. Falls du dich bedroht fühlst – auch wenn du es nur vermutest –, dann drück auf diesen Knopf. In fünf Minuten ist ein Streifenwagen da.«

Sie versuchte, das Ganze von der spaßigen Seite zu nehmen. »Eigentlich sollte jede Hausfrau in Amsterdam so ein Ding haben, nicht?«

»Nachdem es in Amsterdam meines Wissens an die hunderttausend Hausfrauen gibt – vielleicht auch zweihunderttausend –, dürfte das etwas teuer werden.«

»Allerdings.« Sie sah ihn an und konnte oder wollte nun nicht mehr lächeln. »Ich habe euch beide nun schon einige Male gemeinsam erlebt, und man müßte wirklich blind sein, um nicht zu merken, daß du völlig vernarrt bist in deine kleine Schwester.«

»Was soll man darauf antworten? Ist das so offensichtlich?«

»Einen Augenblick, bitte. Ich bin noch nicht ganz fertig. Du hast diese Alarmanlage doch nicht nur hier anbringen lassen, weil du deine Schwester liebst. Sie ist doch in Gefahr, oder nicht?«

»In Gefahr?« Er faßte sie so heftig an den Schultern, daß

sie zusammenzuckte. »Entschuldige.« Er lockerte seinen Griff, ließ jedoch seine Hände, wo sie waren. »Woher weißt du das?«

»Es stimmt also? Sie ist in Gefahr, nicht wahr?«

»Wer hat dir das gesagt? Julie?«

»Nein.«

»Der Oberst?«

»Ja. Heute abend.« Sie sah ihn an; ihr Blick wanderte zwischen seinen Augen hin und her. »Du bist doch hoffentlich nicht wütend?«

»Nein. Nein, meine Liebe. Ich bin nicht wütend. Ich mache mir nur Sorgen. Mit mir näher bekannt zu sein, ist tatsächlich nicht unbedingt gesundheitsförderlich.«

»Weiß Julie von dieser Gefahr?«

»Selbstverständlich.«

»Weiß sie auch über diese Postkarten Bescheid?« Er sah sie nachdenklich an; sein Gesichtsausdruck änderte sich auch nicht, als sie ihre Hände auf seine Schultern legte und so tat, als wollte sie ihn wutentbrannt schütteln – angesichts von van Effens Statur sichtlich ein eher vergebliches Unterfangen. »Weiß sie auch darüber Bescheid?«

»Ja. Es wäre alles andere als einfach, ihr so etwas zu verheimlichen, zumal die Postkarten hierher adressiert sind. Auf diese Weise wollen es mir die Annecy-Brüder eben heimzahlen.«

»Mein Gott. Das ist doch entsetzlich. Wie – wie kann sie trotzdem so – so glücklich sein?« Sie legte ihren Kopf an seine Schulter. »Wie ist das möglich?«

»Nun, was bleibt ihr anderes übrig? Du hast doch nicht etwa vor, in Tränen auszubrechen?«

»Nein.«

»Abgesehen davon war Julie schon seit jeher eine Frohnatur, wenn sie sich jetzt auch etwas bemühen muß, die Dinge von der positiven Seite zu sehen.«

Indessen kam Julie mit dem Kaffee aus der Küche. Abrupt blieb sie stehen und räusperte sich geräuschvoll. »Ist es dafür nicht noch ein bißchen früh ...« Sie stellte das Tablett ab. »Ich hoffe allerdings, eure Taubheit ist vorübergehender Natur. Ich habe eben gesagt ...« Sie blieb erneut stehen – ihre Miene verriet Besorgnis. Dann trat sie schließlich rasch auf die beiden zu, legte einen Arm um Annemaries Schultern und drehte sanft ihr Gesicht zu sich herum. »Du weinst ja.« Sie zog ein großes Taschentuch aus ihrem Ärmel. »Was hat dieser Grobian denn wieder angestellt?«

»Dieser Grobian hat ausnahmsweise einmal gar nichts angestellt«, entgegnete van Effen sanft. »Annemarie weiß über alles Bescheid, Julie. Über Marianne, die Kinder, dich, mich und die Annecys.«

»Mijnheer de Graaf, vermute ich.«

»Du vermutest richtig.«

Julie wandte sich an Annemarie: »Ich weiß, was für ein Schock das für dich sein muß, vor allem, wenn alles auf einmal kommt. Ich habe es wenigstens nur Stück für Stück erfahren. Komm, dafür weiß ich eine hervorragende Medizin. Nimm gleich mal einen doppelten Cognac in deinen Kaffee.«

»Das ist lieb von dir. Wenn ihr mich bitte einen Augenblick entschuldigen würdet...« Sie wandte sich um und verließ rasch den Raum.

»Und?« Julies Tonfall war keineswegs mehr sanft. »Siehst du nicht, was du da angestellt hast?«

»Ich?« Van Effen war ehrlich verdutzt. »Was soll ich denn schon angestellt haben? Schließlich hat ihr der Oberst...«

»Es geht hier nicht darum, was du getan hast, sondern darum, was du nicht getan hast.« Sie legte ihre Hände auf seine Schultern, ihre Stimme wurde plötzlich wieder ganz sanft. »Aber man kann dir keinen Vorwurf machen. Du hast es offensichtlich nicht gemerkt.«

»Sicher. Das heißt, jetzt verstehe ich gar nichts mehr.« Der argwöhnische Unterton in van Effens Stimme war nicht zu überhören. »Was soll ich nicht gemerkt haben?«

»Mein Gott, wie dumm ihr Männer doch manchmal sein könnt.« Julie schüttelte den Kopf. »Annemarie. Es ist ihr doch von den Augen abzulesen. Sie ist verliebt in dich.«

»Wie bitte? Dir geht es wohl nicht gut.«

»Mein lieber, kluger und welterfahrener Bruder – du brauchst ja nicht auf mich zu hören. Frag sie jetzt, auf der Stelle, ob sie dich heiraten würde. Du brauchtest nur eine Sondergenehmigung – für dich wohl kein Problem –, und ihr seid noch vor Mitternacht Mann und Frau.«

Van Effen konnte seine Verblüffung nicht verbergen. »Du bist aber ganz schön sicher, das muß ich schon sagen.«

»Ich bin nicht nur ganz schön sicher, ich bin absolut sicher.«

»Aber sie kennt mich doch kaum.«

»Auch das ist mir nicht neu. Schließlich habt ihr euch bisher vielleicht – wie oft? – zwanzig-, dreißig-, vierzigmal getroffen.« Sie schüttelte den Kopf. »Der gefürchtete Kriminalist beim Verhör, der Autor psychologischer Werke, der Mann, der mit einem Blick die geheimsten Gedanken seiner Mitmenschen erkennt – nun ja, was die Theorie betrifft, mit Sicherheit unübertrefflich; was die Praxis anbelangt, möchte ich mich allerdings meiner Meinung enthalten.«

»Du bist ja wieder einmal voll in deinem Element. Die große Ehevermittlerin – oder sollte ich lieber sagen: Kupplerin? Ach ja, sechs geeignete und heiratswillige Damen – es hätten auch zwanzig sein können –, und keine von ihnen hat dir gepaßt. Hier spricht in der Tat die Stimme der Erfahrung.«

»Weiche jetzt nicht vom Thema ab.« Sie lächelte gewinnend. »Ja, tatsächlich, hier spricht die Stimme der Erfahrung. Von all den anderen hat mir keine gefallen. Aber sie, sie liebt dich wirklich. Warum allerdings, verstehe ich auch nicht ganz.«

»Jetzt brauche ich einen Schnaps.« Van Effen trat an die kleine Hausbar.

»Hier, ich habe doch Kaffee mit Cognac gemacht.«

»Nein, erst mal brauche ich einen richtigen Schnaps. Und dann kommt der Kaffee mit Cognac.«

»Glaubst du nicht, daß du vielleicht eher einen Psychiater brauchtest? Warum, denkst du, hat sie das alles so aufgewühlt?«

»Sie hat eben ein weiches Herz. Das ist es wahrscheinlich.«

»Dann paßt du ja großartig zu ihr.« Sie nahm sein Gesicht zwischen ihre Hände und sah ihn prüfend an. »Der scharfsinnige Kriminalist, dem nichts entgeht. Ich glaube, du brauchst wirklich eine Brille. Und dein Stichwort hast du auch verpaßt. Ich würde sogar sagen, mindestens ein halbes dutzendmal.«

»Was für ein Stichwort?«

»Meine Güte! Mit diesem gehetzten, argwöhnischen Blick siehst du eher wie ein Krimineller aus als wie ein Vertreter des Gesetzes. Was für ein Stichwort? ›Nicht einmal wenn sie der letzte Mensch auf der Welt wäre, würde ich sie heiraten.‹ Das wäre deine Antwort auf das Stichwort gewesen. Die Standardantwort zu diesem Thema – oder habe ich etwa nicht recht?« Sie lächelte. »Aber natürlich bist du nicht der Mann, der sich mit Standardantworten zufriedengibt.«

»Ach, hör doch auf.«

»Eine wohlüberlegte Antwort, in der Tat.« Sie setzte sich und nahm einen Schluck Kaffee. »Mentale Kurzsichtigkeit nennt man so etwas – ein Leiden, das meines Wissens unheilbar sein soll.«

»Ach was! Ich bin mir sicher, daß du eine Antwort darauf finden wirst.« Van Effen war allmählich wieder er selbst: ruhig, gelassen, zuversichtlich und einigermaßen im Besitz seiner gewohnten Ausgeglichenheit. »In der Regel halte ich nicht sehr viel von distanzierten, unnahbaren, leicht überlegenen und leicht herablassenden Ärzten, aber ich muß doch zugeben – in meinem Fall hast du dir eine absolut wirksame Therapie einfallen lassen. Du hast mich nämlich von jeglichem Interesse geheilt, das ich möglicherweise an besagter junger Dame hätte zeigen können. Oder vielleicht war es sogar das, was du beabsichtigt hast. Ich weiß nicht.« Sie sah ihn mit leicht geöffnetem Mund und verständnislosem Blick an. »Ich brauche keine – ich sollte wohl besser sagen: Ich will keine Hilfe oder gute Ratschläge von dir, und dies nicht nur, weil ich dich nicht darum gebeten habe, sondern auch, weil ich sehr wohl in der Lage bin, im Leben auch ohne den Beistand meiner fürsorglichen Schwester zurechtzukommen. Ich werde mal nachsehen, ob der Bewacher inzwischen da ist.«

Er ging nach draußen, so daß Julie nichts anderes übrigblieb, als wie erstarrt und ebenso ungläubig wie bestürzt auf die Tür zu starren, die sich hinter ihm geschlossen hatte. Und sie hatte immer noch dieselbe Haltung inne, starrte immer noch blicklos auf die Tür und hatte immer noch diesen Ausdruck der Bestürzung und Verletztheit im Gesicht, als Annemarie das Zimmer betrat.

»Was ist denn, Julie? Was hast du denn?«

Ganz langsam wandte Julie ihren Blick von der Tür ab. »Nichts. Es ist nichts.«

»Erzähl mir doch nichts. Julie! Erst ich, und jetzt du. Deine Augen sind doch ganz feucht. Und du siehst so – so bekümmert aus.« Annemarie schloß ihre Arme um sie. »Nichts soll sein, Julie? Mach mir doch nichts vor. Halte mich nicht für dümmer, als ich bin.«

»Wenn hier jemand dumm ist, dann bin ich das. Ich habe eben einen großen Fehler gemacht.«

»Du? Das kann ich mir nicht vorstellen. Was solltest du für einen großen Fehler gemacht haben?«

»Ich habe den Fehler gemacht, zu vergessen, daß Peter nicht nur mein Bruder ist, sondern auch mit Leib und Seele Polizist und designierter Nachfolger des Obersten. Du hast das sicher nicht gewußt, oder?« sagte Julie. »Das pfeifen inzwischen doch schon beinahe die Spatzen von den Dächern. De Graaf soll noch dieses Jahr in Pension gehen, aber solange Peter ihm sowieso die meiste Arbeit abnimmt, hat er es damit gar nicht so eilig.«

»Ach was, laß doch den Polizeichef aus dem Spiel. Wo steckt dieser Grobian?«

Julie bemühte sich zu lächeln. »Das ist heute abend schon das zweite Mal, daß er von einer Frau als Grobian beschimpft wird. Ich möchte wetten, daß das noch nie vorgekommen ist. Er ist weg.«

»Weg? Für den ganzen Abend?«

»Nein. Er wollte sich nur nach dem Aufpasser erkundigen, den sie von der Polizei herschicken wollten.« Julies Versuch zu lächeln hatte diesmal etwas mehr Erfolg. »Er mag durchaus ein Talent haben, andere Leute zum Weinen zu bringen, aber daß ihm etwas an uns liegt, steht völlig außer Zweifel.«

»Dann hat er aber eine etwas eigenartige Art, dies zu zeigen. Was hat er dir denn getan, Julie? Was hat er gesagt?«

»Was er mir getan hat? Nichts natürlich. Und gesagt? Ich bin etwas zu weit gegangen, würde ich sagen, und er hat mich wieder in meine Schranken verwiesen. Das dürfte es gewesen sein.«

»Du glaubst doch hoffentlich nicht im Ernst, daß ich mich mit dieser Erklärung zufriedengebe?«

»Nein, das tue ich nicht, meine Liebe. Aber wenn wir es für den Augenblick darauf beruhen lassen könnten? Bitte.«

Sie hatten ihren Kaffee bereits ausgetrunken, als van Effen zurückkam. Ihm erschien die Situation keineswegs angespannt, und wenn ihm etwas auffiel, so äußerte er sich nicht weiter dazu.

»Der Mann ist inzwischen eingetroffen«, teilte er den beiden Frauen mit. »Bis an die Zähne bewaffnet. Ich muß jetzt leider gehen.«

»Aber du hast doch deinen Kaffee ...«

»Ein andermal. Mein Typ wird verlangt, wie es so schön heißt. Julie, da ist noch etwas, was du für mich tun mußt. Könntest du ...«

»Was ich tun muß?« entgegnete sie mit einem Lächeln. »Ist das ein Befehl oder eine Bitte?«

»Das ist doch völlig egal.« Van Effen klang gereizt, was ungewöhnlich für ihn war. »Bitte tu, um was ich dich bitte – ich hoffe, du hast das ›bitte‹ bemerkt –, sonst muß ich Annemarie wieder mitnehmen.«

»Was für Drohungen! Und falls sie es vorziehen sollte, hier zu bleiben?«

»Wird sie spätestens morgen früh wieder in Rotterdam sein und erzählen können, daß sie mal bei der Polizei war. Befehlsverweigerung wird bei der Polizei in der Regel mit

Entlassung geahndet, falls dir das bis jetzt entgangen sein sollte. Entschuldigung, Annemarie, das war nicht an dich gerichtet. Du mußt wissen, Julie hat heute nicht unbedingt ihren stärksten Tag. Du brauchst gar nicht diese empörte Miene aufzusetzen, Schwesterlein, denn falls du noch nicht gemerkt haben solltest, daß das mein voller Ernst ist, bist du tatsächlich unverzeihlich dumm. Leg dir nach Möglichkeit für die nächsten paar Tage eine Erkältung oder etwas Ähnliches zu. Annemarie schwebt in ebenso großer Gefahr wie du, und ich möchte, daß ihr beide euch hier aufhaltet. Annemarie, wie gehabt, neun Uhr fünfzehn, ja?«

Er ging auf die Tür zu und öffnete sie, wandte sich dann jedoch mit einem Kopfschütteln noch einmal zu den beiden Frauen um, die ihm mit betretenen Gesichtern nachsahen.

»Und damit tritt der unerschrockene Kriminalist in die schreckliche, dunkle Nacht hinaus.«

Leise schloß sich die Tür hinter ihm.

IV

Der große, schlanke Mann in dem dunklen, tropfnassen Regenmantel hätte kaum mehr als einen flüchtigen Blick auf sich gelenkt und höchstens zu einem kurzen Kommentar Anlaß gegeben, der sich auf sein wenig anziehendes Äußeres bezog – ein Eindruck, der noch verstärkt wurde durch sein schwarzes Haar, das ihm regennaß am Kopf klatschte, und den schlecht gestutzten, schwarzen Schnurrbart. Eigentlich war der Schnurrbart überhaupt nicht gestutzt, und da der junge Mann an diesem Morgen in ungewöhnlicher Eile gewesen war, hatte er ihn sogar ein wenig schief angeklebt.

Er stand fast in der Mitte des Platzes, als er sie sah. Sie kam direkt auf ihn zu. Annemarie – sie hatte inzwischen wieder ihre Kriegsbemalung angelegt – wirkte nicht weniger abgerissen und schmutzig als der junge Mann, der nun auf sie zutrat.

»Sie sind doch Annemarie?«

Ihre Augen weiteten sich, sie blickte sich kurz um. Trotz des wolkenbruchartigen Regens waren einige Leute unterwegs; außerdem befanden sich, nur wenige Meter von ihnen entfernt, die Stände eines Blumen- und Gemüsemarkts. Sie betrachtete noch einmal den jungen Mann, der sie anlächelte – übrigens ein angenehmes Lächeln, das in auffälligem Gegensatz zu seiner sonstigen Erscheinung stand.

»Seien Sie unbesorgt, Juffrouw. Dies ist wohl kaum der Ort, um jemanden zu entführen. Sie müssen Annemarie sein. Die Beschreibung, die man mir gegeben hat, kann kaum auf zwei Personen zutreffen. Ich bin Detektiv Rudolph Engel.« Er zog seinen Dienstausweis aus der Tasche und zeigte ihn ihr. »Natürlich könnte ich ihn auch gestohlen haben. Leutnant van Effen möchte Sie sprechen. Er ist in seinem Wagen.«

»Weshalb sollte ich Ihnen glauben? Warum hat er Sie geschickt? Er wußte doch, wo ich zu treffen bin. Er hätte doch selbst kommen können. Was hat er denn für einen Wagen?«

»Einen schwarzen Peugeot.«

»Das könnten Sie auch so wissen, oder nicht?«

»Sicher.« Der junge Mann war nicht aus der Ruhe zu bringen. »Wenn man fünf Jahre lang für jemanden gearbeitet hat, weiß man schließlich einiges über ihn. Der Leutnant hat zu mir gesagt: ›Juffrouw Meijer ist sehr argwöhnisch und vorsichtig. Erwähnen Sie ihr gegenüber den Amazonas, ihren Vater, den Polizeichef und jemandes Mangel an Mut.‹ Ich habe allerdings nicht die geringste Ahnung, was er damit gemeint hat.«

»Aber ich.« Sie ergriff seinen Arm. »Entschuldigen Sie.«

Van Effen – er saß entspannt am Steuer seines Wagens – trug an diesem Morgen einen Homburg und einen mächtigen, schwarzen Bart, wie ihn chassidische Rabbiner tragen. Er wandte sich Annemarie zu, als sie die Beifahrertür öffnete und ins Wageninnere sah.

»Guten Morgen, meine Liebe.«

»Ebenfalls einen guten Morgen. Was machst du hier?«

»Mich vor dem Regen schützen. Schließlich gießt es in Strömen, wie dir wohl kaum entgangen sein dürfte. Los, steig ein.«

Sie nahm Platz und bedachte ihn mit einem anklagenden Blick. »Fünf Meter hast du gesagt. Du würdest dich nie weiter als fünf Meter entfernen. Und sechzig Sekunden die Minute. Das hast du gesagt! Wo hast du gesteckt? Dein Versprechen, auf mich aufzupassen! Ich muß schon sagen – ein sauberes Versprechen!«

»Der Mensch denkt, Gott lenkt.« Falls van Effen Gefühle der Reue spürte, wußte er es hervorragend zu verbergen. »Außerdem hat man ja auf dich aufgepaßt. In Vertretung. Erzähl mir bloß nicht, dir wäre dieser ältere Herr nicht aufgefallen, der sich immer in deiner Nähe herumgetrieben hat. Grauer Bart, grauer Mantel, weißer Stock, und er ging leicht vornübergebeugt. Der hat auf dich aufgepaßt.«

»Diesen feinen Herrn habe ich allerdings gesehen! Der hätte doch nicht einmal auf sich selbst aufpassen können.«

»Täusche dich mal nicht. Dieser feine Herr ist ein durchtrainierter Judoexperte und dazu noch ein hervorragender Schütze.«

»Bärte«, murmelte sie fast. »Bärte, Schnurrbärte, das ist wohl alles, was euch einfällt. Verkleidungen! Vielen Dank. Es hat also doch jemand auf mich aufgepaßt; aber du hast dein Versprechen nicht gehalten.«

»Es war nur klug, das zu tun. Ich war dicht hinter dir, und du warst kaum hundert Meter von eurem Treffpunkt entfernt, als mir kein anderer als unser Freund Mister Paderewski ins Auge stach; er war dir noch dichter auf den Fersen als ich. Mister Paderewski ist gerissen und wachsam, und er mag mich nicht – eine unerfreuliche Kombination. Er hätte mich ohne weiteres erkennen können, vor allem, wenn ich mich in deiner Nähe aufgehalten hätte. Zum Glück hatte ich zwei meiner Detektive dabei – was natürlich nicht das geringste mit unserer Sorge um dich zu tun hat –, und so entschied ich mich auf Kosten der von dir geforderten Prinzipientreue für einen Austausch deines Bewachers. Angesichts der veränderten Umstände schien mir das durchaus gerechtfertigt.«

»Sonst noch etwas, Mijnheer?« fragte Engel durch das offene Fenster auf van Effens Seite.

»Nein. Aber verlieren Sie unseren Freund nicht aus den Augen.«

»Ich habe ihn schon gesehen, Mijnheer. Einen zweiten schielenden Glatzkopf mit graumeliertem Bart wird es kaum geben.«

»Julius Cäsar?« fragte Annemarie.

»Höchstpersönlich. Ich habe Rudolph seinen Namen noch nicht gesagt, weil ich mir nicht vorstellen konnte, daß er mir geglaubt hätte. Und sorgen Sie dafür, daß immer ein paar Leute in der Nähe sind. Lieber ließe ich ihn laufen, als Sie zu verlieren. Sie wissen ja selbst, wie es Ihren beiden Kollegen gestern ergangen ist.«

»Das vergesse ich nicht, Leutnant.« Der Ausdruck in seinem Gesicht bestätigte eindeutig, was er gesagt hatte. Er drehte sich um und ging durch den Regen davon.

»Beruhigt?« Van Effen startete den Wagen und fuhr los.

»Ein bißchen.« Sie lächelte leicht. »Aber mußtest du ihm denn unbedingt sagen, daß ich ein Feigling bin?«

»Habe ich doch gar nicht. Ich habe nur von jemandem gesprochen.«

»Das ist doch egal, ich bin es nämlich. Es gefällt mir zum Beispiel auch nicht, in dieser Kiste durch die Gegend zu fahren.«

»Es braucht eben seine Zeit, einen Sitz zu reparieren. Was hat das außerdem damit zu tun, ob...«

»Peter, ich bitte dich. Dein Wagen ist doch stadtbekannt. In der Unterwelt, meine ich.«

»Ach, was! Es gibt in Amsterdam Hunderte solcher Autos.«

»Und die haben alle das gleiche Nummernschild?« fragte sie mit zuckersüßer Stimme.

»Was hat das damit zu tun? Weißt du denn die Nummer dieses Wagens?«

»So ungefähr schon. Rotterdam, neun, neun, neun. Auf so etwas zu achten, gehört schließlich zu unserer Ausbildung.«

»Dann war deine Ausbildung offensichtlich nicht gut genug. Dir ist nämlich entgangen, daß die Nummernschilder nur aufgesteckt und nicht angeschraubt sind. Für heute ist dieser Wagen in Paris angemeldet; außerdem klebt noch ein großes F hinten drauf, um auch nicht die geringsten Zweifel an seiner Herkunft aufkommen zu lassen. Ich verfüge über ein unbegrenztes Arsenal an verschiedenen Nummern.« Sie schnitt eine Grimasse, ohne jedoch etwas zu entgegnen. »Ich finde, du solltest dein Augenmerk wichtigeren Dingen zuwenden, wie zum Beispiel den jüngsten Possen der FFF.«

»So?«

»Das Besondere war in diesem Fall, daß sie den Damm

des Nordholland-Kanals *nicht* gesprengt haben. Es ist keine zehn Minuten her, daß sie sich, wie üblich, bei der Presse und bei der Polizei gemeldet und sich vor Selbstbeweihräucherung förmlich überschlagen haben. Sie meinten, sie hätten nie angekündigt, sie würden den Kanal sprengen, was völlig richtig ist. Sie hätten nur erklärt, daß an der angegebenen Stelle heute vormittag um neun Uhr einiges los sein würde, was ebenfalls richtig ist. Es hat dort nur so gewimmelt von Rettungs- und Ausbesserungstrupps, ganz zu schweigen von dem riesigen Aufgebot an Polizei und Sondereinheiten des Heeres mit ihren Hubschraubern. Sie haben auch behauptet, sie hätten eine Reihe von Luftaufnahmen vom Schauplatz des Geschehens gemacht – sozusagen zur Erinnerung.«

»Und du glaubst auch das?«

»Sicher. Weshalb sollte ich daran zweifeln?«

»Aber wie sollten sie an Luftaufnahmen kommen?«

»Nichts einfacher als das. Heute morgen sind dort sicher Unmengen von Hubschraubern durch die Gegend geschwirrt, einer mehr oder weniger ist in der allgemeinen Aufregung sicher nicht aufgefallen, wenn er, worüber ich mir sicher bin, offizielle Kennzeichen trug.«

»Und was könnten sie mit dieser idiotischen Aktion bezweckt haben?«

»Ich glaube nicht, daß diese Aktion idiotisch war. Ganz im Gegenteil. Und für den Fall, daß wir zu dumm sind, das zu begreifen, haben sie es uns auch klipp und klar auseinandergelegt. Sie erklärten, sie könnten das Land binnen vierundzwanzig Stunden in einen Zustand völliger Hilflosigkeit versetzen. Die einzelnen Behörden – sie ließen einige zynische und höchst unfreundliche Bemerkungen über die Regierung, die Polizei, das Militär und alle die fallen, zu deren Aufgabenbereich die Instandhaltung und Sicherheit der Deiche, Schleusen, Wehre, Dämme und weiß Gott was sonst noch alles, gehören –, diese Behörden seien völlig außerstande, irgend etwas gegen sie zu unternehmen. Von nun an, erklärten sie, hätten sie nichts mehr zu tun, als zu Hause in aller Ruhe eine Nadel in eine Landkarte zu stecken, die Presse zu informieren, um sich dann gemütlich in ihrem Sessel zurückzulehnen und zu warten, daß sich ein Riesenaufgebot an Polizei, Militär und Rettungsteams an Ort und Stelle einfinden würde, ohne daß sie selbst auch nur noch einen Finger zu rühren brauchten. Ihren Äußerungen zufolge ist dieser Sachverhalt für sie ebenso unterhaltsam wie nützlich. Wobei schwer nachzuvollziehen sein dürfte, weshalb das so ist.«

»Und nicht ein Wort, was sie damit bezwecken? Kein noch so kleiner Hinweis auf die Gründe ihres Vorgehens?«

»Kein Hinweis, aber zumindest eine Andeutung, daß wir möglicherweise bald über die Natur ihrer Forderungen in Kenntnis gesetzt werden sollten. Sie haben zwar in diesem Zusammenhang nicht das Wort ›Forderungen‹ gebraucht, aber etwas anderes kann damit wohl kaum gemeint gewesen sein. Morgen, kündigten sie an, würden sie ein sehr ausgedehntes Gebiet überfluten, und danach vielleicht mit der Regierung Kontakt aufnehmen. Stell dir das einmal vor! Allein die Arroganz des Ganzen. Diese Leute treten auf, als stellten sie einen unabhängigen, souveränen Staat dar. Als nächstes, könnte man fast meinen, werden sie ihr Problem vielleicht auch noch vor die UNO bringen.« Er sah auf seine Uhr. »Wir haben noch etwas Zeit, zwei Minuten, um diese Tracht hier abzulegen – zu waschen brauche ich mich nicht extra –, und fünf Minuten, um mich in meine Jagdhorn-Uniform zu werfen. Wie wär's mit einer Tasse Kaffee?«

Sie legte ihre Hand auf seinen Arm. »Du willst dich also wirklich mit ihnen treffen, Peter?«

»Natürlich. Das habe ich doch gesagt. Irgend jemand muß es ja schließlich tun, und da ich die einzige Person bin, die mit ihnen in Kontakt steht, fällt die Wahl notgedrungen auf mich. Wohin, glaubst du, würde das Gesetz denn kommen, wenn es nicht hin und wieder die Bereitschaft zeigte, die Initiative zu ergreifen?«

»Mir wäre es lieber, du würdest nicht hingehen. Ich habe das ungute Gefühl, daß irgend etwas passiert. Etwas Schreckliches. Du könntest verletzt werden oder sogar getötet oder, was noch schlimmer wäre, für den Rest deines Lebens ein Krüppel. Du weißt doch selbst, was sie diesen beiden Männern getan haben. Ach, Peter!« Nach kurzem Schweigen fuhr sie fort: »Wenn ich deine Frau wäre, würde ich dich zurückhalten.«

»Wie?«

»Das weiß ich auch nicht«, erwiderte sie bedrückt. »Vielleicht würde ich an dein wahres Wesen appellieren – irgend etwas in der Art wie: ›Wenn dir auch nur das geringste an mir liegt, geh nicht! Bitte, um meinetwillen!‹ Ich glaube nicht, daß mir etwas Klügeres einfiele«, schloß sie bitter.

»Nun ja, erstens bist du nicht meine Frau, und selbst wenn dem so wäre, würde ich trotzdem gehen. Tut mir leid, wenn das hart und grausam und selbstsüchtig klingt, aber schließlich ist das mein Job. Ich habe gar keine andere Wahl.« Er legte seine Hand auf ihren Arm. »Du bist wirklich ein nettes Mädchen, und ich weiß deine Besorgnis durchaus zu schätzen.«

»Nett? Besorgnis?« Sie packte sein Handgelenk und schob seine Hand von ihrem Arm. »Besorgnis?«

»Annemarie!« Van Effens Verwunderung war nicht geheuchelt. »Was um alles in der Welt hast du denn?«

»Nichts. Ach, nichts.«

Van Effen starrte ein paar Augenblicke vor sich hin und bemerkte schließlich mit einem Seufzen: »Ich glaube, ich werde euch Frauen nie verstehen.«

»Das kann ich mir auch nicht vorstellen.« Und nach kurzem Zögern fügte sie hinzu: »Im übrigen habe ich keine besondere Lust, mich jetzt in ein Café zu setzen.«

»Das brauchen wir ja auch nicht. Aber warum?«

»Ich bin nicht unbedingt scharf darauf, in diesem Aufzug unter die Leute zu gehen. Ich meine, unter normale Leute. Bei den Krakern ist mir das egal. Außerdem kann ich mir nicht vorstellen, daß dir besonders viel daran liegt, mit einer Person wie mir in der Öffentlichkeit gesehen zu werden.«

»Da ich weiß, was unter dieser Kriegsbemalung steckt, macht es mir nicht das geringste aus.« Er zögerte kurz.

»Kann ja sein, daß ich nicht viel von Frauen verstehe, aber eines merke ich zumindest immer – wenn sie mir nämlich mit irgendwelchen Ausflüchten kommen.«

»Du meinst, ich komme dir mit Ausflüchten?«

»Sicher tust du das.«

»Na gut, wenn du meinst. Könnten wir nicht bei Julie Kaffee trinken? Von hier sind das doch nur fünf Minuten.«

»Sicher. Genügend Zeit habe ich ja. Außerdem weiß ich, daß du Julie sehr gern magst. Aber machst du dir ihretwegen vielleicht auch Sorgen?«

»Ich denke eher, daß sie sich meinetwegen Sorgen macht. Obwohl sie wußte, daß du auf mich aufpassen würdest, war ihr bei der Vorstellung, daß ich wieder hierherkommen würde, keineswegs wohl zumute.«

»Du hast meine Frage noch nicht beantwortet. Du machst dir nicht vielleicht – na ja, ein bißchen Sorgen ihretwegen?« Sie schwieg.

»Die Annecy-Brüder. Kannst du dir vorstellen, daß ich bisher noch keinen von ihnen zu Gesicht bekommen habe? Ich betrachte die beiden als eine eher ferne Bedrohung.«

»Die Bedrohung, die mir dabei in den Sinn kommt, liegt deinem Heim wesentlich näher. Nun, es ist nicht unbedingt eine Bedrohung – eher ein Problem.«

»Das ist ja etwas völlig Neues. Sicher eine Kleinigkeit. Du brauchst mir nur den Namen der Person zu nennen, um die es dabei geht, und vielleicht auch, worum es sich überhaupt handelt, dann werde ich das Ding schon schaukeln.«

»Selbstverständlich, Leutnant.« Irgend etwas in ihrem Tonfall ließ van Effen aufhorchen, und er sah sie lange forschend an. »Und wie willst du diese Kleinigkeit aus der Welt schaffen, wenn du selbst ihre Ursache bist?«

»Ach, schon wieder ich? Ich nehme an, es wird wohl kaum einen Sinn haben, diese altbekannte Frage erneut zu stellen?«

»Die wäre?«

»Was zum Teufel ich diesmal wieder angestellt habe?«

»Deinen Maßstäben entsprechend, absolut nichts.«

»Schon wieder dieser leicht sarkastische Unterton? Oder ist es Ironie? Mir ist aufgefallen, daß das in letzter Zeit immer häufiger vorkommt. Das steht dir alles andere als gut zu Gesicht, Annemarie. Ich finde, du solltest das abstellen. Aber nun zurück zum Thema – was habe ich also angestellt?«

»Eine wunderbare Frau zum Weinen gebracht: nicht nur einmal, sondern gleich dreimal. Und wenn ich von wunderbar spreche, dann meine ich damit nicht nur, daß sie schön ist. Ich meine damit die netteste, freundlichste, sympathischste Person, die ich je kennengelernt habe. Dreimal. Aber wie gesagt, deinen Maßstäben nach zu urteilen, eine reine Bagatelle.«

»Julie?«

»Julie! Wer sonst? Oder hast du eine ganze Sammlung von Damen, die du ständig zum Weinen bringst?«

»Weswegen hat sie denn geheult?«

»Weswegen? Ich weiß wirklich nicht mehr, was ich darauf sagen soll. Ich kann einfach nicht glauben, daß du so teilnahmslos und gleichgültig bist. Ist es dir denn völlig egal, daß sie sich Sorgen macht?«

»Natürlich ist mir das nicht gleichgültig. Allerdings könnte ich mit Sicherheit mehr Interesse zeigen, wenn ich endlich wissen dürfte, weshalb sie sich Sorgen macht.«

»Das wage ich zu bezweifeln. Sicher findest du das Ganze nur komisch. Zum einen bist du gestern abend gegangen, ohne ihr einen Abschiedskuß zu geben. Das hast du noch nie zuvor getan, hat sie mir versichert.«

»Komisch? Ich würde eher sagen, lächerlich. Meine Leute werden krankenhausreif geschlagen; eine Bande von Irren droht, das ganze Land unter Wasser zu setzen; eine andere Bande von Irren will mich engagieren, damit ich für sie den Königlichen Palast oder was weiß ich in die Luft jage; die Weltlage ist sowieso immer mehr gespannt, und dann soll ich mich auch noch darum kümmern, ob meine liebe Schwester genügend Streicheleinheiten bekommt? Wenn es weiter nichts ist, dürfte sich dieses Problem ohne allzu große Schwierigkeiten lösen lassen.«

»Für einen Mann wie dich stellt so etwas doch nicht das geringste Problem dar.« Ihr Ton hatte inzwischen erheblich an Schärfe zugenommen. »Vielleicht ist das Ganze tatsächlich nur eine Bagatelle. Aber was wirklich ein Problem ist: sie meint, sie hätte zwei Menschen, die ihr sehr am Herzen liegen, geschadet, weil sie sich in ihre Angelegenheiten gemischt hat. Dabei nehme ich an, daß mit diesen beiden Menschen du und ich gemeint sind. Sie sagt, sie hätte uns helfen wollen; aber letztlich hätte sie es nur zu gut gemeint und damit alles noch kompliziert.«

»Das ist ihr Problem. Ein bißchen Selbsterkenntnis hat noch niemandem geschadet.«

»Selbsterkenntnis! Du warst es, der gesagt hat, daß sie sich nicht in Dinge einmischen soll, die sie nichts angingen.«

»Das hat dir Julie gesagt?«

»Natürlich nicht. Dafür ist sie viel zu loyal, wenn ihre Loyalität in diesem Fall vielleicht auch fehl am Platz war. Julie hätte so etwas nie gesagt, sie ist viel zu selbstlos, um nur an sich zu denken. Aber so etwas sieht dir absolut ähnlich.«

»Gut, ich werde ihr sagen, daß es mir leid tut – sehr leid sogar.«

»Und natürlich wirst du ihr auch erzählen, daß ich dich darum gebeten habe.«

»Nein. Ich muß schon sagen, es ist ganz schön traurig, wenn die zwei Frauen, die man wirklich liebt, eine so schlechte Meinung von einem haben.«

»Mijnheer belieben zu scherzen«, erwiderte sie kalt.

»Zu scherzen? Nichts läge mir ferner. Du glaubst mir also nicht?«

»Nein, ich glaube dir nicht.«

»Du bist mir sehr sympathisch, aber aus Prinzip und im Interesse der Disziplin muß einfach zwischen den verschiedenen Dienstgraden eine gewisse Distanz gewahrt bleiben.«

»Ach, laß mich bloß damit in Frieden!« Sie ließ ihrem Ärger freien Lauf.

»Prinzipientreue scheint bei dir nicht sonderlich hoch

im Kurs zu stehen«, bemerkte van Effen verdrießlich. »Und die Distanz ist nicht besonders groß. Soviel zur Disziplin.«

Annemarie gab durch nichts zu verstehen, daß sie auch nur ein Wort von dem Gesagten gehört hatte.

Höflich, aber reserviert war Julie in der Küche verschwunden, um Kaffee zu kochen. Annemarie hatte sich ins Bad begeben, und van Effen unterhielt sich mit dem Bewacher, der Thyssen hieß und ihm versicherte, daß nichts Verdächtiges vorgefallen war und daß auch der Mann, den er eben abgelöst hatte, nichts Besonderes zu melden hatte. Julie betrat gleichzeitig mit van Effen das Wohnzimmer. Sie war nach wie vor sehr still und ohne das gewohnte Lächeln auf ihren Lippen.

»Julie?«

»Ja?«

»Es tut mir leid.«

»Was?«

»Daß ich meiner Julie weh getan habe.«

»Du? Mir weh getan? Wieso?«

»Ganz recht. Mach es mir nur recht einfach. Ich weiß doch, daß du dich ziemlich geärgert hast; wahrscheinlich bist du mir immer noch böse. Annemarie hat es mir erzählt.«

»Hat sie dir auch erzählt, warum?«

»Nein. Es war allerdings nicht allzu großer Scharfsinn nötig – eine Eigenschaft, die dir an mir sowieso nicht recht gefällt –, um den Grund dafür zu erraten. Im nachhinein betrachtet, hätte ich mich wirklich etwas taktvoller verhalten können. Aber im Augenblick gehen mir eben eine Menge anderer Dinge durch den Kopf. Abgesehen davon macht Annemarie sich Sorgen, weil du verärgert bist, und ich wiederum mache mir Vorwürfe, weil ihr beide verärgert seid. Ich muß gleich los, um mich mit ein paar ziemlich rücksichtslosen Verbrechern zu treffen, in meiner Situation kann ich es mir nicht leisten, mit meinen Gedanken bei euch zu sein und mir euretwegen Sorgen zu machen. Ich muß hellwach, geschickt, berechnend, listig, vorsichtig und rücksichtslos sein, was mir nicht gelingen wird, wenn ich euretwegen in Sorge bin, und sei es nur, weil ihr euch beide entschlossen habt, euch in den Schmollwinkel zurückzuziehen. Ihr werdet mich also für den Rest eures Lebens auf dem Gewissen haben, wenn mir etwas zustößt: wenn man mir zum Beispiel entweder eine Kugel verpaßt, mich von einem Hochhaus wirft oder in einer Gracht ertränkt. Bist du also immer noch böse auf mich?«

Sie trat ganz nahe an ihn heran, verschloß ihre Hände hinter seinem Nacken und legte ihren Kopf an seine Schulter. »Natürlich bin ich dir immer noch böse. Aber nicht wegen gestern abend, sondern um dessentwillen, was du eben gesagt hast. Du bist der einzige Bruder, den ich habe, und irgend jemanden muß ich doch lieben.« Ihr Griff festigte sich. »Eines Tages wird unser furchtloser Kriminalist in die, wie er sich auszudrücken pflegt, schreckliche, dunkle Nacht hinaustreten, um nie wieder zurückzukehren.«

»Im Augenblick ist es noch Vormittag, Julie.«

»Bitte, Peter. Du weißt ganz genau, was ich meine. Ich habe da so ein ungutes Gefühl, daß heute etwas Schreckliches passieren wird.« Ihr Griff wurde noch fester. »Ich würde mir so wünschen, daß du dich nicht mit diesen Männern triffst. Ich würde alles darum geben, dich davon zurückzuhalten. Du weißt, daß dies nicht das erste Mal ist – daß ich dieses Gefühl habe, meine ich –, es ist mir schon drei-, viermal so gegangen. Und ich hatte jedesmal recht mit meinen Vorahnungen. Bitte, Peter, gehe nicht zu dieser Verabredung. Ich weiß, ich weiß einfach, daß morgen wieder alles anders sein wird. Morgen werde ich keine solche Angst mehr haben.«

»Ich komme doch zurück, Julie. Ich liebe dich, und du liebst mich. Und ich weiß, wie traurig du wärst, wenn ich nicht zurückkäme. Schon allein deshalb komme ich zurück.«

»Bitte, Peter. Bitte!«

»Julie, meine Julie.« Er strich ihr sanft übers Haar. »Ihr beide seid ja wirklich eine großartige Rückenstärkung.«

»Wieso ›ihr beide‹?«

»Annemarie liegt mir doch genauso in den Ohren. Mit ihren bösen Vorahnungen, habe ich gemeint. Sie prophezeit mir Tod, Unheil und Verderben. Unschwer vorzustellen, wie mir das die Sache leichter macht, ja? Weißt du was? Wie wäre es mit einem Kompromiß? Ich verspreche dir, daß ich mich von diesen Ganoven auf keinen Fall vom Jagdhorn weglocken lasse. Ich werde mir nur schön anhören, was sie zu sagen haben, und dann meine Vorkehrungen treffen. Insgesamt gehe ich davon aus, daß ich mit ihnen an einem Ort und zu einem Zeitpunkt meiner Wahl ein neuerliches Treffen vereinbaren werde – dies natürlich erst, wenn ich weiß, was sie von mir wollen. Das wäre doch ein Vorschlag. Falls du mir eines von deinen fantastischen Mittagessen versprichst, selbstverständlich mit einem guten französischen Wein, werde ich pünktlich um eins, wenn das Essen auf dem Tisch steht, hier sein.«

Die Hände immer noch in seinem Nacken verschränkt, lehnte sie sich leicht zurück und sah ihm in die Augen. »Wirst du das wirklich?«

»Hast du nicht gehört, was ich eben gesagt habe? Du hast so komische Augen, du wirst doch nicht etwa für den furchtlosen Kriminalisten auch nur eine Träne vergießen?«

»Ich hatte es beinahe vor.« Sie lächelte. »Aber ich habe es mir inzwischen doch anders überlegt. Ich werde mir statt dessen den Kopf zerbrechen, was ich heute mittag kochen soll.«

In diesem Augenblick betrat Annemarie den Raum. Sie trug einen Bademantel, der ihr viel zu groß war, und hatte sich um ihr nasses Haar ein Handtuch gewunden. Mit einem Lächeln wandte sie sich an die beiden: »Es ist sehr schwer, sich in diesem Haus zu bewegen, ohne dabei irgendwelche vertraulichen Gespräche zu stören. Ihr müßt mein schreckliches Aussehen entschuldigen.«

»Das wird jederzeit entschuldigt«, entgegnete van Effen gutgelaunt. »Sie sieht wirklich nicht übel aus, findest du nicht auch, Julie?«

»Ich würde sagen, sie ist das schönste Mädchen, das du je gesehen hast.«

»In meinem Job bekommt man nicht allzu viele Mädchen zu sehen, ob schön oder nicht schön.« Er bedachte Julie mit einem kurzen Blick. »Und so übel siehst du ja nun auch nicht gerade aus. Aber an dein Gesicht habe ich mich natürlich inzwischen gewöhnt. Wirklich, eine schwere Entscheidung. Aber wer bin ich schließlich, um mir anzumaßen, in – oder über – solche Gesellschaft ein Urteil zu fällen?«

»Dem Herrn Leutnant beliebt es wohl, sich sorglos und gutgelaunt zu geben, Julie«, bemerkte Annemarie säuerlich. »Bis vor kurzem war er noch alles andere als das. Wie hast du das angestellt?«

»Wir haben sozusagen einen kleinen Stehempfang in gegenseitiger Bewunderung abgehalten«, erklärte van Effen.

»Nein, das haben wir nicht. Und ich habe auch nicht an seine bessere Natur appelliert – ganz abgesehen davon, daß ich nicht wüßte, wo ich bei ihm nach so etwas suchen sollte. Ich glaube fast, wir waren diesem armen Mann gegenüber nicht ganz fair. Wir beide haben, wie es scheint, nichts als schlechte Vorzeichen gesehen und ihm alles mögliche Schlimme prophezeit, das ihm zustoßen würde. Er war nur verzagt und mutlos, nichts weiter.«

»Da war er wohl nicht der einzige«, entgegnete Annemarie. »Allerdings scheinen sich die Gewitterwolken inzwischen etwas verzogen zu haben.«

»Ich bin zu Tränen gerührt«, bemerkte van Effen ironisch.

»Ach!« Julie nahm ihre Hände von seinem Nacken. »Peter hat versprochen, heute nicht den starken Mann zu spielen. Er wird sich nur mit den Leuten im Jagdhorn treffen, ein weiteres Treffen vereinbaren und dann wieder gehen. Er wird nur herauszufinden versuchen, was sie eigentlich mit ihm vorhaben. Jedenfalls wird er also direkt dorthingehen – von weiß Gott wie vielen bewaffneten Detektiven bewacht – und dann sofort wieder hierher zurückkommen.«

Annemarie lächelte. Ihre Erleichterung war nicht minder offensichtlich als die Julies. »Das läßt sich hören.« Langsam verschwand ihr Lächeln wieder. »Woher weißt du, daß er Wort halten wird?«

»Das Wort eines Polizeibeamten . . .«, protestierte van Effen.

»Er will nämlich bis ein Uhr zurück sein. Zum Mittagessen. Es wird ein Festmahl werden – mit französischem Wein. Und er weiß sehr wohl, was jemandem blüht, der zu spät zum Essen erscheint; oder noch schlimmer: gar nicht. Unter anderem würde ich für einen solchen Menschen nie wieder kochen.«

»Sozusagen lebenslang dieses Privilegs beraubt? Nein, nur das nicht. Ich werde auf jeden Fall rechtzeitig hier sein. Ehrenwort.«

»Kommt er eigentlich des Essens oder unseretwegen?« fühlte Annemarie sich bemüßigt zu fragen.

»Natürlich des Essens wegen. Uns kann er ja schließlich jederzeit sehen.«

»Laß bloß diese Sticheleien, oder . . .«, drohte van Effen im Spaß. »Ich hoffe, daß ihr wenigstens für eine Stunde eure spitze Zunge im Zaum halten werdet. Es könnte nämlich sein, daß mich bereits um zwei wieder wichtige Dinge rufen. Ich meine die FFF.«

»Ich dachte«, entgegnete Annemarie, »sie wollten bis zu einem noch nicht bekanntgegebenen Zeitpunkt des morgigen Tages nichts unternehmen.«

»Das wollte ich gerade erzählen. Allerdings wurde ich unterbrochen.«

»Du wurdest unterbrochen?« bemerkte Julie.

»Ja, sie hat mich unterbrochen. Entweder erging sie sich in schlimmen Vorahnungen, oder sie ist mir wegen aller möglichen anderen Dinge auf den Pelz gerückt.«

»Was?« fuhr Annemarie auf.

»Wie kann sich jemand nur an einen bestimmten Moment unter so vielen erinnern? Jedenfalls hat die FFF angekündigt, uns heute nachmittag um zwei Uhr wieder einmal ein kleines Unterhaltungsprogramm zu bieten. An irgendeiner Stelle des Nordholland-Kanals, nördlich von

Alkmaar, wo sie bereits für heute morgen eine Aktion angekündigt hatten – sie behaupten, die Sprengladungen wären bereits seit gestern angebracht; sie hätten sich allerdings entschlossen, sie vorerst noch nicht zu zünden, um uns noch eine Chance zu geben, sie vielleicht doch zu entdecken. Und dann haben sie es noch auf die Hagestein-Schleuse abgesehen.«

»Worauf?«

»Auf die Hagestein-Schleuse. Das ist ein Stauwehr im Niederrhein, südlich von Utrecht, das der Wasserstandsregelung dient. Sie haben gedroht, entweder eine der beiden Anlagen zu sprengen – oder beide – oder auch keine. Der alte Grundsatz, uns im ungewissen zu lassen. Aber jetzt wird es langsam Zeit, mich für meine Verabredung fertigzumachen.«

Er drückte kurz die Schultern seiner Schwester, gab ihr einen Kuß, wiederholte dies auch bei einer verwunderten Annemarie und verabschiedete sich mit den Worten: »Irgendwer muß den Arm des Gesetzes doch schließlich hochhalten.«

Kopfschüttelnd blickte Julie auf die sich hinter ihm schließende Tür. »Manchmal, denke ich, sollte vor allem gegen ihn ein Gesetz eingebracht werden.«

Im gleichen Aufzug wie am Nachmittag zuvor parkte van Effen seinen Wagen – nicht den schwarzen Peugeot – in einer Seitenstraße, drei Häuserblocks vom Jagdhorn entfernt, und machte sich auf den Weg zum Hintereingang des Restaurants. Da das Jagdhorn in einer alles andere als respektablen Wohngegend lag, war die Tür ständig abgeschlossen. Van Effen hatte einen Zweitschlüssel. Er trat in das Halbdunkel des dahinterliegenden Gangs und wollte eben wieder abschließen, als etwas Hartes mit schmerzhaftem Druck gegen seinen Rücken gepreßt wurde.

»Keine Bewegung.«

Van Effen rührte sich nicht und fragte: »Wer sind Sie?«

»Polizei.«

»Haben Sie auch einen Namen?«

»Hände hoch.« Hinter ihm leuchtete eine Taschenlampe auf. »Jan, sieh mal nach, ob er eine Knarre einstecken hat.«

Hände betasteten seine Jacke, und er spürte, wie die Waffe aus seinem Schulterholster gezogen wurde.

»Also gut«, sagte van Effen, »ich habe meine Hände hochgenommen, ihr habt meine Kanone – darf ich mich jetzt vielleicht umdrehen?«

»Aber bitte.« Van Effen drehte sich um. »So bringen Sie also Ihren Leuten bei, nach versteckten Schußwaffen zu suchen, Sergeant Koenis?« Er bückte sich und zog beide Hosenaufschläge hoch. An jedem Bein war ein Schienbeinholster mit einer Liliput befestigt. »Schalten Sie das Ganglicht ein.«

Das Licht ging an. Der Mann mit der Waffe sah ihn bestürzt an. »Großer Gott, Leutnant van Effen. Das tut mir aber leid, Mijnheer.«

»Solange Sie mich nicht mit Kugeln durchsiebt haben, Sergeant, ist das kein Grund, sich zu entschuldigen. Im Halbdunkel, Ihnen den Rücken zugewandt, konnten Sie meine Erkennungsmerkmale, die Narbe und den schwarzen Handschuh, gar nicht sehen. Außerdem haben Sie natürlich nicht erwartet, daß ich mir auf diese Weise Zutritt zu diesem Etablissement verschaffen würde. Im Gegenteil, für mich ist es ein beruhigendes Gefühl, daß Sie und Ihre Männer wirklich auf der Hut sind.«

»Ich habe nicht einmal Ihre Stimme wiedererkannt.«

»Das sind meine Schaumgummibacken. Ich muß zugeben, daß sie die Stimme ziemlich verändern. Wie viele Leute haben Sie insgesamt hier, Sergeant?«

»Fünf, Leutnant. Zwei mit Maschinenpistolen.«

»Und draußen auf der Straße?«

»Weitere fünf. Hinter Fenstern im Parterre. Mit zwei weiteren Maschinenpistolen.«

»Äußerst beruhigend zu sehen, wie sehr dem Polizeichef an der Sicherheit des Leiters der Kriminalpolizei gelegen ist.« Er wandte sich dem jungen Polizisten zu, der seine Waffe in der Hand hielt. »Könnte ich jetzt mein Eigentum zurückhaben?«

»Aber selbstverständlich, Leutnant. Entschuldigung,

Leutnant. Selbstverständlich.« Der junge Beamte war sichtlich verlegen. »So ein Fehler wird mir sicher nicht noch einmal unterlaufen.«

»Das weiß ich. Sagen Sie doch bitte Henri Bescheid, ob er nicht kurz hierherkommen könnte. Henri ist der Mann mit den traurigen Augen, der hinter der Bar steht.«

Als Henri, bekümmert wie eh und je, erschien, sagte er: »Ich habe gehört, man hat Ihnen Ihre Waffe abgenommen, Peter. Muß ein ziemlich ungewöhnliches Erlebnis für Sie gewesen sein. Das war natürlich mein Fehler. Ich habe vergessen, dem Sergeanten zu sagen, daß Sie einen eigenen Schlüssel haben. Ich habe nicht damit gerechnet, daß Sie durch diese Tür kommen.«

»Macht doch nichts, Henri. Wie viele Gäste sind im Augenblick im Lokal?«

»Nur drei. Und – ja, Stammgäste. Falls noch Leute auftauchen sollten, während Sie mit diesen Burschen verhandeln, werde ich sie schon auf Abstand halten, damit sie nicht hören können, was Sie zu bereden haben.«

»Was natürlich nicht auf Sie zutrifft.«

Henri lächelte beinahe. »Sicher, für mich gilt das natürlich nicht. Der Herr, der vorhin hier war, hat gesagt, sie würden das Mikrophon nicht mal finden, wenn sie danach suchten. Er hat mich gefragt, ob ich es finden könnte, und ich hab's einfach nicht gefunden. In meiner eigenen Bar. Er hat gemeint, er hielte es außerdem für ziemlich ausgeschlossen, daß sie danach suchen würden.«

»Das glaube ich auch. Schalten Sie das Tonbandgerät im Büro sofort ein, wenn sie das Lokal betreten. Ich werde inzwischen von hier verschwinden und durch den Haupteingang hereinkommen, wie es sich gehört. Sie haben sicher einen Beobachter postiert.«

Van Effen saß in der Nische, die der Tür am nächsten lag, als die drei Männer eintraten: Agnelli als erster. Van Effen stand auf und schüttelte Agnelli die Hand, der ebenso freundlich wirkte wie beim ersten Zusammentreffen.

»Es ist mir wirklich eine Freude, Sie wiederzusehen,

Mister Danilow«, begrüßte ihn Agnelli. »Helmut kennen Sie ja bereits.« Paderewski schien auch diesmal nicht an einem Händedruck interessiert. »Und das hier ist mein Bruder Leonardo.«

Leonardo Agnelli jedoch schüttelte van Effen die Hand. Er wies nicht die geringste Ähnlichkeit mit seinem Bruder auf. Er war klein und gedrungen und hatte buschige, schwarze Augenbrauen. Mit seinem häßlichen Äußeren wirkte er ebenso harmlos wie sein Bruder. Nach der Vorstellung nahm van Effen wieder Platz. Agnelli und seine beiden Begleiter blieben stehen.

»Ist das Ihr Lieblingsplatz, Mister Danilow?« fragte Agnelli.

Van Effens Miene zeigte Verwunderung. »Ich habe keinen Lieblingsplatz. Diese Nische – nun, sie ist am weitesten von den anderen Gästen im Lokal entfernt. Ich dachte, Sie würden eventuell auf Diskretion Wert legen.«

»Das allerdings, kein Zweifel. Würde es Ihnen trotzdem etwas ausmachen, wenn wir uns in eine andere setzen?«

Van Effen legte seine Stirn verständnislos in Falten. »Keineswegs. Aber ich denke doch, daß ich ein Recht habe, den Grund dafür zu erfahren. Halt! Ich hab's. Das versteckte Mikrophon. Eine großartige Basis gegenseitigen Vertrauens.« Er schien kurz nachzudenken. »Eigentlich hätte ich das sogar machen sollen.«

»Sie sind doch Sprengstoffexperte.« Agnellis Tonfall klang entschuldigend. »Solche Leute verfügen in der Regel über beträchtliche Kenntnisse in der Elektronik; ich würde sogar sagen, daß solche Kenntnisse für Leute wie Sie unerläßlich sind.«

Mit einem Lächeln stand van Effen auf, trat auf den Gang hinaus und deutete mit einer Handbewegung in die leere Nische. »Tausend Gulden dem, der das versteckte Mikrophon findet, das ich in mehrstündiger Arbeit unter den neugierigen Blicken des Inhabers und seiner Gäste installiert habe. Tausend Gulden für ein paar Sekunden Arbeit. Was wollen Sie mehr, meine Herren?«

Agnelli lachte. »In diesem Fall erübrigt es sich wohl, einen anderen Tisch zu suchen.« Er nahm Platz und deutete seinen beiden Begleitern mit einer kurzen Handbewegung an, seinem Beispiel zu folgen. »Sie wollen sich nicht zu uns setzen, Mister Danilow?«

»Diese langen Gespräche...«

»Ach ja, natürlich. Ich denke, wir können alle einen guten Schluck Bier vertragen.«

Nachdem van Effen bestellt hatte, nahm er Platz und begann: »Nun, meine Herren, kommen wir zur Sache.«

»Aber gewiß.« Agnelli lächelte. »Auch ich halte nichts von langen Vorreden. Also, wir haben mit unserem Chef Rücksprache gehalten; er scheint mit unserer Wahl einverstanden zu sein.«

»Ich hatte eigentlich gehofft, ihn heute vormittag hier zu treffen.«

»Sie werden seine Bekanntschaft heute abend machen. Am Dam. Genauer gesagt, vor dem Königlichen Palast, den wir mit Ihrem fachkundigen Beistand heute nacht zum Teil in die Luft zu sprengen gedenken.«

»Was!« Van Effen verschüttete etwas Bier aus seinem Glas, als er gerade zum Trinken ansetzen wollte. »Den Königspalast! Habe ich recht gehört? Den Königlichen Palast?«

»Ja, Sie haben recht gehört.«

»Sie sind verrückt. Sie müssen wahnsinnig sein.« Van Effens Empörung war nicht im geringsten geheuchelt.

»In diesem Punkt sind wir anderer Meinung. Und was Sie gehört haben, ist kein Witz. Werden Sie uns dabei behilflich sein?«

»Ich denke nicht daran.«

Agnelli stellte sein gewinnendstes Lächeln zur Schau. »Sollte Sie im letzten Augenblick doch noch ein Anfall von Gewissensnot überwältigt haben? Die Anerkennung von Recht und Ordnung? Der schmale und beschwerliche Pfad der Tugend?«

»Nichts dergleichen. Aber Sie werden verstehen, daß ich im großen und ganzen ein recht normales bürgerliches Leben führe, auch wenn ich mich des öfteren außerhalb der Grenzen des Gesetzes bewegt habe und meine Vergangenheit einer genaueren Überprüfung kaum standhält. Die Holländer sind mir ans Herz gewachsen, und in keinem geringeren Maße gilt das auch für ihr Königshaus.«

»Ihre Gefühle in Ehren, Mister Danilow – Sie können mir glauben, daß ich der letzte wäre, der sie nicht mit Ihnen teilte –, aber ich kann mir nur nicht recht vorstellen, daß dies die wahren Gründe für Ihren Rückzug sind. Sie haben gestern geäußert, Sie verweigerten die Mitarbeit an jeder Operation, in deren Verlauf Menschen getötet oder auch nur verletzt werden könnten. Habe ich Sie in diesem Punkt richtig verstanden?« Van Effen nickte. »Ich versichere Ihnen, daß mit unserer Aktion von heute nacht keinerlei derartige Risiken verbunden sein werden.«

»Dann wollen Sie also nur im Innern des Palasts eine harmlose Detonation auslösen . . .?«

»Genau.«

»Und weshalb sollten Sie daran interessiert sein, im Innern des Palasts eine harmlose Explosion zu verursachen?«

»Das ist nicht Ihr Problem. Wie Sie sich vielleicht selbst denken können, handelt es sich dabei sozusagen um eine Art psychologischer Geste.«

»Woher soll ich wissen, daß die ganze Sache wirklich so harmlos ist?«

»Davon werden Sie sich mit eigenen Augen überzeugen können, an Ort und Stelle. Die Explosion wird in einem leeren Keller stattfinden. Zu beiden Seiten dieses leeren Kellers befinden sich weitere leere Keller. Sämtliche vier Türen lassen sich abschließen, und wir werden die Schlüssel abziehen, sobald sie abgeschlossen sind. Auch darüber liegen noch leere Kellerräume. Es besteht also absolut keine Gefahr für irgend jemanden.«

»Aber für uns dürfte das doch keineswegs so ungefährlich sein. Schließlich wird der Palast scharf bewacht. Außerdem habe ich gehört, daß die Wächter irgendwelchen Eindringlingen erst dann Fragen stellen, nachdem sie geschossen haben. Meine Abneigung gegen jegliche Gefährdung von Menschenleben bezieht sich auch auf meine Person.«

»Ich bitte Sie, Mister Danilow. Wofür halten Sie uns eigentlich? Sehe ich vielleicht aus wie ein Mann, der sich auf ein Unternehmen wie dieses einließe, ohne zuvor jedes noch so geringfügige Detail bis ins kleinste geplant und ausgefeilt zu haben?«

»Das stimmt allerdings. Diesen Eindruck erwecken Sie nicht.«

»Dann kann ich Ihnen nur noch einmal versichern, daß das Ganze völlig problemlos vonstatten gehen wird. Zu Ihrer weiteren Beruhigung noch dies: sowohl unser Anführer wie auch ich werden Ihnen dort zur Seite stehen. Wir sind genausowenig daran interessiert, hinter Gittern zu landen, wie Sie.«

»Demnach haben also auch Sie nicht gerade die weißeste Weste?«

»Weiße Weste hin oder her. Das dürfte kaum einen Unterschied machen, wenn man im Palastbereich mit einer Ladung Sprengstoff in der Tasche angetroffen wird.«

»Sieh mal einer an.« Van Effen klang verärgert. »Demnach wissen Sie also, daß ich ein Vorstrafenregister habe, während ich nicht die geringste Ahnung habe, ob das auch auf Sie zutrifft.«

»Ist das denn in diesem Zusammenhang von irgendwelcher Bedeutung?«

»Wenn ja, dann wüßte ich im Augenblick tatsächlich nicht, warum. Aber wenn es zu spät ist, wird es mir sicher noch einfallen. An was für eine Bombe haben Sie gedacht?«

»Das kann ich Ihnen nicht so genau sagen.« Agnelli lächelte. Van Effen hatte sich praktisch zur Mitarbeit bereit erklärt. »Ich bin leider kein Sprengstoffexperte. Meine Talente beweisen sich eher auf anderen Gebieten – wie zum Beispiel im organisatorischen Bereich, wenn man es einmal so nennen will. Ich weiß nur, daß sie drei bis vier Kilo wiegt und aus einem Material besteht, das Amatol heißt.«

»Aus welchem Material sind die Kellerräume?«

»Aus welchem Materal? Sie meinen die Wände?«

»Was sollte ich denn sonst damit meinen?«

»Das kann ich Ihnen beim besten Willen nicht sagen.«

»Ich glaube auch nicht, daß es wichtig ist. Ich versuche nur, mir ein Bild von der Sprengwirkung zu machen. Falls diese Keller ziemlich tief liegen und ...«

»Die Keller liegen sehr tief.«

»Aha. Und mit dem Palast darüber haben sie ein ganz erhebliches Gewicht zu tragen. Ich weiß zwar nicht, wie alt dieser spezielle Teil des Palasts ist – im Grunde weiß ich überhaupt nichts über den Palast –, aber die Mauern sind mit Sicherheit sehr massiv. Stahlbeton dürfte ziemlich unwahrscheinlich sein. Am ehesten würde ich behauenes Steinmauerwerk vermuten – von entsprechender Stärke. Mit Ihrem kleinen Feuerwerk können Sie also kaum großen Schaden anrichten. Alles, was den Personen, die sich zum Zeitpunkt der Detonation im Palast aufhalten, auffallen wird, dürfte ein leichtes Beben sein, das selbst in der nächsten seismographischen Station, wo immer sie sich befinden mag, kaum ein verwundertes Stirnrunzeln hervorrufen würde. Auch was die Geräuschentwicklung der Detonation anbelangt, ist der Effekt unerheblich.«

»Sind Sie sicher?« Agnellis Tonfall war ungewöhnlich schneidend.

»Falls meine Vermutungen richtig sind – und ich sehe keinen Grund, weshalb das nicht der Fall sein sollte –, bin ich sicher.«

»Es gäbe also keinen lauten Knall?«

»In den Salons des Palasts würde man nicht das geringste bemerken – geschweige denn auf dem Dam.«

»Und wie könnte man gewährleisten, daß doch etwas zu hören ist?«

»Bringen Sie ausreichend Amatol mit und lassen Sie mich die Mauern genauer untersuchen, dann werde ich es Ihnen sagen. Übrigens – haben Sie eigentlich nur vor, den Sprengstoff zu deponieren, die Türen zu verschließen, die Schlüssel wegzuwerfen – haben Sie eigentlich daran gedacht, daß mit Sicherheit Zweitschlüssel vorhanden sind?«

»Die befinden sich ebenfalls in unserem Besitz.«

»Auch daran, alle nötigen Vorkehrungen für den großen Knall zu treffen, sobald Sie sich genügend weit vom Tatort entfernt haben?« Agnelli nickte. »Aber dann verstehe ich wirklich nicht, weshalb Sie für diesen simplen Job ausgerechnet mich haben wollen? Ich bin nun wirklich nicht gerade schnell mit Schuldgefühlen bei der Hand, aber es bereitet mir Gewissensnöte, für so einen einfachen Auftrag Geld zu nehmen. Das macht Ihnen doch jeder Oberschüler mit einem Jahr Physik und Chemie genausogut. Sie brauchen dazu nichts weiter als eine Batterie, einen alten Wecker, ein ganz normales Kabel, einen Knallquecksilberzünder, eine Sprengkapsel – und schon haben Sie's. Noch einfacher, Sie nehmen lediglich ein Stück langsam brennende RDX-Lunte. Für so etwas engagiert man doch keinen Sprengstoffexperten! Ich muß Sie doch sehr bitten, Mister Agnelli; schließlich habe ich auch noch so etwas wie beruflichen Stolz.«

»Das ist ein Auftrag für einen Experten. Die Detonation soll über Funk ausgelöst werden.«

»Na gut, dann nehmen Sie eben einen Schüler mit zwei Jahren Physik. Wieso machen Sie das nicht selbst?«

»Wir haben unsere Gründe, einen Experten heranzuziehen. Gründe, die zu nennen wir keine Veranlassung sehen.«

»Also gut. Haben Sie die technischen Daten für diese funkgesteuerte Zündvorrichtung?«

»Ein Experte, der eine Gebrauchsanweisung braucht?«

»Nur ein absoluter Amateur kann einem Profi eine so törichte Frage stellen. Natürlich brauche ich eine Gebrauchsanweisung, wie Sie es nennen, wenn es mir auch nicht um die Anleitung geht. Wenn man weiß, wie sie funktionieren, sind diese Systeme leicht zu bedienen. Das Problem ist nur, daß es eine ganze Anzahl solcher Systeme gibt. Ich brauche nicht so sehr die Bedienungsanleitung als vielmehr die technischen Daten – Angaben über Volt- und Wattzahl, Wellenlänge, Funkreichweite, Zündertyp, Art des Auslösemechanismus, den Abschirmungstyp und ein paar andere Kleinigkeiten. Haben Sie die? Ich meine die Daten.«

»Die haben wir. Ich bringe sie heute nacht mit.«

»Das werden Sie nicht tun. Ich möchte mich hier nicht aufspielen, Mister Agnelli, aber nur ein absoluter Amateur würde den Vorschlag machen, daß ich mich erst an Ort und Stelle über den ferngesteuerten Auslöser informiere. Ich muß mit den einzelnen Daten so gründlich vertraut sein, daß ich sie im Kopf habe, bevor ich mich an die Arbeit mache. Ich muß die Daten mindestens eine Stunde vorher einsehen können.«

»Sie meinen, wir würden uns sonst nicht einig werden?«

»Ich will Sie nicht erpressen, aber ich nehme doch an, daß Sie meine Forderung als durchaus berechtigt und vernünftig anerkennen.«

»Also gut. Wir werden Ihnen die nötigen Informationen heute abend – sagen wir gegen halb sieben? – zukommen lassen.«

»In Ordnung.« Van Effen machte eine kurze Pause. »Also gut. Haben wir auch sonst sorgfältige Nachforschungen angestellt.«

»Ach, so schwierig war das gar nicht. Aber nun zu der delikaten Frage Ihres Honorars. Ich habe ja schon angedeutet, daß es durchaus großzügig ausfallen sollte.«

»Sie sprachen auch von der Möglichkeit einer Anstellung auf permanenter Basis?«

»In der Tat.«

»Dann lassen Sie uns das doch als eine Art Demonstrationsvorstellung betrachten – in bezug auf Wirksamkeit, Zuverlässigkeit, fachkundige Durchführung und so weiter. Falls ich Ihren Anforderungen genüge, könnten wir uns zumindest auf einer realistischeren Basis über eine weitere Vergütung meiner Dienste unterhalten.«

»Das nenne ich ein faires Angebot. In der Tat so fair, daß es mir beinahe unangenehm ist, auf den nächsten strittigen Punkt zu sprechen zu kommen.«

»Nichts läge mir ferner, als Sie in Verlegenheit zu bringen. Darf ich vielleicht für Sie dieses Thema anschneiden?«

»Das wäre mehr als zuvorkommend.«

»So bin ich nun mal. Sie haben mir gerade ebenso streng vertrauliche wie wertvolle Informationen anvertraut, für die ich bei der Polizei sicherlich eine hübsche Summe einstreichen könnte.« Aus Agnellis kurzem Stirnrunzeln, das jedoch sofort wieder seinem gewohnten Lächeln wich, konnte van Effen schließen, daß er einen wunden Punkt getroffen hatte. »Ich werde diese Informationen nicht an die Polizei weitergeben. Meine Gründe? Zum einen treibe ich kein doppeltes Spiel. Zweitens mag ich die Polizei nicht – was auf Gegenseitigkeit beruht –, und ich möchte nach Möglichkeit nichts mit diesen Herren zu tun haben. Der dritte Grund schließlich ist rein selbstsüchtiger und finanzieller Natur. Ich kann mir vorstellen, daß es für mich wesentlich einträglicher sein wird, mehrfach für Sie zu arbeiten, als Sie einmal zu verraten. Viertens möchte ich mich nicht für den Rest meines Lebens vor Leuten verstecken müssen, die ich einmal übers Ohr gehauen habe.« Bei diesem Punkt zeigte Agnelli ein breites Lachen. »Der fünfte Grund schließlich dürfte der zwingendste sein. Nach allem, was Sie mir erzählt haben, müssen Sie Informanten haben, Kontakte zu Personen im Palast selbst, die Sie selbstverständlich auch sofort auf die Anwesenheit der Polizei aufmerksam machen würden. Da es dann aber nur einen gibt, der Sie verraten haben könnte – nämlich ich –, wäre es für Sie sicherlich nicht weiter schwierig, sich meiner schlicht zu entledigen. Die eleganteste Lösung wäre, mich der Polizei in die Hände zu spielen – mit einem diskreten Hinweis auf Auslieferungsanträge von seiten Polens und der Vereinigten Staaten. Ich glaube, ich würde in diesem Fall den Staaten den Vorzug geben. Dort hätte ich eher ein faires Verfahren zu erwarten. Natürlich werde ich nicht unter dem Namen Danilow gesucht, aber die Personenbeschreibungen gesuchter Krimineller sind in der Regel sehr genau, zumal es nicht allzu viele Leute geben dürfte, die mit einer so auffälligen Narbe und einer verkrüppelten linken Hand herumlaufen, wie ich. Sie werden also verstehen, Mister Agnelli, warum ich um die Polizei nach Möglichkeit einen weiten Bogen schlage.«

»Ich muß sagen, mit Gesetz und Recht haben Sie recht wenig gemein. Außerdem vielen Dank, daß Sie mir zuvorkommenderweise diese unerfreuliche Aufgabe abgenommen haben. Genau das war es nämlich, was ich zur Sprache bringen wollte. Ich bin sicher, daß wir Sie in Zukunft als ein äußerst wertvolles Mitglied unseres Teams betrachten können.«

»Sie glauben, man könnte mir trauen?«

»Zweifellos.«

»Ich fühle mich doppelt geehrt.« Fragend hob Agnelli eine Augenbraue. »Immerhin mußte ich heute nicht meine Magazine herausnehmen.« Van Effen tätschelte kurz die Stelle seiner Jacke, unter der sein Schulterhalfter steckte.

Mit einem Lächeln stand Agnelli auf, reichte ihm zum Abschied die Hand und verließ mit seinen beiden Begleitern das Lokal. Van Effen begab sich ins Büro, um sich die Bandaufnahme des Gesprächs anzuhören. Als er damit fertig war, bedankte er sich bei Henri für seine Hilfe. Dann steckte er das Band in die Tasche und ging.

Wie inzwischen bereits gewohnt, parkte van Effen seinen Wagen hinter dem Trianon, um das Hotel dann durch den Vordereingang zu betreten. Ein unauffälliger, kleiner Mann saß, sichtlich in die Lektüre seiner Zeitung vertieft, in der Nähe der Rezeption. Van Effen wandte sich an den Portier.

»Die Speisekarte, bitte.« Er schenkte dem Zeitungsleser keinerlei Beachtung. »Danke.« Er kreuzte verschiedene Gerichte auf der Karte an. »Das wär's. Ach ja, und eine Flasche Burgunder. Um halb eins, auf mein Zimmer, bitte. Danach möchte ich nicht mehr gestört werden – also keine Anrufe. Und dann wäre ich Ihnen sehr dankbar, wenn Sie mich um vier Uhr wecken ließen.«

Mit dem Lift fuhr van Effen zum ersten Stock hinauf, ging dann sofort wieder über die Treppe ins Foyer hinunter und lugte vorsichtig um die Ecke. Der kleine Mann war verschwunden. Van Effen wandte sich wieder an die Rezeption.

»Wie ich sehe, haben Sie einen treuen Kunden verloren, Charles.«

»Na, ich weiß nicht, Leutnant. Er trinkt kaum mehr als einen kleinen Jenever pro Stunde. Das ist übrigens schon das dritte Mal seit gestern nacht, daß er hier herumsitzt. Er ist doch nicht gerade unauffällig, oder?«

»Vermutlich ist er in diesem Punkt anderer Meinung. Würden Sie bitte meine Bestellung wieder zurücknehmen, Charles?«

Charles lächelte. »Ist bereits geschehen.«

Wenige Minuten später verließ van Effen, wieder in sein gewohntes Selbst zurückverwandelt, das Hotel.

»Nun?« wollte van Effen wissen. »Habt ihr euch wenigstens ordentlich Sorgen um mich gemacht?«

»Wo denkst du hin?« erwiderte Julie. »Hast du uns nicht versichert, es bestünde keinerlei Grund zur Besorgnis?«

»Lügnerin! Und du auch.«

»Ich?« Annemarie tat erstaunt. »Ich habe doch noch gar nichts gesagt.«

»Das wolltest du aber gerade. Eure Besorgnis ist im übrigen verständlich. Einen Jenever bitte, aber einen doppelten. Ich bin sozusagen gerade den Klauen des Todes entronnen.«

»Dann erzähl uns doch von den Großtaten des tapferen Daniel«, forderte ihn Julie auf.

»Gleich. Erst muß ich den Obersten anrufen. Er vergeht sicher schon vor Angst um seinen treuen Untergebenen.«

»Es ist gerade halb eins«, bemerkte Julie. »Wie ich unseren geschätzten Polizeichef kenne, interessiert ihn im Augenblick allenfalls, welchen Aperitif er zum Mittagessen nehmen soll.«

»Du tust ihm Unrecht. Und mir.« Van Effen nahm den Drink, den Julie brachte. »Darf ich dein Schlafzimmer benutzen?«

»Selbstverständlich.«

»Ich dachte ...«, begann Annemarie.

»Es gibt dort ein Telefon«, unterbrach sie van Effen.

»Ach, so. Austausch von Staatsgeheimnissen.«

»Keineswegs. Kommt ruhig mit – beide. Auf diese Weise brauche ich nicht alles zweimal zu erzählen.«

Er setzte sich auf Julies Bett, öffnete ihren Nachtschrank und zog ein Telefon heraus. »Das ist aber ein merkwürdiges Ding«, sagte Annemarie.

»Ein Scrambler, abhörsicher. Wenn jemand versucht, diese Leitung anzuzapfen, bekommt er nur ein furchtbares Kauderwelsch zu hören. Um zu verstehen, was ich sage, muß in den Apparat am anderen Ende der Leitung ein entsprechender Entzerrmechanismus eingebaut sein. In Geheimdienst- und Spionagekreisen benutzt man fast ausschließlich solche Apparate. Auch bei Kriminellen, die auf sich halten, sind diese Dinger sehr beliebt. Die ursprüngliche Verbindung bestand eigentlich mit meiner Wohnung, aber ich kann de Graaf auch über diesen Apparat anrufen.«

Er kam sofort durch. »Guten Tag, Oberst ... Nein, man hat mich weder tätlich angegriffen noch entführt, gefoltert, ermordet oder mir sonst in irgendeiner Weise übel mitgespielt ... Ganz im Gegenteil, sogar ausgesprochen herzlich ... Nein, sie hatten einen Neuen dabei. Romero Agnellis Bruder. Ein Mafia-Typ, aber sonst durchaus umgänglich; er trägt den klangvollen Namen Leonardo Agnelli ... Ja, wirklich besser, als ich gedacht hätte. Wir haben einige Vereinbarungen getroffen. Ich soll heute abend um acht Uhr den Königlichen Palast sprengen ... Nein, Mijnheer, das ist keineswegs ein Witz.« Er wandte sich den beiden sichtlich erstaunten Frauen zu. »Ich glaube, der Colonel hat seinen Aperitif in den falschen Hals gekriegt. – Ja, Mijnheer, Amatol. Gezündet durch einen ferngesteuerten Auslösemechanismus, über dessen technische Details ich heute abend eingehende Informationen erhalte ... Sicher werde ich es tun. Sie sind auf mich angewiesen ... Nein, irgendwo tief unten in einem Keller. Menschenleben werden dabei auf keinen Fall gefährdet ... Sehr gut.«

Mit einer Hand verdeckte er die Sprechmuschel, mit der anderen reichte er Julie sein leeres Glas. »Ich habe erst einmal respektvolles Schweigen zu bewahren, während er mit sich selbst zu Rate geht. Erst dann wird er mir weitere Anweisungen erteilen. Allerdings kann ich darauf gern verzichten; ich weiß ohnehin, daß ich mit seinen Vorschlägen kaum einverstanden sein werde.

»Den Königlichen Palast in die Luft sprengen!« Annemarie sah Julie an, die gerade die Flasche mit dem Jenever ins Schlafzimmer gebracht hatte. »Den Palast in die Luft jagen! Er muß verrückt geworden sein. Du – du bist doch Polizist!«

»Das Los eines Polizisten ist nicht immer leicht. Es bleibt einem eben nichts erspart. Ja, ich höre!«

Verstohlen, aber sehr aufmerksam, studierten Julie und Annemarie sein Gesicht; es gab jedoch keinerlei Aufschlüsse über das, was in ihm vorging, sah man von einem gelegentlichen sorgenvollen Stirnrunzeln ab, wenn er an seinem Jenever nippte.

»Ja, ich verstehe. Sie haben mehrere Möglichkeiten. Sie können mich entweder ganz zurückpfeifen oder mir strikten Befehl erteilen, genau Ihren Anweisungen entsprechend zu handeln – eine Entscheidung, die ich akzeptieren müßte. Allerdings besteht ein kleiner Unterschied, ob Sie mir diesen Fall nun vollkommen entziehen oder mich dann wieder damit betrauen wollen. Sollte sich herausstellen, daß dies der erste einer Reihe von Bombenanschlägen ist – und Sie wissen besser als jeder andere, daß es nie bei einem einzigen Anschlag bleibt –, dann müßte ich mich allerdings weigern, mit den Ermittlungen in diesem Fall betraut zu werden; und zwar aufgrund der Tatsache, daß sich mir eine glänzende Gelegenheit geboten hätte, hinsichtlich der Aktivitäten dieser Organisation Nachforschungen anzustellen – eine Gelegenheit, die Sie mir jedoch ausdrücklich verwehren wollen ... Gewiß, Mijnheer, Sie könnten mir den Rücktritt nahelegen, falls ich mich weigere, Ihrem Befehl nachzukommen. Allerdings würde ich in diesem Fall darauf verzichten, meinen Abschied einzureichen. Sie müßten mich dann schon selbst feuern. Und dann müßten Sie Ihrem Minister gegenüber eingestehen, daß Sie mich gefeuert haben, weil Sie mir keine Chance geben wollten, eine neue Welle von

Verbrechen zu stoppen, bevor sie überhaupt ins Rollen kam, und weil Sie in diesem Punkt nicht auf mich hören wollten und Ihrer Meinung gegenüber meiner den Vorzug gaben, was natürlich ein Fehler war. Werfen Sie so viele Kastanien ins Feuer, wie Sie wollen, Oberst. Ich werde sie jedenfalls nicht herausholen. Und ich werde auch meinen Abschied nicht einreichen. Tut mir leid, Mijnheer.«

Julie hatte sich neben ihm aufs Bett gesetzt und beide Hände auf seinen Arm, mit dem er den Hörer hielt, gelegt, als wollte sie ihn wegziehen.

»Laß doch, Peter, laß doch.« Obwohl van Effen klugerweise die Sprechmuschel verdeckt hielt, sprach sie leise, angespannt und drängend. »So kannst du einfach nicht mit dem Obersten reden. Begreifst du denn nicht, daß du den armen Mann in eine unmögliche Situation bringst?«

Van Effen sah Annemarie an. Ihren angespannten, fest aufeinandergepreßten Lippen und ihrem langsamen Kopfschütteln nach zu schließen, war sie mit Julie einer Meinung. Van Effen wandte seinen Blick wieder seiner Schwester zu, die vor dem Ausdruck auf seinem Gesicht merklich zurückschreckte.

»Warum laßt ihr mich nicht erst einmal zu Ende reden, anstatt euch in Dinge zu mischen, von denen ihr nichts versteht, und mir das Leben noch zusätzlich schwerzumachen? Ihr findet also, ich bringe ihn in eine unmögliche Lage? Dann hört euch doch zunächst mal an, was ich zu sagen habe, damit ihr euch ein Bild von meiner Situation machen könnt.« Julie nahm ganz langsam ihre Hände von seinem Arm und sah ihn verständnislos an. Van Effen sprach nun wieder in den Hörer.

»Entschuldigen Sie bitte die Unterbrechung, Oberst. Julie meint, ich hätte kein Recht, so mit Ihnen zu reden, und ich brächte Sie in eine unmögliche Lage. Leider weiß Julie nicht, wovon sie spricht. Annemarie, die ebenfalls hier ist, stimmt mit ihr überein, obwohl auch sie nicht im geringsten weiß, wovon sie eigentlich redet. Der Gerechtigkeit halber muß ich allerdings sagen, daß sie den Eindruck erwecken, als glaubten sie auch von mir, daß ich nicht weiß, was ich sage. Sie sind von all dem nur oberflächlich betroffen; ich dagegen stecke mittendrin. Eine unmögliche Situation, hat meine Schwester gemeint. Lassen Sie sich Ihre Vorschläge also noch einmal durch den Kopf gehen.

Ich werde mit Agnelli und seinen Leuten wie geplant weitermachen. Sie, so machen Sie zumindest geltend, sind für meine Sicherheit verantwortlich. Außerdem sind Sie – behaupten Sie – in erster Linie verpflichtet, die Bewohner des Königlichen Palastes von dem Anschlag in Kenntnis zu setzen – eine Entscheidung, die Sie mit den zahlreichen Drohungen gegen die Königliche Familie während der letzten Monate rechtfertigen. Sie wollen den Dam heimlich von Scharfschützen umstellen lassen. In den Palast wollen Sie Spezialeinheiten der Polizei zur Terroristenbekämpfung einschleusen. Offensichtlich ist Ihnen dabei nie der Gedanke gekommen, daß diese Gangster über ein dichtes Netz von Spitzeln und Informanten verfügen und daß sie sofort über das Auftauchen auch nur eines einzigen zusätzlichen Polizisten informiert würden. Man hat mich ausdrücklich gewarnt, daß sie, sollte etwas Derartiges passieren, sofort wüßten, durch wen die Polizei über dieses Vorhaben Kenntnis bekommen hat. Und ich glaube – das heißt, ich bin sicher –, daß es um die Sicherheitsvorkehrungen innerhalb des Palasts recht erbärmlich bestellt ist und die Spione sich dort völlig frei bewegen können. Ich weiß, Sie brauchen nur die Nummer des Palasts zu wählen – oder die Ihrer Einheiten zur Terrorismusbekämpfung oder auch nur eines zusätzlichen Polizeitrupps; ebensogut können Sie gleich ein Blatt Papier und einen Bleistift zur Hand nehmen und mein Todesurteil aufsetzen.« Das war, dessen war sich auch van Effen bewußt, reichlich dick aufgetragen; doch andererseits war dies nicht der Augenblick, sich gegenseitig mit Höflichkeiten zu überschütten.

»Sie wollen meine Sicherheit gewährleisten? Sie gewährleisten meinen Tod. Unter diesen Umständen befinde ich mich noch vor Mitternacht im Jenseits. Aber auf einen Beamten mehr oder weniger kommt es ja schließlich nicht an, solange nur Ihre kleinkarierten Bestimmungen und Dienstanweisungen gewahrt bleiben. Kann schon sein, daß Julie und Annemarie im Augenblick nicht gerade viel für mich übrig haben, aber ich hoffe doch, daß sie die Güte haben werden, mir zu bescheinigen, daß ich mein Bestes tue, um meinen Kopf aus der Schlinge zu ziehen.

Das ist natürlich der denkbar schlechteste Vorschlag, und ich habe keineswegs vor, mich auf dergleichen einzulassen. Ich habe im Verlauf unseres Gesprächs über Verschiedenes nachgedacht und meine Meinung in einem Punkt geändert. Sie haben zwei Alternativen vorgeschlagen. Eine führt zu meiner Entlassung, die andere in eine dunkle Bretterkiste. Ich sehe mich noch keineswegs auf dem Abstellgleis und bin der Überzeugung, daß es mir nicht allzu schwer fallen dürfte, eine Arbeit zu finden, die mir andere Entscheidungsmöglichkeiten läßt als die zwischen Entlassung und Tod. Wenn Sie einen Ihrer Leute hierher zu Julie schicken, werde ich ihm mein schriftliches Kündigungsgesuch überreichen. Gleichzeitig werde ich ihm eine Tonbandaufnahme übergeben, die ich heute vormittag im Jagdhorn gemacht habe. Ich hoffe, daß Sie und Ihre Freunde von der Universität etwas damit anfangen können; das gleiche gilt auch für die Aufnahmen von den Anrufen der FFF. Es tut mir leid, Oberst, aber Sie lassen mir keine andere Wahl. Eine andere Möglichkeit sehe ich nicht.« Van Effen legte auf, schob das Telefon in den Schrank zurück und verließ das Schlafzimmer.

Als Annemarie und Julie nachkamen, saß er bereits völlig entspannt in einem Sessel im Wohnzimmer, die Beine übereinandergeschlagen und ein Glas Jenever in der Hand. Für einen Mann, der eben eine so schwerwiegende spontane Entscheidung getroffen hatte, schien er auffallend unbeteiligt.

»Darf ich etwas sagen?« fragte Julie.

»Aber sicher. Verglichen mit dem, was der Oberst gesagt hat und was er im Augenblick zweifellos denkt, dürften deine Vorhaltungen relativ harmlos ausfallen.«

Sie lächelte gequält. »Ich habe weder den Verstand noch mein Erinnerungsvermögen verloren. Und ich beabsichtige nicht im geringsten, ein – wie hast du das doch gestern abend so reizend ausgedrückt – kühles, herablassendes und überlegenes Verhalten an den Tag zu legen und dir unerwünschte gute Ratschläge zu erteilen. Es tut mir leid, was ich eben im Schlafzimmer gesagt habe. Ich hatte doch keine Ahnung, daß du in einer derart verzwickten Lage steckst. Dennoch möchte ich weiterhin behaupten, daß du Mijnheer van de Graaf in eine nicht minder verzwickte Lage gebracht hast, worauf du mir sicher erwidern wirst, daß das Leben eines Polizisten, verglichen mit den Gefühlen des Polizeichefs, nichts ist. Also, es tut mir nach wie vor leid, aber gleichzeitig...«

»Julie?« Annemarie unterbrach sie.

»Ja?«

»Ich an deiner Stelle würde mir nicht die Mühe machen, mich bei ihm zu entschuldigen. Glaubst du wirklich, er sitzt in so einer schrecklichen Klemme? Sieh ihn dir doch an. Ihm platzt doch schon fast der Kragen vor Anstrengung, sich das Lachen zu verbeißen.« Sie bedachte ihn mit einem prüfenden Blick. »Du sprühst nicht gerade vor Aktivität, mein Lieber. Dabei dachte ich, du wärst hierhergekommen, um dein Abschiedsgesuch aufzusetzen.«

Er runzelte kurz die Stirn und erwiderte: »Ich kann mich nicht erinnern, das gesagt zu haben.«

»Natürlich nicht. Weil du auch nie die Absicht hattest, deinen Abschied einzureichen.«

»Sehr scharfsinnig. Aus dir könnte ja tatsächlich noch einmal eine gute Detektivin werden. Ich muß gestehen, daß du vollkommen recht hast. Wie könnte ich an so etwas denken! Ich kann Onkel Arthur doch nicht einfach im Stich lassen. Wie sollte er ohne mich der zunehmenden Kriminalität in Amsterdam Herr werden?«

Annemarie wandte sich wieder an Julie: »Glaubst du, er würde mich feuern, wenn ich ihm sagen würde, daß er ebenso rücksichtslos wie großkotzig ist? Oder würde er nur versuchen, mich wieder einmal in Tränen ausbrechen zu lassen?«

Van Effen nippte an seinem Jenever. »Zum Glück stehe ich über derlei Unzulänglichkeiten. Außerdem möchte ich doch darum bitten, Rücksichtslosigkeit nicht mit diplomatischem Geschick und Großkotzigkeit nicht mit Intelligenz zu verwechseln.«

»Du hast recht, Annemarie. Es tut mir schon wieder leid, daß ich mich bei diesem Ekel entschuldigt habe.« Sie warf ihrem Bruder einen verärgerten Blick zu. »Und was gedenkst du nun zu tun?«

»Einfach hier sitzen zu bleiben. Und zu warten.«

»Und worauf gedenkst du zu warten?«

»Daß das Telefon klingelt. Daß der Oberst anruft.«

»Der Oberst!« entfuhr es Julie. »Nach dem, was du vorhin zu ihm gesagt hast?«

»Nach dem, was er zu mir gesagt hat, meinst du wohl?«

»Da wirst du aber lange warten müssen.« Annemaries Stimme klang durchaus überzeugt.

»Meine Lieben – ich muß doch sagen, daß ihr den Obersten unterschätzt. Er ist um einiges schlauer als ihr beide zusammen. Er weiß sehr wohl, was auf dem Spiel steht. Er läßt sich mit seinem Anruf nur etwas Zeit, weil er sich gerade eine Rückzugstaktik überlegt, die es ihm erlaubt, sich aus der Affäre zu ziehen, ohne dabei das Gesicht zu verlieren. Er ist derjenige, der letztlich über Leichen geht – was könnte man nach vierzigjährigem Kampf mit der Unterwelt auch anderes erwarten? Ich habe dem Obersten zu verstehen gegeben, daß er keine Wahl hat. Und de Graaf wäre nicht de Graaf, wenn er nicht sofort begriffen hätte, was ich damit sagen wollte – daß er nämlich tatsächlich keine Wahl hat.«

»Nachdem du nun schon einmal so furchtbar schlau bist, würdest du vielleicht . . .«, begann Julie.

»Es besteht nicht der geringste Anlaß, ausfallend zu werden, liebes Schwesterlein. Schau doch mich an. Ich behandle dich mit aller mir zu Gebote stehenden Höflichkeit – oder sollte ich sagen: Galanterie?«

»Du kannst einen manchmal – na gut. Also, was denkst du, wird der Oberst sagen?«

»Das überlegt er sich gerade. Nun ja, er wird mir völlige Handlungsfreiheit lassen. Schließlich habe ich für heute abend, acht Uhr, meine Vereinbarungen getroffen.«

»Ich würde nur zu gern einmal erleben, daß du nicht recht hast«, grollte Julie. »Nein, so habe ich das nicht gemeint. Ich hoffe nur, daß du dich diesmal täuschst.«

Eine Zeitlang sprach keiner ein Wort. Die zwei Mädchen starrten auf das Telefon auf dem Couchtisch neben van Effen. Van Effen selbst blickte nirgendwohin. Das Telefon klingelte.

Van Effen nahm den Hörer ab. »Ach! Ja ... Zugegeben, ich bin etwas zu weit gegangen. Aber Sie haben mich provoziert.« Er zuckte zusammen und hielt den Hörer in gebührendem Abstand von seinem Ohr. »Jawohl, Mijnheer, auch Sie wurden provoziert ... Ja, dem stimme ich voll zu. Eine kluge Entscheidung, wenn ich das einmal so sagen darf ... Natürlich werde ich Sie auf dem laufenden halten ... Nein, sie trauen mir nicht ... Jawohl, Mijnheer, hier. Auf Wiederhören.«

Er hängte auf und schaute Julie an. »Wieso bist du eigentlich nicht in der Küche, geliebte Schwester? Wenn mich nicht alles täuscht, riecht es hier leicht angebrannt. War ich nicht zum Mittagessen eingeladen?«

»Sei bloß still. Was hat er gesagt?«

»Völlige Handlungsfreiheit. Acht Uhr abends.«

Mit reglosem Gesicht sah Julie ihn lange an. Dann drehte sie sich um und ging in die Küche. Annemarie trat ein paar Schritte auf ihn zu, zögerte und sagte schließlich: »Peter.«

»Sag es bitte nicht. Ich habe mich gerade erst aus einer schwierigen Situation herausgewunden. Jetzt bringt ihr beide mich nicht schon wieder in eine neue.«

»Das werden wir nicht tun. Ehrenwort. Du weißt ganz genau, daß wir nichts für unsere Gefühle können und daß du uns das auch nicht zum Vorwurf machen kannst. Das könntest du nur, wenn wir anfingen, darüber zu sprechen. Gut, wir sprechen nicht darüber.« Sie lächelte. »Sind wir nicht rücksichtsvoll?«

»Sehr sogar. Weißt du was, Annemarie? Langsam fange ich an, dich zu mögen.«

»Mich zu mögen?« Sie sah ihn mit einem fragenden Blick an. »Dann hast du mich also nicht mal gemocht, als du mich heute früh geküßt hast? Vermutlich ist dir das nur aus reiner Zerstreutheit passiert? Oder gehört es zu deinen dienstlichen Gepflogenheiten, Polizistinnen zu küssen? Sozusagen zur moralischen Stärkung ihres Rückgrats?«

»Wenn es so ist, bist du die erste.«

»Und zweifellos auch die letzte. Wir alle machen Fehler, was auch immer ich mit dieser merkwürdigen Andeutung gemeint haben mag. Wer traut dir übrigens nicht?«

»Wer mir nicht – was?«

»Du hast doch vorher dem Obersten gegenüber etwas in dieser Richtung erwähnt.«

»Ach so! Meine Freunde aus der Unterwelt. Wir haben uns im Jagdhorn im gegenseitigen Einvernehmen und Vertrauen getrennt, was sie allerdings nicht davon abgehalten hat, im Trianon einen Aufpasser zu postieren. Etwas ärgerlich, aber sonst kein Problem.«

»Und was wirst du nach dem Essen machen?«

»Noch ein wenig hierbleiben. Der Oberst wird mich anrufen. Dann werden wir erfahren, was sich die FFF für heute nachmittag zwei Uhr ausgedacht hat. Der Chef ist überzeugt, daß sie die Hagestein-Schleuse nicht sprengen werden. Er hat alles durch Froschmänner absuchen lassen; sie haben keinerlei Spuren von unter Wasser angebrachten Sprengladungen entdeckt.«

Van Effen rief in seinem Büro an und verlangte nach dem Mann an der Rezeption. »Haben sich die Beschatter von Fred Klassen und Alfred van Rees inzwischen wieder gemeldet?« Er hörte seinem Teilnehmer kurz zu. »Also hat van Rees unseren Mann abgeschüttelt. Ob durch Zufall oder absichtlich, ist gleichgültig. Ich hoffe, Sie haben die Autonummer. An alle Streifenwagen. Sie sollen melden, wenn sie einen Wagen mit dieser Nummer sichten. Notieren Sie sich meine Telefonnummer hier und verständigen Sie mich sofort.«

Das Mittagessen war vorzüglich, ohne daß es jedoch zur Hebung der allgemeinen Stimmung beigetragen hätte. Julie und Annemarie waren entschieden etwas zu zuversichtlich und gutgelaunt, und für wenige Momente machte sich ihre innere Anspannung deutlich bemerkbar. Falls van Effen dies bemerkte, so äußerte er sich nicht dazu. Julie wußte aber, daß ihrem Bruder dergleichen nur selten entging.

Nach dem Essen tranken sie im Wohnzimmer Kaffee. Kurz nach zwei Uhr kam ein junger Polizist auf einem Motorrad vorbei, um das Band mit dem Gespräch im Jagdhorn abzuholen.

Das veranlaßte Julie zu der Bemerkung: »Ich habe gehört, du wartest auf einen Anruf des Obersten. Auch jetzt noch?«

»Darf ich vielleicht dein Bett benutzen, meine Liebe? Ich weiß nicht, ob ich heute nacht zum Schlafen kommen werde. Es könnte nicht schaden, wenn ich mich jetzt noch für ein paar Stunden hinlege. Dabei wäre natürlich ein kleiner Brandy, den du mir bis jetzt ohne ersichtlichen Grund anzubieten versäumt hast, eine große Hilfe.«

De Graafs Anruf kam, als van Effen gerade seinen Brandy trank. Der Anruf war kurz und einseitig. Van Effen sagte mehrere Male »ja«, ein paarmal »ich verstehe«, dann verabschiedete er sich und hängte auf.

»Die FFF hat Punkt zwei Uhr den Nordholland-Deich gesprengt. In der Folge kam es zu ausgedehnten Überflutungen, die jedoch keinerlei Menschenleben gekostet haben. An der Hagestein-Schleuse hat sich nicht das geringste getan; der Oberst meint, er hätte das auch nicht anders erwartet. Seine Froschmänner haben keine Sprengladungen entdeckt, weshalb er glaubt, daß die FFF nicht in der Lage gewesen wäre, sich der Anlage unbemerkt zu nähern oder die Ladungen so anzubringen, daß sie nicht entdeckt werden konnten. Des weiteren ist er überzeugt, daß ihre Sprengtechniken recht primitiv und auf Operationen beschränkt sind, bei denen sie Deiche und Kanaldämme in die Luft jagen.«

»Wovon du nicht überzeugt zu sein scheinst?« entgegnete Julie.

»Das würde ich nicht unbedingt sagen. Ich weiß davon auch nicht mehr als du. Vielleicht findet unser Herr

Polizeipräsident diese Überzeugung einfach tröstlicher und beruhigender. Und vielleicht will die FFF den Obersten – oder uns, das ganze Land – in diesem Glauben lassen. Schließlich deutet alles darauf hin, daß es sich um eine heimtückische und hinterhältige Bande handelt. Wobei natürlich nicht ausgeschlossen ist, daß auch dieser Eindruck täuscht. Handelt es sich um eine eher unbedarfte Organisation, die uns weismachen will, sie wären besonders schlau und gerissen, oder handelt es sich um eine sehr gerissene Gruppe, die in uns den Eindruck erwecken will, sie wäre eher unbedarft? Eine Antwort auf diese Frage könnt ihr euch selbst überlegen. Ich bin, was das betrifft, im Augenblick noch eindeutig überfordert. Gut, ich werde mich jetzt schlafen legen. Könntest du bitte währenddessen das Radio anstellen? Die FFF hat offensichtlich die Angewohnheit, nach jedem ihrer Anschläge eine öffentliche Verlautbarung herauszugeben. Macht euch allerdings nicht die Mühe, mich zu wecken, um mich in ihr nächstes Vorhaben einzuweihen. Wenn nicht unbedingt nötig, möchte ich nicht gestört werden.«

Er war kaum eingeschlafen, als Julie ins Schlafzimmer kam und ihn wachrüttelte. Er schlug die Augen auf und war wie immer auf der Stelle hellwach.

»Ich dachte, du wolltest mich unter keinen Umständen wecken?« bemerkte er ärgerlich. »Ist die Welt am Untergehen?«

»Es tut mir leid, aber eben ist ein Brief für dich gekommen.«

»Ein Brief? Deswegen raubst du einem zu Tode erschöpften Mann seinen kostbaren Schlaf...«

»Er kam per Eilboten«, erklärte sie geduldig. »Offensichtlich ist es wichtig.«

»Laß sehen.« Er nahm ihr den Umschlag aus der Hand, warf einen kurzen Blick auf Adresse und Poststempel, öffnete ihn und zog den Inhalt zur Hälfte heraus, um das Ganze jedoch gleich wieder zurückzustecken und unter sein Kopfkissen zu schieben. »Und deswegen weckst du mich! So ein Trottel von einem Kollegen – er fand das wohl witzig. Sieh bitte nächstes Mal zu, daß du wirklich einen triftigen Grund hast, mich zu wecken.«

»Laß sehen, was in dem Brief ist«, forderte Julie in bestimmtem Ton. Sie setzte sich neben ihn aufs Bett, legte ihm die Hand auf den Arm und sagte leise: »Bitte, Peter.«

Van Effen wollte etwas sagen, überlegte es sich aber doch anders, griff unter sein Kopfkissen und gab Julie den Brief. Der Umschlag enthielt nur eine Postkarte. Auf die eine Seite waren ein Sarg und eine Schlinge gezeichnet.

Julie lächelte gequält.

»Ach ja, es ist jetzt drei Monate her, seit du die letzte bekommen hast, nicht wahr?«

»So?« Van Effen klang gleichgültig. »Es ist, wie du eben bemerkt hast, drei Monate her. Und was ist während dieser drei Monate passiert? Nichts. Und es gibt keinen Grund, weshalb in den nächsten drei Monaten etwas passieren sollte.«

»Wenn das Ganze so belanglos ist, warum hast du den Brief dann versteckt?«

»Ich habe ihn gar nicht versteckt. Ich habe ihn nur vor den Augen meiner lieben Schwester weggesteckt, um sie nicht unnötig zu beunruhigen.«

»Dürfte ich vielleicht das Kuvert sehen? Bitte?« Sie sah es sich kurz an und gab es ihm wieder zurück. »Die anderen sind alle aus dem Ausland gekommen. Aber dieser Brief wurde in Amsterdam aufgegeben. Das ist dir sofort aufgefallen, und deshalb hast du ihn auch weggesteckt. Die Annecy-Brüder sind in Amsterdam.«

»Vielleicht. Vielleicht auch nicht. Sie können den Brief doch von jedem beliebigen Ort der Welt an einen Freund oder Komplizen in Amsterdam geschickt haben, der ihn dann hier aufgegeben hat.«

»Das glaube ich nicht. Du solltest mir allmählich keine solchen Märchen mehr erzählen. Ich bin doch nicht auf den Kopf gefallen. Ich bin absolut sicher, daß sie in Amsterdam sind. Und davon bist du nicht weniger überzeugt als ich. Ach, Peter, das ist zuviel! Erst droht eine Bande von Irren damit, unser Land unter Wasser zu setzen; die nächste will den Königlichen Palast in die Luft jagen; und jetzt das.« Sie schüttelte den Kopf. »Warum muß immer alles auf einmal kommen? Warum?«

»Wir haben es hier tatsächlich mit einer ungewöhnlichen Fülle von Ereignissen zu tun.«

»Hör bloß auf. Hast du denn gar keine Ahnung, was das alles eigentlich soll?«

»Nicht mehr und nicht weniger als du.«

»Nun, ich weiß nicht, ob ich dir das abnehmen soll. Was sollen wir jetzt tun? Beziehungsweise, was willst du jetzt tun?«

»Was denkst du denn, daß ich tun soll? Vielleicht die Straßen Amsterdams durchstreifen, bis ich auf einen Burschen stoße, der mit einem Sarg und einer Schlinge durch die Gegend rennt?« Er legte ihr begütigend die Hand auf den Arm. »Bitte, entschuldige meine Gereiztheit. Es gibt nichts, was ich tun kann. Wenn ich es mir genauer überlege – doch. Ich kann mich wieder schlafen legen. Paß aber auf, daß es wirklich dringend ist, wenn du mich das nächste Mal weckst.«

»Du bist wirklich nicht mehr zu retten.« Mit einem schwachen Lächeln stand sie auf, schüttelte den Kopf, als sie sah, daß seine Augen bereits wieder geschlossen waren, und verließ den Raum.

Er war kaum eingeschlafen, als Julie abermals an sein Bett trat. »Es tut mir leid, Peter, daß ich dich schon wieder stören muß. Der Oberst. Ich habe ihm gesagt, daß du schläfst, aber er meinte, ich sollte dich unter allen Umständen ans Telefon schaffen. Er hat mir ziemlich eindeutig zu verstehen gegeben, daß es sich um eine höchst dringende Angelegenheit handelt.«

Van Effen klopfte kurz an den Nachtschrank neben dem Bett. »Er hätte doch auch das abhörsichere Telefon benutzen können.«

»Wahrscheinlich ruft er von einer Zelle aus an.«

Van Effen ging ins Wohnzimmer, nahm den Hörer, lauschte kurz der Stimme am anderen Ende der Leitung und sagte schließlich: »Ich mache mich sofort auf den Weg.« Dann hängte er auf.

Wo willst du hin?« fragte Julie.

»Ich treffe mich mit einem Mann, den ich nach Ansicht des Obersten kennen könnte. Seinen Namen weiß ich leider nicht.« Van Effen legte Schulterhalfter, Jacke und Krawatte an. »Wie du vorhin so treffend bemerkt hast, kommt in der Regel selten ein Ding allein. Erst diese Kerle, die es auf die Deiche abgesehen haben, dann diese Irren, die den Palast in die Luft jagen wollen, dann die Annecy-Brüder – und jetzt das noch.«

»Und was ist denn jetzt noch dazugekommen? Wo steckt denn dieser Bekannte?«

»Kannst du dir das nicht denken? Im Leichenschauhaus.«

V

Mochte die Amsterdamer Altstadt mit ihren von Bäumen gesäumten Grachten, ihrem mittelalterlichen Charme, ihrer allgegenwärtigen Geschichte und ihrem nostalgischen Zauber von einzigartigem Reiz sein, so galt dies keineswegs für das städtische Leichenschauhaus. Ihm haftete keinerlei Zauber an – weder mittelalterlich noch neuzeitlich. Es war einfach häßlich von Grund auf. Es war steril, funktionell, unmenschlich und total abweisend. Nur ein Toter, dachte man in dieser Umgebung unwillkürlich, konnte es hier aushalten. Doch die weißbemäntelten Angestellten dieser Institution, die bei ihrer Arbeit sicher nicht viel zu lachen hatten, schienen sich in nichts von gewöhnlichen Büroangestellten, Fabrikarbeitern oder Handwerkern zu unterscheiden. Dies war ihr Job, und sie verrichteten ihn, so gut sie konnten.

Bei seiner Ankunft fand van Effen bereits den Polizeichef und einen ernsten jungen Mann vor, der ihm als Dr. Prins vorgestellt wurde. Dr. Prins trug die ärztlichen Amtsinsignien – weißen Kittel und Stethoskop. Es war nicht unbedingt einleuchtend, was ein Stethoskop in einem Leichenschauhaus zu suchen hatte. Möglicherweise wurde damit überprüft, ob die Eingelieferten tatsächlich tot waren. Aber vielleicht war es auch nur Bestandteil der ärztlichen Uniform. De Graafs Laune war nicht die beste, was jedoch nicht unbedingt auf die bedrückende Umgebung zurückzuführen war, in der er in den langen Jahren seiner Tätigkeit bei der Polizei sicher nicht wenige Stunden zugebracht hatte. Woran er sich jedoch noch immer nicht gewöhnen konnte, waren Enttäuschungen wie die, von seinem Tisch in einem guten Restaurant aufstehen und den ersten Gang seines Menüs und eine Flasche Chablis fast unberührt zurücklassen zu müssen.

Dr. Prins führte sie in eine längliche, gewölbte, grabartige Kammer, deren Einrichtung – ausschließlich Beton, weiße Fliesen, Marmor und Metall – der unterkühlten Atmosphäre entsprach. Ein Angestellter öffnete eine Metalltür und zog eine fahrbare Bahre heraus, auf der eine verhüllte Gestalt lag. Dr. Prins ergriff den oberen Teil des weißen Tuchs.

»Ich muß Sie darauf aufmerksam machen, meine Herren – das ist kein Anblick für empfindliche Mägen.«

»Ich kann mir nicht vorstellen, daß sich der Zustand meines Magens noch mehr verschlechtern könnte, als es im Augenblick schon der Fall ist«, meinte de Graaf. Prins bedachte ihn mit einem neugierigen Blick – de Graaf hatte es offensichtlich bisher vermieden, das vorzügliche Mahl zu erwähnen, das ihm entgangen war – und zog das Laken zurück. Was darunter zum Vorschein kam, war tatsächlich, wie der Arzt versprochen hatte, kein Anblick für empfindliche Mägen. Dr. Prins studierte die Gesichter der beiden Herren von der Polizei und war vage enttäuscht. Sie ließen sich nicht anmerken, was dieser Anblick in ihnen hervorrief.

»Todesursache?« wollte de Graaf wissen.

»Mehrfache schwere Verletzungen. Die genaue Todesursache? Die Autopsie wird zeigen, ob ...«

»Autopsie!« Van Effens Stimme war so eisig wie das Leichenschauhaus. »Ich möchte nicht persönlich werden, Herr Doktor, aber wie lange arbeiten Sie hier schon?«

»Seit einer Woche.« Die leichte Blässe in Dr. Prins' Gesicht deutete darauf hin, daß auch er einige Schwierigkeiten mit seinen Magenfunktionen hatte.

»Dann haben Sie also noch nicht allzu viele Fälle wie diesen hier gesehen? Dieser Mann wurde ermordet. Er ist weder von einem hohen Gebäude gefallen, noch wurde er von einem schweren Laster überfahren. In diesem Fall wären nämlich der Schädel oder der Brustkorb oder das Becken oder die Oberschenkelknochen oder das Schienbein gebrochen, was hier alles nicht zutrifft. Er ist mit Eisenstangen zu Tode geknüppelt worden. Sein Gesicht ist bis zur Unkenntlichkeit zerstört, seine Kniescheiben sind zerschmettert, die Unterarme gebrochen. Zweifellos hat er versucht, sich mit den Armen vor den Eisenstangen zu schützen.«

De Graaf wandte sich an den Arzt: »Er war sicher noch bekleidet, als er eingeliefert wurde. Hat sich jemand seine Sachen näher angesehen?«

»Wegen der Identifizierung, meinen Sie?«

»Natürlich.«

»Nicht daß ich wüßte.«

»Macht nichts«, schaltete sich van Effen ein. »Ich weiß, wer der Mann ist. Ich erkenne diese Narbe an seiner Schulter. Es ist Detektiv Rudolph Engel. Er hat einen Mann namens Julius Cäsar beschattet. Vielleicht erinnern Sie sich noch. Annemarie hat seinen Namen im La Caracha kurz erwähnt.«

»Woher wissen Sie das?«

»Weil ich es war, der Engel den Auftrag gegeben hat, diesen Mann zu beschatten. Ich habe ihn auch gewarnt, daß das keineswegs ungefährlich wäre und er sich auf keinen Fall in eine Situation begeben sollte, in der keine anderen Personen in der Nähe wären. Ich habe ihn daran erinnert, was mit den beiden Detektiven passiert war, die Agnelli beschattet hatten. Entweder hat er das vergessen, oder er hat sich von seiner Neugier fortreißen lassen. Einerlei – es hat ihn das Leben gekostet.«

»Aber ihn auf so bestialische Weise umzubringen?« De Graaf schüttelte den Kopf. »Überhaupt, ihn zu töten. Ein unglaublicher Fall von Überreaktion.«

»Vielleicht werden wir die wahren Gründe hierfür nie herausfinden, Mijnheer. Andernfalls dürfte sich mit ziemlicher Sicherheit herausstellen, daß er nicht nur deshalb beiseite geräumt wurde, weil er diese Leute beschattet hat. Vielmehr ist anzunehmen, daß er etwas entdeckt hatte, und daß sie ihn deshalb keinesfalls lebend davonkommen lassen durften. Dies ist ein Spiel um sehr hohe Einsätze, Oberst.«

»Das kann man allerdings sagen. Vielleicht wäre es ganz nützlich, sich mal mit diesem – äh – Julius Cäsar näher zu unterhalten.«

»Ich kann mir nicht vorstellen, daß Sie diesen Burschen im Augenblick so leicht finden werden. Er ist sicher schon längst untergetaucht. Oder, was wahrscheinlicher ist, er hat seinen Bart abrasiert, sich ein Toupet zugelegt und eine dunkle Brille gekauft, um sein Schielen zu verbergen. Und selbst wenn wir ihn fassen würden – was könnten wir schon gegen ihn vorbringen?«

Sie dankten Dr. Prins und gingen. Beim Durchqueren der Eingangshalle rief der Mann an der Rezeption nach dem Polizeichef und hielt ihm einen Telefonhörer entgegen. Der Colonel sprach kurz, gab den Hörer zurück und gesellte sich wieder zu van Effen.

»Heute scheint nicht gerade unser Glanztag zu sein«, bemerkte er düster. »Anruf vom Präsidium. Eine Nachricht aus dem Krankenhaus. Einer unserer Leute ist dort eben eingeliefert worden. Wie es scheint, hat man ihn gerade aus einer Gracht gefischt.«

»Was hat er dann im Krankenhaus zu suchen? Ist er nicht ertrunken?«

»Nein, aber es hätte wohl nicht viel daran gefehlt. Vielleicht sollten wir ihn uns mal ansehen.«

»Hat man ihn identifiziert?«

»Bis jetzt noch nicht. Er ist bewußtlos. Keine Papiere, kein Dienstausweis. Er hatte jedoch eine Schußwaffe und ein Paar Handschellen bei sich. Deshalb hat man im Krankenhaus vermutet, daß der Mann Polizist ist.«

In der Klinik wurden sie zu einem Privatzimmer im ersten Stock geführt, aus dem gerade ein grauhaariger Arzt kam. Als er de Graaf bemerkte, lächelte er.

»Na, altes Haus! Du verlierst heute aber wirklich keine Zeit, muß ich sagen. Einem deiner Leute hat man ganz schön übel mitgespielt. Wirklich knapp, sehr knapp sogar, aber er wird durchkommen. Er wird sogar in ein paar Stunden schon wieder nach Hause gehen können.«

»Das heißt also, er ist wieder bei Bewußtsein.«

»Nicht nur das, er ist auch ganz schön am Kochen. Er heißt Voight.«

»Mas Voight?« entfuhr es van Effen erstaunt.

»Genau. Ein kleiner Junge hat ihn mit dem Gesicht nach

unten im Wasser treiben sehen. Zum Glück waren ein paar Dockarbeiter in der Nähe. Sie haben ihn aus dem Wasser gefischt und hierhergebracht. Er kann höchstens eine Minute im Wasser gelegen haben.«

Voight saß in seinem Bett und wirkte sehr aufgebracht. De Graaf hielt sich nicht mit Fragen nach seinem Befinden auf. »Wie zum Teufel konnten Sie in eine Gracht fallen?«

»Fallen?« platzte Voight los. »Ich in eine Gracht fallen!«

»Pssst!« versuchte ihn der Arzt zu beruhigen. »Sie wollen sich doch nicht auch noch selbst etwas antun.« Vorsichtig drehte er Voights Kopf herum. Die blaue und rote Wunde hinter seinem rechten Ohr sah aus, als würde sie eine spektakuläre Narbe hinterlassen.

»Offensichtlich sind ihnen langsam die Eisenstangen ausgegangen«, bemerkte van Effen.

De Graaf runzelte die Stirn. »Was soll denn das nun wieder bedeuten?«

»Unsere Freunde sind wieder in Aktion getreten. Voight sollte ein Auge auf Alfred van Rees werfen und . . .«

»Auf Alfred van Rees!«

»Sie wissen doch, den Herrn vom Rijkswaterstaat. Schleusen, Wehre, Dämme, und was Sie sonst noch wollen. Allem Anschein nach hat Voight es nicht geschafft, auf van Rees und sich selbst gleichzeitig aufzupassen. Die letzte Meldung von Ihnen, Voight, lautete doch, Sie hätten van Rees aus den Augen verloren.«

»Ein Streifenbeamter hat ihn kurz darauf gesehen und die Stelle durchgegeben. Ich bin sofort losgefahren, habe meinen Wagen an einer Gracht geparkt, und als ich ausstieg . . .«

»Wo war das genau?« fragte van Effen.

»An der Croquiskade.«

»An der Croquiskade! Dort soll sich van Rees herumgetrieben haben? Das wundert mich aber. Schließlich ist es für jemanden wie van Rees nicht gerade ungefährlich, sich dort aufzuhalten.«

Voight rieb sich den Hals. »Für mich war es das auch nicht. Ich sah also van Rees und einen anderen Mann aus einer Tür kommen; gleich darauf gingen sie wieder hinein. Warum, weiß ich nicht. Ich bin ihm nicht in einem Polizeiauto nachgefahren, und soweit ich feststellen konnte, hat er mich nicht bemerkt. Und dann – dann weiß ich nur noch, daß ich in diesem Bett hier wieder aufgewacht bin. Nicht einmal Schritte habe ich hinter mir gehört.«

»Wissen Sie noch die Hausnummer?«

»Ja. Achtunddreißig.«

Van Effen nahm den Hörer des Telefons auf dem Nachttisch ab und ließ sich von der Zentrale mit seinem Büro verbinden. Dann wandte er sich an de Graaf: »Ich kann mir nicht vorstellen, daß wir noch jemanden von diesen Kerlen in Nummer achtunddreißig antreffen werden. Aber vielleicht finden wir dort etwas, was uns weiterbringt – falls sie nicht mitbekommen haben, daß Voight aus der Gracht gefischt wurde. Falls doch, werden sie natürlich dort aufgeräumt haben. Wie sieht es mit einem Haussuchungsbefehl aus, Mijnheer?«

»Ach was, einen Haussuchungsbefehl.« De Graaf war offensichtlich erschüttert, daß sein alter Freund van Rees in derlei Aktivitäten verwickelt sein sollte. »Verschaffen Sie sich unter allen Umständen Zutritt zu dem Gebäude.«

Als van Effens Büro sich meldete, verlangte er nach einem Sergeanten Oudshoorn. Er wurde mit ihm verbunden, gab ihm die Adresse und die entsprechenden Anweisungen durch und hörte Oudshoorn dann kurz zu.

»Nein, Sergeant, nehmen Sie vier Mann. Einen an der Eingangstür, einen am Hintereingang ... Kein Haussuchungsbefehl. Auf ausdrückliche Anweisung des Chefs. Ja. Heben Sie diese verdammte Tür aus den Angeln, wenn es sein muß. Oder schießen Sie das Schloß auf. Halten Sie jede Person fest, die sich noch in dem Gebäude befindet, aber verlassen Sie es auf keinen Fall. Setzen Sie sich über Funk mit der Zentrale in Verbindung und warten Sie auf weitere Instruktionen.« Er legte auf. »Sergeant Oudshoorn scheint sich auf diesen Einsatz regelrecht zu freuen.«

Sie empfahlen Voight, zu Hause anzurufen und sich

trockene Kleider bringen zu lassen, damit er nach Hause fahren und sich von dem Schock erholen konnte. Dann verabschiedeten sie sich von ihm. Draußen auf dem Gang sagte de Graaf: »Das ist doch unmöglich. Der Mann ist eine Stütze der Gesellschaft. Mein Gott, ich habe ihn sogar für die Mitgliedschaft in meinem Club vorgeschlagen.«

»Vielleicht gibt es eine ganz harmlose Erklärung für den Vorfall, auch wenn der Zustand von Voights Kopf und sein Bad in der Gracht nicht unbedingt darauf schließen lassen. Erinnern Sie sich noch daran, daß ich draußen in Schiphol die Vermutung geäußert habe, van Rees könnte ein Doppelleben führen.« Sie näherten sich dem Ausgang, als van Effen abrupt stehen blieb. De Graaf sah ihn verwundert an.

»Was machen Sie denn für ein Gesicht, Peter? Stimmt etwas nicht?«

»Ich hoffe nicht. Mir geht ständig irgend etwas im Kopf herum, aber ich hatte noch nicht genug Zeit gehabt, genauer darüber nachzudenken. Zumindest nicht bis eben jetzt. Dieser Anruf, den Sie beim Mittagessen bekommen haben – genaugenommen, als Sie gerade mit dem Mittagessen anfangen wollten –, kam der aus dem Präsidium?«

»Natürlich. Von Sergeant Bresser.«

»Und woher hatte er diese Information?«

»Aus der Klinik, nehme ich an. Bresser hat gesagt, er hätte erst Sie zu erreichen versucht und dann Leutnant Valken. Und da er keinen von Ihnen erreichen konnte, hat er mich verständigt. Wieso? Ist das von Bedeutung?«

»Und ob. Unser junger Dr. Prins vom Leichenschauhaus ist weder besonders erfahren noch sonderlich aufgeweckt. Ihm war doch keineswegs auf den ersten Blick klar, daß Engel nicht vom Dach des Havengebouw gefallen oder das Opfer eines Verkehrs- oder Betriebsunfalls gewesen sein konnte. Und das Leichenschauhaus verständigt doch in der Regel nicht den Polizeichef persönlich, wenn nicht alles darauf hindeutet, daß der Betreffende ein unnatürliches Ende gefunden hat. Es ist also möglich, daß dieser Anruf nicht aus dem Leichenschauhaus kam. Und

Bresser ist auch nicht besonders einfallsreich. Denken war noch nie seine Stärke. War es eigentlich Ihre Idee, mich bei Julie anzurufen und mich dorthin zu bestellen?«

»Langsam machen Sie mir wirklich Sorgen, Peter, wenn ich auch nicht weiß, wieso. Bei diesem Anruf fiel zwar Ihr Name, aber ich könnte nicht mit Sicherheit behaupten, ob es nun meine oder Bressers Idee war, daß Sie mitkommen sollten. Diese verfluchten Mittagessen.«

»Moment mal, Mijnheer.« Van Effen ging zum nächsten Telefon und wählte eine Nummer. Er ließ es etwa fünfzehn Sekunden läuten und wählte dann noch einmal. De Graaf sah ihm verwundert zu, bis auch ihm schließlich ein unangenehmer, ahnungsvoller Gedanke zu kommen schien. Als van Effen den Hörer auflegte, war er bereits an der Eingangstür und hielt sie auf.

Van Effen nahm sich nicht die Zeit, an Julies Tür zu klopfen, sondern schloß sie sofort mit einem Schlüssel auf, den er schon im Lift aus seiner Tasche gefischt hatte. Das Wohnzimmer schien unverändert, was jedoch nichts zu bedeuten hatte. Auch an Julies Schlafzimmer war nichts Ungewöhnliches festzustellen. Erst im Bad wurden sie fündig. Thyssen, ihr Bewacher, lag bei vollem Bewußtsein auf dem Boden und schien offensichtlich einem Schlaganfall nahe – sei es vor Wut oder vor Anstrengung, sich von seinen Fesseln zu befreien, die ihm um Handgelenke und Beine gebunden waren. Vielleicht hatte er auch nur Schwierigkeiten, durch seinen Knebel Luft zu bekommen. Sie befreiten ihn und mußten ihm auf die Beine helfen; er war im ersten Augenblick nicht in der Lage, aus eigenen Kräften aufzustehen. Seinen blau angelaufenen Händen nach zu schließen, konnte es auch um die Blutzirkulation in seinen Beinen nicht gerade bestens bestellt sein. Wer auch immer ihn gefesselt hatte, hatte ganze Arbeit geleistet.

Sie brachten ihn ins Wohnzimmer und halfen ihm in einen Sessel. Van Effen massierte ihm Hände und Füße, um die Blutzirkulation wieder anzuregen, was für Thyssen – sein wiederholtes Stöhnen und seine krampfhaft geschlossenen Augen deuteten darauf hin – keineswegs eine schmerzlose Prozedur war. De Graaf hatte indessen ein Glas Brandy geholt. Er mußte es Thyssen an die Lippen halten, da dessen Hände nach wie vor den Dienst versagten.

»Van der Hum«, bemerkte de Graaf mit einem Blick auf das Flaschenetikett. »Ein Universalheilmittel und unter diesen Umständen selbst gegen die Bestimmungen vollauf zu rechtfertigen...«

Van Effen lächelte. Es war nicht das gezwungene Lächeln eines Mannes, der seine wahren Gefühle unterdrückt. Er schien vom Gang der Ereignisse erstaunlich wenig berührt. »Wer sich diese Bestimmungen ausgedacht hat, darf sie auch brechen. Ich würde auch sagen, daß ein ordentlicher Brandy im Augenblick nicht schaden kann, Mijnheer.«

Sie hatten kaum an ihren Gläsern genippt, als Thyssen wieder so weit zu Kräften kam, daß er sein Glas halten und mit zitternder Hand an den Mund führen konnte, um die Hälfte seines Inhalts in einem Zug hinunterzukippen. Er hustete und spuckte erst eine Weile, bis er schließlich wieder die ersten Worte sagen konnte.

»Mein Gott, Leutnant, es tut mir schrecklich leid! Ich kann Ihnen gar nicht sagen, wie leid mir das tut! Ihre Schwester – und diese andere entzückende Dame!« Er trank den Rest aus seinem Glas. »Man sollte mich auf der Stelle erschießen.«

»So weit wird es wohl nicht kommen, Jan«, beruhigte ihn van Effen. »Sie trifft an all dem keine Schuld. Aber erzählen Sie erst einmal, wie alles passiert ist.«

Thyssen war vor Wut, Ärger und Selbstvorwürfen völlig außer sich, seine Schilderung der Vorfälle hörte sich recht wirr und unzusammenhängend an. Offensichtlich war ein Major der holländischen Armee auf ihn zugekommen – wer schöpft schon Verdacht gegen einen hohen Offizier? – und hatte dann eine Pistole mit einem höchst unmilitärischen Schalldämpfer gezogen und Thyssen aufgefordert, die Tür zur Wohnung aufzuschließen. Dann hatte er ihn hineingestoßen, war ihm gefolgt und hatte die beiden Frauen mit seiner Waffe in Schach gehalten. Fast unmittelbar hinter dem Major kamen drei Möbelpacker in die Wohnung – zumindest ließen die typischen schweren Lederschürzen darauf schließen, daß sie diesem Berufsstand angehörten. Untypisch waren allerdings ihre Gesichtsmasken und Handschuhe. Und mehr konnte ihnen Thyssen auch gar nicht erzählen, da er gleich darauf ins Bad geschleppt, gefesselt, geknebelt und auf dem Boden liegengelassen wurde.

Van Effen ging in Annemaries Schlafzimmer, das früher einmal seines gewesen war, sah sich kurz um und kehrte wieder ins Wohnzimmer zurück.

»Auf dem Bett liegt ein ganzer Berg von Annemaries Kleidern. Außerdem fehlt ein Schrank. Offensichtlich wurden die beiden gefesselt hineingepackt und aus der Wohnung geschafft. Das Ganze mußte ausgesehen haben wie ein normaler Möbeltransport. Offensichtlich haben sie mich genau beobachtet. Sie warteten bereits mit einem Möbelwagen vor dem Haus, und als ich dann nach Ihrem Anruf aus dem Restaurant die Wohnung verließ, Mijnheer, sind sie hier eingedrungen. Wirklich nicht schlecht. Und für die beiden jungen Damen alles andere als eine angenehme Reise. Ich nehme jedoch an, daß sie vor Angst kaum Zeit gehabt haben dürften, sich über Unbequemlichkeiten zu beklagen. Ist es nicht eigenartig, Mijnheer, heute früh waren beide voll böser Vorahnungen. Sie haben mir regelrecht Unheil prophezeit. Zum Teil hatten sie damit gar nicht so unrecht, wenn sie sich auch hinsichtlich der betroffenen Personen etwas getäuscht haben.«

Ein zweites Glas Van der Hum in seiner Hand, schritt de Graaf im Raum auf und ab. Selbst in den vierzig Jahren bei der Polizei hatte er nicht gelernt, seine Gefühle zu verbergen. Ärger und Besorgnis waren ganz deutlich in seinem Gesicht abzulesen.

»Was haben diese Teufel nur vor? Was wollten sie – und wen wollten sie? Annemarie? Julie? Oder beide?«

»Julie.« Van Effen reichte ihm die Postkarte, die an diesem Nachmittag zu der kleinen Auseinandersetzung zwischen ihm und Julie geführt hatte. De Graaf nahm den Umschlag mit der Karte, betrachtete beides sorgfältig und fragte schließlich: »Wann haben Sie das bekommen?«

»Kurz nach dem Mittagessen. Julie war deswegen sehr besorgt, aber ich habe ihr ihre Angst auszureden versucht. Der gewiefte van Effen. Der scharfsinnige van Effen.«

»Demnach sind Ihre Freunde also wieder im Land. Die Annecys halten sich wieder in Amsterdam auf. Und sie haben keine Zeit verloren, ihre Ankunft entsprechend anzukündigen. Mein Gott, Peter, das tut mir wirklich leid.«

»Mir tun eher die Mädchen leid. Vor allem Annemarie. Es war reines Pech, daß sie ausgerechnet hier sein mußte, als sie kamen, um Julie zu holen. Und natürlich war es dieser superschlaue van Effen, der darauf bestanden hatte, daß sie um ihrer Sicherheit willen ausgerechnet hier bleiben sollte. Ich nehme an, sie werden uns in Bälde über ihre Forderungen in Kenntnis setzen. Wie Sie sicher noch nicht vergessen haben, Mijnheer, sind die Annecys Experten auf dem Gebiet der Erpressung.« De Graaf schüttelte den Kopf, ohne jedoch etwas zu erwidern. »Und Sie werden auch nicht vergessen haben«, fügte van Effen hinzu, »daß sie auch nicht vor Folter zurückschrecken; das war im übrigen der Hauptgrund, weshalb ich ihnen das Handwerk legen wollte.«

»Bisher können wir uns nicht gerade viel auf unsere Schlauheit einbilden«, meinte de Graaf. »Die Lage wird immer verwirrender.«

»Wie nett von Ihnen, ›wir‹ zu sagen, Mijnheer, auch wenn Sie mich damit meinen.« Van Effen schenkte Thyssen nach, füllte dann auch sein Glas wieder und ließ sich in einen Sessel fallen.

Nach etwa zwei Minuten sah de Graaf ihn an und sagte: »Nun, irgend etwas müssen wir doch tun können? Sollen wir die Wohnungsnachbarn in unsere Nachforschungen einbeziehen?«

»Um uns Klarheit über die Arbeitsmethode der Entführer zu verschaffen? Reine Zeitverschwendung! Wir würden nicht mehr herausfinden, als wir sowieso schon wissen. Wir haben es mit Profis zu tun. Aber selbst Profis unterläuft hin und wieder ein Fehler.«

»Davon habe ich bis jetzt noch nichts gemerkt«, entgegnete der Polizeichef finster.

»Leider haben Sie recht. Ich gehe einmal davon aus, daß sie es auf Julie abgesehen hatten.« Van Effen griff nach dem Telefon. »Mit Ihrer Erlaubnis, Mijnheer, werde ich das jetzt herauszufinden versuchen. Vasco – Sergeant Westenbrink – war der einzige, der wußte, wo Annemarie gewohnt hat. Sie – wer immer sie auch sein mögen – haben ihn vielleicht beschatten lassen und besagte Informationen womöglich auf eine Weise von ihm erhalten, an die ich erst lieber gar nicht denken will.«

»Halten Sie das für wahrscheinlich? Oder möglich?«

Van Effen wählte eine Nummer. »Möglich, ja. Wahrscheinlich, nein. Ich kann mir nicht vorstellen, daß es in ganz Amsterdam einen Menschen gibt, der Vasco unbemerkt folgen könnte. Umgekehrt kann ich mir nicht vorstellen, daß es in unserer Stadt jemanden geben könnte, der von Vasco beschattet wird und es merken würde. ›Vasco? Hier Peter. Hat sich seit heute früh irgend jemand für dich interessiert? . . . Du hast mit niemandem gesprochen? Annemarie und meine Schwester Julie sind entführt worden. . . . Während der letzten Stunde . . . Nein, keine Ahnung. Wirf dich in Schale und komm sofort hierher, ja?‹« Van Effen hängte auf und wandte sich wieder an de Graaf: »Das Ganze galt also Julie. Vasco ist von niemandem mit einer Eisenstange belästigt worden.«

»Und Sie haben ihn gebeten, sich Ihnen anzuschließen?«

»Uns, Mijnheer. Vasco ist ein viel zu tüchtiger Mann, als daß wir es uns in dieser Situation leisten könnten, ihn untätig herumsitzen zu lassen. Außerdem würde ich – mit Ihrer Erlaubnis – auch gern George rekrutieren.«

»Ihren Freund aus dem La Caracha? Aber Sie haben doch selbst gesagt, er hätte Schwierigkeiten in der Unterwelt, nicht aufzufallen.«

»Das wollen wir Vasco überlassen. Aber George ist ein höchst kluger und scharfsinniger Denker, der sich besser als irgend jemand sonst, den ich kenne, in das Denken eines Kriminellen hineinversetzen kann. Und was seine physische Präsenz anbetrifft, so ist er zumindest eine nicht zu verachtende Lebensversicherung. Nicht gerade viel, aber immerhin etwas. Im übrigen glaube ich, wir können mit ziemlicher Sicherheit davon ausgehen, daß die Annecy-Brüder und dieser Verein, der den Palast sprengen will, gemeinsame Sache machen. Woher hätten die Annecys sonst wissen sollen, daß Rudolph Engel, der einem Mitglied der Palastbande gefolgt war, ins Leichenschauhaus eingeliefert worden ist?«

»Vielleicht ist die Palastbande, wie Sie sie nennen, auch für die Entführung der beiden Frauen verantwortlich. Die Annecys könnten sie doch auf Ihre Schwester aufmerksam gemacht haben.«

»Zwei Dinge sprechen dagegen, Mijnheer. Agnelli und Co. haben kein vernünftiges Motiv, Leutnant van Effens Schwester zu entführen. Kein einziges. Die Annecys dagegen haben dafür einen triftigen Grund. Zweitens ist es völlig gleichgültig, ob die Annecys unserem Freund Agnelli Julies Adresse gegeben haben oder nicht. Tatsache ist, daß die beiden sich kennen müssen.«

»Und wie soll uns dieses Wissen weiterhelfen, Peter?«

»Im Augenblick hilft es uns nicht im geringsten weiter. Möglicherweise kann sich die Sache dadurch noch zusätzlich komplizieren. Diese Burschen sind schließlich nicht auf den Kopf gefallen und haben womöglich längst herausbekommen, daß uns dieser Umstand auch klar werden würde; deshalb werden sie mit doppelter Vorsicht vorgehen.«

»Ja, die Lage ist alles andere als erfreulich. Im Moment wüßte ich nicht, was wir dagegen tun könnten.«

»Wir müssen eben klein anfangen. Und am besten gleich mit Alfred van Rees.«

»Was hat van Rees mit Agnelli und den Annecys zu tun?«

»Nichts. Das heißt, soviel wir wissen. Aber wir sollten

zumindest nichts unversucht lassen. Ich würde vorschlagen, van Rees durch zwei Teams zu überwachen. Das erste soll van Rees im Auge behalten, das zweite soll das erste beobachten. Ich meine, Mas Voight kann wirklich von Glück reden, daß er noch am Leben ist. Dann würde ich vorschlagen, daß wir uns die Bankauszüge von Mijnheer van Rees einmal anschauen.«

»Wozu denn das?«

»Vielleicht gibt unsere Stütze der Gesellschaft und des Rijkswaterstaat Informationen an die Deichsprenger weiter, die sie sonst nirgendwoher bekommen könnten – und zwar gegen ein kleines Entgelt. Wobei natürlich nicht ausgeschlossen ist, daß er sich dieses Geld – falls wir mit unseren Vermutungen richtig liegen – unter einem anderen Namen auf ein anderes Konto überweisen läßt. Allerdings übersehen Kriminelle – und dies gilt vor allem für Leute, die keine Gewohnheitsverbrecher sind, wofür ich van Rees nicht halte – oft gerade das Naheliegendste.«

»Das geht nicht. Gesetzwidrig. Schließlich ist gegen den guten Mann noch nicht einmal Anklage erhoben worden.«

»Sie haben immerhin Julie und Annemarie.«

»Na und? Was hat das mit van Rees zu tun?«

»Nichts – soviel wir bisher wissen. Wobei mir gerade etwas einfällt, was Julie am Schluß noch gesagt hat; daß es doch wirklich komisch wäre, wie wieder einmal alles auf einmal käme: die Deichbrüche, das Palastattentat und die Annecy-Brüder. Könnte natürlich reiner Zufall sein. Oder etwas mehr als ein Zufall. Oder auch nichts. Vielleicht ist es einfach nur mein Haß gegen diese ganze vom Verbrechen unterwanderte Welt. Also, lassen wir das, Mijnheer. Nur so eine Vermutung.«

Das Telefon klingelte. Van Effen nahm ab, hörte zu, bedankte sich und hängte wieder auf. »Das dürfte uns alle etwas aufmuntern. In etwa zehn Minuten wird im Rundfunk die jüngste Verlautbarung der FFF durchgegeben.«

»Das war nicht anders zu erwarten. Immer Ihre Ahnungen, Peter. Normalerweise sollte ich sie ja von vornherein abtun, aber sie haben es nun einmal so an sich, mich hin und wieder doch auf eine Fährte zu stoßen.« Er lächelte bitter. »Vielleicht teilen Sie diese – wie nennt man das gleich wieder? – präkognitiven Fähigkeiten Ihrer Schwester. Wir werden diese zwei Teams auf van Rees ansetzen – mein Gott, allein die Vorstellung, van Rees beschatten zu lassen – und verschaffen uns, diskret natürlich, Einblick in seine Vermögensverhältnisse. Es ist zu erwarten, daß ich deswegen noch vors Parlament zitiert werde. Aber Sie können sicher sein, daß ich Sie mit mir ins Verderben reiße, Peter.« Er griff nach dem Telefon. »Lassen Sie mich mal machen.«

Nachdem er die Angelegenheit auf seine gewohnt gebieterische Art geregelt und den Hörer wieder aufgelegt hatte, sagte van Effen: »Danke. Sagen Sie, Mijnheer, haben Ihre Freunde von der Universität, die Sprachwissenschaftler, eigentlich sämtliche Bänder? Auch das aus dem Jagdhorn?« De Graaf nickte. »Und wann erwarten Sie ein Resultat von dieser Seite?«

»Sobald sie zu einem Ergebnis gekommen sind. Die akademischen Mühlen arbeiten langsam. Sie können in diesem Fall nicht Ihre Geschwindigkeitsmaßstäbe ansetzen, Peter.«

»Denken Sie, Sie könnten ihnen ein bißchen Dampf machen, Mijnheer? Vielleicht ein diskreter Hinweis auf einen nationalen Notstand – oder etwas in der Art?«

»Versuchen kann ich es ja mal.« De Graaf wählte eine Nummer und sprach kurz mit einer Person namens Hector und wandte sich dann, den Hörer immer noch in der Hand, wieder an van Effen. »Sechs Uhr? Ist das recht?«

»Viertel vor sechs wäre mir lieber.«

De Graaf sprach noch einmal kurz ins Telefon und hängte dann auf: »Nun, das nenne ich exakte Termine.«

»Um halb sieben kommt jemand ins Trianon, um mir die technischen Details für den ferngesteuerten Auslösemechanismus der Bombe im Palastkeller zu bringen.«

»Das ist ja etwas ganz Neues. Für mich ist es schon schwer genug, mit dem überstürzten Lauf der Dinge Schritt zu halten. Und dann muß ich feststellen, daß Ihnen nichts mehr am Herzen liegt, als Ihre Verabredungen mit diesen Ganoven pünktlich einzuhalten.«

»Ja, Mijnheer. Kennen Sie übrigens – ich meine, persönlich – einen Schönheitschirurgen?«

»Einen Schönheitschirurgen! Was um alles in der Welt wollen Sie von einem ... nun ja, ich sollte es inzwischen wohl besser wissen; Sie werden sicher Ihre Gründe dafür haben. Aber einen Schönheitschirurgen? Glauben Sie denn, ich kenne jeden in dieser Stadt?«

»Meines Wissens schon, Mijnheer. Ja. Zumindest fast jeden.«

»Ich könnte mal mit unserem Polizeichirurgen sprechen.«

»De Wit ist aber kein Schönheitschirurg, Mijnheer.«

»Ach, ich hab's. Mein alter Freund Hugh. Großartig! Professor Hugh Johnson.«

»Klingt aber nicht gerade so, als ob er Holländer wäre.«

»Vollkommen richtig. Er ist Engländer. Hat in East Grinstead studiert. Man hat mir gesagt, er leitete die beste Abteilung für Plastische Chirurgie in ganz Europa, wenn nicht sogar in der ganzen Welt. Der Mann ist ein Genie.« De Graaf lächelte. »Wenn er auch nicht unbedingt so clever ist wie die Holländer – oder besser: wie eine gewisse Dame holländischer Abstammung, geboren in Amsterdam, die er während eines Austauschaufenthalts hier kennengelernt hat. Sie waren kein halbes Jahr verheiratet, da war er auch schon in diesem Land ansässig. Und ich glaube, er weiß jetzt noch nicht so recht, wie ihm eigentlich geschehen ist. Ich würde sagen, er ist genau der richtige Mann.« De Graaf räusperte sich dezent. »Wenn Sie mir vielleicht die leiseste Andeutung geben könnten, Peter, was Sie von ihm wollen ...«

»Aber selbstverständlich. In meiner Verkleidung, in der ich mich mit Agnelli treffe, habe ich Narben im Gesicht und an den Händen – lassen Sie mich übrigens nicht vergessen, Ihnen zu sagen, wie ich heute abend bei unserem Treffen in der Universität aussehen werde; Sie würden mich sonst kaum erkennen. Ich möchte, daß diese Narben noch realistischer aussehen und daß sie sich auch – was im Augenblick besonders wichtig ist – nicht so leicht abziehen oder abwaschen lassen.«

»Ach, jetzt verstehe ich. Das heißt, ich verstehe gar nichts.« De Graaf dachte kurz nach. »Das gefällt mir ganz und gar nicht. Sie nehmen damit selbstverständlich Bezug auf Agnelli und seine Kumpane und jeglichen Verdacht, den sie gegen Sie hegen könnten. Sie glaubten doch, Ihr Status als international gesuchter Verbrecher wäre eine ausreichende Vertrauensbasis.«

»Zu dieser Überzeugung gelange ich mehr und mehr, Mijnheer. Andererseits erwecken meine netten Freunde nicht unbedingt den Eindruck von Leuten, mit denen man ungestraft irgendwelche Risiken eingehen kann. Es ist nicht ausgeschlossen, daß die Echtheit meiner Narben heute nacht etwas eingehender überprüft werden könnte.«

De Graaf seufzte. »Mein Gott, in was für einer gemeinen und hinterhältigen Welt leben wir doch, Peter! Ich will Sie nicht beleidigen, aber ich muß sagen, daß Sie sich in dieser Welt recht gut zurechtzufinden scheinen. Ich werde sehen, was sich tun läßt. Ach, schon wieder dieses verdammte Telefon.«

Van Effen nahm ab, hörte kurz zu und sagte dann: »Schicken Sie noch einen Mann mit, ja? Und warten Sie noch einen Moment.« Er wandte sich de Graaf zu. »Sergeant Oudshoorn. Er sagt, das Haus Nummer achtunddreißig stünde leer. Die Nachbarn behaupten, daß dort schon seit Jahren niemand mehr wohnt. Das meiste Mobiliar ist weggebracht. Sergeant Oudshoorn hat sich ein paar verschlossene Schränke und Schreibtischschubladen näher angesehen. Ich sagte Ihnen ja schon, daß er noch jung und begeisterungsfähig ist und sich über diesen Auftrag regelrecht gefreut hat, zumal wir ihm mehr oder weniger völlige Handlungsfreiheit gelassen haben.«

»Und er hat dabei wohl auf Brecheisen und Meißel zurückgegriffen?«

»Anzunehmen. Aber wir werden kaum mit einer Beschwerde zu rechnen haben. Jedenfalls sagt er, er wäre dabei auf verschiedene seltsame Landkarten, Zeichnungen und Pläne gestoßen, aus denen er jedoch nicht recht schlau geworden wäre. Wahrscheinlich haben sie auch weiter nichts zu bedeuten. Aber wir können es uns in unserer augenblicklichen Lage nicht leisten, auch nur die geringste Chance ungenutzt zu lassen. Deshalb habe ich Oudshoorn gebeten, den ganzen Kram hierherbringen zu lassen. Könnte dieser Bote unterwegs noch jemanden vom kartographischen Amt mitnehmen, der sich mit solchen Dokumenten auskennt und uns bei der Entschlüsselung dieser Karten behilflich sein kann?«

»Man sollte nichts unversucht lassen. Und die ganze Dreckarbeit darf in diesem Fall wohl wieder einmal ich übernehmen?«

»Ja, so habe ich mir das gedacht, Mijnheer«, entgegnete van Effen; dann sprach er wieder ins Telefon: »Sagen Sie dem Mann, der die Papiere hier vorbeibringt, er soll vorher noch im kartographischen Amt vorbeischauen und jemanden abholen, der ihn hierher begleiten wird. Der Oberst wird alles Nötige veranlassen.«

Während de Graaf seine Anweisungen erteilte, schaltete van Effen das Radio ein und drehte es sofort auf geringste Lautstärke. Auch als de Graaf aufgehängt hatte, stellte er noch nicht lauter – die neueste Nummer eins der Hit-Parade war nicht unbedingt nach seinem Geschmack –, sondern wartete, bis dieser Lärm zu Ende war. Nach kurzer Pause ertönte die Stimme eines Radiosprechers.

»Wir unterbrechen unser Programm für eine Sonderankündigung. Die FFF, über deren Aktivitäten Sie im Verlauf der letzten achtundvierzig Stunden sicher alle gehört oder gelesen haben, hat eine weitere öffentliche Erklärung abgegeben. Sie lautet wie folgt:

›Wir haben versprochen, den Nordholland-Kanal oder die Hagestein-Schleuse zu sprengen – oder auch beide. Wir haben uns für den Kanal entschieden. Der Grund, weshalb wir die Hagestein-Schleuse nicht gesprengt haben, liegt darin, daß wir uns ihr nie auf weniger als fünfzig Kilometer genähert haben. Dennoch müssen wir gestehen, daß das Aufgebot an Militär, Polizei und Hubschraubern der Luftwaffe äußerst beeindruckend war, ganz zu schweigen von den zahlreich versammelten Experten vom Rijkswaterstaat.

Inzwischen dürfte nicht mehr zu bezweifeln sein, daß es in unserer Macht steht, ungestraft und unbehelligt im ganzen Land Überflutungen zu verursachen, über deren Ausmaß, Zeitpunkt und Ort wir frei entscheiden können. Den staatlichen Behörden und Institutionen ist es offensichtlich nicht möglich, unser Tun aufzudecken oder gar zu verhindern; sie sind, wie wir von neuem auf eindrucksvollste Weise beweisen konnten, gänzlich machtlos.

Wir sind davon überzeugt, daß die Bevölkerung der Niederlande eine Fortdauer dieses Zustandes unter keinen Umständen wünscht. Dies gilt auch für uns. Nur bestehen unsererseits gewisse Interessen, die wir von staatlicher Seite gern berücksichtigt fänden und über die wir uns mit einem verantwortlichen Regierungsvertreter unterhalten möchten. Wir schlagen deshalb vor, daß die genaueren Umstände eines solchen Treffens – Zeitpunkt: heute abend; Ort: unerheblich – heute abend um achtzehn Uhr über Funk oder Fernsehen bekanntgegeben werden. Als Verhandlungspartner werden wir keine Person unter dem Rang eines Ministers akzeptieren.

Wir setzen dabei voraus, daß unser Unterhändler weder verhaftet, noch als Geisel genommen oder sonst irgendwie in seiner Bewegungsfreiheit eingeschränkt werden darf. Sollten sich die Behörden dennoch zu einem derartigen Vorgehen verleiten lassen, möchten wir sie bereits jetzt darauf hinweisen, daß sowohl südlich wie nördlich von Lelystad größere Sprengladungen deponiert sind. Wie weit genau nördlich und südlich, möchten wir in diesem Fall nicht bekanntgeben. Besagte Sprengladungen sind außerdem wesentlich stärker als bei den hinlänglich bekannten früheren Gelegenheiten, und die Wiederinstandsetzung der davon betroffenen Deiche wird einige Tage, wenn nicht Wochen in Anspruch nehmen. Falls unser Mann bis zu einem noch näher festzulegenden Zeitpunkt nicht zu uns zurückgekehrt sein wird, werden weite Teile von Oostelijk Flevoland überflutet werden. Der genaue Zeitpunkt der Deichbrüche wird nicht bekanntgegeben; sie werden sich irgendwann im Laufe der Nacht ereignen.

Wir halten es für überflüssig, darauf hinzuweisen, daß die Verantwortung für die Sicherheit von Oostelijk Flevoland und seinen Bewohnern ausschließlich in den Händen der Regierung liegt. Wir fordern nicht mehr, als mit einem Regierungsvertreter sprechen zu dürfen.

Sollte die Regierung unserer bescheidenen Bitte nicht nachkommen und die Entsendung eines Unterhändlers ablehnen, werden wir das Polderland unter Wasser setzen. Wenn wir uns nach diesem Ereignis dann erneut mit einer ähnlichen Bitte und einem ähnlichen Versprechen an die Regierung wenden werden, wird diese es vielleicht eher für geraten halten, sich in einem gewissen Maß kooperationsbereit zu zeigen. Wir sind davon überzeugt, daß die Bürger der Niederlande mit uns einer Meinung sind, daß es ebenso unzulässig wie unverzeihlich wäre, einzig und allein aufgrund des verletzten Stolzes und des Starrsinns der Regierung dieses umfangreiche Gebiet und das Leben seiner Bewohner solchen Gefahren auszusetzen.

Der Zeitpunkt einer friedlichen Zusammenarbeit ist jetzt gegeben – nicht erst, nachdem ebenso unberechenbarer wie vermeidbarer Schaden angerichtet worden ist.

Die Sprengladungen befinden sich an Ort und Stelle und brauchen nur gezündet zu werden.‹

Das ist der vollständige Wortlaut der Botschaft. Die Regierung hat uns gebeten – ich wiederhole ausdrücklich, gebeten –, keinerlei Kommentar zu dieser unerhörten Forderung abzugeben, bis eine offizielle Entscheidung darüber gefällt wurde, was in dieser Sache zu unternehmen ist. Sie möchte den Bewohnern dieses Landes versichern, daß sie der festen Überzeugung ist, über die entsprechenden Mittel zu verfügen, dieser oder jeder anderen Drohung dieses Ausmaßes wirkungsvoll entgegenzutreten.«

Van Effen schaltete das Gerät wieder aus. »Gott bewahre uns vor den Politikern. Die Regierung zeigt sich wieder einmal von ihrer stärksten Seite, das heißt, sie klopft große

Sprüche. Die ganze Geschichte hat sie reichlich unvorbereitet getroffen. Unsere Staatsdiener hatten bisher noch nicht viel Zeit zum Nachdenken – vorausgesetzt, eine derartige Tätigkeit fällt überhaupt in ihren Zuständigkeitsbereich –, und natürlich haben sie nun nichts Besseres zu tun, als die altbekannten, abgedroschenen und nichtssagenden Phrasen großzügig zu verstreuen. Sie sind der festen Überzeugung, behaupten sie. Der festen Überzeugung? In diesem Fall möchte ich wirklich nur zu gern wissen, wovon sie eigentlich so fest überzeugt sind. Habt Vertrauen in uns, wollen sie damit doch sagen. Ich für meinen Teil würde allerdings eher den Insassen einer Nervenheilanstalt Vertrauen schenken.«

»Gefährliche Worte, Leutnant van Effen. Was Sie da sagen, grenzt an Hochverrat. Dafür könnte ich Sie inhaftieren lassen.« De Graaf seufzte. »Das Problem ist nur, daß ich mich gleich mit einsperren lassen müßte, da ich mit jedem Ihrer Worte voll übereinstimme. Falls die Regierung tatsächlich der ehrlichen Überzeugung ist, daß die Bevölkerung ihre leeren Behauptungen für bare Münze nimmt, dann stecken sie in einer noch schlimmeren Klemme, als ich bisher dachte. Was allerdings, ehrlich gesagt, kaum noch möglich ist. Ihre Lage ist bereits schlimm genug. Und halten Sie auch nur im entferntesten für möglich, daß sie sich dessen bewußt werden?«

»Natürlich werden sie ihre Augen davor nicht verschließen können. Zumindest wenn sie vom Standpunkt ihres politischen Überlebens aus zu denken beginnen. Falls sie jedoch ihre Köpfe in den Sand stecken, werden sie sich binnen einer Woche entmachtet finden. Ein akutes Interesse, den Status quo zu wahren – in diesem Fall: ihren Status quo –, kann oft Wunder wirken. Den ersten Bock haben sie bereits geschossen, indem sie den Sprecher erklären ließen, sie hätten darum gebeten – nicht angeordnet –, sich jeglichen Kommentars zu dieser Geschichte zu enthalten. Diese Bitte kann allerdings nur in Form einer strikten Anordnung erteilt worden sein, sonst hätte der Nachrichtensprecher nicht den Ausdruck ›unerhörte Forderung‹ verwendet. An dieser Forderung ist nicht das geringste unerhört. Unerhört werden erst die Forderungen sein, die bei dem für heute abend anberaumten Treffen gestellt werden. Ich bin sicher, daß in diesem Fall die Bezeichnung ›unerhört‹ keineswegs übertrieben sein dürfte.«

»Sämtliche Diskussionen zu diesem Thema können nur spekulativer Natur sein«, bemerkte de Graaf finster. »Wenden wir uns also lieber konkreteren und wichtigeren Dingen zu.«

»Ach, weil wir gerade von wichtigen Dingen reden. Ich hätte da noch etwas zu erledigen«, sagte van Effen. »Ich habe eine Verabredung im Trianon; oder zumindest eine Art Verabredung. Ein Herr wartet dort auf mich – ohne freilich zu wissen, daß ich über sein Interesse an meiner Person informiert bin. Einer von Agnellis Schnüfflern. Er nimmt an, daß ich in voller Kriegsbemalung auftrete. Überdies ist er der Auffassung, ich hätte dort den ganzen Nachmittag geschlafen – übrigens gar keine so schlechte Idee –, und ich darf den guten Mann natürlich nicht enttäuschen.«

Das Telefon klingelte. De Graaf nahm ab und reichte den Hörer an van Effen weiter.

»Ja. Ja, Leutnant van Effen ... gut, ich warte ... Weshalb sollte ich das?« Er hielt den Hörer mehrere Zentimeter von seinem Ohr entfernt. »Irgend so ein Clown, der meint, ich sollte meine Trommelfelle schonen und ...« Er brach ab, als ein schriller Schrei – der Schrei einer Frau – aus dem Hörer drang. Van Effen preßte den Hörer wieder an sein Ohr, lauschte ein paar Sekunden und hängte dann auf.

»Was, um Himmels willen, war denn das?« wollte de Graaf wissen.

»Julie. Zumindest hat der Anrufer das behauptet. Er sagte: ›Ihre Schwester ist, was ihre Kooperationsbereitschaft betrifft, etwas träge. Sobald sie sich als etwas gefügiger erweisen wird, rufen wir Sie wieder an.‹«

»Sie foltern sie«, sagte der Polizeichef. Seine Stimme klang beherrscht, aber seine Augen verrieten seinen Zorn. »Sie foltern meine Julie.«

Van Effen lächelte gequält. »Auch meine, vergessen Sie das bitte nicht. Den Annecy-Brüdern wäre so etwas durchaus zuzutrauen. Nur kam mir das Ganze eine Spur zu plump, zu offensichtlich, zu theatralisch vor.«

»Peter, ich bitte Sie. Sie sprechen von Ihrer Schwester!«

»Selbstverständlich, Mijnheer. Daran werde ich auch die Annecys noch einmal ausdrücklich erinnern, wenn ich mich mit ihnen treffe.«

»Lassen Sie feststellen, von woher der Anruf kam, Mann! Lassen Sie das sofort feststellen!«

»Das hätte, glaube ich, wenig Sinn, Mijnheer. Schließlich habe ich gute Ohren. Deshalb konnte ich auch das schwache Rauschen des Tonbands hören. Der Anruf könnte also von jedem x-beliebigen Ort aus inszeniert worden sein. Und genau deshalb glaube ich auch, daß das Ganze nur ein fauler Trick ist.«

»Und welchen Zweck haben sie dann mit diesem Anruf verfolgt?«

»Möglicherweise gab es dafür zwei Gründe, wobei ich mir freilich nur hinsichtlich des ersten einigermaßen sicher bin. Ich kann mir nicht vorstellen, daß sie auch nur im entferntesten vermutet haben, ich könnte bemerken, daß es sich bei dem Anruf um eine Tonbandaufnahme handelte. Sie gehen mit Sicherheit davon aus, daß Julies Entführung mich so verwirrt hat, daß ich alles für bare Münze nehme. Ein weiterer wichtiger Punkt ist natürlich, daß sie es nicht auf Julie abgesehen haben, sondern auf mich. Das Ganze ist also – zumindest im Rahmen ihrer höchst suspekten psychologischen Taktik – nichts weiter als ein Teil des allgemeinen Zermürbungsprozesses.«

De Graaf saß schweigend in seinem Sessel. Nach einer Weile stand er auf, um sich noch mal ein Glas Van der Hum einzuschenken, und nahm wieder Platz. Nach kurzem Nachdenken begann er schließlich: »Es ist mir zwar höchst unangenehm, diesen Punkt zur Sprache zu bringen, van Effen, aber ist Ihnen noch nicht in den Sinn gekommen, daß sich die Annecys beim nächsten oder meinetwegen auch übernächsten Mal durchaus dazu entschließen könnten, ihre psychologische Zermürbungstaktik aufzugeben und ganz einfach zu sagen: ›Liefern Sie sich uns aus, Leutnant van Effen, oder Ihre Schwester wird sterben. Und wir werden dafür sorgen, daß sie sehr, sehr langsam stirbt.‹ Würden Sie das dann tun?«

»Was?«

»Sich ihnen ausliefern.«

»Natürlich. Aber meine Verabredung im Trianon ist überfällig. Falls irgendwelche Nachrichten an mich eingehen, würden Sie mich bitte im Hotel anrufen? Verlangen Sie nach Stephan Danilow. Wie lange werden Sie noch hier bleiben, Mijnheer?«

»Bis ich diese Karten und Pläne, oder was immer Sergeant Oudshoorn gefunden hat, gesehen habe, und bis Leutnant Valken hier übernehmen kann. Ich werde ihn, soweit dies möglich ist, über alles ins Bild setzen.«

»Sie kennen alle Fakten, Mijnheer.«

»Hoffen wir das«, erwiderte de Graaf rätselhaft.

Als van Effen gegangen war, wandte sich Thyssen an den Polizeichef: »Ich weiß, es geht mich eigentlich nichts an, Mijnheer; aber glauben Sie, der Leutnant würde das tatsächlich tun?«

»Was?«

»Sich ausliefern.«

»Sie haben doch selbst gehört, was er gesagt hat.«

»Aber – aber das wäre doch glatter Selbstmord, Mijnheer.« Thyssen schien sichtlich besorgt. »Das wäre doch sein Ende.«

»Irgend jemandes Ende wäre es auf jeden Fall«, erwiderte de Graaf scheinbar gelassen.

Van Effen begab sich durch den Hintereingang des Hotels auf sein Zimmer, rief die Rezeption an und verlangte Charles.

»Charles? Van Effen. Ist unser Freund inzwischen wieder aufgetaucht? ... Gut. Er kann mit Sicherheit jedes Wort hören, das Sie sagen. Wenn Sie also freundlicherweise folgende Worte in den Hörer sprechen würden. ›Aber selbstverständlich, Mister Danilow. Der Kaffee wird Ihnen sofort aufs Zimmer gebracht; ich sorge dafür, daß Sie dann nicht mehr gestört werden. Sie erwarten für achtzehn Uhr dreißig Besuch.‹ Und geben Sie mir Bescheid, wenn er weg ist.«

Etwa eine halbe Minute später rief Charles an, um dem Kommissar mitzuteilen, daß das Foyer leer war.

Van Effen hatte sich gerade wieder in Stephan Danilow verwandelt, als das Telefon abermals klingelte. Es war de Graaf, der sich immer noch in Julies Wohnung aufhielt. Er teilte van Effen mit, daß er ihm etwas Interessantes zu zeigen hätte und ob er nicht kurz vorbeikommen könnte. In zehn Minuten, antwortete van Effen.

Als er wieder in der Wohnung seiner Schwester eintraf, war Thyssen gegangen; seinen Platz nahm nun Leutnant Valken ein. Valken, ein kleiner, gedrungener Mann mit frischer Gesichtsfarbe, war den Freuden des Lebens keineswegs abgeneigt – ein Umstand, auf den vielleicht auch zurückzuführen war, daß er, obwohl einige Jahre älter, van Effen unterstellt war. Dies schien Valken jedoch nicht im geringsten zu stören. Die beiden waren sogar gute Freunde. Valken unterzog van Effens Maskerade gerade einer genauen Überprüfung und sagte zu de Graaf:

»Na, was sagen Sie dazu, Chef? Eine Kreuzung zwischen Gauner und Sklavenhändler, das Ganze mit einem Schuß Spieler von einem Mississippi-Dampfer gewürzt. Jedenfalls bis auf die Knochen suspekt, finden Sie nicht auch?«

Ein kurzer Blick auf van Effen ließ de Graaf zusammenzucken. »Ich würde ihn nicht einen Kilometer an meine beiden Töchter heranlassen. Ehrlich gesagt, traue ich nicht einmal dem Klang seiner Stimme.« Er deutete auf einen Stapel Papiere auf dem Tisch vor sich. »Möchten Sie sich das vielleicht mal ansehen, Peter? Oder soll ich Ihnen gleich nur die Blätter zeigen, die mein Interesse geweckt haben?«

»Zeigen Sie mir nur die, Mijnheer.«

»Mein Gott, diese Stimme. Also gut, die obersten fünf.«

Van Effen sah sich jedes genau an. Die Blätter enthielten Pläne von verschiedenen Stockwerken desselben Gebäudes, wobei die Anzahl der Räumlichkeiten auf jedem Grundriß keinen Zweifel daran ließ, daß es sich um einen sehr weitläufigen Bau handelte. Van Effen sah auf und fragte: »Hatte van Rees also doch etwas mit der Sache zu tun?«

»Also, das ist doch wirklich die Höhe!« De Graaf war sichtlich verärgert. »Woher wußten Sie, daß das die Pläne des Königlichen Palasts sind?«

»Wußten Sie das denn nicht?«

»Nein.« De Graaf schmollte, was er nur in den seltensten Fällen tat. »Zumindest nicht, bis mich dieser junge Architekt vom kartographischen Amt darauf aufmerksam gemacht hat. Sie rauben einem alten Mann seine letzten Freuden, Peter.« De Graaf neigte gewöhnlich durchaus nicht dazu, sich für einen alten Mann zu halten.

»Nun, gewußt habe ich es auch nicht. Ich habe es nur vermutet. Wenn ich mich schon in den nächsten drei Stunden im Inneren dieses Gebäudes aufhalten werde, ist vielleicht durchaus verständlich, daß ich mich in Gedanken hin und wieder damit befasse. Und was ist mit van Rees?«

»Mein alter Freund, dem ich vertraut habe.« De Graaf war verständlicherweise verbittert. »Ich habe ihn für meinen Club vorgeschlagen, mein Gott! Ich hätte wirklich früher auf Sie hören sollen. Und vor allem hätten wir uns sein Bankkonto eher ansehen sollen.«

»Hat er es denn aufgelöst?«

»Ja, das ganze Geld ist weg.«

»Und das gilt vermutlich auch für van Rees.«

»Vier Millionen Gulden«, fuhr de Graaf verärgert fort. »Vier Millionen. Der Leiter der Bank fand diesen Schritt etwas ungewöhnlich, aber... nun ja...«

»Die Motive und die Integrität einer Stütze der Gesellschaft stellt man eben nicht in Frage; wollten Sie das sagen?«

»Wie soll ich nach dem, was geschehen ist, noch vor die Mitglieder meines Clubs treten?« bemerkte de Graaf düster.

»Ach, es gibt auch noch andere Clubs, Mijnheer. Hat

man eigentlich in Schiphol den Flugverkehr wieder aufgenommen?«

»Leider ja.« De Graafs Miene entspannte sich. »Ich habe es vor etwa zehn Minuten erfahren. Die erste Maschine, eine KLM nach Paris, ist vor etwa zwanzig Minuten gestartet.«

»Und van Rees hat es sich, mit seinen Millionen im Handgepäck, sicher in der ersten Klasse bequem gemacht?«

»In der Tat.«

»Und wir haben keine Möglichkeit, einen Auslieferungsantrag zu stellen. Es bestehen keinerlei Anklagepunkte gegen ihn. Wir haben ja nicht einmal irgendwelche konkreten Beweise gegen ihn. Aber dabei wird es zweifellos nicht lange bleiben. Und dann werde ich mir den feinen Herrn schon kaufen. Natürlich erst, wenn das hier alles vorbei ist.«

»Ihre Vorliebe für illegale Praktiken ist inzwischen hinreichend bekannt.«

»Selbstverständlich, Mijnheer. Nur denke ich, daß es im Moment wichtigere Dinge gibt als meine Vorlieben, Ihre Probleme mit Ihrem Club und die Tatsache, daß van Rees sich im Augenblick vermutlich gerade im französischen Luftraum befindet. Uns hat im Moment wesentlich mehr zu interessieren, daß van Rees auch mit unseren Palastbombern zu tun hat. Daß er den Deichattentätern inzwischen sämtliche Informationen über unsere Schleusen, Deiche und Wehre hat zukommen lassen, die für sie von Interesse sind, dürfte außer Zweifel stehen. Und andererseits sind wir davon überzeugt, daß sich die Annecy-Brüder mit den Palastbombern zusammengetan haben. Wenn mich nicht alles täuscht, war es Julie, die als erste den Gedanken geäußert hat, daß zu viele Zufälle auf einmal kein Zufall mehr sein können, wobei ich jedoch – in aller Bescheidenheit, versteht sich – gestehen muß, daß diese Möglichkeit auch mir keineswegs ausgeschlossen schien.«

»Ihre Bescheidenheit macht Ihnen alle Ehre.«

»Vielen Dank, Mijnheer. Nun, wir sehen uns also mit

einiger Wahrscheinlichkeit – wenn nicht sogar mit ziemlicher Gewißheit – mit der Tatsache konfrontiert, daß wir es nicht mit drei verschiedenen Organisationen zu tun haben, sondern mit einer einzigen. Unter diesen Umständen sollte doch einiges einfacher werden.«

»Aber sicher, selbstverständlich.« De Graaf bedachte van Effen mit einem alles andere als bewundernden Blick. »Und wie? Hätten Sie vielleicht die Güte, mir das zu erklären?«

»Wie?« sinnierte van Effen. »Ja, das ist die Frage.«

»Der Himmel stehe Amsterdam bei«, murmelte de Graaf.

»Mijnheer?«

Ein Klopfen an der Tür enthob de Graaf weiterer Stoßgebete. Valken öffnete, ein großer, schlanker Herr mit ergrauendem Haar und randloser Brille trat ein. De Graaf erhob sich und begrüßte den Neuankömmling mit spürbarer Herzlichkeit.

»Hugh, alter Freund. Wirklich sehr freundlich von Ihnen, so rasch und unverzüglich hierherzukommen. Ich hoffe nur, Ihnen nicht allzu viele Umstände gemacht zu haben.«

»Keineswegs, mein lieber Polizeipräsident, keineswegs. Die Patienten eines Schönheitschirurgen sterben ihm nicht unter dem Skalpell weg, wenn man sich nicht sofort um sie kümmert. Bei einer Warteliste von sechs Monaten kann man schon hier und da einen Patienten einschieben.«

De Graaf stellte die Anwesenden einander vor. »Professor Johnson. Leutnant van Effen. Leutnant Valken.«

»Aha, Sie sind also van Effen. Der Oberst hat mir bereits von Ihren Wünschen erzählt. Ziemlich ungewöhnlich, möchte ich sagen, sogar für mein an seltsame Ansprüche durchaus gewöhntes Gewerbe. In der Regel wendet man sich an uns, um Narben entfernen – nicht, um sie sich beibringen zu lassen. Aber, nun ja.«

Er betrachtete die Narbe in van Effens Gesicht und holte schließlich eine Lupe aus seiner Tasche, um sie näher in Augenschein zu nehmen. »Nicht schlecht, wirklich nicht schlecht. Sie haben eindeutig eine künstlerische Ader. Mich könnten Sie damit zwar nicht täuschen – schließlich habe ich mein halbes Leben damit verbracht, mich mit Narben der unterschiedlichsten Natur zu befassen. Aber ich kann mir nicht vorstellen, daß einem Laien, der sich nicht ausgiebig damit beschäftigt hat, Zweifel an der Echtheit Ihrer Narbe kommen würden. Lassen Sie mich doch auch noch die schreckliche Verletzung an Ihrer linken Hand sehen, die Sie unter diesem schwarzen Handschuh verbergen.« Er unterzog auch die Hand einer eingehenden Untersuchung. »Meinen Glückwunsch, sogar noch besser. Und vor allem sehr praktisch, daß nur Ihre linke Hand in Mitleidenschaft gezogen wurde, nicht wahr? Könnte das dem argwöhnischen Verstand eines Kriminellen nicht verdächtig erscheinen? Wobei ich doch annehme, daß Sie Rechtshänder sind.«

Van Effen mußte lächeln. »Können Sie das feststellen, indem Sie mich nur ansehen?«

»Ich weiß zumindest so viel, daß Linkshänder in der Regel keine Schußwaffe unter ihrer linken Achsel tragen.«

»Schade, dafür ist es nun leider zu spät. Inzwischen ist nämlich hinreichend bekannt, daß ich an meiner linken Hand einen Handschuh trage.«

»Na ja, da kann man eben nichts machen. Aber Ihre Narben halten auch einer eingehenderen Überprüfung stand. Ihr Problem ist vermutlich nur, daß man diese Narben einem ebenso plumpen wie wirksamen Test unterziehen könnte – zum Beispiel mit einer Bürste oder einem Schwamm und einem Stück Seife?«

»Ein bißchen Seife mit heißem Wasser würde vollauf genügen.«

»In der Regel, müssen Sie wissen, würde eine perfekte, nicht zu entfernende Narbe mehrere Wochen Arbeitszeit in Anspruch nehmen, ich nehme jedoch an, daß Sie augenblicklich wohl kaum so großzügig über Ihre Zeit disponieren können. Ach, van de Graaf, sticht mir da nicht unser guter, alter Bekannter Van der Hum in die Augen?«

»Allerdings.« De Graaf schenkte dem Doktor ein Glas ein.

»Besten Dank. Wir hängen das ja nicht unbedingt an die große Glocke, aber die Mitglieder des Ärztestandes – nun ja, vor einer größeren Operation –, Sie werden sicher verstehen?«

»Habe ich recht gehört? Operation?« fragte van Effen argwöhnisch.

»Nur eine Kleinigkeit«, beruhigte ihn Johnson. Er nahm einen Schluck Brandy und öffnete dann einen kleinen Metallkoffer, der ein blitzendes chirurgisches Besteck enthielt. »Ein paar subkutane Injektionen mit verschiedenen inaktiven Farbstoffen. Es wird zu keinerlei Anschwellung kommen, das verspreche ich Ihnen. Ich werde Ihnen allerdings kein Lokalanästhetikum verabreichen. Auf diese Weise ist die Wirkung besser.« Er sah sich die Gesichtsnarbe genau an. »Sie werden sicher verstehen, daß die Narbe dieselbe Größe, Farbe und Position haben muß wie zuvor. Bei Ihrer linken Hand dagegen ist das nicht weiter von Bedeutung. Ich nehme nicht an, daß bisher jemand die Narbe gesehen hat. In diesem Fall kann ich Sie also sogar mit einer noch eindrucksvolleren Verletzung ausstatten, als Sie sie bereits haben. Wenn ich jetzt vielleicht etwas heißes Wasser, einen Schwamm und Seife haben könnte?«

Zwanzig Minuten später war Johnson fertig. »Nicht unbedingt ein Glanzstück, aber es wird seinen Zweck erfüllen. Zumindest kann man diese Narben nicht mehr abziehen oder abwaschen. Sehen Sie sich doch mal im Spiegel an.«

Van Effen ging kurz ins Bad, nickte und kam wieder zurück.

»Wirklich phantastisch, Professor. Dagegen war die gemalte wirklich nur ein schwacher Abklatsch.« Dann begutachtete er trübsinnig seine schrecklich entstellte linke Hand. »Ich habe wirklich einiges mitgemacht. Nachdem Sie so großartige Arbeit geleistet haben, ist es vielleicht undankbar, zu fragen: wie lange bleiben solche Narben eigentlich?«

»Seien Sie unbesorgt – auf keinen Fall für immer. Diese Farbstoffe sind von einer völlig anderen chemischen Zusammensetzung als die Tinten, die man zum Tätowieren verwendet. Die Absorptionszeit schwankt zwischen zwei und drei Wochen. Ich würde mir deswegen also keine Sorgen machen; außerdem stehen sie Ihnen hervorragend zu Gesicht.«

De Graaf und van Effen trafen sich mit den Professoren Hector van Dam, Bernard Span und Thomas Spanraft im Wohnzimmer von van Dams Haus. Die drei Herren sahen nicht im geringsten so aus, wie man sich Professoren gemeinhin vorstellt. Sie wirkten eher wie eine Mischung aus wohlhabenden Geschäftsleuten und ehrenwerten holländischen Bürgern, die einander mit ihrer Leibesfülle, ihrer guten Laune und den leicht geröteten Wangen erstaunlich ähnlich waren; letzteres hätte man jedoch ebensogut auf den überheizten Raum zurückführen können wie auf die große Flasche Wein, die regelmäßig die Runde unter ihnen machte.

»Nun, meine Herren«, erklärte van Dam, »wir glauben, eine Antwort auf Ihre Fragen zu haben. Das Ganze war nicht allzu schwierig. Wir haben in diesem Land Linguisten – für östliche wie für westliche Sprachen –, die in Europa ihresgleichen suchen. Vor allem auf dem Gebiet der asiatischen Sprachen können wir auf eine jahrhundertealte Tradition zurückblicken. Professor Spanraft ist eigens aus Rotterdam angereist. Er hat übrigens mit den asiatischen Sprachen nichts zu tun. Aber vielleicht darf ich mit meinem eigenen bescheidenen Beitrag beginnen.«

Er sah van Effen an. »Dieser Herr mit dem etwas ungewöhnlichen Namen Paderewski, den Sie in diesem Lokal getroffen haben, ist kein Holländer und schon gar nicht Pole. Er stammt zweifelsfrei aus Südirland. Wir können diese Feststellung sogar noch weiter spezifizieren: Er kommt aus Dublin. Worauf ich diese präzise Behauptung stütze? Ich war ein Jahr als Gastdozent am Trinity in Dublin tätig. Bernard?«

Professor Span machte eine entschuldigende Geste. »Mein Beitrag ist noch bescheidener als der Hectors. Die Sache war tatsächlich höchst simpel. Man hat mir zu verstehen gegeben, daß die beiden Herren mit den ebenso wohlklingenden wie etwas unwahrscheinlichen Namen Romero und Leonardo Agnelli dunkelhaarig und dunkeläugig sind – also vom Typ her mediterraner Herkunft. Menschen mit diesen Attributen finden wir jedoch keineswegs nur in Regionen südlich der Alpen. Sie sind sogar unter unserer vorwiegend blonden und hellhäutigen Bevölkerung anzutreffen. Und die Agnellis sind zwei davon.«

»Sind Sie sich dessen auch ganz sicher, Professor?« warf van Effen ein. »Ich kenne Italien relativ gut und ...«

»Leutnant van Effen!« unterbrach ihn Professor van Dam, sichtlich schockiert. »Wie können Sie an der Aussage meines Kollegen ...«

Professor Span hob beschwichtigend die Hand. »Nein, nein, Hector, die Frage war keineswegs so unberechtigt. Ich nehme doch an, daß die Nachforschungen, denen er und der Oberst nachgehen, von größter Wichtigkeit sind.« Er lächelte entschuldigend. »Aber wie dem auch sei, Leutnant van Effen, seien Sie versichert: diese beiden Herren sind ebenso Holländer wie Sie und ich. Dafür lege ich meine Hand ins Feuer. Und ich möchte mir erlauben, meine Aussage dahingehend zu spezifizieren – selbstverständlich eine rein akademische Vermutung –, daß die beiden Herren aus Utrecht kommen dürften. Mein Scharfsinn verwundert Sie? Ich bitte Sie, meine Herren! Und meine Qualifikationen? Ich bin Holländer. Aus Utrecht. Und jetzt sind Sie dran, Thomas.«

Spanraft konnte sich ein Grinsen nicht verwehren. »Meine Qualifikationen sind denen Hectors auffallend ähnlich. Die Dame, die all diese mysteriösen Anrufe tätigt, ist zweifellos jung. Gebildet. Vielleicht sogar in hohem Maße. Nordirland, genauer Belfast. Meine Qualifikationen? Nun, auch ich war als Gastdozent im Ausland tätig, und zwar am Queen's in Belfast.« Er lächelte. »Mein Gott, vielleicht habe ich die junge Dame sogar selbst unterrichtet.«

»Dann hat sie allerdings nichts Gutes von Ihnen gelernt«, bemerkte de Graaf ernst.

Der Polizeichef wandte sich van Effen zu, der an diesem Abend einen Volkswagen fuhr. Da nicht auszuschließen war, daß er später einen oder mehrere von Agnellis Leuten in seinem Wagen mitnehmen mußte, schien es nicht angeraten, auf den Peugeot zurückzugreifen; ein neugieriger Mitfahrer hätte vielleicht das Funksprechgerät entdecken können. Die Wagenpapiere waren auf den Namen Stephan Danilow ausgestellt.

»Können Sie mit diesen Querverbindungen zu Irland eigentlich etwas anfangen, Peter?«

»Bis jetzt noch nicht. Wir wissen zwar, daß in letzter Zeit in geringfügigem Umfang Waffen aus Rußland und dem Ostblock an die Irisch-Republikanische Armee verkauft worden sind. Aber dabei handelte es sich um relativ harmlose Waffenschiebereien. Hier haben wir es, fürchte ich, mit einer Operation größeren Ausmaßes zu tun. Die IRA war in Holland nie in nennenswertem Umfang vertreten, während die FFF eine Organisation von recht beachtlicher Tragweite darstellt. Wo kann ich Sie später heute abend erreichen, Mijnheer?«

»Es wäre mir lieber, Sie wären nicht auf diesen Punkt zu sprechen gekommen«, erwiderte de Graaf verdrießlich. »Bis vor kurzem hatte ich noch gehofft, den Abend im Kreis meiner Lieben zu verbringen. Aber nun? Falls die Regierung sich dazu entschließen sollte, sich auf Verhandlungen mit der FFF einzulassen – meine Güte, Peter, wir haben völlig vergessen, die Sechs-Uhr-Nachrichten anzuhören, beziehungsweise die Regierungsverlautbarung, in der bekanntgegeben werden sollte, wann und wo die Regierung sich zu diesen Verhandlungen bereit erklärt.«

»Wozu gibt es das Telefon? Wir brauchen doch nur anzurufen.«

»Das ist allerdings wahr. Wer, glauben Sie, wird folgerichtig als Unterhändler der Regierung fungieren?«

»Der Justizminister?«

»Der und kein anderer. Mein Herr und Meister, den Sie bei verschiedenen Gelegenheiten ebenso unverzeihlich wie richtig als altes Waschweib bezeichnet haben. Von einem gewissen Alter ab brauchen solche Leute ja immer so etwas wie ein Kindermädchen. Und wer, glauben Sie, käme dafür wohl am ehesten in Frage?«

»Ich würde sagen, Sie sind der geborene Mann für diese Aufgabe. Vergessen Sie nicht, einen Regenschirm mitzunehmen, der für Sie beide groß genug ist.« Es hatte zu regnen begonnen, und zwar so ergiebig, daß die Scheibenwischer des Volkswagens Schwierigkeiten hatten, der Wassermassen Herr zu werden. »Ich hoffe, Sie wissen dieses Privileg zu schätzen, Mijnheer. Sie wohnen einem Ereignis, das durchaus zu einem Wendepunkt in der Geschichte werden könnte, aus nächster Nähe bei.«

»Nun, darauf könnte ich liebend gern verzichten.« De Graaf sog heftig an seinem Stumpen. »Aber ich will nicht klagen. Verglichen mit dem, was Ihnen heute abend bevorsteht, wird das immer noch ein Honiglecken sein.« De Graaf schien voll darauf konzentriert, den blauen Dunst im Wageninnern noch zu verdichten. Nach einer Weile bemerkte er nachdenklich: »Das gefällt mir nicht, Peter. Diese ganze Geschichte gefällt mir ganz und gar nicht. Sie hat einfach zu viele Haken und Ösen.«

»Zugegeben – ich sehe dem heutigen Abend auch nicht mit ungetrübter Begeisterung entgegen. Aber wie wir beide festgestellt haben, bleibt uns keine andere Wahl, wenn wir der Sache wirklich auf den Grund gehen wollen. Und da ist noch etwas, über das ich nicht sonderlich erfreut bin, und weshalb ich es durchaus begrüße, daß Ihr Freund meinen Narben zu größerer Dauerhaftigkeit verholfen hat. Ich meine, sie könnten, was meine Person betrifft, inzwischen Bedenken haben, die sie bis vor kurzem nicht hatten.«

»Wie kommen Sie darauf?«

»Eine beunruhigende Feststellung, die einer dieser Herren vorhin getroffen hat – es war Professor Span. Er hat gesagt, er wäre aus Utrecht. Und er war doch der festen Überzeugung, die Agnellis stammten ebenfalls aus dieser Stadt.«

»Na, und?«

»Es mag Ihnen vielleicht entfallen sein, Mijnheer, aber Sergeant Westenbrink stammt ebenfalls aus Utrecht.«

»Oh, verdammt!« entfuhr es de Graaf leise. Ihm war schlagartig klar, was van Effen damit hatte sagen wollen. »Verdammt!« konnte er nur noch einmal wiederholen.

»Allerdings. Herausragende Persönlichkeiten in Kreisen der Polizei und der Unterwelt kennen einander in der Regel recht gut. Dem widersprächen in diesem speziellen Fall möglicherweise zwei Umstände. Vasco hat schon in Utrecht die meiste Zeit in Tarnung gearbeitet, was auch für seine Zeit in Amsterdam gilt, seit er sich in Krakerkreisen herumtreibt. Aber man kann natürlich nie wissen.«

»Diese Unsicherheit betrifft natürlich auch die Frage, inwieweit Ihr – wie soll ich es nennen? – Fortleben gewährleistet ist«, entgegnete de Graaf sorgenvoll. »Glauben Sie nicht...«

»Wie heißt es doch so schön? Wer wagt, gewinnt. Ich muß eben ein gewisses Risiko eingehen, wobei die Chancen, soweit ich sie übersehe, nach wie vor nicht schlecht für mich stehen.« Er hielt vor de Graafs Haus.

»Eine Wette würde ich darüber lieber nicht abschließen.« Der Polizeichef sah auf seine Uhr. »Achtzehn Uhr siebzehn. Falls ich Sie innerhalb der nächsten Stunde erreichen möchte, sind Sie doch auf Ihrem Zimmer im Trianon?«

»Ich werde aber nur ganz kurz dort bleiben, Mijnheer. Dafür bin ich – sagen wir, ab Viertel vor sieben – für etwa vierzig Minuten im La Caracha.«

»Wie stellen Sie sich das vor? Im La Caracha? Ich dachte, um halb sieben wollte Ihnen jemand ein paar Daten, oder was weiß ich, ins Trianon bringen? Wollten Sie sich die denn nicht näher ansehen?«

»Das ist nicht nötig. Ich weiß, wie man mit ferngesteuerten Zündern umgeht. Als ich unseren Freunden die Probleme eines solchen Verfahrens auseinandersetzte, war das nur zu unser beider Vorteil. Sie konnten sich davon überzeugen, daß ich tatsächlich bin, was ich zu sein vorgab – nämlich ein Hexenmeister in Sachen Sprengstoff. Und ich konnte mich davon überzeugen, wieviel sie tatsächlich über dieses Thema wissen – nämlich herzlich wenig. Lassen Sie sich die Frage mal durch den Kopf gehen, Mijnheer, weshalb eine so hervorragend organisierte Gruppe in einem derart wichtigen – wenn nicht sogar entscheidenden – Punkt so auffallend schlecht unterrichtet ist. Das ist übrigens einer der Gründe, weshalb ich meinte, meine Chancen stünden gar nicht so schlecht. Ich glaube nämlich, daß sie mich dringend brauchen und deshalb, was meine Glaubwürdigkeit betrifft, geneigt sind, nicht allzu großes Mißtrauen an den Tag zu legen.

Aber die eigentliche Ursache für meinen Optimismus liegt im La Caracha. Wie Sie sich vielleicht erinnern, habe ich Vasco gebeten, sich in Julies Wohnung mit mir zu treffen. Das habe ich mir inzwischen anders überlegt. Ich denke, je größer der Bogen ist, den wir um Julies Wohnung schlagen, desto besser. Deshalb habe ich mich im La Caracha mit ihm verabredet. Außerdem habe ich mir die Freiheit genommen, George anzurufen und ihn zu fragen, ob er bereit ist, uns etwas unter die Arme zu greifen. Seine Antwort: er wäre sogar höchst erfreut. Ich habe ihn nicht in Ihrem Namen – ich wiederhole: *nicht* in Ihrem Namen – rekrutiert, Mijnheer. Ich dachte nämlich, es gäbe vielleicht verschiedene Dinge, von denen Sie offiziell nichts wissen sollten.«

»So ist das also. Manchmal frage ich mich wirklich, über wie vieles ich eigentlich nicht informiert bin, offiziell *und* inoffiziell. Aber das ist nicht der Zeitpunkt, sich über derlei den Kopf zu zerbrechen. Sie haben sich im Augenblick mit Wichtigerem zu befassen. Und wie, glauben Sie, werden diese beiden dazu beitragen, die Chancen Ihres Fortlebens zu erhöhen?«

»Indem sie ein wachsames Auge auf mich werfen. Wie ich bereits erwähnt habe, ist Vasco ein unübertrefflicher Beschatter. Und George, nun, er hat andere Vorzüge.«

»Das ist auch mir nicht entgangen. Dann können wir also nur hoffen, daß uns der Himmel gnädig ist.«

Agnellis Bote traf pünktlich um halb sieben ein, kaum zwei Minuten, nachdem van Effen die Tür seines Zimmers im Hotel Trianon hinter sich geschlossen hatte. Der

Mann, stellte van Effen fest, war für seine Aufgabe wie geschaffen: ein unscheinbares, graues Männchen, das durchaus ein Cousin ersten Grades dieser anderen Null hätte sein können, die in der Nähe der Rezeption immer so auffallend wenig Jenever getrunken hatte. Der Mann überreichte van Effen einen gelben Umschlag, teilte ihm mit, daß er um Viertel vor acht abgeholt würde, und ging wieder, keine zwanzig Sekunden nach seinem Eintreffen.

»Nein«, sagte Sergeant Westenbrink. Er saß mit van Effen und George in dem kleinen privaten Raum im La Caracha. »Die Annecys kenne ich nicht – jedenfalls nicht die beiden, die du nicht hinter Gitter gebracht hast.«

»Kennen sie dich denn?«

»Mit Sicherheit nicht. Ich hatte nie mit ihnen zu tun. Sie sind schon vor drei Jahren aus Utrecht verschwunden.«

»Richtig, das hätte ich fast vergessen. Hat jemand von euch die Verlautbarung der Regierung gehört, die heute abend um sechs Uhr im Rundfunk durchgegeben werden sollte?«

»Ja, ich habe sie gehört«, bemerkte George. »Sie wollen sich um acht Uhr im Haus des Justizministers treffen. Sie haben dem Unterhändler der FFF Immunität zugesichert. Ich nehme an, die Regierung hat die Drohungen, Oostelijk Flevoland unter Wasser zu setzen, ernst genommen.«

»Nun, das berührt uns im Augenblick nicht weiter. Bist du auch sicher, George, daß du mitmachen willst?«

George schien nachzudenken. »Könnte schwierig werden, sogar gefährlich. Gewaltanwendung ist nicht auszuschließen.« Nach einem kurzen Stirnrunzeln hellte sich sein Gesicht wieder auf. »Aber auf die Dauer ist es einfach langweilig, immer nur Rodekool met Rolpens zu servieren.«

»Gut. Wenn du dann vielleicht bis zwanzig vor acht mit deinem Wagen – in unauffälliger Entfernung – vor dem Trianon warten könntest. Es kann sein, daß ich mich in meinem Volkswagen auf den Weg mache; eventuell auch in dem Wagen, der mich abholen kommt. Ich kann mir nicht vorstellen, daß du uns aus den Augen verlieren wirst; auf jeden Fall werden wir in Richtung Königlicher Palast fahren.«

»Weiß der Polizeichef von unserem Vorhaben?« fragte George.

»Er weiß, daß ihr beide sehr gut – hoffe ich zumindest – auf mich aufpassen werdet. Alles Weitere entzieht sich seiner Kenntnis. Schließlich würde er unter keinen Umständen zulassen, daß wir uns eine Gesetzesübertretung zuschulden kommen lassen.«

»Selbstverständlich nicht«, nickte George.

Punkt neunzehn Uhr fünfundvierzig erschien kein Geringerer als Romero Agnelli persönlich, um van Effen aus dem Trianon abzuholen.

VI

Soweit sich das beurteilen ließ, war Romero Agnelli bester Laune; freilich war Romero Agnelli, äußerlich betrachtet, immer bester Laune. Selbst das Trommeln des Regens auf dem Wagendach konnte seine Lebensfreude nicht dämpfen. Sie fuhren übrigens in Agnellis Wagen; es war ein großer und, zu van Effens Freude, ziemlich auffällig grüner Volvo.

»Scheußliches Wetter heute«, bemerkte Agnelli. »Wirklich scheußlich. Und es soll noch schlimmer werden. Aber was will man um diese Jahreszeit auch schon anderes erwarten. Stürme, Springfluten, Nordwind – am besten hören wir uns den Wetterbericht nach den Acht-Uhr-Nachrichten an.« Für van Effens Gefühl schien sich Agnelli in ungewöhnlichem Maß für die Wetterlage zu interessieren. »Hatten Sie einen anstrengenden Tag, Mister Danilow?«

»Wenn Sie Schlafen anstrengend finden, hatte ich einen anstrengenden Tag. Gestern abend – oder besser, heute früh – ist es ein bißchen spät geworden. Und weil ich nicht wußte, wie lange Sie heute abend meine Dienste in Anspruch nehmen wollen ... Immerhin waren Sie bisher nicht gerade gesprächig, was Ihre Pläne für den heutigen Abend betrifft, Mister Agnelli.«

»Wären Sie das denn an meiner Stelle gewesen? Aber seien Sie unbesorgt, wir werden Sie nicht unnötig im ungewissen lassen. Die Daten, die ich Ihnen zukommen ließ – haben sie sich als nützlich erwiesen?«

»Alles, was ich benötige.« Van Effen zog den gelben Umschlag unter seinem Mantel hervor. »Hiermit gebe ich Ihnen alles mit bestem Dank zurück. Ich möchte nämlich nicht unbedingt damit erwischt werden. Wo ist der Auslösemechanismus?«

»Im Kofferraum. In einwandfreiem Zustand.«

»Das bezweifle ich nicht. Trotzdem würde ich ihn mir gern ansehen. Ich hoffe doch, daß Sie das Amatol, die Sprengkapseln und den übrigen Kram nicht im Kofferraum haben?«

Agnelli warf ihm einen kurzen, amüsierten Blick zu. »Allerdings nicht. Aber warum?«

»Ich denke dabei vor allem an den Sprengsatz. In der Regel besteht so etwas aus Knallquecksilber. Das Zeug ist ziemlich empfindlich. Man sollte es besser nicht schütteln. Und wenn das doch geschieht, möchte ich lieber nicht in der Nähe sein.«

»Das Ganze befindet sich in einem Zimmer, das wir in der Nähe der Kalverstraat gemietet haben.«

»Darf ich fragen, weshalb sich der Auslösemechanismus nicht bei den übrigen Zutaten befindet?«

»Gewiß doch. Ich möchte die Ladung im Palast vom Dam aus zünden. Sie möchten vielleicht gern wissen, weshalb.«

»Ob ich das wissen möchte oder nicht – ich frage jedenfalls nicht nach dem Grund. Je weniger ich weiß, desto besser. Ich halte nämlich viel von dem Grundsatz, daß man nie mehr wissen sollte, als unbedingt nötig ist.«

»In der Regel trifft das auch für mich zu.« Agnelli schaltete das Autoradio ein. »Wetterbericht. Neunzehn Uhr dreißig.« Die Wettervorhersage verhieß nichts Gutes. Windstärke sieben, schwankend zwischen Nord und Nordost, zunehmend, schwere Regenfälle, Temperaturabfall. Darauf folgten meteorologische Fachausdrücke über stationäre Tiefdruckzonen und ein ebenso bestimmter wie unerfreulicher Hinweis, daß sich die Wetterlage im Laufe der nächsten achtundvierzig Stunden weiter verschlechtern würde.

»Klingt nicht gerade gut«, meinte Agnelli. Seine Miene verriet keinerlei innere Beteiligung. »Es dürfte einige Leute geben, vor allem ältere Personen, die bei dieser Nachricht ein ungutes Gefühl beschleichen wird – besonders, wenn man den bedenklichen Zustand unserer Deiche in Betracht zieht. Wir haben es ungefähr mit denselben Bedingungen zu tun, die in den fünfziger Jahren verheerende Überschwemmungen zur Folge hatten. Und die Deiche sind durchaus nicht in besserem Zustand als damals.«

»Ist das nicht ein bißchen übertrieben, Mister Agnelli? Denken Sie doch an die gewaltigen Sturmschutzanlagen in der Delta-Region im Südwesten.«

»Und wer garantiert uns, daß die Nordsee so rücksichtsvoll ist, die Hauptwucht ihres Anpralls ausgerechnet auf die Delta-Region zu richten? Es hat doch wenig Sinn, die Eingangstür zu verriegeln, wenn die Hintertür schon halb aus den Angeln kracht.«

Agnelli parkte am Voorburgwal, langte auf den Rücksitz und brachte zwei Regenschirme zum Vorschein.

»Nicht, daß die Dinger uns bei diesem Regen viel nützen. Warten Sie noch einen Augenblick, bis ich die Fernsteuerung aus dem Kofferraum geholt habe.«

Eine Minute später standen sie vor einer Tür, für die Agnelli einen Schlüssel hatte. Dahinter streckte sich ein schmutziger, schwach erleuchteter Flur, dessen Boden mit brüchigem Linoleum ausgelegt war. Agnelli klappte seinen Regenschirm zusammen und klopfte gegen die erste Tür auf der rechten Seite – drei Schläge, Pause, dann einer, wieder Pause, und dann noch einmal drei. Die Tür wurde von dem Mann geöffnet, der sich Helmut Paderewski nannte und vergeblich versuchte, ein Stirnrunzeln zu unterdrücken, als er die Person erkannte, die Agnelli begleitete.

»Helmut kennen Sie ja schon«, sagte Agnelli und trat in den dahinterliegenden Raum. Im Gegensatz zum Flur war er hell erleuchtet, groß und erstaunlich komfortabel eingerichtet. Leonardo Agnelli begrüßte van Effen mit einem Lächeln.

Außer Leonardo befanden sich weitere vier Personen in dem Raum. Sie waren ausnahmslos jung und gut aussehend und machten einen durchaus anständigen Eindruck. Zwei Männer und zwei Frauen, die ebensogut Teilnehmer an einem Doktorandencolloquium einer angesehenen Universität hätten sein können, wie sie auch in einen der großen Pariser Salons gepaßt hätten. Leute ihres Schlages waren im vergangenen Jahrzehnt nicht nur Mitglieder, sondern auch die führenden Köpfe der zahlreichen, politisch motivierten kriminellen Vereinigungen, die sich vor allem in Deutschland und Italien breitgemacht hatten. Sie waren wesentlich gefährlicher als der normale Durchschnittsverbrecher, dem es nur um eine größtmögliche Anhäufung von materiellem Reichtum innerhalb kürzester Zeit ging und der nur zu gern auf seine Beute verzichtete, sobald persönliche Risiken damit verbunden waren. Leute dieses Schlags dagegen, ihrer Sache fanatisch verschworen, schreckten vor nichts zurück, wenn es galt, ihre Utopien zu verwirklichen – einerlei, wie verrückt, abstrus und unerwünscht diese Vorstellungen dem Großteil ihrer Umwelt erscheinen mochten. Sie hätten auch nur ganz gewöhnliche Salonintellektuelle sein können, denen der Sinn nach nichts Größerem stand, als Proust und Stendhal oder die Philosophien Kants oder Hegels zu diskutieren. Allerdings versammelten sich Sucher nach höheren Wahrheiten in der Regel nicht auf derart geheime Weise, und vor allem auch nicht in unmittelbarer Nähe von Sechzehn-Kilo-Blöcken Amatol-Sprengstoff, die van Effen sofort, sauber in einer Ecke aufgestapelt, ins Auge gefallen waren.

Agnelli deutete auf die beiden jungen Männer. »Joop und Joachim. Das sind natürlich nicht ihre richtigen Namen.« Joop und Joachim ähnelten sich auf seltsame Weise, sie waren beide groß, hielten sich leicht vornübergebeugt und trugen Hornbrillen. Sie verneigten sich und lächelten. Allerdings enthielten sie sich eines Kommentars zu van Effens Feststellung, er wäre erfreut, ihre Bekanntschaft zu machen. Agnelli wandte sich darauf einem dunkelhaarigen Mädchen zu. »Und das ist Maria, die ebenfalls für eine Weile ihren Namen abgelegt hat.«

»Na, so was«, schüttelte van Effen den Kopf. »Wie kann man nur einen so klangvollen Namen wie Agnelli ablegen.«

Agnelli lächelte. »Dachte ich mir's doch beinahe, daß Ihnen die Ähnlichkeit nicht entgehen würde, Mister Danilow. Ja, meine Schwester. Und das hier ist Kathleen.« Kathleen, zierlich und schlank, hatte blaue Augen, dunkles Haar und war nicht weniger hübsch als Maria.

»Kathleen?« fragte van Effen. »Ist das nicht ein irischer Name? Außerdem sind Sie doch – ich hoffe, Sie nehmen es mir nicht krumm – der Inbegriff all dessen, was man sich unter einem irischen Mädchen vorstellt. Kennen Sie vielleicht sogar das alte Lied ›I'll take you home again, Kathleen‹?«

Sie machte einen spöttischen Knicks. »Sie belieben mir zu schmeicheln. Ich fühle mich geehrt. Meine Mutter ist Irin. Und darauf bin ich sehr stolz.«

Professor Spanrafts mutmaßliche ehemalige Schülerin, schoß es van Effen durch den Kopf. Zweifellos war sie die junge Frau, die am Telefon die Verlautbarungen der FFF durchgegeben hatte.

»Man hat mir versprochen, ich sollte heute abend die Bekanntschaft Ihres Chefs machen«, bemerkte van Effen. »Er ist nicht hier.«

»Er hat mich gebeten, ihn zu entschuldigen«, erklärte Agnelli. »Er hatte eine wichtige Verabredung, die er auf keinen Fall absagen konnte.« In der Tat, dachte van Effen, eine Verabredung mit dem Justizminister kann man kaum absagen.

»Ist das Ihre ganze Gruppe?«

»Nein.« Agnelli wedelte mit der Hand durch die Luft. »Das sind nur alle, die an der heutigen Aktion beteiligt sein werden.«

»Schade, daß sich dann unsere gegenseitige Bekanntschaft nicht vertiefen wird«, entgegnete van Effen barsch. »Beteiligen Sie sich getrost an dieser Aktion – aber ohne mich.« Er wandte sich zur Tür. »Ich bin sicher, daß Ihnen der kleine Ausflug in die Keller des Palasts einen Höllenspaß machen wird. Tut mir leid, Mister Agnelli. Gute Nacht.«

»Warten Sie doch. Warten Sie doch wenigstens einen Augenblick!« Agnelli, dem das Lachen vergangen war, schien sichtlich verblüfft. Seiner Miene nach verstand er nicht das geringste.

»Keine Sekunde länger bleibe ich hier. Nicht in dieser Gesellschaft.« Van Effen ließ seinen Blick über die nicht minder verdutzten Anwesenden schweifen; seine Augen, seine ganze Miene zeigten Verachtung. »Wenn Sie geglaubt haben, daß ich mich in feindliches Gebiet vorwage, mit ein paar Kilo Sprengstoff auf dem Buckel, und dazu noch in Begleitung dieser Amateurterroristen, dann haben Sie sich gründlich getäuscht.« Er streckte die Hand nach dem Türgriff aus. »Suchen Sie sich einen anderen Sprengstoffexperten. Am besten gleich einen aus einer Irrenanstalt.«

»Wenn es nur das ist.« Agnelli lächelte erleichtert. »Mein lieber Freund, diese Leute kommen doch gar nicht mit uns. Glauben Sie, ich wäre einer Irrenanstalt entsprungen? Außer uns beiden ist nur noch Leonardo mit von der Partie.«

»Was wollen dann alle diese Leute hier? Erzählen Sie mir nur nicht, das ginge mich nichts an. Das geht mich sehr wohl etwas an. Ich schätze meine Freiheit über alles, und meine Freiheit wird ernsthaft gefährdet, wenn ich unnötige Risiken eingehe. Wissen Sie denn nicht, daß schon die Anzahl der Leute gefährlich ist? Glauben Sie, es zeugt von überaus großem Scharfsinn, wenn Sie Ihren ganzen Verein in unmittelbarer Nähe des Orts zusammenkommen lassen, an dem Sie eine strafbare Handlung begehen wollen? Handeln Sie nie nach dem Grundsatz, daß niemand mehr als unbedingt nötig wissen sollte?«

»Dies ist nicht unser Hauptquartier, Mister Danilow. Wir treffen uns hier nur heute abend.« Agnelli war sichtlich verlegen; er befand sich in der Defensive. »Diese Leute sind nur als Beobachter hier.«

»Und was wollen sie beobachten, wenn ich fragen darf?«

»Die Auswirkungen der Explosion.«

»Die Auswirkungen? Sie erwarten wohl, die Mauern von Jericho einstürzen zu sehen? Leider wird es heute abend nichts zu beobachten geben.«

»Ich meinte damit psychologische Auswirkungen, Reaktionen. Sozusagen als Anregung für zukünftige Pläne.«

»An wem wollen Sie hier irgendwelche Auswirkungen beobachten? An der Menge, die sich auf dem Dam versammeln wird?« Van Effen sah Agnelli ungläubig an. »Bei diesem Wolkenbruch wird sich heute abend kein Mensch dort einfinden.« Langsam ließ er seine Blicke über die ernsten Gesichter um ihn herum wandern. »Was soll das alles? Ein dummer Streich auf einem Schulausflug? Ein bißchen Spannung ins Leben bringen? Oder ist es das Gefühl, sie hätten nicht wirklich einen Beitrag zu dem Ganzen geleistet, wenn sie nicht an Ort und Stelle Zeuge des Geschehens sind? Du meine Güte! Und jetzt zeigen Sie mir schon den ganzen Kram, den wir brauchen.« Das reicht, dachte van Effen insgeheim, diese moralische Standpauke genügt.

»Aber selbstverständlich.« Agnelli gab sich Mühe, sich seine Erleichterung nicht anmerken zu lassen. »Joop?«

»Ja, Mijnheer.« Joop öffnete einen Schrank und entnahm ihm einige Schachteln, die er auf den Teppich stellte und öffnete. »Sprengkapsel. Zünder. Batterie. Auslösemechanismus. Die Fassung – hier – wird damit verbunden...«

»Joop?«

»Ja?«

»Wollen Sie das Ganze in Betrieb setzen?«

»Nein, natürlich nicht.«

»Und warum nicht?«

»Weil ich davon nicht allzuviel Ahnung habe. Ach, ich verstehe. Entschuldigung.« Leicht verlegen zog sich Joop zurück. Van Effen sah Agnelli an.

»Haben Sie den Schlüssel für den Koffer mit der Sendeeinrichtung?«

»Ja, natürlich.« Er reichte ihn van Effen. »Wenn Sie Leonardo und mich einen Augenblick entschuldigen.« Die beiden verließen den Raum durch eine Seitentür. Van Effen hob den Deckel des Senders ab und studierte die Knöpfe und Schalter an der Oberseite. Er schaltete ihn ein, drehte hier an einem Knopf, legte dort einen Schalter um, eichte ein paar Anzeigeskalen und justierte die Bandeinstellung. Allen Anwesenden, die ihn dabei beobachteten, war klar, daß sie einen echten Fachmann vor sich hatten. Darauf überprüfte van Effen die Zeitanzeige des Auslösemechanismus, zog Bleistift und Papier aus der Tasche, kritzelte ein paar kurze Berechnungen darauf und richtete sich dann sichtlich zufrieden auf.

»Ist wohl tatsächlich nur eine Kleinigkeit?« Kathleen lächelte.

»Allerdings. Ich begreife immer noch nicht recht, was ich eigentlich hier zu suchen habe.« Er bückte sich, verschloß den Deckel des Metallbehälters und ließ den Schlüssel in eine Innentasche gleiten.

»Sie sind aber gar nicht mißtrauisch, ja?« sagte Kathleen.

»O doch, das bin ich, und vor allem Kindern gegenüber. Aber wenn man die lieben Kleinen nicht erst in Versuchung führt, machen sie auch keine Dummheiten. Jedenfalls habe ich nicht die geringste Lust, mich im Keller des Palasts selber in die Luft sprengen zu lassen.«

Er wandte sich um, als Agnelli und sein Bruder wieder eintraten. Beide waren als Polizisten verkleidet: Romero Agnelli als Sergeant, sein Bruder als Detektiv. Van Effen musterte sie eingehend.

»Sie gäben einen großartigen Sergeanten ab, Mister Agnelli. Steht Ihnen wirklich nicht schlecht. Auch Ihr Bruder macht keine schlechte Figur – mit einer Ausnahme: er ist mindestens zehn Zentimeter zu klein, um in den Polizeidienst aufgenommen zu werden.«

»Das sind nur seine kurzen Beine«, erklärte Agnelli tröstend. »Wenn er am Steuer eines Streifenwagens sitzt, wirkt er nicht kleiner oder größer als irgend jemand sonst.«

»Sie haben immer wieder eine neue Überraschung parat. Wegen des Streifenwagens, meine ich. Wie – äh – wie sind Sie denn daran gekommen?«

»Nun, es ist kein richtiger Streifenwagen. Unser Wagen sieht nur so aus, was nicht schwer zu bewerkstelligen war.« Er schaute auf seine Uhr. »Im Palast erwartet man in etwa zwanzig Minuten das Eintreffen eines Wagens der Polizei.«

»Sie werden erwartet?«

»Natürlich. Schließlich haben wir unsere Beziehungen. Wir haben sie entsprechend spielen lassen. Joop, packen Sie bitte unsere Ausrüstung ein?« Er deutete auf zwei graulackierte Metallkoffer.

»Demnach fahren Sie also nur vor und gehen rein?« fragte van Effen.

»Es ist unser Grundsatz, immer den direktesten und einfachsten Weg zu beschreiten.«

»Natürlich. Einen Grund für Ihre Ankunft brauchen Sie wohl nicht? Sie kommen also einfach an und marschieren in den Palast.«

»Ja.« Er deutete auf die beiden Metallkoffer. »Und zwar damit.«

»Worauf mir wieder einmal keine schlauere Bemerkung als ›natürlich‹ einfällt. Was geben Sie als Inhalt an?«

»Elektronische Instrumente zur Aufspürung verborgener Sprengladungen.«

»Ich wußte bisher nicht, daß es so etwas gibt.«

»Womit Sie völlig recht haben. Aber in unserem vollelektronischen, computergesteuerten Zeitalter glauben die Leute alles. Die Sprengladung, nach der wir suchen, ist irgendwo im Kellergeschoß angebracht worden. Ein Tip aus der Unterwelt. Also gehen wir in den Keller und sehen dort nach.«

»Sie haben wirklich Nerven«, bemerkte van Effen mit einem Kopfschütteln.

»Halb so schlimm. Wir haben ein gewisses Risiko durchaus einkalkuliert, das jedoch ziemlich gering ist. Schließlich kündigt man nicht in aller Öffentlichkeit etwas an, dessen genaues Gegenteil man zu tun vorhat. Angesichts dieser Uniformen, unseres Polizeiautos und unserer sicherlich eindrucksvollen Beglaubigungsschreiben dürften wir kaum mit Schwierigkeiten zu rechnen haben. Sogar für Sie haben wir so ein Papier mit verschiedenen Stempeln.«

»Großartig. Papiere, Stempel! Nur mir werden die herzlich wenig nützen. Eine Uniform haben Sie mir wahrscheinlich auch nicht beschafft. Wie stellen Sie sich . . .«

»Sie bekommen keine Uniform. Sie sind ein Experte in Zivil. Wie in den Papieren vermerkt ist.«

»Lassen Sie mich erst mal zu Ende reden. Sie beide werden mit Ihrer Verkleidung sicher gar nicht so schlecht fahren. Aber können Sie mir vielleicht sagen, wie ich meine Narbe im Gesicht und meine verkrüppelte Hand tarnen soll? Morgen früh können Sie vermutlich in jeder Zeitung meine Personenbeschreibung nachlesen.«

Agnelli studierte mit einem prüfenden Blick die Narbe in van Effens Gesicht. »Wenn Sie mir diese eher grobe Bemerkung verzeihen, aber das ist wirklich ein Ding. Joachim?« Er wandte sich an einen der beiden jungen Männer. »Was hältst du davon, Joachim? Sie müssen wissen, Mister Danilow, Joachim ist Kunststudent und Maskenbildner einer Theatergruppe. Er hat immer einen großen Koffer mit seinen Utensilien bei sich. Wie Sie sich unschwer vorstellen können, wissen wir seine Dienste durchaus zu schätzen.«

»Haben Sie etwas gegen Bärte, Mister Danilow?« wollte Joachim wissen.

»Nicht, solange ich damit nicht noch schlimmer aussehe, als es sowieso schon der Fall ist.«

»Ich habe verschiedene in Ihrer Haarfarbe. In diesem Fall werde ich allerdings auf ein besonders prächtiges Stück zurückgreifen müssen. Ich trage schon mal etwas Klebstoff auf.«

»Also gut – wenn ich das Ding auch wieder abkriege.«

»In achtundvierzig Stunden wird er von ganz allein abfallen.« Joachim verließ den Raum.

»Nun zu Ihrem schwarzen Handschuh, Mister Danilow«, sagte Agnelli.

»Ich fürchte, da wird sich wenig machen lassen.«

»Sind Sie so sicher?«

»Sie sind gut. Wenn Sie so eine Hand hätten – was glauben Sie, was ich alles versucht habe, sie wieder einigermaßen hinzukriegen?« In van Effens Stimme lag genau das richtige Maß an Bitterkeit.

»Könnte ich sie nicht trotzdem mal kurz sehen?« Agnellis Ton war freundlich, aber bestimmt. »Ich verspreche

Ihnen, daß ich mich weder zu einer Bemerkung wie ›gütiger Gott‹ hinreißen lassen noch gar in Ohnmacht fallen werde.«

Mit einer fast bescheidenen Gebärde wandte van Effen den anderen den Rücken zu, streifte den Handschuh ab und hielt Agnelli seine entblößte Hand unter die Augen.

Agnellis Gesicht erstarrte. »Ich habe Ihnen zwar versprochen, nicht in Ohnmacht zu fallen, aber ich muß doch sagen: so etwas habe ich tatsächlich noch nicht gesehen. Wie ist denn das passiert?«

Van Effen grinste. »Unter völlig regulären Umständen – ob Sie's glauben oder nicht. Irgendwer beging einen Fehler, als wir in Saudi-Arabien einen Ölquellenbrand zu kappen versuchten.«

»Man darf doch annehmen, daß er für seinen Fehler gebüßt hat?«

»An Ort und Stelle. Er wurde eingeäschert.«

»Ach so. Dann können Sie ja fast noch von Glück reden.« Agnelli ergriff van Effens Handgelenk und strich mit den Fingernägeln über die Narben. »Das muß doch weh tun.«

»Nicht im geringsten. Die Haut ist völlig gefühllos. Benutzen Sie meine Hand als Nadelkissen oder schlitzen Sie die Haut mit einem Skalpell auf. Ich würde nichts spüren.« Insgeheim hoffte van Effen, daß Agnelli ihn nicht beim Wort nehmen würde. »Aber das ist nicht weiter schlimm. Hauptsache, ich kann Zeigefinger und Daumen noch gegeneinander bewegen.«

Als Joachim zurückkam, fragte Agnelli: »Hätten Sie etwas dagegen, wenn sich Joachim Ihre Hand ansähe?«

»Als sensibler Künstler wäre er vielleicht besser beraten, anderswohin zu schauen.«

Joachim ließ sich dennoch nicht abhalten und konnte dann auch seine Abscheu nicht verbergen. »Das – das ist ja schrecklich! Ich könnte – ich meine, wie können Sie mit so einer Hand herumlaufen?«

»Was bleibt mir anderes übrig? Es ist die einzige linke Hand, die ich habe.«

»Ziehen Sie lieber Ihren Handschuh an«, schlug Joachim daraufhin vor. »In diesem Fall kann ich wirklich nichts machen.«

»Zeit zum Aufbruch«, verkündete Agnelli. »Helmut, wir treffen uns in einer halben Stunde, vielleicht werden es auch vierzig Minuten, auf dem Dam. Und vergessen Sie den Sendekoffer nicht.«

»Den Sendekoffer?« Van Effen schien verdutzt. »Wie wollen Sie das Gerät bei diesem Regen einsetzen?«

»Wir haben einen Kleinbus. Wo ist der Schlüssel für den Koffer?«

»In meiner Tasche«, antwortete van Effen. »Ich dachte, dort wäre er am besten aufgehoben.«

»Womit Sie gar nicht so unrecht haben dürften.«

Dann machten sie sich mit den Metallkoffern auf den Weg. Vor einer Tür nahe dem Eingang blieb Agnelli kurz stehen und ging in den dahinterliegenden Raum. Als er wieder herauskam, hatte er einen Dobermann an der Leine, der nicht gerade einen sehr menschenfreundlichen Eindruck machte. Zum Glück trug er einen Maulkorb.

»Ist der Hund tatsächlich so scharf, wie er aussieht?« wollte van Effen wissen.

»Das festzustellen, blieb mir bisher zum Glück erspart. Wir nehmen ihn allerdings auch nicht zu Verteidigungs- oder Angriffszwecken mit. Bekanntlich können Dobermänner darauf abgerichtet werden, Sprengstoff ausfindig zu machen, weshalb man sie zum Beispiel auf allen größeren Flughäfen einsetzt.«

»Ich weiß. Ist dieser Hund tatsächlich dafür ausgebildet?«

»Ehrlich gestanden könnte ich Ihnen das beim besten Willen nicht sagen. Selbst wenn das Tier überhaupt keinen Geruchssinn hätte, ich hätte davon nicht das geringste bemerkt.«

»Na, wenn ich mir's recht überlege, könnte das Ganze tatsächlich klappen«, bemerkte van Effen.

Durch den strömenden Regen eilten sie zu der Stelle am Vorburgwaal, wo Agnelli den Volvo geparkt hatte. Van Effen hatte bereits seine Hand am Türgriff, als er merkte, daß es sich dabei nicht um den Wagen handelte, in dem sie gekommen waren: Es war eindeutig ein Streifenwagen der Polizei. Van Effen ließ sich neben Agnelli auf dem Rücksitz nieder und sagte: »Sie stellen Ihren Wagen hier ab, und wenn Sie zurückkommen, steht plötzlich ein Polizeiwagen an seiner Stelle. Wissen Sie, langsam glaube ich wirklich, daß diese Sache heute abend klappen wird. Ihre Organisation kann sich sehen lassen.«

»Organisation ist alles«, bestätigte Agnelli.

Alles verlief nach Agnellis Wünschen. Im Palast erwartete man sie bereits, ihre Papiere wurden nur recht oberflächlich überprüft. Mit ihrem Wagen erweckten sie einen derart offiziellen Eindruck, daß jede genauere Kontrolle überflüssig schien. Abgesehen davon regnete es nach wie vor in Strömen, so daß den Wachposten vor allem daran lag, möglichst schnell wieder in den Schutz ihres Häuschens zurückzukommen.

Agnelli führte sie zu einer Tür, die völlig im Dunkeln lag; sie brauchten eine Taschenlampe, um das Schlüsselloch zu finden. Agnelli verfügte über einen passenden Schlüssel. Im Verlauf ihres Abstiegs über zwei Treppenfluchten sollte Agnelli noch verschiedene Male von seinem umfangreichen Schlüsselbund Gebrauch machen, bis sie schließlich das unterste Kellergeschoß erreichten. Agnelli wußte über die Lage jeder einzelnen Tür, jedes einzelnen Lichtschalters Bescheid.

»Haben Sie hier mal gewohnt?« wollte van Effen wissen.

»Nun, ich habe mich des öfteren hier unten umgesehen. Man kann in solchen Dingen nie gewissenhaft genug sein.« Durch einen völlig leeren Kellerraum führte er sie in einen anderen Raum, der gleichfalls leerstand, und erklärte: »Da wären wir. So schwierig war das doch gar nicht, oder?«

»Ich kann es noch kaum glauben«, murmelte van Effen. »Gibt es hier denn keine Alarmanlage?«

»Doch, und sogar eine hervorragende, wie man mir versichert hat. Aber haben Sie schon einmal von einer

Alarmanlage gehört, die sich nicht außer Funktion setzen ließe? Nehmen Sie zum Beispiel den Buckingham Palace. Das ist eines der am besten abgesicherten Gebäude der Welt, und dennoch hat sich im Laufe der letzten Jahre nicht nur bei einer Gelegenheit gezeigt, daß jede halbwegs intelligente Person – und wie sich herausgestellt hat, sogar Personen mit unterdurchschnittlichem IQ – dort ein- und ausgehen kann, wie es ihr gerade paßt. Nun, Mister Danilow, jetzt sind Sie an der Reihe.«

»Es dauert nur ein paar Minuten. Wenn Sie mir bitte die Tür dort drüben aufsperren könnten – falls Sie einen Schlüssel dafür haben.«

Agnelli hatte einen Schlüssel. Van Effen holte ein Metermaß aus seiner Tasche und machte sich daran, die Stärke der Mauern zu messen. Schließlich fragte er: »Wieso stehen diese Keller eigentlich alle leer?«

»Bis vor wenigen Tagen waren sie es nicht. Sie waren mit allem möglichen Gerümpel vollgestopft – alte Möbel, Akten und was sich eben sonst noch alles im Lauf der Jahre in einem Palast ansammelt. Nicht, daß uns viel an der Erhaltung dieser Antiquitäten gelegen hätte, mit denen zum Großteil sowieso nichts mehr anzufangen gewesen wäre. Wir wollten nur vermeiden, daß der ganze Palast in Brand geriet.«

Van Effen nickte wortlos, verließ, von Agnelli begleitet, den Raum und stieg eine Treppe hoch, um die Stärke der Decke auszumessen. Wieder im Keller, machte er ein paar Berechnungen auf einem Blatt Papier und erklärte schließlich: »Wir werden eine ganz ordentliche Ladung brauchen. Diese Mauern sind wesentlich massiver, als ich erwartet hatte. Aber der Knall wird sich hören lassen.«

»Es macht richtig Spaß, einem Könner bei der Arbeit zuzusehen«, erklärte Agnelli bewundernd.

»Das gilt ebenso für einen guten Maurer, der gerade eine Mauer hochzieht. Er hat seine Lehrzeit hinter sich, wie ich die meine.«

»Aber es ist doch ein kleiner Unterschied, ob man einen Ziegel fallen läßt oder einen Zündsatz.«

»Ein guter Handwerker läßt nie etwas fallen.« Van Effen

war noch keine zwei Minuten an der Arbeit, als er sich an Agnelli wandte: »Soweit ich mich erinnern kann, haben Sie doch behauptet, Sie hätten auch die Zweitschlüssel für die Keller, durch die wir eben gekommen sind?«

»Sehr richtig.«

»Dann kann also niemand auch nur annähernd in die Nähe dieses Raums kommen?« Agnelli schüttelte den Kopf. »So. Das wär's auch schon gewesen.«

Ihre Abfahrt verlief genauso ereignislos wie ihre Ankunft. Kaum zehn Minuten, nachdem van Effen den Zündsatz in die Sprengkapsel eingesetzt hatte, hielt der Streifenwagen hinter dem schwach beleuchteten Bus.

Während sie ausstiegen, löste sich ein Schatten aus dem Dunkel. Der Mann trat auf Agnelli zu. »Alles in Ordnung?«

»Ja, John, alles klar.«

»Dann gute Nacht.« Der Mann stieg in den Polizeiwagen und fuhr davon.

»Ein erneuter Beweis Ihres Organisationstalents«, erklärte van Effen. »Also, ich muß schon sagen...«

In dem Bus, der über vierzehn Sitze verfügte, saßen die fünf Leute, die sie in dem Raum am Vorburgwal zurückgelassen hatten. Van Effen und Agnelli nahmen auf der hintersten Sitzbank Platz.

»Darf ich fragen, wie lange Sie hier zu warten gedenken?« erkundigte sich van Effen.

»Selbstverständlich.« Während der letzten Minuten wuchs Agnelli, was die Zuversicht betraf, die ihn ständig zu umgeben schien, förmlich über sich selbst hinaus. Seine gute Laune stand außer Zweifel. Er hatte zwar auch in den Kellern des Palasts keinerlei Anzeichen innerer Anspannung gezeigt, obgleich sie in diesem Fall sicher unvermeidlich war. »Ehrlich gesagt, ich kann das selbst noch nicht mit Sicherheit sagen. Ein paar Minuten vielleicht. Jedenfalls nicht mehr als zwanzig. Aber erst gilt es noch, nach argwöhnischen Polizisten Ausschau zu halten, die irgendwo im Dunkeln lauern könnten. Leonardo? Da, fang.«

Er warf seinem Bruder einen Gegenstand zu und stand dann auf, um sich in einen langen Regenmantel zu zwängen. Dann griff er unter den Sitz und zog etwas hervor, das sich als Sprechfunkgerät entpuppte. Er legte einen Schalter um, so daß ein rotes Licht aufleuchtete, und holte unter dem Sitz einen Kopfhörer hervor, den er sich übers Knie hängte. Dann bückte er sich noch einmal und brachte ein Mikrophon zum Vorschein, das durch ein Kabel mit dem Funkgerät verbunden war.

»Tut mir leid, daß ich Sie warten lassen muß«, erklärte Agnelli entschuldigend. »Aber ich habe auf einen Funkspruch zu warten.«

»Sie und Ihre Organisation.« Van Effen schüttelte anerkennend den Kopf. »Wirklich bewundernswert. In einem Punkt läßt Ihr Organisationstalent allerdings zu wünschen übrig.«

»Unvermeidbar.« Agnelli lächelte. »Und der wäre?«

»In diesem Bus scheint es keine Heizung zu geben.«

»Ein reines Versehen. Maria?«

»Neben dem Funkgerät.«

Agnelli griff neuerlich unter den Sitz und förderte, nicht ohne einige Mühe, einen großen Korb zutage, den er zwischen sich und van Effen auf die Sitzbank stellte. Er klappte den Deckel zurück, so daß van Effen einen Blick auf den Inhalt werfen konnte.

»Na, was sagen Sie dazu, Mister Danilow? Ein Picknickkorb gehört nun einmal zu so einem Schulausflug, oder nicht? Wenn es schon um die äußere Wärme nicht allzu gut bestellt ist, dann nehmen wir eben mit etwas innerer vorlieb.« Der Inhalt des Korbs konnte sich sehen lassen. Neben zwei Reihen blitzender Gläser und sauber in Zellophan eingewickelten Sandwiches fand sich auch eine vielversprechende Auswahl von Flaschen. »Wir dachten uns schon, daß heute abend eine kleine Feier durchaus am Platze sein könnte«, erklärte Agnelli fast entschuldigend. »Wie wär's mit einem Schnaps, Mister Danilow?«

»Ich ziehe jede Kritik an Ihrer Organisation, die ich geäußert haben mag, uneingeschränkt zurück.«

Agnelli hatte noch nicht die Zeit gefunden, einzuschenken, als der Summer des Funkgeräts ertönte. Er setzte den Kopfhörer auf, meldete sich und hörte dann fast eine Minute lang schweigend zu. Schließlich sagte er: »Ja, sie sind wirklich verbohrt. Sie haben doch nicht die geringste Wahl. Sollen wir ihnen die Entscheidung etwas erleichtern? Rufen Sie in einer Minute noch einmal zurück.« Er nahm den Kopfhörer wieder ab. »Nun, irgendwelche freiwilligen Meldungen? Jemand, der gern aufs Knöpfchen drücken möchte?« Es fand sich kein Freiwilliger. »Gut, dann würde ich vorschlagen, diese Aufgabe Ihnen zuzuteilen, Mister Danilow. Sie haben schließlich die Sprengladung angebracht, wofür wir selbstverständlich auch Ihnen die Schuld in die Schuhe schieben werden, falls sich das Ganze nur als ein feuchter Furz herausstellen oder der Palast nach der Detonation in Schutt und Asche sinken sollte. Ich finde es durchaus angebracht, daß Sie die Ladung zünden. Auf diese Weise können wir alle unsere Hände in Unschuld waschen, während Sie ...«

Agnelli fand keine Gelegenheit, seinen Satz zu beenden. Van Effen ließ seinen Finger auf den Auslöseknopf niederstoßen, und keine zwei Sekunden später rollte das dumpfe Donnern des detonierenden Amatols, fern und gedämpft wie eine Unterwasserexplosion, über den Platz. Das unverkennbare Geräusch war mit Sicherheit im Umkreis von einem Kilometer deutlich zu hören. Van Effen nahm die Flasche aus Agnellis erstarrter Hand und goß sich einen Schnaps ein. Agnelli – er lächelte ausnahmsweise nicht – schien in die Betrachtung eines Gegenstands versunken, der sich in weiter Ferne befand.

»Sieht ganz so aus, als dürfte ich mich selbst beglückwünschen. Ein schöner, lauter Knall, und der Palast steht auch noch. Genau, wie ich versprochen habe. Zum Wohl.«

»Das war großartig«, schwärmte Agnelli begeistert. »Wirklich großartig, Mister Danilow. Und trotz dieses Riesenlärms haben wir nicht den geringsten Schaden angerichtet. Einfach unglaublich.«

»Vielleicht wurde etwas königlicher Wein auf das königliche Tischtuch verschüttet.« Van Effen machte eine wegwerfende Handbewegung. »Ich will nicht den Bescheidenen spielen – nichts läge mir ferner –, aber das war wirklich eine Kleinigkeit. Vielleicht haben Sie das nächste Mal – falls es zu einem nächsten Mal kommen sollte – eine etwas anspruchsvollere Aufgabe für mich?«

»Und ob es dieses nächste Mal geben wird. Das verspreche ich Ihnen. Und es wird etwas schwieriger sein. Auch darauf gebe ich Ihnen mein Wort.« Er nippte an seinem Glas, während die anderen, offensichtlich hellauf begeistert, sich van Effen zuwandten, um ihm zu gratulieren. Das plötzliche Ertönen des Summers brachte sie jedoch wieder zum Schweigen.

»Aha! Sie haben es also auch gehört? Wirklich sehr, sehr gut. Mister Danilow hat keineswegs zu viel versprochen.« Agnelli schwieg fast eine Minute lang und sagte dann. »Ja, ganz meiner Meinung. Daran habe auch ich schon gedacht. In Ordnung ... Vielen Dank. Dann also bis zehn Uhr.«

Er packte Kopfhörer und Mikrophon weg und lehnte sich dann in seinem Sitz zurück. »So, nun machen wir es uns mal ein bißchen gemütlich.«

»Tun Sie das ruhig«, erwiderte van Effen. »Aber ohne mich. Auf meine Gesellschaft werden Sie dabei leider verzichten müssen.« Er schickte sich an, aufzustehen, als ihn ein verdutzter Agnelli am Arm festhielt.

»Was haben Sie denn plötzlich?«

»Nichts. Wie ich Ihnen bereits gesagt habe, verfüge ich lediglich über einen gesunden Selbsterhaltungstrieb. Sobald sich die Polizei von ihrem Schock erholt hat, was nicht allzu lange dauern dürfte, wird sie doch jeden, den sie in der Nähe des Palasts antrifft, genauer unter die Lupe nehmen. Und ich kann mir gut vorstellen – nein, ich bin ganz sicher –, daß zum Beispiel ein Bus mit acht solchen Insassen, der im Regen auf dem Dam parkt, sozusagen ein gefundenes Fressen für sie wäre.« Er schüttelte Agnellis Hand ab und erhob sich. »Ich habe eine akute Abneigung gegen polizeiliche Verhöre. Ein Krimineller – und wir sind Kriminelle – muß schon geistig nicht ganz auf der Höhe sein, wenn er länger am Tatort bleibt als unbedingt nötig.«

»Setzen Sie sich wieder. Sie haben natürlich recht. Wirklich dumm von mir. Man sollte nie zu übermütig werden. Helmut?«

Paderewski, der ausnahmsweise einmal voll auf van Effens Seite war, ließ sofort den Motor an und fuhr los.

Wieder in dem Raum, den sie erst vor kurzem verlassen hatten, sank Agnelli in einen Sessel. »Besten Dank, meine Damen, besten Dank. Ein Schnaps ist jetzt genau das richtige. Halten Sie es jetzt für angebracht, Mister Danilow, daß wir es uns ein bißchen gemütlich machen?«

»Ungefährlicher als vorhin ist es hier sicher. Aber es sich gemütlich machen? Ohne mich. Mir ist das immer noch zu nahe am Tatort. Mein Instinkt? Oder pure Feigheit? Ich weiß es nicht. Aber ich habe heute abend noch einen Termin. Um halb zehn.«

Agnelli lächelte. »Sie scheinen sich aber sehr sicher gewesen zu sein, diese Verabredung auch einhalten zu können?«

»Es bestand keinerlei Grund, daran zu zweifeln. Nein, das ist nicht ganz richtig. Für mich stand zwar außer Zweifel, daß das Ganze, was die pyrotechnischen Probleme anbetrifft, reibungslos über die Bühne gehen würde; ich hatte aber doch gewisse Zweifel bezüglich der Frage, ob Sie uns unbemerkt in den Palast hinein- und auch wieder herausbringen würden. Allerdings hatte ich bisher auch noch keine Gelegenheit, mich von Ihren organisatorischen Fähigkeiten zu überzeugen. In Zukunft werde ich also etwas vertrauensvoller an die Sache herangehen.«

»Das gilt auch für uns, nachdem wir Zeuge dieser Meisterleistung geworden sind. Ich hatte Ihnen gegenüber doch die Möglichkeit einer Anstellung auf permanenter Basis erwähnt. Inzwischen ist das keine Möglichkeit mehr, sondern unsererseits sogar eine erwünschte Tatsache – wenn Sie es sich inzwischen nicht anders überlegt haben.«

»Keineswegs. Nachdem Sie heute abend in den Genuß einer kostenlosen Vorführung meines Könnens gekommen sind, wäre auch ich an einem dauerhaften Arbeitsverhältnis interessiert.«

»Nun wäre da nur noch ein Punkt. Ich glaube, wir sollten Sie langsam voll ins Vertrauen ziehen.«

Van Effen sah Agnelli schweigend an, nippte nachdenklich an seinem Glas und meinte schließlich mit einem Lächeln: »Aber doch sicher nicht in Ihr volles Vertrauen. Sie werden mich kaum in die letzten Ziele Ihrer Organisation einweihen. Und Sie werden mir auch kaum erzählen, wie Sie sich zusammengefunden haben; wie und durch wen Sie finanziert werden und wo Sie sich aufhalten. Gut, Sie werden mir für unsere weitere Zusammenarbeit wohl oder übel eine Nummer nennen müssen, über die ich Sie erreichen kann. Und Sie werden mir nicht verraten, weshalb Sie in letzter Sekunde auf meine Dienste zurückgreifen mußten.«

Agnelli wirkte nachdenklich. »Das sind ja eine Menge Punkte, über die wir Sie Ihrer Meinung nach im unklaren lassen werden. Wie kommen Sie darauf?«

Van Effen zeigte sich etwas ungeduldig. »Weil ich an Ihrer Stelle nicht anders verfahren würde. Mein alter Grundsatz: Keiner darf mehr wissen als unbedingt nötig. Aber ich bin überzeugt, daß Sie mich in ein recht begrenztes Vertrauen ziehen werden, was Ihre Pläne für die unmittelbare Zukunft betrifft. Um zu dieser Erkenntnis zu gelangen, bedurfte es freilich nicht unbedingt seherischer Fähigkeiten. Schließlich bleibt Ihnen gar keine andere Wahl – das heißt, wenn ich für Sie von irgendwelchem Nutzen sein soll.«

»Völlig richtig, Ihre Vermutung. – Sagen Sie, Mister Danilow, ist es Ihnen möglich, in den Besitz von Sprengstoff zu gelangen?«

»Du lieber Gott! Was für eine Frage?«

»Ist es denn so abwegig, einem Sprengstoffexperten eine solche Frage zu stellen?«

»Meine Verwunderung galt nicht dem Umstand, daß Sie diese Frage gestellt haben. Mich überrascht vielmehr, daß – nun ja, daß sich eine so hervorragend organisierte Gruppe auf ein allem Anschein nach recht ehrgeiziges Projekt einläßt, ohne über die entsprechenden Grundvoraussetzungen zu verfügen.«

»Diese Grundvoraussetzungen, wie Sie sie nennen, fehlen uns durchaus nicht. Nur könnten sie sich als nicht ganz ausreichend erweisen. Wären Sie in diesem Punkt in der Lage, Abhilfe zu schaffen?«

»Nicht direkt.«

»Indirekt?«

»Schon möglich. In diesem Fall müßte ich allerdings erst meine Nachforschungen anstellen.«

»In aller Diskretion, versteht sich.«

Van Effen seufzte. »Seien Sie doch bitte nicht so naiv. Wenn es möglich wäre, sich in den Niederlanden ohne offizielle Genehmigung Sprengstoff zu beschaffen, so hätten Sie doch längst von dieser Möglichkeit Gebrauch gemacht.«

»Allerdings. Entschuldigen Sie meine törichte Bemerkung. Aber natürlich wollen wir auch keine Risiken eingehen. Ihr Mittelsmann könnte die Ware also auf keinen Fall auf legalem Wege beschaffen?«

»Ich mache mich wohl kaum einer Indiskretion schuldig, wenn ich behaupte, daß mein Mittelsmann meines Wissens noch nie in seinem ganzen Leben in legale Geschäfte verwickelt war. Das wäre für ihn ein eindeutiger Verstoß gegen seine Berufsehre. Im übrigen ist er der einzige Mann in ganz Holland, der mehr über Sprengstoffe weiß als ich.«

»Klingt ja ganz so, als könnte es sich als lohnend erweisen, die nähere Bekanntschaft dieses Mannes zu machen.« Agnelli betrachtete den Inhalt seines Glases und wandte sich dann wieder van Effen zu. »Es handelt sich dabei doch nicht etwa um Ihren Freund Vasco, der Sie mit uns bekannt gemacht hat?«

»Um Himmels willen, nein. Man könnte Vasco schwerlich meinen Freund nennen, Mister Agnelli. Ich habe ihm einmal aus einer üblen Klemme geholfen. Seitdem spanne ich ihn hin und wieder für kleinere Aufgaben ein, die nicht allzu hohe Anforderungen stellen. Sonst haben wir wenig miteinander gemein. Ich bin ziemlich sicher, daß Vasco weder etwas von Sprengstoff versteht, noch weiß, wie man ihn beschafft. Er hätte vermutlich sogar Schwierigkeiten, sich in einem Spielzeugladen eine Wasserspritzpistole zu beschaffen.«

Mit einem Achselzucken wandte Agnelli sich an seinen Bruder. »Wenn wir das gewußt hätten, Leonardo, hätten wir uns die Mühe ersparen können, den ganzen Nachmittag nach diesem Burschen zu suchen.«

»Vasco verschwindet recht häufig von der Bildfläche«, warf van Effen ein. »Soviel ich weiß, hat er in Utrecht eine Freundin. Aber Sie werden doch damit nicht sagen wollen, Sie hätten allen Ernstes daran gedacht, Vasco in Ihre Dienste zu nehmen?«

»Nicht wirklich, aber . . .«

»Wenn er hier anrückt, bin ich auf schnellstem Wege verschwunden; darauf können Sie Gift nehmen.« Van Effen klang bestimmt. »Der Kerl ist unzuverlässig, unberechenbar und höchst gefährlich, ob das nun in seiner Absicht liegt oder nicht.«

»Ich verstehe nicht ganz, was Sie meinen.«

»Und ich habe Schwierigkeiten, Sie zu verstehen. Wollen Sie damit sagen, daß Sie nie Ihre Erkundigungen über ihn eingezogen haben?«

»Auch in Ihrem Fall haben wir das nicht getan.«

»Das war ja auch nicht unbedingt nötig«, entgegnete van Effen gereizt. »Bei meinen Auslieferungsanträgen.«

Agnelli lächelte. »Ich würde vorschlagen, daß wir das auf sich beruhen lassen. Offensichtlich wissen Sie jedoch etwas von Vasco, das sich unserer Kenntnis entzieht.«

»Allerdings. Ein ganz übler Bursche. Äußerst gefährlich. Das typische Beispiel eines Wildhüters, der zu den Wilderern übergelaufen ist. Er ist hinterhältig, ein Mensch voller Haß auf alles und jeden. Vor allem haßt er das Gesetz und die Gesellschaft, die dieses Gesetz schützt oder zu schützen vorgibt. Er ist der gefährlichste Typ, den man sich nur denken kann – ein ehemaliger Polizist, der zur anderen Seite übergewechselt ist.«

»Ein Polizist?« Agnellis Überraschung, fand van Effen, war glänzend gespielt. »Er ist bei der Polizei?«

»Er war. Allerdings wurde weder öffentliche Anklage gegen ihn erhoben, noch ein Verfahren eröffnet. Er wurde ohne weitere Erklärungen entlassen – obwohl man bei der Polizei sicher seine Gründe hatte. Stellen Sie doch mal bei der Polizei von Utrecht ganz diskrete Nachforschungen über einen gewissen Sergeanten Westenbrink an. Dann werden Sie schon sehen, welch vage Auskünfte Sie bekommen. Mein Freund George ist in dieser Hinsicht von etwas anderem Schrot und Korn. Für ihn gibt es noch so etwas wie einen Ehrenkodex. George ist ein ehrlicher Gauner, falls das nicht einen Widerspruch in sich darstellt.«

»Dieser George – ist das Ihr Freund, der sich so gut mit Sprengstoffen auskennt?«

Van Effen nickte.

»Hat George einen Nachnamen?«

»Nein.«

»Glauben Sie, daß er für uns arbeiten würde?«

»George arbeitet nie für jemanden. Er würde sich unter Umständen bereit erklären, *mit* jemandem zu arbeiten. Und noch etwas. George läßt sich nicht vermitteln. Nicht einmal durch mich. Er ist sehr vorsichtig. Er hat noch kein Vorstrafenregister und möchte, daß es dabei bleibt. Er verhandelt nur mit den maßgeblichen Leuten, und auch das nur von Angesicht zu Angesicht.«

»Das gefällt mir. Glauben Sie, Sie könnten ihn dazu bringen, sich mit mir zu unterhalten?«

»Versuchen kann ich es. Das Treffen sollte allerdings nicht hier stattfinden.«

»Warum?«

»Weil ich ihm davon abraten würde. George wäre sich im klaren darüber, daß ich so etwas nicht ohne einen guten Grund täte. Wo kann ich Sie erreichen?«

»Ich werde mich mit Ihnen in Verbindung setzen. Im Trianon.«

»Ich enthalte mich jeglichen Kommentars bezüglich Ihres rührenden Vertrauens in meine Person. Also gut, morgen früh.«

»Nein, schon heute nacht. Zweiundzwanzig Uhr.«

»Sie haben's aber eilig. Ich nehme an, daß es zwecklos ist, Sie nach irgendwelchen zwingenden Gründen für Ihre plötzliche Eile zu fragen. Im übrigen habe ich Ihnen doch gesagt, daß ich um halb zehn eine Verabredung habe.«

»Es bleibt bei zehn Uhr.« Agnelli stand auf. »Sie werden selbstverständlich sofort versuchen, sich mit Ihrem Freund in Verbindung zu setzen. Ich werde Ihnen einen Wagen zur Verfügung stellen.«

»Ich bitte Sie, Mister Agnelli. Seien Sie doch nicht so naiv.«

VII

»Sie stehen da auf einem echten Isfahan«, bemerkte de Graaf. »Sehr selten und entsprechend teuer.«

»Auf irgend etwas muß ich schließlich tropfen«, entgegnete van Effen, keineswegs zu Unrecht. Er stand vor dem Kamin in de Graafs großzügig eingerichteter Bibliothek, von seinen nassen Kleidern stieg leichter Dampf auf. »Leider habe ich weder eine elegante Limousine noch einen Chauffeur, der mich nach Wunsch durch die Gegend fährt. Statt dessen muß ich mich mit Taxifahrern herumschlagen, die nach Hause fahren und Feierabend machen, sobald der erste Regentropfen fällt – und mit Leuten, die nur zu gern gewußt hätten, wohin ich meine Schritte lenke. Ich hielt es nicht für geraten, sie wissen zu lassen, daß mein Ziel das Haus des Polizeichefs war.«

»Traut Ihnen Ihr Freund Agnelli immer noch nicht?«

»Schwer zu sagen. Natürlich war es Agnelli, der mich beschatten ließ. Wer hätte es sonst sein sollen? Aber ich weiß nicht, ob er mir immer noch nicht traut. Eher glaube ich, daß er einfach aus Prinzip argwöhnisch ist. Schwer zu durchschauen, dieser Bursche. An der Oberfläche macht er einen absolut sympathischen und liebenswürdigen Eindruck. Man muß sich förmlich anstrengen, ihn mit Dingen wie Erpressung und Folter in Verbindung zu bringen – geschweige denn, sich das auch noch konkret vorzustellen. Aber was hat das schon zu bedeuten? Ich nehme an, Sie hatten einen angenehmen Abend, Mijnheer – und mußten nicht gegen das Toben der Elemente ankämpfen oder sich mit der Vorstellung herumschlagen, jeden Augenblick eine Kugel verpaßt zu bekommen.«

De Graaf antwortete mit einer Handbewegung, die entweder bedeuten konnte, daß es sich bei derlei Erwägungen um kleinliches Aufrechnen handelte oder daß sie gar völlig unberechtigt waren. »Ein interessantes Treffen, allerdings nur bis zu einem gewissen Grad. Ich fürchte, Bernhard war nicht besonders verständnisvoll, von Kooperationsbereitschaft ganz zu schweigen.« Mit Bernhard war der Justizminister Bernhard Dessens gemeint.

»Ein altes Waschweib, ständig auf der Flucht vor Verantwortung und persönlichem Engagement. Und unablässig auf der Suche nach jemandem, dem er das Ganze aufbürden kann.«

»Genau so war es. Ich hätte es nicht besser – Peter, ich habe Ihnen doch schon einmal gesagt, das ist keine Art, über einen Kabinettsminister zu sprechen. Sie waren zu zweit. Ein gewisser Riordan und ein Samuelson. Der Mann, der sich Riordan nannte, könnte verkleidet gewesen sein. Der andere hatte offensichtlich keinerlei Bemühungen in dieser Richtung unternommen, was nur bedeuten kann, daß er sich seiner Sache ziemlich sicher ist. Riordan hatte langes, schwarzes Haar – Schulterlänge. Ich glaubte, diese lächerliche Haartracht wäre schon längst wieder aus der Mode gekommen. Seine Haut war auffallend braun. Außerdem trug er eine Schiffermütze und eine Sonnenbrille.«

»Das kann doch nur eine Verkleidung gewesen sein.« Van Effen dachte kurz nach. »Er war nicht zufällig sehr groß und auffallend schlank?«

De Graaf nickte. »Ich wußte, daß Sie diese Frage stellen würden. Sie denken an den Mann, der dieses Boot ausgeliehen hat, wie sie es so schön nannten. Wie hieß doch der Besitzer?«

»Dekker.«

»Richtig, Dekker. Das muß der Mann gewesen sein, den Dekker uns beschrieben hat. Ich komme immer wieder auf Ihre bizarre Idee zurück, daß dieser Riordan – oder wie er heißen mag – Albino ist. Die dunkle Brille. Die intensive Bräunung, um die weiße Haut zu verbergen. Das schwarze Haar anstatt des weißen. Der andere – Samuelson – hatte dichtes, stark gelocktes, weißes Haar und einen Spitzbart. Mit Sicherheit kein Albino; er hatte blaue Augen. Ein älterer Mann, aber so gut wie ohne Falten im Gesicht. Andererseits war er ziemlich rundlich, was vielleicht die jugendlich glatte Haut erklären könnte. Er sah aus wie eine Kreuzung zwischen einem amerikanischen Senator und einem aufgedunsenen Ölmilliardär.«

»Vielleicht hat er nur einen besseren Maskenbildner als Riordan.«

»Möglich. Beide sprachen übrigens englisch, woraus ich schließe, daß Samuelson kein Holländisch versteht. Beide erklärten ausdrücklich, Amerikaner irischer Abstammung zu sein; ich habe keinen Grund, das zu bezweifeln. Man mußte nicht Hector oder einer seiner Professorenfreunde sein, um ihren auffallenden New Yorker Akzent herauszuhören. Das Reden übernahm fast ausschließlich Riordan.

Er bat – nein, er verlangte, daß wir uns mit der britischen Regierung in Verbindung setzen. Genauer gesagt: wir sollten als Mittler zwischen der FFF und Whitehall fungieren, da Whitehall sich eher mit einer anderen Regierung zu Verhandlungen bereiterklären würde als mit einer Gruppe ihres Schlages. Als Bernhard wissen wollte, worüber um alles in der Welt sie mit Whitehall zu verhandeln gedächten, erklärten sie, es handle sich um die Nordirlandfrage. Auf nähere Einzelheiten werde man erst eingehen, wenn die holländische Regierung ihre Einwilligung zur Mitarbeit gegeben hätte.« De Graaf seufzte. »Worauf unser Justizminister, der natürlich gleichzeitig verdammt gut wußte, daß sie ihn in der Hand hatten, sich aufs hohe Roß setzte und erklärte, es wäre unvorstellbar, ja undenkbar, daß eine souveräne Nation die Belange einer terroristischen Gruppe vertreten sollte. In diesem Stil hat er sich etwa fünf Minuten lang in ausführlichen Erläuterungen ergangen, die ich Ihnen ersparen will. Schließlich schloß er mit den Worten, er würde eher sterben, als dies zuzulassen.

Riordan meinte daraufhin, er könnte sich kaum vorstellen, daß Dessens sich in diesem Umfang engagieren würde; außerdem wäre er überzeugt, daß vierzehn Millionen Holländer in diesem Punkt sicher anderer Meinung seien. Dann wurde er plötzlich unangenehm persönlich und stieß wüste Drohungen aus. Falls er, Dessens, Selbstmord begehen wollte, so würde das kaum etwas ändern. Wenn sich die Regierung bis zweiundzwanzig Uhr nicht zur Mitarbeit bereit erklärt hätte, würde um Mitternacht der Oostelijk-Flevoland-Deich in der Nähe von Lelystad in die Luft gehen. Danach zog er ein Papier mit einer Liste von Orten hervor, die jeden Augenblick unter Wasser gesetzt werden könnten. Er hat zwar nicht gesagt, ob die Sprengladungen bereits angebracht waren, aber angesichts ihrer Taktik, uns im ungewissen zu lassen, ist das ja nicht weiter verwunderlich.

Unter den aufgeführten Orten – es waren so viele, daß ich die Hälfte davon schon wieder vergessen habe – befanden sich unter anderem Leeuwarden, das Noordoost-Polderland in der Umgebung von Urk, das Amstelmeer, das Wieringermeer, Putten, das Polderland südlich von Petten, Schouwen, Duiveland und Walcheren. Ob wir uns noch erinnern könnten, was mit Walcheren im Krieg passiert sei? Auch die östliche und westliche Scheldemündung stand auf ihrer Liste – er vergaß nicht, uns an die Ereignisse vom Februar 1953 zu erinnern. Dies wäre nur ein konkretes Beispiel für die möglichen Ausmaße einer solchen Katastrophe. Darauf erging sich Riordan in recht düsteren Hinweisen auf die allgemeine Wetterlage. Ob wir bemerkt hätten, wie hoch der Wasserstand der Nordsee gestiegen wäre, daß sich der Wind nach Norden gedreht hätte und daß mit schweren Springfluten zu rechnen sei? Und daß gleichzeitig der Wasserstand des Rheins, des Waal, der Maas und der Schelde nahe dem Tiefststand läge – also ähnliche Bedingungen wie im Februar 1953?

Dann verlangte Riordan, mit einem Minister oder mehreren Ministern zu sprechen, die den Mut hätten und in der Lage wären, Entscheidungen zu fällen. Er sei es satt, sich von einem jämmerlichen Hinterbänkler hinhalten zu lassen, dem nur daran läge, seine klägliche politische Karriere nicht zu gefährden, womit er Bernhard, wie ich finde, doch ein wenig Unrecht tat.

Des weiteren erklärte Riordan, daß sie, um ihrem Mißvergnügen an dieser völlig unnötigen Verzögerung der Verhandlungen Ausdruck zu verleihen, eine der Bomben zünden würden, die sie in verschiedenen öffentlichen Bauten der Hauptstadt plaziert hatten. An diesem Punkt berieten sich die beiden flüsternd. Dann erklärte Riordan, ihre Wahl wäre auf den Königlichen Palast gefallen, und es sei völlig zwecklos, nach der Bombe zu suchen. Gleichzeitig versicherten sie, daß durch die Explosion, die sich binnen fünf Minuten nach ihrem Weggehen ereignen würde, keinerlei Menschenleben gefährdet seien. Fast beiläufig fügte Riordan noch hinzu, jeder Versuch, sie in irgendeiner Weise in ihrer Bewegungsfreiheit einzuschränken, hätte unweigerlich die Sprengung des Oostelijk-Flevoland-Deichs zur Folge – und zwar nicht erst um Mitternacht, sondern bereits um einundzwanzig Uhr. Mit diesem erfreulichen Nachsatz gingen sie. Die Explosion im Palast hat dann, wie Sie wissen dürften, plangemäß stattgefunden.«

»Das kann man wohl sagen.« Van Effen verzichtete darauf, de Graaf zu erzählen, daß er selbst auf den roten Knopf gedrückt hatte. Mit leichtem Schaudern suchte er sich einen etwas weniger feuchten Standplatz auf dem Isfahan. »Ich fürchte, ich hole mir noch eine Lungenentzündung.«

»Da steht Brandy.« Mit einer ungeduldigen Handbewegung deutete de Graaf auf eine Reihe von Flaschen, als wäre es ihm unverständlich, wie jemand die Existenz der verschiedensten Universalheilmittel gegen Pneumokokken übersehen könnte. »Jenever, Scotch ...« Ein Klopfen an der Tür unterbrach ihn; ein uniformierter Polizist ließ George und Vasco ein, die beide noch gründlicher durchweicht waren als van Effen. »Zwei noch fortgeschrittenere Fälle, würde ich sagen.«

»Wie bitte, Oberst?« fragte George verdutzt.

»Von Lungenentzündung, meine ich. Bitte, bedienen Sie sich. Ich muß allerdings sagen, daß ich nicht mit Ihrem Erscheinen gerechnet habe.«

»Mijnheer van Effen hat gemeint ...«

»Ich weiß. Es ist ihm lediglich entfallen.«

»Ich habe schließlich eine Menge wichtiger Dinge im Kopf«, entschuldigte sich van Effen. »Und?«

»Wir haben sie uns gut angesehen, als sie das Haus verließen und zum Bus gingen. Auch auf dem Dam haben wir sie im Auge behalten. Ich würde sie überall wiedererkennen.« George machte eine kurze, nachdenkliche Pause. »Ich muß sagen, daß sie mir ziemlich harmlos vorkamen.«

»Habt ihr schon einmal Fotos von Mitgliedern der Baader-Meinhof-Bande gesehen? Auch denen fehlten nur noch Harfe und Heiligenschein. Als ich eben ›Und?‹ sagte, meinte ich etwas anderes.«

»Ach so! Natürlich.« George schien etwas verlegen. »Als du aus dem Haus kamst – wir sahen dich weggehen, sind aber nicht näher gekommen, weil du uns das verboten hast, falls dir jemand folgen sollte. Weißt du, daß man dich beschattet hat?«

»Ja.«

»Wir haben zehn Minuten auf der anderen Straßenseite gewartet. Dann gingen wir über die Straße und auf das erleuchtete Fenster zu. Dieser Regen! Unter den Niagarafällen zu stehen, kann auch nicht schlimmer sein.« Er wartete auf eine tröstende Bemerkung; als sie ausblieb, fuhr er fort. »Dann haben wir noch mal zehn Minuten gewartet. Wir konnten Musik und Stimmen hören.«

»Das kann ich mir denken. Als euch das Ganze dann doch zu dumm wurde, seid ihr rein. Das Licht war an. Eine Kassette im Kassettenrecorder. Die Vögel waren durch die Hintertür ausgeflogen. Nicht sehr originell. Demnach wissen wir immer noch nicht, wo sie ihren Stützpunkt haben. Aber das ist nicht eure Schuld – Agnelli ist ein Sicherheitsfanatiker.«

»Ganz so dumm hätten wir uns trotzdem nicht anstellen müssen«, brummte Vasco. »Das nächste Mal ...«

Das Telefon klingelte. De Graaf nahm den Hörer ab und sagte nach einer Weile: »Einen Augenblick bitte, Mijnheer.« Er legte die Hand vor die Sprechmuschel. »Das war zu erwarten. Dessens. Die Explosion im Palast hat ihre

Wirkung auf das Kabinett offensichtlich nicht verfehlt; sie sind überzeugt, daß der Oostelijk-Flevoland-Deich um Mitternacht gesprengt wird. Sie wollen einlenken, legen aber auf meine Anwesenheit Wert und schlagen als Zeitpunkt dreiundzwanzig Uhr vor. Ich hätte Sie gern dabei. Elf Uhr? Einverstanden?«

»Wäre halb zwölf auch noch möglich, Mijnheer? Ich habe vorher noch ein paar Termine.«

De Graaf sprach noch eine Weile und hängte dann auf. »Sie scheinen ja wirklich einen sehr vollen Terminkalender zu haben, Leutnant. Ich kann mich nicht erinnern, daß Sie mich über den Zweck dieser Verabredungen in Kenntnis gesetzt hätten.«

»Dazu hatte ich bisher noch keine Gelegenheit. Um zehn Uhr muß ich im Trianon sein, um einen Anruf von Agnelli entgegenzunehmen. Seine Sprengstoffvorräte sind etwas knapp, und ich habe ihm versprochen, Abhilfe zu schaffen.«

»Sprengstoff. Natürlich. Selbstverständlich.« De Graaf schenkte sich einen Brandy ein, ohne dabei einen Tropfen zu verschütten. »Nachdem Sie schon mal eben den Palast in die Luft gesprengt haben« – dies war zwar eine Übertreibung, angesichts der Umstände jedoch durchaus verständlich –, »kann man natürlich nicht von Ihnen erwarten, daß Sie sich auf diesen unbedeutenden Lorbeeren ausruhen. Und wo gedenken Sie, sich diese Sprengstoffvorräte zu beschaffen? Ich bin sicher, Sie werden höchstens ein paar hundert Kilo TNT oder etwas in der Art brauchen?«

»Ich? Dazu hätte ich weder die Zeit noch die Befugnis. Deshalb dachte ich, Mijnheer, Sie könnten vielleicht wieder einmal Ihren Einfluß spielen lassen...«

»Ich? Der Polizeichef? Ich soll einer terroristischen Vereinigung behilflich sein, ihre Sprengstoffvorräte zu decken?« De Graaf überlegte kurz. »Vermutlich gehen Sie auch davon aus, daß ich die Lieferung persönlich überbringe?«

»Um Himmels willen, nein. Das wird Georges großer Auftritt werden. Tut mir leid, George, aber ich hatte bisher weder Zeit noch Gelegenheit, dich in die ganze Geschichte einzuweihen. Ich habe mich heute abend mit Agnelli ausführlich über dich und Vasco unterhalten. Ich fürchte allerdings, Vasco, daß ich deine Person in so düsteren Farben geschildert habe, daß deine Rehabilitation – wenn überhaupt noch möglich – einige Zeit in Anspruch nehmen dürfte. Du bist ein unehrenhaft entlassener Polizist – hinterhältig, unberechenbar, knapp vor der Einlieferung in eine Nervenheilanstalt. Agnelli hatte mir seine Fragen in etwas zu beiläufigem Ton gestellt. Ich bin sicher, er weiß, daß du bei der Polizei bist oder warst. Er kommt nämlich auch aus Utrecht. Das heißt jedoch nicht, daß er in nicht allzu ferner Zukunft trotzdem deine Dienste in Anspruch nehmen wird – natürlich erst, nachdem wir dein Äußeres und deine Vergangenheit ein wenig verändert haben.

George, du bist Waffenhändler. Gott weiß, daß es davon nicht gerade wenige gibt. Aber du bist etwas Besonderes. Der dicke Hecht. Einen Panzer vom Typ Leopard? Eine SAM-Rakete? Wenn's sein muß, auch ein Torpedoboot? In diesem Fall ist George genau der richtige Mann. Und da du dich nun einmal ausschließlich mit größeren Posten abgibst, setzt du dich auch nur mit deinesgleichen an einen Tisch. Keine Mittelsmänner – nicht einmal mich. Du schließt deine Geschäfte nur mit dem Boß persönlich ab – oder gar nicht.«

»Ich soll mich mit diesem Agnelli treffen?« George grinste zufrieden. »Du willst mich ganz groß ins Geschäft bringen?«

»Ich habe das Gefühl, daß mir diese Sache über den Kopf wachsen könnte. Wahrscheinlich brauche ich Hilfe. Und im Grunde habe ich gar nicht das Recht, dich um so etwas zu bitten. Du hast schließlich Annelise und die Kinder. Die Sache könnte nicht ganz unproblematisch werden . . .«

»Nicht ganz unproblematisch!« Wenn er wollte, konnte de Graaf seiner Stimme einen recht sarkastischen Klang verleihen. »Nicht ganz unproblematisch. Ich will nicht sagen, es ist schlechtweg verrückt, weil nichts verrückt ist, solange eine gewisse Chance der Durchführbarkeit besteht. Aber das Ganze gefällt mir ganz und gar nicht. Schließlich basiert alles auf der Annahme, daß sie Ihnen noch nicht auf die Schliche gekommen sind; aber was, bitte, berechtigt Sie zu dieser Annahme? Sicher, Sie sind bisher recht gut miteinander ausgekommen, aber nur, weil beide Seiten davon ihren Vorteil hatten. Falls sie aber doch über Sie Bescheid wissen und irgendwann einmal zu dem Schluß kommen, daß Sie für sie nicht mehr von Nutzen sind, werden sie sich Ihrer vielleicht auf recht dauerhafter Basis entledigen. Haben Sie also ein Recht, George in diese Sache hineinzuziehen?«

»Ich habe ihn gefragt, ob er...«

Van Effen wurde durch das Telefon unterbrochen. De Graaf nahm ab. »Ach, Leutnant Valken... ja, ja.« De Graafs Gesicht war völlig reglos, während er Valken zuhörte. »Tut nichts zur Sache, wenn Sie das bisher nicht gewußt haben. Warten Sie, ich hole mir nur schnell Papier und Bleistift.« De Graaf notierte ein paar Worte, verabschiedete sich von Valken und hängte auf. Dann griff er nach seinem Glas.

»Julie und Annemarie?« fragte van Effen.

»Ja. Woher wissen Sie das?«

»Valken, Ihr Gesicht, der Brandy. Schlimm?«

»Allerdings. Die Annecys haben wieder angerufen. Sie behaupten, den Mädchen ginge es den Umständen entsprechend gut, was alles oder nichts bedeuten kann. Außerdem haben sie uns mitgeteilt, daß sie bereits ein Beileidstelegramm nach Rotterdam aufgegeben haben.« Er ergriff das Blatt Papier, auf das er eben geschrieben hatte. »An David Joseph Karlmann Meijer.«

Van Effen nahm wortlos einen Schluck Brandy. George und Vasco tauschten verständnislose Blicke. Nach einer Weile fragte George: »Und wer soll das sein?«

»Ach«, entschuldigte sich de Graaf, »das können Sie nicht wissen. Ich vergaß, Ihnen das zu sagen. Es ist Annes – Annemaries Vater.«

»Ja«, erwiderte George. »Das heißt nein. Ich verstehe immer noch nicht, Oberst. Was soll mit Annemarie sein?«

De Graaf starrte van Effen ungläubig an. »Soll das heißen, daß Sie ihnen noch nichts davon erzählt haben?«

»Soweit ich mich erinnern kann, nein.«

»Gütiger Gott!« De Graaf schüttelte den Kopf. »Wieder einmal Ihr Grundsatz: Keiner soll mehr wissen als nötig. Eines Tages vergessen Sie noch, sich selbst an etwas zu erinnern, Peter, und das wird Ihr Ende sein.« De Graaf sah von George zu Vasco. »Annemarie und Julie – Leutnant van Effens Schwester – sind entführt worden. Von den Annecy-Brüdern.«

»Von den Annecy-Brüdern.« Für einen Moment verschlug es George die Sprache. »Diese brutalen Kerle, die du für fünfzehn Jahre hinter Gitter gebracht hast?«

»An diesem Punkt muß ich eine kleine Korrektur anbringen. Leutnant van Effen hat zwei der vier Brüder hinter Gitter gebracht. Zwei sind ihm jedoch entkommen, und diese beiden drohen seither damit, ihn umzubringen. Und sie machen Fortschritte. Inzwischen haben sie Julie in ihrer Gewalt.«

»Ich kenne Julie sehr gut. Aber was soll dieses Telegramm an Annemaries Vater?«

»Der entscheidende Punkt ist in diesem Fall Annemaries Vater. Sie werden es kaum für möglich halten, George, aber der Vater dieser schrecklichen Schachtel, die Sie sicherlich des öfteren in Ihrem Lokal gesehen haben, ist einer der reichsten Männer der Niederlande. Vielleicht sogar der reichste. Ein sehr einflußreicher Mann. Die Regierung kann es sich nicht leisten, nicht auf ihn zu hören. Seine Position ist vergleichbar mit der des Flugzeugfabrikanten Dassault in Frankreich. Es gibt Regionen, in denen nichts geschieht, ohne daß man zuerst seinen Rat eingezogen oder ihn zumindest um seine Meinung gefragt hat. Er besitzt Macht und Einfluß und eine Tochter; und nachdem sich seine Tochter nun in ihrer Gewalt befindet, werden sie versuchen, seinen Einfluß für ihre eigenen Zwecke einzusetzen. Anne Meijer ist sozusagen die Traumgeisel jedes Verbrechers.«

Van Effen setzte sein Glas ab und blickte auf seine Uhr. »Zeit, zu gehen, George.«

»Herr im Himmel! Das ist doch wirklich nicht zu fassen! Sie sehen auf Ihre verdammte Uhr und sagen: Zeit, zu gehen. Haben Sie sich eigentlich noch nicht überlegt, woher die Annecys wissen könnten, daß Annemarie die Tochter von David Meijer ist?«

»Ich vermute, sie haben ihre Überredungskünste spielen lassen.«

»Überredungskünste! Sie haben das arme Mädchen gefoltert!«

»Welches arme Mädchen?«

»Sind Sie noch zu retten? Annemarie natürlich.«

Van Effen schüttelte entschieden den Kopf. »Nein. Nicht Annemarie. Die Annecy-Brüder haben nie jemanden ohne Grund gefoltert, wie pervers dieser Grund auch gewesen sein mochte. Zu dieser Methode griffen sie immer nur dann, wenn sie etwas wissen oder sich an jemandem rächen wollten. Weshalb sollten sie sich an Annemarie rächen? Sie hat keinem von ihnen etwas zuleide getan. Und andererseits, was hätten sie von ihr wissen wollen? Sie wußten doch nicht, wer sie ist, wer ihr Vater ist. Für sie ist Annemarie eine Freundin von Julie, und sie haben sie nur deshalb mitgenommen, weil sie gerade zufällig in der Wohnung war. Falls sie jemanden gefoltert haben – wobei ich glaube, daß sie nur mit Folter gedroht haben, um Informationen über mich zu bekommen –, dann wäre es Julie gewesen. Ich vermute eher, daß Annemarie mit dieser Information freiwillig herausgerückt ist, um die Annecys von meiner Schwester abzulenken. Sie hat ihnen den Mund mit der Aussicht auf ein unvorstellbar hohes Lösegeld wäßrig gemacht; vielleicht hat sie sogar den Einfluß ihres Vaters auf die Regierung zur Sprache gebracht. Annemarie ist schließlich nicht auf den Kopf gefallen. Sie weiß sehr gut, daß all die Annecys dieser Welt in erster Linie Pragmatiker sind und daß alles, was ihren Plänen förderlich sein könnte, sie wesentlich mehr interessieren würde, als es mir heimzuzahlen – in Person meiner Schwester natürlich.«

»Sie haben wohl keinen Tropfen Blut in den Adern«, murmelte de Graaf mehr zu sich selbst.

»Wie bitte, Mijnheer?«

»Sie könnten sogar recht haben. In beiden Fällen wäre es jedoch schlimm genug. Falls Sie recht haben, ist die Position der Annecys jetzt natürlich erheblich gestärkt, und David Meijers Säckel dürfte um einiges erleichtert werden. Aber wenn Sie allerdings nicht recht haben, stecken Sie schon Ihren Kopf in diese bezaubernde Schlinge, die Ihnen die Annecys auf diese Postkarten gemalt haben. Außerdem könnte Annemarie Ihnen noch eine Reihe anderer interessanter Dinge erzählt haben: zum Beispiel, daß Stephan Danilow im Privatleben Peter van Effen heißt. Diesmal kann ich mich nicht darauf verlassen, daß Sie sich nicht täuschen. Ich ordne deshalb an, daß Sie von Ihrem Vorhaben Abstand nehmen.«

»Normalerweise würde ich mir nie träumen lassen, mich einer Anordnung von Ihrer Seite zu widersetzen, Mijnheer«, meldete sich George zu Wort. »Aber wir haben es hier mit höchst ungewöhnlichen Umständen zu tun. Indem ich mich also Ihren Anweisungen widersetze, stelle ich mich damit weder außerhalb des Gesetzes noch gebe ich damit zu verstehen, daß ich meinen Dienst bei der Polizei quittiere. Ich gehe nur meinen eigenen Weg.«

De Graaf nickte. »Sie kann ich nicht aufhalten. Aber ich kann ...«

»Sie können auch ihn dazu zwingen, seinen eigenen Weg zu gehen«, unterbrach ihn George. »Indem er seinen Abschied einreicht. Allerdings kann ich mir nicht vorstellen, daß Sie sich das je verzeihen könnten.«

Mit einem Stirnrunzeln schenkte sich de Graaf nach, ließ sich in einen Sessel sinken und starrte wortlos ins Feuer. Van Effen nickte Vasco kurz zu; dann verließen die drei Männer den Raum.

Bei ihrer Rückkehr ins Trianon stellten van Effen und George fest, daß der übliche Wachhund verschwunden war. Seinen Platz hatte jedoch ein anderer, noch unscheinbarerer Mann eingenommen; er saß in einiger Entfernung von der Rezeption und hatte ein Glas Bier vor sich stehen. Für van Effen stand außer Zweifel, daß er aus dem gleichen Stall kam. Der Portier rief hinter ihnen her, als sie an der Rezeption vorbeikamen.

»Eine Nachricht für Sie, Mister Danilow.« Er reichte van Effen einen kleinen Zettel, auf dem stand: »Kann ich Sie auf Ihrem Zimmer sprechen? In zwei Minuten?«

»Ja, natürlich. Vielen Dank.« Van Effen steckte den Zettel in die Tasche und ging mit George zum Lift. Zwei Minuten später erschien der Portier in van Effens Zimmer. Er schloß die Tür hinter sich und warf einen fragenden Blick auf George.

»Seien Sie unbesorgt«, beschwichtigte ihn van Effen. »Mein Freund hier steht auf der richtigen Seite. George, das ist Charles. Er leitet das Hotel hier. Charles, das ist George. Er ist von der Polizei.«

»Ach so. Ich wollte nur sagen, daß Sie heute abend den Hintereingang lieber nicht benutzen sollten – dort treibt sich schon seit einiger Zeit ein Fremder herum. Er sitzt in einem alten DAF. Und wie Sie sicher schon festgestellt haben, ist Ihr Aufpasser im Foyer ausgewechselt worden; sein Vertreter macht nicht unbedingt einen unauffälligeren Eindruck. Außerdem ist da noch ein Mann, der sich im Restaurant gerade etwas zu essen bestellt hat. Er sitzt so, daß er jeden sehen kann, der das Foyer durchquert. Er kennt Ihren neuen Schatten. Sie haben zwar nicht miteinander gesprochen, sich dafür aber vielsagende Blicke zugeworfen und sich gegenseitig zugenickt. Sie dachten wohl, dies ungestraft tun zu können. Woher sollten sie auch wissen, daß ich ein gewisses Interesse an ihren Aktivitäten habe? Deshalb habe ich übrigens auch zwei Minuten gewartet, ich wollte sehen, ob einer von den beiden etwas unternimmt. Sie haben mich nicht enttäuscht. Unser Freund aus dem Restaurant war schon in der Telefonzelle, als sich die Lifttür kaum hinter Ihnen geschlossen hatte. Ich habe gewartet, bis er mit seinem Anruf fertig war. Vermutlich hat er jemandem Ihr Eintreffen gemeldet. Ich habe den Mann im Spiegel beobachtet, wie er die Telefonzelle verließ. Auch diesmal hat er dem anderen kurz zugenickt.«

»Falls Sie hier mal gefeuert werden sollten, Charles,

wüßte ich schon einen Job für Sie. Ich werde die beiden Burschen im Auge behalten. Und vielen Dank.« Charles verließ das Zimmer.

»So«, meinte George. »Nun kann jeden Augenblick das Telefon klingeln. Der Mann aus dem Restaurant hat Agnelli benachrichtigt, daß Danilow in Begleitung seines Freundes, des Sprengstoffexperten und Waffenschiebers, ins Hotel zurückgekehrt ist. Jetzt würde mich nur noch interessieren, an welchem lauschigen Ort unser kleines Treffen stattfinden soll.«

»Du wirst staunen. Dieser lauschige Ort dürfte mit ziemlicher Sicherheit Zimmer zweihundertdrei sein, wo wir uns gerade befinden. Charles hat doch eben erzählt, daß Agnelli – wer könnte es schließlich sonst sein? – zwei zusätzliche Spürhunde beordert hat, hier herumzuschnüffeln. Warum wohl? Um ihn über unsere Ankunft im Hotel zu informieren, hätte doch ein Aufpasser genügt. Bei den anderen beiden handelt es sich sozusagen um Leibwächter – Bestandteil seiner Versicherungspolice. Vergiß nicht, daß Agnelli keinerlei Grund zu der Annahme hat, daß wir von ihrer Anwesenheit wissen. Möglicherweise gibt es noch zusätzliche Bewacher, von denen auch Charles nichts weiß. Außerdem wäre dies hier der letzte Ort, den er, unserer Ansicht nach, als Treffpunkt auswählen könnte – das muß zumindest Agnelli denken –, so daß wir also auch nicht auf die Idee gekommen wären, ein Empfangskomitee hierherzubestellen. Wenn er anruft, wird er uns sicher mitteilen, daß er in wenigen Minuten hier eintreffen wird, so daß wir keine entsprechenden Vorkehrungen mehr treffen können.«

Van Effen sollte in beiden Fällen recht behalten. Agnelli rief höchstpersönlich an, um mitzuteilen, daß die Unterredung im Trianon stattfinden sollte, und daß er mit seinen Freunden in weniger als fünf Minuten dort eintreffen würde.

»Er bringt Freunde mit, man beachte den Plural«, wandte sich van Effen an George, nachdem er aufgehängt hatte. »Romero Agnelli traut wirklich niemandem.«

Agnellis herzlicher, argloser Gesichtsausdruck bei seiner Ankunft sollte van Effens Behauptung eigentlich Lügen strafen; man hatte hier offenkundig einen Mann vor sich, dem man Vertrauen schenken mußte. Agnelli wurde von drei Männern begleitet, darunter seinem Bruder Leonardo, der diesmal noch mehr wie ein Mitglied der Mafia aussah als sonst. Die beiden anderen hatte van Effen bis dahin noch nie gesehen. Einer von ihnen, ein stämmiger Mann unbestimmten Alters mit freundlichem Gesicht – obwohl er schwer zu schätzen war, hätte van Effen ihn zwischen vierzig und fünfzig eingestuft – wurde als Liam O'Brien vorgestellt. Sein Akzent und in nicht geringerem Maße auch sein Name ließen auf irische Abstammung schließen. Der andere, ein gutaussehender junger Mann mit dunklem Teint, wurde ihnen als Heinrich Daniken vorgestellt; er hätte jeder Nationalität angehören können. Was die Funktion seiner beiden Begleiter betraf, ließ sich Agnelli auf keinerlei nähere Erläuterungen ein.

Nachdem man einander vorgestellt war und van Effen etwas zu trinken angeboten hatte, eröffnete Agnelli die Verhandlungen: »Soll ich Sie George nennen, oder haben Sie noch einen anderen Namen?«

»George genügt.« Er lächelte. »Ich lege Wert auf Anonymität.«

Agnelli musterte die imposante Gestalt vor sich. »Die zu wahren Ihnen wohl nicht leicht fallen dürfte. Bei Ihrer Statur. Wirkt sich das in Ihrem Beruf nicht eher nachteilig aus?«

»Nachteilig? Ganz im Gegenteil. Ich bin ein friedliebender Mensch – und wenn man so aussieht wie ich, kommt niemand auf die Idee, sich mit einem anzulegen.« George, stellte van Effen zufrieden fest, war ein überzeugender Lügner. »Und natürlich glaubt jeder, oder zumindest fast jeder – dabei denke ich vor allem an die sogenannten Vertreter des Gesetzes –, daß jemand, der so groß und kräftig und nett und freundlich ist wie ich, ganz gut zurechtkommen muß, auch wenn er keine besondere Leuchte ist. Das ist eine Art Naturgesetz. Gut, ich bin zwar kein Einstein, aber auf der Sonderschule war ich auch nicht gerade. Aber wir sind hier doch kaum zusammengekommen, um über persönliche Dinge zu sprechen. Habe ich nicht recht, Mister Agnelli? Fünf Fragen: Was wollen Sie? In welchen Mengen? Wann? Wo? Preis?«

Das Verblassen von Agnellis gutgelauntem Lächeln war so kurz, daß es nur einem sehr aufmerksamen Beobachter aufgefallen wäre, und selbst dann hätte dieser Eindruck auf Einbildung beruhen können. »Sie kommen aber rasch zur Sache, George. Offenbar halten Sie nicht viel von einem vorhergehenden kleinen Austausch von Höflichkeiten. Ehrlich gesagt – mir geht es nicht anders. Wie Sie habe auch ich nicht die Zeit, lange um den heißen Brei zu reden, und wie Sie betrachte auch ich mich als Geschäftsmann.« Er zog ein Blatt Papier aus der Innentasche seines Anzugs. »Das ist meine Einkaufsliste. Ziemlich lang, finden Sie nicht auch?«

George studierte sie kurz. »Ziemlich. Aber durchaus innerhalb meiner begrenzten Möglichkeiten. Die meisten Bestellungen sind weiter kein Problem. Das gilt vor allem für die Sprengstoffe. Die ferngesteuerten Bodengeschosse – Sie meinen wohl Panzerabwehrraketen, wenn Sie dies auch nicht ausdrücklich sagen – und die SAM-Luftabwehrraketen dürften relativ einfach zu beschaffen sein. Für Plastikminen, Handgranaten und Rauchbomben gilt das gleiche.« Er nahm einen Schluck von seinem Brandy und runzelte nachdenklich die Stirn. »Nur eins verstehe ich nicht ganz. Und zwar handelt es sich dabei um einen Punkt, der mir keineswegs gefällt. Ich meine nicht die Tatsache, daß Sie offensichtlich vorhaben, für einen mittleren Privatkrieg aufzurüsten, einen reinen Defensivkrieg selbstverständlich. Das ist schließlich Ihre Sache.« Er reichte die Liste an van Effen weiter. »Was meinst du dazu?«

Van Effen studierte die Liste eine Weile und gab sie dann wieder an George zurück. »Was ist mit den näheren Spezifikationen?«

»Genau.« Der Reihe nach musterte George ohne ein Lächeln die vier Männer, bis sein Blick schließlich auf Agnelli haften blieb. »Eine gefährliche Liste, muß ich sagen. Was auch für die Personen gelten könnte, die sie zusammengestellt haben. Diese Bestellung könnte durchaus in die falschen Hände geraten.«

Auch Agnelli war das Lachen vergangen. Ihm schien nicht sonderlich wohl in seiner Haut. »Ich fürchte, ich verstehe Sie nicht recht.«

»Dann sollte ich Sie vielleicht besser erst einmal aufklären. Es geht um nähere Spezifikationen, wie mein Freund Stephan bereits festgestellt hat. Sprengstoff – keine Spezifikationen. Raketen dasselbe – und zwar im Falle beider Typen. Was für Zündsätze? Welche Sprengkapseln? Die Zünder – Sie geben nicht einmal an, ob elektrisch oder chemisch, ob schnell wirkend oder verzögert. Diese Liste hat nie und nimmer ein Sprengstoffexperte zusammengestellt. Sie kann nur das Werk eines stümperhaften Anfängers sein.«

Agnelli versank für eine Weile in die Betrachtung seines Glases, bis er schließlich erwiderte: »Dieser Anfänger bin ich. Allerdings haben mich meine drei Begleiter hier bei der stümperhaften Zusammenstellung etwas unterstützt.«

»Gott steh uns bei«, seufzte van Effen. »Ihnen sollte man nicht mal eine Kiste mit Feuerwerkskörpern anvertrauen. Ich muß schon wieder einmal fragen – und nicht zum erstenmal: wo haben Sie eigentlich Ihre Experten?«

Agnelli lächelte verlegen und breitete in einer entschuldigenden Geste seine Hände aus. »Ich muß Ihnen reinen Wein einschenken, meine Herren.« Für van Effen stand völlig außer Zweifel, daß Agnelli das Blaue vom Himmel herunterlügen würde. »Wir stecken in einem vorübergehenden Engpaß. Die beiden Männer, auf die wir uns in diesem Bereich stützen, werden für andere Aufgaben benötigt, so daß wir eine Weile ohne sie auskommen müssen. Aber wir dachten – nun ja, Sie beide sind ja ebenfalls bestens mit diesen Belangen vertraut, und . . .«

»Das ist nicht das Problem«, fiel ihm George ins Wort. »Sprengstoff zum Beispiel können wir Ihnen ohne weiteres besorgen und Ihnen auch erklären, wie Sie damit umgehen müssen, ohne sich selbst in die Luft zu sprengen. Mit den Raketen ist das eine andere Sache. Damit kann nur ein Mann umgehen, der wirklich etwas davon versteht.«

»Wie lange würde es denn dauern, so etwas zu lernen?«

»Eine Woche vielleicht, zehn Tage.« George übertrieb mit voller Absicht. Er konnte es sich leisten: von militärischen Waffen verstanden die vier Männer offenbar überhaupt nichts. »Aber wenden Sie sich deswegen bitte nicht an uns. Wir sind keine Militärs und kennen uns mit diesen Dingen kaum besser aus als Sie.«

Nach längerem Schweigen sagte Agnelli unvermittelt: »Kennen Sie jemanden, der dafür in Frage käme? Ich meine jemanden, der sich mit diesen Waffentypen auskennt?«

»Meinen Sie damit, was ich denke, daß Sie meinen?«

»Ja.«

»Ich kenne jemanden.« George sagte dies in einem leicht ungeduldigen Tonfall, der keinen Zweifel daran ließ: für ihn war selbstverständlich, daß er einen solchen Mann kannte.

»Wer ist dieser Mann?«

George bedachte Agnelli mit einem mitleidigen Blick. »Er hat keinen Namen.«

»Aber irgendwie müssen Sie ihn doch nennen.«

»Ja. Leutnant.«

»Wieso?«

»Weil er Leutnant ist.«

»Entlassen natürlich.«

»Eben nicht. Ein entlassener Leutnant würde mir herzlich wenig nützen. Ich glaubte eigentlich, Ihnen wäre klar, daß ein Mann wie ich nur Waren aus zweiter oder dritter Hand vertreiben kann. Ein Zwischenhändler, wenn Sie wollen.«

»Ach, jetzt verstehe ich. Ihr Lieferant?«

»Mister Agnelli. Sie werden doch nicht allen Ernstes erwarten, daß Sie auf diese naive Frage eine Antwort bekommen. Ich werde sehen, was sich machen läßt. Wohin soll die Ware denn geliefert werden?«

»Das hängt davon ab, wie bald Sie liefern können.«

»Bis morgen mittag.«

»Gütiger Gott!« Auf Agnellis ungläubigem Gesicht breitete sich ein Lächeln aus. »Sieht ja ganz so aus, als wäre ich genau im richtigen Laden. Wie wird die Lieferung erfolgen?«

»Mit einem Lastwagen der Armee selbstverständlich.«

»Selbstverständlich«, wiederholte Agnelli leicht verwirrt. »Das macht die Sache natürlich etwas schwierig. Ich hatte mit der Lieferung nicht vor übermorgen gerechnet. Könnte ich Sie morgen noch einmal anrufen, um endgültig über den Ort und den genauen Zeitpunkt zu entscheiden? Und wäre es möglich, die Lieferung um ein paar Stunden zu verschieben?«

»Das läßt sich machen.« George sah van Effen an. »Kann Mister Agnelli hier anrufen? Sagen wir, um zehn?« Van Effen nickte, und George lächelte Agnelli zu. »Den genauen Preis kann ich Ihnen noch nicht nennen, aber Sie sollten mit zehn- bis zwölftausend Dollar rechnen. Wir haben die besten Angebote in ganz Europa. Zahlbar in Dollar, Gulden oder D-Mark. Falls Sie allerdings unsere – äh – Dienste in Anspruch nehmen sollten, wird Sie das Ganze natürlich etwas mehr kosten.«

Mit einem Lächeln stand Agnelli auf, wieder ganz er selbst – gelassen und gut gelaunt. »Selbstverständlich, zumal Ihr Preis, wie ich zugeben muß, keineswegs übermäßig hoch ist.«

»Da wäre nur noch eines«, bemerkte van Effen freundlich. »Sie sind sich doch sicher klar darüber, Mister Agnelli, daß Ihre Chancen, wieder Kontakt mit mir aufzunehmen, relativ gering wären, falls ich mich aus dem einen oder anderen Grund dazu entschließen sollte, in ein anderes Hotel zu ziehen und mich dort unter einem anderen Namen anzumelden?«

»Relativ gering? Sie wären gleich null.« Agnelli runzelte die Stirn. »Wir kommen Sie darauf?«

»Nun, zwischen uns besteht doch so etwas wie gegenseitiges Vertrauen, oder vielleicht doch nicht?«

»Natürlich.« Die Verwunderung war noch immer nicht aus seinem Gesicht gewichen.

»Also gut, wenn es so ist, dann pfeifen Sie doch bitte Ihre Wachhunde im Foyer, im Restaurant und hinter dem Hotel zurück.«

»Meine Wachhunde?« Aus Agnellis Miene war schwerlich zu ersehen, daß er in seiner Verblüffung gleichzeitig Zeit zu gewinnen versuchte.

»Sollten Sie sich dazu nicht bereit erklären, werden wir sie leider in die nächste Gracht werfen müssen – entsprechend verschnürt, versteht sich –, und ich werde mich gezwungen sehen, das Hotel zu wechseln.«

Agnelli starrte ihn mit ausdruckslosem Gesicht an. »Sie sind wirklich auf der Hut. Das muß man Ihnen lassen.« Mit einem Lächeln streckte er van Effen seine Hand entgegen. »Tut mir leid. Also gut, die Wachhunde werden zurückgepfiffen. Tut mir ehrlich leid. Die haben ihre Sache tatsächlich nicht gut gemacht.«

Nachdem sie gegangen waren, wandte sich van Effen an George: »Ich glaube, du hättest es in der Unterwelt zu etwas bringen können. Unter anderem wäre unser werter Polizeichef schon vor Jahren einem Schlaganfall erlegen. Ich möchte wetten, Annelise hat nicht die leiseste Ahnung, was für ein gigantischer Lügner du bist. Du hast diesen Agnelli so an der Nase herumgeführt, daß er dir am Schluß regelrecht aus der Hand gefressen hat. Hoffen wir nur, daß es dabei bleibt. Könntest du dich noch heute abend mit Vasco in Verbindung setzen und ihm sagen, daß du einen Job für ihn hast – und zwar als Leutnant des Heeres. Selbstverständlich muß er vorher sein Äußeres erheblich verändern. Wir dürfen nicht vergessen, daß Agnelli bereits Gelegenheit hatte, ihn aus nächster Nähe in Augenschein zu nehmen.«

»Das dürfte weiter kein Problem darstellen.« George reichte van Effen Agnellis Einkaufsliste. »Ich gäbe viel darum, das Gesicht des Obersten zu sehen, wenn er morgen zum Einkaufen geschickt wird. Du kommst ja schon in einer Stunde in den Genuß dieses Vergnügens. Hast du übrigens daran gedacht, daß Riordan und Samuelson sehr gut von Agnelli begleitet werden könnten?«

»Eine reizvolle Vorstellung. Ja, ich habe auch schon an so etwas gedacht.«

»Und?«

»Was und?«

»Was und, fragt er! Wir wissen, daß Agnelli Annecy ist.«

»Zumindest sind wir uns dessen zu neunundneunzig Prozent sicher. Vergiß nicht, daß ich keinen der beiden Brüder, die wir nicht erwischt haben, je zu Gesicht bekommen habe.«

»Daß du ihn nicht kennst, heißt noch lange nicht, daß er dich nicht kennt. Im Gegenteil, er kennt dich sogar mit ziemlicher Sicherheit. Schließlich muß er dein Foto während des Prozesses gegen seine Brüder mehrmals in der Zeitung gesehen haben. Wie, glaubst du, wird er wohl reagieren, wenn er nicht nur den verhaßten Leutnant van Effen vor sich sieht, sondern auch den Mann, dessen Schwester er in irgendeinem dunklen Verlies eingekerkert hat – eben jene Schwester, an der er in seiner Freizeit die neuesten Daumenschraubenmodelle ausprobiert?«

»Dürfte allerdings interessant werden.«

»Der Oberst hatte also doch recht«, murmelte George. »Du scheinst tatsächlich keinen Tropfen menschliches Blut in deinen Adern zu haben.«

»›Ihre zehn Cents werden dazu beitragen, einen englischen Soldaten zu töten. Ist das kein Angebot? Was wollen Sie für den Preis noch mehr verlangen?‹ Mit diesem Spruch ziehen die Mitglieder ganz besonderer Sammeltrupps mit ihren Blechbüchsen durch die irischen Bars der Vereinigten Staaten. Vor allem in Städten im Nordosten Amerikas. Und hier wiederum vor allem in New York, und in New York vor allem in Queens, wo es die meisten Iren gibt. Zehn Cents. Mehr wollen sie nicht. Nur zehn Cents. Und selbstverständlich rasseln sie vor allem dann mit ihren Sammelbüchsen, wenn irgendeine irische Nacht stattfindet, ein irisches Fest, ein irischer Ball, ein irisches Sonst-irgend-etwas.

Wenn Sie noch nicht gehört haben, daß es wohltätige

Organisationen gibt – ja, sie nennen sich wohltätig –, die für den Ankauf von Waffen sammeln, dann leben Sie im vergangenen Jahrhundert, oder Sie stecken Ihren Kopf in den Sand. Sie behaupten, daß die Millionen Dollar, die sie im Laufe der Jahre gesammelt haben, an die Witwen und Kinder der IRA-Mitglieder gehen, die von der brutalen Hand der Briten gefallen sind. Als Unterstützung von Witwen und Waisen! Der Gründer solch einer verabscheuungswürdigen Organisation beging einmal den Fehler, die Wahrheit zu sagen. Er erklärte: ›Je mehr britische Soldaten in einem Sarg aus Ulster in ihre Heimat zurückkehren, desto besser.‹ Jack Lynch, ein ehemaliger irischer Premierminister, hat erwiesenermaßen gesagt, daß dieses Geld nur einem einzigen Zweck diente – nämlich Witwen und Waisen zu schaffen. Und zwar britische Witwen und Waisen.«

Riordan, ein ungewöhnlich großer und ungewöhnlich dürrer dunkelhaariger Mann, tief gebräunt und mit einem schwarzen, fast knöchellangen Regenmantel bekleidet, der die imposante Größe seines Trägers unterstrich, zitterte buchstäblich vor Wut, als er vor seinen Zuhörern stand. Die Knöchel seiner geballten Fäuste auf dem Tisch vor ihm traten auffallend weiß hervor. Die Echtheit und das Ausmaß seiner Erregung waren über jeden Zweifel erhaben, und sein Engagement hatte etwas Beeindruckendes.

»Weiß Gott, es ist schlimm genug, daß die Spenden für diese infamen Organisationen von ehrbaren, gottesfürchtigen, gläubigen Katholiken kommen, die in dem Glauben gelassen werden, sie unterstützten eine gute Sache! In Wirklichkeit spenden sie für eine Organisation, im Vergleich zu der selbst die Mafia ein harmloser Haufen spielender Kinder ist. Das Geld geht direkt an die verschiedenen IRA-Einheiten. Ein Teil davon dient dem Ankauf von Waffen auf den New Yorker Schwarzmärkten – Auktionen, die in der Regel in Abbruchvierteln oder auf leeren Parkplätzen, und natürlich ausnahmslos nachts, abgehalten werden. Bevorzugte Gegenden für diese Transaktionen sind die Bronx, Queens und Brooklyn. Und wie sich vielleicht selbst Ihrer Kenntnis nicht entzogen haben dürfte, meine Herren, sind Waffen in New York alles andere als schwer zu bekommen.« In seiner Verbitterung schien Riordan die Worte fast auszuspucken. »Mit dem restlichen Geld reisen dann verschiedene Funktionäre in aller Öffentlichkeit in die Staaten des Mittelwestens und Südens, wo es so etwas wie Waffenscheine nicht gibt. Ganz gleich, wo sie sich die Waffen beschaffen, sie landen alle im Gebiet um New York, wo sie, meistens von New Jersey oder Brooklyn aus, mit den wärmsten Empfehlungen und unter der Mitwirkung der Stauergewerkschaften und der Zollbehörden verschifft werden; schließlich sind zahlreiche Mitglieder dieser Organisationen irischer Abstammung – ein Umstand, der bereits völlig auszureichen scheint, die mörderischen Aktivitäten der IRA zu unterstützen. Da der Zoll dem Schatzamt der USA unterstellt ist, ergibt sich die logische Schlußfolgerung, daß diese Händler ihr Unwesen mit dem Wissen, wenn nicht sogar stillen Einverständnis der amerikanischen Regierung treiben. Der irische Einfluß im Kongreß ist ebenso sattsam bekannt wie maßgeblich.«

»Wenn ich Sie vielleicht einen Augenblick unterbrechen dürfte, Mister Riordan«, schaltete sich Aaron Wieringa, der Verteidigungsminister, ein. Der große, blauäugige Mann mit dem rosigen, Ruhe ausstrahlenden Gesicht erfreute sich in ganz Holland enormer Beliebtheit und hätte vor wenigen Jahren ohne weiteres Premierminister werden können, stünde er nicht in dem für einen Politiker alles andere als förderlichen Ruf totaler Unbestechlichkeit. »Man wird wohl kaum seine Augen vor der Tatsache verschließen können, daß diese Mißstände Ihr ehrliches Mißfallen erregen. Aber ich kann Ihnen versichern, auch wir leben nicht im vergangenen Jahrhundert, und ich glaube behaupten zu können, daß sich kein Mann in diesem Raum befindet, der Ihre Erregung nicht verstehen wird. Zwar würde ich nicht so weit gehen, auch Ihrer Verdammung Washingtons und des Kongresses zuzustimmen, aber darum geht es im Augenblick auch wohl kaum. Abgesehen von Ihrer Aufzählung verschiedener durchaus den Tatsachen entsprechender Fakten, haben wir uns hier mit einem ganz anderen Problem auseinanderzusetzen.

Uns hat vor allem zu interessieren, weshalb sich Ihr Zorn auf unsere bedauernswerte Nation im allgemeinen und im speziellen auf die Stadt Amsterdam richtet. Im Augenblick kann ich die Gründe dafür noch nicht einmal ahnen; ich bin sicher, daß Sie uns nicht länger darüber im unklaren lassen werden. Nichts von dem, was Sie bisher vorgebracht haben, rechtfertigt den Umstand, daß Sie uns auf erpresserische Weise dazu bringen wollen, als Mittler zwischen Ihrer Organisation und der britischen Regierung zu fungieren. Ich weiß sehr wohl zu würdigen, daß Sie vermutlich sehr triftige Gründe haben, einen Rückzug sämtlicher britischen Truppen aus Nordirland zu fordern. Andererseits verstehe ich jedoch nicht, was Sie zu der Annahme verleitet, wir hätten in diesem Punkt irgendeine Möglichkeit der Einflußnahme auf die britische Regierung. Ich wüßte keinen Grund, weshalb die Briten in irgendeiner Form auf die von Ihnen über unsere Vermittlung an sie gestellten Forderungen eingehen sollten.«

»Dafür gibt es einen einsichtigen Grund. Rein menschliche Gesichtspunkte. Und zwar sowohl, was Sie, die Holländer, wie die Briten selbst betrifft.«

»Sie meinen, die Regierungen der beiden betroffenen Nationen sähen es nicht gern, wie die Niederlande überflutet und Tausende – möglicherweise sogar Hunderttausende – von Menschen in den Fluten ums Leben kommen würden? Bevor wir diese Möglichkeit in Erwägung ziehen, hätte ich doch gern eine Antwort auf die Frage: warum ausgerechnet wir? Sind der Grund einzig und allein die speziellen geographischen Gegebenheiten dieses Landes – das heißt, der Umstand, daß wir für Völkermord besonders anfällig sind?«

»Unsere Wahl ist auf Amsterdam gefallen, weil es der Dreh- und Angelpunkt des Waffenhandels ist. Amsterdam ist seit Jahren der illegale Hauptumschlagplatz Nordeuropas, wie es auch das Zentrum des Drogenhandels ist. Das ist eine weithin bekannte Tatsache. Der uneingeschränkte Fortbestand dieser beiden verdammenswerten

Praktiken kann nur auf ein hohes Maß an Korruption innerhalb von Regierung und Exekutive hindeuten.« Ein indignierter Wieringa wollte Einspruch erheben, aber Riordan verbot ihm mit einer energischen Geste das Wort. »Gewiß sind auch andere Städte in illegale Waffengeschäfte verwickelt, dies gilt vor allem für Antwerpen, aber dennoch kann Antwerpen, was diesen Punkt betrifft, Amsterdam nicht annähernd das Wasser reichen.«

Diesmal ließ sich Mijnheer Wieringa nicht mehr das Wort verbieten. Er schrie fast, was für ihn höchst ungewöhnlich war, als er sagte: »Sie wollen also sagen, Belgien unter Wasser zu setzen, wäre praktisch unmöglich.«

Riordan fuhr fort, als hätte er diesen Einwand gar nicht gehört: »Natürlich gehen nicht alle Waffen, die in Amsterdam umgeschlagen werden, nach Irland. Ein Teil davon wird an die RAF weitergeleitet. Ein anderer Teil geht...«

»An die RAF!« Wie kaum anders zu erwarten, kam dieser Einwurf von Bernhard Dessens, dem Justizminister, der bisher kaum Nennenswertes zum Gespräch beigetragen hatte. »Sie wollen behaupten, die britische Luftwaffe...«

»Seien Sie doch still, Sie Trottel.« Riordan schien sich also durchaus auch auf anderen, weniger gewählten rhetorischen Ebenen bewegen zu können als auf der, die er gemeinhin bevorzugte. »Ich spreche von der Roten Armee Fraktion, der Nachfolgeorganisation der Baader-Meinhof-Bande aus den frühen siebziger Jahren. Ein Teil der Waffen geht an die mafiaähnlichen kriminellen Organisationen, die in jüngster Vergangenheit über ganz Deutschland verstreut entstanden sind. Aber das Hauptkontingent der Waffen wird an die Republik Irland geliefert.

Kennen Sie die Lage in Nordirland, Herr Minister?« Niemand machte sich die Mühe, seinen Blicken zu folgen, um sich zu vergewissern, daß er sich mit diesen Worten an den Verteidigungsminister wandte und nicht an den Justizminister. »Sind Sie über die verheerenden Zustände im Bilde, die dort herrschen, über die Folterpraktiken sowohl der IRA wie der UVF, über den mörderischen

Wahnsinn, der nun schon seit vierzehn Jahren die Geschicke dieses Landes bestimmt? Eines Landes, das langsam in Stücke gerissen wird? Nordirland wird nie von Vertretern beider dort vertretenen Volksgruppen regiert werden können; die religiöse Kluft und in einem gewissen Maße auch die rassische Kluft zwischen Protestanten und Katholiken ist unüberbrückbar. Auf einem relativ kleinen Gebiet leben anderthalb Millionen Menschen zusammen, aber trotz der scheinbar unüberwindbaren Gegensätze innerhalb der Führungsschicht haben sich neunundneunzig Prozent dieser Bevölkerung nie etwas zuleide getan. Diese in zwei Gruppen aufgespaltenen neunundneunzig Prozent haben eines gemeinsam: den Abscheu vor jeglicher Form von Terrorismus und den Wunsch nach Frieden. Angesichts der gegenwärtig herrschenden Verhältnisse scheint die Erfüllung dieses Wunsches in immer weitere Ferne zu rücken. Wie viele Fehler und Schwächen man den Politikern im allgemeinen auch anlasten mag, so halten sie sich doch an gewisse Abmachungen. In Ulster scheinen Vertreter dieser Spezies jedoch ausgestorben zu sein. Die Herrschaft liegt in den Händen von Demagogen und Heckenschützen, denen jedes Gefühl für Mäßigung abhanden gekommen ist. Das Land ist in der Hand fanatischer Mörder.«

An diesem Punkt machte Riordan zum erstenmal eine Pause, vermutlich vor allem, um Atem zu schöpfen. Aber niemand schien diese Unterbrechung nutzen zu wollen.

»Aber Mörder, selbst fanatische Mörder, können nur mit Waffen morden, oder etwa nicht?« fuhr Riordan in seiner Tirade fort. »Und diese Waffen werden von Amsterdam aus verschifft, und zwar meistens in plombierten Containern mit Möbeln. Falls dieser Umstand sich der Kenntnis des Amsterdamer Zolls entziehen sollte, dürfte er die unfähigste, blindeste, korrupteste und habgierigste Behörde dieser Art in ganz Europa sein. In neun von zehn Fällen werden Schiffe mit solcher Fracht in Dublin gelöscht. Wie diese Container durch den Zoll in Dublin kommen, entzieht sich zwar meiner Kenntnis, aber es läßt sich unschwer vorstellen, daß auch dies in stillschweigendem Einverständnis mit den zuständigen Behörden geschieht. Selbstverständlich wird der Form halber hin und wieder ein größeres Schmuggelgeschäft aufgedeckt, aber die meisten Lieferungen gehen reibungslos an die IRA weiter. Von Dublin aus werden die Container – die Angaben bezüglich ihres Inhalts variieren, Haushaltswaren sind besonders beliebt – mit Sattelschleppern zu einem Lagerhaus in County Monaghan geschafft und von dort zu einer Baumschule in County Louth. Fragen Sie mich nicht, woher ich diese Informationen habe. Aber es wäre eher schwierig, darüber nicht informiert zu sein; die Leute in dieser Gegend wissen davon, wenn sie auch nicht darüber sprechen. Von dort werden die Waffen dann nach Nordirland weitergeleitet. Sie werden keineswegs bei Nacht und Nebel von tollkühnen IRA-Kämpfern über die Grenze geschmuggelt, sondern am hellichten Tag von – meistens jungen – Frauen, umgeben von einer lustig lärmenden Kinderschar, in ganz gewöhnlichen Privatwagen eingeführt. Das Ganze macht also einen durchaus harmlosen Eindruck.

Eine Maschinenpistole hat einen weiten Weg zurückzulegen, bis sie von den Fabriken im amerikanischen Mittelwesten in die Hände eines fanatischen Killers gelangt, der in irgendeiner Seitenstraße in Belfast oder Londonderry im Hinterhalt lauert. Wirklich ein weiter Weg. Aber auf diesem weiten Weg stellt Amsterdam den entscheidenden Umschlagplatz dar. Und deshalb ist unsere Wahl auf Amsterdam gefallen.« Mit diesen Worten schloß Riordan und setzte sich.

Das darauf eintretende Schweigen hielt eine Weile an. Insgesamt waren in Dessens' großzügig ausgestattetem Konferenzraum acht Männer anwesend. Riordan war in Begleitung dreier Männer erschienen – Samuelson, den de Graaf van Effen bereits geschildert hatte; O'Brien, den van Effen während seines letzten Treffens mit Agnelli im Trianon kennengelernt hatte; und Agnelli, dessen Erscheinen George bereits vorhergesagt hatte. Samuelson und O'Brien waren offensichtlich der Meinung, daß sie Riordans Worten nichts Wesentliches hinzufügen konnten, Agnelli dagegen hatte es anscheinend die Sprache verschlagen. Als sein Blick beim Eintreten auf van Effen gefallen war, der, sein Aussehen wieder wie gewohnt, in einem der bequemen Sessel saß, hatten sich für einen Moment seine Augenbrauen gehoben und seine Lippen geöffnet. Gleichzeitig war er sichtlich blasser geworden – dies allerdings nicht nur für einen kurzen Augenblick. Van Effen war wohl der einzige gewesen, dem diese leichte Veränderung aufgefallen war. Aber er war auch wohl der einzige gewesen, der darauf geachtet hatte.

Auch auf der anderen Seite des Verhandlungstisches saßen vier Männer: die beiden Minister, de Graaf und van Effen. Sie hatten dem von Riordan Gesagten nichts entgegenzuhalten. Dafür gab es zwei triftige Gründe. Zum einen wußten sie nichts zu erwidern, was zu einer Klärung der Situation hätte beitragen können, und zum anderen mußten sie sich alle ausnahmslos eingestehen, daß Riordan sein Anliegen keineswegs ohne ein gewisses Maß an logischer Folgerichtigkeit vorgetragen hatte, wie irrational, bedrohlich und absurd seine daraus resultierenden Forderungen auch erscheinen mochten. Es war schließlich Aaron Wieringa, der das Schweigen brach, nachdem er einen flüchtigen Blick über seine drei Begleiter hatte wandern lassen.

»Bevor ich zu sprechen beginne, möchte jemand von Ihnen dazu noch etwas sagen?«

»Ja«, meldete sich van Effen zu Wort.

»Mijnheer?«

»In einem Punkt fand ich Mister Riordans Ausführungen überraschend knapp. Er hat nicht erklärt, weshalb er Nordirland von jeglichem britischen Einfluß befreit sehen möchte. Wenn wir schon seine Interessen vertreten sollen, steht es uns doch wohl zu, etwas über seine Motive und Absichten zu erfahren. Seine Ziele könnten doch so abscheulich und entsetzlich sein, daß wir eher riskieren würden, daß das angedrohte Verderben über unser Land hereinbricht, als uns seinen Wünschen zu fügen. Allerdings haben wir keinen Grund zu der Annahme, daß

Mister Riordan uns in dieser Hinsicht die Wahrheit sagen wird.«

»Ein berechtigter Einwand«, stimmte Wieringa zu. »Nun, Mister Riordan?«

»Es dürfte wenig Sinn haben, einen Eid zu leisten, daß ich die Wahrheit sagen werde, da dies für Sie keinerlei Garantie darstellen würde.« Er hatte sich wieder zu seiner imposanten Größe erhoben, da ihm auf diese Weise das Sprechen offensichtlich leichter fiel. »Ich habe vorhin die neunundneunzig Komma neun Prozent friedliebender und anständiger Menschen in jenem vom Krieg heimgesuchten Land zur Sprache gebracht, das im großen und ganzen von den restlichen null Komma ein Prozent beherrscht wird – einer Gruppe von fanatischen Mördern. Unser Ziel ist, diese Mörderbande zu eliminieren und die Bevölkerung von Ulster in die Lage zu versetzen, in Zukunft in einer Atmosphäre des Friedens, der Ruhe und der Hoffnung selbst über ihr Geschick zu bestimmen.«

»Sie sprechen von Eliminierung?« warf Wieringa behutsam ein. »Was genau meinen Sie damit?«

»Wir werden auf beiden Seiten die Übeltäter auslöschen, sie wie ein Krebsgeschwür ausrotten. Ist Ihnen das eindeutig genug?« Riordan nahm wieder Platz.

»Das hört sich an, als wäre es ein edler Zweck«, bemerkte van Effen, ohne ein gewisses Maß an verächtlicher Ungläubigkeit zu verbergen, das in seiner Stimme mitschwang. »Wie edel, wie menschlich! Lassen wir die Bevölkerung Nordirlands also selbst über ihre Geschicke bestimmen. Wie wollen Sie diesen Wunsch mit Ihrer früheren Feststellung vereinbaren, daß Nordirland nie von Vertretern beider Seiten regiert werden wird? Ist es Ihnen noch nicht in den Sinn gekommen, daß der tollwütigste IRA-Anführer, säße er in Ihrem Sessel, genau dasselbe von sich geben würde wie Sie eben, um dasselbe zu erreichen wie Sie – nämlich die Briten um jeden Preis aus Nordirland zu vertreiben. Welche Garantien können Sie uns geben, daß Sie nicht in Wirklichkeit dieser tollwütige IRA-Anführer sind?«

»Keine.« Diesmal war Riordan nicht aufgestanden, und

seine Stimme klang bemerkenswert ruhig und gelassen. »Mehr kann ich nicht tun. Falls Ihnen immer noch nicht klargeworden ist, daß ich die IRA aufs tiefste verabscheue, müssen Sie blind sein. Ich finde diese Vorstellung im Gegenteil so ungeheuerlich, daß mir die Worte fehlen, etwas darauf zu erwidern.«

Erneutes Schweigen trat ein, und diesmal dauerte es länger, bis Wieringa es schließlich brach: »Ich glaube, wir sind in eine Sackgasse geraten.«

»Allerdings«, pflichtete ihm Riordan bei. Er saß immer noch. Offenbar war die Zeit der großen rhetorischen Gesten vorbei. »Aber es gibt noch Faktoren, die uns aus dieser Sackgasse heraushelfen werden. Oostelijk Flevoland zum Beispiel. Oder Leeuwarden. Das Noordoost-Polderland. Das Wieringermeer, Putten, Petten, Schouwen, Walcheren und andere Orte. Habe ich eigentlich schon erwähnt, daß wir im Königlichen Palast weitere Sprengladungen angebracht haben?«

»Im Palast?« Wieringa schien nicht sonderlich überrascht.

»Die kleine Demonstration von heute abend war nichts weiter als eine Kostprobe. Wir wollten damit nur beweisen, wie leicht es ist, Ihre sogenannten Sicherheitsvorkehrungen zu umgehen.«

»Sparen Sie sich Ihre Worte, Riordan«, fiel ihm Wieringa ins Wort, wobei er diesmal bewußt auf die Anrede ›Mister‹ verzichtete. »Die Zeit der Drohungen ist vorbei. Jetzt gelten nur noch moralische Überlegungen.«

»Halbe-halbe«, korrigierte ihn van Effen.

Wieringa sah ihn kurz an und nickte schließlich.

»Ganz richtig. Vielen Dank für die kleine Korrektur. Es ist schließlich nicht gerade einfach, auf der Basis einer Pokerpartie die Entscheidung zu fällen, sein eigenes Land unter Wasser setzen zu lassen.« Er sah Riordan an. »Ich bin befugt, Entscheidungen zu treffen. Ich werde mich mit dem britischen Botschafter in Verbindung setzen. Er wiederum wird mit dem Außenministerium in London Kontakt aufnehmen. Wir werden im Hörfunk eine Erklärung veröffentlichen – es versteht sich von selbst, daß sie sehr vorsichtig formuliert sein wird. Diese drei Dinge kann ich Ihnen versprechen. Über den Ausgang dieser Verhandlungen zu bestimmen, entzieht sich meinem Einfluß. Könnten wir uns auf dieser Basis einig werden?«

»Wir können. Ich danke Ihnen.« In Riordans Stimme machten sich keinerlei Anzeichen des Triumphs oder auch nur der Zufriedenheit bemerkbar. Er erhob sich. »Sie sind für Ihre absolute Integrität bekannt. Ich bin mit Ihrem Vorschlag einverstanden. Meine Herren – gute Nacht.«

Niemand verspürte den Wunsch, seinen Gruß zu erwidern.

Nach Riordans und seiner Begleiter Abfahrt herrschte Schweigen, bis für Wieringa die gewünschte telefonische Verbindung hergestellt war. Nachdem er den Hörer wieder aufgelegt hatte, nippte der Verteidigungsminister behutsam an seinem Brandy und wandte sich mit einem Lächeln an die Runde: »Irgendein Kommentar, meine Herren?« Seine Ruhe war bemerkenswert.

»Das ist doch absolut empörend, entwürdigend und maßlos«, platzte Dessens erwartungsgemäß heraus. Da es nun nicht mehr galt, Entscheidungen zu treffen und konkret etwas zu unternehmen, lebte er wieder auf. »Das Ansehen und der gute Ruf der gesamten Niederlande werden in den Schmutz gezogen.«

»Möglicherweise immer noch besser, als wenn die Bewohner dieser stolzen und angesehenen Nation von eisigen und salzigen Meeresfluten überspült würden«, entgegnete Wieringa. »Was meinen Sie, Oberst?«

»Sie mußten die verschiedenen Möglichkeiten gegeneinander abwägen«, antwortete de Graaf. »Meiner Meinung nach war Ihre Entscheidung nicht nur die richtige, sondern auch die einzig mögliche.«

»Vielen Dank, Oberst. Und Sie, Leutnant?«

»Was sollte ich dem noch hinzufügen, Mijnheer?«

»Ehrlich gesagt, ich wüßte es nicht. Aber nach Aussage des Obersten stehen Sie doch – wie er es so schön zweideutig ausgedrückt hat – diesen Halunken näher als irgend jemand sonst in Amsterdam.« Er lächelte. »Ich verwende das Wort ›näher‹ in diesem Zusammenhang selbstverständlich nicht in einem für Sie herabsetzenden Sinn.«

»Vielen Dank, Mijnheer. Das hätte ich auch nicht erwartet.«

»Ich habe den Eindruck, daß Sie mit Ihrer Meinung etwas hinter dem Berg halten, Leutnant?«

»Schüchternheit wäre für mich etwas Ungewöhnliches, Mijnheer. Ich mag zwar der Leiter der Kriminalpolizei dieser Stadt sein, aber in dieser erlauchten Runde fühle ich mich doch eher als ein Niemand. In welcher Hinsicht sollte ich Ihrer Ansicht nach mit meiner Meinung etwas weniger hinter dem Berg halten, Mijnheer?«

Wieringa blickte zur Decke und antwortete, auf den ersten Blick eher unzusammenhängend: »Ich mußte eben eine äußerst wichtige Entscheidung fällen.« Dann senkte er den Blick und sah van Effen an. »Haben Sie Riordan geglaubt?«

Van Effen ergriff sein Glas und betrachtete es, ohne daraus zu trinken. Offensichtlich ordnete er seine Gedanken. Schließlich sagte er: »Da sind vier Punkte. In zwei Punkten kann ich Riordan glauben, in einem bin ich nicht sicher, und beim vierten weiß ich positiv, daß er lügt.«

»Ach, daher also Ihre rätselhafte Bemerkung ›halbehalbe‹?«

»Ja. Erstens, ich bin überzeugt, daß er nicht zur IRA gehört.«

»Tatsächlich? Dann verstehe ich allerdings nicht, weshalb Sie ihn provoziert haben?«

»Um mich zusätzlich zu vergewissern. Aber eigentlich war ich schon vorher sicher. Seine Ansprache – diese leidenschaftliche und engagierte Verdammung der IRA und ihrer Praktiken. Man müßte schon ein außergewöhnlich begabter Schauspieler sein, um so viel Haß in seinen Ausdruck legen zu können – ganz zu schweigen von dem rasenden Puls in seiner Halsschlagader.«

»Das ist mir völlig entgangen«, gab Wieringa zu. Er blickte de Graaf und Dessens an. »Und Sie, meine Herren? Haben Sie . . .« Ihr stummes Kopfschütteln ließ ihn den Satz nicht mehr zu Ende sprechen.

»Zweitens«, fuhr van Effen darauf fort, »glaube ich nicht, daß Riordan der Anführer ist; er ist nicht die treibende Kraft hinter dem Ganzen. Wie ich darauf komme? Beweisen kann ich es Ihnen nicht. Er ist einfach nur zu hitzköpfig, zu unausgeglichen und zu unbeherrscht, um wirklich der Kopf einer so gut organisierten Gruppe zu sein.«

»Sie würden sich also von diesem Mann keine Anweisungen erteilen lassen?« Wieringas Miene war halb belustigt, halb neugierig.

»Nein, Mijnheer. Es muß noch einen anderen geben. mit Sicherheit ist es nicht Agnelli. Und ich würde wetten, daß es nicht O'Brien ist, ihm ist die Rechte-Hand-Funktion zu deutlich ins Gesicht geschrieben. Samuelson dagegen ist mir ein Rätsel. Seine Funktion ist mir völlig unerklärlich. Mit diesem Mann muß es eine ganz besondere Bewandtnis haben.

Der Punkt, in dem ich unschlüssig bin, ob ich Riordans Aussagen Glauben schenken soll oder nicht, betrifft Nordirland. Riordan hat erklärt, sein einziges Ziel wäre, diese Monster zu vernichten. Der aufgebrachte Tonfall seiner Stimme klang ziemlich echt und ungekünstelt; ich halte ihn, wie bereits angedeutet, nicht für einen allzu guten Schauspieler.« Van Effen seufzte kurz, schüttelte den Kopf und nahm einen Schluck Brandy. »Ich weiß, das klingt jetzt vielleicht etwas verworren. Aber lassen Sie mich zumindest versuchen, Ihnen zu erklären, was ich meine. Ich bin der Ansicht, daß Riordan an das glaubt, was er sagt; gleichzeitig bin ich jedoch auch der Ansicht, daß das, woran er glaubt, nicht unbedingt der Wahrheit entsprechen muß. Das ist einer der Gründe, weshalb ich der Überzeugung bin, daß er nicht der Kopf dieser Gruppe ist. Dazu zwei Dinge. Er ist einem offensichtlichen Widerspruch aufgelaufen, ohne sich dieses Widerspruchs bewußt zu sein. Ihm scheint noch nicht in den Sinn gekommen zu sein, daß es drei Gruppen von Fanatikern geben könnte – nämlich die extremistischen Protestanten, die extremistischen Katholiken und die Vermittler, die Gruppe also, die er selbst vertritt. Diese sogenannten

Vermittler könnten nun durchaus die größte Gefahr für das Land darstellen. Zur Durchsetzung ihrer Forderungen wären die Vermittler gewillt, eine Million unschuldige Menschen in den Fluten des Meeres umkommen zu lassen. Angesichts dessen ließe sich wohl unschwer vorstellen, wie die Erfüllung dieser Forderung für Ulster aussehen würde. Nein. Ich muß mich korrigieren. Das kann ich mir eigentlich nicht vorstellen.«

»Ähnliches ist auch mir schon durch den Kopf gegangen«, stimmte ihm Wieringa zu. »Nur hätte ich diesen Gedanken noch nicht so klar formulieren können.« Er lächelte. »Aber Sie sprachen doch auch noch von einem vierten Punkt, in dem Sie ihm nicht glaubten.«

»Ja, Mijnheer. Ich glaube ihm nicht, was seine Drohungen betrifft. Das heißt, seine unmittelbaren Drohungen. Auf lange Sicht ist das allerdings eine andere Sache. Aber die Drohungen, die er heute abend ausgesprochen und vorher auch schon dem Polizeipräsidenten gegenüber geäußert hat, nehme ich ihm nicht ab – mit Ausnahme derjenigen, die Lelystad in Oostelijk Flevoland gelten. Die übrigen sind reiner Bluff. Da denke ich vor allem an die Ankündigung, den Palast in Schutt und Asche zu legen.«

»Wenn Sie das sagen, Leutnant«, entgegnete Wieringa, »dann werde ich Ihnen das wohl oder übel glauben müssen. Aber wie kommen Sie darauf?«

»Weil ich nicht glaube, daß sie im Palast Bomben gelegt haben. Sie waren allzusehr daran interessiert, daß die Explosion im Palast von heute abend in einigem Umkreis zu hören war, um uns davon zu überzeugen, daß es tatsächlich in ihrer Macht steht, ihre Drohungen wahr zu machen.«

Wieringa bedachte den Kommissar mit einem erstaunten Blick. »Sie scheinen sich Ihrer Sache aber sehr sicher zu sein, Leutnant.«

»Jawohl, Mijnheer. Ich bin mir meiner Sache sogar absolut sicher.«

»Und worauf stützen Sie sich dabei?«

»Ich verfüge über Informationen aus erster Hand.«

Wieringa sah ihn fragend an, ohne jedoch etwas zu

sagen. Anders hingegen Dessens. Er hatte den ganzen Abend gekuscht, aber nun hielt er, nachdem die Situation wieder ungefährlich schien, den Zeitpunkt für gekommen, sich wieder in den Vordergrund zu spielen.

»Und woher haben Sie diese Informationen, Leutnant van Effen?«

»Das ist vertraulich.«

»Vertraulich!« Ob Dessens sich über van Effens Antwort ärgerte oder darüber, daß van Effen ihm die obligatorische Anrede »Herr Minister« oder »Mijnheer« vorenthielt, war schwer zu sagen. Vermutlich wußte er es selbst nicht. »Vertraulich!«

»Ich bin nur um Diskretion bemüht, Mijnheer, das ist alles. Ich kann meine Informationsquellen nicht an die große Glocke hängen. Das werden Sie doch sicher verstehen. In Polizeikreisen ist diese Praktik so weit verbreitet, daß es sich wohl erübrigen dürfte, weiter auf diesen Punkt einzugehen. Warum geben Sie sich nicht mit meinem Wort zufrieden?«

»Mich mit Ihrem Wort zufrieden geben!« Dessens' leicht fleckiges Gesicht nahm zusehends die Färbung eines Truthahnhalses an. »Sie – Sie arroganter – Sie ...« Er schien einem Schlaganfall nahe. »Ich muß Sie in diesem Zusammenhang daran erinnern, Leutnant«, er legte deutliche Betonung auf das Wort ›Leutnant‹, »daß Sie mit dem Justizminister sprechen«, auch diesen Titel betonte er nachdrücklich, »während Sie doch nur ein untergeordneter Beamter der Polizei sind, die ich persönlich ...«

»Das entspricht nicht ganz den Tatsachen, Mijnheer«, unterbrach ihn de Graaf. »Nach mir ist Leutnant van Effen der ranghöchste Polizeibeamte der Stadt ...«

»Mischen Sie sich nicht ein, de Graaf.« Dessens gab sich Mühe, seiner Stimme einen eisigen Unterton zu verleihen. »Van Effen! Haben Sie gehört?«

»Ich habe gehört«, antwortete van Effen und fügte wohlweislich noch gleich ein »Mijnheer« hinzu. »Ich weiß, wovon ich spreche. Ich war es nämlich selber, der die Bombe im Keller des Palasts angebracht hat.«

»Was? Wie bitte?« Neben Dessens' Gesicht hätte jetzt

selbst der aufgebrachteste Truthahn blaß gewirkt. »Mein Gott! Ist das zu fassen?« Er war halb aufgesprungen. »Ich traue doch wohl meinen Ohren nicht recht.«

»Doch, doch, Mijnheer, Sie haben vollkommen richtig gehört. Ich habe auch auf den Knopf gedrückt, der die Bombe hochgehen ließ.«

Für einen Moment verschlug es Dessens die Sprache. Das Entsetzen über diese Bedrohung der königlichen Familie schien eine lähmende Wirkung auf ihn auszuüben. Van Effen wandte sich wieder seinem Brandy zu und machte keinerlei Anstalten zu verbergen, was er vom Justizminister hielt.

»Verhaften Sie diesen Mann, de Graaf«, brüllte Dessens schließlich los. »Auf der Stelle!«

»Warum, Mijnheer?«

»Warum! Sind Sie auch noch verrückt geworden – ja, verrückt –, Landesverrat, natürlich, Landesverrat!«

»Jawohl, Mijnheer. Allerdings würden sich dadurch verschiedene Probleme für uns ergeben.«

»Probleme? Tun Sie Ihre Pflicht, Mann, Ihre Pflicht!«

»So einfach ist das leider nicht, Mijnheer. Ich bin der Polizeipräsident der Stadt. Demnach unterstehen sämtliche Polizisten in Amsterdam meiner Befehlsgewalt.« Jedes Jahrhundert von de Graafs aristokratischem Stammbaum kam hier zum Ausdruck. »Niemand in Amsterdam ist befugt, mich zu verhaften.«

Dessens starrte den Polizeichef an. Seine Wut machte allmählich unverhohlener Verblüffung Platz. Er schüttelte den Kopf und schwieg.

»Ich wollte damit nur sagen, Mijnheer, daß Sie auch mich einsperren lassen müßten, wenn Sie Leutnant van Effen wegen Landesverrats verhaften lassen wollen, da ich mich dieses Vergehens unter diesen Umständen nicht weniger schuldig gemacht habe als er.« De Graaf dachte kurz nach. »Und sogar noch mehr. Schließlich habe ich zu allen Unternehmungen des Leutnants meine Zustimmung erteilt.« Obwohl der Grund hierfür nicht recht ersichtlich war – vermutlich wollte er dem Justizminister nur etwas Zeit lassen, seine Fassung wiederzugewinnen –, wandte sich de Graaf nun an van Effen. »Sie haben vergessen, mich darüber zu informieren, daß Sie die Bombe im Palast persönlich gezündet haben.«

Entschuldigend zuckte van Effen mit den Achseln. »Sie wissen ja, wie es manchmal geht, Mijnheer.«

»Ja, das weiß ich«, seufzte de Graaf. »Schließlich haben Sie so viele andere wichtige Dinge im Kopf. Mir das mitzuteilen, haben Sie allerdings nicht vergessen.«

»Wieso haben Sie sich außerhalb des Gesetzes gestellt, Oberst?« Wieringa stellte diese Frage ohne den geringsten vorwurfsvollen Unterton. Überhaupt schien sich der Verteidigungsminister durch nichts aus der Ruhe bringen zu lassen.

»Wir haben uns keineswegs außerhalb des Gesetzes gestellt, Mijnheer. Wir haben alles in unserer Macht Stehende getan, um Recht und Ordnung aufrechtzuerhalten. Wir haben uns Zutritt – einen höchst riskanten Zutritt im übrigen – zu den Reihen der FFF verschafft. Meiner Meinung nach kommt das mehr oder weniger freiwilligem Selbstmord nahe. Allerdings hat Leutnant van Effen mich davon überzeugt – und ich muß ihm in diesem Punkt, wenn auch höchst widerwillig, zustimmen –, daß wir keine andere Wahl haben. Es ist unsere letzte Chance.«

Wie betäubt starrte Dessens die beiden Polizeibeamten an. Langsam schien sein Verstand jedoch wieder seine Arbeit aufzunehmen, zumindest in seinen gewohnten Bahnen.

»Wie ist das möglich? Es gibt doch kaum einen Ganoven in ganz Amsterdam, der van Effens Gesicht nicht erkennen würde.«

»Das ist richtig. Aber van Effen verfügt über erstaunliche Fähigkeiten, sein Aussehen zu verändern. Ich wette meine Pension, daß nicht einer von Ihnen den Leutnant in der Maske des Stephan Danilow erkennen würde – dies ist ein Pseudonym, unter dem er in letzter Zeit hin und wieder in Erscheinung tritt.« Er hätte ruhig um einen etwas höheren Einsatz wetten können, dachte van Effen insgeheim; de Graaf war so begütert, daß seine Pension für seinen Haushalt kaum eine nennenswerte Rolle spielte. »Ob die FFF diesem Stephan Danilow mit ungetrübtem Vertrauen entgegenkommt, entzieht sich bis auf weiteres unserer Kenntnis. Vorerst scheint es tatsächlich der Fall zu sein. Wäre es anders, so würde ich mich in Bälde nach einem Nachfolger für ihn umsehen müssen. Sie müßten sich dann auch nach einem neuen Polizeipräsidenten umsehen, da ich in diesem Fall meinen Rücktritt einzureichen hätte – was Leutnant van Effen jedoch nicht weiter beunruhigen dürfte. Außerdem würde die Nation einen neuen Justizminister brauchen, da auch Sie, Mijnheer Dessens, in diese Angelegenheit verwickelt sind. Nur Mijnheer Wieringa kann, was seine Amtsausübung anbelangt, einer ungetrübten Zukunft entgegensehen.«

Dessens schien sichtlich verwirrt. »Was soll ich mit Ihren Machenschaften zu tun haben?«

Wieringa nahm seinen Ministerkollegen sanft beim Arm. »Bernhard, ich hätte Sie gerne einmal unter vier Augen gesprochen.« Die beiden gingen in eine entfernte Ecke des Raumes, wo sie sich leise unterhielten. Den größten Teil ihrer Konversation schien Wieringa zu bestreiten.

Van Effen wandte sich an de Graaf: »Was, denken Sie, haben unsere Herren Minister wohl so Wichtiges zu besprechen?«

De Graaf vergaß völlig, van Effen für seine unziemliche und wenig respektvolle Redeweise zu tadeln. »Das dürfte nicht allzu schwer zu erraten sein. Mijnheer Wieringa erläutert Mijnheer Dessens gerade die Grundbegriffe der Hobsonschen Entscheidungstheorie. Hätte Dessens Sie nicht gezwungen, Ihre vertraulichen Informationen preiszugeben, befände er sich nicht in der Zwickmühle, in der er jetzt nun einmal sitzt. Er ist sozusagen in seine eigene Grube gefallen.« De Graaf schien diese Vorstellung halbwegs amüsant zu finden. Er machte es sich in seinem Sessel bequem und griff mit einem Seufzer nach der Flasche mit dem Brandy. »Nun ja, zum Glück wären wir für heute zumindest fertig.«

Zuvorkommenderweise ließ van Effen de Graaf erst

einen kräftigen Schluck Brandy nehmen, bevor er ihm Agnellis Einkaufszettel präsentierte. »Leider nicht ganz vollständig, Mijnheer. Da wäre noch etwas – eine Lappalie, versteht sich.«

Mit starrem Gesicht studierte de Graaf die Liste und las sie dann noch einmal von vorne durch. Seine Lippen bewegten sich zwar, aber es war kein Ton zu vernehmen. Bis sich Wieringa und Dessens wieder zu ihnen gesellten, war seine Sprache immerhin wieder so weit zurückgekehrt, daß er zu murmeln imstande war: »Eine Lappalie, versteht sich; eine Lappalie.« Wieringa war ganz der alte, durch nichts aus der Ruhe zu bringen, während Dessens an einen christlichen Märtyrer erinnerte, der eben einen ersten Blick auf die Löwen in der Arena geworfen hatte.

»Was für eine Lappalie, Oberst?« wollte Wieringa wissen.

»Das hier.« De Graaf reichte ihm die Liste, stützte seinen Ellbogen auf der Sessellehne auf und legte seine Hand an die Stirn, als müsse er seinen Augen einen unerträglichen Anblick ersparen.

»Hochbrisante Sprengstoffe«, las Wieringa vor. »Zünder. Sprengkapseln, Granaten, Bodenabwehrraketen, Luftabwehrraketen.« Er warf van Effen einen besorgten, aber keineswegs verblüfften Blick zu. »Was soll das?«

»Das ist ein kleiner Einkaufszettel. Ich wollte den Obersten eben bitten, mir die aufgeführten Gegenstände zu besorgen.« Dessens, der genau die gleiche Haltung wie de Graaf eingenommen hatte, gab ein leises Stöhnen von sich. »Da Sie der Verteidigungsminister sind, hätte sich der Oberst ohnehin an Sie wenden müssen. Wenn möglich, würde ich mir auch gern einen Lastwagen der Armee ausleihen. Mit ein bißchen Glück werde ich ihn sogar wieder zurückgeben können.«

Wieringa sah zuerst van Effen an, dann die Liste und schließlich wieder den Kommissar. »Verglichen mit den Waren auf Ihrer Einkaufsliste, wie Sie es nennen, scheint mir der Lastwagen ein recht bescheidener Wunsch zu sein. Natürlich kann ich die gewünschten Gegenstände problemlos beschaffen. Ich habe schon von Ihnen gehört,

Leutnant, und ich habe heute abend noch einiges dazugelernt. Ich würde Ihr Urteil nicht leichtfertig in Frage stellen.« Er überlegte kurz. »Eher würde ich das meine anzweifeln. Natürlich ist Neugier in diesem Fall unziemlich, aber ich hätte doch ganz gern gewußt, wofür Sie all das brauchen.«

»Der FFF scheint es an Sprengstoff und Angriffswaffen zu fehlen, weshalb ich mich bereit erklärt habe, sie damit zu versorgen.«

»Ach so, natürlich«, nickte Wieringa. »Natürlich.« Der Verteidigungsminister schien sich tatsächlich durch nichts aus der Ruhe bringen zu lassen; jedenfalls ließ er sich nicht das geringste anmerken. Auch de Graaf und Dessens war nichts dergleichen anzumerken – sie verdeckten immer noch mit ihren Händen ihre Augen.

»Da in den Reihen der FFF auch Sprengstoffexperten Mangelware zu sein scheinen, habe ich ihnen meine Dienste angeboten.«

»Sie kennen sich mit Sprengstoff aus?«

Widerstrebend nahm de Graaf seine Hand von seiner Stirn, um dem Verteidigungsminister zu bestätigen: »Sehr gut sogar. Außerdem ist er Spezialist für die Entschärfung von Bomben. Ich wünschte nur«, versetzte er bitter, »es handelte sich dabei um etwas so Einfaches wie die Entschärfung einer Fünfhundert-Kilo-Bombe mit tickendem Zeitzünder.«

»Keine Sorge, Mijnheer«, wandte sich van Effen an den Polizeichef. »Ich habe außerdem George und Vasco rekrutiert; George als weiteren Sprengstoffexperten und Vasco als korrupten Leutnant der Armee, der sich mit der Handhabung der gewünschten Geschoßtypen auskennt. Sie werden verstehen, daß ich nicht die Zeit hatte, Sie darüber zu unterrichten.«

»Nein, nein, schließlich können Sie nicht an alles denken«, entgegnete de Graaf düster. Zu seiner offensichtlichen Enttäuschung stellte er fest, daß sein Brandyglas leer war, und er machte sich daran, dem Abhilfe zu schaffen.

»An der Mitarbeit dieser beiden Männer ist nichts

auszusetzen, Mijnheer Wieringa. Es handelt sich dabei um Polizisten. Außerdem haben sie sich freiwillig gemeldet. Sie sind über die mit diesem Auftrag verbundenen Gefahren im Bilde. Was den Sprengstoff betrifft, läßt sich leider nichts machen, Mijnheer, aber wenn Sie vielleicht durch einen Techniker die Raketen deaktivieren lassen könnten, wäre ich Ihnen zu großem Dank verpflichtet.«

De Graaf stellte sein Glas ab. »Ganz meinerseits. Ganz meinerseits.« In seine Stimme war jedoch noch keineswegs mehr Leben zurückgekehrt.

»Vermutlich ist es wieder einmal nur meine Neugier«, sagte Wieringa, »aber weshalb gehen Sie und Ihre beiden Freunde diese enormen Risiken ein?«

»Die Risiken halten sich durchaus in Grenzen, Mijnheer. Ich hoffe es zumindest. Aber die Gründe hierfür sind ganz einfach. Der Oberst hat vorhin gesagt, wir hätten uns Zutritt in die Reihen der FFF verschafft. Das ist nicht ganz richtig. Wir sind lediglich in den Randbereichen akzeptiert – oder zumindest scheint es so, daß wir dort akzeptiert werden. Wir befinden uns sozusagen erst am äußeren Rand des Spinnennetzes und wissen nicht einmal, wo die Spinne überhaupt zu suchen ist. Aber wenn wir die gewünschten Waren liefern können, werden wir das herausfinden. Es ist nicht anzunehmen, daß sie ihre Raketen und Abschußbasen in einem Schließfach am Hauptbahnhof aufbewahren werden.«

»Ihr Scharfsinn ist wirklich unübertrefflich, van Effen, wirklich unübertrefflich. Nur hat die Sache einen ganz kleinen Haken.«

»Und der wäre?«

»Zum Beispiel könnten Sie der Spinne ins Netz gehen. Dieser Plan ist komplett verrückt – einfach wahnsinnig. Andererseits ist das jedoch genau der Grund, weshalb er möglicherweise gelingt. Ich hätte nur zu gern gewußt, wo und wann Sie das alles so schön eingefädelt haben.«

»Vor etwa eineinhalb Stunden. Ich habe mich mit Agnelli auf einen Drink zusammengesetzt.«

An diesem Punkt geriet Wieringas unerschütterliche Gemütsruhe zum erstenmal ins Wanken.

»Sie haben sich mit Agnelli getroffen? Mit Agnelli? Mit einem der Männer, die uns eben ihre Forderungen vorgetragen haben?«

»Diese Unterredung habe ich als Stephan Danilow geführt. Da es im Augenblick hier nichts weiter zu tun gibt, werde ich mich jetzt, mit Ihrer Erlaubnis, auf den Weg machen. Übrigens, der Wetterbericht von heute abend hört sich höchst interessant an. Den letzten Meldungen zufolge sind die allgemeinen Witterungs- und Wasserstandsbedingungen sogar noch schlimmer als im Februar 1953. Besser hätte es doch für unsere Freunde gar nicht kommen können – und uns bleibt nicht allzuviel Zeit für die Verhandlungen mit der britischen Regierung. Wie Sie sich vielleicht erinnern, sagte ich schon, daß ich von Riordans Drohungen, die die nächste Zukunft betreffen, nicht viel halte. Andererseits bin ich davon überzeugt, daß seine langfristige Drohung, die ausgedehnte Überflutung des Landes, durchaus ernst zu nehmen ist. Und noch etwas, Mijnheer. Riordans Anschuldigungen gegen unsere Zollbehörden sind aus der Luft gegriffen. Das wissen Sie so gut wie ich. Auf die Allgemeinheit trifft dies jedoch nicht zu. Ich bin überzeugt, daß die Übergabe der Waffen im Ijsselmeer, auf der Waddenzee oder auf offener See erfolgt. Das ist dann Sache der Marine. Weiß Gott, unser Ruf als Waffenumschlagplatz ist schon schlecht genug; ich frage mich, wie das erst sein wird, wenn das alles vorbei ist.« Van Effen grinste. »Jedenfalls ist das kein Problem, das in den Zuständigkeitsbereich eines Polizeibeamten in untergeordneter Position fällt. Diese Angelegenheit betrifft wohl eher das Verteidigungs- und das Justizministerium. Guten Abend, meine Herren.«

»Halt, Peter, einen Augenblick noch«, hielt ihn de Graaf mit offensichtlicher Besorgnis zurück. »Irgend etwas müssen wir doch tun können, um Ihnen zu helfen.«

»Jawohl, Mijnheer, das können Sie. Indem Sie absolut nichts tun. Jeder Versuch ihrerseits, uns zu helfen, dürfte uns nur ins Grab bringen. Wir haben es hier mit ebenso klugen wie entschlossenen Männern zu tun; also versuchen Sie um Himmels willen nicht, es ihnen gleichtun zu wollen, indem Sie etwa auf die Idee verfallen, den Lastwagen überwachen zu lassen. Unterlassen Sie also bitte alles in der Richtung, wie raffiniert und gerissen es Ihnen auch erscheinen mag. Also: keinen Hubschrauber, keinen blinden Leierkastenmann oder was Ihnen sonst noch alles einfallen könnte. Und bitte auch nicht einen dieser pubertären Tricks, einen versteckten Sender in dem Laster anzubringen. Wenn diese Leute nicht gerade geistig zurückgeblieben sind, ist das nämlich das erste, wonach sie suchen werden. Tun Sie also bitte nichts dergleichen. Absolut *nichts*.«

»Wie Sie meinen«, entgegnete Wieringa trocken. »Wir werden nichts unternehmen.« Der Tonfall seiner Stimme veränderte sich. »Nach allem, was Sie uns eben erzählt haben, würde Lloyd's in London Sie nicht einmal für eine neunundneunzigprozentige Prämie versichern. Aber letztlich ist das Ihre Sache. Trotzdem würde ich noch einmal gern wissen – warum tun Sie das?«

»Sie haben doch gehört, was Mijnheer Dessens gesagt hat. Das Ansehen und der gute Ruf der Niederlande werden in den Schmutz gezogen und die Bürger des Landes – einschließlich Ihrer Person – fünf Faden tief unter Wasser gesetzt. Das können wir uns doch nicht bieten lassen, finden Sie nicht?«

»Und Ihre Schwester?«

»Was soll mit meiner Schwester sein?«

»Der Oberst hat mir alles erzählt. Gott allein weiß, wie Sie trotz allem so weitermachen können. Ich an Ihrer Stelle könnte es sicher nicht.«

»Sie ist eine der ersten Leidtragenden dieser höchst unangenehmen Geschichte.«

»Ich möchte lieber nicht in der Haut des Mannes stecken, der sie entführt hat, wenn Sie antreten, um Rechenschaft von ihm zu fordern.«

»Sie haben die Bekanntschaft des Bedauernswerten bereits gemacht.«

»Wie bitte?« Zum zweitenmal an diesem Abend wurde Wieringa von seiner Selbstbeherrschung im Stich gelassen, aber er faßte sich rasch wieder. »Wann war das?«

»Heute abend.«

»Wo?«

»Hier. Es ist Agnelli.«

»Agnelli!«

»Hätte ich ihn mit Blei vollpumpen sollen? Dagegen gibt es ein Gesetz. Und als Polizist ist es meine Aufgabe, für die Einhaltung des Gesetzes einzutreten. Darauf habe ich sogar einen Eid abgelegt.«

Mit diesen Worten ging van Effen, worauf Wieringa sich an die anderen wandte: »Langsam beginne ich einige dieser Geschichten zu glauben, die man sich über van Effen erzählt. Ich meine damit die nicht so erfreulichen. Mein Gott, Arthur, es ist doch seine Schwester. Fließt denn in seinen Adern gar kein menschliches Blut?«

»Lassen Sie uns nur hoffen, daß Agnelli Julie nichts zuleide getan hat.«

»Wie meinen Sie das?«

»In diesem Fall ist er bereits jetzt ein toter Mann. Natürlich, van Effen hat einen Eid darauf geschworen, für die Aufrechterhaltung des Gesetzes einzutreten. Daran hält er sich. Aber nur in Anwesenheit von Zeugen.«

Wieringa starrte ihn kurz an, nickte dann langsam und griff nach seinem Glas.

VIII

An diesem Februartag war es auf den Straßen Amsterdams schon mittags so dunkel, als wäre die Dämmerung hereingebrochen. Und diese Straßen waren so verlassen und menschenleer wie die einer Geisterstadt. Die Wolkenschicht, die ein eisiger Nordwind über die Stadt trieb, muß schwarz und schwer und Hunderte von Metern dick gewesen sein, auch wenn sie nicht zu erkennen war. Der strömende, vom Sturm gepeitschte Regen, der auf die verlassenen Straßen niederprasselte, behinderte bis auf wenige Meter jede Sicht. Es war kein Mittag, an dem gut beraten war, wer den Schutz seiner vier Wände verließ.

Van Effen, George und Vasco gehörten zu den wenigen, die schlecht beraten waren. Sie standen im Eingang des Hotels Trianon und schützten sich hinter den seitlich angebrachten Glasscheiben vor dem Regen. Van Effen unterzog Vasco einer kritischen Überprüfung.

»Nicht schlecht, Vasco, wirklich nicht übel. Ich glaube nicht, daß ich dich erkannt hätte, wenn ich nicht gewußt hätte, daß du es sein mußt. Wenn wir uns zufällig auf der Straße begegnet wären, wäre ich einfach an dir vorbeigegangen, ohne etwas zu bemerken. Vergiß trotzdem nicht, daß Romero Agnelli Gelegenheit hatte, dich über den Tisch im Jagdhorn hinweg recht genau zu fixieren. Andererseits hast du bei dieser Gelegenheit derart ausgefallene und exotische Sachen angehabt, daß er dadurch völlig von deinem Gesicht abgelenkt wurde. Und das wäre nur gut für uns.«

Vasco hatte in der Tat eine erstaunliche Metamorphose durchgemacht. Seine langen, blonden Locken waren ebenso sorgfältig wie kurz gestutzt und in einem haarscharfen, leicht links liegenden Scheitel geteilt worden.

Auch hatte er jetzt schwarzes Haar, von derselben Farbe wie seine Augenbrauen und sein makellos geformter Schnurrbart – Attribute, die zu den etwas schmaler erscheinenden, tief gebräunten Gesichtszügen paßten. Sämtliche Färbemittel waren garantiert waschecht. Vasco war sozusagen der Wirklichkeit gewordene Traum-Offizier junger Mädchen. Hemd, Krawatte, Anzug und der mit einem Gürtel geschlossene Trenchcoat – alles war makellos.

»In diesem Aufzug wäre er genau richtig für die Werbeplakate vom Militär«, witzelte George. »Offizier, ein Beruf mit Zukunft – so etwa in dem Stil.« George selbst war nach wie vor unverändert. Für ihn wäre es ein Ding der Unmöglichkeit gewesen, sich zu verkleiden.

»Aber die Stimme macht mir Sorgen«, sagte van Effen nachdenklich. »Nicht, daß Agnelli sie wiedererkennen könnte, schließlich hat er dich nur ein paar Worte sprechen hören. Es ist wegen Annemarie. Ich weiß nicht, ob sie eine gute Schauspielerin ist und ihre Gefühle fest im Griff hat. Aber ich glaube, daß wir besser nicht davon ausgehen. Es wäre nicht gerade wünschenswert, wenn sie dir mit dem Aufschrei: ›Mein Retter!‹ um den Hals fiele.«

»Dann habe ich eben eine schlimme Erkältung«, antwortete Vasco heiser. »Meine Stimmbänder sind wie Sandpapier.« Mit seiner normalen Stimme fuhr er mürrisch fort: »Bei diesem Sauwetter ist das wohl kaum verwunderlich. Außerdem werde ich den harten Mann markieren und nur so viel wie unbedingt nötig reden.«

»Und ich«, versetzte George, »halte mich diskret im Hintergrund, bis einer von euch die beiden Damen – falls sie tatsächlich da sind – auf meine Anwesenheit aufmerksam gemacht hat. Aber beeilt euch.«

»Wir tun, was wir können, George«, versicherte van Effen. »Uns ist völlig klar, daß es dir schwerfallen wird, dich für längere Zeit irgendwo diskret im Hintergrund zu halten. Daß die Damen da sein werden, daran hege ich nicht die geringsten Zweifel.« Er tippte kurz auf die Zeitung unter seinem Arm. »Was nützen einem schließlich ein paar Trümpfe, wenn man sie nicht in der Hand hat.«

Die letzte Verlautbarung der FFF war kurz und bündig gewesen. Ohne Umschweife hatten sie erklärt, bei ihnen befänden sich zwei Damen – Worte wie »entführt« oder »gekidnappt« wurden dabei tunlichst vermieden –, eine von ihnen sei die Tochter eines führenden holländischen Großindustriellen, die andere die Schwester eines hochgestellten Polizeibeamten. Darauf hatten sie die Namen besagter Damen genannt. Den Äußerungen der FFF zufolge waren sowohl an die Eltern wie an den Bruder Beileidstelegramme verschickt worden, gepaart mit der Versicherung, daß es den beiden gut ginge. Des weiteren wurde der Hoffnung Ausdruck verliehen, daß sich die jungen Frauen weiterhin bester Gesundheit erfreuen würden.

»Ich kann es kaum noch erwarten, diesen Halunken endlich gegenüberzustehen«, zischte George böse. »Verdammt hintertriebenes Pack, diese Bande. Ich möchte nur wissen, an welcher amerikanischen Universität – oder sollte es eine irische sein? – wohl Seminare für Terrorismus und Psychologie angeboten werden?«

»Sie sind wirklich nicht auf den Kopf gefallen«, pflichtete ihm van Effen bei. »Aber davon sind wir auch nie ausgegangen. Mit diesem Schlag haben sie auch die Regierung in eine untragbare Situation manövriert. Und ihre Verlautbarung einfach mit diesen frommen Wünschen enden zu lassen. Keinerlei Drohungen, keinerlei Hinweise auf Repressalien, Folter oder Tod. Nichts darüber, was mit den Mädchen geschehen sein könnte. Nicht das geringste. Womit das altbewährte Prinzip der Ungewißheit wieder einmal voll funktioniert. Und wir können uns den Kopf zerbrechen, was sie wohl im Schilde führen. Unserer Phantasie sind in diesem Punkt keinerlei Grenzen gesetzt, und wie nicht anders zu erwarten, werden wir natürlich, was im übrigen durchaus menschlich ist, nur die schlimmsten Befürchtungen hegen. Schlimm genug, daß dem Land mit Überschwemmungen gewaltigen Ausmaßes gedroht wird, und nun noch die Vorstellung, daß sie zwei unbeteiligte junge Mädchen in der Hand haben – eine Vorstellung, die mit Sicherheit vielen Holländern, nicht nur den an sich schon feinfühlig und romantisch veranlagten Bewohnern dieser Nation, ans Herz gehen wird.«

»Na, einen Trost haben wir zumindest.« Vasco testete seine Reibeisenstimme. »Das ist bestimmt die letzte Drohung, die sie dir, was deine Schwester betrifft, zuspielen werden, Peter.«

»Stephan«, verbesserte ihn van Effen.

»Natürlich, Stephan. Ich weiß. Aber diesmal werde ich mich nicht entschuldigen.« Vasco sprach wieder mit seiner normalen Stimme. »In Gegenwart dieser Halunken werde ich mir mit Sicherheit nicht den leisesten Fehler erlauben.«

»Dann liegt es jetzt wohl an mir, mich zu entschuldigen«, erwiderte van Effen. »Diesmal bin ich der Vergeßliche – zumindest was die Jahre betrifft, in denen du schon getarnt Dienst tust. Ich bin völlig deiner Meinung. Sie werden keine Drohungen gegen Julie mehr aussprechen. Aus demselben Grund glaube ich auch, daß sie nicht mehr versuchen werden, David Meijer um Bargeld zu erleichtern. Abgesehen von der Tatsache, daß sie über unerschöpfliche Geldmittel zu verfügen scheinen, dürfte David Meijer in seiner Funktion als David Meijer wesentlich wichtiger für sie sein. Als der Mann also, der, wenn auch nur inoffiziell, beachtlichen Einfluß auf die Regierung hat und demzufolge auch deren Entscheidungen in die von ihm gewünschten Bahnen lenken kann. Womit ich nicht behaupten wollte, daß unsere Regierung im Augenblick noch in der Lage wäre, irgendwelche Entscheidungen zu fällen. Sich darüber den Kopf zu zerbrechen, dürfte den Herren Ministern bis auf weiteres erspart bleiben; damit sind im Augenblick die Engländer an der Reihe.«

»Ich könnte allerdings nicht behaupten, daß ich gern in der Haut der Engländer stecken möchte«, warf George ein. »Sie stehen vor einer Entscheidung, die möglicherweise noch schwieriger ist als das Dilemma, mit dem unsere Regierung konfrontiert war. Sollen sie sich, noch dazu aus zweiter Hand, von einem Haufen Terroristen –

was sind diese Burschen schließlich, selbst eingedenk ihrer hehren Motive, schon anderes – vorschreiben lassen, was sie tun und lassen sollen? Was wird in Nordirland passieren, wenn sie sich dort zurückziehen? Käme es dort zu gewaltsamen Auseinandersetzungen, vielleicht sogar zu Massakern, die womöglich mehr Menschenleben kosten würden als die angedrohten Überflutungen der Niederlande? Dabei können wir nicht einmal abschätzen, wie hoch diese Verluste sein werden, ob sie in die Tausende gehen oder in die Hunderttausende? Oder schalten sie einfach auf stur, indem sie keinerlei Bereitschaft einzulenken zeigen und einfach zusehen, wie die Holländer ersäuft werden wie die Ratten, geächtet, vielleicht über Generationen hinweg, von all den Nationen, die sich nach wie vor den alten Idealen von Anständigkeit und Menschlichkeit verpflichtet fühlen?«

»Mir wäre lieber, wenn du damit aufhören würdest, George.« Van Effen wirkte gereizt, was bei ihm nur selten vorkam. »Du hast das Ganze wieder einmal zu deutlich ausgedrückt. Im Grunde genommen läuft das alles auf die eine Frage hinaus, ob man nun größeren Wert auf eine im voraus nicht näher zu bestimmende Anzahl von Bürgern in Ulster oder von Bürgern der Niederlande legt. Es ist nicht gerade einfach, eine Gleichung mit zwei Unbekannten zu lösen. Diese verdammten, im voraus nicht zu bestimmenden Faktoren! So etwas müßte doch für die Physiker mit ihren Wahrscheinlichkeitsfaktoren das gefundene Fressen sein. Ich würde in diesem Fall lieber eine Münze werfen.«

»Kopf oder Zahl?« fragte George. »Auf welche Seite, glaubst du, würde die Münze fallen?«

»Keine Ahnung. Aber es gibt einen Faktor, der zumindest bis zu einem gewissen Grade vorherbestimmbar ist, wenn auch nicht mit hoher Wahrscheinlichkeit, und dieser Faktor ist die menschliche Natur. Deshalb nehme ich fast an – wobei ich sehr wohl weiß, daß diese Annahme auf ziemlich wackligen Beinen steht –, daß die Engländer nachgeben werden.«

George schwieg eine Weile nachdenklich, massierte mit

einer seiner Riesenhände sein Kinn und sagte schließlich: »Die Engländer stehen nicht gerade in dem Ruf, ein besonders nachgiebiges Völkchen zu sein. Gib auch nur einem von ihnen genügend Bier oder Scotch oder sonst etwas Alkoholisches, und früher oder später wird er dir erzählen, daß seit tausend Jahren kein Fremder ungebeten seinen Fuß auf ihre geheiligte Heimaterde gesetzt hat. Was auch tatsächlich stimmt; es gibt kein einziges Land auf der Erde, das gleiches von sich behaupten könnte.«

»Sicher. Aber das ist in diesem Zusammenhang völlig unerheblich. Wir haben es hier nicht mit einer Situation zu tun, in der Churchill sich auf den Durchhaltewillen seiner Nation berufen könnte. So etwas läßt sich auf einen normalen, handfesten Krieg anwenden. Aber hier haben wir es doch ganz offensichtlich mit psychologischer Kriegführung zu tun. Glaubst du, die Engländer verstehen etwas von psychologischer Kriegführung? Ich wäre mir da nicht so sicher. Im übrigen gibt es wohl keine Nation, die in diesem Punkt große Stücke auf sich halten könnte. Dafür spielen einfach zu viele nicht im voraus bestimmbare Faktoren eine Rolle.

Konventioneller Krieg oder psychologische Kriegführung – ich glaube nicht, daß es hier wirklich darum geht. Ich kann mir schon vorstellen, wie das Ganze ablaufen wird. Zuerst werden die Briten bluffen, was das Zeug hält – ihr müßt schließlich zugeben, daß sie sich in der Regel zunächst auf gar nichts einlassen –, sie werden ihre Arme zu einem unbekümmerten Himmel hochwerfen, um Gerechtigkeit und allgemeine Menschlichkeit bitten und erklären, sie wären so unschuldig wie frisch gefallener Schnee. Was haben wir getan, werden sie vorwurfsvoll fragen, daß man uns vor eine derart untragbare Entscheidung stellt? Sie werden sich als die absoluten Unschuldslämmer aufspielen, die gezwungen werden, die Lösung für ein unlösbares Problem zu finden, an dessen Entstehung sie nicht die geringste Schuld trifft. Wieso, werden sie jammern, rührt denn kein Mensch auf der ganzen Welt auch nur einen Finger, um uns zu helfen? Und dies gilt vor allem für diese rückgratlosen, feigen, unfähigen Holländer, die sich nicht einmal für die wenigen Augenblicke, die es braucht, um sich dieser Schurken zu entledigen, von ihren Tulpen und ihrem Käse und ihrem Jenever losreißen können.

Selbstverständlich wird kein Mensch dem, was sie sagen, auch nur die geringste Beachtung schenken. Und mit ›sie‹ meine ich nicht die englische Bevölkerung, sondern Whitehall, ihre Regierung. Das ist der Punkt, an dem der menschliche Aspekt zum erstenmal zum Tragen kommt. Die Briten haben sich schon seit jeher mit ihrem Verständnis, ihrer Fairness und ihrer ungebrochenen Sympathie für die Unterdrückten gebrüstet – was einige hundert Millionen Ex-Untertanen des British Empire dazu sagen würden, steht hier nicht zur Debatte – und mit ihrer Liebe zu Hunden, Katzen und was sonst auch immer sie vorübergehend in ihr Herz schlossen. Daß sie in einer reinen Traumwelt leben, scheint sie nicht weiter zu interessieren; was sie allerdings zu interessieren scheint, ist die Tatsache, daß für sie unverbrüchliche Wahrheit ist, was andere Nationen möglicherweise als pure Heuchelei betrachten. Das ist eine unabänderliche Tatsache des Lebens – das heißt, britischen Lebens –, und ihre moralische Entrüstung wird fürchterlich sein, selbst wenn wir armen Holländer etwas nasse Füße bekommen sollten. Ihrem Ärger wären keine Grenzen gesetzt; schließlich sähen sie auf diese Weise ihre höchsten Prinzipien und unverrückbaren Grundsätze in den Schmutz getreten. Die Leserbrief-Abteilung der Times würde in einer Flut von postalischer Entrüstung untergehen, deren Grundtenor lauten würde, daß die Verbrecher, die für diese allumfassende Beleidigung die Verantwortung tragen, zur Rechenschaft gezogen werden müssen.

Und nun der zweite Punkt, an dem der menschliche Aspekt zum Tragen käme. Whitehall ist sich völlig im klaren, welche Köpfe rollen sollen. Die Mitglieder der Regierung – und das gilt natürlich für jede Regierung – mögen sich zwar als Staatsmänner oder Minister betrachten, aber irgendwo, im tiefsten Innern ihrer Herzen, wissen diese Herren sehr wohl, daß sie eben nur ihren großen Auftritt auf der Bühne der Weltpolitik haben und schon in Bälde wieder in der Versenkung verschwinden werden. In diesem Bewußtsein fällen Politiker ihre Entscheidungen. Und angesichts dieses engstirnigen und kleinkarierten politischen Karrieredenkens interessiert diese Männer – Ausnahmen gibt es nur wenige, wie zum Beispiel unseren Verteidigungsminister – nichts anderes, als sich, koste es, was es wolle, im Amt zu halten.

Nun wird ihre Entscheidung in dieser Angelegenheit den Ausgang der nächsten Wahl nachhaltig beeinflussen; das heißt, sie könnten damit rechnen, daß sie ihren Posten verlieren würden – allein die Vorstellung dürfte schon ausreichen, dem durchschnittlichen Minister kalten Angstschweiß auf die Stirn treten zu lassen. Und genau deshalb werden wir auch keine nassen Füße bekommen. Sich den simpelsten Grundregeln schlichter Menschlichkeit beugend, wird Whitehall den Forderungen dieser Terroristen stattgeben, wobei diese Entscheidung nicht im geringsten durch so selbstsüchtige Motive wie Karrieredenken, Feigheit, Gier und Machthunger beeinflußt sein wird.«

Diesen Ausführungen folgte längeres Schweigen, untermalt vom beständigen Rauschen und Prasseln des Regens und dem fernen Donnergrollen eines Gewitters. Nach einer Weile bemerkte George: »Du hast wohl noch nie eine sehr hohe Meinung von den Politikern gehabt, wie?«

»Mein Job bringt es leider mit sich, daß ich zu häufig mit zu vielen Herren dieser Sorte zu tun habe.«

»Kann schon sein.« George schüttelte den Kopf. »Aber siehst du die Dinge nicht ein bißchen sehr schwarz?«

»Ich weiß nicht, ob man in unserer Welt die Dinge überhaupt schwarz genug sehen kann.«

Keiner von ihnen wußte darauf noch etwas zu sagen, bis ein Kleinbus vor dem Hoteleingang vorfuhr – jener, den sie am Abend zuvor auf dem Dam benutzt hatten. Romero Agnelli, der am Steuer saß, kurbelte das Seitenfenster herunter und schob die Einstiegstür neben sich zurück.

»Steigen Sie ein. Dann können Sie mir ja sagen, wohin ich fahren soll.«

»Steigen Sie lieber aus«, entgegnete van Effen. »Wir möchten mit Ihnen reden.«

»Sie wollen – was zum Teufel ist denn jetzt schon wieder?«

»Wir möchten nur mit Ihnen reden.«

»Das können wir doch im Bus.«

»Wer hat gesagt, daß wir mit dem Bus fahren werden?«

»Haben Sie etwa . . .«

»Keine Sorge, wir haben alles. Sollen wir eigentlich noch länger hier stehen und uns durch den Regen anbrüllen?«

Agnelli schloß die Tür wieder und stieg aus. Leonardo, Daniken und O'Brien folgten ihm. Hastig eilten sie die Stufen zum Vordach über dem Hoteleingang hinauf.

»Was soll das eigentlich?« Agnellis glatte, verbindliche Maske hatte leichte Sprünge bekommen. »Und was zum Teufel . . .«

»Mit wem, glauben Sie, reden Sie hier eigentlich?« schnitt ihm van Effen das Wort ab. »Wir sind nicht Ihre Angestellten. Wir sind gleichberechtigte Partner – oder zumindest glaubten wir, wir wären es.«

»Wenn Sie denken, Sie . . .« Agnelli brach mitten im Satz ab, nach einem kurzen Stirnrunzeln kehrte seine gewohnt verbindliche Art wieder zurück. »Wenn es tatsächlich etwas zu besprechen gibt – und offenbar ist es so –, könnten wir das nicht vielleicht drinnen erledigen?«

»Aber gewiß. Das ist übrigens der Leutnant.« Van Effen machte die Anwesenden miteinander bekannt, worauf Vasco mit heiserer Stimme auf seinen etwas angegriffenen Gesundheitszustand aufmerksam machte. Es stand außer Zweifel, daß Agnelli hinsichtlich seiner Identität nicht den geringsten Verdacht schöpfte.

Nachdem sie in einer Ecke des Salons Platz genommen hatten, breitete van Effen eine Zeitung auf dem Tisch vor ihnen aus. »Ich nehme an, Sie kennen diese Schlagzeilen?« wandte er sich an Agnelli.

»Ja, natürlich kenne ich sie.« Die Schlagzeile lautete

schlicht und einfach: »FFF ERPRESST ZWEI NATIONEN.« Darauf folgte eine Reihe kleinerer Schlagzeilen, die vor allem die Perfidie der FFF, den heroischen Entschluß der holländischen Regierung, den furchtlosen Widerstand der britischen Regierung und ein paar Lügen zum Inhalt hatten.

»Nun, wir haben uns schon fast gedacht, daß Ihnen diese Meldungen nicht entgangen sein würden«, begann Agnelli. »Und wir dachten uns auch, daß diese Nachrichten Sie ein wenig beunruhigen könnten. Allerdings nur ein bißchen. Ich für meinen Teil sehe zumindest keinen Grund zur Besorgnis, oder weshalb sich dadurch irgend etwas an der Sache ändern sollte. Sie kannten die Gründe für Ihre Einstellung – verzeihen Sie, für Ihr Engagement –, und Sie wußten, auf was Sie sich einließen. Was soll also über Nacht plötzlich so ganz anders geworden sein?«

»Ich würde sagen, einiges«, warf George ein. »Diese Geschichte nimmt plötzlich ganz andere Dimensionen an. Wir haben es mit einer Angelegenheit von internationaler Tragweite zu tun. Ich bin Holländer, Mister Agnelli. Das gleiche gilt für den Leutnant. Und Stephan Danilow mag zwar kein gebürtiger Holländer sein, aber er ist trotzdem mehr Holländer als alles andere. Sie werden doch nicht im Ernst glauben, daß wir zusehen werden, wie unser eigenes Land unter Wasser gesetzt wird, geschweige denn, daß wir uns daran beteiligen. Und wenn ich von unserem Land spreche, dann meine ich die Menschen, die darin wohnen, Mister Agnelli. Es steht außer Zweifel, daß keiner von uns sich innerhalb der Bahnen des Gesetzes bewegt, und ebenso steht außer Zweifel, daß keiner von uns etwas tun würde, wodurch andere Menschen in Gefahr kämen. Abgesehen davon finden wir das wirklich ein starkes Stück. Wir gehören zwar nicht unbedingt zu den kleinen Fischen in den Kreisen der Unterwelt, aber wir können auch nicht gerade behaupten, daß wir auf internationaler Ebene agieren. Was haben Sie eigentlich mit Nordirland vor? Weshalb wollen Sie die Engländer dort unbedingt hinauswerfen? Warum erpressen Sie unsere Regierung – und die britische? Warum drohen Sie uns damit, Tausende von uns zu ertränken? Warum drohen Sie damit, den Königlichen Palast in die Luft zu sprengen? Oder wollen Sie vielleicht sagen, Sie hätten die Zeitung nicht gelesen? Sind Sie komplett verrückt geworden?«

»Wir sind keineswegs verrückt«, sagte Agnelli fast gelangweilt. »Das trifft eher auf Sie zu – wenn Sie tatsächlich alles glauben, was in der Zeitung steht. Die Zeitungen haben einfach nur gedruckt, was die Regierung ihnen zu drucken befohlen hat. Angesichts der besonderen Umstände sah sie sich zu dieser kleinen Zwangsmaßnahme genötigt. Die Regierung hat an die Presse nur weitergegeben, was wir ihr gesagt haben. Sie hat sich an unsere Anweisungen gehalten. Es steht keineswegs in unserer Absicht, auch nur einer Menschenseele etwas zuleide zu tun.«

»Nordirland – das ist doch etwas ganz anderes, als die holländische Regierung um etwas Bargeld zu erleichtern«, warf van Effen ein. »Das, dachten wir, wäre Ihre ursprüngliche Absicht gewesen, an der nichts auszusetzen gewesen wäre. Ganz im Gegenteil, wir sind nicht im geringsten um das Wohlergehen der Regierung besorgt.« Er richtete seinen Blick in weite Ferne. »Und das gilt keineswegs nur für die holländische.«

»Angesichts dessen, was Sie mir erzählt haben«, erwiderte Agnelli, »kann ich das nur zu gut verstehen.« Mit einem Lächeln holte er eine Ebenholzzigarettenspitze und eine seiner türkischen Zigaretten hervor, steckte sie mit einem Onyx-Feuerzeug mit Goldeinlegearbeiten an und demonstrierte damit, daß er die Situation unter Kontrolle und seine Fassung wiedererlangt hatte. – »Es dreht sich hier einzig und allein um Geld, meine Herren, um nichts anderes als um Geld. Um wieviel, kann ich im Augenblick noch nicht sagen, aber ich kann Ihnen versichern, daß Geld der einzige Beweggrund dieses groß angelegten Unternehmens ist. Und bei dieser Gelegenheit möchte ich Ihnen auch noch versichern – ob Sie mir glauben, ist Ihre Sache –, daß wir nicht die geringste Absicht hegen, irgend jemanden zu Schaden kommen zu lassen. Ehrlich gesagt, sehen wir uns dabei, im Gegensatz zu Ihnen, nicht durch humanitäre Gesichtspunkte bewegt. Organisiertes Verbrechen in großem Umfang unterliegt den Gesetzen der Geschäftswelt, und deshalb wickeln wir unsere Unternehmungen auf einer rein geschäftlichen Basis ab. Hier zählt nur eiskaltes Kalkül. Mord ist unrentabel. Ein Räuber wird vom Gesetz zur Rechenschaft gezogen, allerdings nur in begrenztem Rahmen. Ein Räuber jedoch, der gemordet hat, wird wesentlich unerbittlicher bestraft. Nein, nein, meine Herren, was wir betreiben, ist rein psychologische Kriegführung.«

George streckte die Hand über den Tisch und tippte auf eine weitere Schlagzeile. »Handelt es sich bei der Entführung zweier junger Mädchen ebenfalls um psychologische Kriegführung?«

»Aber natürlich. Eines der wirksamsten aller psychologischen Druckmittel. So etwas geht doch jedem ans Herz, oder etwa nicht?«

»Sie sind ein kaltblütiger Dreckskerl«, platzte George ganz unverstellt heraus. Wenn George sich nicht verstellte, wirkte er besonders bedrohlich; das leichte Zucken um Agnellis Lippen deutete an, daß ihm in diesem Moment bewußt wurde, daß sein Gegenüber durchaus gefährlich werden konnte. »Ich würde nur gern wissen, wie Ihnen zumute wäre, wenn jemand Ihre Frau oder Ihre Schwester mit einem Revolver oder einem Messer an der Kehle gefangen halten würde? Und spielen Sie jetzt bloß nicht den Mitleidigen und Entsetzten. Erpresser halten ihre Geiseln nie fest, ohne zu drohen, was ihren Opfern zustoßen wird, wenn die Erpreßten ihren Forderungen nicht nachkommen. Leider werden solche Drohungen nicht selten wahrgemacht. Und was wäre das in diesem Fall? Würden Sie die beiden einigen Ihrer weniger von Skrupeln behafteten ›Angestellten‹ überlassen, damit die sich ein paar vergnügliche Stunden machen? Würden Sie sie foltern lassen? Oder gar bis zum äußersten gehen? Wie wir Ihnen schon mehrmals zu verstehen gegeben haben, verabscheuen wir jede Gewalt. Wenn also diesen beiden jungen Damen etwas zuleide getan werden sollte, dann geschieht etwas, das von Gewalt nicht sehr weit entfernt sein wird. Ich hoffe nur, daß Sie mir in diesem einen Punkt glauben, Mister Agnelli.«

Agnelli glaubte ihm ganz offensichtlich. Auf seiner Stirn hatte sich unvermittelt ein dünner Schweißfilm ausgebreitet.

»Warum haben Sie zum Beispiel diese Anne Meijer entführt?« fuhr George fort. »Weil ihr Vater in den Niederlanden ein einflußreicher Mann ist und beträchtlichen Einfluß auf die Regierung haben soll?« Agnelli nickte wortlos. »Und diese ...«, er drehte die Zeitung zu sich herum, um besser lesen zu können, »diese Julie van Effen? Sie ist doch nur die Schwester eines Polizeibeamten. Es gibt doch meines Wissens Tausende von Polizisten in den Niederlanden.«

»Aber nur einen van Effen.« Agnelli sprach mit auffallender Anteilnahme. »Wir wissen, daß wir in ganz Holland gesucht werden, und der Mann, der die Suche leitet, ist dieser van Effen. Mit seiner Schwester in unserer Gewalt könnten wir ihm die Flügel ein wenig stutzen.«

»Das klingt nicht gerade so, als hielten Sie sonderlich viel von diesem Mann.« Agnelli erwiderte nichts, aber seine Blicke sprachen Bände. »Und Sie wollen mich immer noch glauben machen, Sie würden an diesen beiden Mädchen nicht Ihre Überredungskünste – wie subtil sie auch sein mögen – anwenden, um Ihre Ziele zu erreichen?«

»Ich kann Ihnen nur versichern, daß es mir völlig egal ist, ob Sie mir glauben oder nicht. Ich zweifle nicht im geringsten an der Tatsache, daß Sie zu tun imstande wären, was Sie uns eben angedroht haben – für den Fall, daß wir Sie hintergehen. Deshalb würde ich vorschlagen, daß Sie mitkommen und sich selbst davon überzeugen, daß wir die Wahrheit sagen. Sie können sich heute nachmittag unsere Geiseln persönlich ansehen. Falls Ihnen nicht gefallen sollte, was Sie zu sehen bekommen, können Sie aussteigen oder die Ihnen angebracht erscheinenden Maßnahmen ergreifen. Mehr kann ich in diesem Punkt nicht für Sie tun, und ich möchte doch behaupten, daß das ein faires Angebot ist.«

»Was meinst du, Stephan«, wandte sich George an van Effen.

»Wir kommen mit. Wenn wir Mister Agnellis Ausführungen im großen und ganzen glauben können – und dagegen spricht meiner Meinung nach eigentlich nichts –, dann hätten wir, finde ich, doch einiges zu verlieren. Warum sollten wir uns ins eigene Fleisch schneiden? Überzeugen wir uns also mit eigenen Augen, wie Mister Agnelli vorgeschlagen hat.«

»Ich danke Ihnen, meine Herren.« Agnelli wischte sich den Schweiß von der Stirn. »Ich war keineswegs überzeugt, daß Sie die Sache aus meiner Sicht betrachten würden – Sie sind ziemlich harte Verhandlungspartner, wenn ich so sagen darf –, aber jetzt bin ich doch froh, daß wir uns einig werden konnten. – Übrigens, wo ist der Lastwagen?«

»In einer Garage, ganz in der Nähe.«

»In einer Garage? Ist er dort auch vor neugierigen Blicken . . .«

»Die Garage gehört mir«, unterbrach George ihn ärgerlich. »Glauben Sie denn, ich mache so was zum erstenmal?«

»Natürlich, was für eine dumme Frage.«

»Wir hätten da noch ein paar Fragen«, meldete sich van Effen wieder zu Wort. »Wir haben uns also auf diese Geschichte eingelassen und sind natürlich bereit, Risiken einzugehen. Ich nehme also an, daß wir nicht wissen werden, wohin Sie uns schaffen wollen, bis wir an Ort und Stelle eingetroffen sind. Haben Sie ein geeignetes Versteck für den Laster?«

»Ja.«

»Wie viele Personen werden dorthin mitkommen?«

»Außer Ihnen selbst? Drei unserer Leute. Mister Riordan, von dem Sie in der Zeitung gelesen haben, Joop und Joachim. Warum wollen Sie das wissen?«

»Ich dachte, ich wäre an der Reihe, Fragen zu stellen. Sie fahren mit dem Bus?«

»Nein. Wir hatten gehofft, in dem Laster wäre Platz genug für uns alle.«

Natürlich, dachte van Effen. Sie wollen uns und die kostbare Ladung des Lastwagens möglichst nicht aus den Augen lassen. »Wie viele Wagen?«

»Was für Wagen?« Agnelli wirkte leicht überrascht. »Keine Wagen natürlich. Wieso?«

»Wieso?« Van Effen verdrehte seine Augen in Richtung Decke, um schließlich nach einem kurzen Blick auf George wieder Agnelli anzusehen. »Wieso? Sagen Sie, Mister Agnelli, haben Sie eigentlich jemals gestohlenes Eigentum der Regierung transportiert?«

»Nein, das ist eine völlig neue Erfahrung für mich.«

»Ich brauche zwei Wagen. Einer soll dem Laster in zwei-, dreihundert Metern Abstand folgen, der zweite soll im gleichen Abstand hinter dem ersten herfahren.«

»Ach so! Jetzt verstehe ich. Natürlich, Sie wollen nicht, daß Ihnen jemand folgt.«

»Ich habe eine tiefe Abneigung dagegen, beschattet zu werden. Die Chancen sind zwar gering, aber wir dürfen trotzdem kein Risiko eingehen.«

»Sehr gut. Joop und Joachim. Ich werde gleich telefonieren.«

»Letzte Frage: Kommen wir heute nacht noch in die Stadt zurück?«

»Nein.«

»Das hätten Sie uns sagen sollen. Wir werden ein paar Zahnbürsten brauchen. Da wir jedoch richtig vermutet haben, haben wir schon ein paar Sachen zusammengepackt. In drei Minuten im Foyer, einverstanden?«

Auf seinem Zimmer wandte sich van Effen an George: »Ich kann es nur immer wieder von neuem sagen. Du hast wirklich deinen Beruf verfehlt, George. Das war eben wieder großartig, wirklich toll.«

George machte eine wegwerfende Handbewegung. »Ach was, das war doch nichts.«

»So manövriert man sich auf schnellstem Weg in eine Position moralischer Überlegenheit. Sie werden sich förmlich überschlagen, uns nicht in die Quere zu kommen. Und hast du nicht auch den Eindruck, George, daß sie dringender auf uns angewiesen sind als wir auf sie?«

»Ja. Eine beruhigende Vorstellung.«

»Allerdings. Und zweitens sind sie nun sicher, daß sie nicht beschattet werden. Nachdem wir selbst den Vorschlag gemacht haben, stehen wir nur um so vertrauenswürdiger da.«

»Das liegt doch auf der Hand. Und ich denke auch, daß das ihre Wachsamkeit ein wenig mindern wird.«

»Na, das wollen wir hoffen. Drittens steht nun eindeutig fest, daß Agnelli nicht die geringste Ahnung hat, wer ich bin. Agnelli könnte noch einiges von dir lernen. Er kann sich schlecht verstellen und verliert viel zu schnell die Beherrschung. Es ist absolut ausgeschlossen, daß er so ruhig und gelassen mit uns am Tisch gesessen wäre, wenn er gewußt hätte, wer ich in Wirklichkeit bin. Wir dürfen also davon ausgehen, daß uns keine Gefahr droht, solange sie nicht herausfinden, wer wir wirklich sind. Bedrohlich wird es erst, wenn sie uns nicht mehr brauchen – das heißt, wenn sie erreicht haben, was sie erreichen wollten. Das halte ich jedoch für unwahrscheinlich. Die Gefahr, daß sie sich uns vom Hals schaffen wollen, weil wir ihre Identität preisgeben könnten, besteht nicht mehr. Ihre Identität ist ja inzwischen sattsam bekannt. Die Namen der Männer, die gestern den Verhandlungen in Dessens' Haus beiwohnten, dürften heute morgen in jeder größeren Zeitung Europas zu lesen gewesen sein. Oder zumindest in den Abendausgaben. Ganz zu schweigen von Funk und Fernsehen. Ich habe Mijnheer Wieringa darum gebeten, dafür zu sorgen. Und was hältst du übrigens von diesem Geschwafel, sie beschränkten sich lediglich auf psychologische Kampftaktiken und wären einzig und allein an Bargeld interessiert? Du hast ihm das natürlich sicher alles aufs Wort geglaubt, oder?«

»Einem Mann wie Agnelli kann man bedenkenlos sein vollstes Vertrauen schenken.«

Agnelli, O'Brien und Daniken warteten in der Hotelhalle, als van Effen und George wieder nach unten kamen. »Alles klar?« fragte van Effen.

»Ja. Nur eines haben wir übersehen – beziehungsweise habe ich übersehen. Ich habe gesagt, ich würde sie zurückrufen. Jetzt weiß ich nicht, ob ich ihnen sagen soll, daß sie hierherkommen sollen oder nicht.«

»Wir geben Bescheid, sobald wir mit dem Laster losfahren.«

»Wieso rufen wir sie nicht gleich von hier an?«

Van Effen sah ihn mit einem Ausdruck leichter Überraschung an. »Rufen Sie immer zweimal hintereinander vom selben Apparat aus an?«

»Ob ich . . .« Agnelli schüttelte den Kopf. »Und ich habe immer gedacht, ich wäre der argwöhnischste, der am meisten auf Sicherheit bedachte Mensch. Gehen wir?«

»Die Heizung in holländischen Militärlastern ist ziemlich schlecht. Ich schlage deshalb vor, daß wir uns vorher noch einen Schnaps genehmigen. Haben wir noch genügend Zeit?«

»Haben wir. Vermutlich, bis der Leutnant auftaucht, oder nicht?«

»Er stößt nicht zu uns. Wir treffen ihn. Deswegen habe ich auch den Vorschlag mit dem Schnaps gemacht. Er wird noch eine Weile brauchen.«

»Ich verstehe. Oder – eigentlich verstehe ich das nicht ganz. Er stößt nicht zu uns . . .«

»Er hat sich über die Feuerleiter entfernt. Der Leutnant, müssen Sie verstehen, hat eine Vorliebe für etwas unorthodoxe Abgänge. Außerdem ist er sehr schüchtern und lenkt nicht gern die allgemeine Aufmerksamkeit auf sich.«

»Unorthodox. Schüchtern. Jetzt verstehe ich.« Vor einem anscheinend frisch gespritzten Militärlastwagen in einer sonst leeren, hell erleuchteten Garage stehend, musterte Agnelli die ziemlich eindrucksvolle Gestalt Vascos, der inzwischen in der funkelnagelneuen Uniform eines Hauptmanns des holländischen Heeres steckte. »Jetzt verstehe ich. Die Leute im Hotel hätten diese Veränderung wohl etwas verwunderlich gefunden. Aber ich dachte, der – äh – Leutnant wäre Leutnant?«

»Wissen Sie, es dauert immer eine Weile, bis man seine

alten Gewohnheiten ablegt. In der Regel nennt man einen Freund nicht plötzlich anders, nur weil er sich ein neues Kleidungsstück zugelegt hat. Er ist letzten Monat befördert worden – für seine Verdienste um Königin und Vaterland.«

»Für seine Verdienste um – ach, so ist das also.« Agnelli begriff nicht das geringste. »Und was hat dieser auffällige orange Blitz am Kühler zu bedeuten?«

»Das heißt so viel wie: ›Manöverfahrzeug. Achtung, Abstand halten!‹«

»Sie denken wirklich an alles«, erklärte Agnelli anerkennend. »Darf ich ihn mir mal von innen ansehen?«

»Selbstverständlich. Ich möchte auf keinen Fall, daß Sie das Gefühl haben, eine Katze im Sack zu kaufen.«

»Dann wäre dies hier die eigenartigste Katze im Sack, die ich je gesehen habe, Mister Danilow.« Agnelli hatte den ordentlich verstauten Inhalt des Lasters inspiziert und rieb sich zufrieden die Hände. »Großartig, wirklich großartig. George liefert wirklich prompt. Ehrlich gestanden, hätte ich nicht geglaubt, daß er alle meine Wünsche erfüllen könnte.«

George machte eine wegwerfende Handbewegung. »Mit Unterstützung des Leutnants war das weiter kein Problem. Das nächste Mal können Sie sich ruhig etwas Ausgefalleneres ausdenken.«

»Großartig, wirklich großartig.« Agnelli blickte in Richtung Führerhaus. Die Bank hinter dem Fahrersitz war an den Seiten mit dicken Vorhängen verhängt. »Wie ich sehe, Mister Danilow, teilen Sie meine Vorliebe für Abgeschiedenheit und Anonymität.«

»Nicht ich. Das gilt bei Manövern auch für Offiziere der holländischen Armee.«

»Um so besser. Mister Riordan wird begeistert sein. Sie werden das verstehen, sobald Sie seine Bekanntschaft gemacht haben. Er ist nämlich ein Mann von eher auffälligem Äußeren, und es fällt ihm oft schwer, seine Anonymität zu wahren, an der ihm jedoch sehr viel gelegen ist.« Agnelli schwieg kurz, dann räusperte er sich verlegen und fuhr schließlich fort: »Angesichts all dessen und angesichts der sehr, sehr gründlichen Sicherheitsvorkehrungen Ihrerseits, Mister Danilow, fällt es mir in der Tat etwas schwer, Sie – äh – zu fragen, ob Sie – äh – etwas dagegen hätten, wenn Mister O'Brien den Laster noch einmal genau inspizierte?«

Van Effen mußte grinsen. »Ich habe mich schon die ganze Zeit gewundert, was wohl Mister O'Briens Funktion sein könnte. Wenn das so ist, muß ich zugeben, daß mich das etwas verwundert. Wenn Mister O'Brien sich besser mit Sprengstoffen und Waffen auskennt als wir drei, dann müßte er zu den führenden Fachleuten in Europa zählen. Und in diesem Fall wären Sie doch wohl kaum auf unsere Dienste angewiesen.«

»Wer hat hier etwas von Sprengstoff gesagt, Mister Danilow?« O'Brien lächelte amüsiert; er hatte eine angenehme Baritonstimme. »Jede Art von Sprengstoff macht mir Angst. Nur auf dem Gebiet der Elektronik kenne ich mich ein bißchen aus.«

»Mister O'Brien ist zu bescheiden«, warf Agnelli ein. »Er ist einer der besten seines Faches. Alarmanlagen. Installation – oder Deaktivierung.«

»Ach so. Mit Alarmanlagen kennt Mister O'Brien sich also aus! Lichtschranken, Druckauslöser und dergleichen. So jemanden wollte ich schon immer mal kennenlernen. Dann kann ich ihm ja gleich bei der Arbeit zusehen. Allerdings dürfte so ein Armeelaster nicht unbedingt das ideale Betätigungsfeld für einen Elektronikfachmann darstellen.« Van Effen machte eine kurze Pause und fuhr dann lächelnd fort: »Fangen Sie ruhig an, Mister O'Brien. Ich kann mir allerdings kaum vorstellen, daß Sie einen finden werden.«

»Daß ich was finden werde, Mister Danilow?«

»Einen von diesen kleinen Ortungssendern.«

Agnelli und O'Brien tauschten vielsagende Blicke aus, worauf Agnelli stotterte: »Einen von diesen kleinen – woher wissen Sie ...«

»Weil ich heute morgen eines von diesen Dingern entfernt habe. Genau gesagt, hat der Leutnant das für mich besorgt.«

Agnelli wäre nie als Anwärter auf einen Oscar in Frage gekommen, wie van Effen bereits festgestellt hatte. Er wirkte perplex, besorgt und argwöhnisch, und das alles auf einmal. »Aber wieso sollte – ich meine, wie kamen Sie darauf ...«

»Kein Grund zur Aufregung«, beruhigte ihn van Effen lächelnd. »Es gibt eine ganz simple Erklärung dafür. Sie wissen doch ...«

»Aber das ist doch ein Armeefahrzeug!«

»Eben. Und bei Armeefahrzeugen ist das keineswegs ungewöhnlich. Sie benutzen diese Dinger für ihre Kriegsspiele, und zwar vor allem nachts, wenn sie keine Lichter anmachen dürfen und strikte Funkstille herrscht. Dann ist das die einzige Möglichkeit, sich über die jeweiligen Standorte zu informieren. Der Leutnant weiß, wo sie diese Dinger in der Regel anbringen und hat auch tatsächlich eines entdeckt und entfernt.«

Vasco öffnete das Handschuhfach neben dem Fahrersitz und nahm einen kleinen metallenen Gegenstand heraus. Er reichte ihn van Effen, der ihn seinerseits an O'Brien weitergab.

»Ja, er hat recht, Romero. Das ist so ein Ding.« O'Brien sah Agnelli mit einem fragenden Blick an. »In diesem Fall ...«

»Nein, nein«, fiel ihm van Effen ins Wort. »Sehen Sie ruhig auch selbst noch einmal nach, damit Sie wirklich beruhigt sind. Könnte schließlich durchaus sein, daß die Kiste regelrecht mit diesen Dingern gespickt ist. Ich für meine Person hätte allerdings nicht die geringste Ahnung, wo ich anfangen sollte, danach zu suchen.«

Nach einem erfolglosen Versuch, seine Erleichterung zu verbergen, nickte Agnelli O'Brien zu. Van Effen und George gingen währenddessen, in eine belanglose Unterhaltung verstrickt, in der Garage auf und ab, Agnelli interessierte sich zwar, wie sie sehen konnten, lebhaft für O'Briens Arbeit, schenkte jedoch ihnen keinerlei Beachtung. In einer entfernten Ecke sagte van Effen: »Muß ein interessanter Beruf sein, sich als professioneller Entschärfer von Alarmanlagen zu verdingen.«

»Sehr sogar, und auch recht nützlich. Stell dir vor, du hättest es auf die Kunstsammlung irgendeines Milliardärs abgesehen. Oder auf irgendein besonders interessantes Waffendepot der Armee. Oder auf die Schließfächer einer Bank.«

»Ob einem so etwas aber viel nützt, wenn man einen Deich oder einen Kanaldamm sprengen will?«

»Nein.«

»Habe ich mir auch gedacht.«

Obwohl es erst kurz nach ein Uhr mittags war, als sie die Garage verließen, hätte es, was die Helligkeit draußen betraf, ebensogut Nacht sein können. Der Regen hatte sich noch verstärkt. Die Scheibenwischer des Lastwagens waren zweistufig einstellbar, aber selbst auf der schnellsten Stufe wurden sie des strömenden Regens nicht Herr. Auch der Nordwind hatte an Stärke zugenommen. Abgesehen von einer gelegentlichen Trambahn waren die Straßen völlig verlassen. Man hätte die Bemühungen der FFF für vergeblich halten können – es war, als würde Holland vom Regen fortgespült.

Agnelli hatte seinen Anruf von der Garage aus gemacht. Kurz nachdem sie losgefahren waren, hielt Vasco, der den Lastwagen steuerte, auf Agnellis Anweisung vor einem unscheinbaren Café in der Utrechtsestraat, vor dem zwei Kleinwagen geparkt waren – beides Renaults. Agnelli stieg aus und sprach kurz mit den nicht erkennbaren Fahrern der beiden Wagen. Seine Eile war begründet: er hatte keinen Regenschirm, und sein Gabardinemantel bot kaum Schutz vor dem Regen.

»Das waren Joachim und Joop«, erklärte er bei seiner Rückkehr. »Sie folgen uns zu einem Restaurant in Amstelveen. Auch die FFF braucht ab und zu etwas zu essen.« Agnellis Gesicht zeigte inzwischen sicher wieder das vertraute Lächeln, auch wenn sich das in der Dunkelheit im Innern des Lasters kaum feststellen ließ.

»Falls sie es schaffen, uns zu folgen«, warf van Effen ein. »Durch dieses Wetter haben sich meine Vorsichtsmaßnahmen mehr oder weniger erübrigt. Ich dachte allerdings, wir würden uns mit Ihrem Bruder und Mister Riordan treffen. Ich muß schon sagen, daß ich sehr gespannt bin, Mister Riordans Bekanntschaft zu machen. Nach den Zeitungsmeldungen zu urteilen, muß er ein außergewöhnlicher Mann sein.« Den kräftigen Rippenstoß, den ihm George versetzte, ignorierte er einfach.

»Das ist er. Sie haben es vorgezogen, im Auto sitzen zu bleiben. Vermutlich hatten Sie keine allzu große Lust, naß zu werden. Wir werden uns in De Groene Lanteerne treffen.«

Riordan war tatsächlich ein außergewöhnlicher Mann. Er trug einen weiten, hochgeschlossenen, schwarz-weiß karierten Hirtenumhang mit passender Mütze – ein Kleidungsstück, wie es vor allem bei Gutsbesitzern im schottischen Hochland oder bei Sherlock Holmes beliebt war. Da der Umhang zwanzig Zentimeter über seinen Knien endete und ihn noch größer und dünner erscheinen ließ als sonst, diente das Kleidungsstück kaum der Absicht, möglichst wenig Aufmerksamkeit zu erregen. Er hatte allen höflich seinen Gruß entboten – wenn er nicht gerade gegen die IRA wetterte, war er offensichtlich ein ernster und höflicher Mensch. Beim Anblick von Vascos Uniform legte er zwar seine Stirn für einen Moment in Falten, aber nachdem man ihm erklärt hatte, welche Bewandtnis es damit hatte, nickte er verständnisvoll und verfiel fortan in Schweigen. Nicht, daß er sich von der Gesellschaft bei Tisch absondern wollte; er hatte vielmehr ein großes, ziemlich teuer und kompliziert aussehendes Radiogerät bei sich, auf dem er sich, Agnellis Angaben zufolge, über Kopfhörer die Wettervorhersagen und holländische sowie internationale Nachrichtensendungen anhörte. Den Grund hierfür brauchte Agnelli nicht näher zu erläutern.

Nach dem Essen entschied sich Riordan dafür, die Fahrt im Lastwagen fortzusetzen; die Kopfhörer trug er nach wie vor. Er drückte sich in die rechte hintere Ecke des Führerhauses und zog den Vorhang am Seitenfenster so weit wie möglich nach vorn. Vasco fuhr durch den dunklen Nachmittag in Richtung Süden, wobei er aufgrund der schlechten Sichtverhältnisse nur sehr langsam vorwärtskam. Besonders beeindruckt zeigte sich van Effen durch die betont dienstbeflissene Aufmerksamkeit, mit der Vasco Agnelli bedachte, als ihm dieser erklärte, wie er durch Utrecht zu fahren hatte. Es sprach für Vascos heroische Geduld, daß er, der in dieser Stadt groß geworden war und mehrere Jahre eine Funkstreife gefahren hatte, sich dreimal an Richtungsangaben hielt, die offensichtlich falsch waren.

Im Laufe des Nachmittags nahm Riordan schließlich seine Kopfhörer ab. »Gute Nachrichten, meine Freunde, gute Nachrichten. Der holländische Außenminister und der Verteidigungsminister – unser vortrefflicher Mijnheer Wieringa – sind in London eingetroffen und verhandeln mit ihren britischen Amtskollegen. Die Tatsache, daß ein offizielles Kommuniqué erwartet wird, beweist, daß man uns ernst zu nehmen scheint.«

Das veranlaßte van Effen zu der Bemerkung: »Haben Sie denn nach den Schlagzeilen in der Presse und den Katastrophenmeldungen in Funk und Fernsehen allen Ernstes erwartet, man würde Sie nicht ernst nehmen?«

»Nein. Aber ein beruhigendes Gefühl ist es trotzdem.« Riordan setzte die Kopfhörer auf und machte es sich wieder in seiner Ecke bequem. Sein Gesichtsausdruck spiegelte eine Mischung aus Erwartung und Zufriedenheit wider. Als ein Mann, der voll hinter seiner Mission stand, wollte er sich nicht die geringste Einzelheit entgehen lassen.

Zwanzig Minuten später bog der Lastwagen nach rechts in eine Landstraße ab und wenige Kilometer weiter nach links, in eine kleine Seitenstraße. Schließlich hielten sie vor einem Gebäude mit einer vorgebauten Veranda, die hell erleuchtet war.

»Da wären wir«, verkündete Agnelli. »Unser Hauptquartier – und unsere Unterkunft für die Nacht. Ich glaube, Sie werden über mangelnden Komfort nicht klagen können.«

»Das ist ja eine Windmühle«, entfuhr es van Effen.

»Das wundert Sie?« entgegnete Agnelli. »Nun, in dieser

Gegend ist das keineswegs ungewöhnlich. Nicht mehr in Gebrauch, aber noch betriebsfähig, was ebenfalls nichts Ungewöhnliches ist. Innen sehr geräumig und natürlich modernisiert. Ein zusätzlicher Vorteil ist, daß sie sehr abgeschieden liegt. Schauen Sie einmal dort hinüber – das versprochene Versteck für den Lastwagen. Eine alte Scheune.«

»Und was ist mit der anderen Scheune daneben?«

»Staatsgeheimnis.«

»Steht da Ihr Hubschrauber?«

Agnelli lachte im Dunkeln. »Womit das Staatsgeheimnis keines mehr wäre. Vermutlich ist es ziemlich offenkundig, seit wir öffentlich erklärt haben, wir hätten von den aufregenden Szenen am Nordholland-Kanal nördlich von Alkmaar Luftaufnahmen gemacht.«

»Demnach sind Sie jetzt also glücklicher Besitzer von Eigentum sowohl des Heeres wie der Luftwaffe?«

»Nein, nicht der Luftwaffe. Obwohl kaum jemandem der Unterschied auffallen dürfte. Ein paar Pinselstriche hier, ein paar Pinselstriche da, ein paar sorgfältig ausgewählte Kennzeichen – aber das soll uns hier nicht weiter interessieren. Gehen wir lieber hinein, um zu sehen, wie es hier um die altbewährte holländische Gastfreundschaft bestellt ist.« Nach hundertprozentig erfolgreich abgeschlossener Mission strahlte er förmlich vor liebenswerter Herzlichkeit. Nicht ausgeschlossen, dachte van Effen, daß dieses Verhalten seinem wahren Wesen eher entsprach als der prinzipielle Argwohn und die Taktiererei, zu der er den ganzen Nachmittag über Zuflucht genommen hatte.

»Ohne mich«, erklärte George. »Ich bin Geschäftsmann, und als Geschäftsmann ziehe ich es vor...«

»Falls Sie damit den finanziellen Aspekt zur Sprache bringen wollen, George, kann ich Ihnen versichern...«

»Ich spreche hier nicht von den Finanzen«, unterbrach ihn George. »Ich berufe mich nur auf die üblichen Geschäftspraktiken. Leutnant, gibt es hier eigentlich ein Licht? Danke.« George zog ein Papier aus der Tasche und reichte es Agnelli. »Der Lieferschein. Wenn Sie bitte unterschreiben würden. Allerdings möchte ich mich vorher noch persönlich vom ordnungsgemäßen Zustand sämtlicher Waren überzeugen – Sie werden sicher verstehen, daß ich dazu heute morgen nicht die Zeit fand – und mich vergewissern, ob sie den Transport unbeschadet überstanden haben. Das ist gewöhnliche Geschäftsmoral.« Niemand schien Anstoß daran zu nehmen, daß George in Zusammenhang mit gestohlener Ware auf seine hohe Geschäftsmoral pochte. »Aber so ganz wäre ich Ihrer Gastfreundschaft nicht abgeneigt. Wenn ich vielleicht ein Bier haben könnte?«

»Aber selbstverständlich«, lächelte Agnelli und fügte dann vorsichtig hinzu: »Brauchen Sie dabei Hilfe?«

»Eigentlich nicht. Aber es ist nun mal üblich, daß dabei auch der Käufer beziehungsweise ein Vertreter des Käufers anwesend ist. Ich würde Mister O'Brien vorschlagen. Elektronikexperten sind doch an diesen Kleinkram gewöhnt. Bei Zündsätzen ist das nicht anders. Lassen Sie so ein Ding mal aus Versehen fallen, Mister Agnelli – von Ihrer Windmühle hier wäre nicht mehr viel übrig. Und das gleiche gälte auch für die Leute, die sich darin aufhalten.«

Agnelli nickte zustimmend und ging auf die Veranda zu. Ein großer, unrasierter junger Mann mit strubbeligem Haar, dessen auffälligstes Gesichtsmerkmal der geringe Abstand zwischen Augenbrauen und Haaransatz war, stellte sich ihnen in den Weg. In seiner Rechten hielt er in lockerem Griff eine Maschinenpistole.

»Laß uns schon durch, Willi«, schnauzte ihn Agnelli an. »Ich bin's.«

»Das sehe ich selbst.« Willis Stirn legte sich in Falten. Mit einem argwöhnischen Blick auf van Effen fragte er: »Wer ist das?«

»Ach ja, Ihre vielgerühmte Gastfreundschaft«, bemerkte van Effen sarkastisch. »Zweifellos unser reizender Gastgeber. Meine Güte, Sie haben wirklich ein tolles Team.«

Willi tat einen drohenden Schritt nach vorn und brachte seine Waffe in Anschlagposition. Im nächsten Augenblick sank er jedoch schon zu Boden und hielt sich den Bauch. Der Schlag, der ihm versetzt worden war, war keineswegs nur ein freundschaftlicher Klaps gewesen. Van Effen nahm ihm die Maschinenpistole ab, entfernte das Magazin und warf die Waffe auf den sich am Boden krümmenden jungen Mann. Er starrte Agnelli an, der Ausdruck in seinem Gesicht war eine Mischung aus Verblüffung und Verständnislosigkeit.

»Ehrlich gesagt, ich muß gestehen, daß ich entsetzt bin. Das gefällt mir ganz und gar nicht. Ist dieser – ich meine, sind die anderen auch so? Besteht Ihr Team aus lauter solchen zurückgebliebenen Idioten? Leute, die zwei Nationen zwingen, auf ihre Forderungen einzugehen, arbeiten – arbeiten ... ich muß sagen, mir fehlen die Worte. Haben Sie noch nie etwas von dem sprichwörtlich schwächsten Glied einer Kette gehört?«

»Ganz meine Meinung«, nickte Riordan ernst. »Wie Sie sich sicher erinnern werden, Romero, habe ich bereits mehrfach meine Bedenken bezüglich dieses Burschen geäußert. Selbst als Wächter – dies war sowieso die einzige Tätigkeit, die ihm mit gutem Gewissen zugeteilt werden konnte – hat er versagt.«

»In der Tat, Mister Riordan, das ist auch ganz meine Meinung.« Man konnte zwar nicht sagen, Agnelli hätte die Fassung verloren, aber seine strahlende Laune wirkte gedämpft. »Willi ist ein Versager. Wir werden auf seine Dienste verzichten müssen.«

Willi hatte sich inzwischen auf die Seite gewälzt und den Ellbogen aufgestützt. Er war bei Bewußtsein und verzog vor Schmerzen das Gesicht. Über die am Boden liegende Gestalt hinweg konnte van Effen auf die im Hintergrund offenstehende Tür sehen. Sein Blick fiel auf seine Schwester, neben ihr Annemarie, Samuelson dicht hinter den beiden Mädchen. Der Ausdruck auf den Gesichtern der beiden wies auffallende Ähnlichkeiten auf – etwas erstaunt, etwas schockiert und völlig verständnislos. Van Effen musterte sie nur kurz und wandte sich dann wieder teilnahmslos ab.

»Sie wollen auf seine Dienste verzichten, Mister Agnelli? Wie stellen Sie sich das vor? Sie können den Burschen doch nicht einfach nach Hause schicken. So einfach dürfte das nicht sein. Das erste, was er tun wird, ist doch, zur nächsten Polizeistation zu rennen und Sie hinzuhängen. Es muß auf jeden Fall gewährleistet werden, daß er den Mund hält, wenn ich Ihnen damit auch nicht zu der einfachsten und drastischsten Methode raten möchte. Ich will nur hoffen, daß der Rest Ihrer Prätorianergarde von etwas anderem Zuschnitt ist.«

»Der Rest der Prätorianergarde, wie Sie sie zu nennen belieben, ist in der Tat von anderem Schrot und Korn.« Samuelson, wohlgenährt, lächelnd und noch blühender als am Abend zuvor, hatte die Mädchen sanft beiseitegedrängt und war auf die Veranda herausgetreten. Er duftete nach einem teuren Rasierwasser. Mit makellos manikürter Hand sein Kinn reibend, betrachtete er zunächst Willi und wandte sich dann van Effen zu. »Sie haben eine sehr direkte Art, mein Freund. Zugleich muß man zugestehen, daß Sie in bemerkenswert kurzer Zeit zu erstaunlich raschen Schlußfolgerungen gelangen. Zugegeben – ich war schon mehrere Male versucht, genau das zu tun, was Sie eben getan haben; aber spontane Gewalttätigkeit ist nicht unbedingt meine Stärke. Ich habe alles beobachtet. Ich kann nur sagen: nicht schlecht, wirklich nicht schlecht.« Darauf streckte er seine Hand aus und stellte sich vor. »Samuelson.«

»Danilow.« Sein Auftreten und seine Ausdrucksweise überzeugten van Effen davon, daß er vor dem Mann stand, in dessen Hand alle Fäden zusammenliefen. Am Abend zuvor hatte Samuelson so wenig gesprochen, daß sie hinsichtlich seines Herkunftslandes zu keinerlei Gewißheit gelangen konnten. De Graaf hatte ihn für einen Amerikaner irischer Abstammung gehalten. De Graaf, fand van Effen, hatte sich getäuscht. Dieser Mann war Amerikaner englischer Abstammung. Vielleicht war er sogar gebürtiger Engländer, hatte aber lange genug in den Staaten gelebt, um einen leicht amerikanischen Akzent anzunehmen. Van Effen deutete auf den am Boden liegenden Mann. »Tut mir leid, Mister Samuelson. In der Regel behandelt man das Personal seines Gastgebers nicht derart rabiat. Aber Sie werden zugeben müssen, daß man sich als Gast auch nicht mit einer Maschinenpistole konfrontiert sieht.«

»Ein berechtigter Einwand, Mister Danilow.« Wie Agnelli lächelte auch Samuelson viel und herzlich. »Ein Verstoß gegen die Grundregeln der Gastfreundschaft. Aber dergleichen wird in Zukunft nicht mehr vorkommen. Dafür haben Sie ja selbst bereits ausgiebig gesorgt. Alles in Ordnung, Romero?«

»Jawohl, Mister Samuelson. Es ist alles da, ganz nach Wunsch. Mister Danilow hat nicht zuviel versprochen.«

»Großartig. Auf Mister Danilow scheint offensichtlich Verlaß zu sein. Er hat etwas Professionelles. Aber treten Sie doch bitte ein! Wie konnte ich Sie bei diesem Wetter überhaupt so lange vor der Tür stehen lassen.« Er wandte sich Vasco zu. »Und auch Ihnen einen guten Abend, Herr Hauptmann. Ich dachte allerdings, Sie seien Leutnant.«

»Ich bin erst vor kurzem befördert worden«, krächzte Vasco heiser. »Entschuldigen Sie meine Stimme, ich bin etwas erkältet.«

Samuelsons Stimme klang ehrlich besorgt. »Ein heißer Grog wird Ihnen guttun.« Samuelson schien absolut nichts Ungewöhnliches daran zu finden, daß sich ein Hauptmann des Heeres in ihrer Gesellschaft befand. »Darf ich Ihnen die beiden Damen vorstellen, die bei uns zu Gast sind. Miß Meijer, Miß van Effen.«

Van Effen verneigte sich kurz. »Sind das die beiden, die heute morgen Schlagzeilen gemacht haben? Die Fotos haben ihnen kaum Gerechtigkeit widerfahren lassen.«

»Mister Danilow und seine Freunde zeigten sich um das Wohlergehen unserer Gäste sehr besorgt, Mister Samuelson«, warf Agnelli ein.

»Aber natürlich. Sie sind schließlich Landsleute. Es besteht jedoch nicht der geringste Anlaß zur Besorgnis. Wie Sie selbst sehen, erfreuen sich beide Damen bester Gesundheit.«

In dem Raum befanden sich noch fünf weitere Personen, ausnahmslos Männer. Zwei davon waren junge Männer vom Typ Joachims und Joops – junge, ernsthafte Intellektuelle. Die übrigen drei waren älter, kräftiger gebaut und sahen um einiges brutaler aus, was nicht unbedingt hieß, daß sie auch tatsächlich gefährlicher waren. Abgesehen davon, daß sie keine Sonnenbrillen trugen, glichen sie in auffallender Weise den Geheimdienstmännern, die den amerikanischen Präsidenten bewachen. Ihrem Äußeren haftete nichts Kriminelles an. Samuelson hatte offensichtlich nicht die Absicht, sie vorzustellen. Vielmehr verließen sie, wie auf ein geheimes Zeichen, das van Effen jedoch entgangen war, wortlos den Raum.

»Also gut.« Van Effen sah der Reihe nach Samuelson, Agnelli und Riordan an. »Ich weiß nicht, an wen von Ihnen ich mich nun wenden soll. Aber darum geht es wohl auch kaum. Wir haben die bestellte Ware geliefert – einer von uns ist gerade dabei, sich davon zu überzeugen, daß alles in funktionstüchtigem Zustand ist. Wenn ich Sie richtig verstanden habe, könnten Sie unter Umständen Wert auf unsere Dienste legen – oder auf unsere Sachkenntnis, wenn man es so nennen will. Aber wenn Sie uns nicht brauchen, haben wir keinen Grund, länger zu bleiben. Wir wollen uns schließlich niemandem aufdrängen.«

Samuelson lächelte. »Sie möchten also lieber gehen?«

Van Effen erwiderte sein Lächeln. »Ich glaube, Sie wissen recht gut, daß wir lieber bleiben möchten. Neugier ist ein Laster, aber ein verzeihliches. Es hat schon seinen Reiz, über den Verlauf der Ereignisse Bescheid zu wissen, ehe man in den Zeitungen darüber lesen kann.«

»Sie sollen auch bleiben«, entgegnete Samuelson. »Wir werden auf Ihren Sachverstand zurückgreifen müssen. Wir haben sogar schon Pläne, was Sie betrifft. Aber was würden Sie von einem *borreltje* halten? Leonardo?« Er wandte sich Agnellis Bruder zu, der eben mit Daniken den Raum betreten hatte. »Lassen Sie uns doch aus der Küche etwas heißes Wasser bringen.« Nun stand für van Effen eindeutig fest, daß Samuelson der Mann war, der hier das Sagen hatte. »Und etwas Honig. Schließlich müssen wir etwas gegen die Erkältung des Hauptmanns unternehmen. Kommen Sie, nehmen Sie Platz.«

Im offenen Kamin an der fensterlosen Rückwand brannte ein Feuer. Daran schloß sich eine runde Eichenholzbar an, die zwar klein, aber vorzüglich bestückt war. Während Samuelson hinter die Bar trat, sagte Riordan: »Sie werden entschuldigen, wenn ich mich Ihnen nicht anschließe.«

»Aber selbstverständlich, James, selbstverständlich.« Van Effen war etwas überrascht, daß Samuelson Riordan mit dem Vornamen ansprach – Riordan sah nicht aus wie jemand, der überhaupt einen hatte. Er nickte den übrigen Anwesenden zu und stieg eine Wendeltreppe hoch.

»Mister Riordan scheint nicht allzuviel von dem heidnischen Brauch zu halten, sich um diese Stunde ein *borreltje* zu Gemüte zu führen?« bemerkte van Effen.

»Nicht, daß Mister Riordan etwas dagegen einzuwenden hätte. Er trinkt zwar nicht und raucht auch nicht. Aber er hat nichts dagegen, wenn andere es tun. Bei dieser Gelegenheit kann ich Ihnen auch gleich sagen – herausfinden werden Sie es früher oder später sowieso –, daß Mister Riordan um diese Zeit regelmäßig nach oben geht, um zu beten und zu meditieren. Er tut das mehrmals am Tag, und man kann einen Mann, der seinen Glauben so ernst nimmt, nur respektieren. Er ist ein sehr religiöser Mensch und darüber hinaus sogar ordinierter Priester seiner Kirche.«

»Ich muß sagen, Sie überraschen mich«, sagte van Effen. Und nach kurzem Nachdenken: »Nein, wenn ich es mir recht überlege, finde ich es doch nicht so überraschend. Immerhin hat der Reverend, möchte ich einmal sagen, für einige Aufregung unter den Nationen Europas gesorgt.«

»Sie dürfen über Mister Riordan nicht schlecht denken oder ihn gar unterschätzen.« Samuelson sprach in vollem Ernst. »Er ist ein Evangelist, ein Missionar, der sich ganz in den Dienst seiner Sendung stellt. Die Vorgänge in Nordirland erregen sein Mißfallen aufs äußerste, und er ist der Überzeugung, daß es eben Gottes Wille ist, wenn diesem Land nur durch Blutvergießen zum Frieden verholfen werden kann. Er schreckt – nach seinen eigenen

Worten – nicht davor zurück, den Teufel mit den Mitteln des Teufels zu bekämpfen.«

»Und Sie unterstützen ihn?«

»Natürlich. Was täte ich sonst hier?«

Das wäre in der Tat interessant zu wissen, dachte van Effen; allerdings schienen ihm Ort und Zeit kaum gegeben, eine solche Frage zu stellen. Er setzte sich statt dessen auf einen der Barhocker und sah sich im Raum um.

Die beiden Mädchen unterhielten sich flüsternd. Die beiden Hocker am hinteren Ende der Bar hatten bereits Agnelli und Daniken in Beschlag genommen. Vasco, der im Raum umhergeschlendert war, um sich die Gemälde und die zahlreichen Antiquitäten anzusehen, kam nun ebenfalls an die Bar; er setzte sich neben Daniken und verwickelte ihn in ein heiseres Gespräch.

»Mister Samuelson.« Das war Julies Stimme. »Ich glaube, ich gehe auf mein Zimmer. Ich habe Kopfschmerzen.«

Van Effen trommelte gelangweilt mit seinen Fingern auf die Bar, als könnte ihn nichts aus der Ruhe bringen. Um seine innere Ruhe jedoch war es anders bestellt. Seine Pläne hätten einen argen Rückschlag erlitten, wenn sich die beiden Mädchen auf ihre Zimmer zurückzogen. Samuelson, der sich gerade hinter der Bar nach einigen Flaschen gebückt hatte, kam ihm jedoch zu Hilfe.

»Aber meine liebe Julie!« Wenn er nicht mit absoluter Sicherheit gewußt hätte, was Samuelson als nächstes sagen würde, hätte van Effen ihn vermutlich niedergeschlagen. »Wo denken Sie hin! Wozu haben wir schließlich diesen großartigen Tio Pepe. Die beste Medizin gegen Kopfschmerzen. Sie werden es mir doch nicht antun, auf Ihre Gesellschaft verzichten zu müssen?«

Genau das hätte sie sicher mit Vergnügen getan, aber offensichtlich schien es ihr angeraten, seinem Wunsch nachzukommen. Gefangene tendieren in der Regel dazu, den Anweisungen ihrer Wächter Folge zu leisten. Julie trat jedenfalls widerstrebend an die Bar und setzte sich neben ihren Bruder. Sie blickte ihn kurz an – wobei ihr Gesichtsausdruck keinen Zweifel daran ließ, was sie von solchen gewalttätigen Charakteren hielt, die in einem

Nebensatz davon sprachen, wie man sich am besten unerwünschter Personen entledigte – und wandte dann den Blick von ihm ab. Unmittelbar darauf sah sie ihn erneut an – zum Glück nicht zu schnell. Irgend etwas hatte ihren rechten Schenkel berührt. Sie sah ihn mit einem leichten Stirnrunzeln an und senkte dann den Blick zu Boden. Im nächsten Augenblick wandte sie sich jedoch wieder von ihrem Nachbarn ab und machte eine kurze Bemerkung zu Annemarie, während Samuelsons Kopf erneut hinter der Bar verschwand. Sie ist einfach Klasse, dachte van Effen, einsame Klasse. Das sollte ihr mal einer nachmachen.

Mit einem freundlichen, wenn auch etwas gequälten Lächeln nahm sie aus Samuelsons Hand einen Sherry entgegen, nippte kurz davon, stellte das Glas ab, öffnete ihre Handtasche und holte Zigaretten und Feuerzeug heraus. Sie war wirklich großartig, dachte van Effen. Sie zündete sich eine Zigarette an, steckte die Zigarettenschachtel, nicht jedoch das Feuerzeug, in die Handtasche zurück und ließ dann ihre Hand so weit sinken, bis sie die von van Effen berührte. Gleichzeitig unterhielt sie sich weiter mit Annemarie und behielt unauffällig die übrigen Männer an der Bar im Auge. Einen Augenblick später befand sich das Feuerzeug und der zusammengefaltete Zettel, der ein Stück zwischen van Effens Zeige- und Mittelfinger hervorstand, in ihrer Handtasche. Er hätte sie umarmen und küssen können und nahm sich vor, dies bei der ersten besten Gelegenheit ausgiebig nachzuholen. In der Zwischenzeit tat er genau das, was dem noch am nächsten gekommen wäre – er kippte sein *borreltje* in einem Zug hinunter. Er hatte dieses Zeug nie sonderlich gemocht, aber diesmal kam es ihm vor wie Nektar. Samuelson, ganz aufmerksamer Gastgeber, beeilte sich, ihm nachzuschenken, wofür ihm van Effen höflich dankte. Das zweite *borreltje* folgte dem ersten.

Julie verschloß die Tür ihres Zimmers hinter sich und holte den Zettel aus ihrer Handtasche. Annemarie beobachtete sie neugierig dabei.

»Was hast du denn da? Und warum zittern deine Hände so, Julie?«

»Einen Liebesbrief, den mir eben ein Verehrer an der Bar zugesteckt hat. Würde das deine Hände nicht auch zum Zittern bringen?« Sie strich das Papier glatt, so daß sie es gemeinsam lesen konnten. Der Text war mit der Maschine geschrieben – es war also nicht eine in letzter Sekunde hingekritzelte Nachricht.

»Entschuldigt mein Aussehen und den Akzent, aber ihr werdet verstehen, daß ich hier nicht in meinen normalen Kleidern herumlaufen und meine normale Stimme gebrauchen kann.

Der junge Hauptmann ist Vasco. Ihr werdet verstehen, weshalb er sich eine Erkältung zulegen mußte. Seine richtige Stimme hätte Annemarie vielleicht zu einer unüberlegten Reaktion hinreißen können. Außerdem wäre auch Agnelli unter Umständen etwas aufgefallen.

George ist auch bei uns. Ich konnte ihn aber nicht gleich zu Anfang hereinkommen lassen. Schließlich kann er sich nicht verkleiden; und was wäre gewesen, wenn ihr euch in eurer ersten Begeisterung auf ihn gestürzt und vor aller Augen umarmt hättet?

Ihr kennt uns nicht, und ihr wollt uns auch keinesfalls kennenlernen. Bleibt weg von uns, aber macht das nicht zu auffällig. Zeigt uns gegenüber genausoviel distanzierte Höflichkeit, wie sie jeder andere gewöhnliche Kriminelle zu erwarten hätte.

Unternehmt auf keinen Fall etwas auf eigene Faust. Die Männer dürften kaum eine Gefahr darstellen, aber nehmt euch vor den anderen Mädchen in acht. Sie sind nicht auf den Kopf gefallen, und sie haben den hinterhältigen Verstand von Frauen.

Vernichtet diesen Zettel sofort. Ich liebe euch beide!«

»Und mit seiner Unterschrift«, frohlockte Julie. »Es ist unverkennbar seine Unterschrift.« Ihre Hände zitterten immer noch.

»Du hast ja gesagt, daß er kommen würde.« Annemaries Stimme bebte nicht weniger als Julies Hände.

»Ja, habe ich das nicht die ganze Zeit gesagt? So früh hätte ich ihn allerdings nicht erwartet. Aber was sollen wir jetzt tun – vor Erleichterung heulen?«

»Lieber nicht.« Annemarie schniefte bereits. »Diese Hinweise auf unsere Begeisterungsausbrüche und den hinterhältigen Verstand von Frauen hätte er sich allerdings sparen können.« Sie beobachtete Julie, wie sie den Zettel über dem Waschbecken anzündete und dann die Asche hinunterspülte. »Und? Was machen wir jetzt?«

»Feiern.«

»In der Bar?«

»Wo sonst?«

»Und wir werden sie total ignorieren.«

»Total.«

IX

Die Scheune, die als Garage diente, war kalt und zugig. Außerdem war das Dach undicht; der Bau war sicher schon einige Jahre nicht mehr als Scheune benutzt worden. Die Luft war schwer vom Geruch modrigen Heus, obwohl davon keine Spur zu sehen war. Im Gegenteil: die Scheune war sauber und hell erleuchtet.

Neben dem dreckverspritzten Laster standen George und O'Brien gerade über eine Art Checkliste gebeugt, als van Effen eintrat. George blickte ihn über O'Briens Schulter hinweg an und hob fragend eine Augenbraue. Als Antwort nickte ihm van Effen kurz zu und fragte dann: »Seid ihr fertig?«

»Wir sind durch«, antwortete George. »Alles da und in einwandfreiem Zustand, denke ich.«

»Denkt er«, witzelte O'Brien. »Ich weiß nicht, wie oft er den ganzen Kram eigentlich noch überprüfen wollte. Ich habe mit Sicherheit noch nie so einen gründlichen Menschen gesehen.« Julie und Annemarie hatten, wie es van Effen erschienen war, eine halbe Ewigkeit gebraucht, bis sie endlich gegangen waren. »Dafür habe ich allerdings eine Menge über Sprengstoff gelernt – und vor allem übers Biertrinken.«

Sie schalteten das Licht aus, verriegelten das Tor – George steckte den Schlüssel mit einer Bemerkung, daß er erst eine Empfangsbestätigung sehen wollte, demonstrativ in seine Tasche – und betraten die Mühle. Julie und Annemarie saßen inzwischen wieder, jede mit einem kleinen Glas vor sich, an einem Tisch vor dem Kamin. Das war der Beweis dafür, daß sie seine Nachricht gelesen hatten. Zu seiner Zufriedenheit stellte er fest, daß die Mädchen ihr Eintreten mit unverhohlener Neugier registrierten. Es wäre in der Tat ungewöhnlich gewesen, wenn jemand beim ersten Anblick von Georges hünenhafter Gestalt nicht erstaunt gewesen wäre. Samuelson saß vor dem Kamin an einem anderen Tisch und nahm den Kopfhörer eines komplizierten Funkgeräts ab. Offensichtlich hatte es die FFF nicht nötig, beim Einkauf ihrer Ausrüstung auf den Preis zu achten.

»Alles in Ordnung?« fragte Samuelson.

»Alles in Ordnung«, entgegnete O'Brien. »Ich konnte George gerade noch davon abhalten, die Zündsätze mit den Zähnen zu testen. Sie haben sich da ein prächtiges Waffenarsenal zugelegt, Mister Samuelson.«

»Wenn Sie bitte hier unterschreiben würden.« George legte drei Ausfertigungen des Lieferscheins vor Samuelson auf den Tisch. Dieser unterzeichnete sie, womit endgültig feststand, daß er der Kopf der Organisation war, und gab die drei unterschriebenen Kopien lächelnd an George zurück, der ihm mit ernster Miene den Schlüssel für das Schloß des Garagentors aushändigte.

»Es ist wirklich ein Vergnügen, mit Ihnen Geschäfte zu machen, George. Wie hätten Sie das Geld denn gern ausbezahlt?«

»Das hat noch Zeit«, bremste ihn George. »Der Lieferschein ist nur ein Versprechen. Warten Sie ab, ob auch die Garantiebedingungen erfüllt werden – das heißt, ob das Zeug tatsächlich funktioniert.«

Samuelson lächelte erneut. »Ich dachte, in Geschäftskreisen wäre Barzahlung bei Lieferung üblich.«

»Nicht bei mir. Falls Sie sich jedoch entschließen sollten, von all dem keinen Gebrauch zu machen, würde ich Ihnen selbstverständlich sofort eine Rechnung ausstellen. Sie werden verstehen, daß ich den ganzen Kram schlecht wieder zurückgeben kann. Das gilt auch für den Fall, daß Sie unsere Dienste nicht weiter in Anspruch nehmen.«

»Wo denken Sie hin, George. Ich bin sicher, daß wir sowohl auf Ihre Lieferung wie auf Ihre Dienste zurückgreifen werden. Nun, meine Herren, wir werden jetzt etwas hören, das...« Er brach ab und sah van Effen an, während er leicht gegen das Funkgerät klopfte. »Sie wissen, was das ist, oder nicht?«

»Ein Sender. RCA. Das beste Gerät seiner Art. Wenn Sie wollten, könnten Sie mit dem Ding bis zum Mond funken.«

»Zumindest liegt Amsterdam innerhalb seiner Reichweite. Mehr will ich gar nicht. Und zwar Helmut. Helmut Paderewski, dessen Bekanntschaft Sie meines Wissens bereits gemacht haben.«

»Allerdings. Ich habe mich schon die ganze Zeit gewundert, wo er wohl stecken mag.«

»Er ist sozusagen unsere Stimme in der Hauptstadt und hat die nötigen Vorkehrungen für die Bekanntgabe unserer letzten Ankündigung getroffen.« Er warf einen Blick auf die Wanduhr. »Sie wird in genau acht Minuten in Rundfunk und Fernsehen verlesen. Wir haben beschlossen, uns nicht weiter um die Presse zu kümmern. Es ist kaum eine Übertreibung, wenn ich sage, daß wir uns, was Publizität betrifft, keine Sorgen mehr zu machen brauchen. Ich kann mir vorstellen, daß Sie unsere Ankündigung recht interessant finden werden – genauer gesagt, unsere Ankündigungen. Glauben Sie nicht, Romero, daß wir sie vorher schon einweihen und ihre Nerven nicht unnötig auf die Folter spannen sollten? Zumal Mister Danilow doch den Wunsch geäußert hat, er wüßte ganz gern über gewisse Dinge Bescheid, bevor er darüber in der Zeitung liest oder im Radio davon hört.«

»Wenn Sie meinen – ich habe nichts dagegen einzuwenden.« Agnelli hatte sein strahlendstes Lächeln aufgesetzt. »Aber ich fände es doch reizvoller, wenn sie es im Fernsehen sähen. Müßte doch auch für uns interessant sein, die Reaktionen normaler holländischer Bürger auf unsere Ankündigungen unmittelbar mitzuerleben.«

»Also gut, warten wir. So wichtig ist das Ganze nun auch wieder nicht. Obwohl ich diese drei Herren nicht unbedingt als ganz normale holländische Durchschnittsbürger bezeichnen würde. Ah! Unser Nachschub ist eingetroffen.«

Die beiden Mädchen, die van Effen am Abend zuvor in dem Raum in der Nähe des Voorburgwal zum erstenmal gesehen hatte, betraten, beladen mit Einkaufstüten, den

Raum. Ihnen folgte ein junger Mann, der mit dem riesigen Delikatessenkorb, den er trug, sichtlich Schwierigkeiten hatte.

»Willkommen«, begrüßte Samuelson sie salbungsvoll. »Eine erfolgreich abgeschlossene Expedition, wie ich sehe. Ach! Fast hätte ich vergessen, Sie miteinander bekannt zu machen. Mister Danilow kennen Sie bereits. Das ist George, und das ist der Herr Hauptmann, der seltsamerweise Leutnant genannt wird. Maria. Kathleen. Sie machen ein verdutztes Gesicht, Mister Danilow?«

»Das ist ja eine ganz schöne Menge Essen.«

»Das will ich meinen. Schließlich haben wir auch einige hungrige Mäuler zu stopfen.«

»Bis Utrecht ist es aber doch ziemlich weit.«

»Utrecht? Mein lieber Freund, wir kaufen im Dorf ein. Für die Geschäftsleute dort sind wir eine ausgezeichnete Kundschaft. Ach, jetzt verstehe ich, Sie denken dabei an die Wahrung der Anonymität.« Er lachte. »Romero, wenn Sie so freundlich wären.«

Romero führte van Effen zur Eingangstür, öffnete sie und deutete nach draußen. Vor der Treppe zur Veranda stand ein dunkelblauer Kombi. An seinen Seiten prangte in goldenen Lettern ein Emblem mit der Aufschrift *Golden Gate-Filmproduktion*.

»Keine schlechte Idee«, murmelte van Effen.

»Allerdings. Nicht unbedingt ein Name, der nationales Aufsehen erregen könnte; dafür sind wir jedoch in der näheren Umgebung hinreichend bekannt. Wir sind nun schon fast einen Monat hier. Zum Beispiel lassen wir ständig ein Kamerateam durch die Gegend fahren. Die Umgebung hier ist recht einsam, und wir bringen sozusagen etwas Farbe in das Leben der Leute. Bei der Anstellung von Hausangestellten gibt es keinerlei Probleme; wir zahlen gut und stehen als Arbeitgeber bereits weithin in gutem Ruf.«

»Man würde sogar noch mehr von Ihnen halten, wenn die Leute wüßten, daß dies hier wahrscheinlich das einzige Gebiet in ganz Holland ist, das vor Überschwemmungen sicher ist.«

»Das kommt noch dazu, natürlich.« Agnelli schien dieser Gedanke Vergnügen zu bereiten. »Wir drehen einen Kriegsfilm. Darauf hinzuweisen, erübrigt sich wohl von selbst. Daher der Hubschrauber. Wir mußten uns natürlich eine behördliche Genehmigung beschaffen, aber das war reine Formsache.«

»Ich habe mich schon gefragt, wie Sie das geschafft haben. Also, ich muß sagen, Sie haben wirklich Nerven.«

»Ich hatte da gerade eine Idee, was den neuen Laster betrifft. Wir brauchten ihn nur neu zu spritzen und könnten bedenkenlos damit in der Gegend herumfahren. Zu einem Kriegsfilm gehört doch ein Lastwagen der Armee, oder etwa nicht? Das ist doch eine absolut logische Schlußfolgerung?«

»Aber ja. Diese Idee konnte doch nur von Ihnen kommen?«

»Sie stammt von mir. Aber wieso sollte sie nur von mir sein?«

»Nun, Sie haben doch offensichtlich ein ganz besonderes Talent dafür, zwei Fliegen mit einer Klappe zu schlagen.«

Der Nachrichtensprecher im Fernsehen, in dunklem Anzug und Krawatte, mit prophetisch düsterem Gesichtsausdruck, erweckte den Eindruck, als wollte er gleich eine Grabrede halten.

»Wir haben soeben ein vorläufiges Kommuniqué aus London erhalten. Sein Inhalt lautet, daß die Verhandlungen über die holländische Krise fortgesetzt werden und daß binnen einer Stunde mit einem weiteren Kommuniqué zu rechnen ist.

Wie nicht anders zu erwarten, sind inzwischen weitere Verlautbarungen dieser terroristischen Organisation, die sich FFF nennt, bei uns eingegangen. Sie sind vor etwa fünfzehn Minuten eingetroffen. Es handelt sich dabei nicht so sehr um Ankündigungen als vielmehr um Drohungen ernsthaftester Natur.

Die erste Verlautbarung besagt, daß die FFF bis Mitternacht eine Zusicherung darüber verlangt, daß noch vor morgen früh acht Uhr eine definitive Zusage bezüglich der Erfüllung ihrer Forderungen öffentlich bekanntgegeben wird. Falls ihnen bis Mitternacht diese Zusicherung nicht erteilt werden sollte, wird fünf Minuten nach Mitternacht der Oostelijk-Flevoland-Deich gesprengt. Die Bürger von Lelystad werden bereits jetzt angewiesen, die entsprechenden Vorkehrungen zu treffen. Falls sie dieser Aufforderung nicht nachkommen, lehnt die FFF jede Verantwortung für ihr weiteres Schicksal kategorisch ab.

In ihrer zweiten Verlautbarung kündigt die FFF an, daß sich eine Anzahl nuklearer Sprengkörper in ihrem Besitz befindet, die einzusetzen sie nicht zögern werden, sollte dies zur Erreichung ihrer Ziele erforderlich sein. Gleichzeitig beeilt die FFF sich jedoch hinzuzufügen, daß es sich bei diesen nuklearen Sprengkörpern nicht um Kampfwaffen vom Ausmaß einer Atom- oder Wasserstoffbombe handelt. Es handelt sich um taktische Gefechtswaffen, die per Flugzeug, Rakete oder Granate an ihr Ziel gelangen. Alle sind amerikanischen Ursprungs und stehen zum Teil noch auf der Liste der Geheimwaffen. Sie stammen ausnahmslos aus NATO-Stützpunkten in der Bundesrepublik Deutschland. Sie verfügen über die Seriennummern dieser Sprengkörper – sie sind in aller Deutlichkeit auf jedem einzelnen Exemplar angebracht –, und die amerikanischen Streitkräfte in der Bundesrepublik Deutschland können bestätigen, daß besagte Kampfwaffen abgängig sind, selbstverständlich den Fall vorausgesetzt, die zuständigen Stellen erklären sich bereit, dies zu bestätigen.«

Darauf trat eine kurze Pause ein, in der der Nachrichtensprecher einen kurzen Blick auf ein Blatt Papier warf, das ihm eben von einem Studioangestellten übergeben worden war. Dem entsetzten Gesichtsausdruck dieses Mannes nach zu schließen, hatte er den Inhalt der Meldung bereits gelesen.

Van Effen sah sich im Raum um. Kein Nachrichtensprecher, stellte er fest, hatte die Aufmerksamkeit seiner Zuhörer je so nachhaltig auf sich gezogen. Die Gesichter von George und dem Leutnant waren ausdruckslos; nur ihre Augen wirkten auffallend starr. Julie und Annemarie machten einen sichtlich schockierten Eindruck. Kathleen und Maria lächelten; doch ihr Lächeln war halbherzig und von bösen Vorahnungen überschattet. Zweifelsohne hatten sie bereits gewußt, was sie eben noch einmal durch das Fernsehen bestätigt fanden; sie schienen es trotzdem nicht gern zu hören. Agnelli, O'Brien und Daniken wirkten nachdenklich und nicht unbedingt freudig erregt. Nur Samuelson genoß jeden einzelnen Augenblick der Durchsage. Zwar lächelte er immer noch, aber sein Lächeln war ohne jede Wärme; es war das Lächeln eines hungrigen Krokodils, das eben eine unachtsame Beute entdeckte.

»Wir haben eben«, fuhr der Sprecher fort, »eine weitere Nachricht der FFF erhalten. Sie erklären, sie könnten dieses Waffenpotential jederzeit zum Einsatz bringen, wenn sie es auch zum gegebenen Zeitpunkt wesentlich weniger aufwendig und sinnvoller fänden, lediglich durch eine kleine, harmlose Demonstration den Beweis zu erbringen, daß sie über nukleare Waffen verfügen. Dementsprechend beabsichtigen sie, am frühen Nachmittag des morgigen Tages einen solchen Sprengkörper im Ijsselmeer zu zünden. Die Sprengkraft wird ungefähr der Wirkung von tausend Tonnen TNT entsprechen.

Das genaue Ausmaß der dadurch entstehenden Flutwelle ist nicht genau vorherbestimmbar. Man verleiht der Hoffnung Ausdruck, daß den Bewohnern der Siedlungen an den Küsten des Ijsselmeers dadurch nicht allzu große Unannehmlichkeiten erwachsen. Unannehmlichkeiten!« Der Nachrichtensprecher spie das letzte Wort, das offensichtlich – zumindest in seiner Wiederholung – nicht in seinem Text stand, förmlich aus. »Der Zeitpunkt dieser Demonstration wurde ausdrücklich auf den Nachmittag angesetzt, damit die britischen Minister ausreichend Zeit haben, in die Niederlande zu fliegen und gemeinsam mit ihren holländischen Amtskollegen dieser Demonstration beizuwohnen. Ort und Zeitpunkt werden später noch genau bekanntgegeben. Der Sprengkörper, fügen sie hinzu, befindet sich bereits an Ort und Stelle.

Schließlich fordern sie eine gewisse Summe Geld. Dieses Geld, erklären sie, wird später zurückerstattet werden. Es handelt sich dabei nicht um ein Lösegeld oder erpreßtes Geld, sondern um einen kurzfristigen Kredit zur Deckung der laufenden Kosten. Die genaueren Details über die Zahlungsform werden noch heute abend bekanntgegeben. Bis dahin soll den in die Transaktion verwickelten Parteien Zeit gelassen werden, alle nötigen Schritte in die Wege zu leiten. Die Forderungen belaufen sich auf hundert Millionen Gulden von der Regierung und zwanzig Millionen von Mijnheer David Joseph Karlmann Meijer, einem Rotterdamer Großindustriellen.« Der Sprecher legte das Blatt beiseite. »Wir brauchen unsere Fernsehzuschauer wohl nicht eigens daran zu erinnern, daß Mijnheer Meijers Tochter Anne sich als Geisel in den Händen der Terroristen befindet.« Samuelson drückte auf einen Knopf vor sich, worauf das Bild erlosch.

»Ich sähe es lieber«, bedauerte Samuelson, »wenn sie uns nicht als ›Terroristen‹ bezeichnen würden. ›Menschenfreunde‹ wäre wesentlich angebrachter. Aber das mit den laufenden Kosten hat mir sehr gut gefallen. Anne, meine Liebe, setzen Sie sich doch wieder. Sie regen sich nur unnötig auf.«

Annemarie, deren Erregung nur allzu verständlich war, war von ihrem Sessel aufgesprungen. Mit blassem Gesicht, die Lippen aufeinandergepreßt, öffnete und schloß sie abwechselnd ihre Fäuste, bis die Knöchel weiß hervortraten.

»Sie Satan«, hauchte sie. »Sie widerlicher Satan.«

»Denken Sie wirklich so schlecht von mir, meine Liebe?« Mit einem Lächeln ließ er seine Blicke über die im Raum anwesenden Personen gleiten. Van Effen gehörte zu denen, die sein Lächeln erwiderten; schließlich gab es Zeugen. »Ich glaube, Sie täuschen sich in mir. Ich fühle mich als Wohltäter der Menschheit. Ich trete für eine gleichmäßige und gerechte Verteilung überschüssigen Reichtums ein. Außerdem handelt es sich, wie Sie selbst gehört haben, nur um einen kurzfristigen Kredit. Und sagen Sie mir nicht, für den reichsten Mann der Niederlande wäre diese Forderung zu hoch. Ich weiß über Ihren Vater recht genau Bescheid.«

»Sie Mörder«, entgegnete sie leise und ließ die Arme hängen. »Sie Mörder.« Tränen liefen ihr über die Wangen. Im selben Augenblick war Julie auch schon aufgesprungen, um dem Mädchen tröstend ihren Arm um die Schultern zu legen. »Wenn Sie schon so gut über meinen Vater Bescheid wissen, dann wissen Sie sicher auch, daß er in diesem Jahr bereits zwei schwere Herzinfarkte erlitten hat. Und Sie wissen genau, daß er nach seinem letzten Infarkt erst vor vier Tagen aus dem Krankenhaus entlassen worden ist. Sie haben ihn umgebracht.« Ihre Schultern bebten nicht weniger als ihre Stimme. »Sie haben ihn umgebracht.«

Samuelson hatte aufgehört zu lächeln. Mit einem Stirnrunzeln erklärte er: »Das habe ich nicht gewußt. So wahr mir Gott helfe, das habe ich nicht gewußt.« Ohne, wie es schien, auch nur einen Moment zu überlegen, griff er nach dem Kopfhörer seines Funkgeräts und drückte auf einen Knopf. Offensichtlich war der Funkkontakt fast unverzüglich zustande gekommen, da er sofort sehr hastig und überstürzt in das Mikrophon zu sprechen begann. Obwohl niemand die Sprache verstand, deren er sich dafür bediente, stand außer Zweifel, daß er Anweisungen erteilte. Nur George erriet anhand einiger Wörter, die er kannte, daß Samuelson jiddisch sprach. Samuelson nahm den Kopfhörer wieder ab, stand auf und ging hinter die Bar, wo er sich einen nicht gerade kleinen Brandy einschenkte, den er in wenigen Schlucken hinunterstürzte. Die Anwesenden beobachteten ihn nicht ohne Verwunderung, ohne daß jedoch einer von ihnen etwas dazu gesagt hätte. Auch van Effen erhob sich, ging an die Bar und schenkte ein Glas Brandy ein – genauer: zwei Gläser. Er brachte sie Anne und Julie, wartete, bis sie gehorsam daran genippt hatten, und nahm wieder Platz.

»Wirklich ein sauberer Haufen seid ihr, was Damen in Not betrifft.« Er blickte Agnelli an. »Und mit Ihren Drohungen sind Sie ja auch nicht gerade zurückhaltend.«

»Glauben Sie etwa, diese Drohungen wären nur so dahingesagt, Mister Danilow?« Agnelli schien nichts dagegen zu haben, etwas sagen zu dürfen; wie verschiedenen anderen im Raum anwesenden Personen war es auch ihm sichtlich unangenehm, Samuelson ansehen zu müssen, der sich gerade über seinen zweiten Brandy hermachte, ohne sich um die Umstehenden zu kümmern. »Ich kann Ihnen versichern, daß sie ausnahmslos in die Tat umgesetzt werden.«

»So viel kann man also auf Ihr Wort geben, Agnelli.«

»Ich verstehe nicht recht.«

»Dann müssen Sie aber ein verdammt schlechtes Gedächtnis haben. Wenn ich mich recht entsinne, haben Sie doch noch vor wenigen Stunden versprochen, daß keine Holländer zu Schaden kommen würden. Sie machen alle Bewohner von Lelystad darauf aufmerksam, sich entsprechend auf den Deichbruch vorzubereiten. Meine Güte, Mann, wie stellen Sie sich das eigentlich vor? Es ist stockdunkel draußen, außerdem gießt es in Strömen. Die Leute können doch nicht einmal sehen, was für Vorkehrungen sie zu treffen haben.«

»Dazu werden sie nicht viel zu sehen brauchen. Der Wasserstand wird an keiner Stelle einen halben Meter überschreiten. Wir haben genaue Erkundigungen eingezogen. Die meisten Häuser haben einen ersten Stock oder zumindest ein Dachgeschoß. Die Leute können ebensogut im Erdgeschoß bleiben, wenn es ihnen nichts ausmacht, nasse Füße zu bekommen. Außerdem gibt es genügend Boote. Auch davon haben wir uns überzeugt. Diese Meldung sollte also vor allem einen gewissen Einschüchterungseffekt haben. Das sehen Sie doch ein?«

»Na ja, kann schon sein. Wo steckt übrigens der hochwürdige Reverend? Warum hat er sich das Ganze nicht im Fernsehen angesehen?«

Agnelli lächelte gequält. »Er hält das Fernsehen für ein Werk des Teufels. Womit er gar nicht einmal so unrecht haben könnte. Wie Sie selbst gesehen haben, ist er praktisch nicht von seinen Kopfhörern zu trennen. Unsere Ankündigung wurde gleichzeitig auch im Rundfunk durchgegeben.«

»Verfügen Sie eigentlich tatsächlich über diese Atomwaffen? Mir kommt das eher unwahrscheinlich vor.«

»Ich kann sie Ihnen zeigen, wenn Sie wollen.«

»Aha, so ist das also. Also würde dieser Mann des Friedens und des guten Willens nicht davor zurückschrecken, diese Waffen einzusetzen.«

»Sie haben doch gehört, was Mister Samuelson ihnen gesagt hat.«

Agnelli warf einen kurzen Blick zur Bar hinüber. Samuelson, der nach wie vor ins Leere starrte und dessen Haltung eine starke innere Anspannung ausdrückte, war gerade mit einem weiteren Brandy beschäftigt. »Mister Riordan ist stets bereit, mit den Waffen des Teufels gegen den Teufel zu kämpfen.«

»Zu so später Stunde erscheint es mir nicht unbedingt mehr angebracht, derlei bigotte und heuchlerische Platitüden auszutauschen. Wie haben Sie sie sich beschafft – ich meine, diese atomaren Kampfwaffen?«

»Sie haben es doch selbst gehört. Von der NATO. Aus Deutschland. Genauer: aus den dort befindlichen US-Stützpunkten.«

»Das habe ich natürlich gehört. Aber ich habe ja auch nicht gefragt, wo? Ich habe gefragt, wie?« Van Effen wandte seinen Blick kurz von Agnelli ab. »Ich weiß. Mit Hilfe der RAF, der Roten Armee Fraktion.«

»Ja, das hätte ich Ihnen auch gesagt; aber da Sie es sowieso schon wissen, beziehungsweise geahnt haben – ja.«

»Mein Gott! Hochwürden da oben müssen tatsächlich über ein extrem dehnbares Gewissen verfügen. Mit der RAF arbeiten Sie also zusammen! Dabei hat er noch gestern abend, den Zeitungsberichten zufolge – korrigieren Sie mich bitte, wenn ich hier etwas Falsches sage – Verteidigungsminister Wieringa gegenüber erklärt, bei der RAF handle es sich um die Nachfolgeorganisation des harten Kerns der Baader-Meinhof-Bande. Der Gedanke, mit überführten Mördern verbündet zu sein, scheint Hochwürden wohl nicht im geringsten zu stören. Mein Gott, eigentlich hätte ich mir das gleich denken können. Es liegt ja höchstens ein paar Wochen zurück, daß in dieses Waffenlager der US Army bei Hannover eingebrochen wurde. Die Verantwortung dafür hat die RAF übernommen, und niemand hat an dieser Tatsache ernsthaft gezweifelt. Schließlich versteht sich die RAF recht gut auf derlei Aktionen, und die Amerikaner bewachen ihre Stützpunkte auch nicht gerade gut. Von atomaren Kampfwaffen war dabei zwar nicht die Rede, obwohl es durchaus im Stil der RAF gewesen wäre, dies groß auszuposaunen. Vielleicht haben sie das auch getan, nur hat die US Army beziehungsweise die amerikanische Regierung sofort dafür gesorgt, daß nichts davon an die Öffentlichkeit drang. Die Zahl der Atomwaffengegner in der Bundesrepublik ist nicht gerade gering. Aber jetzt stellen Sie sich vor, es würde bekannt, daß ein wilder Haufen von Terroristen über eine ganze Reihe atomarer Sprengköpfe verfügt!«

»Ihren Scharfsinn und Ihre Kombinationsgabe in allen Ehren, Mister Danilow, aber es ging einfach nicht anders. Woher hätten wir diese Waffen sonst nehmen sollen?«

»Und Ihre Informationen stammen selbstverständlich aus derselben Quelle wie Ihre atomaren Knallfrösche?«

»Woher sollten sie sonst stammen?«

»Joachim und Joop. Und diese anderen beiden milchgesichtigen Chorknaben, die sich hier herumgetrieben haben, als wir heute nachmittag in der Mühle ankamen.«

»Wer sonst?«

»Die Freizeitterroristen also, die nur nachts und an den Wochenenden aus ihren Löchern hervorkommen. Seit dieser Christian Klar zusammen mit seinen beiden sauberen Genossinnen verhaftet und des Mordes an verschiedenen Politikern, Staatsanwälten, Bankiers und Industriellen angeklagt wurde, sollen die restlichen Mitstreiter ihre Zelte abgebrochen und sich in die benachbarten Länder abgesetzt haben. Ich kann mir gut vorstellen, daß sich Holland als Exil geradezu aufgedrängt hat. Vermutlich fühlen diese Banditen sich hier wie zu Hause.« Van Effen dachte kurz nach und lächelte dann. »Auf der einen Seite die RAF, auf der anderen Ihre erpresserischen Forderungen an die holländische Regierung. Ist das nicht eine recht amüsante Vorstellung, Mister Agnelli, daß die holländische Regierung die RAF für die Lieferung von Atomwaffen bezahlt, die gegen die holländische Bevölkerung eingesetzt werden sollen?«

Agnelli fand keine Gelegenheit, seine Meinung dazu zu äußern, weil im selben Augenblick der Summer des RCA-Funkgeräts ertönte. Er setzte sich den Kopfhörer auf, meldete sich und wandte sich dann an Samuelson: »Für Sie, Mister Samuelson.«

Samuelson eilte auf ihn zu, nahm ihm den Kopfhörer ab, horchte kurz hinein und sagte dann: »Danke, Helmut, vielen Dank.« Er nahm den Kopfhörer ab und sah auf seine Uhr. »Vier Minuten noch. Ich gehe jetzt auf mein Zimmer, Romero, komme aber zum Abendessen wieder herunter. Das gilt auch für Mister Riordan. In vier Minuten wird im Fernsehen eine Meldung durchgegeben. Sehen Sie bitte zu, daß Sie sie nicht versäumen.« Auf dem Weg zur Treppe blieb er kurz an Annemaries Tisch stehen. »Es tut mir leid, Miß Meijer.« Kein »meine Liebe«, kein »Anne«. »Das habe ich nicht gewußt.«

Als dann die Durchsage kam – sie unterbrach eine angemessene, in moll gehaltene Komposition von Händel, dargeboten vom Concertgebouw-Orchester –, entsprach sie ziemlich genau dem, was van Effen erwartet hatte. »Die terroristische Gruppe FFF«, verlas der Sprecher, »hat angekündigt, daß aus Gründen, die hier nicht weiter erläutert werden sollen, die Forderung über zwanzig Millionen Gulden an Mijnheer David Meijer zurückgezogen ist. Anne Meijer wird freigelassen, sobald sich dafür eine Gelegenheit bietet. Dementsprechend wurde die von der Regierung geforderte Summe auf hundertundzwanzig Millionen Gulden erhöht.«

Abgesehen von einem langsamen Kopfschütteln, das alles mögliche hätte bedeuten können, aber vermutlich nichts anderes als vollkommenes Unverständnis ausdrückte, zeigte Annemarie keinerlei Reaktion. Julie umarmte sie freudig. George klatschte seine mächtige Pranke auf van Effens Knie und sagte: »Na, mein Freund, was hältst du davon?«

»Nicht schlecht«, entgegnete van Effen. »Wirklich nicht

schlecht. Aber nicht ganz fair gegenüber der Schwester dieses Polizisten. Sie sollten sie jetzt eigentlich auch laufen lassen.«

»Ich muß zugeben«, sagte van Effen, »daß es mir jetzt etwas schwerer fallen würde, ihn zu töten, wenn es sich als notwendig erweisen sollte – gesetzt den Fall natürlich, Samuelson hat sich bei dieser Entscheidung von menschlichen Beweggründen leiten lassen. Aber wir dürfen diesen Burschen nicht unterschätzen. Es ist nicht ausgeschlossen, daß er sich an die Zeiten zurückerinnert hat, als er noch auf dem Schoß seiner Mutter saß und brav seine Gebete aufsagte. Ebensogut ist es möglich, daß er ein noch hinterhältigerer und berechnenderer Halunke ist, als wir bisher angenommen haben.«

»Ich verstehe nicht recht, wie du das sagen kannst«, erwiderte Vasco. Sie gingen auf der Veranda auf und ab. Es war bitterkalt, und der Wind war zum Sturm angewachsen. Hier draußen waren sie relativ ungestört, während es drinnen unmöglich gewesen wäre, auch nur ein vertrauliches Wort zu wechseln. Über der Garage befand sich ein Dachgeschoß, das, wie in dieser Gegend üblich, nur über eine Treppe von außen zu erreichen war. Und dort hatten sie zwei Männer beobachtet: einer war nach oben gegangen und kurz darauf ein anderer nach unten gekommen. Offensichtlich stand hinter einem der Fenster im Dachgeschoß ein Wachposten, der bei dieser Gelegenheit abgelöst worden war. Vermutlich gab es auch in der anderen Scheune und womöglich sogar in der Mühle ähnliche Wachposten. Ob es ihre Aufgabe war, Mitglieder der Organisation daran zu hindern, sich abzusetzen, oder Fremden den Zutritt zum Hauptquartier der Gruppe zu verwehren, war nicht schlüssig zu erkennen. Fest stand nur, daß diese Bewachung höchst unauffällig durchgeführt wurde. In der Mühle waren schließlich Hausangestellte aus den umliegenden Dörfern beschäftigt, und auch nur der Verdacht, daß es auf dem Anwesen – selbstverständlich bewaffnete – Wachen gab, hätte der Vertrauenswürdigkeit der Golden-Gate-Filmproduktion erheblichen Abbruch getan.

»Ich gehe nicht nur so weit, zu sagen, daß er ein verdammt hintertriebener Halunke sein könnte«, fuhr van Effen in seinen Überlegungen fort. »Ich bin sicher, daß er das tatsächlich *ist*. Was für ein herzerweichender, rührender Anblick – dieser im Grunde seines Herzens hochanständige Mann, überwältigt von einem Anfall von Mitgefühl. Du kannst dich doch sicher noch an den Wortlaut des Kommuniqués erinnern. Anne Meijer soll freigelassen werden, sobald sich hierfür eine Gelegenheit bietet. Die Frage ist nur, wann sich diese Gelegenheit je bieten wird. Aber die Bevölkerung der Niederlande wird natürlich vor Rührung darüber fast zerfließen, daß dieser Mann nichts unversucht lassen wird, Annemarie wieder ihrer Familie zurückzugeben. Das wird ihm aber nicht möglich sein, ohne dadurch seine eigene Sicherheit und seine Pläne für die Zukunft ernsthaft zu gefährden. Aber er hat dieses Angebot gemacht. David Meijer, der vermutlich nicht ohne ein gewisses Maß an Intelligenz in den Besitz seiner Millionen, Milliarden oder was auch immer gelangt ist, weiß ganz genau, was auf dem Spiel steht, und daß seine Tochter nach wie vor als Geisel festgehalten wird. Der Druck auf ihn wird nur etwas subtiler ausgeübt, damit er auch ja seinen Einfluß auf die Regierung geltend macht, und dies natürlich so, wie es den Zielen und Zwecken der FFF förderlich erscheint. Die Regierung, auf deren Entscheidung es letzten Endes jedoch ankommt, ist die britische. Und auf die hat er keinerlei Einfluß. Er kann lediglich die holländische Regierung zwingen, die britische dahingehend zu beeinflussen, daß sie eine Entscheidung in seinem Sinn fällt.

Und stell dir erst mal vor, was passiert wäre, wenn David Meijer tatsächlich gestorben wäre, während seine Tochter sich in den Händen der FFF befand. Das ist zwar unwahrscheinlich, aber darum geht es nicht. Die Leute sind doch, wenn nicht gerade sträflich gutgläubig, so doch hoffnungslos sentimental. An gebrochenem Herzen zu sterben – das hat noch nie seine Wirkung verfehlt. Sicher stirbt ab und zu jemand an gebrochenem Herzen, aber so etwas dauert in der Regel Monate, wenn nicht

Jahre, und geschieht mit Sicherheit nicht über Nacht. Aber das steht hier gar nicht zur Debatte. Falls Meijer tatsächlich gestorben wäre, hätte die FFF mit schärfster Abneigung und intensivem Abscheu der Bevölkerung rechnen müssen. Der Widerstand hätte sich in der Folge verhärtet, der Durchschnittsbürger auf der Straße hätte Dinge geäußert wie: ›Zum Teufel mit diesen kaltblütigen, rücksichtslosen und mordgierigen Ungeheuern. Wir dürfen auf keinen Fall klein beigeben. Sollen die doch sehen, was sie uns anhaben können, und ob wir letzten Endes nicht doch am längeren Hebel sitzen.‹ Und das wäre doch so ziemlich das letzte, was Samuelson und Co. erreichen möchten.

Um noch einmal auf das Kommuniqué zurückzukommen: man beachte die noble, großzügige Art, in der auf die Nennung der Gründe für diese selbstlose Entscheidung verzichtet wird. Ich wußte zwar nicht, daß David Meijer mit seinem Herzen Probleme hat, aber es könnte durchaus sein, daß es allgemein bekannt ist. Und wenn es nicht so sein sollte, möchte ich wetten, daß sich das in Kürze ändern wird. Paderewski – Samuelson hat ihn so schön ›unsere Stimme in Amsterdam‹ genannnt – wird mit Sicherheit dafür sorgen, daß dies und noch einiges mehr, was in Samuelsons Interesse liegt, allgemein bekannt wird. Funk und Presse werden anonym und diskret informiert werden, daß David Meijers Gesundheitszustand Anlaß zur Besorgnis gibt – was sich schnellstens überprüfen läßt –, und dann werden diskrete Andeutungen gemacht, daß seine entzückende Tochter um Schonung seines Lebens gefleht hat. Für die Presse wäre das doch das gefundene Fressen. Sie könnten den sogenannten ›menschlichen Aspekt‹ ins Spiel bringen und Hunderttausende zu Tränen rühren. Entsprechend verpackt, wird das alles nur Wasser auf Samuelsons Mühle sein und ihm in der öffentlichen Meinung zwar nicht gerade zu einem Heiligenschein verhelfen, den Grad seiner Beliebtheit aber doch beträchtlich heben. Einerlei, was er bis dahin getan oder womit er gedroht haben wird, die Öffentlichkeit wird hinter ihm stehen und ein Eingehen auf seine Forderungen eher befürworten. Wer könnte schließlich schon einem bekehrten Sünder widerstehen, einem Ganoven mit einem goldenen Herzen. Hoch lebe der Robin Hood von Amsterdam.«

»Du hast völlig recht«, schaltete sich George ein. »Im Gegensatz zu euch beiden verstehe ich nämlich etwas Jiddisch. Nicht gerade viel, aber es reicht. Ich habe mich schon die ganze Zeit gewundert, was für sinnlose Anweisungen er diesem Paderewski in Amsterdam durchgegeben hat. Aber jetzt wundert mich das nicht mehr. Jetzt fange ich an, zu verstehen.«

»Nicht zuletzt spielt auch noch die Ehrfurcht der Holländer vor dem Gulden mit. Was, werden die Leute sagen, kann man schon gegen einen Mann vorbringen, der, ohne mit der Wimper zu zucken, auf zwanzig Millionen Gulden verzichtet – die Frage, ob er diese Summe überhaupt bekommen hätte, interessiert hier niemanden –, nur weil in den Augen eines entzückenden jungen Mädchens Tränen stehen. Zugegeben, er hat die zwanzig Millionen der Regierung auf die Rechnung geschlagen, aber wen kümmert es schon, wenn eine Regierung ausgenommen wird? Glaubst du wirklich immer noch, Vasco, daß sich Samuelson von menschlichen Beweggründen hat leiten lassen?«

»So betrachtet, muß ich allerdings zugeben, daß ich das für höchst unwahrscheinlich halte. Er muß wirklich ein gerissener und hintertriebener Bursche sein; du hast mich davon überzeugt. Nur schade, daß dich eben nicht auch die restlichen vierzehn Millionen holländischen Staatsbürger hören konnten. Inzwischen bin ich sogar davon überzeugt, daß sie zu unserem Leidwesen genau an der gegenteiligen Meinung festhalten werden.«

»Nicht alle. Laß ihnen ein bißchen Zeit; einige werden auch von selbst darauf kommen. Aber das gilt nicht für die breite Mehrheit. Und genau das ist es, was ich an Samuelson so beängstigend finde. Selbst ich habe eine Weile gebraucht, um seine Winkelzüge zu durchschauen, und ich stehe hier mitten im Zentrum des Geschehens. Dieser Samuelson muß ein Hirn wie ein Computer haben. Er hat diese Entscheidung völlig aus dem Stegreif getroffen, binnen weniger Sekunden. Das Ganze schien mehr oder weniger spontan und automatisch, obwohl es das keineswegs war. Dieser Mann ist wirklich sehr klug, was ihn nur um so gefährlicher macht. Wir werden verdammt auf der Hut sein müssen, wenn wir es mit ihm aufnehmen wollen.«

»Demnach ist er also eindeutig die Schlüsselfigur?« warf George ein. »Es muß doch Tausende von Dollars kosten, diese Organisation am Leben zu erhalten – vielleicht sogar Zehntausende. Agnellis finanzielle Möglichkeiten überschreiten das doch auf alle Fälle, und Riordan sieht auch nicht gerade so aus, als wäre er gewohnt, mit solchen Summen umzugehen.«

»Der Geldgeber ist zweifellos Samuelson.«

»Schade, daß es uns nicht möglich ist, bei Interpol ein paar Erkundigungen über diesen Gentleman einzuziehen.«

»Ich glaube nicht, daß uns das weiterbringen würde. Falls der Bursche wirklich so clever ist, wie ich denke, hat Interpol sicher noch nie von ihm gehört. Interpol hat nicht die geringste Ahnung, wer die internationalen Topverbrecher sind. Und gerade deshalb sind diese Leute echte Profis. Möglicherweise hat dieser Samuelson nicht einmal eine kriminelle Vergangenheit – ich meine damit nicht nur, daß er kein Vorstrafenregister hat. Das hat er mit Sicherheit nicht. Aber vielleicht nicht einmal eine kriminelle Vergangenheit. Er könnte sogar tatsächlich genau das sein, wofür Onkel Arthur ihn gehalten hat – ein aufgeblasener Plutokrat, ein Mann, der sich seinen Reichtum auf völlig legale Weise beispielsweise mit Öl oder als Reeder erworben hat.«

»In diesem Fall hätten wir aber sicher schon mal von ihm gehört.«

»Wir könnten sehr wohl schon von ihm gehört haben – aber unter einem anderen Namen. Vielleicht gibt es nicht einmal ein Foto von ihm. Bekanntlich existieren von einigen der reichsten Männer der Welt keine Fotos.«

»Wenn er wirklich so reich ist, wie wir denken«, wandte

George ein, »warum versucht er dann, sich aus anderen Quellen Geld zu beschaffen?«

»Das ist reine Show. Ich bin überzeugt, daß Samuelson weder Geld will noch braucht. Aber ich kann mir gut vorstellen, daß er seinen Partnern weisgemacht hat, daß ihm das Geld ausgeht. Er sorgt dafür, daß sich plötzlich alles ums Geld dreht – aber nur, um von dem Umstand abzulenken, daß Geld für ihn nicht die geringste Rolle spielt und seine Interessen ganz woanders liegen. Agnelli macht kein Geheimnis daraus, daß ihm sehr viel am schnöden Mammon gelegen ist, und so versucht Samuelson vielleicht, ihn auf diese Weise bei Laune zu halten. Schließlich hat er einen recht umfangreichen Mitarbeiterstab bei der Stange zu halten, und die meisten seiner Leute werden darauf bedacht sein, daß auch die finanzielle Seite nicht außer acht gelassen wird. Uns scheint er ganz offensichtlich sehr notwendig zu brauchen – wozu, wissen wir im Augenblick noch nicht, es kann auch gut sein, daß unsere Anstellung lediglich auf Honorarbasis beruht – und wir brauchen auch Geld. Und vor allem muß natürlich Riordan bei Laune gehalten werden, denn auch der gute Riordan ist auf den schnöden Mammon angewiesen, um seine edlen Ziele in die Tat umzusetzen.«

»Schnöder Mammon für edle Ziele«, bemerkte George. »Das ist ein Widerspruch in sich. Mit dieser irisch-amerikanischen Allianz hat es schon eine spezielle Bewandtnis. Wir wissen, daß es zum Beispiel Leute gibt, die mit Heroin dealen, um den Gewinn dann für eine sogenannte gute Sache zu spenden. Die Welt mit Scheuklappen sehen, nennt man doch so etwas, oder nicht?«

»Du kannst es nennen, wie du willst; wir müssen jedenfalls sehen, wie wir damit zurechtkommen.«

»Und? Hat der gute Onkel Doktor schon eine Idee, wie wir dieser Krankheit zu Leibe rücken können?« Trotz seiner hünenhaften Gestalt zitterte George in dem eisigen Wind. »Ist dir schon ein wirksames Heilmittel eingefallen, eine gute Medizin?«

»Ich glaube, mit Medikamenten läßt sich in diesem Stadium nichts mehr erreichen.«

»Du schlägst einen chirurgischen Eingriff vor? Aber ich weiß nicht mal, wie man ein Skalpell in die Hand nimmt.«

»Das ist auch gar nicht nötig. Im Gegenteil, für einen chirurgischen Eingriff besteht, um beim medizinischen Fachjargon zu bleiben, eine eindeutige Kontraindikation.«

George räusperte sich behutsam, was angesichts des tobenden Sturms nicht gerade einfach war. »Du hast wohl plötzlich eine bisher ungekannte Rücksichtnahme für das Wohlergehen von Menschen entwickelt, die auch vor Mord nicht zurückschrecken? Es handelt sich hier doch immerhin um Leute, die nicht zögern würden, weiß Gott wie viele unserer Landsleute in den Fluten umkommen zu lassen?«

»Von Gesinnungswandel ist nicht die Rede, George. Ich weiß zwar, daß sie hier ein recht umfangreiches Kontingent an Gorillas und schießwütigen Psychopathen haben, aber würdest du ernsthaft bezweifeln, daß wir Riordan, Samuelson und Agnelli nicht trotzdem erledigen und die Mädchen unverletzt von hier fortschaffen könnten?«

»Ich weiß, daß wir das schaffen würden, und nehme meine idiotische Behauptung über deinen Sinneswandel zurück. Ich würde eher sagen, daß du noch unerbittlicher geworden bist.«

Vascos Gesichtsausdruck spiegelte nicht unbedingt Erschütterung wider, aber doch ein gewisses Maß an Besorgnis und Zweifel.

»Aber du bist doch Polizist, Peter – äh, Stephan. Du hast doch geschworen, für die Wahrung des Gesetzes einzutreten. Ich meine, wir sollten ihnen einen fairen Prozeß machen und sie am nächsten Morgen aufknüpfen.«

»Ich bin mein eigener Gerichtshof, und ich würde sie wie tollwütige Hunde abknallen, wenn ich das Gefühl hätte, daß das Problem damit gelöst wäre. Aber das ist leider nicht der Fall. Aus zwei Gründen – einem psychologischen und einem praktischen. Der psychologische – reine Neugier, wenn ihr es so wollt. Ich bin keineswegs davon überzeugt, daß es sich bei diesen dreien um Verbrecher im herkömmlichen Sinn handelt. Ich bin auch nicht davon überzeugt, daß Romero Agnelli der rücksichtslose und brutale Killer ist, für den wir ihn halten. Er weist keinerlei Ähnlichkeit mit seinen beiden Brüdern auf, die ich hinter Gitter gebracht habe; die beiden waren wirklich hochgradige Sadisten. Dafür spricht eindeutig der Umstand, daß er Julie und Annemarie bis jetzt noch kein Haar gekrümmt hat. Oder nehmt Riordan. Er ist auf keinen Fall ein Psychopath. Zugegeben, er mag etwas verschroben und eigenartig erscheinen; außerdem hat er einen gewissen Hang zum Demagogen, der allerdings nur gelegentlich zum Ausbruch kommt. Aber ein gewisses Maß an Verschrobenheit reicht noch lange nicht aus, um als geistesgestört zu gelten. Es gibt nicht wenige Leute, die man in Nervenheilanstalten aus dem Verkehr gezogen hat – offiziell wird das natürlich etwas dezenter ausgedrückt – und die vollkommen davon überzeugt sind, daß sie die einzigen normalen Menschen auf der Welt sind und daß es eine ganze Menge Leute gibt, nämlich diejenigen, die für Krieg, Hunger, Seuchen, Völkermord, Drogenhandel und die Möglichkeit einer atomaren Vernichtung der Welt verantwortlich sind, ganz zu schweigen von verschiedenen anderen Belanglosigkeiten – diese Leute sind also überzeugt, daß genau diese Herren ihren Platz einnehmen sollten. Und wer könnte schließlich behaupten, daß sie damit völlig falsch liegen?«

»Aber dann hätten wir doch noch den Vorwurf der Demagogie.«

»Dema . . . was?« fragte Vasco.

»Leute, die sich voll für die Durchsetzung einer Idee engagieren. Das Wort Demagogie ist in letzter Zeit eher in Verruf geraten, da es automatisch mit Männern wie Hitler, Mussolini und anderen Diktatoren in Verbindung gebracht wird. Aber es gibt gute wie schlechte Demagogen. Ursprünglich waren damit nur Leute gemeint, die sich gegen eine etablierte Rechtsstaatlichkeit auflehnten – in der Regel gegen eine ungerechte. Man könnte auch Jesus als einen Demagogen bezeichnen. Zugegebenermaßen würde ich Riordan zwar nicht unbedingt der Heiligen Dreifaltigkeit zurechnen, aber ich halte ihn für einen aufrichtigen und integren Demagogen, wie irregeleitet er auch sein mag. Ich halte ihn zumindest nicht für böse. Die eigentlich rätselhafte Figur ist Samuelson. Wußtet ihr übrigens, daß er Engländer ist?«

Beide Männer schüttelten den Kopf.

»Doch, er ist Engländer. Ein reicher Mann. Offensichtlich außergewöhnlich reich. Natürlich unterliegen auch reiche Männer dem Zwang, noch reicher werden zu wollen, aber irgendwann ist diesem Bedürfnis eine Grenze gesetzt, und Samuelson hat meiner Meinung nach diese Grenze erreicht. Ein so vernünftiger und ausgeglichener Mann, wie man sich das nur vorstellen kann. Aber unter dieser dünnen Oberfläche von Bonhomie und Freundlichkeit steckt ein Besessener. Ich würde nur gern wissen, was diesen Mann antreibt, was seine Motive sind. Was haltet ihr übrigens von Kathleen?«

Beide Männer starrten ihn eine Weile an, bis George schließlich sagte: »Moment mal.« Er verschwand nach drinnen und kam kurz darauf mit drei großen Gläsern Brandy zurück. »Falls wir uns hier weiter bei sibirischen Temperaturen unterhalten wollen – aber jetzt zurück zu Kathleen, was soll mit ihr sein?«

»Was habt ihr für einen Eindruck von ihr?«

»Wir kennen sie doch kaum«, entgegnete George. »Ein entzückendes junges Ding, natürlich. Was sonst?«

»Du und die Auswüchse deiner Midlife-crisis. Und was ist mit dir, Vasco?«

»Ich bin einer Meinung mit George. Ich habe noch nie . . .« Er brach mitten im Satz ab. »Sie macht einen sehr netten und sympathischen Eindruck und . . .«

»Eine hervorragende Schauspielerin? Eine erfahrene Spionin?« Vasco wußte darauf nichts zu erwidern. »Das weibliche Gegenstück zu dem freundlich lächelnden Herrn mit dem Dolch im Gewande?«

»Nein!« erhob Vasco Einspruch.

»Tatsächlich nicht«, stimmte ihm van Effen zu. »Als sie heute abend die Durchsage im Fernsehen anhörte, hast du sie beobachtet. Nicht, daß ich dir das zum Vorwurf machen würde, sie ist wirklich eine Augenweide. Aber das ist nicht der Grund, weshalb du sie beobachtet hast. Übrigens würdest du, wie ich finde, einen großartigen Polizeipsychologen abgeben; selbstverständlich unter den wachsamen Augen von George, den ich davon zu überzeugen hoffe, daß er als Gastronom eindeutig seinen Beruf verfehlt hat.«

»Was?« George starrte ihn an, als hätte er den Verstand verloren.

»Aber sicher hast du den Beruf verfehlt. Das La Caracha kannst du natürlich behalten. Schließlich ist Annelise die beste Köchin von ganz Amsterdam, aber um den Leuten das Essen zu servieren, könntest du doch genausogut ein paar Ganoven, vorzugsweise entlassene Sträflinge, anstellen. Aber das nur so nebenbei. Was haben dir ihre Augen verraten, Vasco?«

»Ihre Augen?« Vasco machte ein verdutztes Gesicht.

»Kathleens. Du hast doch auf ihre Augen geachtet, nicht auf ihr Gesicht.«

»Woher wußtest du . . .«

»Es geht eben nichts über eine langjährige Praxis. Was hast du also gesehen? Angst, Besorgnis?«

»Ja, etwas in der Art. Sie fühlte sich eindeutig nicht wohl in ihrer Haut. Sie war nervös. Komischerweise war sie das auch schon, bevor die Durchsage im Fernsehen kam. Sie wußte vorher, was dann bekanntgegeben wurde, oder zumindest glaubte sie bereits zu wissen, was bekanntgegeben würde. Und offensichtlich war sie damit nicht im geringsten einverstanden.«

»Also noch eine Person, unter deren scheinbar glatter Oberfläche nicht unbedingt alles so friedlich ist, wie man auf den ersten Blick meinen könnte«, nickte van Effen.

»Auch ich könnte eurer schönen Liste noch jemanden hinzufügen«, meldete sich George zu Wort. »Und zwar Maria Agnelli. Sie hat sich geradezu zwanghaft die Lippen geleckt. Wir alle haben schon Leute gesehen, die sich in sadistischer Vorfreude die Lippen geleckt haben, nur deren Lippen haben dann nicht so sichtbar gezittert. Sie schien von bösen Vorahnungen geplagt – oder auch von Entsetzen.«

»Das ist mir völlig entgangen«, bemerkte van Effen.

»Na ja, schließlich haben wir alle nur zwei Augen«, tröstete ihn George. »Andererseits hätte auch schon ein halbes Auge ausgereicht, um festzustellen, daß Samuelson jede Sekunde der Durchsage regelrecht genossen hat. Wir haben also drei Personen, die den Eindruck erwekken, als würden sie in ihrem Handeln von irgendwelchen noch nicht näher zu definierenden Antrieben bestimmt, wobei einer von diesen dreien, nämlich Samuelson, gleichzeitig selbst eine treibende Kraft darstellt. Man könnte fast sagen, das Gleis, aus dem auszubrechen ihnen unmöglich erscheint, führt geradewegs in die Hölle, und zwar über einen verdammt steilen Bergabhang mit gefährlichen Haarnadelkurven. Und die beiden Mädchen haben ganz offensichtlich Angst, sie könnten in der nächsten Kurve entgleisen.«

»Könntet ihr vielleicht etwas langsamer machen, damit ich auch noch mitkomme«, beschwerte sich Vasco. »Ihr tut so, als wären diese beiden Mädchen relativ harmlos, ja sogar sympathisch. Joop und Joachim und die beiden anderen Jünglinge hier sind doch mit Sicherheit alles andere als ein paar nette, sympathische Jungen.«

»In diesem Punkt wären sie gewiß anderer Meinung«, widersprach van Effen. »Sie halten sich bestimmt für Garanten der Zukunft, die für die Schaffung einer gerechteren und besseren Welt kämpfen. Es ist auf den blinden Wahnsinn dieser irregeleiteten Welt zurückzuführen, daß sie zur Erreichung ihrer hehren Ziele auf gewöhnlichen Mord und die Anwendung nuklearer Kampfwaffen zurückgreifen müssen.«

»Aber die beiden Mädchen sind doch ihre Genossinnen und Verbündeten«, beharrte Vasco. Er klang sehr bitter. »Oder wollt ihr vielleicht behaupten, ihr könntet sie aus diesem Hexenkessel aus Mord, Terror, Erpressung, Aufruhr und Diebstahl herausholen, und sie würden vor euch stehen, unschuldig wie ein neuer Tag?«

»Vielleicht, wenn man den Ruß abkehren würde – oder die Tarnfarbe. Ein bißchen Nötigung hier, ein bißchen Erpressung da, dazu mißbrauchte Liebe, mißbrauchte

Treue, ein leicht angeschlagener Ehrenkodex, falsche Sentimentalität und eine kluge Mischung aus Wahrheit und Lügen.«

»›Hinters Licht geführt‹ ist wohl das Wort, nach dem du suchst«, meinte George. »Aber man kann wohl kaum davon sprechen, sie hätten nur jemanden hinters Licht führen wollen, als sie Julie entführt haben.«

»Das finde ich schon. Sie wollten mir den Wind aus den Segeln nehmen; aber das war nur ihre vordergründige Absicht. Romero Agnelli wäre nie von selbst auf diese Idee gekommen, und ich kann mir gut vorstellen, daß er schon Schwierigkeiten hätte, eine Fliege zu erschlagen, geschweige denn, meiner Schwester etwas anzutun. Die Anweisungen kamen von seinen Brüdern Giuseppe und Orlando, diesem reizenden Duo, das ich vor Jahren hinter Gitter gebracht habe.«

»Aber die beiden sitzen doch im Gefängnis.«

Van Effen seufzte. »Vasco! Einige der mächtigsten und einflußreichsten kriminellen Organisationen werden von Männern geleitet, die vorübergehend in den Hochsicherheitstrakts der verschiedensten Gefängnisse sitzen – in Palermo, Cagliari, Ajaccio, Marseille oder einem halben Dutzend Städten in den Vereinigten Staaten, ja sogar in London, Amsterdam und Neapel. Da sitzen viele Herren der Unterwelt – Herren, im wahrsten Sinn des Wortes, über Leben und Tod – in ihren Gefängniszellen. Es waren Romeros Brüder, die den Befehl erteilt haben, die Drohbriefe an mich abzuschicken und Julie zu kidnappen. Aber sie haben es nicht auf Julie abgesehen. Sie haben es, glaube ich, nicht einmal auf mich abgesehen. Sonderbarerweise richtet sich der Groll eingesperrter Krimineller in der Regel nicht gegen die Polizisten, die sie gefaßt haben; die bedauernswerten Opfer ihres Hasses sind vielmehr die Richter, die sie verurteilt haben. Italien ist ein klassisches Beispiel dafür.«

»Wenn sie es weder auf dich noch auf Julie abgesehen haben«, sagte George nachdenklich, als spräche er zu sich selbst, »dann sagt mir mein überragender Verstand, daß sie es auf etwas anderes abgesehen haben müssen. Und dann stelle man sich noch vor, daß Samuelson die Frechheit hatte zu behaupten, Riordan hätte sich damit abgefunden, den Teufel mit den Mitteln des Teufels zu bekämpfen.«

»Weil gerade vom Teufel die Rede ist«, schaltete sich Vasco ein. »Von welchem Teufel sprecht ihr beide eigentlich?«

»Vom Teufel eben«, zuckte George mit den Achseln. »Oder auch von mehreren Teufeln. Ob das Land unter Wasser gesetzt wird oder nicht, wird möglicherweise zum Teil auch davon abhängen, ob die beiden netten Brüder Romeros aus dem Gefängnis entlassen und vielleicht sogar, Gott steh uns bei, offiziell begnadigt werden.«

Darauf trat eine kurze Pause in ihrer Unterhaltung ein, in der George nach drinnen ging, um prophylaktisch Medizin gegen Lungenentzündung zu holen. Als er wieder auf die Veranda kam, sagte van Effen: »Soviel also zur Theorie. Ich würde sagen, damit wäre – bis auf Samuelsons letztes Ziel – so ziemlich alles klar. Dieses Ziel liegt nach wie vor im dunkeln. Doch jetzt zum praktischen Teil der Übung, der im übrigen nicht allzuviel Zeit in Anspruch nehmen dürfte, da unsere Möglichkeiten begrenzt sind und es außerdem verdammt kalt ist.

Wir sind uns einig, daß der Zeitpunkt noch nicht gekommen ist, mit den drei Drahtziehern abzurechnen. Dafür gibt es noch andere Gründe. Samuelson muß nicht unbedingt der oberste Kopf der Organisation sein, obwohl ich überzeugt bin, daß er es ist. Dennoch könnte es noch andere geben. Er muß irgendjemanden in der Nähe des Ijsselmeers postiert haben, der den Atomsprengkopf hochgehen läßt. Unklugerweise haben sie uns außerdem erzählt, daß dies nur ihr vorübergehendes Hauptquartier ist. Ihr Hauptstützpunkt befindet sich also anderswo, und von dort aus werden sie auch zu ihrem letzten Schlag ausholen. Wir müssen herausfinden, wo das ist, und folglich müssen wir das Spiel bis auf weiteres mitspielen.

Ich gehe inzwischen davon aus, daß sie die Deiche im Norden und Süden von Lelystad sprengen und den Osten und Süden von Flevoland kurz nach Mitternacht überfluten werden. Die Briten werden versuchen, Zeit zu gewinnen, und das Handtuch erst werfen, wenn die Lage wirklich ernst wird. Mit ein wenig Glück werden wir keine Menschenleben zu beklagen haben. Was allerdings den Viehbestand in dieser Gegend betrifft – daran möchte ich lieber gar nicht erst denken. Der Atomsprengkopf, der morgen nachmittag im Ijsselmeer gezündet werden soll, stellt eine wesentlich ernsthaftere Bedrohung dar. Ich schätze, daß sie dafür die Markerwaard ausgesucht haben, und ich muß sagen, daß ich nicht gerade erpicht darauf wäre, morgen nachmittag in der Nähe von Marken oder Volendam zu sein. So eine Flutwelle kann höchst unangenehm werden, vor allem, wenn man nicht weiß, wie hoch sie ist. Vielleicht bekommt man sogar in Hoorn und Amsterdam etwas davon zu spüren, obwohl ich das bezweifle. Schließlich ist das Ganze nur als eine Art Entscheidungshilfe für die britische Regierung gedacht. Der große Knall folgt erst später, wenn man in Betracht zieht, daß das Wetter nach dem nächsten Höchststand der Flut nur noch schlechter werden kann. Oder nach dem übernächsten. Außerdem wird sich alles auf jeden Fall bei Tageslicht abspielen.«

»Wieso bei Tageslicht?« fragte Vasco.

»Glaubst du, die haben diesen Hubschrauber nur, um einen imaginären Film zu drehen? Sie wollen damit Stellen erreichen, die auf dem Landweg unzugänglich sind. Vielleicht eine Insel, obwohl mir das unwahrscheinlich vorkommt. Jedenfalls ist es bei dieser Windstärke nicht gerade einfach, mit einem Hubschrauber zu landen, obwohl Hubschrauberpiloten, die für den Seerettungsdienst ausgebildet sind, das ständig machen. Aber dieses riskante Manöver dann auch noch bei Regen und in totaler Dunkelheit zu unternehmen, das grenzt doch an Selbstmord – vor allem dann, wenn man ein paar höchst empfindliche Atomsprengköpfe an Bord hat. Die Sache wird also auf jeden Fall bei Tag über die Bühne gehen.«

»Dann werden wir unter Umständen noch ein paar Tage hierbleiben müssen?« meinte George.

»Ich nehme an, daß wir morgen in aller Frühe aufbrechen werden. Sie werden sich in ihrem eigentlichen Hauptquartier einnisten wollen, das näher am Schauplatz des Geschehens liegt. Die Raketen – sind die Dinger entschärft?« George nickte. »Hast du eigentlich eine Ahnung, wie man nukleare Kampfwaffen entschärft?«

»Ich habe so ein Ding noch nicht einmal gesehen. Aber mit Hilfe eines Schaltplans würde ich mir das schon zutrauen. Sonst jedoch auf keinen Fall. Ich weiß zwar, daß ich absolut nichts spüren würde, wenn das Ding in die Luft ginge, aber ich habe trotzdem keine Lust, mich zerstäuben zu lassen.«

»Na, wir werden uns die Dinger später noch genauer ansehen können. Sie müssen irgendwo hier herumliegen. Wir werden übrigens gar nicht extra nachsehen müssen. Ihr habt ja selbst gehört, was Agnelli gesagt hat. ›Ich kann sie Ihnen jetzt zeigen.‹«

»Werden sie deswegen nicht Verdacht schöpfen?« fragte George. »Ich meine, daß wir nicht danach gefragt haben, ob wir sie gleich sehen dürfen. Sie werden vielleicht denken, wir hätten uns untereinander beraten und irgendeinen teuflischen Plan ausgeheckt.«

»Sollen sie doch denken, was sie wollen. Uns kann hier nicht das geringste passieren, weil wir für unsere Freunde unersetzlich sind.« George und Vasco sahen sich zuerst gegenseitig an, dann van Effen, sagten aber nichts. »Außerdem sind wir bis jetzt ganz schön begriffsstutzig gewesen. Joop und Joachim oder sonst ein paar dieser RAF-Psychopathen haben die atomaren Sprengköpfe in der Nacht des dritten Februar aus diesem Waffendepot der US Army bei Metnitz gestohlen. Und in dieser Nacht ist doch noch etwas passiert.«

»Natürlich, der dritte Februar«, nickte George eifrig. »Das hätte uns tatsächlich einfallen können. Das war doch die Nacht, in der dieses Waffenlager bei De Doorns in die Luft flog, aus dem Samuelsons Sprengstoffexperten ihre Vorräte auffüllen wollten. Das einzige, was davon übrig blieb, war ein Riesenloch in der Erde. Mit dem Nachschub an Sprengstoff war es natürlich nichts, und ihre Fachleute waren sie ebenfalls los. Kein Wunder, daß die FFF solches Interesse an uns hat. Wir sind wahrscheinlich weit und breit die einzigen, die einen Knallfrosch in die Luft jagen können. Darauf würde ich jede Wette eingehen.«

»Eine bessere Lebensversicherung könnten wir uns nicht wünschen«, warf Vasco ein. »Aber ist es nicht möglich, daß Joop oder sonst einer dieser Knaben weiß, wie man mit Raketen umgeht?«

»Der Gedanke ist mir auch schon gekommen«, erwiderte van Effen. »Wir werden auf diese Knaben und ihr gefährliches Spielzeug ein wachsames Auge werfen müssen. Aber bevor wir damit anfangen, schlage ich vor, daß wir erst mal nach drinnen gehen und uns für den Abend frisch machen. Bei dieser Gelegenheit können wir auch gleich nachsehen, wie gründlich sie unser Gepäck durchsucht haben. Dann werden wir uns die nächste Verlautbarung der holländischen und englischen Regierung oder der FFF zu Gemüte führen und uns schließlich unseren bezaubernden Gastgebern beim Abendessen anschließen. Ich könnte mir gut vorstellen, daß ein Mann von Samuelsons Kaliber auch einen hervorragenden Küchenchef beschäftigt.«

Als sie das Haus betraten, wurden sie von Romero Agnelli überschwenglich begrüßt. Er drängte ihnen einen Jenever auf. »Den werden Sie jetzt brauchen können – Sie waren lange genug draußen, und dazu bei dieser Kälte.«

»Uns macht so etwas nichts aus«, entgegnete van Effen. »Wir sind Frischluftfanatiker.«

»Ich dachte, das träfe nur auf die Engländer zu. Aber ich hoffe doch, Sie hatten einen angenehmen Spaziergang.«

»Wenn Sie es einen Spaziergang nennen, auf Ihrer Veranda auf und ab zu gehen, kann man dem durchaus beipflichten.« Van Effen wußte recht gut, daß Agnelli nicht entgangen war, daß sie die Veranda nicht einen Augenblick verlassen hatten.

»Und Sie hatten auch sicher eine nette Unterhaltung unter vier Augen. Oder sollte ich sagen: unter sechs Augen?« Agnelli lächelte nach wie vor.

»Aber ja. Wir haben uns Gedanken über unsere Zukunft gemacht; schließlich wissen wir herzlich wenig, wie es nun eigentlich weitergehen soll. Sie und Ihre Freunde sind nun einmal nicht sehr mitteilsam. Wir wissen weder, weshalb wir hier sind und was man von uns erwartet, noch haben wir auch nur die geringste Ahnung, wohin wir fahren werden oder wann wir aufbrechen.«

»Was den letzten Punkt betrifft, kann ich Ihre Neugier stillen. Wir brechen morgen um acht Uhr früh auf. Und der Rest – nun, Sie und ich, wir sind doch beide Anhänger des Grundsatzes: Niemand soll mehr als nötig wissen.«

»Ganz recht. Aber eines müßten wir doch noch wissen. Wo sollen wir heute nacht schlafen? Auf dem Fußboden?«

»Wo denken Sie hin! Natürlich nicht. Wir können uns hier zwar nicht mit dem Amstel-Hotel messen, aber für Ihre Unterbringung ist gesorgt. Kommen Sie, ich werde Ihnen Ihr Zimmer zeigen. Ihr Gepäck habe ich bereits hinaufbringen lassen.«

Er führte sie die Wendeltreppe hinauf und vor eine Tür am Ende eines Flurs. Dahinter lag ein mäßig großer Raum mit drei Betten. Agnelli deutete auf eine Tür in einer Seitenwand des Zimmers.

»Das Bad. Zwar keine Marmorkacheln und Goldarmaturen, aber es erfüllt seinen Zweck.« Er warf einen kurzen Blick auf seine Uhr. »In zwanzig Minuten gibt es Abendessen.« Dann ging er, immer noch lächelnd.

In eine belanglose Unterhaltung vertieft, setzten sich van Effen und George auf ihre Betten, während Vasco sich im Raum umsah. Diese besondere Art, sich in einem Raum umzusehen, war Vascos Spezialität. Er ging dabei sehr sorgfältig und sehr gründlich vor. Nach ein paar Minuten sagte er: »Alles in Ordnung. Keine Wanzen.«

George wuchtete seinen Koffer auf seine Knie. Es war ein eleganter Koffer mit vierstelligen Kombinationsschlössern. George unterzog sie einer genauen Überprüfung.

»Und?« wollte van Effen wissen. »Ist die Kombination unverändert?«

»Unverändert schon, aber nicht unberührt. Sie haben ein paar winzige Kratzer hinterlassen. Der Koffer ist nämlich nagelneu, ich habe ihn noch nie benutzt. Normalerweise würde ich mich mit diesem Statussymbol eines Jungmanagers nicht in der Öffentlichkeit blicken lassen, aber nachdem mir Annelise das Ding nun mal zum Geburtstag geschenkt hat, konnte ich schlecht mit meinem alten Koffer losziehen. Er ist in kürzester Zeit geöffnet und wieder geschlossen worden. Ich kenne in ganz Holland keinen Safeknacker, dem ich das zutrauen würde. Ein konventionelles Kombinationsschloß kann jeder aufbekommen, der etwas von seinem Job versteht; wenn man gute Ohren hat oder ein Stethoskop, kann man die Nocken klicken hören. Dieses Schloß hat allerdings keine Nocken.«

»Ich möchte wetten«, warf van Effen ein, »daß dieser O'Brien nur eine verbogene Haarnadel braucht, um sich Zutritt zu den Kellergewölben der Amsterdam-Rotterdam-Bank zu verschaffen.«

»Kann ich mir auch gut vorstellen«, pflichtete ihm George bei. Er stellte die richtige Zahlenkombination ein und klappte den Kofferdeckel hoch. »Der Kerl, der sich mein Gepäck angesehen hat, muß wirklich ein sehr ordentlicher Mensch sein. Alles am richtigen Platz. Aber nicht da, wo es beim Transport hingeraten sein müßte.«

»Was ist mit deinen Sachen, Vasco?«

Vasco schloß seinen Koffer auf. »Völlig unberührt. Auch die zusätzlichen Smith & Wesson-Magazine sind noch da.«

»Das war auch nicht anders zu erwarten.« Van Effen öffnete nun seinen Koffer – er war nicht einmal verschlossen gewesen –, nahm einen ziemlich schäbigen Toilettenbeutel heraus und holte aus diesem eine burgunderrote Spraydose hervor. Sie trug die Aufschrift: Yves Saint Laurent – Pour Homme – Mousse à Raser. Natürlich enthielt die Spraydose keinen Rasierschaum.

»Nun«, bemerkte George, »offenbar hat niemand herauszufinden versucht, was in dieser Dose ist.«

»Offensichtlich.« Van Effen steckte die Spraydose in den Beutel zurück. »Sonst wären die Schnüffler nämlich noch hier, und zwar in horizontaler Lage auf dem Teppich. Ich glaube fast, daß sie nicht einmal meinen Toilettenbeutel untersucht haben. Sie müssen wohl gedacht haben, wenn es sich irgendwo lohnen könnte, nachzusehen, dann in Georges diebstahlsicherem Koffer.« Er nahm ein kleines Stück Seife aus seinem Toilettenbeutel und reichte es Vasco. »Du weißt, wofür das gut ist.«

»Sauberkeit ist alles.« Vasco ging ins Bad, während van Effen und George das Fenster neben den Betten öffneten. Soweit sich das in der Dunkelheit abschätzen ließ, befanden sie sich etwa vier Meter über dem gepflasterten Hof unter ihnen, der fast völlig im Dunkeln lag.

»Besser hätte es fast nicht kommen können, findest du nicht auch, George?«

»Allerdings. Der einzige Nachteil ist, daß du einen ziemlich langen Umweg machen mußt, wenn du auf dem Weg zur Scheune im Dunkeln bleiben willst. Hast du übrigens an Bodenminen gedacht? Du weißt schon, diese fiesen Dinger, die erst mal einen Meter in die Luft schnellen, bevor sie losgehen?«

»Aber George, hier wimmelt es doch nur so von Hausangestellten aus dem Dorf. Kannst du dir vorstellen, was wäre, wenn plötzlich eine Putzfrau ganz aus Versehen auf eine Mine tritt?«

»Natürlich, du hast recht. Und was ist, wenn du in einen von ihren Gorillas rennst, der gerade seinen Inspektionsgang macht, oder . . .«

»Wer sollte sich denn bei dem Wetter schon draußen rumtreiben? Bei dem Wind und bei dieser Kälte und dem Regen . . .«

»Aber . . .«

»Ich laufe schon niemandem in die Hände. Höchstens läuft mir jemand in die Hände. Selbstverständlich werde ich den Unglücklichen mit Samthandschuhen anfassen. Vasco läßt sich aber Zeit, findest du nicht?« Sie gingen auf die Badezimmer zu, fanden sie jedoch verschlossen. Van Effen rüttelte am Türgriff.

»Schaltet erst das Licht im Zimmer aus«, rief ihnen Vasco aus dem Bad zu. Nachdem sie das getan hatten, öffnete Vasco die Tür, das Bad dahinter lag in völliger

Dunkelheit. »Ihr müßt entschuldigen, aber ich wollte nicht, daß der Beobachter im Dunkeln merkt, daß er von einem anderen Beobachter im Dunkeln beobachtet wird. Was jedoch nicht heißt, daß sich unser Beobachterkollege sehr gut verborgen hält.«

Das Badezimmerfenster lag genau gegenüber der Tür im Dachgeschoß der Scheune, in welcher der Armeelastwagen stand. Der Mann, der in dieser Tür stand, unternahm keine besonderen Anstrengungen, seine Anwesenheit zu verbergen; die Lampe über der Veranda tauchte den ganzen Hof in schwaches, diffuses Licht.

»Der Bursche macht nicht gerade den Eindruck, als nähme er seine Aufgabe ernst«, bemerkte van Effen. »Aber seine mangelnde Begeisterungsfähigkeit ist unschwer zu verstehen. Bei diesem Wetter muß ihm seine Aufgabe ziemlich überflüssig erscheinen.«

»Außerdem ist es kalt.«

»Für die nötige Wärme hat er vorgesorgt«, warf Vasco ein. »Wartet mal.«

Sie mußten nicht lange warten. Nach kaum zwei Minuten griff der Wachposten hinter sich und hob eine Flasche an seine Lippen, aus der er einen recht kräftigen Schluck nahm.

»Und das ist mit Sicherheit kein Mineralwasser«, kicherte van Effen zufrieden. »Gehen wir wieder zurück.«

Sie schlossen die Badezimmertür hinter sich und schalteten das Licht im Zimmer wieder ein. Vasco reichte van Effen einen kleinen, in Plastik eingewickelten Gegenstand, den dieser in seine Tasche gleiten ließ.

»Ich habe die beiden Seifenhälften wieder zusammengesteckt und in heißes Wasser gelegt«, erklärte Vasco. »Es dauert nicht lange, und man wird nicht mehr erkennen können, daß sie je getrennt waren. Ich habe übrigens eine Idee. Gleich nachdem ich ins Bad ging, sah ich einen Mann über den Hof zur Scheune gehen. Deshalb habe ich auch das Licht ausgeschaltet. Er ist hinter der Scheune verschwunden – ihr wißt schon, wo diese Außentreppe ist –, und dann sah ich, daß er bei dem Mann an der Tür zum Dachgeschoß stand. Sozusagen die Wachablösung. Das war genau um sieben Uhr. Ich habe mir gedacht, daß es vielleicht ganz praktisch wäre, wenn sich meine Erkältung so weit verschlechtern würde, daß ich nicht zum Abendessen nach unten kommen kann. Und es ist vielleicht ebenso praktisch, herauszufinden, wie oft die Wachen abgelöst werden.«

»Das wäre nicht schlecht«, nickte van Effen. »Eine gute Idee, Vasco. Daß mir das nicht selbst eingefallen ist! Deine Beförderung ist dir sicher – falls wir hier wieder lebend herauskommen. Aber Samuelson wird sicher um dein Wohlergehen besorgt sein. Wahrscheinlich wird er dir einen neuen Grog aufs Zimmer bringen lassen.«

»Na, dann sorgt mal dafür, daß er schön stark ist. Ich fühle mich nämlich verdammt schwach.«

»Mister Danilow. George.« Als van Effen und George die Treppe zum Wohnzimmer hinunterstiegen, eilte Samuelson ihnen lächelnd entgegen, als wären sie gute Freunde, die er schon lange nicht mehr gesehen hatte. »Sie kommen gerade rechtzeitig für die nächste Durchsage im Fernsehen. Danach werden wir zu Abend essen. Aber wo ist denn unser schneidiger, junger Leutnant geblieben?«

»Unserem jungen Leutnant ist alles andere als schneidig zumute. Seine Erkältung hat sich verschlimmert. Eine Grippe, fürchte ich.«

Samuelson schnalzte mit der Zunge und schüttelte den Kopf. »Alle haben Grippe. Bei diesem Wetter ist das auch kein Wunder. Aber morgen muß er jedenfalls wieder fit sein. Herta!« Dies galt einem strohblonden Mädchen, das eben den Tisch fürs Abendessen deckte. »Machen Sie einen kräftigen Grog und bringen Sie ihn dem Leutnant aufs Zimmer. Du liebe Zeit! Ach, du liebe Zeit!«

Agnelli hatte gerade den Fernseher lauter gestellt. Eine Rockband, die dort eben ihren Auftritt hatte, verschwand vom Bildschirm, um dem Nachrichtensprecher Platz zu machen, der noch düsterer und bedrückter wirkte als bei der vorhergehenden Durchsage, falls so etwas überhaupt noch möglich war.

»In Hinblick auf die Drohungen von seiten einer bis auf

weiteres nicht näher identifizierten Gruppe, die sich FFF nennt, hat das Verteidigungsministerium soeben eine Erklärung veröffentlicht. Die britische Regierung steht in ständigem Kontakt mit unserer Regierung, aber solange der Ausgang der Gespräche zwischen Whitehall und Stormont noch unklar ist, können die Ergebnisse dieser Verhandlungen nicht veröffentlicht werden. Stormont ist das Parlament beziehungsweise die regierende Körperschaft von Nordirland, dem Land also, das nach den Niederlanden am nachhaltigsten vom Ausgang dieser Verhandlungen betroffen ist. Dabei befindet sich Whitehall in einer äußerst schwierigen Situation. Ulster, das heißt Nordirland, ist zwar integrierter Bestandteil Großbritanniens, verfügt aber zugleich über ein gewisses Maß an Autonomie, was die Entscheidungen über die Zukunft des Landes betrifft. Sobald die Verhandlungen zu einem Ergebnis geführt haben, werden wir unverzüglich darüber berichten.

Die FFF hat uns mitgeteilt, daß sie nach dieser Durchsage ein weiteres Kommuniqué veröffentlichen wird. Es wird um zwanzig Uhr übertragen.

Angesichts der allgemeinen Lage dürfte auch der letzte Bericht des meteorologischen Instituts von Bedeutung sein. Der aus Norden kommende Wind hat inzwischen Stärke neun erreicht und nimmt noch zu. Weite Teile Skandinaviens werden von wolkenbruchartigen Regenfällen heimgesucht. Am stärksten jedoch ist Holland davon betroffen. Es ist zu erwarten, daß die Nordsee innerhalb der nächsten achtundvierzig Stunden ihren höchsten Wasserstand seit mindestens dem letzten Vierteljahrhundert erreicht.«

Das Bild des Sprechers verblaßte, und Agnelli stellte den Apparat ab.

»Das klingt ja nicht gerade verheißungsvoll.« Samuelson schüttelte den Kopf. »Oder sehr verheißungsvoll – je nachdem, von welcher Seite man die Angelegenheit betrachtet.« Er deutete zur Bar hinüber. »Romero, sorgen Sie bitte dafür, daß unsere Freunde sich nicht vernachlässigt fühlen. Wenn Sie mich einen Augenblick entschuldigen würden – ich bin gleich zurück.« Er verschwand die Treppe hinauf.

Während die Agnelli-Brüder hinter der Bar beschäftigt waren, wanderte van Effen scheinbar ziellos im Zimmer auf und ab, um die Gemälde und Kunstgegenstände an den Wänden zu betrachten. Vor allem dem Telefonapparat schenkte er dabei kurz seine Beachtung. Die Nummer war sorgfältig unkenntlich gemacht worden, was ihn weder überraschte noch störte. Etwas später an diesem Abend hätte er diese Nummer ohne weiteres an das Polizeipräsidium in der Marnixstraat in Amsterdam durchgeben können, so daß es dort möglich gewesen wäre, den genauen Standort der Mühle festzustellen. Aber das lag nicht in seiner Absicht. Die Antwort auf die Machenschaften der FFF lag anderswo. Vermutlich war Samuelson – aus Gründen, die er selbst am besten kannte – nach oben gegangen, um von einem anderen Apparat aus den Text des nächsten FFF-Kommuniqués durchzugeben.

Das Abendessen verlief seltsam. Nicht, daß am Essen selbst etwas ungewöhnlich gewesen wäre. Offensichtlich gab es im näheren Umkreis der Mühle keinen Küchenchef, der in einem Drei-Sterne-Restaurant eine Chance gehabt hätte. Im großen und ganzen sind die Holländer auch keineswegs Feinschmecker. Der holländische Durchschnittskoch betrachtet es als Ehrensache, daß unter den Unmengen von Essen, das sich auf dem Teller türmt, vom Teller selbst auch nicht mehr das winzigste Fleckchen zu entdecken ist. Das Essen war zwar genießbar, aber die Vertreter des Guide Michelin hätten sich wohl kaum die Mühe gemacht, hier ein zweites Mal zu speisen.

Ungewöhnlich war dagegen das gegensätzliche Verhalten der Anwesenden. Samuelson, Romero Agnelli, van Effen und George waren sichtlich bester Laune und sehr gesprächig. Daniken ließ zwar hin und wieder ein paar Brocken fallen, beteiligte sich aber sonst kaum an der Unterhaltung. Reverend Riordan – sah man von einem langen und den Umständen entsprechend nahezu gotteslästerlichen Tischgebet ab – verharrte während des Essens in nachdenklichem und ernstem Schweigen. Van Effen stellte fest, daß Riordan, wenn auch nicht gerade geistesgestört, so doch vollkommen realitätsfremd und naiv war. Leonardo war ebenso still. Auch er dachte nach, wenn auch nur über seinen Magen: er aß, als handelte es sich um seine Henkersmahlzeit. Die drei Schweiger sprachen nur, wenn man sich ausdrücklich an sie wandte; sie lächelten selten und wirkten abwesend und in sich gekehrt, wenn nicht sogar niedergeschlagen.

An einem Punkt der Unterhaltung fragte van Effen Romero Agnelli: »Wo ist denn unser Freund O'Brien heute abend? Er hat doch nicht etwa auch die Grippe?«

»Keineswegs. O'Brien erfreut sich bester Gesundheit. Er hat anderswo zu tun.«

»Ach so«, nickte van Effen.

Samuelson lächelte. »Sie sind wirklich nicht sehr neugierig, Mister Danilow.«

»Würde es jemandem nützen, wenn ich wüßte, wo er sich aufhält oder was er treibt?«

»Das allerdings nicht. Romero hat mir schon verschiedene Male von Ihrer Philosophie erzählt, jeder sollte nur so viel wie unbedingt nötig wissen. Ich muß sagen, in diesem Punkt bin ich völlig Ihrer Meinung.« Er sah auf seine Uhr. »Romero, in einer Minute ist es acht.«

Es war wieder derselbe Nachrichtensprecher. Er sah aus, als hätte er eben die Nachricht erhalten, daß seine gesamte Familie bei einem Flugzeugabsturz ums Leben gekommen sei.

»Wir haben nun das letzte Kommuniqué der FFF in Händen.« Er klang keineswegs wie ein Nachrichtensprecher; eher erinnerte er an einen Priester während einer Grabrede. »Es ist sehr kurz und lautet wie folgt: ›Wir schenken der Aussage des Verteidigungsministers keinen Glauben. Wir sind der Überzeugung, daß die Regierungen Großbritanniens und der Niederlande uns entweder hinhalten oder unsere Drohungen nicht ernst nehmen. Wir lassen uns jedoch nicht hinhalten und beabsichtigen demzufolge, sie von der Glaubwürdigkeit unserer Drohungen zu überzeugen. Die Deiche im Norden und Süden von Lelystad werden wenige Minuten nach Mitternacht gesprengt werden. Morgen, vierzehn Uhr, zünden wir außerdem den nuklearen Sprengkopf im Ijsselmeer. Wir empfehlen Ihnen, sich nicht darüber hinwegtäuschen zu lassen, daß diese beiden Vorfälle nichts als eine Lappalie darstellen werden im Vergleich zu der Katastrophe, welche innerhalb der nächsten vierundzwanzig Stunden nach der Detonation des atomaren Sprengkopfs über die Niederlande hereinbrechen wird.‹ Damit schließt das Kommuniqué.

Ferner ist uns eine weitere Verlautbarung des Verteidigungsministerium übermittelt worden. Darin heißt es, daß es sich jeglichen Kommentars zu diesem jüngsten Kommuniqué enthält, da sich über das irrationale und unberechenbare Verhalten dieser terroristischen Vereinigung keinerlei Voraussagen treffen lassen.« Betrübt schnalzte Samuelson mit der Zunge und schüttelte den Kopf. »Im Verteidigungsministerium neigt man zu der Annahme, daß diese terroristische Vereinigung wahnsinnig genug ist, ihre Drohungen wahr zu machen.« Erneutes Zungenschnalzen und Kopfschütteln von Samuelson. »Von ministerieller Seite könne demnach nichts weiter getan werden, als die zuständigen Stellen aufzufordern, alle ihnen zu Gebote stehenden Sicherheitsvorkehrungen zu treffen.

In Fachkreisen sowohl der Niederlande wie Großbritanniens ist man sich einig, was die Auswirkungen einer solchen nuklearen Explosion betrifft. Man geht davon aus, daß sie in der Markerwaard stattfinden wird. Falls die Explosion ungefähr im Mittelpunkt der Markerwaard erfolgen sollte, würde die Höhe der dadurch entstehenden Flutwelle im Küstenbereich durchschnittlich zwischen sechzig und siebzig Zentimeter betragen. Sollte die Explosion allerdings in Küstennähe erfolgen, könnte die Flutwelle um ein Vielfaches ansteigen. Die Folgen würden entsprechend katastrophale Ausmaße annehmen.

Die Nation wird über den weiteren Fortgang des Geschehens unverzüglich in Kenntnis gesetzt werden.«

Agnelli schaltete das Gerät aus. Mit einem leichten

Lächeln sah Samuelson van Effen an und fragte: »Täusche ich mich, oder habe ich da eben ein leichtes Stirnrunzeln bei Ihnen beobachtet?« Van Effen gab keine Antwort. »Romero hat mir erzählt, Sie hätten gedroht, äußerst gewalttätig zu reagieren, falls das Leben irgendwelcher Bewohner Ihrer Wahlheimat gefährdet werden sollte. Romero ist der festen Überzeugung, daß mit Ihnen und Ihren beiden Freunden nicht zu spaßen ist. Dieser Meinung bin im übrigen auch ich. Sie sind doch bestimmt schwer bewaffnet.«

Van Effen öffnete sein Jackett, um zu demonstrieren, daß er das Schulterholster mit seiner Smith & Wesson nicht umgeschnallt hatte. Dann wandte er sich Agnelli zu, der neben ihm saß, überkreuzte die Beine und zog sein rechtes Hosenbein hoch – er hatte auch auf die Liliput verzichtet. »Ich fand nicht, daß Schußwaffen notwendigerweise zur Kleiderordnung für ein festliches Abendessen gehören. Glauben Sie wirklich, ich wäre so verrückt, in Anwesenheit von vier jungen Damen eine Schießerei anzufangen?«

»Nein. Sie müssen meine schlechte Meinung entschuldigen. Der atomare Sprengkopf ist übrigens genau im Zentrum der Markerwaard plaziert. Glauben Sie mir das?«

»Wenn ich so argwöhnisch wäre wie Sie, würde ich sagen: Warten wir bis morgen, fünf nach zwei; dann werden wir ja sehen. Aber ich glaube Ihnen. Mister Samuelson, Sie wissen ja inzwischen, daß ich meine Nase nicht unnötig in Dinge stecke, die mich nichts angehen, aber ich muß dennoch gestehen, daß ich mir wegen dieser atomaren Sprengkörper Sorgen mache. Meine beiden Freunde und ich sind zwar anerkannte Sprengstoffexperten, aber mit nuklearen Sprengkörpern kennen wir uns nicht aus. Wir würden so ein Ding nicht mal erkennen, wenn wir es sähen, geschweige denn, daß wir es aktivieren oder deaktivieren könnten. Wir wissen nur, daß diese Dinger ziemlich empfindlich sind und oft recht unberechenbar reagieren. Inzwischen weiß ich, daß Sie eine ganze Anzahl davon hier gelagert haben. Ich habe einen gesunden Überlebenstrieb. Außerdem nehme ich an, daß Sie die Dinger wegschaffen werden; hier können Sie wohl kaum viel damit anfangen. Und ich bin nicht im geringsten darauf aus, in dem Gefährt zu sitzen, mit dem Sie diese Sprengköpfe an welchen Bestimmungsort auch immer schaffen werden.«

Samuelson mußte grinsen. »In diesem Punkt scheint Mister Daniken hier mit Ihnen einer Meinung zu sein.«

»Was hat Mister Daniken damit zu tun?«

»Mister Daniken ist unser Hubschrauberpilot. Aber er will diese Sprengsätze auch nicht transportieren.«

»Geweigert habe ich mich nicht, Mister Samuelson«, sagte Daniken. »Ich habe nur gesagt, daß ich sie angesichts des damit verbundenen Risikos nur höchst ungern transportieren würde. Ich kann Mister Danilow nur beipflichten. Ich habe auch keine Ahnung, wie empfindlich diese Dinger eigentlich sind. Die Flugbedingungen sind katastrophal – wirklich an der Grenze des Möglichen. Bei den gegenwärtigen Verhältnissen können wir in einer Turbulenz binnen zwei Sekunden gute dreißig Meter nach oben oder unten gerissen werden. Es könnte also ohne weiteres zu einer etwas unsanften Landung kommen; nicht einmal die Gefahr eines Absturzes wäre ausgeschlossen. Und was das bedeuten würde, können Sie sich ja selbst denken.«

»Sie und Mister Danilow können beruhigt sein. Eigentlich hätte ich schon früher darauf zu sprechen kommen sollen, aber wir haben erst kurz vor dem Abendessen eine endgültige Entscheidung getroffen. Anstelle des Hubschraubers werden wir für den Transport den Armeelaster benutzen, den uns Mister Danilow und seine Freunde zur Verfügung gestellt haben. Die Sprengkörper sind relativ klein und lassen sich problemlos in ein paar Zusatztanks verstecken. Drei Männer in Uniform werden den Transport begleiten; Ylvisaker als Oberstleutnant, und die anderen beiden . . .«

»Wo haben Sie denn die Uniformen her?« wollte van Effen wissen.

»Habe ich Ihnen nicht gesagt«, erwiderte Samuelson

geduldig, »daß wir einen Kriegsfilm drehen? Alle übrigen fliegen mit dem Hubschrauber.«

»Der muß aber ziemlich groß sein.«

»Wie gesagt, wir drehen einen Kriegsfilm. Es handelt sich um einen ausrangierten Kampfhubschrauber der US Air Force, die vom Ende des Vietnamkriegs etwas unvorbereitet getroffen wurde und nicht wußte, wohin mit den Dingern. Wir haben die Kiste sozusagen für einen Apfel und ein Ei bekommen. Wenn es sich auch nicht mehr um das neueste Modell handelt, reicht es für unsere Zwecke voll aus. Die Bewaffnung wurde selbstverständlich ausgebaut, wir haben uns Attrappen besorgt. – Aber ich schlage vor, wir suchen uns für unsere Brandys oder was auch immer etwas bequemere Sitzgelegenheiten.«

»Wenn Sie mich einen Augenblick entschuldigen«, warf van Effen ein. »Ich möchte nach dem Leutnant sehen.«

»Überbringen Sie ihm meine herzlichen Genesungswünsche«, entgegnete Samuelson. »Ich nehme an, daß er noch einen Grog vertragen kann.«

»Besten Dank. Das kann ich mir allerdings auch gut denken. Das heißt, falls er nicht schon schläft.«

Vasco schlief noch nicht. Er hatte es sich in einem kleinen Sessel bequem gemacht, den er ins Bad geschafft hatte. Im matten Lichtschein einer verstellbaren Taschenlampe, einem höchst nützlichen Requisit, reichte van Effen Vasco den Grog.

»Mit den besten Empfehlungen von Mister Samuelson.«

»Wie zuvorkommend von ihm. Es ist jetzt zwanzig nach acht, und noch immer schiebt derselbe Kerl Wache. Der Häufigkeit nach zu schließen, mit der er nach seiner Flasche greift, müßte er eigentlich schon halb hinüber sein. Außerdem ist er, wie du siehst, meinem Beispiel gefolgt und hat sich ebenfalls einen Sessel geholt. Es ist sowieso ein Wunder, daß er noch nicht eingeschlafen ist. Ich werde jedenfalls den Posten halten, bis sich die Wachen ablösen. Und mit dem Grog werde ich mir dabei ein wenig die Zeit verkürzen.«

Van Effen beschrieb ihm in kurzen Worten den Inhalt der Erklärung des Verteidigungsministeriums und der Antwort der FFF und versprach, bis neun Uhr mit George zurückzukommen. Dann ging er wieder.

Bei seiner Rückkehr ins Wohnzimmer hatte sich die Runde etwas verkleinert.

»Der Grog scheint dem Leutnant gut getan zu haben. Seine Stimme klang zumindest nicht mehr ganz so heiser. Zwar war er etwas schläfrig, aber nicht zu müde, um nicht seinen zweiten Grog in Angriff zu nehmen. Er läßt Ihnen danken. Aber was sehe ich, unsere jungen Damen haben uns verlassen. Schade. Aber das überrascht mich nicht. Heute abend bei Tisch konnte man sie wohl kaum als lebhaft und gutgelaunt bezeichnen.«

»Sie haben gesagt, sie wären müde«, sagte Samuelson. Van Effen wußte, daß Julie sicher nicht müde war. Sie hatte eine entschiedene Abneigung gegen Flugreisen; allein die Vorstellung, in einem Hubschrauber fliegen zu müssen, ließ sie in kalten Angstschweiß ausbrechen.

»Wovon sind sie denn so müde geworden?«

»Ich glaube, sie sind einfach aufgeregt und machen sich Sorgen.«

»Wie George und ich.«

Samuelson betrachtete ihn ruhig. »Ich kann mir kaum vorstellen, daß Sie und Ihr Freund sich jemals aus der Ruhe bringen lassen.«

»Was nicht ist, kann immer noch kommen. Wo steckt übrigens Hochwürden?«

»Sie wissen doch, daß der Reverend nicht trinkt. Aber das ist nicht der eigentliche Grund für sein Fehlen. Er betet und meditiert jeden Abend vor dem Schlafengehen eine Stunde auf seinem Zimmer.«

»Hoffen wir, daß er auch die Seelen der Opfer seiner nuklearen Spielsachen in sein Gebet einschließt«, erwiderte van Effen finster.

Das Schweigen, das darauf folgte und das van Effen nicht im geringsten zu bemerken schien, war höchst peinlich. In dem Bemühen, es zu brechen, versetzte

Romero Agnelli hastig: »Weil gerade von den atomaren Sprengköpfen die Rede ist – ich habe Ihnen doch vorhin gesagt, Sie könnten sie sehen. Als Sprengstoffexperten interessiert Sie vielleicht . . .«

»Nicht im mindesten.« Van Effen winkte ab. »Sie sollten meine Prinzipien inzwischen zur Genüge kennen. Keiner soll mehr wissen als nötig. Außerdem: hätte es einen Sinn, wenn ich sie sehen würde?« Er war sich Georges flüchtigen Stirnrunzelns bewußt, das jedoch sonst niemandem aufgefallen war. Van Effen zögerte einen Moment und fügte dann, als wäre ihm plötzlich noch etwas eingefallen, hinzu: »Irgend jemand muß diese Sprengköpfe doch zünden können. Sagen Sie mir jetzt bitte nicht, es handle sich um Joop und Konsorten.«

»Es handelt sich tatsächlich, wie Sie es etwas abschätzig auszudrücken belieben, um Joop und Konsorten.« Seine Worte enthielten zwar ein gewisses Maß an Tadel; der Tonfall seiner Stimme jedoch ließ erkennen, daß Samuelson van Effens Auffassung hinsichtlich der Roten Armee Fraktion teilte. »Als sie in Metnitz diese Sprengköpfe in ihren Besitz brachten, fielen auch Kopien der Bedienungsanleitungen in ihre Hände. Das eine ohne das andere hätte uns herzlich wenig geholfen.«

»Wenn Sie mich freundlicherweise daran erinnern würden, daß ich mich nicht in einem Umkreis von weniger als fünf Kilometern von Joop und Co. aufhalte, wenn sie ihre Knallfrösche scharf machen. Eine Wahrsagerin hat mir zwar einmal ein langes Leben prophezeit, aber sie könnte sich auch getäuscht haben. Wie wollen Sie denn diesen Sprengkopf in der Markerwaard zünden?«

»Per Zeitzünder.«

»Und die beiden anderen?«

»Per Funksignal.«

»Gott steh uns bei. Ich erhöhe auf zehn Kilometer.«

»Sie trauen ihnen so wenig?«

»Joop und seinen Freunden würde ich guten Gewissens nicht mal ein paar Feuerwerkskörper in die Hände drükken. Diese Burschen sind doch ausnahmslos Fanatiker, und Fanatiker sind in der Regel unberechenbar. Nein, ich traue diesen Burschen nicht im geringsten. Und ich kann mich des Verdachts nicht recht erwehren, daß es Ihnen nicht anders geht.«

»Sie wollen sich die Sprengkörper noch immer nicht ansehen?«

»Ich hoffe doch, Sie sind nicht so wahnsinnig, die Dinger hier in der Mühle aufzubewahren.«

»Sie befinden sich in einem sicheren Keller, etwa einen Kilometer von hier.«

»Ich habe auch nicht die Absicht, bei diesem Hundewetter ins Freie zu gehen. Und wenn Sie vielleicht auch nicht vollkommen wahnsinnig sind, muß ich Ihnen doch eine schwerwiegende Fehleinschätzung der Lage vorhalten. Um einen Nuklearsatz per Funksignal hochgehen zu lassen, braucht man zwar nicht unbedingt einen Einstein, aber es ist jedenfalls eine Arbeit für Experten. Joop und sein zuverlässiges Team von Experten haben doch in ihrem ganzen Leben noch keine einzige Sprengladung gezündet.«

»Woher wollen Sie das wissen?«

»Halten Sie mich nicht für dümmer, als ich bin. Weshalb hätten Sie mich wohl sonst für diesen Job im Palast hinzugezogen?«

»Natürlich, völlig richtig. Würden Sie Ihre Skrupel oder Ihre Abneigung gegen dieses Hundewetter auch davon abhalten, sich die Bedienungsanleitung näher anzusehen? Die haben wir nämlich in diesem Raum.«

Van Effen sah ihn kurz an, wandte sich dann aber gleich wieder ab. Der Fernseher lief. Auf dem Bildschirm vollführte ein seltsam gekleidetes Quartett eine bizarre Gesangspantomime – der Ton war ausgeschaltet. Samuelson und seine Freunde warteten offensichtlich auf eine neue Durchsage. Van Effen sah wieder Samuelson an.

»Skrupel? So haben Sie sich das also gedacht. Daß wir Ihnen anstelle dieser erbärmlichen Amateure die ganze Drecksarbeit machen. Wissen Sie eigentlich, was los wäre, wenn diese Explosionen auch nur ein Menschenleben fordern würden?«

»Ja, Sie würden dafür Sorge tragen, daß ich den Betroffenen im Jenseits Gesellschaft leiste. Und diese Vorstellung gefällt mir ganz und gar nicht.«

»Zeigen Sie Ihre Pläne schon her.«

Romero holte die Unterlagen und reichte George und van Effen jeweils eine Kopie. Nach wenigen Sekunden ergriff George als erster das Wort.

»Von einer Ladung von tausend Tonnen kann hier aber nicht die Rede sein. Das hier entspricht doch lediglich fünfzig Tonnen TNT.«

Samuelson grinste. »Mir persönlich hätte auch das Äquivalent von zehn Tonnen TNT genügt. Aber es hat bekanntlich noch nie geschadet, etwas zu übertreiben, wenn man jemandem einen gehörigen Schreck einjagen will, finden Sie nicht auch?«

George verzichtete darauf, seine Meinung zu äußern. Nach einer Minute sah er wieder von den Schaltplänen auf und sagte: »Relativ unkompliziert und bemerkenswert präzise. Die Sache hat allerdings zwei Haken. Der erste ist, daß Joop nicht genug Englisch kann. Der zweite ist der Jargon.«

»Der Jargon?«

»Die technischen Fachausdrücke«, kam van Effen erklärend zu Hilfe. »Was Joop betrifft, könnte das alles auch in Sanskrit verfaßt sein.«

»Und?«

Van Effen gab seinen Plan an Agnelli zurück. »Wir müssen uns das erst mal durch den Kopf gehen lassen.«

Samuelson gab sich Mühe, ein Lächeln zu unterdrükken; er wußte, daß er seine Absicht erreicht hatte. Während der nächsten paar Minuten saßen sie nun in wechselseitigem und scheinbar Einverständnis signalisierendem Schweigen um den Tisch, bis die stummen Sänger langsam vom Bildschirm verschwanden. An ihre Stelle trat nun wieder die vertraute Gestalt des Nachrichtensprechers.

»Die Regierung hat eben bekanntgegeben, daß sie zwei weitere Mitteilungen von seiten der FFF erhalten hat. Die erste bezog sich auf die Forderung von hundertzwanzig Millionen Gulden und darauf, wie die Zahlung zu erfolgen hat. Die Regierung hat nicht bekanntgegeben, ob sie dieser Forderung nachkommen wird. Sie weigert sich, sich auf Diskussionen bezüglich der Zahlungsform einzulassen. Die zweite Forderung betrifft die Freilassung zweier Strafgefangener, die vor mehreren Jahren wegen verschiedener Verbrechen extremer Gewalttätigkeit inhaftiert wurden. Die Regierung weigert sich, die Namen der Häftlinge bekanntzugeben.

Wir weisen unsere Zuschauer darauf hin, daß wir uns um Mitternacht wieder melden werden, um darüber zu berichten, ob die FFF tatsächlich die Flevoland-Deiche gesprengt hat.«

Agnelli schaltete das Fernsehgerät aus. »Sehr zufriedenstellend.« Samuelson rieb sich die Hände. »Wirklich in höchstem Maße zufriedenstellend.«

»Ich muß sagen, daß ich diese Durchsage ziemlich töricht fand«, bemerkte van Effen.

»Keineswegs.« Samuelson strahlte übers ganze Gesicht. »Die Nation weiß nun, daß der Regierung unsere detaillierten Forderungen unterbreitet worden sind. Und da sie sie nicht ausdrücklich zurückgewiesen hat, kann das eigentlich nur bedeuten, daß sie ihnen nachkommen wird. Des weiteren kommt dadurch zum Ausdruck, wie schwach die Position der Regierung ist und wie stark umgekehrt die unsere.«

»Das habe ich damit nicht gemeint. Ich meine, die Durchsage war sinnlos, weil es doch gar nicht nötig gewesen wäre, sie zu machen.«

»Oh, doch, das war durchaus nötig, weil wir ihnen nämlich verständlich gemacht haben, daß wir unsere Mitteilungen nach Warschau weiterleiten würden, von wo aus man sie mit dem größten Vergnügen nach Mitteleuropa ausgestrahlt hätte.«

»Sie haben einen Sender, der bis Warschau reicht?«

»Wir haben keinen solchen Sender. Ebensowenig haben wir einen Mittelsmann in Warschau. Dafür hat einzig und allein unsere Drohung ausgereicht.« Samuelson sprach mit sichtlicher Befriedigung. »Ihre Regierung ist inzwischen dermaßen eingeschüchtert, daß sie alles für bare Münze nimmt, was wir von uns geben. Abgesehen davon würde sie doch wirklich etwas dumm dastehen, wenn diese Verlautbarung auf dem Umweg über Polen an die Öffentlichkeit gelangte.«

Van Effen schlug einen zweiten Brandy aus – schließlich hatte er allen Grund, für die nächsten paar Stunden einen klaren Kopf zu behalten – und wünschte allen eine gute Nacht.

Samuelson sah ihn nicht ohne Erstaunen an. »Aber Sie werden doch noch einmal herunterkommen, um sich die Mitternachtsdurchsage anzuhören?«

»Das glaube ich kaum. Schließlich zweifle ich nicht im geringsten daran, daß Sie imstande sind, Ihre Drohung wahrzumachen.«

»Ich gehe auch nach oben«, kündigte George an. »Aber ich komme nochmal runter. Wollte nur mal sehen, wie es dem Leutnant geht. Ach, und noch was, Mister Samuelson; wenn ich vielleicht . . .«

»Noch einen Grog für den Leutnant. Aber selbstverständlich, mein Freund, selbstverständlich.«

»Vermutlich wird er morgen einen ziemlich schweren Kopf haben«, meinte George, »aber zumindest dürfte er wieder halbwegs auf den Beinen sein.«

Vasco erfreute sich jedoch bester Gesundheit und zeigte noch keinerlei Anzeichen seiner für den morgigen Tag angekündigten Kopfschmerzen.

»Immer noch derselbe. Ich kann mir gut vorstellen, daß die Wachablösung um neun stattfindet. Das ist vielleicht eine Wache! Die meiste Zeit döst er vor sich hin, und wenn er dann doch ab und zu aus dem Schlaf hochschreckt, ist er gleich wieder eingenickt.«

»Hoffen wir, daß die neue Wache ihre Aufgabe ebenso ernst nimmt. Ich werde mich jetzt mal hinlegen. Falls er bis – sagen wir mal – zwanzig nach neun immer noch da ist, dann weckt mich bitte, ja? Wenn er um neun abgelöst wird, kannst du damit bis zehn warten. Wie funktioniert das Funkgerät im Laster? Und was hat es für eine Reichweite?«

»Praktisch unbegrenzt. Ich denke, hundert bis zweihundert Kilometer. Die Bedienung ist ganz einfach. Man hebt den Hörer ab und drückt auf den roten Knopf. Der Sender ist automatisch auf den nächsten Militärstützpunkt eingestellt, und der ist rund um die Uhr bemannt.«

»Ich möchte aber nicht mit den Leuten vom Militär verbunden werden. Ich spräche lieber mit der Marnixstraat.«

»Kein Problem. Der übliche Drehknopf, die üblichen Wellenlängen, außerdem gibt es einen Schalter für die Beleuchtung der Wellenlängen, so daß man sie ganz einfach erkennen kann.«

Van Effen nickte, legte sich aufs Bett und schloß die Augen.

X

George weckte van Effen um zehn Uhr.

»Die neue Wache hat um neun übernommen. Ich würde sagen, der Bursche steht seinem Vorgänger in nichts nach. Er ist ziemlich fett, mittleren Alters, trägt zwei Mäntel und sitzt mit einer Decke über den Knien in seinem Sessel. Außerdem ist er auch mit einer Flasche ausgerüstet.«

»Klingt ja recht vielversprechend.« Van Effen stand auf und zog sich statt seiner Hose Jeans an.

»Was soll das denn?« fragte Vasco. »Ist das dein Kampfanzug?«

»Was soll Samuelson denken, wenn er mich in einer Hose sieht, die so naß und verknittert ist, als wäre ich damit gerade in eine Gracht gefallen?«

»Ach so, klar. Du wirst bestimmt ziemlich naß werden. Der Regen ist noch stärker geworden. Manchmal kann man den Kerl dort drüben im Eingang zum Dachgeschoß kaum sehen.«

»Besser hätte es gar nicht kommen können. Diese Scheune ist nicht mehr die jüngste, und alte Fußbodenbretter knarren in der Regel recht laut. Aber wenn der Regen weiter so aufs Dach trommelt, wird er so gut wie nichts hören. Außerdem dürfte der Posten nach Georges Beschreibung sowieso halb taub sein.« Van Effen schnallte sich seine Smith & Wesson um, schlüpfte in sein Jackett und verstaute die Spraydose in der einen und seine Taschenlampe in der anderen Tasche.

»Die Samthandschuhe«, bemerkte George dazu.

»Was?« fragte Vasco verwundert.

»Die schallgedämpfte Pistole und das Betäubungsgas – das nennt er seine Samthandschuhe.«

Van Effen langte in eine Innentasche und brachte einen

kleinen Lederbeutel zum Vorschein, aus dem er verschiedene Metallgegenstände schüttelte. Nachdem er sie überprüft hatte, steckte er sie wieder zurück.

»Seine Schlüssel und Dietriche«, erklärte George. »Kein Detektiv, der etwas auf sich hält, sollte ohne diese kleinen Hilfsmittel zum Dienst erscheinen.«

»Was ist, wenn du nicht zurückkommst, Peter?« fragte Vasco.

»Ich werde zurückkommen. Es ist jetzt fünf nach zehn. Bis halb elf müßte ich wieder da sein. Falls ich bis elf nicht zurück bin, dann geht nach unten. Sagt aber nichts. Keine düsteren Prophezeiungen, keine Vorwarnungen, daß sie ausgespielt haben. Legt Samuelson um. Die Agnellis und Daniken braucht ihr nur bewegungsunfähig zu schießen. Das gleiche gilt auch für Riordan, falls er da ist. Nehmt ihnen sämtliche Waffen ab; einer von euch soll sie dann im Auge behalten und dafür sorgen, daß keiner nach draußen rennt und um Hilfe schreit, während ihr die Mädchen holt. Und dann seht zu, daß ihr wegkommt. Falls euch jemand in die Quere kommt, wißt ihr ja, was ihr zu tun habt.«

»Aha.« Vasco machte einen nicht wenig schockierten Eindruck. »Und wie sollen wir hier wegkommen?«

Van Effen klopfte auf die Tasche, in der er eben den Beutel mit seinen Schlüsseln hatte verschwinden lassen. »Was glaubst du wohl, wofür die sind?«

»Für den Laster?«

»Genau. Sobald ihr losgefahren seid, verständigt die Polizei oder das Militär. Gebt ihnen die ungefähre Lage der Mühle durch – sie muß irgendwo zwischen Leerdam und Gorinchem liegen – und überlaßt ihnen alles weitere.«

»Und wenn sie mit dem Hubschrauber zu entkommen versuchen?« warf Vasco ein.

»Ihr habt die Wahl. Entweder ihr schießt Daniken in beide Schultern, oder ihr nehmt ihn mit. Ich glaube nicht, daß es so weit kommen wird. Ich möchte auch gar nicht, daß es so weit kommt, wobei der Grund hierfür nicht nur der ist, daß ich dann bereits längst tot wäre. Das käme nämlich einem Eingeständnis unseres Versagens gleich, und ich möchte mir nicht nachsagen lassen, daß ich versagt habe. Unter diesen Umständen wäre die ganze Operation mehr oder weniger sinnlos gewesen. Schließlich hat Samuelson noch ein anderes Hauptquartier und andere Helfer. O'Brien ist heute abend sicher schon zur anderen Hälfte des Teams gestoßen. Obwohl ich dies eigentlich bezweifle, könnte diese andere Hälfte Samuelsons Pläne auch ohne ihn zu dem geplanten Abschluß bringen.« Er öffnete das Fenster. »Bis halb elf bin ich wieder zurück.«

Er ließ sich an zwei zusammengeknoteten Laken auf den Hof hinunter und verschwand im Dunkeln. George und Vasco gingen in das verdunkelte Badezimmer.

Vier Minuten später packte Vasco George am Arm. »Sieh mal!«

Der Wachposten hatte eben einen kräftigen Schluck aus seiner Flasche genommen und diese neben sich auf den Boden gestellt; dann faltete er die Hände im Schoß und nahm eine yoga-ähnliche Meditationspose ein. Der Schatten, der sich hinter ihm erhoben hatte, nahm unverkennbar die Gestalt van Effens an, dessen rechte Hand mit der Spraydose für ein paar Sekunden auf das Gesicht des Postens gerichtet war. Dann steckte van Effen die Dose wieder in die Tasche und packte den Mann an den Knien, um ihn ein paar Zentimeter nach vorn zu ziehen, damit er nicht seitwärts aus dem Sessel kippen konnte. Dann hob er die Flasche vom Boden auf, goß dem Wachposten etwas von ihrem Inhalt übers Gesicht und den Rest über seine Kleider, legte die Finger des Bewußtlosen um die leere Flasche, schob die Hand mit der Flasche unter die Decke, damit sie nicht verrutschte, und verschwand schließlich wieder im Dunkeln.

»Gut«, meinte Vasco. »Der Bursche wird sich bestimmt nicht wegen Dienstvernachlässigung melden, weil er im Suff eingepennt ist.«

»Unser Peter macht keine halben Sachen. Jetzt warten wir mal ab. Vermutlich kommt er in etwa einer halben Stunde wieder zu sich. Peter hat mir das alles genau erklärt.«

»Aber wird er denn nicht merken, daß man ihm eine Ladung Betäubungsgas verpaßt hat?«

»Das ist doch das Beste daran! Das Gas hinterläßt keine Spuren. Abgesehen davon, was würdest du denken, wenn du, über und über nach Schnaps stinkend, mit einer leeren Flasche in der Hand aufwachst?«

Die breite Treppe – sie knarrte ziemlich laut und lag direkt hinter der Stelle, wo der Wachposten friedlich schlummerte – führte in die Scheune hinunter, die zu einer Garage umfunktioniert worden war. Die Taschenlampe in der Hand, stieg van Effen rasch nach unten, löste die Verriegelung des Tors und wandte sich dann dem Lastwagen zu. Das Äußere war unverändert, nur die Nummernschilder waren ausgewechselt worden. Van Effen kroch unter den Wagen, kratzte an einer Stelle am Fahrgestell, vor der Hinterachse, den Schmutz weg und befestigte den kleinen metallenen Gegenstand, den Vasco aus dem Stück Seife hervorgezaubert hatte, mit einer Magnetklammer an dem Chassis. Dreißig Sekunden später saß er auf dem Fahrersitz und setzte sich per Funk mit der Marnixstraat in Verbindung.

»Geben Sie mir bitte Oberst de Graaf.«

»Wer ist am Apparat?«

»Das tut nichts zur Sache. Geben Sie mir den Polizeichef.«

»Er ist zu Hause.«

»Das ist er nicht. Er ist im Präsidium. Sie haben zehn Sekunden Zeit, oder Sie sind die längste Zeit Polizist gewesen.«

Genau zehn Sekunden später war de Graaf am Apparat. »Sie sind mit dem armen Kerl etwas grob umgesprungen.« In seiner Stimme schwang ein leicht vorwurfsvoller Unterton.

»Entweder ist er ein Trottel und absolut unfähig, oder er ist nicht entsprechend instruiert worden. Er hatte doch Anweisung, eine anonyme Leitung freizuhalten.« Van Effen sprach polnisch, das der Polizeichef ebensogut verstand wie er. Der Polizeifunk wechselte in unregelmäßigen Abständen immer wieder die Frequenz, weil er in jeder größeren Stadt auf der Welt von der Unterwelt abgehört wird. Auch an diesem Tag hatte man wieder einmal die Wellenlänge verändert. Selbst wenn irgendein Ganove die neue Frequenz bereits entdeckt haben sollte, war doch die Wahrscheinlichkeit astronomisch gering, daß er auch Polnisch verstand. »Schalten Sie bitte Ihr Tonbandgerät ein. Ich weiß nicht, wie viel Zeit mir noch bleiben wird, und ich möchte mich nicht wiederholen müssen.«

»Schießen Sie los.«

»Ich werde die Ortsnamen rückwärts buchstabieren. Wir befinden uns südlich von – jetzt kommt ein Ortsname – Utrecht und zwischen – zwei weiteren Ortsnamen – Leerdam und Gorinchem. Haben Sie das?«

»Ja.«

»Versuchen Sie nicht, die genaue Lage festzustellen oder gar einen Angriff zu starten. Die führenden Köpfe der Organisation befinden sich an einem anderen Ort.« Das war eine glatte Lüge, was der Oberst natürlich nicht ahnen konnte. »Sie würden damit nichts weiter erreichen als den Tod von fünf unschuldigen Menschen. Sie wissen hoffentlich, wen ich damit meine?«

»Natürlich.«

»Der Lastwagen, den wir uns vom Militär ausgeliehen haben, befindet sich ebenfalls hier. Sie haben die Nummernschilder ausgetauscht. Ich gebe Ihnen jetzt die neue Nummer durch. Er wird die Atomsprengkörper befördern, von denen Sie ja wissen.«

»Was!«

»Ich habe unter dem Fahrzeug einen Sender befestigt. Sorgen Sie dafür, daß sich ab – sagen wir – sieben Uhr früh eine Zivilstreife in der Nähe aufhält. Sie soll dem Lastwagen in gebührendem Abstand folgen und den Funkkontakt mit zwei oder drei Einsatzwagen der Militärpolizei aufnehmen, die sich etwas westlich der angegebenen Stelle postieren werden. Ich bin in zunehmendem Maße davon überzeugt, daß der Lastwagen in Richtung Scheldt fahren wird. Er wird mit drei Mann besetzt sein, die

Uniformen der holländischen Armee tragen, darunter auch ein falscher Oberstleutnant namens Ylvisaker, der vielleicht sogar diesen Namen beibehalten wird. Ich möchte, daß der Lastwagen zusammen mit seinen Insassen konfisziert wird – natürlich in aller Stille. Diese Aktion muß unbedingt geheimgehalten werden. Falls dennoch etwas an die Öffentlichkeit gelangen sollte, tragen Sie die Verantwortung für die Überflutung des ganzen Landes.«

De Graafs Stimme klang nun eindeutig vorwurfsvoll. »Sie brauchen mir nicht zu drohen, mein Junge.«

»Dann bitte ich um Entschuldigung. Ich stehe unter großer Anspannung und greife deshalb zu recht drastischen rhetorischen Mitteln, wie Sie sicher verstehen können. Noch etwas. Lassen Sie außerdem über Funk und Fernsehen durchgeben, daß kein Grund zur Besorgnis besteht und daß sich unsere Bemühungen auf die Gegend um Rotterdam und Scheldt konzentrieren. Geben Sie als Grund für diese Durchsage an, daß Sie damit die Bürger in dieser Region zu besonderer Wachsamkeit aufrufen wollen. Irgendwelche auffälligen oder verdächtigen Vorkommnisse sollen sofort der nächsten Polizeistation gemeldet werden. Der Effekt dieser Maßnahme ist rein psychologischer Natur, und ich glaube nicht, daß unsere Freunde in Psychologie sonderlich gut sind. Aber bitte, schreiten Sie sonst in keiner Weise ein. Kassieren Sie in aller Stille diesen Lastwagen, aber sonst keine weiteren Maßnahmen – bitte!«

»Ich habe verstanden. Übrigens, ich habe gerade Besuch von einem Herrn, der sich gern einen Moment mit Ihnen unterhalten möchte. Er spricht besser Polnisch als wir beide zusammen.«

»Buchstabieren Sie mir seinen Namen rückwärts.«

De Graaf buchstabierte, worauf Wieringas Stimme im Hörer ertönte. »Herzlichen Glückwunsch, Leutnant.«

»Lassen Sie sich damit lieber noch etwas Zeit, Mijnheer. Ich werde nämlich die Sprengung der Flevoland-Deiche und des Atomsprengkopfs in der Markerwaard nicht verhindern können. Mir ist übrigens noch etwas eingefallen. Könnten Sie veranlassen, daß die Medien im Rahmen ihrer Durchsage bezüglich der Gegend um Scheldt und Rotterdam darauf aufmerksam machen, daß sich Whitehall und Stormont einig geworden sind, sofortige Verhandlungen aufzunehmen.«

»Ich weiß nicht, was man im Parlament davon halten wird.«

»Dann sorgen Sie eben dafür, daß Sie Gefallen daran finden werden.«

»Sicher wieder so ein obskures psychologisches Motiv. Also gut, ich werde mein Bestes versuchen. Und jetzt einmal ganz ehrlich, Leutnant, wie schätzen Sie unsere Chancen ein?«

»Die Vorzeichen stehen günstig, Mijnheer. Sie vertrauen uns. Das heißt, sie müssen uns vertrauen.« Er weihte ihn kurz über den Vorfall in dem Waffendepot bei De Doorns ein und über die Unfähigkeit der RAF, mit per Funk gezündeten Sprengkörpern umzugehen. »Abgesehen davon gehe ich jetzt davon aus, daß sie keinerlei Mißtrauen oder Verdacht mehr gegen uns hegen. Im großen und ganzen sind sie naiv, selbstgefällig, überzuversichtlich und sich ihrer Sache zu sicher. Ihnen fehlt einfach der prinzipielle Argwohn eines guten Detektivs. Ich muß jetzt weitermachen, Mijnheer. Ich werde mich wieder melden, sobald mir dies möglich ist.«

Im Büro des Polizeichefs in der Marnixstraat wandte sich Wieringa an de Graaf: »Sind Sie mit van Effen einer Meinung, was die Einschätzung der Lage betrifft, Oberst?«

»Wenn er so darüber denkt, dann trifft das auch auf mich zu.«

»Warum ist dieser junge Mann – jung natürlich nur im Vergleich zu uns – nicht schon längst irgendwo Polizeichef?«

»Weil er in nicht allzu ferner Zukunft meinen Posten hier übernehmen wird. Und bis dahin brauche ich ihn noch.«

»Trifft das nicht auf uns alle zu?« seufzte Wieringa.

Van Effen stieg indessen wieder zum Dachgeschoß hinauf. Er tätschelte dem Wachposten leicht die Wange, um sich zu überzeugen, daß der Mann noch nicht zu sich gekommen war. Drei Minuten später war er wieder in der Mühle. Vasco sah demonstrativ auf seine Uhr.

»Zehn Uhr dreiunddreißig«, sagte er vorwurfsvoll.

»Tut mir leid. Ich wurde aufgehalten. Ich muß schon sagen, eine nette Art, einen Mann zu begrüßen, der gerade den Klauen des Todes entronnen ist.«

»Hat es denn Probleme gegegeben?«

»Nein. Alles lief wie vorgesehen.«

»Aber du hast das Schloß am Garagentor nicht aufgekriegt«, warf George, ebenfalls in vorwurfsvollem Ton, ein.

»Welch herzliche Willkommensgrüße! Wo bleiben eure Glückwünsche für eine erfolgreich durchgeführte Mission? Hättet ihr euch vielleicht an diesem Schloß zu schaffen gemacht, wenn ihr hinter dem Fenster gleich neben dem Bad Hochwürden Riordan gesehen hättet, wie er im Stehen meditiert und mit weit offenen Augen angestrengt auf den Hof hinuntergestarrt hat? Statt dessen habe ich die Verriegelung des Garagentors von der Innenseite gelöst.«

»Ich hoffe, du hast daran gedacht, sie dann wieder anzubringen.«

»George!«

»Entschuldige. Wer hat dich eigentlich aufgehalten?«

»Wieringa, der Verteidigungsminister. Er war bei de Graaf in der Marnixstraat. Wenn ihr euch aller Zwischenfragen enthaltet, erzähle ich euch unsere Unterhaltung Wort für Wort.«

Das tat er, und als er damit fertig war, nickte George. »Gut. Du hast natürlich die Wanze angebracht. Aber warum hast du dich eigentlich auf diesen ganzen Quatsch eingelassen, um die Bedienungsanleitungen für die Sprengkörper in die Finger zu kriegen?«

»Hast du noch nie von einem Polizisten – oder Soldaten in diesem Fall – gehört, der mal einen Fehler gemacht hat?«

Nach kurzem Nachdenken erwiderte George: »Anwesende ausgenommen, nein. Und vielleicht können wir diese Informationen trotzdem noch brauchen. Vielleicht gehen ihnen Ylvisaker und seine Leute doch durch die Lappen. Aber du hast ihnen doch nicht erzählt, daß wir mit dem Hubschrauber fliegen?«

»Nein, das habe ich nicht. Aus dem gleichen Grund, weshalb ich auch nicht auf Samuelsons Angebot eingegangen bin, uns zu sagen, wohin wir morgen fahren werden. Wenn ich ihnen das nämlich erzählt hätte, hätte unser Verteidigungsminister spontan seinen Amtskollegen in Whitehall um die Entsendung einer Nimrod gebeten. Diese Bomber sind ja mehr oder weniger fliegende Radarstationen und hätten unsere Flugroute genauestens bestimmen können, ohne daß wir auch nur das geringste davon gemerkt hätten.« Er grinste. »Was machst du denn für ein Gesicht, George? Hattest du denn schon dieselbe Idee?«

»Allerdings.« George wirkte sichtlich durcheinander. »Und ich hielt sie eigentlich für recht gut.«

»Im Gegensatz zu mir. Ich bezweifle zwar nicht im geringsten, daß sich die Royal Air Force mit dem größten Vergnügen zur Mitarbeit bereit erklärt hätte, aber ich bezweifle ebensowenig, daß kurz nach unserem Eintreffen am Bestimmungsort ganz plötzlich ein paar militärische Sonderkommandos aufgetaucht wären, die bekannt dafür sind, nicht viel Federlesens zu machen. Und von einem solchen Besuch halte ich nicht viel aus drei Gründen. Ich möchte ein Feuergefecht vermeiden, das notgedrungen mit einem Blutbad verbunden wäre. Samuelson und seine Freunde zu töten oder gefangenzunehmen, wobei ich ersteres für wahrscheinlicher halte, scheint mir keine gute Lösung. In diesem Fall könnten durchaus noch genug von seinen Leuten übrigbleiben, um seine Drohungen wahrzumachen. Und ich bin mir ziemlich sicher, daß dem so ist, wenn ich dir auch nicht sagen kann, was mich zu dieser unerfreulichen Annahme verleitet. Drittens finde ich die Vorstellung, den jungen Damen könnte etwas zustoßen, alles andere als erfreulich. Ich möchte nicht unbedingt einen Landsmann niederschießen müssen, weil er eines der Mädchen bedroht.«

»Meinst du Julie und Annemarie?« wollte Vasco wissen.

»Nein, alle vier.«

»Die beiden anderen sind doch eindeutig Kriminelle«, wandte George vorsichtig ein.

»Sie verkehren mit Kriminellen. Was noch keineswegs auch sie zu Kriminellen macht. Einerlei – wenn die Regierung auf diese dumme Idee käme, sähen wir uns gezwungen, sie einer unnötigen Gefährdung auszusetzen. Aber dazu wird es nicht kommen. Wieringa und de Graaf stehen voll hinter uns, und sie sind die einzigen, die in diesem Fall zählen. Abgesehen davon sind diese Überlegungen rein theoretischer Natur. Fast hätte ich noch etwas vergessen, meine Herren. Meine Jeans sind tatsächlich ziemlich naß geworden.«

Nachdem er sich umgezogen hatte, sagte van Effen: »Unser abwesender Freund O'Brien fehlt uns in mehr als einer Hinsicht – er nimmt nämlich im Augenblick die Schlüsselposition ein. Ich gäbe viel darum, zu wissen, wo er sich jetzt gerade befindet. Er wird kaum zu ihrem anderen Stützpunkt aufgebrochen sein, weil seine Erfahrungen, was Alarmanlagen, Wanzen und dergleichen betrifft, dort kaum gefragt sein dürften. Man könnte endlos spekulieren, wohin er wohl gegangen sein könnte, um seine Erfahrungen auf diesem Gebiet sinnvoll zur Anwendung zu bringen. Allerdings wäre dies reine Zeitverschwendung.«

»Ich vernachlässige meine Pflicht«, warf Vasco ein. »Wenn ihr mich entschuldigen würdet. George, könntest du bitte kommen und das Licht wieder anschalten?«

Er schaltete das Licht aus, ging ins Bad und schloß die Tür hinter sich. George hatte kaum das Licht wieder angeschaltet, als Vasco schon gegen die Tür klopfte. George schaltete das Licht wieder aus, worauf die Badezimmertür wieder aufging.

»Das könnte euch vielleicht interessieren«, winkte Vasco die beiden anderen ins Bad.

In unregelmäßigen Abständen versuchte der Wachposten seinen Kopf leicht zu bewegen und zu drehen. Nach einer Weile war der Mann schließlich in der Lage, ihn aufrecht zu halten, um ihn dann mehrere Male zu schütteln. Wieder etwas später – es war zu dunkel, um seinen Gesichtsausdruck erkennen zu können, aber vermutlich war er sichtlich verwirrt und durcheinander – zog er seine rechte Hand unter der Decke hervor und stierte auf die Flasche, die er immer noch fest umklammert hielt. Nachdem er sie umgedreht und festgestellt hatte, daß sie leer war, stellte er sie auf den Boden und richtete sich in seinem Sessel ein Stück auf.

»Wartet nur, gleich pennt der Kerl wieder ein«, flüsterte Vasco.

»Keineswegs«, entgegnete van Effen. »Er trifft jetzt eine wichtige Entscheidung.«

Und der Wachposten traf seine Entscheidung. Er schlug die Decke zurück, rappelte sich mühsam hoch und machte ein paar taumelnde Schritte, die ihn in gefährliche Nähe der Dachgeschoßtür brachten.

»Er ist besoffen«, raunte Vasco.

»Du schätzt den Burschen falsch ein, Vasco. Er hat gesehen, daß seine Flasche leer ist, und aufgrund dessen und der Tatsache, daß er nach Schnaps stinkt, nimmt er an, daß er betrunken sein muß. Folglich verhält er sich auch entsprechend. Autosuggestion nennt man so etwas, glaube ich. Hätte unangenehm für uns werden können, wenn der Mann, der ihn ablösen wird, gemerkt hätte, daß der Kerl nicht wachzukriegen ist. Aber jetzt haben wir genug gesehen.«

Wieder im Zimmer, erklärte van Effen: »Ich glaube, wir sollten kurz nach unten gehen. Auch du, Vasco; natürlich nur, wenn du dich bereits wieder kräftig genug fühlst.«

»Ich bin schließlich Hauptmann der niederländischen Armee. Ich bin ein tapferer Krieger.«

»Aber du hast doch zu Samuelson gesagt, du kämst nicht mehr nach unten«, warf George ein.

»Meine Pläne ändern sich eben den Umständen entsprechend. Es war ganz schön kalt da draußen. Ich brauche dringend einen Brandy. Außerdem würde ich gern ihre Reaktion auf die Nachricht sehen, daß sich die Jagd auf die FFF nun auf die Gegend um Rotterdam und Scheldt konzentriert. Und endlich möchte ich erreichen, daß die Raketen und Sprengkörper vom Lastwagen in den Hubschrauber geschafft werden.«

»Wieso denn das?« wollte George erstaunt wissen.

»Morgen früh wird es auf den Straßen zwischen hier und Rotterdam nur so von Kontrollposten der Polizei und des Militärs wimmeln; vor allem Militär, vermute ich. Ich bin davon überzeugt, daß Ylvisaker geschnappt werden wird. Wenn der Laster dann also tatsächlich kassiert wird, gibt ihnen das die Gewißheit, daß auf uns hundertprozentig Verlaß ist, während wir nichts zu verlieren haben, weil die Raketen ohnehin nicht funktionsfähig sind.«

»Du hättest Anwalt oder Politiker werden sollen oder Börsenmakler. Als Betrüger hättest du auch keine schlechte Figur abgegeben«, meinte George anerkennend.

»In den Reihen der Polizei sollten solche Leute wie ich jedenfalls nichts zu suchen haben.«

»Noch etwas. Wenn ich mir's recht überlege, könnte ihr ganzes Waffen- und Sprengstoffarsenal im Endeffekt für uns sogar von größerem Nutzen sein als für sie. Nur so eine Idee. Vasco, was weißt du eigentlich über die Bestimmungen bezüglich des Transports von Raketen?«

»Absolut nichts.«

»Dann werden wir uns ein paar einfallen lassen.«

»Wetten, daß ich mir bessere Bestimmungen ausdenken kann als ihr beide zusammen?«

»Meine Herren, meine Herren!« Samuelsons Krokodilslächeln hätte einen Erzengel vor Neid erblassen lassen. »Welche Freude, Sie doch noch in unserer Mitte zu sehen! Ich dachte schon, Sie wollten sich heute abend gar nicht mehr sehen lassen, Mister Danilow.«

»Ich konnte einfach nicht schlafen«, erwiderte van Effen mit einer Ehrlichkeit, die besagten Erzengel nicht minder beschämt hätte. »Als überzeugter – nun ja – Wahlholländer konnte ich einfach nicht – na ja, Sie wissen schon – Flevoland.«

»Natürlich, natürlich. Das kann ich sehr gut verstehen. Und der Herr Hauptmann – entschuldigen Sie, Leutnant. Welch eine Freude, zu sehen, daß es Ihnen wieder besser geht. Der Grog hat also geholfen?«

»Nicht, was meine Stimme betrifft«, entgegnete Vasco heiser. »Aber sonst fühle ich mich schon wieder auf dem Damm. Dank Ihrer Hilfe, Mister Samuelson.«

»Sag mir noch einer etwas gegen bewährte Universalheilmittel. Vielleicht noch ein Glas davon?« Er warf auch van Effen und George einen kurzen Blick zu. »Einen Brandy, meine Herren? Einen doppelten?«

»Danke, sehr gern«, nickte van Effen. Er wartete, bis Samuelson Leonardo die entsprechenden Anweisungen erteilt hatte. »Sie wissen ja selbst, daß ich in der Regel nicht neugierig bin, aber zwei Dinge haben doch mein Interesse geweckt. Die Damen sind wieder nach unten gekommen. Man hat mir zu verstehen gegeben, sie wären mit ihren Nerven so ziemlich am Ende.«

»Soweit ich das beurteilen kann, ist das immer noch der Fall. Und Ihre zweite Frage?«

Van Effen lächelte. »Meine zweite Frage könnte die Antwort auf die eigentliche Absicht, die hinter meiner ersten Frage stand, geben. Wie ich sehe, läuft der Fernseher wieder. Offensichtlich hat das zu bedeuten, daß Sie in nächster Zukunft wieder eine Durchsage erwarten.«

»Sie haben völlig richtig kombiniert.« Samuelson lächelte. »Womit beide Fragen beantwortet wären. Wenn Sie mich für einen Augenblick entschuldigen, meine Herren. Ich muß dem Reverend sagen, daß Kopfhörerzeit ist.«

Leonardo brachte ihre Drinks. Van Effen dankte ihm und ging mit den beiden anderen auf die Veranda hinaus. Niemand nahm daran Anstoß.

Van Effen schloß die Tür hinter sich. »Nun? Was sollen wir davon halten?«

»Von den vier jungen Damen, die angeblich mit den Nerven am Ende sind? Sie unterhalten sich miteinander, zwar nicht besonders angeregt und nicht unbedingt herzlich, aber sie reden miteinander. Ich kann einfach nicht glauben, daß sie wieder nach unten gekommen sind, um sich die nächste Durchsage anzuhören.« Nachdenklich nippte George an seinem Brandy. »Offensichtlich will da jemand mit uns reden.«

Van Effen nickte zustimmend. »Julie. Vielleicht auch Annemarie, aber ich tippe eher auf Julie.« Er sah zur Dachgeschoßtür hinüber, wo der Posten nun sicheren Schritts auf und ab ging. Er schien voll in seine Aufgabe vertieft. »Wenn wir wieder nach drinnen gehen – was gleich der Fall sein wird, denn hier draußen ist es wirklich eisig –, wartet erst ein paar Minuten, schlendert dann scheinbar ziellos im Zimmer umher und seht zu, ob ihr Julie nicht in ein Gespräch verwickeln könnt. Aber nur ganz kurz, höchstens ein paar Worte. Wenn nötig, laßt einfach das Stichwort ›Hubschrauber‹ fallen. Sie wird dann schon wissen, was ich meine. Ich halte mich in eurer Nähe auf, so daß niemand eure Unterhaltung zu hören bekommt. Ich selbst kann mich allerdings nicht an Julie heranwagen. Wenn Samuelson auf einen von uns ein argwöhnisches Auge geworfen hat, dann auf mich.«

»Das dürfte nicht weiter schwer sein«, nickte George.

Sie kamen wieder ins Wohnzimmer. Van Effen und Vasco schüttelten sich theatralisch, um auf die Kälte draußen aufmerksam zu machen. George war dafür allerdings etwas zu kräftig gebaut und gut gepolstert.

Romero Agnelli begrüßte sie mit einem Lächeln. »Diesmal haben Sie es aber nicht lange ausgehalten da draußen?«

»Frischluft ist eine Sache«, erwiderte van Effen, »Temperaturen wie in einem Gefrierfach eine andere.« Er warf einen kurzen Blick auf die stumm vor sich hinflimmernde Mattscheibe. »Ist Mister Samuelson noch nicht wieder heruntergekommen?«

»Er hat doch noch kaum Zeit gehabt, nach oben zu gehen und wieder herunterzukommen«, warf Agnelli ein. »Ihre Gläser, meine Herren.«

An der Bar begann van Effen: »Ein Hundewetter da draußen. Und allen Anzeichen nach wird es noch schlimmer. Glauben Sie wirklich, es ist ratsam, morgen den Hubschrauber zu benützen?«

»Haben Sie Flugerfahrung?«

»Als Passagier ja, sogar eine Menge. Ich hatte sogar mal den Flugschein. In einem Hubschrauber bin ich jedoch mein ganzes Leben noch nicht geflogen.«

»Ich habe sogar einen Hubschrauberschein. Flugstunden – insgesamt drei. Bei einem Wetter wie diesem brächten Sie mich keine hundert Meter an den Pilotensitz in einem Hubschrauber heran. Daniken hat allerdings schon tausend Flugstunden absolviert. Er ist ein hervorragender Pilot.«

»Na, dann bin ich ja beruhigt.« Van Effen merkte, daß Vasco und George sich abgesetzt hatten. Er folgte ihnen jedoch nicht mit den Augen. »Ein beruhigendes Gefühl, heil anzukommen.«

»Wenn Daniken sich seiner Sache nicht absolut sicher wäre, würde er nicht starten.«

Sie setzten ihr Gespräch zu diesem Thema noch weitere zwei, drei Minuten angeregt fort, bis Samuelson wieder erschien. Wie eh und je strahlte er gute Laune und Herzlichkeit aus.

»Es kann jeden Moment losgehen, meine Damen und Herren. Nehmen Sie doch schon Platz.«

Es war wieder der bekannte Nachrichtensprecher, der jedoch in der letzten Stunde um Jahre gealtert schien.

»Wir haben zwei weitere Mitteilungen bekanntzugeben, die beide die FFF betreffen. Die erste lautet: London und Stormont, das Parlament der Republik Nordirland, sind übereingekommen, unverzüglich mit unserer Regierung in Verhandlungen zu treten. Die Verhandlungen sind sogar bereits im Gange.«

Samuelson strahlte.

»Die zweite besagt, daß die Regierung alle Bürger der Niederlande auffordert, der Zukunft zuversichtlich entgegenzusehen. Im Verteidigungsministerium hegt man den Verdacht – ohne freilich Gewißheit zu haben –, daß die FFF nach den Deichsprengungen und der Zündung des atomaren Sprengkörpers, die für morgen im Ijsselmeer angekündigt ist, ihr Operationsgebiet in einen anderen Teil der Niederlande verlegen wird, zumal sich im bisherigen

Verlauf des Geschehens gezeigt hat, daß die FFF den Grundsatz zu befolgen scheint, nie zweimal am selben Ort zuzuschlagen. Überwiegend ist man der Ansicht, daß sie sich in nächster Zukunft auf die Region um Rotterdam-Scheldt konzentrieren wird. Wir geben dies bekannt, weil die Regierung jeden Bürger in diesem Gebiet – ich wiederhole: jeden – zu verstärkter Wachsamkeit auffordern möchte; sie bittet des weiteren darum, alle auffälligen und ungewöhnlichen Vorkommnisse unverzüglich der nächsten zuständigen Polizeistation zu melden. Es besteht kein Zweifel an der Tatsache, daß diese Ankündigung auch der FFF zu Ohren kommen wird; allerdings betrachtet die Regierung diesen Umstand als das geringere Übel im Vergleich zu dem Nutzen, den die FFF aus dieser Bekanntgabe ziehen könnte.«

Samuelson war das Lachen vergangen. Mit sorgenvoll gerunzelter Stirn warf van Effen einen kurzen Blick auf George, dann, ohne seinen Ausdruck zu verändern, auf Samuelson und sagte: »Das gefällt mir nicht.«

»Mir gefällt es auch nicht.« Samuelsons Ausdruck glich dem van Effens beinahe wie ein Spiegelbild. Nervös trommelte er mit den Fingerspitzen auf die Lehne seines Sessels. Schließlich wandte er sich van Effen zu. »Was halten Sie von dieser Entwicklung der Dinge?« Van Effen fand es höchst aufschlußreich, daß Samuelson sich zuerst an ihn wandte. Wie es schien, hielt er nicht viel von seinen Mitarbeitern. Van Effen ließ sich etwa zwanzig Sekunden Zeit für seine Antwort. Er hatte zwar bereits die Antworten auf die meisten möglichen Fragen parat, aber eine unverzügliche Antwort hätte Samuelson sicher nicht hinreichend beeindruckt.

»Ich schätze, sie bluffen – zumindest um mehrere Ecken herum. Möglicherweise glauben sie tatsächlich, daß Sie beim nächsten Mal an einem anderen Punkt zuschlagen werden. Deshalb hoffen sie vielleicht, daß Sie sich aufgrund dieser Ankündigung in Sicherheit wähnen und unvorsichtig werden. Die andere Möglichkeit: sie bluffen nicht und wollen damit nur Ihren Aktionsradius einschränken. Ich persönlich halte keine dieser beiden Möglichkeiten für unbedingt intelligent, aber andererseits standen der Justizminister, der Verteidigungsminister und der Polizeichef von Amsterdam noch nie in dem Ruf, besondere Geistesgrößen zu sein.« George hüstelte leise hinter vorgehaltener Hand, verzog jedoch sonst keine Miene.

Samuelson schien nachdenklich. »Vergessen Sie nicht, daß ich Verteidigungsminister Wieringa kennengelernt habe. Er scheint mir keineswegs ein Narr zu sein.«

»Das ist er auch nicht. Er ist ehrlich, absolut integer und das beliebteste Mitglied des Kabinetts; was ihm fehlt, ist die nötige Gerissenheit, um den Sprung nach ganz oben zu schaffen. Intrigen und Bluffs sind nicht seine Stärke. Abgesehen davon, falls tatsächlich irgend jemand wüßte, wo wir uns befinden, glauben Sie nicht, wir hätten schon längst Besuch von Fallschirmjägern oder militärischen Sonderkommandos bekommen?«

»Allerdings!« Dieser Gedanke schien Samuelsons Stimmung wieder etwas zu heben.

»Und noch etwas. Soviel ich weiß, haben Sie noch einen anderen Stützpunkt. Warum rufen Sie Ihre Leute dort nicht an und erkundigen sich, ob irgend etwas Besorgniserregendes vorgekommen ist?«

»Eine ausgezeichnete Idee.« Samuelson nickte Romero Agnelli zu, der ans Telefon ging, wählte, kurz hineinsprach und wieder auflegte.

»Nichts«, teilte er den Anwesenden mit.

»Großartig.« Samuelson fand allmählich wieder zu seiner früheren guten Laune zurück. »Also sind wir aus dem Schneider.«

»Nein, das sind wir nicht«, verneinte van Effen entschieden. »Ist es möglich, daß das Fehlen des Lastwagens und seiner Ladung in dem Waffendepot, aus dem sie stammen, bemerkt wurde, Leutnant?«

»Der Laster?« Vascos Stimme war unverändert heiser. »Möglich, aber kaum anzunehmen. Das Fehlen der Waffen ist bestimmt nicht aufgefallen. Die nächste Bestandsaufnahme ist erst in zwei Wochen fällig.«

Van Effen machte einen Vorschlag. »Eigentlich ist das ja

nicht meine Sache, Mister Samuelson, aber finden Sie nicht, wir sollten die Nummernschilder des Lastwagens auswechseln?«

Samuelson grinste zufrieden. »Bereits geschehen.«

»Sehr gut. Aber damit ist es noch nicht getan.« Vascos Stimme klang unruhig und besorgt. »Wie Mister Danilow bereits erwähnt hat, müssen wir in diesem Gebiet mit verstärkten Aktivitäten der Polizei und des Militärs rechnen. Das heißt, wir werden auf verschiedene Straßensperren der Polizei *und* der Armee stoßen. Von der Polizei haben wir nichts zu befürchten, beim Militär ist das anders. Die wissen nämlich, daß Raketentransporte, die an sich schon selten genug durchgeführt werden, immer im Konvoi stattfinden. Wenn Sie den ganzen Kram zum Einsatzort schaffen wollen, müssen Sie das per Hubschrauber machen.«

»Aber nicht in meinem Hubschrauber«, erklärte Daniken in aller Entschiedenheit.

»Ich zweifle nicht im geringsten an Ihren Fähigkeiten als Hubschrauberpilot, Mister Daniken.« Seine Heiserkeit machte es Vasco nicht leicht, seiner Stimme einen eisigen Unterton zu verleihen; dafür sprachen jedoch seine Augen Bände. »Ich würde in diesem Fall nach dem Grundsatz vorgehen: Schuster bleib bei deinen Leisten. Ich kenne mich mit Raketen und Sprengkörpern aus. Eine Rakete wird erst scharf, nachdem sie abgeschossen worden ist. Offensichtlich haben Sie noch nie in Ihrem Leben in einem Militärhubschrauber gesessen. Was denken Sie, haben wohl die russischen Transporthubschrauber in Afghanistan an Bord? Spielzeugpistolen?« Daniken erwiderte nichts. »Ich finde, daß Sie auch den übrigen Kram nicht mit dem Lastwagen transportieren sollten. Wenn Sie damit nämlich in eine Straßensperre des Militärs geraten, werden die genau wissen wollen, aus welchem Waffendepot die Ladung kommt und zu welcher Einheit sie weiterbefördert werden soll. Diese Militärpatrouillen sind nämlich verdammt neugierig, wachsam und hartnäckig – vor allem, wenn eine nationale Notstandssituation gegeben ist.«

Daniken schien bedrückt. »Aber die Zünder...«

»Die Zünder«, tröstete ihn George, »werden, in Watte eingepackt und in einer mit Samt ausgeschlagenen, lederüberzogenen Stahlkiste verstaut, auf meinem Schoß ruhen.« Seine Stimme nahm einen leicht gereizten Tonfall an. »Glauben Sie denn, ich bin scharf darauf, in die Luft zu fliegen?«

»Das kann ich mir allerdings auch nicht vorstellen«, schaltete sich Samuelson in das Gespräch ein. »Was halten Sie von dem Ganzen, Romero?«

»Ich würde sagen, der Fall ist klar, Mister Samuelson.«

»Ganz meiner Meinung. Also, einverstanden, meine Herren. Großartige Sicherheitsvorkehrungen. Wir werden mit dem Lastwagen vor die Scheune fahren, in der unser Hubschrauber untergebracht ist, und die Raketen und das restliche Zeug umladen, sobald die Hausangestellten zu Bett gegangen sind, was im übrigen noch etwas dauern dürfte, da sich bestimmt alle noch um Mitternacht die Durchsage im Fernsehen anhören werden. Sie würden aber wohl auch dann kaum Verdacht schöpfen, wenn sie etwas mitbekommen sollten. Schließlich sind sie inzwischen daran gewöhnt, daß bei einer Filmproduktion ständig etwas Unvorhergesehenes passiert.« Er machte eine kurze Pause. »Ob einer von Ihnen dreien, meine Herren, wohl die Güte hätte, die Verladung des Materials zu überwachen?«

»Das mache ich«, erklärte sich George spontan bereit; und mit einem Blick auf Daniken meinte er. »Sieht aus, als hätten wir morgen einen etwas unruhigen Flug. Ihr Hubschrauber ist doch eine ehemalige Militärmaschine – ich nehme an, daß sie entsprechend ausgestattet ist, um empfindliche Materialien, die nicht allzuviel Bewegung vertragen, sicher zu verstauen?«

»Das ist kein Problem.« Daniken wirkte noch immer recht unglücklich.

»Das dürfte im Augenblick alles sein«, erklärte van Effen abschließend. »Vor der Durchsage um Mitternacht hätte ich mich noch gern ein bißchen hingelegt. Ich glaube nicht, daß wir dabei viel Neues erfahren werden. Selbst wenn sie mit Schiffen und Hubschraubern mit Suchscheinwerfern anrücken sollten, ist bei diesem Regen die Sicht gleich null. George? Leutnant? Was ist?«

»Ich komme auch mit nach oben«, nickte George. »Noch mehr von diesem Brandy, und ich werfe nachher mit Zündern durch die Gegend.«

Vasco war bereits aufgestanden. Ohne die vier Mädchen auch nur eines Blickes zu würdigen, gingen sie nach oben. Auf dem Flur vor ihrem Zimmer sagte van Effen anerkennend: »Also – lügen könnt ihr beide wie kaum sonst jemand. Hast du mit Julie gesprochen, George?«

»Wo denkst du hin«, erwiderte George überlegen. »Als echter Profi macht man so etwas wesentlich eleganter.« Er zog einen zusammengefalteten Zettel aus der Tasche.

»Großartig. Wir kommen an unsere Zimmertür, Vasco. Fällt dir irgend etwas Ungewöhnliches auf?«

»Wir hatten Besuch.«

Nachdem sie ihr Zimmer betreten hatten, inszenierte van Effen eine kurze Unterhaltung über das Wetter, die sichersten Methoden, Raketen und Sprengkörper an Bord des Hubschraubers zu verstauen, und über seine Überzeugung, daß der Lastwagen keinerlei Probleme haben dürfte, seinen Bestimmungsort zu erreichen. Gleichzeitig überprüfte Vasco das Zimmer. Nach wenigen Minuten kam er aus dem Bad zurück und legte seinen Finger an die Lippen.

»Ich lege mich jedenfalls mal lang«, erklärte van Effen schließlich. »Irgendwelche Freiwilligen, die mich um Mitternacht wecken?«

»Dazu brauchen wir keine Freiwilligen«, entgegnete Vasco. »Ich habe schließlich meinen Reisewecker dabei.«

Wenige Sekunden später standen alle drei im Bad. Van Effen und George waren als erste hineingegangen, gefolgt von Vasco, der sofort die Dusche laufen ließ.

»Man muß nicht unbedingt ein Genie sein, um sich zusammenzureimen, daß O'Brien nicht hier sein kann«, sagte Vasco. »Jedenfalls für diese primitiv angebrachte Wanze unter meinem Bett dürfte er kaum verantwortlich sein. Die einzige Wanze, die sich nicht entfernen läßt, ohne daß ein Lauscher es merkt, steckt im Duschkopf – der Mann, der die Mikrophone abhört, kann hören, wenn sie herausgeschraubt wird. Aber selbst wenn sie hier drinnen noch andere Wanzen angebracht hätten, könnte kein Mensch bei laufender Dusche etwas hören.«

»Für dich gilt das gleiche wie für unseren Muskelprotz hier«, entgegnete van Effen. »Du hättest dich längst auf die Seite der Unterwelt schlagen sollen. Da hättest du es zu etwas gebracht. Nun, die FFF wird auf diese Weise in den Besitz einer Tonbandaufnahme gelangen, die sie in dem Glauben bestärkt, daß auf uns Verlaß ist. Aber jetzt zeig doch mal diesen Zettel her, George.«

Van Effen las vor: *»Irgend etwas geht hier vor, über das weder ich noch Annemarie uns recht im klaren sind, aber vielleicht könnt ihr etwas damit anfangen. Wir haben uns mit den beiden Damen unter unseren Entführern etwas angefreundet und dabei festgestellt, daß sie ebensowenig kriminell sind wie Annemarie oder ich. Abgebrühte Verbrecher schleichen nicht durch die Gegend, als stünde das Jüngste Gericht unmittelbar vor der Tür, und würden auch kaum versuchen, ständig mit Mühe und Not ihre Tränen zurückzuhalten.«*

Van Effen warf George einen nachdenklichen Blick zu. »Hat irgend jemand gesehen, wie Julie dir diesen Zettel zugesteckt hat?«

»Nein.«

Vasco war sichtlich verwundert. »Was ist, wenn Julie ihnen etwas von uns erzählt hat?«

»Quatsch!« fiel ihm George ins Wort. »Wenn du Peters Schwester kennen würdest, würdest du nicht solchen Unsinn daherreden. Auf ihren Scharfsinn, ihre Urteilskraft und ihren Instinkt kann man sich verlassen. Ich würde sogar sagen«, fügte George in spöttisch vertraulichem Ton hinzu, »daß sie etwas schlauer ist als ihr Bruder.«

»Ich glaube nicht, dich um deine Meinung gebeten zu haben«, sagte van Effen. Dann las er weiter: *»Kathleen steht zweifellos am stärksten unter Druck. Sie hat Angst vor Samuelson. Maria steht nicht in gleichem Maß unter Druck, obwohl sie nicht mit dem einverstanden zu sein scheint, was ihr Bruder*

Romero vorhat. Aber offensichtlich mag sie ihn sehr, und ich muß zugeben, daß er auch zu uns sehr freundlich und zuvorkommend war, seit sie uns entführt haben.

Ich glaube fast, daß sie auf ihre spezielle Weise ebenso Gefangene sind wie wir. Meiner Meinung nach wird auch auf Kathleen und Maria ein gewisser Zwang ausgeübt – nicht derselbe Zwang, dem wir ausgesetzt sind, aber doch ein bestimmter Zwang.«

»Zwang«, wiederholte Vasco. »Das klingt ja fast so wie das, was du vorhin auf der Veranda gesagt hast, Peter.«

»Ich weiß. *Wir – Annemarie und ich – sind hier, weil wir entführt worden sind. Sie dagegen befinden sich hier – davon bin ich fest überzeugt –, weil sie hintergangen, belogen und getäuscht worden sind und weil man vielleicht an ihre Liebe, ihre Loyalität oder ihr Ehrgefühl appelliert hat. Ich glaube, daß die beiden, vor allem Kathleen, unter Vorspiegelung falscher Tatsachen in diese Geschichte hineingezogen worden sind.«*

»Meine Güte!« Zum erstenmal ließ George sich aus der Ruhe bringen. »Ich habe ja schon von Fällen von Gedankenübertragung bei Zwillingen gehört, aber sie ist doch nur deine jüngere Schwester. Fast das gleiche hast du doch vorhin draußen auf der Veranda gesagt, beinahe Wort für Wort.«

»Mit Telepathie hat das herzlich wenig zu tun. Große Geister neigen eben dazu, ähnliche Gedanken zu haben. Zweifelst du jetzt immer noch an ihrem Scharfsinn, ihrer Urteilskraft und ihrer Intuition, Vasco?«

Vasco schüttelte mehrere Male langsam den Kopf, ohne etwas zu erwidern.

Van Effen sah George an. »So! Und du denkst also immer noch, Julie wäre schlauer als ich, was?« George rieb sich das Kinn und blieb ihm ebenfalls eine Antwort schuldig. Van Effen las die Nachricht seiner Schwester stumm weiter. »Aber vielleicht hattest du doch recht, George. Hört euch mal an, was Julie hier im letzten Absatz schreibt.«

»Ich weiß, weshalb Maria sich hier befindet. Obwohl sie mit Romeros Vorhaben keineswegs einverstanden ist, besteht zwischen den beiden eine sehr innige Beziehung. Was Kathleen

betrifft, habe ich geschrieben, daß sie vor Samuelson und vor dem, was er vorhaben könnte, Angst hat. Des weiteren habe ich das Thema mißbrauchte Liebe und Loyalität angeschnitten. Ich bin davon überzeugt, daß Kathleen Samuelsons Tochter ist.«

Darauf trat kurzes Schweigen ein, das George mit folgenden Worten brach: »Ich nehme zurück, was ich vorhin gesagt habe – daß Julie schlauer wäre als du, Peter. Sie ist sogar schlauer als wir drei zusammen. Sie muß recht haben. Zumindest wüßte ich keine andere Erklärung.«

Van Effen zündete den Zettel an und spülte die Aschenreste ins Waschbecken. Dann drehten sie die Dusche wieder ab und verließen das Bad.

Vasco schüttelte van Effen an der Schulter. »Zeit zum Aufstehen, Mister Danilow.«

Van Effen schlug die Augen auf und war, wie gewohnt, sofort hellwach. »Ich habe den Wecker gar nicht gehört.«

»Ich habe ihn abgestellt, weil ich schon eine Weile wach bin. George!«

Als sie ins Wohnzimmer herunterkamen, trafen sie dort nur noch Samuelson, die beiden Agnellis und Daniken an.

»Sie kommen genau rechtzeitig, meine Herren«, begrüßte sie Samuelson. Obwohl er allgemein eine Frohnatur zu sein schien, wirkte er an diesem Abend besonders gut gelaunt, ein Umstand, der möglicherweise auf die Flasche Brandy neben ihm zurückzuführen war; der Hauptgrund war sicher seine Vorfreude auf die bevorstehende Durchsage. »In zehn Minuten können wir dann endgültig beruhigt zu Bett gehen.«

»Ich werde aufbleiben«, warf George ein. »Schließlich muß ich die Verladung der Raketen überwachen. Wann fangen wir eigentlich damit an?«

»Ich würde sagen, in einer halben Stunde. Leonardo, wir vernachlässigen unsere Gäste.«

Während Leonardo sich daran machte, dem Abhilfe zu schaffen, sah sich van Effen Samuelson genauer an. Er zeigte keinerlei Ähnlichkeit mit Kathleen, aber das hatte nichts zu besagen; vermutlich war sie nach ihrer irischen Mutter geraten. Van Effen stellte die Meinung seiner Schwester nicht in Frage.

Kurz nach Mitternacht erschien der Sprecher wieder auf dem Bildschirm.

»Zu unserem Bedauern müssen wir bekanntgeben, daß es uns nicht möglich sein wird, in einer Direktübertragung von den Flevoland-Deichen zu berichten. Angesichts der verheerenden Witterungsbedingungen sehen wir uns leider nicht in der Lage, am Schauplatz des Geschehens Filmaufnahmen zu machen. Wir stehen in ständigem Funkkontakt mit einer Reihe von Beobachtern und werden Sie sofort benachrichtigen, sobald die ersten Meldungen eingehen.« Sein Gesicht verschwand wieder vom Bildschirm.

»Schade«, meinte Samuelson, obwohl er keineswegs enttäuscht wirkte. »Das Ganze wäre sicher ein höchst spektakulärer Anblick gewesen. Jedenfalls wird es nicht mehr lange dauern.«

Und damit sollte er durchaus recht behalten. Es war kaum eine Minute verstrichen, als das Bild des Nachrichtensprechers wieder eingeblendet wurde. Er legte eben den Hörer eines neben ihm stehenden Telefons auf.

»Vor etwa neunzig Sekunden wurden genau gleichzeitig der Oostelijk-Flevoland-Deich und der Zuidelijk-Flevoland-Deich gesprengt. Beide Einbruchstellen scheinen ziemlich groß zu sein, obgleich es aufgrund des katastrophalen Wetters bisher nicht möglich ist, ihr genaues Ausmaß zu bestimmen. Wie aus amtlicher Quelle verlautet, ist mit detaillierteren Angaben über den genauen Umfang der Überschwemmungen und des daraus resultierenden Schadens erst bei Tagesanbruch zu rechnen. Wir werden unsere Zuschauer jedoch stündlich über die Ereignisse auf dem laufenden halten.« Er machte eine kurze Pause und warf einen Blick auf ein Blatt Papier, das ihm eben gereicht worden war.

»Soeben ist ein Anruf der FFF eingegangen. Die Mitteilung lautet: ›Heute vierzehn Uhr, Markerwaard.‹«

XI

In den frühen Morgenstunden dieses Tages sollten zwei Männer eine besonders wichtige Rolle spielen.

Einer von ihnen war Sergeant Druckmann, begleitet von zwei Polizeibeamten. Alle drei waren in Zivil. Ihr Polizeiwagen, natürlich nicht als solcher gekennzeichnet, strotzte von Schmutz und war an einigen Stellen verbeult. Allerdings war das Gefährt mit einer ungewöhnlich umfangreichen elektronischen Ausrüstung ausgestattet – zwei Funkgeräten und einem Radarsuchgerät. Die Apparate nahmen so viel Platz in Anspruch, daß sie zum Teil sogar, was höchst ungewöhnlich war, auf dem Wagenboden vor dem rechten hinteren Sitz aufgestellt waren. Eine genaue Straßenkarte vor sich auf den Knien, saß der Mann, der sie bediente, auf dem linken hinteren Sitz. Im Augenblick waren die elektronischen Geräte noch mit einer achtlos darübergeworfenen Decke vor neugierigen Blicken verborgen. Der Wagen stand seit halb sieben Uhr früh in einer kleinen Seitenstraße nördlich von Gorinchem.

In einem Abstand von wenigen Kilometern waren noch zwei weitere, ähnlich ausgerüstete Polizeiwagen postiert. Aber es war Druckmanns Wagen, der an diesem Morgen eine entscheidende Rolle spielen sollte.

Der andere Mann, auf den es an diesem Tag noch besonders ankommen sollte, war ein gewisser Gropious; er trug die Uniform eines Feldwebels der holländischen Armee und saß neben einem Soldaten auf dem Beifahrersitz eines Jeeps. Auf dem Rücksitz saßen zwei weitere Soldaten. Mit Gropious hätte man kaum für die holländische Armee Reklame machen können. Seine Uniform war schäbig und zerknittert, und unter seiner schiefsitzenden

Mütze quollen lange, blonde Locken hervor, was in den Reihen der holländischen Armee nicht unbedingt ungewöhnlich war, da sie ihren Soldaten keinerlei Vorschriften bezüglich ihrer Haarlänge auferlegt. In diesem Fall waren die blonden Locken allerdings nicht echt.

Wie die Perücke war auch die Uniform Tarnung. Gropious war kein Feldwebel. Oberstleutnant Gropious gehörte einem Sonderkommando der holländischen Armee an, das mit Vorliebe für solche Spezialaufträge herangezogen wurde.

Die Sieben-Uhr-Nachrichten an diesem Tag – die erste Nachrichtensendung in der Geschichte des holländischen Fernsehens, die zu einem so frühen Zeitpunkt ausgestrahlt wurde – hatten gleichzeitig eine ebenso düstere wie eine zuversichtliche Stimmung geweckt. Hunderte von Quadratkilometern von Flevoland waren überschwemmt worden, allerdings nicht sehr hoch. Soweit bekannt, waren keinerlei Menschenleben zu beklagen. Was die Schäden am Viehbestand betraf, sollten genauere Angaben erst im Laufe des Tages veröffentlicht werden. Hunderte von Ingenieuren und Helfern blockierten die Einbruchstellen in den Deichen mit Tausenden von Tonnen Bruchsteinen und Schnellbeton, verstärkt durch in aller Eile und zugegebenermaßen nur notdürftig verankerte Spundwände. Durch diese Maßnahmen würden sich, wie von offizieller Seite verlautete, die Auswirkungen der nächsten Flut nur geringfügig eindämmen lassen. Außerdem würde man die Ausbesserungsarbeiten spätestens drei Stunden vor dem nächsten Fluthöchststand abbrechen müssen.

Im Wohnzimmer der Windmühle saßen währenddessen ein gutes Dutzend Leute beim Frühstück. Samuelson war bester Laune.

»Genau wie geplant, meine Damen und Herren. Genau wie geplant.« Triumphierend sah Samuelson van Effen, George und Vasco an. »Ich halte Wort, meine Herren, oder etwa nicht? Maximale psychologische Wirkung, ohne daß auch nur ein einziges Menschenleben zu beklagen gewesen wäre. Jetzt bestimmen wir den Verlauf des Geschehens.« Er machte eine Pause und lauschte dem Prasseln des Regens auf der Veranda. Mehr und mehr verschwand die gute Laune aus seinem Gesicht. Schließlich wandte er sich, nervös mit den Fingern auf die Tischplatte trommelnd, an Daniken: »Was glauben Sie?«

»Mir gefällt das ganz und gar nicht«, erwiderte Daniken. Er stand auf, trat auf die Veranda hinaus und schloß die Tür hinter sich. Schon nach zehn Sekunden war er wieder zurück.

»Der Wind hat noch kein bißchen nachgelassen«, berichtete er. »Wenn es nur der Sturm wäre, könnte ich vielleicht gerade noch fliegen, aber so einen Regen habe ich in meinem ganzen Leben noch nicht erlebt; dagegen ist sogar das Einsetzen des Monsuns in Indien ein harmloser Nieselregen. Die Sicht ist gleich null. Unter diesen Bedingungen kann ich nicht fliegen und unseren Flugplan einhalten.«

»Sie meinen, Sie wollen nicht fliegen?« fragte Samuelson. »Sie weigern sich, zu fliegen?« Samuelson schien nicht sehr aufgebracht.

»Selbst wenn Sie mir den Befehl dazu erteilen würden, würde ich bei diesem Wetter nicht fliegen. Ich möchte nicht für das Scheitern Ihrer Pläne verantwortlich sein. Ich bin der Pilot, und ich bin nicht gewillt, die Verantwortung für den Tod von zweiundzwanzig Menschen zu tragen. Wenn Sie Selbstmord begehen wollen – bitte, niemand kann Sie daran hindern; aber ohne mich.«

Van Effen räusperte sich vorsichtig. »Wie Sie wissen, gehört Neugier nicht zu meinen Tugenden, aber dieses Gerede über Selbstmord gefällt mir nicht. Schließlich betrifft es auch mich. Ist es denn wirklich so wichtig, daß wir pünktlich von hier aufbrechen?«

»Eigentlich nicht«, schaltete sich Romero Agnelli in das Gespräch ein. »Aber Mister Samuelson hat die gesamte organisatorische Planung unseres Unternehmens in meine Hände gelegt.«

»Womit er nicht die schlechteste Wahl getroffen hat.«

»Danke.« Agnelli lächelte fast entschuldigend. »Und ich halte nun einmal sehr viel auf Pünktlichkeit.«

»Ich glaube fast, darüber sollten Sie sich in diesem Fall keine unnötigen Sorgen machen«, entgegnete van Effen. »Ich kenne dieses Land besser als ihr Holländer, die ihr hier aufgewachsen seid. George und der Leutnant werden mir bestätigen, daß Platzregen von dieser Intensität selten länger als eine Stunde anhalten. Und da ich – was ja eigentlich nicht meine Art ist – schon am Fragen bin: Was heißt in diesem Zusammenhang eigentlich Pünktlichkeit und Einhaltung des Flugplans?«

»Es gibt keinen Grund, Ihnen das zu verheimlichen«, erklärte Samuelson. Offensichtlich war er über van Effens Einschreiten sehr erleichtert. »Daniken hat per Funk einen Flugplan nach Valkenburg bei Maastricht durchgegeben, der bestätigt worden ist. Wir filmen heute in hügeligem Gelände, und die einzigen Hügel, die es in Holland gibt, befinden sich in der Provinz Limburg, wo auch Valkenburg liegt. Außerdem hat Romero in einem Hotel schon Zimmer für uns gebucht.«

»Obwohl Sie natürlich keineswegs beabsichtigen, dorthin zu fliegen.« Van Effen nickte zweimal mit dem Kopf. »Nicht schlecht, wirklich nicht schlecht. Sie starten also in Richtung Limburg, das südsüdöstlich von hier liegt, und dann geht Mister Daniken auf Bodenhöhe herunter und ändert den Kurs. Die Niederlande sind ein extrem flaches Land, und man muß ziemlich tief fliegen, um nicht mehr vom Radar erfaßt zu werden. Da ich selbst mal geflogen bin, weiß ich nur zu gut, daß die Höhenmesser in sehr geringen Höhen nicht mehr zuverlässig arbeiten. Es würde uns also nicht sehr gut bekommen, wenn wir plötzlich in einem Luftloch nach unten sacken und einen von diesen hohen Wohnblöcken oder auch nur eine von diesen gigantischen Fernsehantennen streifen würden, die inzwischen ein besonderes Kennzeichen dieses Landes geworden sind. Mister Daniken muß also nach Sicht fliegen, und ich kann nur sagen, daß ich seine Bedenken unter diesen Gesichtspunkten vollauf verstehe.«

»Mister Danilow hat das besser und klarer ausgedrückt, als ich es gekonnt hätte«, pflichtete ihm Daniken bei. »Ich bin absolut seiner Meinung.«

»Und ich stimme euch beiden zu«, nickte Samuelson. »Leonardo, sagen Sie Ylvisaker, daß er mit dem Lastwagen erst aufbrechen soll, wenn wir die entsprechende Anweisung erteilen. Ich möchte nicht, daß er vor uns am Bestimmungsort eintrifft.«

Ylvisaker – in der gepflegten Uniform eines Oberstleutnants – und seine beiden Begleiter im Rang eines Feldwebels und eines gewöhnlichen Soldaten der holländischen Armee brachen um acht Uhr fünfundvierzig auf. Der Wind blies noch in voller Stärke, aber der Regen hatte nachgelassen.

Um acht Uhr sechsundvierzig meldete der Polizeibeamte auf dem Rücksitz von Sergeant Druckmanns Wagen: »Sie fahren los, Sergeant.« Druckmann griff nach dem Mikrophon des Funkgeräts.

»Hier Sergeant Druckmann. Zielobjekt Null hat sich in Bewegung gesetzt. Bitte A, B, C, D und E um Rückbestätigung.«

Die fünf Kontrollfahrzeuge der Armee bestätigten in alphabetischer Reihenfolge: »Verstanden.«

Druckmann fuhr fort: »In zwei, spätestens drei Minuten können wir feststellen, welchen Weg Zielobjekt Null einschlägt. Danach melden wir uns in Abständen von einer Minute.«

Um acht Uhr siebenundvierzig begaben sich zweiundzwanzig Personen an Bord des großen Hubschraubers. Mit Ausnahme von van Effen, George und den vier Mädchen trugen alle Insassen Uniformen der holländischen Armee. Samuelson verabschiedete sich von vier Hausangestellten, die sie mit Regenschirmen an die Einstiegsluke begleitet hatten, und versicherte ihnen, daß sie spätestens am nächsten Abend zurück sein würden. Mit einer Ausnahme waren alle Soldaten mit Maschinenpistolen bewaffnet. Die Ausnahme war Willi, der forsche Wachposten, den man statt dessen mit einem Paar Handschellen bedacht hatte.

Um acht Uhr neunundvierzig startete Daniken in Richtung Südsüdost.

Ebenfalls um acht Uhr neunundvierzig meldete Sergeant Druckmann: »Verfolgen Zielobjekt Null im Abstand von zwei Kilometern. Zielobjekt Null befindet sich im Augenblick einen Kilometer nördlich von Gorinchem. Dort gabeln sich die drei Hauptausfallstraßen nach Osten, Süden und Westen. In zwei Minuten wissen wir, in welche Richtung sie fahren.«

Van Effen wandte sich Romero Agnelli zu, der neben ihm saß, legte seine Hand an dessen Ohr und sagte: »Zwei Dinge würden mich interessieren.«

Agnelli hob lächelnd die Augenbrauen.

»Man hat mir zu verstehen gegeben, die Bewaffnung dieses Hubschraubers wäre ausgebaut und durch Attrappen ersetzt worden. Aber diese Kanonen hier sind eindeutig echt.«

»Die Bewaffnung wurde ausgebaut und durch Attrappen ersetzt. Dann haben wir die Attrappen wieder ausgewechselt. Wenn man sich auskennt, ist so etwas ja nicht allzu schwer zu beschaffen. Und der zweite Punkt?«

»Warum fliegt Daniken nicht höher? Wir liegen doch immer noch unter hundert Meter?«

»Schauen Sie doch mal nach links, dann werden Sie schon sehen, warum.«

Van Effen schaute: kaum fünfzig Meter von ihnen entfernt flog ein anderer, kleinerer Hubschrauber neben ihnen her. Gerade als van Effen ihn beobachtete, schob der Pilot sein Seitenfenster zurück und winkte. Van Effen blickte nach vorn zur Kanzel, wo Daniken zurückwinkte. Darauf schloß der Pilot des kleinen Hubschraubers sein Fenster wieder und begann zu steigen. Daniken seinerseits änderte den Kurs und flog in südlicher Richtung weiter.

»Nicht schlecht«, nickte van Effen anerkennend. »Wirklich nicht schlecht. Bei diesem Wetter wird sich der private Flugverkehr auf ein Minimum beschränken, und irgendein gelangweilter Fluglotse könnte sich, um nicht ganz einzuschlafen, unter Umständen die Mühe machen, den Hubschrauber auf seinem Flug nach Valkenburg zu überwachen. Und dieser Hubschrauber fliegt natürlich nach Valkenburg.« Agnelli nickte. »Das war sicher wieder Ihre Idee.«

Agnelli lächelte und machte eine wegwerfende Handbewegung.

»Zielobjekt Null bewegt sich auf der Straße nach Sliedrecht in nördlicher Richtung«, gab Druckmann durch. »Welche Patrouille ist in der Nähe?«

»Patrouille A.«

»Oh! Oberstleutnant Gropious?«

»Ja. Ich kann einen Kilometer östlich von Sliedrecht eine Straßensperre erkennen. Fahren Sie heran, bis Sie sie sehen können. Aber nicht zu nahe.«

»Verstanden. Zielobjekt Null bewegt sich sehr gemächlich voran. Die Geschwindigkeit liegt knapp unter fünfzig Stundenkilometer. Meinen Schätzungen zufolge dürften sie in etwa zwanzig Minuten bei Ihnen ankommen.«

»Vielen Dank, Sergeant.«

Ylvisaker lehnte sich in seinem Sitz zurück und steckte sich eine Zigarre an. »Das«, seufzte er, »nenne ich ein Leben. Gott sei Dank hocken wir jetzt nicht in diesem verdammten Hubschrauber.«

Der verdammte Hubschrauber arbeitete sich schaukelnd und schlingernd in südwestlicher Richtung voran. Daniken war peinlichst darauf bedacht, jede menschliche Behausung, ob Stadt, Dorf oder kleine Ansiedlung, zu meiden. In van Effens Augen eine absolut überflüssige Vorsichtsmaßnahme. Weshalb um alles in der Welt hätte zum Beispiel ein Bauer, der einen Hubschrauber vorbeifliegen sah, daran etwas ungewöhnlich finden und dies melden sollen. Hubschrauber gab es in Holland wie Sand am Meer.

Van Effen sah sich im Innern der Maschine um. Die

meisten Passagiere wirkten auffällig bedrückt, und zwar jeder auf seine besondere Weise. Annemarie und Julie, die nebeneinander saßen, hatten so ziemlich die gleiche Haltung eingenommen – die Fäuste geballt und die Augen krampfhaft zusammengekniffen. Van Effen selbst war unbesorgt: Daniken war ein hervorragender Pilot.

Er legte seine Hand wieder an Agnellis Ohr. »Wie weit noch?«

»In fünfzehn Minuten sind wir da.«

»Und wie ist die Unterbringung dort?«

Agnelli lächelte. »Ein behagliches, kleines Häuschen.«

Gemessen an Samuelsons Maßstäben war dieses behagliche, kleine Häuschen sicher ein Prachtbau von den Ausmaßen des Königlichen Palastes am Dam, dachte van Effen.

Auf dem blau-gelben Schild stand: »ACHTUNG! KONTROLLE! HALTEN SIE VOR DEM ROTEN LICHT.«

Ylvisakers Fahrer trat auf die Bremse und fragte: »Was machen wir jetzt?«

Ylvisaker paffte gelassen an seiner Zigarre. »Fahr weiter.«

Gropious' Fahrer senkte sein Fernglas. »Das ist eindeutig Zielobjekt Null, Oberstleutnant.« Er hob den Feldstecher wieder an seine Augen. »Auch die Nummer stimmt.«

Gropious' Wagen stand auf der linken Fahrbahnseite, dem entgegenkommenden Verkehr zugewandt. Auf der rechten Straßenhälfte, ein Stück hinter ihnen, parkte ein zweiter Wagen. Zwei Soldaten, die sich mit Schirmen gegen den Regen schützten , standen an den Wagen gelehnt. Beide rauchten.

»Seht euch mal diesen liederlichen Haufen an«, witzelte Ylvisaker. »Regenschirme! Zigaretten! Ich möchte wetten, daß sich hier im Umkreis von Meilen kein Offizier herumtreibt. Und das wollen vereidigte Kämpfer fürs Vaterland sein, die die Rote Gefahr von uns abwenden sollen.«

Als sie vor dem Rotlicht stoppten, traten Gropious und

seine zwei Männer – alle drei hielten Maschinenpistolen in der Linken – auf den gestohlenen Militärlastwagen zu. Gropious ging vorne um den Laster herum, die anderen beiden hinten. Ylvisaker öffnete die Tür.

»Was ist los, Feldwebel?«

»Herr Oberstleutnant!« Gropious zuckte sichtlich zusammen und salutierte mit einer Korrektheit, wie sie von einem Feldwebel, der plötzlich einem Oberstleutnant gegenüberstand, nicht anders zu erwarten war. »Herr Oberstleutnant, wenn ich gewußt hätte . . .«

Ylvisaker lächelte nachsichtig. »Also, was ist los, Feldwebel?«

»Befehl, Herr Oberstleutnant. Wir haben Anweisungen, jedes Fahrzeug, einschließlich Militärfahrzeuge, anzuhalten und nach gestohlenen Waffen zu durchsuchen. Man hat uns in diesem Zusammenhang die Nummer eines speziellen Transporters gegeben. Allerdings nicht die Ihre.«

Ylvisaker zeigte ein gewisses Interesse. »Suchen Sie irgend etwas Bestimmtes?«

»Jawohl, Herr Oberstleutnant. Raketen. Boden- und Luftabwehrgeschosse. Zugegeben, Herr Oberstleutnant, ich weiß nicht mal, wie diese Dinger aussehen, außer daß sie kupferfarben und über zwei Meter lang sind.«

»Pflicht ist Pflicht, Feldwebel. Wie ich sehe, haben Sie an der Rückseite zwei Männer stehen. Geben Sie ihnen Anweisung, hinten aufzumachen und nachzusehen. Einfach so, der Form halber.«

Gropious erteilte den entsprechenden Befehl, worauf die Hintertüren des Lastwagens aufgeklappt, aber keine Raketen gefunden wurden.

»Entschuldigung, Herr Oberstleutnant.« Er zögerte kurz und zog dann einen Notizblock und Kugelschreiber aus der Brusttasche. »Ich habe Anweisung, jede Person zu notieren, die diese Kontrollstelle passiert.«

Ylvisaker griff in die Innentasche seiner Uniformjacke. »Nein, nein, Herr Oberstleutnant, nicht nötig«, kam ihm Gropious zuvor. »In Ihrem Fall muß ich keine Papiere sehen. Wenn Sie mir nur Ihren Namen nennen würden.«

»Ylvisaker.«

»Oberstleutnant Ylvisaker.« Sorgfältig vermerkte Gropious den Namen auf seinem Notizblock. Welch spaßige Begegnung, dachte er insgeheim: ein Oberstleutnant, der sich als Feldwebel ausgibt, trifft auf einen Zivilisten, der sich als Oberstleutnant ausgibt. Er steckte seinen Notizblock weg und brachte im selben Augenblick, als seine beiden Soldaten hinter dem Lastwagen zum Vorschein kamen, seine Maschinenpistole in Anschlag.

»Eine Bewegung«, knurrte Gropious, »und Sie sind ein toter Mann.«

Gropious und seine Männer hatten Ylvisaker und seine Begleiter kaum aus dem Lastwagen steigen lassen, als auch schon Sergeant Druckmanns Wagen hinter ihnen hielt. Druckmann und seine Männer sprangen aus dem Wagen, wobei Druckmann eine beträchtliche Anzahl von Metallgegenständen in der Hand hielt. Er bedachte den zerzausten Feldwebel mit den strähnigen, blonden Locken mit einem mißtrauischen Blick und fragte schließlich zögernd: »Oberstleutnant Gropious?«

»Der bin ich.« Gropious nahm seine Mütze ab, riß sich die Perücke vom Kopf und schleuderte sie in den Straßengraben. »Dieses verdammte Ding hat vielleicht gejuckt.«

»Herzlichen Glückwunsch, Herr Oberstleutnant«, gratulierte ihm Druckmann zu seinem Fang.

Gropious, der ohne seine langen Locken schon eher wie ein Oberstleutnant aussah, schüttelte dem Sergeanten die Hand. »Auch Sie dürfen sich gratulieren lassen, Sergeant. Wie war noch Ihr Name? Man hat mir nur mitgeteilt, daß sämtliche Polizeistreifen mit Sergeanten bemannt wären.«

»Druckmann, Herr Oberstleutnant.«

»Das haben Sie gut gemacht, Sergeant Druckmann. Wirklich gekonnt. Wozu führen Sie eigentlich diese Eisenwarenhandlung mit sich, Sergeant, wenn Sie mir die Frage gestatten?«

»Handschellen und Fußeisen, Herr Oberstleutnant. Soweit ich weiß, sind Sie beim Militär in der Regel nicht damit ausgerüstet.«

»Großartig. Wenn Sie dann auch gleich einen Ihrer Männer bitten könnten, davon Gebrauch zu machen.« Er wandte sich einem seiner Soldaten zu. »Erteilen Sie sämtlichen Patrouillen Anweisung, zu Ihrem Stützpunkt zurückzukehren. Ich würde vorschlagen, Sergeant, daß auch Sie einen Ihrer Leute damit beauftragen, Ihre Streifenwagen nach Hause zu schicken. Natürlich nicht ohne den Hinweis auf strikteste Geheimhaltung.«

»Wird gemacht, Herr Oberstleutnant. Auf Geheimhaltung werde ich kaum hinweisen müssen. Der Polizeichef hat uns in dieser Hinsicht die Teufelsinsel angedroht.«

»Oberst de Graaf, der Polizeichef von Amsterdam?«

»Jawohl, Herr Oberstleutnant. Wer übernimmt jetzt eigentlich die Verantwortung für die Gefangenen? Sie oder wir?«

»Ich würde sagen, sie sind Eigentum der Nation. Wir fahren zu meinem Stützpunkt und telefonieren mit Verteidigungsminister Wieringa und Oberst de Graaf. Alles weitere ergibt sich. Inzwischen sollten wir uns Ylvisakers Lastwagen etwas genauer ansehen.«

Im Innern des Lasters sagte Druckmann: »Ich weiß ja kaum etwas über die ganze Angelegenheit, aber sind diese drei tatsächlich von der FFF?«

»Das sind sie, und wir haben bereits drei Anklagepunkte gegen sie. Der erste: Sie haben sich fälschlicherweise als Angehörige des Heeres ausgegeben. Zweitens befanden sie sich im Besitz eines gestohlenen Militärfahrzeugs.« Gropious öffnete die Verschlüsse der beiden zusätzlichen Treibstofftanks, so daß darunter die gedrungenen, zylindrischen Umrisse zweier bronzefarbener Metallgegenstände zum Vorschein kamen. »Und drittens werden sie uns erklären müssen, wie sie dazu kommen, eine Ladung Atomraketen durch die Gegend zu fahren.«

Gropious brachte den Verschluß wieder an und stieg von der Ladefläche auf die Straße hinunter. Druckmann folgte ihm und fragte dann: »Darf ich in Ihrer Gegenwart rauchen?«

»Tun Sie sich keinen Zwang an. Ich glaube, ich könnte jetzt auch eine Zigarette vertragen.«

Nach einer Weile erklärte Druckmann schließlich: »Also gut, ich melde mich freiwillig, Herr Oberstleutnant.«

Gropious lächelte. »Sie wollen den Laster zum Stützpunkt zurückfahren?«

»Ich bin ein schrecklicher Feigling, Herr Oberstleutnant. Deshalb werde ich bestimmt sehr vorsichtig fahren.«

»Nun, Zeit haben wir ja genügend. Sergeant. Bis wir ankommen, sind sicher schon die beiden amerikanischen Experten aus Deutschland da, die uns die verdammten Dinger entschärfen werden. Ich fahre voraus – mit Rotlicht natürlich und dem üblichen Brimborium –, und Ihre Leute bilden die Nachhut. Einen Trost haben Sie allerdings, Sergeant Druckmann. Wenn Sie in die Luft fliegen, fliegen wir alle mit.«

Dieses Gespräch fand um neun Uhr siebenundzwanzig statt.

Und Punkt neun Uhr siebenundzwanzig setzte Daniken den Hubschrauber auf dem Gelände vor einem einsam gelegenen Gehöft mit zugehöriger Windmühle auf, das jedoch beträchtlich größer war als das Anwesen, von dem sie kurz zuvor aufgebrochen waren. Zwei Männer und zwei Frauen, ausgerüstet mit Regenschirmen, kamen auf den Hubschrauber zu. Dem Lächeln auf den Gesichtern dieses Empfangskomitees nach zu schließen, waren Samuelson und seine Leute erwartet worden.

Nachdem die Motoren des Hubschraubers verstummt waren, breitete sich im Innern erdrückende Stille aus. Van Effen wandte sich zu Agnelli: »Ihr Organisationstalent ist wirklich bewundernswert.«

Agnelli lächelte, ohne etwas zu erwidern.

Der Wohnraum der Windmühle, dem ebenfalls eine Veranda vorgebaut war, war wesentlich größer und sogar noch luxuriöser eingerichtet als das Haus, von dem sie aufgebrochen waren. In dem Raum hielten sich zehn Personen auf – Samuelson und die Agnelli-Brüder, van Effen und seine Freunde und die vier Mädchen. Daniken, so vermutete van Effen, brachte wahrscheinlich den Hubschrauber in einem der zu dem Gehöft gehörenden Wirtschaftsgebäude unter. Riordan war bereits wieder im oberen Stockwerk verschwunden – vermutlich, um zu beten.

Samuelson, der es sich in einem Sessel vor dem Kamin bequem gemacht hatte, seufzte wie ein Mann, der mit sich zufrieden ist.

»Das hat ja wieder einmal wie am Schnürchen geklappt. Damit wäre die vorletzte Phase unseres Unternehmens erfolgreich abgeschlossen. Ich weiß, daß es noch relativ früh ist, aber wir werden eben dann auch früh zu Mittag essen. Was würden Sie also von einem Schluck Jonge Jenever halten?«

»Wieso essen wir schon früh zu Mittag?« wollte van Effen wissen. »Müssen wir noch weiter?«

»Kurz nach zwei.« Samuelson deutete auf das Fernsehgerät. »Nachdem wir gesehen haben, was sich in der Markerwaard abgespielt hat.«

»Ach so.« Durch seine Mimik gab van Effen jedoch unmißverständlich zu verstehen, daß er nicht das geringste begriffen hatte. »Nun, wie Sie meinen.« Er zuckte mit den Achseln. »Wie viele solcher Behausungen haben Sie eigentlich in den Niederlanden?«

»Keine mehr. Die Besitzer dieses Hauses zum Beispiel räkeln sich im Augenblick gerade auf den Bahamas in der Sonne. Die Golden-Gate-Filmproduktion ist immerhin recht zahlungskräftig. Wie Sie sicher wissen werden, gibt es in der Landwirtschaft um diese Jahreszeit wenig zu tun. Um die Kühe und Schafe kümmert sich inzwischen ein Landwirt aus der näheren Umgebung – auch gegen entsprechendes Entgelt natürlich. Das Ganze stellt also keinerlei Problem dar. Wissen Sie eigentlich, wo wir uns jetzt befinden, Mister Danilow?«

»Ehrlich gesagt, ich habe nicht die geringste Ahnung.« In langjähriger Erfahrung hatte van Effen überzeugend lügen gelernt. Er wußte genau, wo sie sich befanden. »Der Kürze des Fluges nach zu schließen, dürften wir uns jedenfalls noch in Holland befinden. Also, was soll's?«

»Sie sind wirklich bemerkenswert wenig neugierig. Wir befinden uns in der Nähe von Middelharnis. Sagt Ihnen das etwas?«

»Middelharnis?« Van Effen runzelte die Stirn. »Das liegt doch oberhalb von Flakkee.«

Samuelson nickte lächelnd, ohne sich weiter dazu zu äußern.

Van Effen setzte das Glas ab, das Leonardo ihm gebracht hatte. Sein Gesicht wirkte steinern und bleich; seine Augen waren sehr kalt.

»Der Haringvliet-Damm also«, flüsterte er. »Sie haben es auf Haringvliet abgesehen.« Dieser Tatsache war er sich jedoch schon seit einiger Zeit bewußt gewesen.

Man bezeichnete den Haringvliet-Damm als das Ventil der Niederlande. Er blockierte den Zugang zum Haringvliet-Delta. Im Frühling und im Frühsommer, der Zeit der Schneeschmelze in den Alpen, leitete der Staudamm vermittels seiner gewaltigen, hydraulischen Schleusentore das Wasser der stark angestiegenen Flüsse Rhein, Waal und Maas an Rotterdam vorbei in die Neue Wasserstraße, die beim Europort in die Nordsee mündete. Wenn der Wasserstand der Flüsse zu weit anstieg und der Wasserstand der Nordsee erheblich geringer war, konnte das Wasser auch direkt in die Nordsee abgeleitet werden, indem man die entsprechenden Schleusentore öffnete. Um diese Jahreszeit, wenn die Flüsse extrem wenig Wasser führten, bestand die Hauptaufgabe des Staudamms jedoch darin, die Wassermassen der Nordsee in Schranken zu halten. Das Ausmaß der Überschwemmungen, welche die Zerstörung dieser Hauptschleuse Hollands nach sich ziehen würde, war unübersehbar.

»Ja, Mister Danilow, Sie haben richtig vermutet.« Samuelson mußte wissen, daß sein Leben in Gefahr war, aber es war ihm nicht das geringste anzumerken. »Ja, ich habe es auf den Haringvliet-Damm abgesehen.«

Van Effen nickte nur einmal kurz. »Deshalb also die Atomsprengkörper. Ich hoffe, daß sie unterwegs schon in die Luft gehen und Ylvisaker und seine Freunde zum Mond schießen.«

»Ein höchst unliebenswürdiger Wunsch, um es gelinde auszudrücken.« Samuelson nippte an seinem Glas. Wenn ihm diese Szene peinlich war, verstand er es hervorragend zu verbergen. »Ich sehe, Sie tragen heute Ihre Smith & Wesson, Mister Danilow. Zweifellos sind auch Ihre Freunde bewaffnet. Romero, Leonardo und ich tragen keine Waffen – wir haben uns das zum Prinzip gemacht. Wenn Sie mich also abknallen wollen, gäbe es nichts, was ich dagegen unternehmen könnte. Aber würden Sie es nicht auch ziemlich unfair finden, einen Menschen nur aufgrund eines ebenso grauenhaften wie unbegründeten Verdachts zu erschießen?« Samuelson schien das Ganze sichtlich zu genießen.

»Gut, reden Sie weiter.«

»Die nuklearen Sprengkörper sollen nicht am Haringvliet zum Einsatz kommen – und zwar aus drei Gründen. Erstens halte ich nicht viel davon, mich selbst in die Luft zu sprengen. Zweitens bin ich daran interessiert, daß die Schleusentore nicht beschädigt werden. Drittens beabsichtige ich, den Staudamm in meinen Besitz zu bringen.«

Schweigend nahm van Effen einen Schluck aus seinem Glas, als brauchte er Zeit zum Überlegen. Er war sich jedoch nicht nur bewußt gewesen, daß Samuelson es auf den Haringvliet abgesehen hatte, sondern war gleichzeitig auch überzeugt, daß er nicht beabsichtigte, den Staudamm zu zerstören.

»Ihrem Ehrgeiz sind offenbar keine Grenzen gesetzt. Und wie gedenken Sie, dieses ambitiöse Vorhaben in die Tat umzusetzen?«

»Zur Hälfte ist das bereits geschehen. Vor etwa vierzig Stunden hat sich ein geschickter Elektriker an drei Turbogeneratoren zu schaffen gemacht. Sein Eingriff wird sich jedoch als ebenso geringfügig und schwer zu entdecken erweisen, wie er wirksam sein wird.«

»War dieser Mann ein Angestellter, der dort arbeitet?«

»Natürlich.«

»Ein Holländer?«

»Ja. Wie ich im Lauf meines Lebens feststellen mußte, haben zwanzigtausend Dollar auch auf die patriotischsten

Gemüter noch nie ihre Wirkung verfehlt. Außerdem hatte der gute Mann nicht die geringste Ahnung, was wir damit beabsichtigten. Natürlich erhielt er auch die Gelegenheit, den Schaden zu entdecken und Spezialisten aus Rotterdam anzufordern, als es ihm selbst nicht gelang, den Defekt zu reparieren. Diese vier Herren sind gegenwärtig in einem behaglichen Kellerabteil unter uns untergebracht. Sie erfreuen sich bester Gesundheit und werden hervorragend verpflegt, wovon Sie sich jederzeit überzeugen können.«

»Das wird nicht nötig sein. Und dann haben Sie Ihre eigenen vier Experten antreten lassen?«

»Sehr richtig. Leider verfügen alle vier über ein mehr oder weniger umfangreiches Vorstrafenregister und haben ausnahmslos längere Gefängnisstrafen hinter sich. Andererseits sprach jedoch zu ihren Gunsten, daß sie möglicherweise die vier besten Safeknacker Hollands sind und darüber hinaus über profunde Kenntnisse auf dem Gebiet der Elektrotechnik verfügen.«

»So jemanden zu finden, dürfte nicht gerade einfach gewesen sein«, entgegnete van Effen, fügte dann jedoch hinzu: »Halt. So schwierig war das vielleicht doch nicht.« Er sah Romero Agnelli an. »Ihre Brüder im Gefängnis wissen doch sicher über jeden Kriminellen, der etwas von seinem – wie sie es nennen würden – Handwerk versteht, bestens Bescheid; einschließlich des Vorstrafenregisters der in Frage kommenden Personen.«

»Sie sind sehr fähige Männer«, erklärte Samuelson. »Allerdings verstehen sie mehr von Safes als von Elektrotechnik.«

»Ihre Aufgabe ist es natürlich«, kombinierte van Effen, »sämtliche Alarmanlagen zur Sicherung des Staudamms ausfindig zu machen und außer Betrieb zu setzen – Lichtschranken, Sensoren, Notrufknöpfe und was es sonst noch alles gibt; des weiteren herauszufinden, wo sich die Wachen aufhalten – und zwar sowohl im Dienst wie danach.«

»Außer Betrieb gesetzt haben sie die Alarmanlagen noch nicht. Dazu ist es noch zu früh. Vielleicht wird es nicht einmal nötig sein«, warf Agnelli ein. »Sonst haben Sie völlig richtig vermutet. Bezüglich einiger weniger Kleinigkeiten waren sie sich jedoch unschlüssig, so daß sie um die Genehmigung baten, einen führenden Kopf auf dem Gebiet der Turbogeneratorentechnik zu Rate ziehen zu dürfen.«

Van Effen nickte. »Und selbstverständlich haben sie diesen Mann in O'Brien gefunden, wenngleich seine Begabung auf einem etwas anderen Gebiet liegen dürfte. Ich muß schon sagen, das haben Sie wirklich klug eingefädelt.«

Samuelson machte eine abwehrende Geste. »Das haben wir alles Romero zu verdanken. Seine organisatorischen Fähigkeiten sind bewundernswert. Ist O'Brien eigentlich schon wieder zurück?«

Leonardo verließ den Raum und kam wenig später mit einem O'Brien zurück, der kaum mehr etwas mit seinem alten Selbst zu tun hatte, da ihm scheinbar über Nacht ein dichter Vollbart gewachsen war.

»Sie müssen meinen Aufzug entschuldigen«, erklärte O'Brien. Es schien ihm nicht unbeträchtliche Schmerzen zu bereiten, als er sich den Bart abzog. »Da ich jetzt mit Ihnen kommen werde, dachte ich, die plötzliche Verwandlung eines Ingenieurs in einen Oberfeldwebel der holländischen Armee könnte vielleicht Aufsehen erregen.«

»Wie sieht es aus?« wollte Samuelson wissen.

»Wir können jederzeit starten«, erwiderte O'Brien.

»Ich hätte da noch eine Frage«, schaltete sich George in das Gespräch ein. »Wie erkennen wir diese vier – äh – Kollegen am Staudamm? Wir wollen schließlich nicht den falschen Leuten unsere Schießeisen unter die Nase halten.«

»Ein berechtigter Einwand«, nickte Agnelli. »Die vier tragen hellblaue Overalls.«

»Und in ihren Werkzeugtaschen haben sie nur Werkzeug?«

»Und ein Pistölchen natürlich. Außerdem ein paar Gasgranaten. Dergleichen kann sich ja gelegentlich als recht nützlich erweisen.«

»Davon hätte ich auch gern ein paar«, bemerkte van Effen. «Von den Gasgranaten, meine ich. In einer kleinen Handtasche oder einem Koffer. Wie Mister Samuelson halte ich nichts von unnötiger Gewaltanwendung. Und wenn es sich als nötig erweisen sollte, den einen oder anderen der Leute, die beim Staudamm angestellt sind, in seinem Diensteifer etwas zu bremsen, würde ich das lieber mit einer kleinen Ladung Gas als mit einer Kugel besorgen.«

»Sie sprechen mir aus dem Herzen, Mister Danilow«, pflichtete ihm Samuelson bei. »Sie sollen welche bekommen.«

»Noch etwas«, fragte van Effen. »Wie wollen Sie die Anwesenheit zweier Zivilisten innerhalb eines militärischen Trupps rechtfertigen?«

»Ach so!« Auf Samuelsons Lippen breitete sich ein strahlendes Lächeln aus. »Zivilisten ja, aber keineswegs gewöhnliche Zivilisten. Sie sind zwei leitende Angehörige einer Spezialeinheit der Amsterdamer Polizei zur Terrorismusbekämpfung. Das ist doch sicher eine ausreichende Erklärung für Ihre Anwesenheit, oder nicht?«

»Eine vorzügliche Idee«, erklärte van Effen bewundernd. »Ich wollte schon immer Polizist werden. Und wie wollen Sie sich Zutritt zu der Anlage des Staudamms verschaffen, Mister Samuelson?«

»Nichts einfacher als das. Wir landen direkt auf der Fahrstraße, die über den Staudamm führt. Zuerst werden wir natürlich die für die Sicherheit des Staudamms zuständigen Stellen per Funk darauf aufmerksam machen, daß der Verdacht besteht – nichts weiter –, daß die FFF entweder von der Fluß- oder von der Meeresseite her einen Sabotageakt am Staudamm beabsichtige, weshalb sich dem Damm von der Flußseite ein paar Patrouillenboote der Wasserschutzpolizei und von der Meeresseite ein Zerstörer der Marine nähern würden. Wir selbst treffen selbstverständlich als erste ein – von hier sind es nur wenige Flugminuten bis zum Staudamm. Außerdem erteilen wir ihnen Anweisung, völlige Funkstille zu wahren.«

»Unkompliziert, aber genial. Meinen Glückwunsch«, gab van Effen seiner Anerkennung Ausdruck. »Sie haben Nerven, das muß man Ihnen lassen. Die jungen Damen werden Sie hier zurücklassen?«

»Aber nein. Wie könnte ich Kathleen und Maria das Vergnügen vorenthalten, selbst mitzuerleben, wie wir der Welt ein Schnippchen schlagen? Wir werden den hinteren Teil des Hubschraubers abtrennen und die vier jungen Damen dort unterbringen, bis wir den Staudamm in unsere Gewalt gebracht haben.«

»Haben Sie schon daran gedacht, daß die beiden anderen Mädchen um Hilfe schreien oder versuchen könnten, Kathleen und Maria zu überwältigen?«

»Das Schreien dürfte ihnen in geknebeltem Zustand ebenso schwer fallen wie der Versuch, jemanden tätlich anzugreifen, wenn die Hände auf dem Rücken gefesselt sind. Außerdem wird Joop auf sie aufpassen, und Joop kann recht gut mit Schußwaffen umgehen.«

»Sie denken an alles.« Van Effen hoffte nur, daß Joop nicht allzugut mit seiner Schußwaffe würde umgehen können.

Samuelson stand auf, trat an den Schreibtisch und nahm zwei Bögen Papier aus einer Schublade. »Hier – ein Grundriß und ein Aufriß des Haringvliet-Damms. Leonardo, holen Sie doch bitte auch die anderen her. Ich möchte, daß jeder genau weiß, was er zu tun hat, wo die einzelnen Wachen postiert sind, wo sich die dienstfreien Wachen und die Angestellten aufhalten und wo jeder einzelne Mann, der gerade Schicht hat, sich vermutlich befinden wird. Auf diese Weise können uns so gut wie keine Fehler unterlaufen.«

Leonardo verließ gerade den Raum, als Daniken zurückkam. Kurz darauf kehrte Leonardo mit Joop, Joachim und zwei weiteren jungen Männern, die van Effen schon von ihrem vorherigen Unterschlupf her bekannt waren, wieder zurück. Außerdem erschienen noch vier ältere Männer zwischen dreißig und vierzig, die van Effen bis dahin noch nicht gesehen hatte, und zwei Wachen, die van Effen bereits kannte. Diese Gruppe machte den

Eindruck, als wäre mit ihr nicht gut Kirschen essen; die Männer machten einen verbissenen und entschlossenen Eindruck. Sie versammelten sich um den Tisch. Nur zwei Leute fehlten – Willi, der vermutlich in irgendeinem Kellerverlies schmachtete, und Riordan, der derlei weltliche Dinge sicher weit unter seiner Würde fand.

Obgleich Samuelson diese Versammlung einberufen hatte, war es Romero Agnelli, der sie leitete. Er erklärte jedem einzelnen Mann genau, wohin er zu gehen und was er zu tun hatte. Außerdem bestand er darauf, daß alle ihre Uhren aufeinander abstimmten, so daß jeder genau wußte, zu welchem Zeitpunkt er sich an einem bestimmten Punkt einzufinden hatte. Das dauerte etwa fünf Minuten. Dann ging er alles noch einmal von vorne durch. Als er auch noch zu einem dritten Durchgang ansetzte, strebten van Effen und George entschlossen auf die Bar zu. Samuelson folgte ihnen mit einem Lächeln und trat hinter die Bar.

»Ihnen wird es aber schnell langweilig, Mister Danilow.«

»Ich habe mir noch nie etwas zweimal sagen lassen müssen, geschweige denn dreimal.«

»Vermutlich haben Sie recht.« Er blickte auf seine Uhr. »Langsam werde ich etwas unruhig. Der Lastwagen sollte inzwischen längst eingetroffen sein.«

»Ylvisaker macht doch eigentlich einen recht zuverlässigen Eindruck«, meinte van Effen. »Vielleicht steckt er in einem Verkehrsstau, oder er hat eine Reifenpanne oder einen Motorschaden. Vorerst würde ich mir an Ihrer Stelle noch keine allzugroßen Sorgen machen. Außerdem können wir jederzeit erfahren, weshalb er sich verspätet. Sie haben doch ein Funkgerät hier im Haus. Der Leutnant kennt sich mit so etwas recht gut aus. Außerdem weiß er die Frequenz des Lasters.«

»Wenn Sie das machen könnten, Leutnant, wäre ich Ihnen sehr dankbar.« Samuelson deutete quer durch den Raum. »Dort drüben.«

Vasco nahm vor dem Funkgerät Platz, setzte sich die Kopfhörer auf und begann zu senden. Nach zwei Minuten nahm er die Kopfhörer wieder ab und kam an die Bar zurück.

»Er meldet sich nicht.«

Samuelsons Stirn legte sich in sorgenvolle Falten. »Haben Sie wirklich alles versucht?«

»Natürlich. Aber lassen Sie doch Daniken noch mal probieren.« Vascos Stimme klang leicht gekränkt. »Vielleicht kennt er sich mit so etwas besser aus.«

»Nein, nein, Leutnant, nicht nötig«, beschwichtigte ihn Samuelson. »Sie müssen mich entschuldigen, ich bin ein wenig irritiert.«

»Meiner Meinung nach kann es dafür eigentlich nur zwei Gründe geben«, fuhr Vasco fort. »Entweder hat er einen Unfall gehabt, oder, was ich für wahrscheinlicher halte, der Stand-by-Schalter steht versehentlich auf Aus.«

Samuelsons Stirn glättete sich ein wenig. »Warum meldet er sich denn nicht, wenn er sich verspätet hat?«

»Weiß Ylvisaker, wie man mit einem Funkgerät umgeht?«

Samuelsons Stirn glättete sich noch mehr. »Ehrlich gesagt, das weiß ich nicht.« Er sah auf, als ein Mädchen in weißer Schürze auf ihn zutrat.

»Entschuldigen Sie, Mijnheer«, sagte sie. »Aber vielleicht interessiert es Sie, daß in zwei Minuten im Fernsehen eine Durchsage der Regierung gesendet wird.«

»Vielen Dank, vielen Dank.« Samuelson eilte hinter die Bar, gab Agnelli mit einer Handbewegung zu verstehen, er solle seine Instruktionsstunde abbrechen, und schaltete das Fernsehgerät ein. Nach einer halben Minute erschien der Nachrichtensprecher auf dem Bildschirm. Er war wesentlich jünger als sein Vorgänger, aber offensichtlich in derselben Schule für Grabredner ausgebildet.

»Die Regierung hat drei Durchsagen zu machen. Die erste besagt, daß die britische Regierung und Stormont übereingekommen sind, sämtliche britischen Truppen in ihre Kasernen zurückzuziehen. Da die einzelnen Truppenteile über ganz Nordirland verstreut sind, dürfte dies mehrere Stunden in Anspruch nehmen. Der Rückzug ist jedoch bereits eingeleitet worden. Obwohl nichts diesbezügliches bekanntgeworden ist, darf dies dennoch als Hinweis auf Londons weitere Intentionen gedeutet werden.«

Samuelson strahlte vor Zufriedenheit. Ylvisaker war in diesem Augenblick längst vergessen.

»Die zweite Durchsage lautet, daß der Außenminister und der Verteidigungsminister Großbritanniens sowie die Oberbefehlshaber des Heeres und der Flotte nach Amsterdam unterwegs sind, um der für vierzehn Uhr in der Markerwaard angekündigten Detonation einer Atomwaffe beizuwohnen.

Die dritte Durchsage lautet, daß die Regierung sich bereiterklärt hat, für die beiden bisher noch nicht namentlich genannten Häftlinge, deren Freilassung von der FFF gefordert wurde, eine Amnestie zu erlassen.

Wir melden uns wieder um vierzehn Uhr.«

»Nun«, bemerkte van Effen. »Das klingt nach bedingungsloser Kapitulation.«

»Bisher verläuft wirklich alles nach Wunsch«, erklärte Samuelson bescheiden. »Wir werden alle nur ein Minimum an Gepäck mitnehmen und es im hinteren Teil des Hubschraubers verstauen. Eine Gruppe von Militärs, die sich im Einsatz befindet, marschiert schließlich nicht mit Koffern durch die Gegend. Mittagessen gibt es um halb eins. Wir haben also noch zweieinhalb Stunden Zeit. Ich halte es nicht für ratsam, weiter dem – zweifellos vorzüglichen – Jonge Jenever zuzusprechen, und schlage vor, daß wir uns noch etwas ausruhen. Obwohl wir heute nacht nicht hierher zurückkehren, habe ich Zimmer für Sie vorbereiten lassen; man wird sie Ihnen gleich zeigen. Leutnant, wollen Sie sich auch ein wenig hinlegen?«

»Nein, ich könnte jetzt nicht schlafen.«

»Würden Sie dann alle zwanzig Minuten nach unten kommen und versuchen, sich mit Ylvisaker in Verbindung zu setzen?«

»Wenn Sie das für zweckmäßig halten, gern. Ich gehe gleich nach oben, mache mich frisch und packe meine Sachen zusammen. In zwanzig Minuten bin ich wieder hier. Danach kann ich gleich hier unten bleiben.« Vasco grinste. »Ich werde natürlich diese Gelegenheit nicht dazu benutzen, mich über die Hausbar herzumachen. Das verspreche ich Ihnen.«

Das Zimmer, das van Effen und seinen Begleitern zugewiesen wurde, glich fast aufs Haar ihrem Zimmer in der anderen Mühle. Vasco führte seine übliche gründliche Durchsuchung durch und gab den Raum schließlich frei.

»Samuelson scheint ziemlich besorgt wegen Ylvisakers Ausbleiben«, erklärte van Effen. »Wir dürfen also wohl davon ausgehen, daß er sich mit seinen Begleitern in sicherem Gewahrsam befindet. Was aber noch wichtiger ist: Samuelson scheint inzwischen fest davon überzeugt, daß die Sache bereits gelaufen ist. Die Möglichkeit eines Scheiterns existiert für ihn nicht mehr. Eine höchst gefährliche Einstellung – gefährlich für ihn.«

»Und was glaubst du, wird er tun, wenn er mit seinem Hubschrauber auf dem Staudamm gelandet ist?« wollte George wissen.

»Er wird ihn in Besitz nehmen. Soweit ich das beurteilen kann, steht dem auch nichts im Wege. So kurz nach der Explosion in der Markerwaard dürfte das für die Regierung ein Schlag sein, der ihr zu Bewußtsein bringen wird, daß das Land endgültig der FFF ausgeliefert ist.«

»Und dann«, fiel Vasco ein, »sprengen sie ein paar Betonklumpen aus dem Staudamm, um auch ja keinen Zweifel daran zu lassen, daß sie nach wie vor nicht zum Spaßen aufgelegt sind.«

»Nichts dergleichen wird geschehen«, widersprach van Effen. »Sie brauchen gar nicht zu solch drastischen Mitteln zu greifen. Das mit den Sprengkörpern war Agnellis Idee. Und Agnelli ist nicht nur ein Organisationstalent, er ist auch sonst nicht auf den Kopf gefallen. Wenn ihr mich fragt, dient der Sprengstoff nur als eine Art Rückendekkung, für den Fall, daß etwas schiefgehen sollte.«

»Ich bin der Ansicht, daß O'Brien mit den Bedienungselementen der hydraulischen Schleusentore mindestens ebenso vertraut ist wie der Mann, der sie konzipiert und entworfen hat. Sie werden einfach die Schleusen öffnen.«

»Und falls ihnen die zuständigen Stellen die Stromversorgung vom Festland aus kappen, wenn man in diesem Fall noch von Festland sprechen kann?« warf Vasco ein. »Werden sie dann vielleicht auf den Sprengstoff zurückgreifen?«

»Im Staudamm gibt es doch sicher Notstromaggregate. Davon hat sich O'Brien bestimmt überzeugt. Schließlich haben die Schleusentore des Haringvliet-Staudamms für die Sicherheit des Landes eine entscheidende Schlüsselfunktion. Stellt euch doch nur mal vor, die Schleusentore würden bei Ebbe geöffnet, und dann käme es plötzlich zu einem Stromausfall. Dann brauchen sie eigene Aggregate, um sie bei Flut schließen zu können.«

»Was im Augenblick jedoch wichtiger ist: Samuelson und Agnelli waren so freundlich, uns ausnahmsweise einmal etwas genauer in ihre Pläne einzuweihen.«

George rieb sich die Hände. »Und jetzt werden wir unsere eigenen Pläne machen.«

»Also gut, fangen wir am besten gleich damit an.«

Ungefähr vierzig Minuten nachdem Vasco wieder ins Wohnzimmer hinuntergegangen war, gesellte sich Samuelson zu ihm. Vasco, der vor dem Funkgerät saß und in einer Zeitschrift blätterte, blickte auf, als er eintrat.

»Na, haben Sie inzwischen mehr Glück gehabt, Leutnant?«

»Leider nicht, Mister Samuelson. Ich habe es schon viermal versucht – sogar alle zehn Minuten. Aber bis jetzt hat sich niemand gemeldet.«

»Gütiger Gott, gütiger Gott!« Statt sich an den zu wenden, den er eben um seinen Beistand angerufen hatte, ging Samuelson hinter die Bar und kam mit zwei Jenevers zurück. »Ylvisaker ist längst überfällig. Was könnte ihm zugestoßen sein?«

»Darüber habe ich eben ausgiebig nachgedacht, Mister Samuelson. Ganz sicher hat er sich nicht selbst in die Luft gesprengt, sonst hätten wir davon im Fernsehen erfahren. Gehen wir einmal davon aus, daß er einen Unfall oder einen Motorschaden hatte. Gehen wir des weiteren davon aus, daß er nicht mit einem Funkgerät umgehen kann. Was hätten Sie in diesem Fall an seiner Stelle getan?«

»Von der nächsten Telefonzelle aus angerufen, um uns die Gründe für sein Ausbleiben mitzuteilen. Schließlich steht in diesem Land an jeder Straßenecke eine Telefonzelle.«

»Das ist völlig richtig. Aber kennt Ylvisaker Ihre Telefonnummer hier?«

Samuelson starrte ihn erstaunt an und sagte schließlich: »Ylvisaker war noch nie hier. Warten Sie einen Augenblick.«

Er eilte aus dem Raum und kam binnen einer Minute mit grimmigem Gesicht wieder zurück. »Meine Leute sind einhellig der Meinung, daß Ylvisaker die Nummer dieses Hauses *nicht* kennt.«

»Aber Sie wissen doch, auf welchem Weg er fahren sollte?«

»Natürlich. Ich schicke zwei Männer in einem schnellen Wagen los, um nach ihm zu suchen. Vielen Dank, Leutnant. Freut mich, daß es hier doch noch Leute gibt, die denken können.«

»Soll ich es weiter versuchen, Mister Samuelson?«

»Besteht denn noch eine Chance, ihn zu erreichen?«

Vasco zuckte die Achseln. »Völlig ausgeschlossen ist es nicht. Außerdem habe ich im Augenblick nichts Wichtigeres zu tun.«

»Vielen Dank.« Samuelson brachte ihm noch einen Jenever. »Der wird einem Verstand, der so klar ist wie Ihrer, schon nicht schaden.«

»Sehr freundlich von Ihnen, vielen Dank. Aber wenn Sie nichts dagegen haben, würde ich ihn gern draußen auf der Veranda trinken. Hier ist es ein wenig überheizt.«

»Aber selbstverständlich, ganz wie Sie wünschen.« Mit diesen Worten verließ Samuelson den Raum.

Der Wagen war ein brauner BMW mit einem Antwerpener Nummernschild. Vasco beobachtete ihn, wie er mit den beiden Insassen verschwand. Nachdenklich trank er sein Glas leer und ging dann wieder hinein. Er setzte sich ans

Funkgerät, verstellte Frequenzband und Wellenlänge und sprach dann leise auf Flämisch ins Mikrophon: »Aufnahme.« Er redete nicht länger als zwölf Sekunden und drehte dann sofort wieder auf die alte Frequenz und Wellenlänge zurück. Seine Bemühungen, Ylvisaker zu erreichen, blieben erfolglos; er vertiefte sich wieder in die Lektüre der Zeitschrift. Nach einer Weile versuchte er erneut, Ylvisaker zu erreichen; ohne Erfolg. Als Samuelson nach zwanzig Minuten wieder auftauchte, hatte Vasco noch zwei weitere erfolglose Versuche unternommen.

»Immer noch nichts?«

»Bisher nicht das geringste. Ich weiß, daß Mister Danilow prinzipiell keine unnötigen Fragen stellt. Aber als Offizier des Heeres hätte ich doch gern gewußt, wie wichtig diese Atomwaffen für Sie sind?«

»Sie haben fast ausschließlich einen psychologischen Effekt. Falls nötig, hätte ich sie sonst nur dazu benutzt, die Zugänge zum Haringvliet-Staudamm zu zerstören.«

»Wozu denn das? Kein hoher Militär der Niederlande würde auch nur im Traum daran denken, den Haringvliet-Damm anzugreifen. Mit Bombern? Ausgeschlossen. Mit Kampfflugzeugen? Niemals. Schließlich haben Sie eine Menge Luftabwehrgeschosse. Ihr Hubschrauber würde auch mit mehreren Kampfflugzeugen fertig. Und nicht zuletzt werden sich doch auch eine stattliche Anzahl von Geiseln in Ihren Händen befinden, deren Leben man nicht aufs Spiel setzen wird. Und wenn sie es mit einem Zerstörer oder Torpedobooten versuchen sollten – sie wissen ja, Ihre Bodenabwehrraketen sind wärmegesteuert und würden jedem angreifenden Boot den Garaus machen.«

»Und sie werden keine Bomber einsetzen?«

»Was hätten sie davon, den Staudamm zu bombardieren? Damit würden sie doch Ihre Drohungen gleich selbst in die Tat umsetzen.«

»Das allerdings. Na, es hat wohl keinen Sinn, es noch länger zu versuchen. Vielleicht sollten wir uns vor dem Mittagessen noch einmal kurz hinlegen.«

Vasco teilte van Effen und George in wenigen Worten mit, was in der Zwischenzeit geschehen war.

»Damit hast du Samuelson von seiner absoluten Unverwundbarkeit überzeugt«, meinte van Effen. »Außerdem werden wir uns mit zwei Mann weniger herumschlagen müssen, wenn es so weit ist. Wen hast du verständigt?«

»Die Polizei in Rotterdam.«

»Vielleicht schaffen wir es doch noch, einen Polizisten aus ihm zu machen. Was meinst du, George? Gut, noch eine Stunde bis zum Mittagessen.«

»Ich werde vorher noch ein kleines Nickerchen machen«, verkündete Vasco. »Drei Jonge Jenever hintereinander sind in Anbetracht meines angegriffenen Gesundheitszustands doch etwas viel auf einmal.«

»Wie bitte?«

»Na, ihr wißt doch selbst, wie das mit der Gastfreundschaft der Holländer ist.«

Das Essen war vorzüglich, die allgemeine Stimmung ließ zu wünschen übrig. Samuelson versuchte seine gutgelaunte Fassade aufrechtzuerhalten, aber er machte sich um den Verbleib seiner Atomsprengkörper ernsthaft Sorgen. Und da sich seine bedrückte Stimmung auch auf die anderen übertrug, herrschte während des Essens beinahe vollkommenes Schweigen.

Beim Kaffee wandte sich Samuelson an van Effen: »Halten Sie es für möglich, daß Ylvisaker und seine Leute von der Polizei oder von einem Militärkontrollposten festgenommen worden sind?«

»Das halte ich für höchst unwahrscheinlich. Wie hätte das passieren können? Sie haben doch alle erdenklichen Sicherheitsvorkehrungen getroffen. Selbst wenn dem so wäre, käme es doch letztlich nur darauf an, ob Ylvisaker und seine Männer geredet haben.«

»Sie meinen über den Haringvliet-Damm. Nein. Bis zu unserer Ankunft hier waren nur Riordan, Agnelli, Daniken und O'Brien in unser Vorhaben eingeweiht.« Auf Samuelsons Lippen breitete sich ein schwaches Lächeln aus. »Auch ich bin ein Befürworter Ihres inzwischen sattsam bekannten Grundsatzes, Mister Danilow. Sie wissen schon, niemand sollte mehr wissen ...«

»Ich will ja nicht unbedingt in den Ruf der Menschenverachtung gelangen, aber weswegen machen Sie sich dann eigentlich Sorgen?«

»Wie Sie selbst sehen können«, kommentierte der Fernsehsprecher den Filmbericht, »ist das Wetter nach wie vor katastrophal; entsprechend schlecht ist auch die Sicht. Die Regenfälle sind extrem stark, und der Wind – Stärke acht bis neun – hat sich nach Nordwesten gedreht. Wir haben vier Kameras in Position – eine bei Hoorn, eine bei Volendam, eine im Westen der Markerwaard und eine auf der gegenüberliegenden Seite in der Nähe von Lelystad. Wir bedauern die schlechte Bildqualität unserer Aufnahmen; trotz eines speziellen Regenschutzes schlägt der Regen direkt auf die Objektive der Kameras. Eine weitere Kamera ist in einem Hubschrauber untergebracht, der bei diesem Wetter schwer zu kämpfen hat. Es ist jetzt dreizehn Uhr achtundfünfzig. Nun einige Aufnahmen aus dem Hubschrauber.«

Auf dem Bildschirm erschienen düster verschwommene Bilder einer sturmgepeitschten See.

Die Aufnahmen waren sehr unruhig und stark verrissen, da der Hubschrauber im Sturm gefährlich schlingerte. Die verzerrte Stimme eines Reporters wurde eingeblendet.

»Liebe Zuschauer, wir melden uns hier aus dem Hubschrauber. Mein Kollege im Studio hat keineswegs übertrieben, als er Ihnen die Bedingungen hier über der Markerwaard schilderte. Ich kann Ihnen versichern, die einzige Person an Bord unseres Hubschraubers, die nicht mit erheblicher Übelkeit zu kämpfen hat, ist der Pilot. Wir fliegen im Augenblick in einer Höhe von siebenhundert Metern – plus-minus fünfzig Meter. In dieser Höhe befänden wir uns auch dann noch in Sicherheit, wenn die Detonation, begleitet von einer enormen Gischtentwicklung, direkt unter uns erfolgen sollte. Wir wollen es nicht hoffen. Es ist jetzt Punkt vierzehn Uhr und ...« Seine

Stimme wurde fast um eine Oktave höher. »Da! Da! Direkt unter uns! Direkt unter uns!«

Das Zoomobjektiv der Kamera holte das Geschehen auf größte Nähe heran. Die Wasseroberfläche der Markerwaard brodelte weißlich, dann stieg daraus plötzlich eine gewaltige Wassersäule senkrecht zum Himmel hoch und direkt auf die Fernsehkamera zu.

»Sehen Sie sich das an!« fuhr die aufgeregte Stimme des Reporters fort. »Sehen Sie sich das an!« Diese Aufforderung erwies sich als überflüssig; in diesem Augenblick mochte es in den Niederlanden kaum jemanden gegeben haben, dessen Augen auf etwas anderes gerichtet waren. »Und die Luft ist von Gischt erfüllt. Unser Pilot fliegt mit aller Kraft in Richtung Nordwesten, um möglichst schnell aus diesem Gebiet herauszukommen. Gegen den tosenden Nordweststurm kommen wir allerdings nur mühsam voran, aber wir hoffen, daß der Sturm das aufgewirbelte Wasser und die Gischt von uns wegtreibt.«

Van Effen sah Samuelson an. Er schien in eine Art Trance verfallen zu sein. Der einzige Teil seines Körpers, der nicht völlig erstarrt wirkte, waren seine Hände. Er hatte die Finger ineinander verschränkt und ließ die Daumen langsam kreisen.

Dann erschien wieder das Bild des Studiosprechers. »Leider sind auch die Objektive der Hubschrauberkamera durch die Gischt unbrauchbar geworden. Zu unserem Bedauern liefern auch die anderen Kameras keine befriedigenden Bilder. Die Detonation ist offensichtlich genau im Mittelpunkt der Markerwaard erfolgt.«

Nun blendete sich wieder die Stimme des Reporters aus dem Hubschrauber ein. »Sie müssen diesen Bildausfall entschuldigen, aber aufgrund des starken Regens und der extremen Gischtentwicklung können wir im Augenblick so gut wie nichts sehen. Wir bewegen uns weiter in nordwestlicher Richtung. Einen Augenblick, einen Augenblick. Unsere Sicht ist wieder besser geworden.«

Die Wassersäule fiel in sich selbst zusammen. Die Kamera blieb nur kurz auf die Wassersäule gerichtet und schwenkte dann über die Umgebung der Explosionsstelle. Dabei wurde ein Wellenkreis auf der Wasseroberfläche sichtbar, dessen Mittelpunkt die Detonationsstelle bildete und der sich langsam konzentrisch ausbreitete.

»Das«, erläuterte der Reporter, »muß die erwartete Flutwelle sein. Sie sieht nicht sehr bedrohlich aus. Andererseits ist es unmöglich, von hier oben die genaue Wellenhöhe abzuschätzen.«

Das Bild wurde ausgeblendet, statt dessen war wieder der Studiosprecher zu sehen. »Wir werden nun versuchen... Einen Augenblick bitte, wir haben gerade Volendam.«

In Großaufnahme zeigte eine Kamera eine Wasserwoge, kaum höher als eine kleine Welle, die sich rasch auf die Küste zubewegte. Die verzerrte Funkstimme des Kommentators erklärte dazu: »Ich kann meinem Kollegen im Hubschrauber nur zustimmen. Das sieht nicht nach einer gefährlichen Flutwelle aus. Soweit ich informiert bin, nehmen diese Wellen jedoch an Höhe zu, sobald die Wassertiefe abnimmt. Warten wir also ab.«

Aber es gab nicht viel zu sehen. Als die Welle nicht einmal mehr hundert Meter vom Ufer entfernt war, schätzte der Reporter ihre Höhe auf knapp einen Meter, was ziemlich genau den Prognosen der Experten entsprach.

Samuelson ordnete mit einer kurzen Handbewegung an, den Fernseher auszuschalten.

»Ein paar Leute werden nasse Füße bekommen, das ist alles«, verkündete er zufrieden. »Jedenfalls werden mit Sicherheit keine Menschenleben zu beklagen sein. Das war doch eine recht eindrucksvolle Vorführung, finden Sie nicht auch, Mister Danilow?«

»Allerdings. Höchst eindrucksvoll.« Es stimmte. Vermutlich würde nicht ein einziges Menschenleben zu beklagen sein – zumindest nicht an diesem Tag. Aber in einigen Jahren würde sich doch herausstellen, daß der Vorfall nicht ganz ohne Folgen blieb: dann würden sich die radioaktiven Rückstände der Detonation zur Gänze über dem ohnehin schon von den Meeresfluten schwer heimgesuchten Flevoland abgelagert haben. Aber van

Effen schien dies keineswegs der gegebene Zeitpunkt, Samuelson darauf aufmerksam zu machen.

»Romero, geben Sie jetzt unseren Funkspruch an den Haringvliet-Damm durch«, ordnete Samuelson an. »Und vergessen Sie nicht, ausdrücklich zu betonen, daß absolute Funkstille zu wahren ist. Wo stecken nur die beiden, die ich auf die Suche nach Ylvisaker und seinen Leuten geschickt habe?« Niemand konnte diese Frage beantworten. »Inzwischen fehlen mir schon fünf tüchtige Leute. Fünf!«

»Das ist wirklich ärgerlich, Mister Samuelson«, warf Vasco ein. »Aber am Ausgang der ganzen Sache wird es kaum etwas ändern. Wir sind immer noch siebzehn Mann. Mit dem Überraschungseffekt auf unserer Seite möchte ich wetten, daß wir den Staudamm sogar mit lediglich vier Mann kassieren könnten.«

Samuelson lächelte. »Wie tröstlich, so etwas zu hören. In zwanzig Minuten brechen wir auf.«

Zwanzig Minuten später machten sie sich startbereit. Sämtliche Soldaten waren bewaffnet und mit Marschgepäck ausgerüstet. Weder van Effen noch George waren – zumindest dem Anschein nach – bewaffnet. Sie hatten jedoch Aktentaschen bei sich, vollgestopft mit Gasgranaten. Zur Sicherheit hatte van Effen auch noch die Yves Saint Laurent-Spraydose aus seinem Toilettenbeutel eingepackt.

Als sie an Bord des Hubschraubers stiegen, wandte sich van Effen kurz an Samuelson: »Also Gas und keine Schußwaffen?«

»Richtig. Gas – keine Schußwaffen.«

XII

Um vierzehn Uhr achtunddreißig setzte der Hubschrauber auf der Fahrstraße auf, die über den Haringvliet-Staudamm verlief.

Romero Agnelli, in der Uniform eines Majors und nominell der Anführer des Trupps, kletterte als erster die Stufen hinunter. Ein blonder junger Mann mit einer Hornbrille löste sich aus einer kleinen Gruppe von Beobachtern und eilte auf Agnelli zu, um ihm zur Begrüßung die Hand zu schütteln.

»Sie glauben gar nicht, wie froh ich bin, Herr Major, daß Sie da sind. Haben Sie gesehen, was diese Teufel in der Markerwaard gerade angerichtet haben?«

»Allerdings«, erwiderte Agnelli ernst. »Das habe ich gesehen.«

»Wie ernst nehmen Sie diese Drohung gegen den Haringvliet-Damm?«

»Nun«, entgegnete Agnelli, »bis jetzt ist noch gar keine Drohung ausgesprochen worden. Ehrlich gesagt, nehme ich das Ganze nicht allzu ernst. Aber als Soldat habe ich kein Recht, die Hintergründe in Frage zu stellen, um derentwillen man mich hierherbeordert hat. Die Bevölkerung des Landes ist einer Panik nahe; neunundneunzig Prozent aller gut gemeinten Hinweise und Telefonanrufe entbehren jeglicher realer Grundlage. Es könnte sich natürlich hier um eben dieses letzte eine Prozent handeln, bei dem Anlaß zur Besorgnis gegeben ist, aber, ehrlich gesagt, ich halte das für ziemlich unwahrscheinlich.« Agnelli packte den blonden Mann am Arm und führte ihn ein paar Schritte vom Hubschrauber weg. Inzwischen kletterten die Soldaten aus der Maschine und öffneten die Tür des Laderaums. »Sie haben mir noch nicht Ihren Namen genannt, Mijnheer?«

»Borodin. Max Borodin. Ich bin der leitende Ingenieur. Was um Himmels willen laden Ihre Leute denn da aus?«

»Raketen und die dazugehörigen Abschußbasen. Wir werden sie so aufstellen, daß eine in Richtung Nordsee zeigt und eine in Flußrichtung. Boden- und Luftabwehrgeschosse. Wärmegesteuert. Absolut tödlich.« Agnelli erwähnte jedoch nicht, daß die Abschußrampen auch leicht auf die Zugänge zum Staudamm gerichtet werden konnten. »Eine überflüssige Vorsichtsmaßnahme. Die FFF ist zwar eine gefährliche Gesellschaft, aber doch nicht verrückt genug, um einen Staudamm frontal anzugreifen. In Kürze werden außerdem noch ein Zerstörer und ein paar Patrouillenboote zu unserer Verstärkung anrücken. Auch diese Maßnahme halte ich für reichlich übertrieben.«

»Ob übertrieben oder nicht – mir fällt jedenfalls ein Stein vom Herzen. Wer sind übrigens die beiden Herren in Zivil?«

»Die zwei Herren sind leitende Polizeibeamte aus Amsterdam. Spezialisten für Terroristenbekämpfung. Sie wollen sich bestimmt genau umsehen, wo bei Ihren Sicherheitsvorkehrungen die schwachen Stellen stecken. Eine reine Formsache, die sie sich jedoch nicht nehmen lassen wollen. Wir lassen bei den Abschußrampen zwei Soldaten als Wachen zurück. Leutnant Danilow – das ist der nicht ganz so kräftig gebaute von den beiden – besteht darauf, daß meine Männer uns begleiten. Verständlicherweise hätte er gern, daß sie sich ein ungefähres Bild von den Räumlichkeiten im Innern des Staudamms machen.«

Das Ganze dauerte dann zwanzig Minuten – für Mijnheer Borodin recht überraschungsreiche zwanzig Minuten, als unter anderem vier Mechaniker in hellblauen Overalls aus ihren Werkzeugkoffern plötzlich Maschinenpistolen hervorholten. Die Operation verlief ohne Blutvergießen und schmerzlos; letzteres allerdings nur, wenn man die ganze Angelegenheit von der physischen Seite her betrachtete. Borodin, seine Mitarbeiter und die Sicherheitsbeamten hatten einfach keine Chance. Sie landeten schließlich alle in einem der riesigen Kellergewölbe in den

Tiefen des Staudamms. Agnelli war schon dabei, die Tür zu diesem riesigen Gefängnis abzuschließen, als van Effen ihn zurückhielt.

»Halt. Wir müssen sie erst noch fesseln. Lassen Sie von einem Ihrer Leute ein langes Seil bringen. Was ist denn mit Ihnen passiert? Sonst denken Sie doch auch immer an alles.«

»Was sollte ich denn in diesem Fall übersehen haben?«

»Sie haben die Möglichkeit außer acht gelassen, daß O'Brien nicht der einzige Mensch auf dieser Welt ist, der ein Schloß auch ohne Schlüssel knacken kann.«

Agnelli nickte. »Natürlich. Ein Seil«, rief er einem seiner Männer zu. Das Seil wurde gebracht – es hätte ausgereicht, hundert Männer damit zu fesseln. Nachdem Borodin und die gesamte Belegschaft des Staudamms sorgfältig verschnürt waren, führte Samuelson seine Leute in die Schaltzentrale des Staudamms. Van Effen und seine beiden Freunde trabten in einigem Abstand hinterher. Dabei holte van Effen eine kleine Metalldose aus der Tasche und entnahm ihr sechs Wattebällchen, die mit einer Flüssigkeit getränkt waren. Er verteilte sie an seine Begleiter und forderte sie auf, sich die Watte in die Nasenlöcher zu stopfen. Vasco zuckte zusammen.

»Was ist denn das? Schwefelsäure?«

»Du wirst dich daran gewöhnen«, tröstete ihn van Effen.

»Und was sollte dieser Unsinn, es könnten auch noch andere ohne Schlüssel Türen aufsperren? Die Chance, daß sich unter den armen Teufeln da unten ein zweiter O'Brien befindet, ist doch verschwindend gering.«

»Wir werden ein Seil brauchen – und nicht das kürzeste. Jedenfalls liegen da unten jetzt einige hundert Meter herum.«

Vasco warf George einen vielsagenden Blick zu. »Dieser Mann denkt doch wirklich an alles.« Er schüttelte den Kopf. »Agnelli ist nicht der einzige, der nichts übersieht.«

Sie betraten die Schaltzentrale. Der Raum war sehr weitläufig. An der Wand zu ihrer Rechten waren lange Reihen von Schaltpulten angebracht. O'Brien stand in ihrer Nähe, ohne sie jedoch zu beachten. Van Effen wußte, daß er bereits mit der Funktion der Anlage vertraut war.

»Da ist ja genau der richtige Mann, Leutnant.« Samuelsons Lächeln erstrahlte noch triumphierender. »Ich möchte mit Wieringa, dem Verteidigungsminister, sprechen.«

Ohne irgendwelche Anzeichen von Überraschung zu zeigen, überlegte Vasco kurz.

»Ich könnte mir vorstellen, daß der Herr Verteidigungsminister sich nach Volendam begeben hat. Aber eigentlich ist es einerlei, wo er sich gerade befindet. Das ist kein Problem. Wo er sich auch gerade aufhält – in seinem Büro, in einem Flugzeug oder in einem Wagen –, das nächste Telefon ist nicht weiter als einen Meter von ihm entfernt. Ich rufe das Oberkommando des Heeres an, die werden mich dann schon mit ihm verbinden.«

»Wie lange wird das ungefähr dauern?«

»Höchstens eine Minute.«

»Eine Minute nur!«

»In den Niederlanden«, entgegnete Vasco nicht ohne einen Anflug von Stolz, »hat das Militär eben Priorität.« Schon vor Ablauf der Minute konnte er Samuelson den Hörer in die Hand drücken. Samuelson nahm ihn mit der Miene eines Mannes entgegen, dessen Lebenstraum sich soeben erfüllt hatte.

»Mijnheer Wieringa? Sie sprechen mit dem Anführer der FFF, der *Fighters For Freedom*. Ich gehe davon aus, daß Sie unsere kleine Demonstration in der Markerwaard gebührend zu würdigen wissen. Nun habe ich weitere Neuigkeiten für Sie, die Ihnen vermutlich nicht sehr willkommen sein dürften. Wir haben den Haringvliet-Staudamm in unseren Besitz gebracht. Ich wiederhole: der Haringvliet-Staudamm befindet sich unter unserer Kontrolle.« Darauf trat, zumindest was Samuelson betraf, eine längere Pause ein, bis er weiter fortfuhr: »Es freut mich, zu sehen, daß Sie sich der Bedeutung dieses Umstandes bewußt sind, Mijnheer Wieringa. Alle Versuche, den Staudamm unserer Gewalt entreißen zu wollen, sei es durch nackte Gewalt oder List, werden für Holland katastrophale Folgen nach sich ziehen. Ich möchte noch hinzufügen, daß wir die Deiche am Hollandsch Diep und den Volkeral vermint haben. Wir haben an den betreffenden Stellen Beobachter aufgestellt. Sollten Sie versuchen, die Deiche durch Froschmänner überprüfen zu lassen, sehen wir uns dadurch gezwungen, diese Minen unverzüglich zu zünden.

Um sechzehn Uhr werden wir eine kleine Kostprobe dessen geben, was die Niederlande erwartet, wenn unseren Forderungen nicht stattgegeben werden sollte. Wir werden für wenige Minuten die Schleusentore des Staudamms öffnen. Es könnte sich als recht informativ erweisen, dieses Schauspiel von einem Hubschrauber aus filmen zu lassen, um der Bevölkerung der Niederlande schon einen kleinen Vorgeschmack davon zu geben, was ihr unter Umständen bevorsteht.

Ich hoffe in Ihrem eigenen Interesse, daß Sie den Verlauf der Verhandlungen mit der britischen Regierung so beschleunigen, daß wir mit einer baldigen Entscheidung bezüglich der Nordirland-Frage rechnen können.«

»Dem haben Sie's aber gezeigt, Mister Samuelson«, erklärte van Effen anerkennend. »Haben Sie die beiden Deiche tatsächlich vermint?«

Samuelson lachte. »Natürlich nicht. Weshalb auch? Diese Leute sind doch inzwischen so eingeschüchtert, daß sie jedes Wort von uns für bare Münze nehmen.«

Während Samuelson und seine Leute sich aufgeregt unterhielten und sich zu ihrem Erfolg beglückwünschten, zogen sich van Effen und seine Begleiter unauffällig an die Wand mit den Schaltpulten zurück und öffneten ihre Taschen. Kurz darauf explodierten – im Abstand von zwei Sekunden – zehn Gasgranaten, gleichmäßig über den gesamten Raum verteilt. Ihre Wirkung war spektakulär. Binnen weniger Sekunden konnte sich keiner der Anwesenden mehr auf den Beinen halten; die meisten hatten bereits das Bewußtsein verloren, bevor sie zu Boden sanken. Van Effen fischte einen Schlüssel aus Agnellis Hosentasche, dann verließen die drei Freunde hastig den Raum und verschlossen die Tür hinter sich. Ihre Nasen waren zwar durch die Watte geschützt, aber sie konnten nur für einen gewissen Zeitraum die Luft anhalten.

»In fünf Minuten können wir wieder hinein«, erklärte van Effen. »Sie werden aber mindestens noch eine halbe Stunde schlafen.« Er gab Vasco den Schlüssel. »Hol die Seile. Schneide Borodin los und sag ihm, er soll die anderen befreien. Und erkläre ihm, was hier vorgeht.«

Vasco betrat den Keller, schnitt einen verwunderten Borodin los und reichte ihm dann das Messer.

»Befreien Sie auch die anderen. Wir sind von der Polizei – diesmal wirklich. Der Mann mit der Narbe im Gesicht ist Leutnant van Effen aus Amsterdam.«

»Van Effen?« Borodin war sichtlich verblüfft. »Aber entschuldigen Sie mal! Ich habe Leutnant van Effens Foto doch schon mehrfach in der Zeitung gesehen. Ich weiß, wie er aussieht. Dieser Mann ist auf keinen Fall van Effen.«

»Denken Sie doch mal nach. Das würde jeder beliebige Kriminelle in den Niederlanden tun.«

»Aber die FFF . . .«

»Hält gerade ihren Mittagsschlaf.« Vasco lud sich eine der unbenutzten Seilrollen auf die Schulter und verließ eilends den Raum.

Van Effen trat an den Mann heran, der die dem Meer zugewandte Abschußrampe bewachte. »Mister Samuelson möchte Sie sprechen. Und zwar sofort. Er ist in der Schaltzentrale. Ich übernehme Ihre Wache.«

Der Mann war kaum um eine Ecke verschwunden, als van Effen sich auch schon dem Soldaten näherte, der die dem Fluß zugewandte Abschußrampe bewachte. Seine Hand umschloß die burgunderfarbene Yves Saint Laurent-Spraydose mit der besonderen Duftnote. Er ließ den Mann behutsam auf den Asphalt niedersinken und ging dann auf den Hubschrauber zu.

Der Mann, den van Effen zu Samuelson in die Schaltzentrale geschickt hatte, blieb stehen, als er George erblickte, der ihm aufmunternd zuwinkte. Als er auf ihn zutrat, versetzte George ihm einen leichten Klaps in den Nacken. Der Betroffene sackte auf der Stelle, von George behutsam gestützt, zu Boden.

Van Effen zog den Vorhang zurück, mit dem das hintere Ende des Hubschraubers abgeteilt war, und sagte: »Ah, da sind Sie ja, Joop. Wie ich sehe, passen Sie gut auf die Mädchen auf.« Joop sollte noch zwei weitere Sekunden sein wachsames Auge auf die Mädchen werfen, bevor er zu Boden sank. Van Effen zog seine Smith & Wesson und richtete sie vage auf Kathleen und Maria, während er Annemarie und Julie von ihren Fesseln befreite. Dann half er den beiden Mädchen auf die Beine, nahm ihnen die Knebel ab und legte ihnen schließlich, die Schußwaffe noch immer in der Hand, die Arme um die Schultern. »Liebe Schwester. Und du, liebe Annemarie.« Kathleens und Marias Augen wurden so groß und rund wie die sprichwörtlichen Untertassen.

»Du hast dir aber reichlich Zeit gelassen«, bemerkte Julie, Tränen in den Augen.

»Dir kann man es auch nie recht machen, ja?« seufzte van Effen. »Es kam noch einiges dazwischen.«

»Ist jetzt alles vorbei?« flüsterte Annemarie. »Sind wir in Sicherheit?«

»Ja, wir haben es geschafft.«

»Ich liebe dich.«

»Das wirst du noch einmal wiederholen müssen, wenn du wieder in normaler geistiger Verfassung bist.«

Kathleen und Maria starrten sie immer noch fassungslos an. Schließlich brachte Kathleen die Frage über die Lippen: »Ist das – Ihr Bruder?«

»Ja, das ist mein Bruder«, nickte Julie. »Leutnant Peter van Effen, Leiter der Amsterdamer Kriminalpolizei.«

»Für Sie ist das sicher ein unangenehmer Schock«, wandte sich van Effen an die beiden anderen Mädchen. »Ich fürchte, daß Sie in Kürze eine noch unangenehmere Überraschung erleben. Sie betrifft die Leute, die Sie vielleicht gern sehen möchten oder die umgekehrt auch

Sie gern sehen würden – das heißt, wenn sie wieder aufgewacht sind.«

Alle Mitglieder der FFF lagen noch im Tiefschlaf. Die meisten waren an Händen und Füßen gefesselt, einige wurden gerade noch sorgfältig verschnürt.

»Nicht schlecht«, nickte van Effen anerkennend. »Und was habt ihr in der Zwischenzeit sonst noch gemacht?«

»Hört euch nur den Herrn Leutnant an«, konterte Vasco mit einem Grinsen, während er mit sichtlicher Befriedigung den letzten Knoten von Samuelsons Fesseln zuzog. »Fürs erste dürften in den nächsten fünfzehn Minuten sämtliche Polizeistreifen aus Rotterdam, Dordrecht und Umgebung hier auf dem Staudamm eintreffen – übrigens eine Idee, die ausschließlich auf meinem Mist gewachsen ist.«

»Deine Beförderung wird sich wohl nicht mehr verhindern lassen, Vasco.« Dann wandte van Effen sich an Kathleen, die mit aschfahlem, entsetztem Gesicht ihren Vater anstarrte. »Warum haben Sie sich auf so etwas eingelassen, Kathleen?«

Statt einer Antwort griff sie in ihre Handtasche und holte einen kleinen Revolver mit einem Perlmuttgriff daraus hervor. »Sie werden Mister Samuelson nicht kriegen. Sie wußten nicht, daß er mein Vater ist.«

»Doch, Kathleen, das habe ich gewußt.«

»Das haben Sie gewußt?« Ihre Stimme stockte. »Woher?«

»Julie hat es mir gesagt.«

Julie stellte sich zwischen Kathleen und van Effen. »Erst wirst du mich erschießen müssen, Kathleen. Und ich weiß genau, daß du dazu nie imstande wärst.«

Vasco trat ruhig nach vorn, nahm Kathleen den Revolver aus der plötzlich kraftlos herabhängenden Hand und steckte ihn in die Handtasche zurück.

Van Effen wiederholte seine Frage. »Warum haben Sie sich auf so etwas eingelassen, Kathleen?«

»Jetzt wird ja doch alles herauskommen, oder nicht?« Das Mädchen weinte haltlos. Vasco legte ihr tröstend den

Arm um die zitternden Schultern – eine Geste, die sie ohne Widerstreben zuließ. »Mein Vater ist Engländer. Er war Oberstleutnant bei den Home Guards – allerdings nicht unter diesem Namen. Sein Vater war ein Earl, der ihm ein Vermögen hinterließ. Seine Söhne, meine Brüder, haben die Militärakademie in Sandhurst besucht. Beide sind in Nordirland gefallen; einer als Leutnant, der andere als Fähnrich. Meine Mutter wurde von einem Heckenschützen der IRA erschossen. Seither ist mein Vater ein anderer Mensch geworden.«

»So etwas habe ich mir fast gedacht. Entweder er wird in den Niederlanden vor Gericht gestellt, oder man wird ihn an die Briten ausliefern.« Van Effens Stimme klang so müde und erschöpft, wie er sich zweifelsohne auch fühlte. »In jedem Fall wird er auf verminderte Zurechnungsfähigkeit plädieren können.«

»Sie glauben, er ist verrückt?« flüsterte sie.

»Ich bin kein Arzt, um das beurteilen zu können. Aber ich glaube, daß er unter einer vorübergehenden schweren psychischen Störung leidet. – Und nun zu Ihnen, Maria. Hatten Romero und Leonardo etwas mit der Ermordung meiner Frau und meiner beiden Kinder zu tun?«

»Nein, nein, nein! Das schwöre ich. Die beiden könnten keiner Fliege etwas zuleide tun. Meine beiden anderen Brüder im Gefängnis haben alles in die Wege geleitet. Das kann ich beschwören. Sie sind böse Menschen. Das werde ich vor Gericht bezeugen. Ganz bestimmt.«

»Das könnte bedeuten, daß sie noch fünf bis zehn Jahre länger im Gefängnis sitzen müssen.«

»Ich hoffe, sie bleiben dort bis an ihr Lebensende.«

»Gegen Sie und Kathleen wird keine Anklage erhoben werden. Beihilfe zu einem Verbrechen ist eine Sache, Beihilfe unter Nötigung eine andere. Vasco, wenn du inzwischen so freundlich wärst, die junge Dame loszulassen und Onkel Arthur anzurufen. Berichte ihm den genauen Verlauf der ganzen Geschichte. Und du, George, könntest du den Damen vielleicht zu einer kleinen Stärkung verhelfen? Hier muß es doch sicher irgendwo eine Kantine geben. Sonst dürfte auch im Hubschrauber etwas zu finden sein. Und – Vorsicht bei eventuellen Selbstmordversuchen!«

»Ich glaube nicht, daß hier noch jemand Selbstmord begehen würde«, warf Julie ein.

»Das sagt dir vermutlich dein weiblicher Instinkt. Nun, ich muß dir recht geben. Übrigens, George, wenn du fündig wirst, solltest du vielleicht auch an uns denken. Ich könnte jetzt wirklich eine kleine Stärkung vertragen.«

Mit einem Lächeln begleitete George die vier Mädchen aus dem Raum.

Vasco hatte etwa zwei Minuten telefoniert, als er sich, die Hand über der Sprechmuschel, van Effen zuwandte: »Ich glaube, Onkel Arthur möchte mit dir sprechen. Darf ich mich – äh – vielleicht – den Damen anschließen?«

»Aber selbstverständlich.« Als van Effen nach dem Hörer griff, hörte er in der Ferne zum erstenmal das Heulen der Polizeisirenen. De Graafs Glückwünsche waren überschwenglichster Natur, was nicht minder auf die Wünsche des Verteidigungsministers zutraf. Wieringa gab den Hörer schließlich wieder an den Polizeichef zurück, dem van Effen folgendes zu sagen hatte:

»Langsam habe ich es satt, Oberst de Graaf, den Laufburschen für Sie zu spielen und Ihnen die ganze Drecksarbeit abzunehmen. Ich möchte entweder eine neue Stelle oder eine Gehaltserhöhung – oder gleich beides.«

»Sie werden beides bekommen, mein Junge. Wenn Sie meinen Job übernehmen, ist die Gehaltserhöhung ohnehin damit verbunden.« De Graaf hüstelte. »Sagen wir in sechs Monaten? Oder in einem Jahr?«

Das Gesamtverzeichnis der Heyne-Taschenbücher informiert Sie ausführlich über alle lieferbaren Titel. Sie erhalten es von Ihrer Buchhandlung oder direkt vom Verlag.

Wilhelm Heyne Verlag, Postfach 201204, 8000 München 2

HEYNE BÜCHER

ALISTAIR MACLEAN

Der Großmeister der Spannungs-literatur mit Niveau

01/685

01/956

01/5148

01/944

01/5192

01/5245

01/6515

01/6144

HEYNE BÜCHER

ALISTAIR MACLEAN

Dramatisch, erregend, brillant. Die großen Erfolge des internationalen Bestseller-Autors.

01/6592

01/6731

01/6772

01/6916

01/6931

01/7690

01/7754

01/7983

HEYNE BÜCHER

ROBERT LUDLUM

Die Superthriller von Amerikas Erfolgsautor Nummer 1

01/6180

01/6265

01/6417

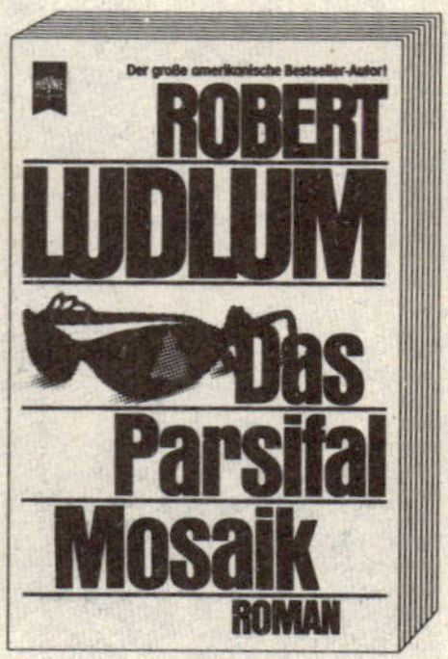

01/6577

01/6744

01/6941

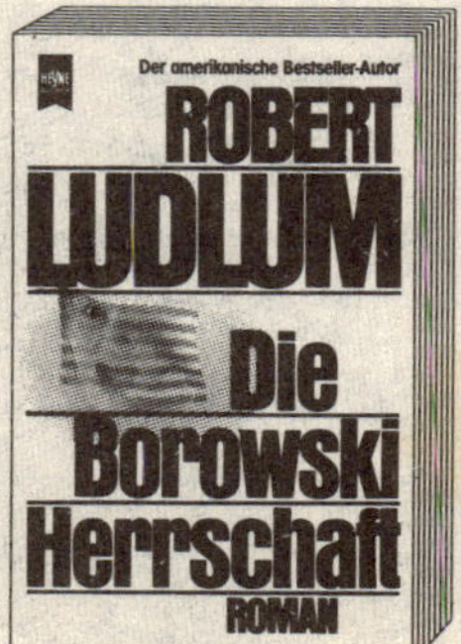

01/7705

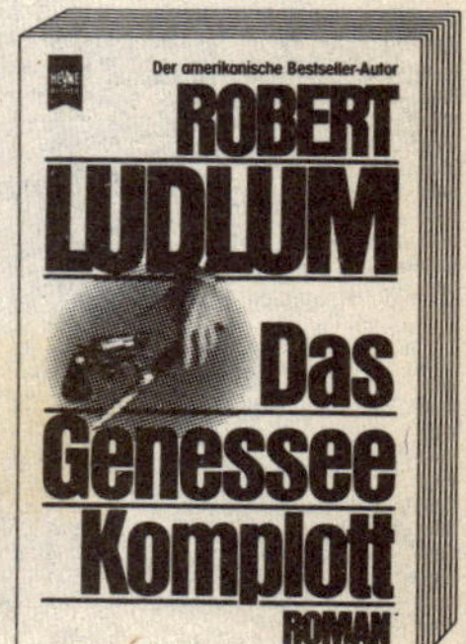

01/7876